越过那道山梁

渝夫 ◎ 著

中国出版集团

现代出版社

图书在版编目（CIP）数据

越过那道山梁/渝夫著. --北京：现代出版社，2016.7
ISBN 978-7-5143-5185-9

Ⅰ.①越… Ⅱ.①渝… Ⅲ.①长篇小说—中国—当代
Ⅳ.①I247.5

中国版本图书馆CIP数据核字（2016）第160914号

越过那道山梁

作 者	渝 夫	
责任编辑	李 鹏 陈世忠	
出版发行	现代出版社	
地 址	北京市安定门外安华里504号	
邮政编码	100011	
电 话	010-64267325 010-64245264（兼传真）	
网 址	www.1980xd.com	
电子邮箱	xiandai@vip.sina.com	
印 刷	北京一鑫印务有限责任公司	
开 本	787×1092 1/16	
印 张	19	
版 次	2016年7月第1版 2022年7月第2次印刷	
书 号	ISBN 978-7-5143-5185-9	
定 价	49.80元	

谨以此书

祭奠行将远去的故乡

目 录

CONTENTS

序章　远行，沿着先祖的足迹

（一）

公元2013年7月22日，农历六月十五，大暑。大巴山南坡，铁峰山脉，凤凰山缓坡带，重庆开县古月乡梓第村唐家岩村民小组。

天刚麻麻亮，李良开打开家门，唤上家狗大黄，借着微弱的晨光，迈开大步往祖坟走去。

走出自家砖混结构的二层小楼，李良开抬头西望，开县境内的最大山脉、远处的一字梁若隐若现。顺着一字梁往回看，大大小小的山梁一道连着一道，高高矮矮，起起伏伏，排列得很有章法，像极了列队等待检阅的士兵。

还没走出房前的地坝，妻子徐小芳追了出来，一边把打开电源的手电塞到李良开手里，一边轻声细语地唠叨着："都快七十了，还当自己是年轻娃儿？我跟你说，你那桐子壳壳早就不管用了，看个报纸都费劲巴力，还赶啥子夜路？"

李良开停下脚步，伸手摸了摸妻子花白的头发。徐小芳往后闪躲，继续唠叨着："你这个老头子，多大岁数了？怎么还毛手毛脚的？这次出远门，你老实点儿，莫去招惹别的女人。"

李良开笑了笑，没有吭声。他不用看，也不用猜，知道妻子又该脸红了。这个老婆子，过完年就68了，还和51年前刚结婚时一样害羞。

"毛手毛脚"这个词，李良开再熟悉不过了。从17岁那年喜欢上这个女人，只要自己做出亲热的举动，徐小芳的嘴里准会轻声细语地蹦出这四个字："讨厌，怎么又毛手毛脚？""你能不能老实点儿？总是毛手毛脚的。""毛手毛脚的家伙，看我怎么收拾你……"诸如此类的唠叨，李良开却听得顺耳，心里很是舒坦。

想到这是自己有生以来第一次出远门，也是结婚以来第一次较长时间离开相濡以沫半个世纪的妻子，李良开心里一动，展开双臂，把徐小芳紧紧地搂在怀里。这一次，徐小芳没有闪躲，非常配合地把头埋在丈夫的胸膛上，可嘴里还在轻声细语地絮叨着："我跟你说，穷家富路，莫舍不得花钱。别担心几个孙儿孙女，我会照看好他们。早点儿回来，一个人守着这个家，我害怕……""怕"字说了一半，徐小芳有些哽咽，没再说下去。

李良开鼻子一酸，眼眶一热，差点儿流出泪来。他松开双臂，抬起右手摸了摸妻子满是皱纹的脸庞，狠下心转过身，大步流星地往祖坟的方向走去。

身后，徐小芳哭出了声："路上小心点儿……"

（二）

按照风水先生的说法，唐家岩李氏祖坟的选址很有说道：头枕大山龙脊，臂展东西山梁，瞩目辽望山峦，远远望去，很像一把安放稳当的太师椅。

这个地方叫团田。坟地前后都是层层叠叠的梯田，正前方是一块略呈椭圆形的水田，团田这个地名就是因此而来。

唐家岩李氏祖坟的规模并不大，陈设也很简单。在并不开阔的地域上，以李良开的祖父李永杰的坟茔为中心，其他坟茔按照男左女右的顺序一字排开。

李良开念过几年书，是他们那辈人中的知识分子，是个老党员，还当了三十年大队和村干部，算是个彻底的唯物主义者，从不参与封建迷信活动。尤其是在任时，他总是一副正气凛然的模样，对道士之流总是敬而远之，甚至有些反感。

2003年夏天，也就是全国上下被非典搞得人心惶惶的那年中秋节晚上，年过八旬、须发皆白、方圆数十里无人不知的老道士安名山找上门来，预言十年之后唐家岩李氏祖坟将遭遇劫难，让他无论如何要想办法保住这块风水宝地。

那一年，李良开不到59岁。当天晚上，一向反感道士的李良开和安名山谈了很久。除了祖坟的风水，还谈到了唐家岩柏树梁上那一长排由祖父李永杰栽种、至今依然挺拔的古柏。

在李良开看来，如果要算风水，唐家岩上那70多棵上百年的古柏才是真正意义的风水。正是有了这些柏树的庇护，唐家岩的李氏家族才得以生息繁衍。

对于李良开的观点，安名山并没有予以反驳，而是给出了"都是风水，都要保住，否则对后人不利"的结论，还说他之所以跟李良开讲这些，是因为这事不仅关系到李氏后人，还与他安氏后人有关。李良开问他到底有什么利害关系，安名山却笑而不答，只管把玩着长长的白胡子。

对于安名山的真实用意，李良开百思不得其解。直到三年后，当安名山的孙子娶了李良开亲弟弟的女儿，他才恍然大悟：这个老道士，还真有些先见之明哩。

让李良开震惊不已的事情还在后面。

2013年春节后一个月，古月乡杨乡长带着一帮人来到唐家岩，宣布了一条消息：一条高压输电线将从唐家岩穿过，还要在此修建一座大型变电站，附近的土地全部征用，民房和坟茔全部搬迁，那些古柏也要全部砍伐。

亲耳听到这一消息，李良开张大了嘴巴，半天没缓过神来。他想起安名山的预言，一阵恐慌从心头掠过。他很想再找安名山唠一唠风水，唠一唠如何保住属于李氏后人的风水，只可惜这个道士已在五年前去世了。

那一刻，李良开总算看清了自己：入党42年，当了30年大队和村干部，人前人后积极了一辈子，表面上与众不同，但骨子里和村里的同龄人并没有两样，一样眷恋土地，一样相信风水，甚至也有那么一点点迷信。

尤其是意识到自己年岁已大，如今只是一个普通的老农民，不必再顾及这顾及那之后，李良开萌生了一个念头：想尽一切办法，保住李氏家族的老院子、祖坟和祖父李永杰留下来的那一排古柏。

（三）

2013年7月22日这天早上，跪在祖父李永杰的坟前，李良开悲从中来，泪流满面。大黄不知所措，用头拱着李良开，似乎想给主人一点儿安慰。

李良开哭得很伤心，不因思念先祖，而为唐家岩李氏族人的四分五裂。

当李良开提出一起去乡政府要求改变高压输电线的走向时，和他岁数相当的堂兄弟们竟然没有一个明确表示支持。理由五花八门：这事我们这些老家伙做不了主，得问年轻娃儿；他们在外面闯荡，比我们有主见……

每每听到这些托词，李良开都气不打一处来："问年轻娃儿？到底谁当谁的家？还好意思问后人，你们这些老东西还有没有点家长的威严？"

话虽这么说，李良开心里却十分清楚，现在确实是年轻人的天下了，无论是在党政机关上班的李氏后人，还是在外地打工的李家后代，无一例外都成了家里的主心骨，远程把持着家里家外的大事小情。而留守唐家岩、以带孩子为主要任务的老人们，说话的声音越来越小，分量也随之越变越轻，甚至连请儿女们回家过年这种天经地义的要求也不敢轻易提起，生怕耽误了孩子们的前途或"钱"途。

想到"钱"这个字，李良开有些悲愤了。他虔诚地跪在祖父坟前，抽泣着讲述了李氏后人见钱眼开的种种表现。

为了征地，政府给出的拆迁补偿是优厚的：按户计算，平均每户补偿50万元。消息传开，整个唐家岩沸腾了。家家户户像打了鸡血一样兴奋，兴高采烈地讨论着如何处置这笔从未见过的巨款。

其实也没什么分歧。除了李良开，李氏家族其他人意见惊人的统一：只要钱到手，马上拆迁，之后到镇上或县城买房定居。包括在李良开面前从来言听计从的徐小芳，这次也有了主见，不止一次在丈夫耳边吹风："把月溪场的房子卖了，加上补偿款，到县城换一套大房子，正经八百过几年城里人的日子。"

听徐小芳也这么讲，李良开的心立马凉了半截。但他还是不死心，挨家挨户地去做堂兄堂弟们的工作，动之以情，晓之以理，想尽办法动员大家拧成一股绳，齐心协力把祖宗留下的老院子、祖坟和古柏保住。

出于对先人的尊敬，也架不住李良开的软磨硬泡，堂兄堂弟们松了口，答应再和远在外地的孩子们商量商量。有的为了表达诚意，当着李良开的面给儿女打电话。

李良开也豁出去了，要来侄子侄女们的电话，逐个打过去商量，强调保住老院子、祖坟和古柏的重大意义。对李良开的提议，身为侄辈的后生们的回答大多模棱两可，不支持，也不反对，都说要再考虑考虑。李良开再打电话，不是没人接听，就是说正在忙，有空再回过来，之后便没了下文。

（四）

那段时间，李良开吃不香、睡不好，脾气也明显见长，对平时一句重话都舍不得说的四个孙子和两个孙女，偶尔也会莫名其妙地训斥一顿。

孩子们找奶奶告状诉苦，徐小芳也别无他法，只好叮嘱几个小家伙尽量别惹爷爷，见他不高兴的时候，能躲多远就躲多远，尽量别往跟前凑。眼看孙儿孙女们有意无意地疏远自己，李良开心里更加不痛快。

2013年5月中旬的一天早上，分头送完孩子们上学回来，李良开以茶水泡得太浓为由头，把徐小芳骂了个狗血淋头，骂她没安好心，骂她离间他与孙辈们的关系，骂她不体谅自己的苦处。

徐小芳不搭腔，默默地打开所有门窗，让丈夫愤怒的声音往外扩散开去。事实证明，这一招很管用。等徐小芳打开所有门窗，李良开怒骂的声音越来越小，直至湮没和消失在小镇杂乱的喧嚣声里。

李良开是个好面子的人，别看在家里有时叽叽歪歪，可在外人面前，他总是保持一副温文尔雅、通情达理的形象。尤其是搬到月溪场居住之后，李良开在这方面更是在意，生怕别人说他不像个城里人。

徐小芳知道，李良开并不喜欢这个叫月溪场的地方。或者不如说，李良开压根就不喜欢城里生活。尽管这个叫月溪河、离县城还有五六十里的小镇算不上真正意义上的城市，但其拥挤的街道、如织的人流、飞扬的尘土，足以让习惯山村生活的李良开苦闷不已。但为了方便孙儿孙女们在小镇上学，李良开只能向现实低头。

原本，四个儿子都有让各自妻子留在老家照看孩子的打算，结果被徐小芳一一否决了。在她看来，结了婚，两口子就是一个整体，无论日子多么艰难，都应该生活在一起，能不分开就不要分开。于是，这个家有了一条不成文的家规：孙儿孙女断奶后，一律由爷爷奶奶在老家抚养。

当然，这也是没有办法的办法，更不是徐小芳的独创。偌大的梓第村，400多户人家，近2000人，大多数家庭都是这种运行模式：青壮年在外地打拼，中老年人在家种地和带孩子，全家人只有在春节前后才有短暂的团聚机会。

六年前，为了方便六个孙儿孙女上学，李良开、徐小芳夫妇从海拔八百多米的梓第山搬到了处于河谷地带的月溪场。房子是四个儿子合资买的，三室一厅，90多平方米，位于一栋七层居民楼的五层，旁边就是镇政府，算是这个小镇的中心地带。这是四个儿子买给父母的养老房，房产证上写的是李良开、徐小芳的名字。

当年之所以搬到镇上，是因为唐家岩所在的梓第村唯一的小学被撤并，考虑到孩子们早晚都要到月溪场读初中，村里条件稍好一点的，纷纷到镇上买房或租房，以方便孩子们上学。一切都为了孩子！就算是一百二十个不乐意，李良开最终还是告别生活了六十多年的老家，开始在小镇上别别扭扭地生活。

从搬入小镇第一天开始，李良开每天都在嘟囔，啥都不习惯，看啥都不顺眼。强忍着住了半个月，李良开受不了了，自个步行走回唐家岩，抱着老屋后面山梁上那棵最高最粗的柏树，呜呜地哭泣起来，几乎难以自持。

李良开心里明白，这就叫故土难离。哪怕只是离开十多天，哪怕只有十多里远的路程，已足以让自己心烦意乱，寝食难安。从这天起，每隔半个月，李良开都要独自回到唐家岩住一到两天，收拾收拾屋子，给房前屋后菜地施施农家肥，忙得心甘情愿，不亦乐乎。等到孩子们放寒暑假，他会行使家长的权威，领着妻子和六个孙儿孙女回到山上的家里小住一段时间，直到学校开学才举家重回月溪场。

对于李良开的心事，徐小芳深有同感。她曾和李良开约好：等到最小的孙儿考上高中到外地上学，老两口儿就回山上定居，直到终老。谁知世事难料，最小的孙子才上初一，便传出了唐家岩村民小组要整体搬迁的消息。

刚开始，徐小芳并不支持李良开去极力保住老屋和祖坟，理由是拿着拆迁费到县城买套房子，以方便照顾陆续到那里读高中的孙儿孙女们。李良开却不这么想，他认准的事情，九头牛也拉不回来。而徐小芳又属于那种嫁鸡随鸡、嫁狗随狗的女人，最终她选择义无反顾地站到李良开这边，不遗余力地给予自己的男人道义和情感上的支持。

（五）

自从作出要努力做通族人思想工作、共同保住老屋和祖坟的决定之后，给在外地的侄辈打电话，成了李良开生活中很重要的一件事情。为此，他专门给自己的手机办了个长途通话套餐，一有时间就翻开电话本，琢磨着给谁打，寻思着话怎么说，费尽了心思。

有一次，跟一个在深圳开模具厂的堂侄通电话，李良开苦口婆心地讲了半天，那边没头没尾地来了一句："这事儿还是当面谈的好，在电话里也说不清楚。"李良开当时就火了，对着手机怒吼起来："个老子哪个不晓得当面谈？要当面谈，也得你龟儿子回来！难道还要我这个老不死的跑去找你？"

电话那头顿时熄了火。李良开气得干瞪眼，扬起右手就要把手机从窗户扔出去。徐小芳手疾眼快，一把夺过手机："你这个死老头子，发什么疯啊？扔手机能解决问题吗？就知道在屋里跟我和娃娃们耍横，有本事你去找他们啊？！"说者无意，听者有心。听罢徐小芳的这番气话，李良开顿时有种豁然开朗的感觉：对啊，我可以去找他们，当面锣对面鼓，终归比电话里来得痛快。打定主意，李良开琢磨着和徐小芳商量远行的事情。

见丈夫当了真，徐小芳开始极力反对，并给出一大堆理由：什么年纪偏大，什么从没出过远门，什么自个儿在家应付不了那些调皮的孩子。反正不管李良开怎么讲，她就是不同意。李良开不管这些，到书店买了一本中国旅游地图册，戴上老花镜，找来孙儿们遗弃的旧作业本，在背面写写画画，合计着出行的路线图。

考虑到堂侄们大多在沿海地区打拼，李良开首先在完整的中国版图上画圈标出了上海、天津、浙江、广东、福建等地，之后又在武汉、北京、哈尔滨、沈阳、乌鲁木齐、西藏等城市名称上画上圆圈……几番折腾，李良开惊讶地发现，唐家岩李氏后人竟然像蒲公英种子一样，几乎撒遍了大半个中国！如果大人小孩都算上，竟然超过两百人！这些人当中，或打工挣血汗钱，或开厂当老板，或在党政军机关捧铁饭碗，各有各的营生，也各有各的艰辛。这其中，相当一部分人在当地结婚生子扎下根来，把在老家的孩子接过去读书，有的还把老人接去一起生活，压根儿没了再回唐家岩定居的打算，对保住老院子、祖坟和古柏自然没了兴趣和动力。

意识到这一点，一股悲凉之气从李良开胸中腾起，一度让他信心尽失。尤其是做完所有标记，望着那张涂满圆圈的中国地图时，李良开倒吸一口冷气：这么大的国家，这么多李氏后人，凭一己之力，哪能一一走访到位？即便是有选择、有重点，没有几个月时间，恐怕也很难达到预期目的。

再说，出门的路费从哪里来？那么多地方，上万公里路程，汽车火车来回换着坐，就算全部买硬座或是站票，算下来也是一笔不小的开销。为做到心中有数，一个周日的晚上，李良开专门跑到古月乡中心小学，和在这里教数学的堂侄李善乾算了一笔账。

不算不知道，一算吓一跳，按李良开提供的主要路线和城市，李善乾给出了3.6万元的参考数据，还说这是最低预算，住店和吃饭的钱没算在里面，如果全算上，再带点活钱备不时之需，五万块钱勉强够用。李善乾这么一说，李良开的心顿时凉了半截。

五万块，那可不是小数目啊，就算把老两口儿在银行的所有积蓄取出来，也只有不到四万块钱，根本凑不够这个数。更何况，李良开从来没有管钱的习惯，结婚51年，财产大权一直掌握在徐小芳手里，老婆子死活不同意他远行，怎么可能心甘情愿地掏出那么大一笔钱来？肯定不可能。因为徐小芳不止一次对他讲，那四万多块钱是老两口儿养老和治病用的，不到万不得已的时候，绝对不能动用。

李良开有些绝望，为出行计划的彻底搁浅。

（六）

那天晚上，从中心小学出来，李良开没有回家，而是打着手电去了月溪场街上后身那个叫三个碾盘的地方。那里埋着唐家岩李氏的先祖李和钦，也是古月乡两万多名"塝上李"后人共同的根魂所在。

从记事起，李良开就从父辈口中得知：李姓在古月乡境内有三大支脉，其中李和钦一派，因李和钦当年从湖北孝感洗脚河迁移到月溪河一个叫塝上的地方落脚安家，人称"塝上李"。另外两个李姓支脉，一个称"祠堂李"，另一个称"后山李"，名称缘由不得而知。

没长大之前，李良开一直搞不明白，同住一个区域，同为十八子李，都尊春秋战国时的圣贤李耳为始姐，古月乡的李姓三大支脉本应情同手足，但实际上却不那么和睦，"塝上李"、"祠堂李"和"后山李"都一个德行，都以当地的李姓正统自居，你不服我，我不服你，很难拧成一股绳。

随着年龄的增长，李良开渐渐明白了其中的奥妙："塝上李"的先祖李和钦也好，"祠堂李"和"后山李"的先祖也罢，均来自不同省份，出于对先祖的尊重和传承家族历史的需要，自然要对谁是当地的李姓正统据理力争。

按照族谱记载，"塝上李"可是大有来头：先祖宋之孜公系唐朝开国皇帝李渊第15代孙。宋灭唐，李姓大祸，孜公早有预料，从陇西郡移居至江西南昌府丰成县湖茫里。孜公第十世孙鼎公于元朝大德年间，从湖茫里迁移到湖北孝感县洗脚河世居。月溪河"塝上李"先祖李和钦系鼎公第五代孙，于清顺治初年（1645）从湖北省孝感洗脚河李家院子孤身入川，来到月溪河楼房坝（后改称三个碾盘），当时住风岩洞；世代繁衍，子孙昌盛，至今已21代，人口逾两万……

对于自己的家族史，李良开非常看重，甚至把自己的大儿子取名李源，和唐高宗的姓名同音不同字。别人都笑李良开异想天开，自己当不了皇帝，就把皇帝梦寄托在儿子身上；还有人讥笑他是在翻没凭没据的老皇历，借此标榜自己皇亲国戚的身份。对此，李良开从不辩解，一笑了之，因为他最了解自个儿的本意：别忘了自己从哪里来，也别做有辱祖先的事。

李良开并不是个死脑筋，他只是坚持用自己的方式传承着家族历史。比如，在给子女取名这件事上，他就没有严格按族谱规定的宗派和辈分来，而是根据自己的愿望和理解，按照出生时间，把大儿子取名为李源，二儿子取名为李远，三儿子取名为李流，小儿子取名为李长，意取"源远流长"之意，借此表达对祖先和家族历史的敬重。

小儿子出生后不久，曾有好事者拿李良开取乐子，说他附庸风雅，假装文化人。李良开不以为然，一句话顶了回去："老子又不是编成语词典，用管那么多吗？我看你是校场坝的土地——管得宽！"

实际上，这不是李良开的首创。在给孩子取名这件事情上，唐家岩李氏历来就有这样的传统，总想让孩子的名字充满或深刻或肤浅的寓意。唐家岩李氏的开拓者，也就是李良开的爷爷李永杰，就根据"榜上李"族谱确定的"和论先泗长，大同正本，成永有良善，富贵祥达兴，文章得贞吉，恒丰豫泰生"宗派顺序，将四个儿子分别取名为李有文、李有武、李有双、李有全，寓意"文武双全"；而他三个女儿分别取名李有梅、李有兰、李有竹，完全按"梅兰竹菊"排序。如果他有第四个女儿，肯定会取名李有菊。

说起祖父李永杰，李良开觉得他的人生经历简直就是一部传奇。

李永杰生于1860年，其父李成耀系大清汉旗兵勇，参加过第一次鸦片战争，战死沙场。李永杰原名李永昊，16岁那年继承父业从军，后因不满被长官欺负，私自离开兵营，改名李大顺，参加天津义和团运动。大沽炮台陷落后，心灰意冷的他潜回老家月溪河，再次改名为李永杰，与庞氏结婚，后定居唐家岩，亲手种下百余株柏树苗，成活70余株，成为抵挡大风的重要屏障。李永杰与庞氏白手起家，不仅子孙兴旺，家业也不断扩大，最鼎盛时期，一度拥有近千亩田地，是远近闻名的大户人家。

只可惜，一世英明的李永杰后来不小心沾染上鸦片，不出五年，把辛辛苦苦积攒下来的家产几乎全部败光，自己也不到60岁便撒手人寰，留下庞氏苦苦支撑，磕磕绊绊地把七个孩子养大成人。

尽管李永杰有些晚节不保，但李良开以为，爷爷值得敬重。毕竟，是他让李姓在唐家岩生根发芽，留下了老院子和古柏，还有生生不息的李氏后代。

正是出于对爷爷的敬重，那天晚上，当李良开跪在月溪河"塝上李"先祖李和钦的坟前时，表面上拜祭的是李和钦，嘴里念叨的却是李永杰："爷爷，孙儿不孝，没有能力保住您留下来的老院子……"羞愧之中，他哭得像个孩子，哭得有些恍惚，几度把三个碾盘当成唐家岩团田，把李和钦的坟茔当作李永杰的坟墓。

等李良开回到家里，已是晚上10点半，孩子们早已进入梦乡，徐小芳还坐在客厅的沙发上，一边看电视，一边等着老头子回来。

一进屋，李良开就吵嚷着要喝酒。徐小芳不同意，忍不住嘟囔了一句："你看都几点了？还喝……"一句话还没说完，李良开就火了，扯开喉咙向徐小芳发飙："你校场坝的土地啊？管得这么宽！老子就想喝酒，你个死右客，老子不要你管！"见情形不对，徐小芳不再吱声，赶紧端来一碟泡菜，一碟花生米。

就着泡菜和花生米，李良开喝光了一瓶52度的诗仙太白，外加四瓶双桂堂啤酒，结果喝得酩酊大醉，次日在床上躺了一整天，不吃不喝，像是害了一场大病。第三天早上，李良开让徐小芳煮稀饭，吃了不到半碗，胃便隐隐作痛，一阵接一阵，非常难受。

徐小芳又唠叨开了："让你喝！喝出毛病你就高兴了？自己的身体还得自己爱惜，真生病了，遭罪的是自个儿……"

（七）

李良开真的病了，并且是绝症：胃癌晚期。

自从那晚喝醉以后，李良开的胃始终就不舒服，断断续续地疼痛。刚开始，谁也没在意，包括徐小芳也没放在心上。因为类似的情况以前也出现过，所谓见怪不怪，都以为是醉酒以后的正常反应。

对自己的酒量，李良开一直很自信。年轻时能喝两斤高度烧酒，并且啥也不耽误，该干啥干啥，从没出过差错。年纪大了，酒量逐年下降，但依然是"津巴布韦"（斤把不畏），喝一瓶白酒绝对不成问题。

想来是因为遗传的缘故，唐家岩李氏后人的酒量都不错，不论男女，都能端起酒杯比画一阵子，尤其是成年男人，个个都有一斤白酒以上的海量。正因为拥有如此强大的整体作战实力，方圆百里的酒仙酒圣们都不敢和唐家岩李氏家族的男人叫板，否则，绝对是谁不服谁受伤。

这一点，让李良开很自豪。出于培养喝酒接班人的考虑，他不仅自己喝，还默许或支持下一辈喝。自家的四个儿子，刚满周岁那天，他都要用筷子蘸点白酒让小孩品尝，还美其名曰"开荤"。等到儿子们年满18岁，每每遇到喝酒的场合，他都会邀请他们一起喝个痛快。

对唐家岩李氏家族的数十个侄子，李良开也鼓励他们喝酒，还隔三岔五、分期分批地把他们请到家里，好酒好菜地招待着。对此，侄儿们铭记在心，从外地回来，都会拎上一瓶好酒来看望他，兴致勃勃地陪这位堂叔喝两杯，顺带汇报一下自己的打拼情况，讲一讲外面的所见所闻。

李良开有些酒量，但并不嗜酒，除了在外面应酬或在家里陪客人，自个儿很少单独饮酒。这方面，徐小芳很满意，认为自己年轻时没看错人，自家男人确实是一个有文化、能自律的好男人。

李良开的身体一直很好，什么病都跟他不沾边，甚至很少感冒，吃药打针对别人来说可能是家常便饭，对他而言却是很遥远的事情。因此，徐小芳很少为李良开的身体操心。不过，当李良开连续胃痛半个月之后，徐小芳慌了，强拉着丈夫到古月乡中心医院，找熟悉的老中医把脉看病。

老中医很专业，不过几分钟的时间，便完成了望闻问切。随后，他把徐小芳拉到一边，神色有些凝重："情况有点麻烦，还是到县医院做个全面检查吧。"

徐小芳的心顿时悬了起来，也没敢多问，赶紧把孙儿孙女们托付给镇上的亲戚，连哄带骗地把李良开"押"到60多里之外的县城，到县人民医院又是做胃镜，又是做切片，然后焦急地等待病理分析结果。李良开压根儿没当回事儿，总取笑徐小芳大惊小怪，小题大做。

徐小芳却轻松不起来。那两天，她就像一个高速旋转的陀螺，怎么也停不下来，也不敢停下来，一闲下来就会胡思乱想。包括晚上，当李良开躺在医院旁边小招待所的床上呼呼大睡时，徐小芳连躺在床上的勇气都没有，一个人到街上走来走去，直到天亮。

第二天下午，徐小芳早早来到医院。之前，她支开李良开，让他去县一中看望上高二的大孙子李鹏程。刚好李良开正有此意，夫妻俩便分头行动。

刚进医生办公室，徐小芳发现屋里的气氛有些不对。见她进来，正说着话的两位医生立马安静下来，随后是一阵难挨的沉默。徐小芳心里一沉，隐约感到情况不妙，人一紧张，呼吸也变得急促起来，双腿也开始微微发颤。见此情形，那个年长一些的医生搬来一张椅子，扶着徐小芳坐下，然后小心翼翼地开始说话："检查结果出来了……就不要费那个钱了……他想吃啥给他吃啥，有什么心愿没了的，赶紧想办法给他实现……"徐小芳脑袋"嗡"的一声，整个人软了下来。她强撑着不让自己倒下去，双手扶着椅子，声音颤抖着问："麻烦你告诉我，我们家的那位到底得了什么病啊？"另一个年轻一点的医生艰难地吐出四个字："胃癌，晚期……""还有多长时间？"徐小芳强力控制着情绪，不让自己倒下去。"估计三个月。最多不超过四个月。"

徐小芳眼前一黑，晕了过去……

（八）

走出医院大门，徐小芳还恍惚着。她甚至忘了是怎么从医生办公室出来的，只模糊记得有人使劲掐自己的人中，醒来后按别人的要求喝了一杯温热的糖水，其他的，像是一场若有若无的梦。

徐小芳真希望这是一场梦，并且永远不要醒来，这样丈夫就可以逃过一劫，自己也不必去面对残酷的现实。只可惜，这不是梦，而是必须直面的现实生活。意识到这一点，徐小芳不由得一个激灵，整个人也清醒起来，一个声音在心底响起："徐小芳，你一定要挺住，千万不能倒下！要不然，这个家就乱套了。"

过了一条马路，回头再望一眼县人民医院的大门，徐小芳下意识地抬起右手，摸摸自己的右眼眶，没有摸到一丝泪痕。也就是说，从得知丈夫身患癌症的那一刻至今，平时动不动就抹眼泪的徐小芳竟然没掉一滴眼泪！徐小芳禁不住为自己的坚强自豪起来："老天不公，我偏不低头，我就是要让自己的男客开开心心地活着，就是要让他体体面面走完最后的时光。"打定主意，徐小芳忽然觉得浑身充满了力量。她没有急着去找李良开，而是找了个僻静的地方，掏出手机，挨个给四个儿子打电话，逐一通报了检查结果，并和孩子们商量下一步应该怎么办。

接到母亲的电话，四个儿子都很震惊。在深圳打工的大儿子李源，哭出声来，抽泣着说马上去订车票，尽快往家赶。在西藏部队当副旅长的二儿子李远最为镇定，一个劲儿地叮嘱母亲不要着急，说自己坐当天的飞机回重庆，再从那里坐汽车回开县古月乡月溪场。

在成都开出租车的三儿子李流有些慌乱，说一切都听妈妈的，妈妈怎么安排，他就怎么办，要钱出钱，绝无二话，并称当天就坐火车直奔万州，然后转乘汽车往家赶。在重庆开小餐馆的小儿子李长与父亲的感情最深，接到母亲的电话，半天说不出话来，最后说了句"我马上回家"，便挂断了电话。

徐小芳的意见，是放弃医院各种形式的治疗，把精力放在如何让李良开愉快走完最后一程上。这样的安排，也符合李良开的一贯主张。

2004年，李良开从村主任岗位退下来后，目睹村里数起癌症患者人财两空的凄凉结局后，不止一次对徐小芳讲："如果哪天我得了绝症，千万别花那个冤枉钱，反正横竖都是一死，何必给后人留下一屁股债？"

每每儿子们从外地回家，李良开也反复表达这样的观点，说自己如果也有那么一天，不动手术，不做化疗，还说这也是一种孝顺，并称："孝顺孝顺，不顺哪来的孝？"

在这个问题上，徐小芳和李良开的看法完全一致。所不同的，是她没有从孝顺的角度去理解，而是单纯从不给子女增加负担的角度考虑。四个儿子都在外地打拼，日子虽然过得去，但都称不上富足，要不然，他们也不会忍受亲子分离之苦，狠下心肠把孩子留在老家由父母抚养。

徐小芳和四个儿子商定：既然已经确诊为胃癌晚期，那就尊重李良开之前一再强调的观点，不动手术，不做化疗，而是想方设法帮他了却各种心愿。徐小芳还和儿子们讲好，全面封锁消息，不到最后时刻，除母子五人，不对任何人透露李良开患胃癌的消息。同时，为了防止引起李良开的猜疑，徐小芳阻止了儿子们马上回家的打算，还叮嘱他们别急着扎堆给爸爸打电话，而是要像往常一样。

轮番给四个儿子打完电话，徐小芳觉得自己镇定了许多。她先到药店买了几袋治胃病的普通中成药，随后回到招待所，静静等待丈夫回来。

（九）

当李良开从徐小芳口中得知自己得的只是常见的胃膜炎时，开心得像个孩子："我说嘛，肯定没啥大毛病！那个老中医就是个庸医，净吓唬老实人。右客，走，我们回家，小家伙们一定想爷爷奶奶了。"听见丈夫喊自己"右客"，徐小芳感受到了从未有过的亲切感。因为在51年的婚姻生活里，李良开很少按当地的俚语这样称呼妻子，而是习惯于用"我说"或"喂"来代替对徐小芳的称谓。

徐小芳也是这样，和李良开对话时，她既不喊名字，也不喊别的，而是张口必称"我跟你说"。而和别人谈起李良开时，很少说"我男客"，而是称"我们家的"。因为在她看来，把丈夫喊成"男客"，实在是太粗俗了。

从县城回到月溪场，徐小芳变得忙碌起来，有空就往外面跑，说是要跟别人学十字绣。李良开也懒得过问，不是待在家里看电视，就是跑到茶馆看人家打麻将，偶尔也上去玩几把，一块两块的彩头，没什么输赢，就是图个乐呵。

实际上，徐小芳学十字绣是假，抽空打电话和儿子们商量如何让丈夫开心是真。商量来商量去，焦点最终聚集到唐家岩老院子和祖坟搬迁上。母子五个一致认为，这是李良开当前最关心的事情，可以围绕此事做点文章。

最后，二儿子李远的一番话提醒了徐小芳："前段时间，老汉不是想出来挨个城市做侄儿们的工作吗？那就让他到处走走看看，顺便散散心。"

徐小芳眼前一亮，但她马上想到了经费问题："那得多少钱啊？我听善乾老师说，一圈走下来，得四五万啊。"

李远急了："妈，都啥时候了，您还心疼钱？钱由我们兄弟四个出。再说，这比动手术、做化疗便宜很多嘛。这样既尊重了老汉的想法，照顾到了他的心愿，还能借此看看各地风光，愉悦一下心情，一举多得，多好的事啊！”

听二儿子这么一讲，徐小芳觉得在理。再和另外三个儿子一商量，全都投赞成票，这事儿就算定下来了。

谁曾想，徐小芳同意了，李良开却唱起了反调，坚决表示反对。徐小芳以为李良开知道了自己的病情，但李良开的言行一如从前，没有任何颓废或绝望的征兆。他不同意远行的理由，竟然是最近玩麻将上了瘾。这个理由，让徐小芳有些哭笑不得。因为在她的印象中，李良开历来反感麻将，总认为那是不务正业，除了过年，他平时甚至禁止自己的家人玩麻将。

“你玩麻将玩上了瘾？太阳从西边出来了？”徐小芳说啥也不相信。

面对妻子的疑惑，李良开耍起了赖皮：“我说，我迷迷瞪瞪几十年，现在终于开窍了。玩麻将太有意思了！以前咋没发现呢？你就别管我了，让我痛痛快快玩几年。都快七十了，再不玩就没时间了。”

听到“再不玩就没时间了”这句话，徐小芳心里一慌，面色一变，但很快又恢复正常。她笑着对李良开讲：“我跟你说，你都多大岁数了，还惦记着玩儿？老院子不管了？祖坟不管了？你将来到了下面，怎么跟你们李家的老祖宗交代啊？”

徐小芳这么一说，李良开不提玩麻将的事了：“喂，谁说不管了？问题是我管得过来吗？这帮小兔崽子，没有一个真心实意支持我，你叫我怎么办？”徐小芳反倒乐了：“谁让你跪下来求他们啊？我跟你说，趁你现在还走得动，当面和他们谈一谈，说不定他们就站在你这边来了。”李良开松了口：“你不心疼钱了？”“反正又不是我出钱。我跟儿子们讲了，他们都支持你，路费已经汇到我的银行卡里。”徐小芳故作轻松地回答。“喂，那你得陪我去。我们两个都没出过远门，一起去，刚好有个伴儿。”“我当然想去。可是六个娃儿们咋办？总不能丢下他们不管吧？我跟你说，你就放心去吧，家里还有我哩。”

四个儿子也陆续打来电话，中心意思都差不多，叫李良开不用考虑行程和时间长短，国内任何地方，想去哪儿就去哪儿，愿逛多久就逛多久，还可以到那些风景区去看看，感受一下祖国大好河山的壮美。

好说歹说，李良开终于答应出去走一走看一看，顺带做做唐家岩李氏后人的思想工作，动员大家齐心协力把祖上留下来的老院子、祖坟保住。当然，老院子后面那一长排郁郁葱葱的古柏，无论如何也要保护下来。

（十）

尽管之前仔细筹划过行程，但真决定远行，李良开却为远行线路发起愁来。他想去的地方实在太多了。但凡有唐家岩李氏后人的城市，他都想去一趟。不管能否达到目的，他只想求个问心无愧。

考虑来，思量去，李良开对徐小芳讲："我说，我决定了，定时间不定行程，走到哪儿算哪儿，从出发那天算起，三个月后我保证回到老家。""你到底要去哪些地方？"徐小芳想弄清丈夫的行程安排。"喂，我说你有完没完？有两个地方必须去，一个是湖北孝感，那是我们老祖宗李和钦生活过的地方；另一个是天津，跟我爷爷李永杰有关。其他地方，我琢磨着去吧。反正最多三个月，我就会回来。""三个月？"徐小芳不由自主地一哆嗦，很快又控制住情绪，并开起了玩笑："这么久啊？那好吧，你可要说话算数。我跟你说，三个月之内必须回来，并且只允许你一个人回来，你可别给我带一个年轻的妹娃子回来。"李良开哈哈大笑："我是有贼心也有贼胆，可惜身子骨不中用了。别扯淡了，我说话算数，三个月之内一定回来。"徐小芳伸出右手，四指紧握，跷起小指："拉钩？"

李良开扬起右手，轻轻拍打下去："拉钩？还上吊呢。喂，你还当我是三岁娃儿啊？我啥时候骗过你？老头子一个了，哪还有心思骗你？真是啰唆。"

徐小芳笑了，转过头，却抹起了眼泪。李良开见状，也开起了玩笑："喂，怎么啦？我还没出发，就舍不得男客了？哭啥子嘛，我又不是不回来。""哪个哭了？人家眼睛进了渣渣好不好？自作多情！"徐小芳极力掩饰着，"你好久走？我帮你收拾一下东西。我跟你说，需要带啥告诉我，省得出去不方便。"李良开若有所思："还有几天，娃娃们就放暑假了。等他们都回来，我们一起回山上老家住两天，之后我就走。喂，你发啥子呆，听到我说话没有？"

徐小芳没再搭腔，开始琢磨着给丈夫带些什么衣物。

时间过得飞快。一转眼，娃儿们放暑假了。又一转眼，大暑就到了。

2013年7月22日，李良开就要出发远行。这一天，徐小芳真切感受到了什么是生离死别。

李良开走出家门那一刻，徐小芳真后悔了。她泣不成声，恨不得跑出去把丈夫拉回来，然后让他老老实实地待在家里，自己分分秒秒地陪着他伺候他。他是个病人啊，还是绝症，身体经得住来回折腾吗？可是，不让他去，他就能快快乐乐地度过剩下的日子吗？恐怕不能。还是让他去吧，这样他会走得安心一些。

直到追出去送手电，徐小芳还在犹豫着要不要把李良开拽回来。可她一直开不了口，只能看着丈夫大步流星地向祖坟方向走去……

第一章　穿行巴蜀，走不出的故乡藩篱

（十一）

2013年7月23日，农历六月十六，中伏第一天。重庆开县新城，汉丰湖畔，湖景观邸高档住宅小区。

晚饭后，李善渔来到书房，坐在可以360度旋转的真皮老板椅上，打开电脑，准备联网玩一会儿红警。这是李善渔唯一会玩并且一直在玩的电脑游戏，一玩就是15年。

事情还得从1998年5月31日说起。

那天晚上5点半左右，时年33岁的李善渔办完停薪留职手续，忐忑不安地走出县邮局大门，就此告别工作整整12年的单位，扔掉让人羡慕的铁饭碗，开始投身方兴未艾的房地产开发。

彼时，三峡水利枢纽工程建设已进入第四个年头，重庆作为共和国第四个直辖市仅一年零两个月时间，开县新县城易址新建举步维艰。一时间，街头巷尾议论纷纷，对当下的焦虑，对未来的茫然，使得汉丰镇这个具有1800年历史的古城躁动起来。

其实，老县城居民最关心的问题只有一个，就是老城的旧房子能在新城换来多大面积的新房子。

当时，寄居在岳父家的李善渔不怎么关心这些问题。事情明摆着，无论岳父家换来多大的新房子，从法律意义上讲，跟他这个半拉城里人都没有多大关系。除非在农业银行上班的妻子张淑娴单独分到一套房子，否则一切都是白搭。

李善渔的岳父张中文却不这么想，他不仅要想方设法让自己唯一的女儿分到一套住房，还要借新县城建设的东风，让女婿辞掉公职，下海搞房地产开发。

改革开放刚刚开始的时候，还是县土地管理局普通科员的张中文就动过下海经商的念头，不料妻子死活不同意，只好作罢。后来，妻子因病去世，张中文没有再娶，把全部心思用在抚养女儿和干好工作上，一直干到副局长。尽管如此，他始终觉得自己的人生不够完满。所以，当意识到新县城建设蕴含巨大商机时，临近退休的张中文不再犹豫，开始做女婿的思想工作，动员他停薪留职去搞房地产开发。

对自己这个女婿，张中文是满意的。在他看来，李善渔既有农村人的善良与本分，又有城里人的圆滑和精明。更让张中文看中的，是女婿身上那股天不怕地不怕的闯劲。而这些，都是下海经商必备的重要素质。张中文也想过亲自操刀，无奈年岁渐大，精力一年不如一年，加之自己又是名领导干部，即便退休了，也还有个社会影响问题。思来想去，只能把希望寄托在女婿身上。

最初，李善渔坚绝不同意。包括张淑娴，也不赞成父亲的提议。

张中文理解女婿的心情。李善渔作为农家子弟，好不容易考上四川省邮电学校，跳出了农门，还在县城成了家，在邮局储蓄柜台的工作也很稳定，让他扔掉铁饭碗，确实有些不合常理。

面对李善渔不动声色的抵制，张中文不急不躁，一有空闲就和女婿唠改革开放的好处，唠房地产开发的美好前景，唠自己可以动用的人脉和资源。一来二去，李善渔动了心，回过头开始做妻子的工作，一家人最终达成一致：李善渔下海经商，张淑娴继续上班，而张中文退休后则全力辅佐女婿。无巧不成书，李善渔办完停薪留职手续那天，张中文也正式从县土地管理局副局长位置上退了下来。

在这两个月前，国务院正式成立国土资源部，加大了对土地的监管力度。与之相对应，各级土地管理部门改名换姓，职能进一步加强，地位明显上升。尤其是随着房地产开发的兴起，国土局逐渐变成炙手可热的实权部门。

虽然从领导岗位上退了下来，但张中文的影响力还在。退休不到三个月，便协助李善渔完成了注册公司、融资、拿地、资质挂靠、立项等一系列事情。

那段时间，李善渔东跑西颠，忙得脚打后脑勺，压力非常大，一度焦躁不安，头发一把一把地往下掉，还出现了秃顶的趋势。张淑娴心疼老公，想着法子让他放松。听说玩电脑游戏可以调节紧张情绪，她第一时间买回一台当时最好配置的电脑，利用家里的固定电话办理了互联网业务，动员李善渔利用空闲时间玩玩游戏，放松一下高度紧张的神经。就这样，李善渔开始接触电脑游戏，并疯狂地喜欢上了红警，一有时间就上去"拼杀"一阵。

真别说，张淑娴这招还真管用。一段时间以后，李善渔的焦虑症状明显缓解，秃顶趋势也得到遏制。最重要的是公司也逐步走上正规，李善渔逐渐体味到了下海经商的妙处。15年后，李善渔的房地产公司成长为全县的明星企业之一，他本人也光荣当选县人大代表，俨然成为一个要风得风、要雨得雨的风云人物。

15年来，李善渔身上发生了太多变化，但玩"红警"这个爱好始终保持下来。

对此，他多次拿这事和妻子打趣："我一直玩'红警'，这说明你老公感情专一。游戏只玩一款，老婆只要一个，像我这样的绝世好男人，你上哪儿找啊？"对此，张淑娴并不买账，一再警告李善渔要注意身体，还说他都快50的人了，竟然戴着老花镜玩电脑游戏，也不嫌丢人。

李善渔不觉得丢人。比如这会儿，他又戴上了老花镜，准备上网痛痛快快地厮杀一番。谁知刚联上网，还没开玩，老婆张淑娴在客厅叫嚷开了："死到哪儿去了？赶紧出来，跟我到湖边散步去！刚吃饭就打游戏，你那血糖唧个降得下来？"李善渔苦笑着，摇了摇头，起身往外走，可又有些不甘心，便冲着客厅和老婆商量："我脚拇趾痛，今天能不能请个假？""少跟我来这一套！你那点小心思，我还不知道？你一翘屁股，我就知道你要拉什么屎。"说话间，张淑娴进了书房，伸手掐住李善渔的右耳，不由分说地往外拽，"你这儿痛，那儿不舒服，还不是锻炼太少？今天好不容易在家，还不跟我散步去？""我去我去。快松手啊，要不然我耳朵就被你揪掉了。"面对有些强势的妻子，李善渔只能服软，乖乖地换上运动鞋，紧随妻子出了家门，来到号称"中国西部最大人工湖"的汉丰湖畔，沿着地砖铺成的通道，迈开双腿开始散步。

汉丰湖东西跨度12.51公里，南北跨度5.86公里，是三峡工程建设而形成的独具特色的人工湖。开县移民新城坐落在此湖畔，构成"城在湖中，湖在山中，意在心中"的美丽画境。湖周有南山森林公园、大觉寺、刘伯承同志纪念馆等诸多人文和自然景观。

走了不到100米，李善渔的手机响了，凤凰传奇的歌声激越昂扬，把专注于湖光山色的张淑娴吓了一大跳："哪个砍脑壳的？晚上也不让人消停？"李善渔伸出右手食指，贴着嘴唇做了个"嘘"的姿势："开三叔打来的。"

李善渔的爷爷李有双在唐家岩李家大院排行老三，人称三房。而李良开的父亲李有文排行老大，是当仁不让的大房。因李良开在大房排行老三，侄辈们都喊他开三叔。之所以在三叔前面加个开字，主要是防止与其他几房相同排行的堂叔相混淆，比如"兵三叔"、"顺三叔"等等。

听说是李良开打来的，张淑娴不再吱声，而是放慢脚步，让老公安心接听电话。

"三叔你好，我是善渔。什么？你来县城了？要不来我家？我们叔侄俩好久没见面了，一会儿喝两杯？那好，我让司机去接你，我在家里等你。"回过头来，李善渔对张淑娴讲："赶紧回家整几个下酒菜，开三叔要来我们家喝酒。晚上还找我，肯定是有事情。"

（十二）

对于李良开的来访，李善渔两口子高度重视。尤其是张淑娴，听说是李良开要来，二话没说就忙活开了，又是准备酒菜又是安排床铺，生怕招待不周。

而平时，一旦听说丈夫老家来人，张淑娴要么私下唠叨不停，要么公开表示不满，经常弄得李善渔下不了台，不敢轻易把老家的亲友往家里领。

李良开是个例外，因为他是李善渔的大恩人。也正是由于这个缘故，每次李良开来李善渔家里做客，都会受到热情款待。不仅如此，张淑娴还经常叮嘱老公不要忘本，一定要多多报答这个当年曾经无私相助的堂叔。

李良开曾经三次帮他渡过难关，每一次都至关重要。

李善渔读小学五年级那年，父亲李良书突然病故，母亲交不起每学期八毛钱的学费，成天以泪洗面。正当李善渔为即将辍学而暗自神伤时，李良开伸出援手，因为他不想看到这个学习成绩一向很好的堂侄就此中断学业。

带着对开三叔的感激之情，李善渔更加发愤读书。谁知考初中时又遇到了麻烦，明明分数超过了县重点初中之一古月中学的录取线，却被莫名其妙地录到古月中心小学初中部。关键时刻，李良开又站了出来，不仅从村里找到乡里，还亲自去了一趟县教育局，最终让李善渔如愿进入古月中学就读。

等到李善渔面临中考时，他又遇到困惑，在报考中专和高中之间犹豫不决。老师们都极力劝他报考县一中，说凭他的学习成绩和劲头，将来一定能考上重点大学。这一点，李善渔很有信心，但他必须为一直寡居的母亲考虑，高中三年的学费和生活费，对捉襟见肘的家里来说，简直就是一个天文数字。苦闷之余，李善渔想到了一直很关心自己的堂叔李良开，利用周末回家背粮食和咸菜的机会，上门向开三叔请教。李良开也不绕弯子，直接亮出自己的想法："报考中专吧，两年后直接上班挣钱，这符合你们家的实际情况。"时年18岁的李善渔采纳了开三叔的建议，毅然报考中专，顺利被四川省邮电学校录取。毕业后，先是分到月溪邮电所工作，一年后调入县邮电局。

某种意义上，李善渔把李良开当成了自己的父亲，每每遇到困惑，总会习惯性地征求这位堂叔的意见。包括1998年从县邮局办停薪留职，包括后来一次性买断，他都问过李良开。每一次，李良开都会耐心地帮他分析利弊。可能是意识到堂侄已经闯出一些名堂的缘故，自从李善渔上班之后，李良开不再给出倾向性建议，只是帮着分析原因，把决定权交给李善渔。这让李善渔有一种被尊重、被认可的满足感，也由此更加认定李良开不是一个普通的农民，而是一个有胸襟、有想法的长辈和智者，好像什么事情都难不倒他。

因此，当李良开十分诚恳地向堂侄征求保住唐家岩李氏家族老院子、祖坟和古柏的意见建议时，李善渔多少有些意外："三叔，您这不是折杀晚辈吗？这么多年，都是我向您讨主意，怎么今天您还问起我来了？"李良开端起酒杯抿了一口："这次我是真没招了，才跑来找你商量。我们唐家岩的李家人，在开县地界内，数你名气最大。不找你，我找谁？""这事儿我听说了。兄弟伙们积极性都不高，还真不好办啊。再说，上次我给您打电话，没听您提起过这事啊。""哎，别提了。我电话打了好几圈，你的那帮兄弟伙没一个明确表态的。我知道，他们都眼红那几十万元的拆迁补偿款。可那是祖宗留下来的院子，是祖宗栽活的古树，坟里埋的是先人的遗骨，我们哪能见钱眼开啊？"

说到动情处，李良开泪花闪闪，用右手擦了擦双眼，接着说道："至于你，相信你是支持我的。去年，你不是还和我商量圈祖坟吗？咱们祖坟风水好，你们这些后人都沾了光，真得想办法保住啊。"

对于风水，李善渔原本并不怎么在意，认为那纯属精神层面的自我安慰，一点儿也不靠谱。后来进入房地产行业，看见大多数老板都信这一套，动不动就请风水先生选地段，工地开工请大师选黄道吉日，楼盘开盘日子也是一算再算，耳濡目染，他便有了宁可信其有、不可信其无和图个吉利、求个心安等心态，自然而然地跟着学、跟着做，还按照高人指点，每年春节都回月溪三个碾盘和唐家岩团田拜祭先祖，祈求先人保佑自己的房地产生意越做越顺、越做越大。

去年春节回老家拜祭先祖期间，李善渔向李良开提议，由他出钱把团田的祖坟修整一下，用条石把曾祖父、曾祖母的坟茔圈一下，再立个碑，修一个拜祭台，以方便后人前来祭奠。李良开当时回答："这是好事，但我做不了主。修祖坟是大事，必须征得大家同意。"他还叫李善渔莫着急，等时机成熟再说。

旧事重提，叔侄俩都很感慨。圈坟的事还没来得及启动，祖坟却面临被迁的危险，真是世事难料啊。

李善渔想到一个主意："三叔，你看这样行不行？我出钱，你马上回去找石匠，以最快的速度把祖坟圈起来，这样与政府交涉时也多了一个理由。""不行啊。"李良开叹了一口气，"安名山你知道吧？他10年前就跟我说，咱们团田的祖坟不能乱动，15年内不能圈坟、不能立碑，否则后人们会走背时运。当时我也不信，但现在看来，他算得很准，不信不行啊。""这个您可没告诉过我。"李善渔有点不悦。李良开笑了笑："不高兴了？我是怕你灰心噻。你也是一番好意，我怎么好打击你的积极性？我是想等它个三五年，再和你商量圈祖坟的事。不说这个了，咱们叔侄俩还是商量一下今后怎么办吧。你有什么好主意尽管说，我听着就是。"

"您是老辈子，您说了算，最多我就是一个小参谋。"李善渔端起酒杯，和李良开碰了一下，"您看这样行不行？您不是要出去征求我那帮兄弟们的意见嘛，我明天去搞个横幅，你让李家男女老少都在上面签上名字。回头我再给您搞一个摄像机，每个人都在机器面前说上几句，要求改变高压电线的走向，保住老院子、祖坟和古柏。等您从外地回来，拿着签满字的横幅和录像到县政府上访，他们不解决您就到重庆上访，保证能收到意想不到的效果。"

李良开眼前一亮："我咋没想到呢？你小子真行！你是怎么想到的？""三叔您就别取笑我了。我不是搞房地产开发嘛，搞拆迁时经常遇到钉子户，有的死扛，硬碰硬，结果都没得到什么好处。有的很聪明，拉横幅造影响，录音像找证据，遇到这样难缠的主儿，政府和我们开发商一般都会网开一面，作一些让步，多给点钱，嘴巴也就堵上了。""那就这么办。"李良开的心情一下开朗起来，端起酒杯，用劲和李善渔碰了碰杯，"今天我们爷俩就喝到这里。明天你把在县城的兄弟伙召集到一起，省得我一个个去找。""要得。也没几个人，大概不到10个。这样，一会儿您休息，我打电话约一下，明天中午我在御金洲大酒店安排一桌饭，大家聚一聚，把该办的事都办了，也顺便为您送送行、壮壮威。明天中午，我让司机拉着您到县城四处转转，您也顺便到开一中看看您的宝贝大孙子。"

说到大孙子，李良开的心情更加舒畅了，和堂侄开起了玩笑："你办事，我放心。你指哪儿，我打哪儿。咱们叔侄团结如一人，试看天下谁能敌！哈哈哈！"

（十三）

次日吃过早饭，李良开坐上李善渔的奥迪越野车，到新县城乱逛。这是李良开第二次认认真真地逛新县城。2007年11月中旬，李良开到新县城的亲戚家串门。那时，易址而建的新县城已初具规模，而老县城早已拆得七零八落，只剩下旧城中心十来栋政府办公楼及附属设施。当月15日下午3时许，号称"三峡库区最后一爆"的清库爆破开始了。李良开跟着亲戚跑到县城边上的盛山公园，登上高处，目睹了十三栋建筑物在三秒半内夷为平地的壮观景象。

转眼六年过去了，老县城旧址已被汉丰湖完全淹没，新县城高楼林立，马路宽敞，车流如织，人来人往，已然有了中型城市的模样。在司机的建议下，李良开去了一趟位于盛山脚下的刘伯承同志纪念馆，近距离感受这位共和国元帅的丰功伟绩。

11点半，李良开准时赶到御金洲大酒店，快步进入大厅。当看到那个四星级酒店的标志时，他倒吸一口冷气：我的乖乖，我一个老农民，哪有福气享受这个？这么一想，李良开浑身变得不自在起来。他对等候多时的李善渔讲："要不咱们换个地方？你三叔没这么讲究，找个小馆子就行。"没等李善渔开口，张淑娴抢过话荏："哪能行？不能换，不能换，订金都付了，菜也点了，退不掉了。再说，您是我们家的大恩人，怎么安排您都不过分。三叔，您就别客气了，就让我们两口子表达一下心意吧。"李良开不再说什么，跟着李善渔，迷迷糊糊进了电梯，迷迷糊糊进了包房。

过了一会儿，人到齐了，总共八个，刚好一桌。除了李善渔夫妇，还有在电信公司上班的李善陆、在物业公司当保安的李善玉、在建筑工地当钢筋工的李小勇、在学校食堂当厨师的李善富，他们都是李良开的堂侄。另外，在超市做保洁工作的李小芳也来了，这让李良开非常意外："小芳，你怎么也来了？"

李小芳站起来，很虔诚地向李良开鞠了一躬："三叔，我怎么不能来？我也是李家的后人嘛。前几年咱们'塝上李'修族谱，按说我们这些嫁出去的姑娘是进不去的，是您坚持把所有李家后人都写进了族谱，连我们的丈夫和孩子也写进去了。您不把我们这些嫁出去的姑娘当外人，我们自然也要知恩图报。保护祖坟和老院子，算我一份儿，您说怎么办就怎么办，我都听您的。"

这番话，李小芳说得动情，其他人也听得动容。尤其是李良开，甚至有些感动了："小芳，什么嫁出去的女儿泼出去的水，我就反对这个说法。无论男娃女娃，都是我们李家的血脉啊。包括你们的孩子，虽然跟别人姓，但身上也流着我们李家的血不是？你能来，我真没想到，也真是高兴。这说明我们老李家的人心还没散，你们这些年轻人还没忘记自己的根脉。"

"咳，三叔说得对，我们不能忘了自己的根脉。"李善渔清了清嗓子，开始转入正题，"今天来的都是我的兄弟姐妹，咱们一家人不说两家话，刚才小芳妹妹也说了，政府要在我们唐家岩架高压线、建变电站，老院子、祖坟要拆迁，柏树也要砍掉，这可涉及我们整个家族的风水和运势，真不是什么小事。三叔的意思，是我们大家团结起来，拧成一股绳，齐心协力向政府陈情，促使他们改变高压线走向。今天把大家聚到一起，就是为了这个事情。"说罢，李善渔从身边的提包里拿出一条红底白字横幅让众人用手抻开，足有半米宽、五米多长，上书八个醒目的大字："爱我家园，保我祖坟。"

"这是三叔定制的横幅，将来要拿到政府请愿，需要大家在上面签下自己的名字，表明李氏后人保住祖坟、老屋和古柏的决心。"李善渔喝了一口酒店服务员准备的茶水，"另外，三叔还准备了一个摄像机，希望大家都说几句。一个巴掌拍不响，众人拾柴火焰高，我们要理解三叔的苦心，好不好？"

"我同意！我是李家的儿媳妇，我不但第一个签名，还把我儿子的名字写上。"张淑娴第一个站出来，从随身携带的坤包里拿出一支签名专用笔，在横幅一个不起眼的角落，写下了"张淑娴"和儿子"李富聪"的名字，而后对李善渔说："你赶紧打开摄像机，我要代表我和儿子说几句。"

李善渔很配合地打开摄像机，开启了录像功能。张淑娴一点儿也不含糊，正对着摄像机，开始了自己的激情演说："刚才小芳妹妹说了，我虽然不姓李，但我是李家媳妇，保护李家的祖坟，我当然责无旁贷。我代表我老公、我儿子和我自己在此郑重声明：唐家岩李氏祖坟神圣不可侵犯！唐家岩李氏老院子神圣不可侵犯！唐家岩柏树神圣不可侵犯！"

李善陆觉得不对劲："淑娴嫂嫂，这话是不是该我善渔哥说啊？你说得也没错，但善渔哥说出来是不是更有分量？还有，善渔哥怎么不在横幅上签字？""这个……"正忙着摄像的李善渔变得不自然起来。"老公，你不好意思讲，我来说。"张淑娴抬高了嗓门，"三叔，各位兄弟姐妹，我家善渔好歹也是县里的明星企业家，还是人大代表，他哪能明着出来跟政府唱反调？那样的话，他还想不想在县里混了？昨天晚上三叔休息后，善渔都哭了。可他真是没办法啊。请你们想一想，一个县人大代表参与这事儿，要是传出去，那还了得？"

李善陆还想再说什么，被李良开打断了："都别说了。我们要理解善渔，他有他的难处。"听李良开这么说，李善渔如释重负："菜都上齐了，咱们先吃饭。服务员，来两瓶国窖1573！三叔要出远门，咱们兄妹几个要好好陪三叔喝两杯。"

（十四）

酒杯一端，气氛顿时热烈起来，大家自觉按照岁数大小，依次向李良开敬酒。一圈下来，李良开感觉有些头晕，胃也开始隐隐作痛。他让服务员把跟前的小酒盅倒满，站了起来："你们别站，都坐下，听我说两句。我是个老头子，半截身子都入土了，老院子在不在，祖坟能不能保住，那些柏树还有没有，实际上跟我都没有多大关系了。我这么做，是想把先人的根脉留住，让你们这些在外打拼的后人有一个念想，想回老家的时候有地方可以回，想祭奠祖先的时候有地方可以去。我也知道，你们年轻人有年轻人的想法，很多人都不支持我这么做，有的还想拿着拆迁款到城里买房子。这都没有错，水往低处流，人往高处走嘛。可是……"

"三叔就是三叔，后面这几句，您说得太对了！"李善陆抢过话头，"这年头，村里头的往镇上搬，镇上的往县城搬，县城的往省城搬，省城的往京城搬，京城的往国外搬，只要能过上好日子，谁还在乎农村老家？谁还在乎老院子老房子？三叔您别生气，我说的都是大实话。你问问在座的，谁不想在城里买房子？善玉哥，你不想？小勇，你是不是也说过？善富哥不也正准备在月溪上买房子嘛。"

李良开越听越觉得不对劲，"啪"的一声，拍了一下桌子："善陆，你小子给我闭嘴！不说话，没人把你当哑巴。我又没反对你们在城里买房子，我只是希望你们不要忘了自己的根。如果连老房子和祖坟都没了，你上哪儿寻根问祖？"李良开越说越觉得底气不足，自顾自地猛喝了一口白酒，呛得剧烈咳嗽起来。

李善渔狠狠瞪了李善陆一眼，上前拍了拍李良开的后背："三叔，您别生气，善陆就是那么一说，他其实也支持你的做法。包括善玉、小勇他们，都愿意支持您。来来来，您先喝口水。这样吧，趁还没喝醉，大伙赶紧把自己的名字写在横幅上，回头每人再对头摄像机说两句，这事儿就算大功告成了。"李善陆极不情愿地说："好吧，我先签。"

看着侄辈们逐一在横幅上签字和对着摄像机表态，李良开的脸色由阴转晴。虽然心里还是有些不痛快，但他还是强打精神与后生们逐个碰杯，表达着感谢。

吃饭期间，李良开去上厕所，李小勇跟了进去，一边解手一边说："三叔，求您个事，您给我善渔哥说一声，他们公司每年都开发新楼盘，把扎钢筋的活儿包给我一些。都说肥水不流外人田，善渔哥怎么对自家人一点儿也不照顾？"

"这事儿我真帮不了你。"李良开说道，"这是善渔一贯坚持的原则，就是不让本家兄弟参与他公司的任何业务。我也劝过他，那些活儿让谁干不是干呢？可他说既然是踏踏实实做企业，就不能搞裙带关系，否则早晚要出麻烦。"李小勇不屑一顾："连自家兄弟都不帮，我善渔哥真是小气。""你别这么说。你善渔哥真不小气，只要是唐家岩姓李的，谁家有个困难求到他，他啥时候没管过？要钱给钱，要物给物，从来都是有求必应。做人要讲良心，说话要积口德，咱们可不能乱说啊。"李良开语重心长地劝着李小勇。李小勇不好意思了："三叔，我说着玩呢，您别跟善渔哥说这事哈。要不然，我们兄弟还怎么相处啊？"李良开哈哈一笑："你娃儿真啰唆。我这么大岁数了，这点儿道理还不明白？"

从酒店出来，李善渔搂着李良开的肩膀："三叔，这才两点多钟，下午我陪你到汉丰湖去钓鱼？小时候你领着我到老家的堰塘钓鱼，教了我不少技巧，今天咱们两个比试比试，看看谁更厉害。""拉倒吧，以后还有机会。"李良开婉言谢绝了，"我一会儿去你家取完行李，就坐车去万县去找你良月幺叔。你们都忙，我就不耽搁你们了。""这样啊？也行。刚好，我正准备让司机去万州办事点，让他顺路把您捎过去。我一会儿给良月幺叔打个电话，让他好好招待您。"李善渔有条不紊地安排着。李良开摆摆手："不用坐你的车，这样太麻烦你了。""麻烦啥？现在开县到万州都是高速公路，半个小时就到了。司机一去一来，也就个把小时，啥也不耽误，您老就放心吧。"半个小时后，李良开坐着奥迪越野车，离开新县城，进入万开高速公路。

经过双向贯通、单程超过6000米、号称西南地区最长高速公路隧道的铁峰山隧道时，李良开真切地感受到了改革开放给开县这个国家级贫困县带来的巨变。

以前从开县到万县，汽车需要沿着铁峰山弯弯曲曲的盘山公路艰难爬行，一上一下，前后两三个小时。而在不通车的年代里，开县人去万县，包括刘伯承当年去重庆报考军校，都是徒步翻越铁峰山大垭口，从这里进入万县，再取道赶往重庆。

大垭口，曾经是开县人外出闯荡世界必须越过的一道山梁。早些年，万开高速公路还没开通，李良开不止一次从月溪场坐中巴车到万县，每次都要经过大垭口，每次都能体会到"站得高、望得远"这句老话的真实含义。

如今的大垭口不再是交通要道，而是成了远近闻名的国家森林公园，建起了别墅群，成为城里人争相前往的风景旅游区和休闲度假胜地。

在大垭口，可以清晰地看到唐家岩及左右高低不一、错落有致的一道道山梁，还能看到那一排挺拔的古柏。而这，无疑是李良开心目中最美的风景。

（十五）

2013年7月24日，农历六月十七，中伏第二天。下午3时许，重庆市万州区周家坝一出租房内。

李良月一边用尼龙绳捆绑废纸壳，一边催促妻子刘红玉："个老子的麻利点，一会儿三哥就到了。屋里这么乱，还不快点收拾，你让三哥怎么住啊？""就这破房子，收拾又能怎么样？自己的房子不住，非要花钱在这里遭罪，我看你是自讨苦吃。再说了，三哥好不容易来一趟，住一下咱们的新房子不行吗？"刘红玉嘴里唠叨着，手上却没闲着，抓紧归拢屋里的瓶瓶罐罐。

听刘红玉又拿新房子说事儿，李良月双手叉腰，张嘴训人："你个死婆娘，有完没完？就知道住新房子，那新房子是我们这些老家伙住的吗？不是说好留给儿子结婚用吗？住过了，还叫新房？三哥又不是外人，他能计较这个？一会儿三哥来，就说房子还没装修好，不能住人。你要给我说漏了，小心老子收拾你。""就知道在屋里对我凶，有本事对外人凶啊。"刘红玉嘟囔完这一句，不再吱声。

一年前，李良月夫妇的独生子李善涛从上海打来电话，说他处了个对象，女孩很漂亮，自己很喜欢。听到这个消息，两口子委实高兴了好一阵子。儿子眼看三十出头了，跟他同龄的伙伴早就当爹了，可他一直不着调，总说没找到中意的，让父母不要着急。这下终于找到了，李良月夫妇自然喜出望外。

没高兴几天，儿子打来电话：人家女方说了，如果想结婚，男方必须在城里买一套不小于120平方米的住房，并且房子不能在月溪场和开县县城，最好在重庆，至少也要在万州，否则结婚免谈。

　　在重庆买房子？这可是李良月和刘红玉从没敢想过的事情。在万州买房子倒是想过，但一直没敢张罗。尽管两口子在万州打拼了近20年，可干的都是挑蜂窝煤、送纯净水、当破烂王等苦活累活脏活，所有积蓄加起来也就20万出头，在每平方米均价将近5000元的万州，上哪里去买120平方米的房子？

　　李善涛没管这么多，往李良月的银行卡里汇入10万元，说了一句"我们准备2014年春节回老家结婚"，再无其他表示。

　　娶儿媳妇可是头等大事，夫妻俩哪敢掉以轻心？一咬牙，东借西挪，加上银行按揭，总算在万州城区买了一套136平方米的房子。经过漫长的等待，三个月前，李良月夫妇终于拿到了房子钥匙。随即，李善涛打来电话，确认春节带女朋友回老家结婚。一个月前，房子装修完毕。刘红玉想搬进去住，李良月死活不同意，坚持要等儿子儿媳结婚时再搬，说是怕冲了喜气。刘红玉犟不过李良月，只好作罢。

　　李良开到达时，李良月夫妇已经把出租房收拾得干干净净，手脚麻利的刘红玉甚至提前准备好了饭菜。刚进屋，还没来得及喝李良月递过来的茶水，李良开就给弟弟安排起了活儿："老幺，你把万县的侄子们都找过来，我有事情和他们商量。""三哥，啥事啊？还要找别人商量？你们哥俩好久不见，一起唠唠得了。"刘红玉在一边插话。李良月赶紧制止妻子："男人说话，有客家家的，插什么嘴？你晓得个锤子！"李良开笑了笑："也没啥大事，就是商量一下怎么保住唐家岩的老院子、祖坟和柏树。你们一直在万县，跟他们熟悉，找起来也方便。"

　　"三哥，你怎么张口万县闭口万县啊？现在都不兴这么叫了。"刘红玉忍不住又一次插嘴。李良月哭笑不得："你个死婆娘，哪个不晓得现在的万州就是以前的万县？还用你在这里教我们？"李良开朝弟弟摆摆手，让他别管这个。

　　"三哥，你真要蹚这浑水？"李良月上前一步，抓住李良开的双手，"政府决定的事情，你改变得了吗？你当村主任的时候，就没这个能力，现在退下来了，更不可能了。再说，你身体又不好，你折腾个啥劲？听老幺一句，赶紧回家好好养病。""就是就是。老家那破房子，保下来又有什么用？"像是商量好似的，刘红玉又开始插话，"老家好多老房子都空闲着，有的都垮了，保留它有啥用？昨天我还跟良月讲，等忙过这阵子，我们还想回去把老家的旧房子卖给政府，我们拿那几万块钱办两份养老保险，以后老了也有个保障。"这一次，李良月没有怪妻子多嘴，静静等着三哥的反应。李良月显明感觉到，三哥的手颤抖了一下。他怕三哥发火，从小就怕，也说不清是因为什么，反正他觉得三哥有种不怒自威的特殊气质。

　　让李良月倍感意外的是，李良开并没有生气，而是很平静地拿开弟弟的双手，心平气和地对刘红玉说道："原来你们早就计划好了？政府出钱征收村里的房子，是为将来搞生态旅游做准备，这是好事，我当然没意见。我只是想保住先人留下来的老院子和祖坟。这好像跟你们的打算也没有冲突吧？"

"不冲突，不冲突。"李良月赶紧打圆场，"旧房子卖不卖，我们还没想好呢。三哥决定这么做，自然有三哥的道理，我支持你，你需要我做什么我就做什么。"

"其实也没什么，就是麻烦你把侄子们都叫过来，我让他们在横幅上签个名字，再就是每个人对着摄像机说几句话。"接着，李良开把自己的想法大致讲了讲。

李良月为难起来："三哥，老幺不中用，真没本事把他们召集到一起。这事儿还得找法律援助中心的富军，他交往多，有号召力，大家都听他的。""富军？你是说二房的富军？"李良开很意外，"找他干啥？我要找的是善字辈的，不是他们富字辈的。一辈管一辈，这事儿还轮不到他说话。再说了，我们大房和二房的恩怨还没有完全了结，你能确定他李富军能和我们一条心？""三哥，你想多了。"李良月十分真诚地说道，"富军跟他爷爷、爸爸和叔叔们不一样，他不记仇，说那是上两辈人的事情，现在早就该翻过去了。你忘了，前年富军还免费帮我打赢过官司，他真把我们当一家人。三哥，你不是一直说过去的就让它过去嘛，我们老汉和二叔那一代人的恩怨，真应该让它过去了。"李良开陷入深思，不再说话。

（十六）

对于富军这个近房孙辈在那场官司中的无私帮助，李良月一直充满感激。

原本，李良月并不想打官司。倒不是因为李良月胆小怕事，相反，他是个充满血性的汉子，五年的军旅生涯，赋予了他雷厉风行、敢说敢做、天不怕地不怕的个性。

1980年初，李良月从部队退伍回来，主动要追与唐家岩一梁之隔、小他五岁的刘红玉。别人都不看好，刘红玉的家人全都反对，嫌李良月的家里太穷，说他除了几身旧军装，别的什么都没有。刘红玉的三个哥哥甚至扬言要揍李良月，声称如果他再骚扰刘红玉，保证见一次打一次，直到打服为止。李良月毫不惧怕，逐步实施着自己的计划。他先是偷摸与刘红玉约会，凭借真诚的表白、浑身的肌肉块和一个子弹壳加工打磨而成的戒指，彻底捕获了刘红玉的芳心。紧接着，他穿上部队带回来的旧军装，拎着一包糖、两瓶酒，一个人大摇大摆地去了刘家大院，当着刘红玉的父母和刘氏三兄弟的面，不管不顾地把刘红玉搂在胸前："我娶定她了！你们要揍我，随便，我保证不还手。"刘红玉羞得满脸通红，嘴里叫着："谁答应嫁给你了？"身子却软作一团，乖乖地依偎在李良月的怀抱里，丝毫没有挣扎或反抗的意思。

　　见此情景，刘红玉的家人全都歇了菜。包括怒火中烧的刘氏三兄弟，只能把攥紧的拳头松了又松，强作欢颜地上前与李良月这个准妹夫套近乎，无奈地接受了这门亲事。

　　结婚后，李良月没有在家守着刚刚包产到户的土地，而是领着刘红玉月跑到当时的四川省万县地区行署所在地，干起了并不被乡亲们看好的力气活——给城里人送蜂窝煤。

　　当年，在万县这个四川省第三大城市，煤气还没有普及，不少人家还依靠蜂窝煤做饭烧水。如此这般，挑蜂窝煤便成为一种不可或缺的职业。绝大多数城里人不屑干这种苦力活，宁愿花点钱让农村人干，也不肯自己动手。

　　李良月的同届战友中，正好有个万县城的。退伍时，他再三跟李良月建议："回家种地有啥出息？你到城里来，哪怕是挑蜂窝煤，也比你种地挣得多。"李良月接受了这个建议，也因此成为唐家岩第一个到城里打工的男人。而刘红玉，自然也成为唐家岩第一个到城里打工的妇女。

　　事实证明，李良月的选择是对的。那时生产大队刚刚解散，包产到户的土地显得格外金贵，家家户户都想尽可能地多拥有田地，李良月很顺利地就把自家的田地包给别人。这样不管年景好坏、收成多少，不仅公粮有人交，每年他还能得到几百斤稻谷作为一家人的口粮；另外一个显而易见的优势，就是他们夫妻能在城里挣到现钱，手头总是比靠天吃饭的左邻右舍宽裕许多。

　　榜样的力量是无穷的。正是在李良月夫妇的带领下，唐家岩李氏家族的成年人陆续外出打工，要么到万县城下苦力，要么到沿海地区工厂上班，使得曾经人满为患、热闹非凡的唐家岩李家大院逐渐变成一个空院子，那些曾经金贵的土地也变得一文不值，落魄成无人耕种、长满荆棘的荒芜之地。

　　经过多年的打拼，李良月摸熟了万州这座位于长江边上山城的每一条街道。尤其是发现拾荒是个不错的挣钱门道之后，李良月简直成了万州的活地图，对每个小区、每个垃圾回收站的位置都一清二楚。这也是没有办法的办法。随着楼房的增多和煤气的普及，城里烧蜂窝煤的人家越来越少，李良月不得不转变思路——加入拾荒族，从垃圾堆寻找财富。

　　对于在哪儿拾荒，刘红玉并不关心。到城里这些年，她已习惯了跟着丈夫一起行动，每天去哪里，干什么，都由李良月说了算，她从不操那个闲心。

　　2011年中秋节这天早上，天还没亮，刘红玉早早地起了床。感冒多日的李良月强撑着爬了起来，但觉得头重脚轻，只好无奈地躺回床上休息。李良月跟刘红玉商量："要不今天你也别出去了？"刘红玉不干："不用管我，保准丢不了，说不准还能捡到宝贝呢。"之后轻轻关上门，一路小跑，直奔三里地之外那片正拆迁的居民小区而去。刘红玉明白，动作不快点真不行。捡破烂这活儿，拼的就是个时间，去晚了，什么都捡不着。

其实，刘红玉一点儿也不想去那片已经拆得只剩破砖头的居民小区。

一路小跑着，脑海里不断浮现着三年前那不堪回首的一幕。

那天一大早，李良月按以往的经验，领着刘红玉到一个正在拆迁的小区捡破铜烂铁，却发现人家连夜在四周竖起了高高的钉着白铁皮的挡板，把里面遮得严严实实，还有人巡逻，外人根本进不去。透过两块挡板之间的缝隙，李良月发现了一截铁丝，正用一根树枝使劲扒弄哩，被两个巡逻的年轻保安从后面抓了个正着，啥也没说就是一顿拳打脚踢。刘红玉上前护着丈夫，却被李良月制止了。因为他觉得理亏，人家都围起来了，表明不允许外人进入了，自己还去捡铁丝，挨打了就是活该……

胡乱想着，刘红玉一路小跑赶到那片已经拆得只剩破砖头的居民小区。到了跟前，她傻了眼：一夜之间，昨天还敞开的拆迁区域的四周竖起了高高的钉着白铁皮的挡板。这一次，刘红玉不想冒险，甚至不敢顺着挡板之间的缝隙往里看。她不想让老公的悲剧在自己身上重演，决定放弃这个阵地，去附近居民小区碰碰运气。

忽然，刘红玉发现几个熟识的同行在挡板和马路之间的空地上忙碌着。

那是一片被推土机推平的边缘地带，以前是临街的门市房，现在是按城市规划要求预留出来的绿化带所在地。那些同行弯着腰，手持金属探测器，像工兵一样寻找着，发现目标立即用随身携带的小铁锹猛挖。看样子，他们的收获还不错。刘红玉不禁有些羡慕，决定一会儿回家和李良月商量商量，看自个儿能不能买一个这样的装备。

正寻思着哩，忽然听见一个同行大声叫嚷："快跑，保安来了！"刘红玉一惊，拔腿就要开跑。当看到手中空空如也的尼龙袋子，刘红玉乐了："我跑啥子？我啥都没捡，有啥可怕的？"这么一想，人就停了下来。等两个年轻的保安来到跟前，刘红玉觉得有些眼熟，但她不能确认这就是三年前打李良月的那两个人，但从服装和岁数上看，确有几份神似。"我啥也没捡。"刘红玉扬扬手中的尼龙袋子，"我刚来，跟我没关系哈。""少啰唆！"一个保安上前推了一下刘红玉，"你没捡？谁信啊？就算你没捡，那你也是通风报信的，要不他们能跑那么快？""对，你们就是一伙儿的。"另一个保安一把夺过刘红的袋子，"少蒙我们！你们这些捡破烂的，顺手牵羊，见啥拿啥，跟小偷没啥两样。"刘红玉大声抗议着："你嘴巴干净点！谁是小偷？你说谁是小偷？""你本来就是小偷嘛，装什么装？"抢袋子那个保安也推了一把刘红玉。刘红玉感觉受到了莫大的侮辱，挥舞着双手，上前开始胡乱抓挠。

"你个臭娘们儿！"不知是哪个保安动了手，刘红玉的右胸重重地挨了一拳，不由得后腿了两步，一屁股坐在地上，脑袋嗡嗡直响，胸腔火辣辣地作痛。刘红玉悲愤交加，把头埋在两腿之间，呜呜地哭了起来。见此情形，两个保安先是骂骂咧咧，之后嘻嘻哈哈地扬长而去。

刘红玉觉得委屈，一路哭着，两手空空地回到家里，向丈夫哭诉了自己的遭遇。李良月肺都气炸了，从床上爬起来，拿起一根扁担就往外冲，刘红玉想拦，却根本拦不住。正在生病的李良月自然不是那两个年轻保安的对手，不仅扁担被对方抢过去故意折断，脑袋也被打开一个口子，鲜血直流。

情急之下，刘红玉瞒着李良月，挨着给在万州打工的唐家岩李氏族人打电话，寻求他们的帮助，想为丈夫和自己讨回一个公道。问来问去，大家的意见都差不多：找李富军。他是唐家岩李氏后人，是个律师，还在法律援助中心工作，只有他有办法解决这个问题。这让刘红玉很为难：自己的娘家人曾经非常过分地欺负李富军的家人，现在却要去求人家帮忙，这该怎么开口？再说，源自上一辈人的恩怨，几十年的隔阂，哪是她这个外姓人和女流之辈轻易就能化解的？

（十七）

时光倒流，定格在公历1900年11月24日，农历十月二十八。这一天，是李永杰的40岁生日。做午饭时，怀孕9个多月、挺着大肚子的庞氏专门为丈夫下了一碗麻辣面条，还窝了两个荷包蛋。午饭后，庞氏突然感觉肚子一阵接一阵地绞痛。李永杰不敢怠慢，赶紧请来接生婆王氏。下午4时许，随着一阵响亮的婴儿啼哭声，李永杰的第二个儿子出生了。加上四年前出生的大女儿李有梅、两年前出生的大儿子李有文，35岁才结婚的李永杰已经有了三个子女。

这一年，李永杰名下的田地从无到有，房前屋后的五亩水田、八亩坡地让这个曾经在刀光剑影中拼杀的中年人看到了家道中兴的希望。这一年，李永杰和庞氏最初落脚的那间茅草房变成了两间泥坯房；房前的地坝用条石扎起了坎脚，面积比以前大了许多；屋后栽种的几笼竹子快速分蘖，俨然有了竹林的模样。这一年，李永杰亲手在屋后山梁刨坑、栽种、培土并反复浇水的100多株柏树幼苗终于扎下根系，显示出顽强而茁壮的生命迹象。从此，唐家岩这个肆虐多年的风口开始有了一道柔弱却又不断成长的屏障。

二儿子出生这天，李永杰格外兴奋，得知母子平安的消息后，他甚至破天荒地当着接生婆王氏的面，狠狠地亲了妻子脸蛋一口。庞氏羞得满脸通红，娇嗔着朝丈夫的脑袋打了一拳："你这个砍脑壳的，大白天的，你想做啥子？别闹了，赶紧给咱二儿子取个名字。""你这个婆娘，下手能不能轻点？把老子的辫子都扯下来了。"李永杰把垂到胸前的长辫子往后使劲一甩，哈哈大笑："这还有什么商量的？老大叫李有文，老二叫李有武，将来再生儿子，老三叫李有双，老四叫李有全，老五……""谁给你生那么多？要生你自己生！"庞氏被丈夫逗笑了，有些不好意思。王氏赶紧出来圆场："李有武这个名字好，孔武有力，文武双全，多吉利啊。"李永杰大手一挥："就这么定了。"生了李有武，李永杰和庞氏更加忙碌了，两口子一人主外，一人主内，把日子过得波澜不惊却又充满希望。接下来的8年间，按平均两年孕育一个新生儿的频率，庞氏相继生下了三儿子、二女儿、四儿子和三女儿，分别取为名李有双、李有兰、李有全、李有菊。

因为自己有过从军经历，7个儿女当中，李永杰格外疼爱名字中带有一个"武"字并且与自己同月同日生的二儿子李有武，舍不得打，舍不得骂，点点滴滴宠爱着，时时处处维护着，不容庞氏和其他孩子说半个不字。仗着父亲的偏爱，李有武从小养成了飞扬跋扈、目空一切的性格，并且饭来张口，衣来伸手。长到16岁，成了一个游手好闲、好吃懒做，到处偷鸡摸狗、惹是生非的二流子。

此时已是民国五年。经过婚后20年的打拼，李永杰名下已经拥有近千亩田地。这些田地以唐家岩为界，往西20里，上至大鹰嘴，下至窝坪沟，基本涵盖了整个梓第山。此时的李永杰可谓风光无限，不仅拥有大片的土地和众多的佃户，原先的两间泥坯房也已拓展成一个偌大的以板壁结构为主的四合院。用家大业大来形容此时的李永杰，一点儿也不夸张。

可家家都有本难念的经，家大业大的李永杰也不例外，经常为桀骜不驯、四处惹事的二儿子李有武生气，还到处替他赔礼道歉，真可谓操碎了心。但让李永杰寒心的是，二儿子并不领自己的情，往往头一天刚在父亲面前保证好好做人，不出三天，又出去胡作非为，屡教不改。李永杰56岁生日那天，同一天满16岁的李有武又捅了个大娄子。

1916年农历十月二十八这天，出嫁已经三年的李有梅带着丈夫贺大山和两岁的女儿贺云芳回到唐家岩，为父亲庆贺生日。按照当地风俗，56岁属于无须大张旗鼓庆贺的普通生日，一般只有出嫁的女儿带着夫婿和孩子前来祝贺。也有例外，比如这天，李永杰家就意外迎来两位不速之客：李有文的岳母王氏及其15岁的小女儿梁小丽。

王氏并不是专门前来为亲家庆贺生日，而是想念出嫁不久的大女儿梁小凤，便和小女儿一起到亲家串门，误打误撞赶上了李永杰的五十六岁生日。

这一年夏天，18岁的李有文遵照媒妁之言和父母之命，与母亲庞氏的远房表侄女、21岁的梁小凤结婚。尽管李有文并不十分中意大姐姐一样的梁小凤，但架不住母亲"女大三，抱金砖"的唠叨，最终乖乖地拜堂成亲。

结了婚，李有文发现梁小凤实在是个好女人，虽然说不上漂亮，但勤快贤惠，孝顺父母，对自己也非常体贴，并且少言少语，不像别人家那些爱嚼舌根的媳妇。更为重要的是，身为梁家长女、下有三个弟弟、一个妹妹的梁小凤懂得如何与人交往，与婆家的大大小小都相处得十分融洽。包括连父母说话也习惯顶嘴的李有武，在大嫂面前也是唯唯诺诺，大嫂让他做什么他就做什么，像一个听话的好孩子。

在庞氏看来，二儿子在大嫂面前的表现，多少有些不对劲。她跟丈夫说起这事，李永杰问她有什么理由，庞氏说不上来，李永杰便笑妻子瞎操心。

事情并没有庞氏想象的那么麻烦，李有武喜欢大嫂不假，但仅仅就是喜欢而已。再往深点说，也就是把大嫂想象成了自己未来老婆的模样。就凭这一点，李有武就能心甘情愿地听从大嫂的调遣。

梁小凤嫁到唐家岩不久后的某天，一个年长的亲戚来李家串门，见李有武长得人高马大，相貌英俊，便当众拿他开玩笑："多大了？不到十六？不能吧？都长成大小伙了，该说婆娘了。你要什么样的婆娘，我去给你介绍。""像我大嫂那样的。"李有武脱口而出，言毕，才发现自个儿说漏了嘴，闹了个大红脸。众人哈哈一乐，这事儿就算过去了。但庞氏心里隐约不安，总觉得二儿子会惹出什么事来。庞氏想到了各种可能，却怎么也没想到李有武会在大儿媳的小妹梁小丽身上打歪主意。

（十八）

李永杰56岁生日这天上午，大人们都在忙碌着，男人聚在一起打牌吹牛，女人们在厨房准备饭菜，谁也没留意李有武是怎么把梁小丽哄骗到屋后竹丛中的。

临近开饭，大人们才想起去找李有武和梁小丽。庞氏站在地坝边上正大声喊着"有武"，却看见梁小丽慌慌张张地从屋后跑过来，衣服凌乱，边跑边哭。

庞氏心里一咯噔：坏了，出事了……

"我没把她怎么样啊，就是拉了拉手，亲了亲嘴。"大人们一个个气歪了嘴，李有武却满不在乎。

"你这个龟儿子，看老娘不打死你！"庞氏随手操起一把高粱秆扎成的扫帚，抡起来就要朝李有武身上打下去。不远处，王氏眼泪汪汪，低着头，阴着脸，嘟着嘴，搂着一直抽泣的小女儿，一言不发。

"够了，你就别添乱了。"李永杰大吼一声，一把夺过扫帚，大声招呼二儿子，"兔崽子，你给老子过来！跪下，赶紧跟人家赔礼道歉！再跟老子犟，看我不打死你。"

庞氏夺过扫帚，又要打李有武，并对李永杰发火："你就知道护着他！你看把他惯成什么样子了？再不打，这龟儿子真要反天了。"

见母亲真动怒了，李有武走过去跪在王氏和梁小丽面前："姨娘，小丽妹妹，我错了，我再也不敢了。"说完低下头，听由大人们发落。

王氏抬头看了看李永杰，又看了看庞氏，依然低头不语，等着给个更有面子的说法。见此情形，李永杰走过去，弯下腰，深深地向王氏鞠了一躬："子不教，父之过，我给你赔礼。回头我一定好好管教这个混账东西，保证不再发生这种事情。"王氏这才开了口："亲家言重了。也不是我们矫情。你们是男娃，这事倒没什么影响。可我们家小丽是个女娃，坏了名声，将来怎么嫁人？谁愿意要她啊？""我要她！"跪在地上的李有武大声喊道。在他看来，梁小丽简直就是梁小凤的翻版，能娶像大嫂一样的女子当老婆，自然是一大美事。

王氏脸色顿变，声音也变得愤慨起来："你们李家别仗着家大业大就欺负人！是，我们梁家穷，与你们李家门不当户不对，但我们家的女儿也不是真嫁不出去，总不能一个接一个全都嫁给你们李家吧？我们家的女娃儿咋就这么贱呢？我告诉你们，人穷志不穷！小丽，咱们走，大不了今后我不再踏这个亲家的门！"说完，王氏拉着小女儿，头也不回地走了。

这下子，李永杰真的气坏了，从庞氏手中抢过扫帚，劈头盖脸地朝李有武身上打去："你这个畜生，还有没有王法？看老子不打死你！"李有武没有躲闪，而是直起腰板，扬着头，任由父亲发泄着怒火，即便脸上被打出几道血印，从头到尾也没有屈服。

看着发疯一样的丈夫和拒不低头认错的二儿子，庞氏吓傻了，嘴里呢喃着："我上辈子造的什么孽哟？怎么生了个这样的儿子……"

当天晚上，李有武失踪了。和他一起失踪的，还有庞氏锁在床头木箱里的50块银元。

第三天，李永杰在月溪场一个地下赌场找到输得一干二净的李有武，并把他带回唐家岩，绑在地坝边的核桃树上，不准庞氏提供食物和饮水，不准任何人接近。熬了10多个小时，李有武终于撑不住了，声泪俱下地向父亲承认错误，并发誓从此好好做人，不再做那些有辱祖先和家风的苟且之事。李永杰不敢确定二儿子有没有说谎，但他还是选择了相信，亲手给李有武松了绑，还亲手给这个自己疼爱的儿子做了一碗肉丝面。

李永杰真心希望二儿子能够改邪归正，也愿意为自己当初的娇惯和纵容付出代价。只要能让这个儿子学好，就算花再多的钱，他绝无二话。

然而，李有武并没有像他承诺的那样重新做人，而是在邪路上越走越远，发展到后来，成了一个吃喝嫖赌抽样样精通、坑蒙拐骗偷一个不落的地痞流氓。

李永杰越来越失望。等到发现二儿子第10次从家里偷钱时，李永杰彻底心死了，不但就此放弃对李有武的拯救，自己也开始自暴自弃，转而向鸦片寻求解脱，并且找了一个心安理得的理由：与其让李有武这样的不肖子孙把家产挥霍一空，还不如自己好好享受享受，省得后人仗着先人留下的财产浑浑噩噩、不思进取。

对于丈夫的自甘沉沦，庞氏看在眼里，急在心上，可她一点儿办法也没有。李永杰的脾气非常倔强，他认准的事情，任何人都休想改变。庞氏唯一能做的，就是死死看住除李有武之外的另外几个子女，绝不允许他们沾染鸦片。

就这样，不出三年工夫，李永杰名下的近千亩田地一再缩减，到1919年夏末，只剩下90多亩。而此时，因大量吸食鸦片，李永杰曾经强壮的身体被彻底掏空了，在其60岁生日还差40天的时候溘然去世，把一大家人留给了庞氏。

李永杰去世那天，李有武还在月溪场上胡作非为。按照母亲"活要见人，死要见尸"的要求，身为大哥的李有文费了好多周折，才在一个暗娼家里找到二弟。见到二弟那一刻，李有文悲愤交加，还没开口，先打了李有武一个耳光。李有武急眼了："你凭什么打我？就凭你是老大？"李有文大声吼道："老汉被你害死了，后天出丧，回不回去，你看着办！"

（十九）

父亲的突然离世，让李有武受到很大刺激。尤其是当他跪在父亲的灵柩前，听到母亲和兄弟姐妹们的痛哭声，李有武第一次感到后悔，拼命地向父亲磕头，哭着说要悔过自新，重新做人。

父亲下葬后，李有武真像变了一个人，不再外出乱搞胡混，时时处处听母亲的安排，庞氏安排他干什么他就干什么。他还凭借一个人的力量，给唐家岩山梁上的那一排逐年长高的柏树逐一添加新土和农家肥。

看到李有武的转变，全家人都很高兴。尤其是庞氏，坚定地认为是李永杰的在天之灵发挥了作用，一有空就去丈夫坟茔所在地——团田，坐在李永杰坟茔前，和丈夫细细唠叨二儿子的点滴变化。李永杰去世满百天当日，庞氏准备了一些酒菜拎到坟前，和丈夫商量起了李有武的终身大事："老二眼看就满十九了，媳妇还没个着落。我跟你商量一下，咱们是不是就不要讲儿女守孝三年、其间不准结婚的老规矩了？老二没个媳妇管着，我真怕他再犯浑啊。你也是这么想的，对不对？那说好了，这个规矩咱们就给它破了。回头我给老二娶个媳妇回来，过个一年半载的，你就又添孙儿了……"

李永杰去世时，大女儿李有梅已育有两儿一女，肚里正怀着第三个孩子；大儿媳梁小凤已是两个男孩的妈妈。庞氏盘算着：再给二儿子寻个会生养的姑娘，李家的香火不愁兴旺不起来。

实际上，庞氏心中早有理想人选：自己二表舅的幺女儿白红绫。

说起来也是缘分，庞氏的二表舅白从岭和李永杰年龄相当，早年在天津郊区给人当长工，受到主人的百般欺凌，一气之下加入义和团，和李永杰成了莫逆之交。当年两人就约定：将来成了家，有了儿女，如果年纪差不多，就让孩子结为夫妻，两人亲上加亲，做一辈子的好兄弟。大沽炮台陷落后，兄弟俩一同潜回老家，过起了寻常百姓的日子。后来也正是在白从岭的介绍下，李永杰和庞氏才喜结良缘。

由于李永杰和白从岭的这种特殊关系，两家走动得很频繁，结儿女亲家的约定一再被提起。尤其是当比李有武小三岁的白红绫出生后，白从岭多次旧事重提。

刚开始，李永杰出于对二儿子的疼爱，害怕仓促答应下来会耽误李有武找更好的姑娘，所以一直拖延着，说咱们不着急。待到白红绫长到十三四岁，出落成亭亭玉立的小美女，李永杰已经张不开口了。因为此时，李有武的流氓习气已经显露无遗，他实在没办法昧着良心去和白从岭结为亲家。而白从岭，自打亲耳听到众人对李有武不端言行的议论和指责，出于对幺女儿的一生负责，打消了与李永杰结为儿女亲家的念头，开始张罗为她另寻婆家。

谁知白红绫人小鬼大，把大人们总在她耳边说起的娃娃亲当了真，并且真心喜欢上了只有一面之缘的李有武，认定他就是自己今生要嫁的人，说啥也不答应别的婚事，还以死相拼，吓得白从岭只好打消了为她另寻婆家的打算。

白红绫的这些举动，让李永杰、庞氏夫妇很是愧疚，也更加坚定了他们阻止这门亲事的决心。尤其是李永杰，生前曾经发下毒誓："除非我死了，否则绝不能让红绫往有武这个火坑里跳！"听到父亲的毒誓，李有武不以为然，还当面顶撞："谁稀罕啊？她愿嫁，我还不愿娶哩。"说这番话的时候，李有武怎么也没想到，后来他真就把白红绫娶进了家门。

李永杰去世满百天后，当庞氏提出要去白家提亲时，李有武死活不答应。庞氏再三问其原因，他就是不吭声。想到二儿子向来比较听大嫂的话，庞氏便把梁小凤找来，两人一起做李有武的思想工作。李有武还是不吭声。

梁小凤看出了端倪，找个借口把庞氏支走，回头问李有武："二弟，你给大嫂说实话，是不是还没放下我妹妹小丽？"李有武点了点头，算是默认。"二弟，不是大嫂说你，你也老大不小了，现实点吧。小丽前年就结婚了，儿子都出生了，你再想她，又有啥子用？听大嫂的，别再胡思乱想了。我听咱妈讲，红绫是个好姑娘，长得漂亮，对你又那么痴心，将来肯定对你好。这可是打着灯笼都碰不到的好事，让你遇到了，你说你还犹豫个啥？"梁小凤苦口婆心地劝说着。劝了好半天，李有武还是不松口。

庞氏彻底没招了，开始以绝食相逼："我说有武，你爸已经走了，你还想逼死我吗？我跟你说，如果你不答应，从今天开始，我就不吃饭了。你这么不省心，我还不如饿死算了……"

李有武撂下了一句狠话："这可是你们逼我的！结婚后日子过不顺当，你们可别怪我！"

（二十）

1919年末，白红绫如愿以偿地嫁进唐家岩李家大院，成为李有武的妻子。

不过，让白红绫百思不得其解的是，丈夫对自己总是不冷不热，动不动就发脾气，可他对大嫂倒是客客气气，有时候还显得很亲热。因此，她曾一度怀疑丈夫和大嫂有不清不白的关系，但又找不到任何蛛丝马迹。这让白红绫非常烦恼，但又不便公开说出来，平时对大嫂也总是恭恭敬敬，没有表现出任何不满。只是到了晚上，当她与丈夫独处一屋时，白红绫越来越觉得心烦意乱，对男女之事也越来越提不起兴趣。

白红绫也曾努力培养与李有武的感情，想把丈夫游离在其他女人身上的心拉回来。可李有武并不领情，白天和妻子若即若离，晚上在床上例行公事，总是一副心神不宁、魂不守舍的样子。

对于二弟媳的遭遇，身为大伯子的李有文深表同情，但又不便多说什么，只是偶尔趁没旁人的时候，劝白红绫想开些，别着急，还说二弟一定会回心转意。也正是从大哥口中，白红绫了解到丈夫钟情的不是大嫂梁小凤，而是大嫂的小妹梁小丽。

丈夫的三心二意，让白红绫感觉非常压抑，对李有武的感情也日渐淡漠。到1920年盛夏，白红绫开始试着拒绝和李有武行男女之事，一到床上，便把自个儿裹进一条被子里，背对着李有武，默默表达着自己的不满和愤怒。

对于妻子的冷战，李有武心存愧疚，深知是自己不对，也想努力挽回白红绫对自己的感情。可试了好多次，他还是忘不了梁小丽。尤其是和妻子亲热时，脑海里浮现的总是梁小丽的身影。两个月之后，身强体壮、血气方刚的李有武熬不住了，利用到月溪场赶场的机会，又去找以前胡混时结识的暗娼鬼混，并且一发不可收拾，每隔三五天就要去一次。

世上没有不透风的墙，虽然李有武做得非常小心，但他找暗娼的事还是很快就被传得沸沸扬扬，并最终传到庞氏的耳朵里。气急败坏的庞氏把李有武痛骂了一顿，还用布鞋底子抽了二儿子几下。

这一顿打骂，没有打醒骂醒李有武，却把他的劣性再次唤醒。一怒之下，他再次离家出走，重新干起了坑蒙拐骗、吃喝嫖赌的勾当，还因勾引月溪场第一大姓、刘氏家族族长的儿媳妇大打出手，将族长的独生儿子打成了重伤。

刘氏家族的族长不干了，亲自找到"塂上李"的老族长，强烈要求他对李有武执行家法，否则就要告官。"塂上李"的老族长大怒，召集各大房代表开会后作出决定：鉴于唐家岩李永杰已经去世，由其长子李有文对李有武执行家法第十条，否则将把李永杰这一支从族谱中剔除出去！

接到这个"命令"，李有文顿时慌了神，赶紧向母亲报告。庞氏心里一惊，问大儿子："家法第十条是什么？""……活……埋……"庞氏眼前一黑，晕厥过去。

身为唐家岩李氏的长子，李有文面临两难选择：对亲弟弟执行家法，于心不忍；不执行，自己又背负不起违背族规、父亲这一支人被家族开除的罪名。那几天，李有文满嘴起泡，反复和近房的叔辈们商量，还亲自去向老族长求情，结果都被无情地挡了回来。

事情发展到这个地步，李有文也没有办法了，张罗人到山上松林里挖好一米多宽、两米多长的深坑，派人连夜到月溪场强行把李有武绑了回来，并放出风声：次日天亮前，活埋李氏家族的不肖子孙李有武。

当天晚上，在庞氏的苦苦哀求下，李有文答应给二弟松绑，让他进入自己的歇房，与妻子白红绫一起度过最后一晚。之前，庞氏给二儿媳下跪，求她原谅李有武，还求她无论如何要想办法和丈夫同房，争取留下李有武的骨肉。因为按照庞氏的观察和推算，那几天，应该是白红绫怀孕的最佳时机。

为了防止出现意外，李有文安排几个人，彻夜守在李有武夫妇的门前屋后。

次日天亮前一个小时，当李有文敲开房门时，只见白红绫一个人坐在床沿边上抹眼泪。而李有武，早已不见踪影，从此下落不明……

9个月后，也就是1921年农历四月初八，白红绫生下一个白白胖胖的小子，取名李良申。

后来，关于李有武的行踪，唐家岩李家大院有三种截然不同的传说：一是白红绫花钱买通了负责看守的年轻人，求他们网开一面，悄悄放走了李有武；二是李有武趁人不备，打晕了负责看守的年轻人，而后逃之夭夭；三是李有文不忍心看到二弟被活埋，提前安排负责看守的年轻人"放水"，给了李有武一条生路。

关于李良申的身世，唐家岩李家大院同样流传三种截然不同的传说：一种说他就是李有武的血肉，名字中的"申"字其实是取深仇大恨之"深"字的谐音，借此警示后人不要忘了与大房的不共戴天之仇；另一种说他是李有文的后人，还把白红绫终身不嫁的理由解释为李有文在生活上的默默关照和情感上的不断滋润；还有一种则称李良申并非李家骨肉，而是白红绫和野男人结合生下的孩子。

传说终归是传说，没人去印证，也没办法印证。但有一点确定无疑，那就是从李有武神秘失踪当晚开始，认为丈夫错不致死的白红绫没再和李有文说过一句话，唐家岩李氏家族大房和二房也就此结下仇怨，并逐年激化发酵，到20世纪80年代的最初三年里，这种仇恨达到了白热化的程度。

大房李有文的幺儿媳妇刘红玉的娘家人与二房李有武的儿子李良申及后人的剧烈冲突，就是在这种背景下发生的。

（二十一）

1981年农历正月十五这天上午，已有8个月身孕的刘红玉用丈夫从部队带回来的军用挎包装了一袋冰糖、一瓶白酒，挺着个大肚子，气呼呼地独自回娘家串门。刘红玉不能不生气。头天晚上，李良月答应跟她一起去，可一起床就变了卦，说是同批退伍回乡的战友捎来口信，当天中午在要去月溪场聚会，任何人不准请假。听到"请假"两个字，刘红玉既生气又好笑："请假？你以为还在部队啊？他们不让请假，我同意你请假了吗？总得有个先来后到嘛。你先过了我和孩子这关，问问我们娘俩同不同意你请假去喝大酒。"

李良月知道妻子是在说气话，并没有真正阻止自己的意思，上前抱了抱刘红玉："刘红玉是谁？我李良月的婆娘！李良月的婆娘能不通情达理吗？不可能！我向你们娘俩保证，绝对不喝大酒，保证按时回家，天黑前一定赶到老岳父家去接你！敬礼！"说完，李良月调皮地举起右手，吊儿郎当地敬了一个军礼。"这还差不多。"刘红玉扑哧一声笑了，气也消了很多，但仍然嘟囔着嘴。

临出门前，李良月叮嘱妻子："路过二锤子家时，自己小心点，他家的狗和主人一样，不认人。""别张口锤子闭口锤子的叫，他毕竟是你的侄子。"刘红玉劝丈夫，"上辈人的是非恩怨，非要一辈一辈往下传吗？这样做，真没意思。"李良月不以为然："谁愿意这样啊？你看看二房那几爷子，老没老样，少没少样，个个凶神恶煞，见了我们大房的后人就像见了仇人一样。这不是锤子是啥子？特别是二锤子，眼光凶得都能杀死人。路过他家时，你真得小心点，他家的大黑狗可咬过不少人。"

李良月口中的二锤子，其实是李良申的二儿子，也就是二房李有武的五个孙子之一，名叫李善强。他上有大哥李善刚，下有三弟李善智、四弟李善勇、五弟李善谋，兄弟五人名字的最后一个字连起来，就是"刚强智勇谋"。

唐家岩的人都知道，这五兄弟的名字可大有来头，都是李良申精心琢磨出来的。其用意尽人皆知：通过透露出坚强、刚毅、智慧、有勇、有谋等充满阳刚之气和血性的名字，让后代记住其父李有武险些被活埋、而后下落不明的屈辱家史，记住这不共戴天的世仇……一言以蔽之，就是要求自己的后代坚决远离大房后人，老死不相往来。

李良申的爱人叫张中秀，先后生育了五个儿子，一个女儿也没有生养。对此，好事者口口相传，说李良申满脑子全是仇恨，一心只想多生几个儿子，即便没办法找大房报仇雪恨，但至少能够减少二房后人继续被大房欺压的概率。

为了表明没有胡说八道，好事者还给出了极为充足的理由：从良字辈的男丁看，大房李有文育有四子，二房只有一根独苗，四比一，悬殊巨大，如果李良申不再多生几个儿子，这种差距只会越拉越大。不仅如此，好事者还信誓旦旦地讲，李良申生儿心切，变得心狠手辣，两度亲手杀死张中秀生下的女婴，一个扔进尿桶被活活淹死，另一个用被子生生捂死。

对这样的传言，成天阴沉着脸、不怎么说话的李有申从没分辩过什么，张中秀则坚决予以否认，还曾经站在二房的独立小院里破口大骂，不点名但却指向鲜明地责骂大房的长舌妇们打胡乱说，不得好死。

严格讲，二房的小院算不上独立小院。从布局上看，它并没有脱离李家大院的范畴，只是利用把守大院东头的有利条件，用围墙隔出了一个四方的小院。按照好事者的说法，这也是李良申的杰作，时间是在其母白红绫去世之后。其用意，就是把二房和大房完全隔离开来，做到"眼不见，心不烦"。为了达到这个目的，李良申把小院的出口安排在了最东面，从那以后，二房的男女老少出门不再从大院中间的地坝经过。

儿子们成人结婚后，除幺儿李善谋与父母一起生活之外，其他四个陆续分家另过，先后搬出这个独立小院，并按父亲要求远离李家大院，另外找地方修建房了定居下来。而李良中本人，则坚守在这里，直到去世。在好事者看来，二房全是独来独往的怪物，不能用正常思维理解他们的言行。

而刘红玉关于二房的最初印象，就是从好事者那里听来的。而这些好事者，无一例外都是大房的女人们。这让读完高小的刘红玉产生警觉，隐约觉得事实并不像大家传言的那样。所以，每当大房和二房的后人发生争吵、打架等纠纷时，她都远远地躲着，从不参与其中，还劝丈夫李良月别去凑那个热闹。

李良月毕竟是见过世面的人，退伍回来后，很少参与到此类家族冲突之中。尤其是结婚后，在刘红玉的劝阻下，他没再跟二房的后人争吵打闹过。但在言语上，出于从小养成的习惯，李良月秉承了大房后人的共同特点：只要涉及二房后人，无论男女老少，一律不喊名字，不叫尊称，李良申夫妇称为"老家伙"，其孙辈叫"小崽子"，而对李善刚五兄弟，一律喊为带有骂人意味的"锤子"，前面贯以排行，如"大锤子"、"二锤子"，以此类推。

1981年正月十五这天上午，尽管李良月一再叮嘱妻子小心提防"二锤子"家的恶狗，刘红玉还是被李善强的大黑狗给咬了，并且咬得不轻，左裤腿撕破了，小腿肚被撕开一个口子，鲜血流了一地。更为严重的是，刘红玉还被大黑狗扑倒在地，连摔带吓，出现了早产症状，于当天晚间生下一个奄奄一息的男婴。

关于被咬的过程，惊吓过度的刘红玉前后说法不一：先是讲大黑狗自个儿扑出来的，后又说听见有人指使大黑狗咬了她，一会儿又说自己记不住了，前言不搭后语，说法自相矛盾。

见妹妹被吓成这样，刘氏三兄弟决定连夜去讨个说法，没想到却连连碰壁。

对自家黑狗咬伤刘红玉一事，李善强倒是认账，但坚决否认有人指使狗去咬人，答应出两块钱医药费，其他一概不管。刘家三兄弟不同意，要求将医药费涨到10块，还提出一个在李善强看来非常苛刻的附加条件：如果早产的小外甥养不活，李善强不仅要出丧葬费，他们家还要出一个人戴孝帕送终。李善强感觉受到了奇耻大辱，扯开喉咙吼道："我们家出人给他戴孝帕送终？他是我老辈子？别以为我们二房好欺负，没门！两块钱还嫌少？你当我是地主？这两块钱都够我娃儿一学期的学费了。就这两块钱，爱要不要！"说完，他把四张五角面额的纸币往刘家老大手里一塞，唤出大黑狗，做出撵人的架势。

刘家三兄弟不甘心，又去找即将迎来60岁生日的李良申理论，结果被李良申骂了个狗血喷头，说他们狗咬耗子多管闲事。张中秀还端起一瓢隔夜的清尿，佯装要往刘家三兄弟身上泼，吓得三人赶紧退了出来，跑到李良月家商量对策。

让刘家三兄弟倍感意外的是，听完他们的交涉过程，妹妹和妹夫并不领情，还怪他们多管闲事。尤其是刘红玉，哭着骂三个哥哥分不清轻重缓急："现在最要紧的是保证娃儿没事。你们这些当舅舅的，怎么还诅咒外侄死啊？你们走，这是老李家的事，不用你们管！"

从李良月家出来，刘氏三兄弟都憋着一股火，非常难受。刘老幺先开了口："老大、老二，我们老刘家是不是太窝囊了？先是在二锤子那里受了一肚子气，后又被两个老家伙羞辱了一番，现在又被亲妹妹赶出来，老刘家的面子都被我们丢尽了。咱们刘家也是大姓，不能这样被他们李家欺负了吧？"刘老二附和着："老幺说得对，不能这样就算了。""老大，只要你点头，我马上回去喊人。"刘老大没有吱声，算是默许。

当天深夜，月亮躲进厚厚的云层，整个唐家岩漆黑一片。一群男人趁着夜色，兵分两路，一路偷偷诱杀了李善强家的大黑狗，砸坏了他家的厨房；另一路摸黑闯进李良申的独立小院一顿乱砸，还把人畜粪便泼遍了小院的每一个角落……

（二十二）

时光飞逝，转眼到了2011年中秋节。

都说时间能冲淡一切，但每每想起30年前娘家人对二房的疯狂报复，刘红玉心里总觉得不对劲，感到特别对不起人家。当年，等取名李善涛的孩子度过危险期并开始健康成长后，刘红玉静下心来，认真回忆那天被狗咬的细节，最后得出了"没人指使"的结论。这让刘红玉倍感内疚，但却没了道歉的机会。因为从那以后，不但大房和二房的积怨更深了，还间接发展成为李刘两大家族的隔阂，致使三门亲事因此搁浅。

内疚的不只是刘红玉，还有李良月。打那以后，他们夫妇很少出现在唐家岩，大多数时间都待在万县城里下苦力挣钱，还把儿子李善涛带在身边，一家三口从此远离了源自上辈人的是非恩怨。

生下李善涛之后，刘红玉没再怀过身孕。有好事者又开始嚼舌头，说这都怪二房，怪李善强家的那只大黑狗，想让李良月、刘红玉记恨二房。这一次，心怀愧疚的两口子没往心里去，别人说，他们听，从不接茬，仅此而已。

2011年中秋节这天，当发生李良月被人殴打致伤的突发事件，当众人都建议去找二房李有武的重孙、李良申的孙子、李善强的儿子、法律援助中心的律师李富军帮忙时，一直心存愧疚的刘红玉非常不安，真切体会到了什么叫迈不开腿、磨不开面、张不开嘴。

而李良月也坚决反对这么做，他宁愿自己吃点哑巴亏，也不愿让妻子去求二房的后人。说得直白点，他怕李富军拒绝，怕自取其辱，怕自己这个爷爷辈的老家伙在李富军这个孙辈面前丢人。

再三权衡，刘红玉还是抱着死马当作活马医的心态，瞒着丈夫去找李富军。

这一年，李富军年满40岁。他是唐家岩李氏后人中的第一个大学生，原本学的是化工专业，毕业后分配到当时的万县工业局，后自学通过司法资格考试，如愿成为一名职业律师，因屡次帮助农民工打赢维权官司而小有名气。

对于刘红玉的来访，李富军多少有些意外，也有些尴尬，不知道该怎么称呼。从小到大，受爷爷奶奶、爸爸妈妈的影响和要求，他从来没和大房的男女老少正面接触过，偶尔在路上遇到了，也是把头一低，从没说过一句话。

按辈分，李富军应该叫刘红玉一声么奶，他也在心里挣扎和努力，但始终没有喊出口，只好尊称为一声"您"："您找我，一定有事吧？"刘红玉也尴尬得不行，手都不知道往哪放，支支吾吾了好一阵子，才磕磕巴巴地说明来意，想请李富军出面解决丈夫被打一事，为李良月讨个公道。好不容易说完自己的想法，刘红玉更加尴尬和紧张，生怕李富军一口回绝。

没想到李富军却爽快地答应了："您把详细情况说一下，我来想办法。"听李富军这么说，刘红玉的眼泪一下就涌出来了，说话也变得语无伦次："富军，幺奶对不起你，对不起你们全家……劳慰你肯帮我们……"李富军也被刘红玉真心的忏悔和感激的眼泪感染了，艰难但却心甘情愿地喊了一声幺奶："幺奶，您千万别这么说。我们毕竟是一家人，打断骨头还连着筋啊，说劳慰就见外了。我们两房人相互仇视了几十年，我爷爷也去世10年了，到我们这一辈，真没必要再把仇恨往下传了。"

详细询问了事情的来龙去脉，李富军和刘红玉一起，把李良月第一时间送到公安医院做了鉴定，结论为"轻伤害"。之后，李富军又费尽周折，找来那几个拾荒的农民工兄弟，获得了刘红玉当时没有偷盗行为的直接证据。

第二天，李富军以法律援助中心律师的身份，直接找到那个小区的开发商，给出了两个选择：要么接受调解，当事人向李月良夫妇道歉，并赔偿相应的医疗费和精神损失费；要么走法律程序，以涉嫌故意伤人罪起诉公司的两名保安，并连带追究公司的责任。开发商自知理亏，并且打听到了李富军在维权方面的不俗作为，乖乖选择接受调解，亲自带领两名保安向李良月、刘红玉夫妇鞠躬道歉，还按照双方达成的协议，赔偿了2.5万元的医疗费和精神损失费。

为了感谢李富军的无私帮助，李良月、刘红玉想请他吃饭，被婉言拒绝。两口子一商量，包了一个2000元的红包强行塞给对方，李富军还是不收。

这件事传回唐家岩，在大房和二房的后人中均引起强烈震动。

大房的后人先是感到意外，继而觉得愧疚，后悔几十年来对二房的偏见、诋毁和打压。早已从村主任位置上退下来的李良开还专门召集大房在家的男女老少开了一次家庭会议，要求大家从此以后善待二房的后人，不准再有打架辱骂等行为，也不要再议论过去谁对谁错。

而二房的后人们，包括李富军的父亲李善强和四个亲叔叔，大多不理解李富军的做法，骂他没有骨气，竟然去帮仇人。特别是李富军的幺叔李善谋，反应非常激烈，打电话骂自己的侄儿数典忘祖，是不折不扣的大叛徒。

面对质疑和谩骂，李富军既不争辩也不生气，用沉默来表明自己的态度。

后来，事情的发展远远出乎李富军的预料，自己对李良月夫妇的帮助，竟然成了大房和二房消解世仇的破冰之举。因为在这之后，大房和二房不但没再公开发生矛盾冲突，还不时坐在一起共同商量所在村民小组的相关事务。这让李富军很欣慰。虽然大房和二房的积怨还没有彻底消除，但万事开头难，有了一个良好的开头，后面的事情就好办多了。也是由于这件事，李富军意外成为在万州打拼的唐家岩李氏后人的主心骨，大家有什么事情都去找他，他也乐意牵头张罗大事小情。

2013年7月24日晚，李富军接到李良月的电话时，他一点儿也不意外，当即答应次日晚上把人找齐，还提出由他安排大伙儿吃饭。因为他早就听说老家大院、祖坟和古柏面临拆迁的事情，也从李善渔那里了解到了李良开的想法。

（二十三）

7月25日上午，没事可干的李良开决定到万州城里转一转。

对于曾经长期被称为万县的万州，李良开并不陌生。早在15岁那年，他跟着父亲李有文到万县城走亲戚，第一次接触了真正意义上的城市。时隔多年，具体日子记不清了，李良开只记得那天云淡风轻，温热的阳光照在脸上，暖暖的让人觉得非常舒服。

那时还没有公路，从唐家岩到万县城要翻过一座大山，走很长的崎岖山路。可能是城市诱惑力太大的缘故吧，跟着父亲走在宽窄不一、时上时下的山路上，并且一直走到万县城，大概走了四五个小时，李良开竟然没有感到疲惫。

那时的万县城几乎还没有高楼，马路上的汽车也不是很多。但属于城市的一切已经足以让15岁的李良开感到震撼，老觉得一双眼睛怎么也不够用，生怕错过了在乡村看不到的景致。那几天，李良开亦步亦趋地跟在同样没见过什么大世面的父亲身后，在亲戚的带领下，几乎走遍了当时万县城全部有名的地方：太白岩、钟鼓楼、万安桥、周家坝、高笋塘……这些至今还是万州城显著标志的地方，一直深埋在李良开的记忆深处。

那一次，除了那些楼房、街道和公园，让李良开最为震撼的，就是奔腾不息的滚滚长江了。亲戚告诉李良开：从万县码头坐船顺流而下，很快就会进入三峡，之后是湖北、湖南、江西、安徽、江苏，一直能通到上海。那个温暖的下午，迎着徐徐吹来的江风，年少的李良开梦想着自己有朝一日能够走出大山去体验不一样的生活，能够顺着长江去寻找跟唐家岩不一样的世界。

在那之后，李良开又来过万县城四次，每次都有恍若隔世的感觉。城市的变化太快了，楼房越建越高，道路越修越多，李良开迷路的次数也越来越频繁。

2013年7月25日午饭后，当李良开再次来到长江边上，想起儿时的梦想，他感慨万千。再过一年就70岁了，可儿时的梦想还是梦想，除了这座万县城，自己还没去过更远的地方。岁月不饶人啊，再不出去走走，真就走不动了。

当晚，李富军找了家老式火锅店，11个唐家岩李氏家族的后人围坐在一起，就着热气腾腾的火锅喝酒叙旧。

对于李良开极力保住老院子、祖坟和柏树的想法，一桌人明显分成两派：40

岁以上的很赞同，表示全力支持；40岁以下的无所谓，保住更好，保不住也没关系，反正他们都不打算回去长住，而是选择在城镇买房定居。

好在李富军支持李良开，并且具有很强的号召力和说服力，顺利地组织大家逐一在横幅上签了字，还对着摄像机表了态。

轮到李富军时，没等他开口，李良开抢先了摆手："你就算了吧。善渔给我打过电话了，说你本身就在政府工作，哪能吃人家的饭还告人家的状呢？"

李富军苦笑了一下："三爷爷这么理解我，那我就不签字不录像了。等您从外地回到老家，我去动员我屋老汉和叔爷们签字和录像。"

"哈哈，你是个读书人，怎么还喊老汉？应该叫爸爸或者父亲吧？"李良开心情不错，开起了玩笑。

李富军不好意思地笑了："习惯了，改不过来。"

吃完饭，李富军招来出租车，让李良开、李良月先走。等兄弟俩坐进车里，李富军塞给李良开1000块钱："三爷爷，您出门在外，需要花钱的地方多，这是大伙儿一起凑的，一点儿心意，您一定要收下。"

车启动后，李良开问李良月："老幺，这钱真是大伙儿凑的？你也出了？"

"我不知道啊。富军没跟我说，也没听别人提起过。"李良月实话实说，"我估计，这钱是富军一个人拿的，怕你不要，才说是大伙儿给凑的。"

李良开眼眶一热：富军这娃儿，心胸比我们这些老家伙宽多了……

（二十四）

7月26日9时许，李良开来到万州长途汽车客运站，坐上了开往重庆主城区的班车。

在候车室排队等候上车时，徐小芳打来电话："……你到哪儿了？在车站？早上的胃药吃没吃？昨晚又喝酒了吧？叫你少喝点，就是不听……这两天胃痛没痛？我和娃儿们都很好……你自己保重……"候车室里人声嘈杂，李良开的手机用了三年，外壳磨得面目全非，信号也越来越差。他把手机贴在耳边，努力听着妻子断断续续的唠叨，并嗯啊哼哈地回应着。

等到徐小芳那边撂下电话，李良开感觉胃抽搐了一下，熟悉的痛感接踵而至，汗水很快从额头渗出来，直到上车就座，疼痛才逐渐缓解。

李良开坐在紧靠车窗的座位上，稍稍扭头，就能看见窗外流动的风景。客车很快驶出万州城区上了渝万高速，像离弦的利箭一般，快速朝重庆主城区飞去。乘客们陆续沉沉睡去。李良开睡不着，双眼望着不断飞快往后退去的高速公路护栏护网，心思却回到了唐家岩，回到了那条半途而废的村组公路。

唐家岩名副其实，可以说是抬头见山，到处都是山的影子。当然不只是唐家岩，方圆几十里甚至几百里，随处可见岩壁悬崖。于是，也就有一大串带"岩"字的地名：硝洞岩、心脏岩、垮岩、赵家岩、唐家岩、龚家岩……

衣食住行中，山里人最大的困难是出行。在没有公路的漫长岁月里，山里人出行只能靠一双脚板。修一条通往山外的公路，让汽车开到家门口，成了几代山里人的梦想。小时候，每次去月溪场赶场回来，李良开的双脚都要痛好几天。那时他就想：如果将来有本事了，一定给唐家岩修一条公路。

在大山里修公路谈何容易？！直到1997年，政府才打通了月溪场直通万县城的月万公路，唐家岩及附近的村民才结束了远离公路的苦日子。但这并不表示唐家岩真就通公路了，只是说唐家岩离公路不再那么遥远。因为月万公路并没有经过梓第村，而是从下到上贯穿了与梓第村只有一梁之隔的贺家村。换句话说，除了空手徒步20来分钟就能抵达公路这点便利，唐家岩实际上依然与公路无缘。

月万公路通车不久，唐家岩的李氏后人及相邻而居的贺、袁两姓的积极分子找到梓第村时任村主任李良开，请他出面协调政府给予支持，同时发动群众集资，打通从贺家村到梓第村的公路。

因为处于两村的交界处，位于梓第山半山腰的唐家岩离公路最近，只有三公里，唐家岩村民小组张罗修公路的积极性自然最高。他们甚至向李良开提出，就算梓第村其他人不同意接通公路，哪怕唐家岩的村民自己出钱，也要把这条公路打通。李良开动心了，找人进行勘测，并到各村民小组征求了意见。结果让他很失望，全村15个村民小组，都同意集资修公路，但都要求把路修到所在村民小组，都要求能把汽车开到家门口，否则就拒绝出钱出工。

不算不知道，一算吓一跳。李良开找人一算，如果真要把公路修到每个村民小组，总共需要经费200多万元。全村将近2000人，每人至少要出1000元钱。这个预算一出来，大多数村民表示反对，认为钱太多，拿不出来。李良开和村支书一商量，又拿出第二个方案：公路从唐家岩接入后，顺着梓第山的地形地貌，拦腰从中间位置修一条公路，这样投资减少1/3，并且全村上下都能相对公平地享受到公路带来的方便。

经过讨论，村干部和各村民小组组长都认为这个方案可行，但却遭到八成村民的抵制。反对意见相对集中，主要针对唐家岩和李良开：既然可以从唐家岩接入，为什么不能从别的村民小组接入？比如位于梓第山山顶的大鹰嘴的村民就提出，从他们那里接入，再从上往下修，全村人都能受益。其他村民也强调类似理由，都想公路离自个家近些近些再近些，最好能直接把车开到自个家的地坝。

折腾了小半年，村民们的意见还是不统一，梓第村修路计划彻底泡汤。

见这条路走不通，唐家岩的村民又鼓动李良开，让他牵头组织唐家岩的老百姓自己打通那三公里公路。想到大房与二房的积怨，想到自己身为村主任的特殊身份，李良开没有答应。他既不想在二房后人那里碰钉子，也不愿其他村民骂他只顾自己而不顾别人。

唐家岩的公路梦做不下去了，与唐家岩一梁之隔、离月万公路只有两公里远、归贺家村管辖的龚家岩村民小组却勇敢地吹响了自力更生打通公路的号角。

龚家岩的村民小组组长叫龚德清，是名党员，很有感召力，是乡亲们的主心骨。别人劝不了的架、解绝不了的纠纷，在他面前都是小菜一碟。正是在他的号召下，龚家岩20来户人家，100多口人，有钱出钱，有力出力，男女老少齐上阵，遇山炸山，遇河架桥，硬是靠自身的力量把公路修到了家门口。

遗憾的是，公路还差几百米就要完全打通的时候，龚德清却在指挥施工时跌落山崖，不治身亡。乡亲们把他埋在高高的山岗上，让他可以随时看到他为之付出生命的山间公路，看到不再闭塞的秀美山村，看到日子越过越好的左邻右舍。

龚德清的壮举、龚家岩村民的顽强，让李良开既羞愧又佩服。

龚家岩刚开始修路的时候，李良开一点儿也不看好："我们一个村都没办成的事情，他一个村民小组就能办成？等他们把路修好了，我扯几尺红布搭在他们家的鸡圈门上！"

得知龚德清牺牲的消息，特别是亲眼看到龚家岩的公路最终打通时，李良开羞愧难当，恨不得找个地缝钻进去。有骨气的龚家岩村民没有忘记李良开的讥讽，公路正式通车那天，他们专门派人去请李良开和梓第村其他村干部过来喝酒，结果一个也没来。说出去的话，泼出去的水，李良开哪还有脸面去喝人家的庆功酒啊？

眼看龚家岩凭借一个村民小组的力量就把公路修通了，盼星星盼月亮一样盼公路的梓第村村民不干了，他们要么公开骂李良开等村干部无能，要么在私下里说风凉话，把几个村干部说得一无是处。几个村干部也着急，多次想重启修路计划，无奈村民已对他们失去信任，无论怎么调整方案，在村民那里就是通不过。

2004年，村委会改选时，村民们用选票把李良开等几个村干部选了下来。

随后不久，重庆市搞撤乡并村，梓第村与山下的另外两个村合并，仍然叫梓第村。新官上任三把火，加上国家逐年加大对乡村公路的投入，2007年冬，梓第村终于有了第一条通往山外的公路。随后几年时间，除唐家岩之外，其他村民小组陆续凭自己的力量把公路修到了家门口。

至此，唐家岩成为方圆几十里唯一不通公路的村民小组。这种尴尬局面的形成，李良开自知脱不开干系。

从村主任岗位退下来之后，李良开受风水先生安名山的影响，对风水产生了强烈的兴趣，买来书自己学习琢磨，还四处查看地形地貌，认定唐家岩李家大院、祖坟和山梁上的那排古柏都是上风上水，都需要好好保护。

见丈夫对风水学说过分着迷，徐小芳提醒他："你以前是公家的人，现在每月还有补助，你信这个，行吗？"李良开不以为然："我又没去给人看风水选坟地，与搞封建迷信两回事。我告诉你，风水可是门科学。"

出于对保护唐家岩风水的考虑，从村主主任岗位退下来之后，他对修公路一事越来越提不起兴趣，生怕因此动了先人留下来的灵气。

2011年年底，在对李良开彻底失望后，唐家岩村民小组推选出新的代表，牵头启动了从龚家岩接通公路的相关事宜。对此，李良开表面上既不赞成，也不反对，暗地里却利用唐家岩李氏家族大房和二房关系缓和的有利条件，不停制造矛盾障碍，最终使得即将大功告成的公路半路夭折，在两村结合部的山梁半腰上留下一个公路不像公路、小路不像小路的怪胎，杂草丛生，凌乱不堪，犹如一道难以愈合的伤口，刺得人两眼生疼。

因为这件事，唐家岩的男女老少几乎都对李良开有意见。尤其是贺、袁两姓的后人，一说起那条夭折的公路，就骂李良开不是个东西。

2012年秋季某天，李良开从月溪场回山上老家，到车站坐车。不巧车主刚好是唐家岩一姓袁的后生，对李良开满肚子怨气。当着众人的面，他把已经坐上车的李良开请下车，还故意大声说道："您堂堂一个村干部，连公路都不愿修，还坐啥子车哟？对不住了，我这车不拉您，您请便吧。"这让李良开非常难堪，但又说不出什么，只好气鼓鼓地下车走开……

2013年7月25日这天上午，在万渝高速公路上，在客车里，无心睡觉的李良开满眼满脑子全是公路，心里也掠过阵阵茫然：难道真是我错了？

（二十五）

"我以为重庆平整得很，没想到到处都是坡坡坎坎，到处都是山。这不跟我们老家一样吗？"在重庆龙头寺长途汽车客运站，第一次到重庆的李良开有些失望，忍不住对前来接他的堂侄李善钱抱怨起来。

坐进李善钱亲自开来的福特小轿车，李良开啧啧称赞："都开上车了！挺贵吧？"

"开三叔，您又取笑我了。"李善钱有些不好意思，"二手车，便宜，才花了四万来块。我只是个穷教书的，都白瞎您当初给我改的这个名儿。"

"你小子，还是这么油嘴滑舌。"李良开亲热地拍了拍堂侄的肩膀，"让三叔住哪儿？告诉你，我可不住酒店，免得让你破费。你们城里人家里不是都有客厅嘛，给我一床被子，沙发上睡觉就挺好，软和！"

"开三叔，您这老辈子说啥呢？您侄子混得再不好，也不可能让您睡客厅噻，要睡沙发也得是我这个晚辈来。"李善钱一边开车，一边和李良开打趣，"再说，您真得去住宾馆，并且还是四星级宾馆，博顿美锦酒店，在重庆很有名气，离解放碑和朝天门都很近。那条件，真不是盖的，我都没住过哩。"

李良开赶紧摆手："善钱，别跟我瞎扯，我哪住得起星级宾馆？不准你花那个冤枉钱！我知道，你们在城里混，也不容易。"其实李良开还有另一层意思没有讲出来，就是他怕欠这些晚辈的情分太多，自己还不起。

"看把您紧张的。"李善钱笑了，"实话告诉您吧，不用我花一分钱，是周利波叔叔安排的。他公司有事，走不开，让我来接您，还说晚上把您认识的老知青都找来，好好陪您喝几杯。"

听说是自己的结拜兄弟周利波安排的，李良开不再说什么，陷入对往事的回忆之中。

李善钱是李良开三叔李有双长子李良方的幺儿，也是李良方四个儿子中唯一养活的一个。其他三个饿的饿死，病的病死，跟随父母一起去了阴间。

1961年春夏之交，殃及全国的大饥荒波及唐家岩，加上一次雪上加霜的大流感，李家大院几乎天天都在死人，死因非饿即病，鲜有例外。

这当中，最悲惨的当数李良方一家，夫妻俩加上三个儿子、两个儿媳、一个孙子，短短一个月内，一家八口，七人去世：先是李良方的妻子杨芳撒手西去，紧接着大儿子及妻子、二儿子及妻子又因贪吃白蒜泥（即观音土）被活活憋死，悲痛欲绝的李良方又不幸染上流感，在唯一的小孙子去世半天后告别人世。

李良方死得很突然，当时只有李良开守在跟前。临死前，李良方把不满周岁的幺儿李善富托付给李良开，求他把孩子抱给自己的亲弟弟和弟媳们。结果话还没说完，李良方就咽了气。那一年，李良开17岁。连续目睹亲人死亡，让他这个当时李家大院唯一的初中毕业生变得十分恐惧和麻木，直到怀中不谙世事的李善富用小手抓他的脸庞，李良开才醒过神来，抱着孩子往外面跑去。从此，李善富成了孤儿，由三房健在的四个叔叔和婶娘轮流抚养，每两个月一轮换。

而李良开对这个堂侄也产生了莫名而神圣的责任感，经常抱他，逗他，带他玩，还经常给他东西吃。等李善富到了上学的年纪，李良开又软磨硬泡，说服三房的四个兄长凑钱送他念完小学，还把这个孩子的名字改为李善钱，说叫"善富"这个名字太狂，不容易实现，叫"善钱"更妥当一些，并将这个名字解读为"善于挣钱，日子当然不用发愁"。

1977年春，已是生产大队民兵连长的李良开动用自己的关系和影响，把李善钱送到北京当兵。李善钱也争气，在部队转了志愿兵，还自学拿到了大学文凭，在部队干了14年，于1991年退伍，带着妻儿回到重庆，并在李良开的结拜兄弟、返城知青周利波的推荐帮助下，顺利成为重庆一家职业学院的老师。

在李善钱心目中，同姓堂叔李良开是恩人，异姓叔叔周利波是贵人，没有这两位叔叔，就没有他的今天。

开车去往博顿美锦酒店的路上，李良开随意问了些周利波的情况。

李善钱说得认真，李良开却听得潦草。他的思绪，早就飞回40多年前，飞回知识青年上山下乡的那段特殊岁月……

（二十六）

1969年农历二月初二那天傍晚，唐家岩生产队发生一件大事：周利波、张光斗、史无畏、周雅茹、彭小染等五名重庆知青来了，三男两女，全都十八九岁，说是要"接受贫下中农再改造"。

一下子来了这么多城里人，刚刚收工回来的社员们很稀奇，都跑来看热闹，把旧仓库改造的知青点围得水泄不通，弄得几个来自城里的年轻人非常窘迫，像是被人当众扒光衣服一样别扭。

围观的人群中，没有李良开、徐小芳夫妇的身影。这一天，他们刚刚满月的二儿子李远高烧不退，夫妇俩被迫向队长请了假，轮流背着孩子往月溪场的医院跑。到了医院，医生又是扎破耳尖放血，又是往身上涂抹酒精，还接连打了几针，总算把孩子的体温给降了下来。等到夫妻俩轮流背着二儿子疲惫不堪地回到家里，已是晚上8点多钟了。

听说生产队来了五名知青，李良开并没往心里去。辛苦的劳作、生活的压力，让李良开这个唐家岩唯一的初中毕业生变得和父辈们一样沉默寡言，除了每天出工干活和回家照看两个儿子，他不觉得其他任何事情跟自己有什么关系。

这一年，李良开25岁。七年前，18岁的他和17岁的远房表妹徐小芳结婚并与父母分开单过，22岁那年有了大儿子李源，24岁有了二儿子李远。随着家里人口的增加，李良开的压力越来越大，他甚至和徐小芳开玩笑，叫她赶紧刹车，不要再生了。徐小芳哭笑不得，狠狠地给了丈夫一拳头："这事儿怨我？谁叫你一睡觉就毛手毛脚？自己不老实，还说我？"李良开哈哈大笑，回头继续毛手毛脚，压根儿没有老实下来的意思。

李良开也有老实的时候。只要手头有一本没看完的书，或有一张报纸，他会很快进入两耳不闻窗外事、一心只读圣贤书的境界。

是的，李良开喜欢看书，对一切有文字的东西都感兴趣。生产大队发的"红宝书"，别人当摆设，人云亦云地跟着喊跟着念，李良开却一段一段地背，一句一句地琢磨，还和妻子交流自己的学习心得。徐小芳笑丈夫不务正业，说这玩意儿又不能变成工分和粮食，叫他别那么用功，李良开也不听，仍然乐此不疲。

听说知青们带来了不少好书，李良开眼馋，想借来看看。为了达到这个目的，他开始有意无意地接近周利波等人，干活的时候尽量跟在身后，时不时地指点指点，能帮就帮一把，还见缝插针地和人家探讨毛主席语录。一来二去，几个知青都知道唐家岩生产队还有一个读书人，对李良开的态度也变得热络和亲切起来。

过了一段时间，李良开成为知青点的熟客，还经常从家里拿来一些腊肉、青菜之类的食物交给负责轮流做饭的周雅茹和彭小染，用以改善知青们的伙食。等混熟了，李良开提出借书，知青们二话不说，有求必应。尤其是周利波，还把自己从城里偷偷带来的禁书借给李良开，并叮嘱他一定要保密，不要借给其他任何人，也不要在别人面前提起，在老婆面前也不行。

于是，李良开不仅读到了《钢铁是怎样炼成的》、《平原枪声》、《林海雪原》等革命题材小说，还读到了《一只绣花鞋》、《梅花党》、《第二次握手》、《塔里的女人》等禁书。那些日子，李良开简直成了书虫，白天一有空闲就捧着书猛读，夜里还点着煤油灯聚精会神地看，完全沉浸在另一个神秘的世界里。

书读多了，李良开的眼界开阔了许多，再和知青们闲聊，偶尔也能谈一谈对书中人物命运的看法。这让张光斗、史无畏等人倍感意外，愈加坚定了他们对李良开的判断：这不是一个普通的贫下中农，将来一定会有一番作为。

五个知青当中，李良开和周利波走得最近。李良开佩服周利波年纪轻轻却见多识广，还乐于和贫下中农打成一片，不像别的知青那样看不起农村人；周利波则被年长自己七岁的李良开的朴实和真诚所打动，加上两人都喜欢读书，经常在一起探讨由读书引发的思考，便有了惺惺相惜、彼此敬重的特殊情谊。

两人最终结拜为把兄弟，源于后来几年相继发生的两件关乎两人前途命运的事情：一件是周利波引导李良开实现了当大队干部的梦想；另一件是李良开帮助周利波扫清了返城的情感障碍。

严格讲，李良开不是一个有野心的男人。在认识周利波之前，他只想做一个好丈夫、好父亲、好社员，一心想着多出工、多挣工分、多分口粮、多分红，努力让妻儿平时吃饱饭，过年有新衣服穿，仅此而已。

周利波却不这么想，认为好男儿志在四方，不能过得太平庸，一定要做出一番事业来。与李良开成为无话不谈的朋友之后，周利波一再强调自己的观点，鼓励李良开利用自己初中毕业的文凭优势，争取在生产大队谋个一官半职，既光宗耀祖，也给孩子们树立一个榜样。

李良开有些心动，但不知道从何做起。周利波给他出主意：学毛主席语录时表现得再积极一些，不但自己要背下来，还经常背给其他社员听，最好把《毛泽东选集》都读一遍，让大队和公社都知道唐家岩生产队有一个学毛选积极分子。这是第一步。第二步，就是想办法入党，入了党，才有机会成为生产大队干部。

周利波甚至给李良开设计出了路线图，上半年做什么，下半年做什么，步步为营，环环相扣，把李良开听得目瞪口呆："你娃儿怎么像个军师？不会是诸葛亮投胎转世吧？"

"什么诸葛亮投胎转世？狗头军师差不多。"周利波自嘲道，"我爸在市政府当过处长，大小也是个领导。我虽然没从政，但也听说了一些道道儿。你按我说的去试试，说不准儿真能成。就算不成，你也不损失什么。""那就试试？"李良开打定主意，"不过你可要随时帮我啊。"周利波头一扬："咱俩谁跟谁？亲哥们！你的事就是我的事！"

接下来的两年时间，按照周利波的策划和提醒，李良开先是成了梓第大队的学毛选积极分子，还到古月公社作报告，受到公社书记的点名表扬。1971年7月，李良开顺利入党。三年后，他成为大队团支书。1976年初，李良开成为大队民兵连连长，还被公社党委确定为大队后备干部。

眼看计划一步步实现，李良开对周利波充满感激，总想找机会帮这个兄弟一把。因此，当周利波与唐家岩女孩贺春桃的恋情受到阻挠时，李良开站了出来，毫不保留地给予大力支持。

周利波与贺春桃的爱情，源于川渝地区流行的扑克牌游戏——斗地主。

（二十七）

周利波他们进驻知青点后，唐家岩的社员发现，这些城里来的年轻人"接受贫下中农改造"并不怎么积极，但玩的兴致却是很高，一有空闲就唱歌、玩乐器、打扑克。他们不仅自己玩，还把唐家岩的年轻人也吸引过来一起玩，气得一些脾气不好的老人直骂这些知青好吃懒做。

知青们不管这些，唐家岩的年轻人也乐意与知青们一起玩。所以每到傍晚时分，或是下雨时，知青点总是人声鼎沸。年轻人玩扑克时不分乡村城镇，先来先玩，凑齐四人就玩升级，只有三人就斗地主，无论是玩的还是看的，个个情绪高涨，大呼小叫，甚是热闹。

每每此时，住在知青点屋后的黄老太太总会颤颤巍巍地故意把自家的几只老母鸡撵得满院乱跑，嘴里还骂骂咧咧："个砍脑壳的，我让你们乱叫唤。"

黄老太太自然是指桑骂槐，因为小孙女贺春桃有事没事总往知青点跑，她真担心会出现什么乱子。黄老太太也不怕得罪人，经常在背后说知青们的不是。她总在小孙女面前嘀咕："桃子，离那帮知青远点儿，他们五谷不分，连麦子和韭菜都分不清，将来这日子还怎么过噻？再说人家是城里人，早晚都会回去，你跟他们不是一路人，不要往一起凑……"

知青刚来的时候，桃子只有10岁，还是个青涩的小姑娘。桃子嘴甜，家离知青点又近，张口哥哥姐姐地叫着，知青们都很喜欢她，尤其是周雅茹、彭小染这两个女知青，把桃子当成了亲妹妹。

转眼七年时间过去了。到1976年秋天，桃子已经17岁，长得修修长长，清清爽爽，早就成为村里小伙儿们的追求目标，媒婆们纷至沓来，差点踏破黄老太太家的门槛。想想自己这个年纪已经生娃娃了，加之自己老头子和独子去世得早，儿媳改了嫁，黄老太太便着急起来，暗地里也有了人选。可桃子一点儿不急，总说自己还小，还说要在家里陪奶奶一辈子，说啥也不同意去相亲。

隐隐约约中，黄老太太觉得桃子喜欢上了某位男知青。但她不敢确定，也问过孙女，桃子却把头摇得跟拨浪鼓似的，还怪奶奶打胡乱说。黄老太太猜得一点儿没错，桃子确实偷偷喜欢上了一位男知青。他就是知青点的头儿周利波，长得浓眉大眼，嗓子很好，弹得一手好吉他，打牌也是高手，尤其是斗地主，打遍知青点无敌手，唐家岩的年轻人都被他打得落花流水。这让周利波大有找不到对手的感觉，像个骄傲而孤独的斗士，让桃子很是着迷。

谁也说不清从什么时候开始，每每知青们打牌，桃子准会出现在周利波身后，静静地观看。周利波赢了，她微微一笑，周利波输了，她皱皱眉头，从不吱声。时间长了，周利波开始注意桃子，越看越顺眼。抽空到村里一打听，得知桃子虽然没了父亲，母亲也不在身边，但是个很乖巧、很孝顺、很本分的女孩子，家里家外都是一把好手。回头再看准时出现在牌桌后面的桃子，周利波的眼神有些迷离，慢慢喜欢上了这个文静漂亮的女孩子。其他知青看出了端倪，跟着起哄，有个家伙干脆给桃子取了个"红桃皇后"的外号。而周利波，也自然也了"黑桃王子"。

周利波真正喜欢上桃子，是在桃子年满17岁那年。此时，周利波已经25岁，比桃子大了整整八岁。在较为悬殊的年龄面前，周利波不敢轻易造次，生怕伤害了桃子，更害怕惹恼了对知青们总是板着一张老脸的黄老太太。直到桃子年满18岁，26岁的周利波才大胆向桃子表白。

1978年仲秋，一个月明星稀的夜晚，趁黄老太太去小妹家串门的空隙，在长有一大排柏树的唐家岩山梁上，周利波凭借一把吉他，一首歌曲，一番表白，成功牵到了桃子的双手。再过了些日子，又一个月明星稀的夜晚，在唐家岩柏树梁下的岩洞里，桃子羞涩地依偎在周利波怀里，心甘情愿把第一次给了自己心爱的男人，完成了从女孩到女人的转变。

当发现桃子吐酸水吃不下饭的时候，黄老太太先是慌了神，还动手打了孙女一巴掌。后问清了缘由，黄老太太连夜去找了大队革委会主任，再和主任一起找到大队民兵连连长李良开，三人结伴到知青点找周利波要个说法。

面对黄老太太的眼泪，周利波出奇的冷静："奶奶，我同意和桃子结婚。"黄老太太却死活不干："结婚？你凭啥跟我孙女结婚？你多大了？快三十了吧？你觉得合适吗？门都没有！再说，你能保证真心对我家桃子好？将来能带她回城？孩子生下来怎么办？上不了户口怎么办？你就死了这条心吧，你们不是一路人，成不了一家人。"

面对气势汹汹的黄老太太，平时伶牙俐齿的周利波憋得满面通红，不知怎么回答，向自己的好友兼兄长李良开投去求助的眼光。

李良开心领神会，开始劝黄老太太这个远房表婶："婶婶，您可不要说气话啊。您这么说，桃子肚里的孩子怎么办？打掉吗？解绝不了问题嘛。您出去打听打听，整个生产队，除了您，还有谁不知道桃子和利波好？您就别犟了，听我一句劝，就让他们两个结婚吧，这样皆大欢喜。好不好？""我看良开说得在理。"大队革委会主任也顺水推舟，"利波这小伙儿不错，对桃子也是真心的。这样吧，我想办法给他们办结婚证，孩子生下来也保证能上户口，并且不算违反政策。您看，我能做的就这些，真不行，我也没招了。"

听大队革委会主任这么讲，黄老太太借坡下驴，不再反对。实际上，两位大队干部所讲的，正是她所担心的问题。如今民兵连长给了自己台阶，革委会主任打了包票，黄老太太也就顺势点头同意了这门婚事。

婚后，桃子住进了知青点专门为她和周利波腾出来的新房。每到做饭的时候，桃子两头跑，先给知青们做好饭，再回家给奶奶做，两相兼顾，一顿也没有耽误。

1979年夏末，桃子和周利波的儿子出生了。周利波给儿子取名周石，小名石头，让石头认李良开、徐小芳为干爸、干娘。在桃子的精心照料下，石头长得白白胖胖，小脸粉嘟嘟的，谁抱都不哭，给知青点带来了很多笑声和快乐。

石头刚满一百天，受云南等地知青请愿游行的影响，唐家岩及附近的知青们开始各显神勇，陆续返回他们魂牵梦绕的城市。

张光斗和周雅茹最先离开唐家岩知青点。这对刚来农村时见面就吵的冤家，后来却日久生情，成为一对情侣，但两人坚持不结婚，生怕孩子落个农村户口，更怕孩子将来留在农村。听说政府高层默许知青返城的消息后，两人第一时间提出申请，并且不等生产大队和公社答复，于递交申请的次日便自行离开知青点，不管不顾地踏上返回重庆的归程。

在张光斗和周雅茹的带动下，史无畏连申请都没写，悄无声息地离开了知青点。彭小染胆儿小，又是写申请，又是给家里发电报，就是不敢走，直到父亲亲自跑来接女儿，她才胆战心惊地回了城。

眼看知青们陆续返城，乡亲们都说，这下桃子有福了，可以和孩子一起进大城市了。黄老太太也乐开了花，天天抱着曾孙子满村乱逛，开心得像个孩子。周利波也很高兴，跟生产队请了假，说要回去给妻儿办进城的相关手续。桃子很高兴，天天盼着周利波早点回来接她们母子俩。

过了些时日，周利波回来了，带回来一个让桃子失声痛哭的坏消息：如果带着妻儿回城，周利波落不了户口，也安排不了工作。

当晚，周利波搂着哭泣的桃子："大不了我不回去了，这里也挺好的。"桃子什么也不说，只知道一个劲儿地抽泣。而黄老太太，则一个人坐在堂屋的大靠椅上唉声叹气，不停地抹眼泪。周利波真没主意了，跑去找李良开，让他帮忙想个两全之策。

李良开倒是不急不躁，让妻子徐小芳炒了两个菜，倒上两碗烧酒，叫周利波上桌："车到山前必有路，船到桥头自然直。我们先喝酒，办法总会有的。"正所谓借酒浇愁愁更愁，两碗烧酒下肚，周利波醉得人事不省，当晚睡在李良开家，一觉睡到天明。

次日一大早，等周利波回到知青点，发现桃子和石头都不见了。周利波和乡亲们找遍了附近的几个村子，还跑到月溪场打听，依然没有母子俩的消息。第四天，眼睛红肿的黄老太太拉着周利波的手说："孩子，别找了，你回城去吧，桃子她是不想连累你啊。"周利波又等了半个月，还是没有桃子和孩子的消息。

周利波还要等下去，还跟一再劝他回城的李良开吵了起来，大骂对方狗咬耗子多管闲事。李良开被骂急眼了，咆哮起来："是，老子就是多管闲事！老子告诉你，桃子就是我劝走的！桃子也有这个意思，你没看出来？那天你狗日的喝醉了，桃子担心你，跑到我家来找你。她跟我谈了她的想法，我不同意。她还坚持，你让我怎么办？桃子是真心为了你好啊。你别狗咬吕洞宾不识好人心。"听李良开讲了这番话，周利波大哭了一场，无奈地离开了唐家岩知青点。临走前，周利波坚持和李良开结拜为异姓兄弟，说李良开不论遇到什么困难，他都会全力以赴。周利波还拜托李良开，一旦有了桃子和石头的消息，一定要第一时间告诉他。

一年后，桃子带着已经满地乱跑的儿子回来了。一同回来的，还有一个操着外地口音的中年男子。

思虑再三，李良开没有写信把桃子和石头回唐家岩的事告诉周利波。

（二十八）

没多久，联产承包责任制开始了，生产队的土地分到了各家各户。生产大队改称村，李良开成为梓第村的首任村委会主任。

桃子带回来的中年男子名叫赵波，比桃子大14岁，身体好，脾气更好，对妻子言听计从，从无二话；对黄老太太和石头也出奇的好，尤其是对改名赵石的石头，简直比亲生父亲还要上心，既不让孩子受半点委屈，也不纵容小家伙胡作非为。他还一再和桃子讲："这个儿子乖得很，咱俩就不再要细娃儿了。"

桃子和赵波虽然不亲不密，但也不争不吵，两人默默地侍弄自个儿的庄稼地，默默地侍奉着奶奶，默默地养育着孩子。乡亲们都说，他们两个一点儿不像两口子，倒像是相依为命的亲兄妹。每每此时，平时很少笑的桃子总会微微一笑，之后扭过头去揉眼睛，口里说着又迷眼了，转身去忙那些没完没了的农活和家务活。

时间像一匹不知疲倦的马，转眼就跑到1986年秋天。石头刚上小学一年级没几天，操劳一生的黄老太太因病去世。桃子哭得昏天黑地，几度晕厥。

出殡的前一天晚上，一个肩披长发、面容清瘦的男子突然出现在黄老太太的灵柩前。没等众人反应过来，他已泪流满面地跪在灵前连磕了三个响头，嘴里含混不清地喊着"奶奶"，悲痛欲绝。

他是周利波。看着从天而降、泪如雨下的周利波，乡亲们都傻了眼，齐刷刷的目光都聚焦到了一直跪在灵前的桃子，看她作何反应。

出人意料的是，见到周利波，原本一直断断续续抽泣着的桃子竟然平静下来，不再哭泣，但也不说话，面无表情地跪在那里，静静地为奶奶守灵。直到次日清晨，众人把黄老太太的棺材抬到墓地放入墓穴开始填土时，桃子才放声大哭，但已没了声音，直到哭晕过去。接下来的一天一夜，桃子躺在床上，一声未吱，滴水未进。那一天一夜，赵波和周利波都守在桃子身边，都寸步不离，都默不作声，都静等桃子开口说话。

桃子终于起床了，勉强喝下一小碗米粥，开口第一句话就是让周利波走人："你走吧，这里不属于你，我和儿子也当不了城里人。"周利波本想辩解什么，但看到桃子冷若冰霜的表情，他住了口。

赵波早已搞清了事情的前因后果，带了两瓶办丧事剩下的白酒，把周利波叫到唐家岩山梁的柏树底下，什么下酒菜也没有，两个男人各拿一瓶，边喝边说着掏心窝子的话，唠着过去发生的事情……

七年前，桃子背着儿子去长江边上的万县城一家饭馆打工，与当厨师的赵波结识。有一天晚上，饭店老板酒后对桃子动手动脚，赵波拿着菜刀骂跑了老板，当晚领着桃子和孩子回了他的老家。后来，在桃子的央求下，他成了孩子的父亲，并主动提出和桃子回唐家岩一起照顾黄老太太。

七年前，回到重庆后，周利波没有按部就班地工作和生活，换了一家又一家酒吧，当起了一个城市漂泊的流浪歌手；也换了一个又一个女朋友，玩起了只恋爱不结婚的感情游戏，至今还孑然一身。

赵波先天性输精管堵塞，早年也结过婚，前妻想要孩子未果，离他而去。后来去医院做手术失败，彻底失去了生育能力。桃子不知道这个秘密，以为是自己出了问题，还去过一趟医院，拿回来不少中药，被赵波塞进灶膛里烧掉了。

周利波一直放不下桃子和儿子，一直都想回来找母子两人。刚回重庆时，父母逼着他和一个别人介绍的返城女知青结婚，他死活不干，最终和家人闹翻，放弃了父亲托人安排的正式工作。这一次，周利波本想跑来打探桃子和儿子的消息，不料却遇到黄老太太的丧事，还看到了桃子的丈夫赵波。

各自喝完一瓶烈酒，两个男人都喝醉了，搂肩搭背，称兄道弟，哭着笑着，吼着叫着，惊飞了古柏上的鸟雀。

次日一大早，周利波在赵波和李良开的陪伴下离开唐家岩，一起来到月溪场，由这里坐汽车，再到万县转车返回重庆。上车前，李良开朝周利波胸脯打了一拳："兄弟，别怪我没及时告诉你桃子和石头的消息。这都是桃子的意思，她不想连累你。""是这么回事。"赵波接过话头，还拍了拍周利波的肩膀："兄弟，你放心，儿子我好好给你养着，桃子你也不用担心，我会好好对她。倒是你，赶紧回去找个女人结婚，这样桃子也会好受一些。说好了，等咱们儿子念完高中，我让他报考重庆的大学。那时，我和桃子再让你们父子相认……"

（二十九）

2002年隆冬时节，43岁的桃子在深圳一家鞋厂接到儿子石头从山城重庆打来的电话："妈，这里下大雪了，满大街都是，太阳一照，硬是漂亮得很。对了，我考上警察了，下周就去公安局上班。""给你爸打个电话，他正着急上火哩。"撂下员工宿舍楼道里的公用电话，正在清扫卫生的桃子哭得稀里哗啦，思绪也不由得回到16年前。

那一年，奶奶去世了，周利波被自己撵回了重庆，赵波不久去了福建打工，每年过年回来一次，全身心地要为儿子挣够上学的费用，还要补贴家里其他开销。而桃子，则一边照顾着上小学的儿子，一边侍弄着那些田地，日子忙忙碌碌，波澜不惊。

这期间，周利波来过几封信，先说自己结婚了，有了一个女儿；又说开了一家文化公司，效益还不错。周利波还寄过几回钱，说是给石头的学费，均被桃子一一退了回去，直到周利波不再寄钱为止。

1994年秋，等到儿子去县城上高中，时年35岁的桃子跟着一个亲戚到了深圳龙宝一家鞋厂，先是在车间流水线上工作，后来因岁数大了手脚不再利落，改行当了清洁工，在这个厂子一干就是八年。

石头学习一直很用功，顺利地考上西南政法大学，还当上了学生会干部。

这些年，桃子和赵波感到最欣慰的一件事情，莫过于儿子石头的成熟和懂事。

石头上高三那年春节，赵波在酒后告诉石头："儿子，我不是你的亲老子，你亲老汉叫周利波，在重庆开了家很牛的文化公司。我和他讲好了，等你考上大学，我和你妈带你去找他，让你们父子相认。到那时，老爸我老了，你就归他管了。"听到这一切，石头有些发蒙，还大哭了一场。哭完了，他抱着赵波发誓："我不管那么多，你就是我亲爸！我要好好孝敬你一辈子。你不要告诉我他叫什么名字，我不想知道，我也不会去找他，更不会去见他，永远都不会！"听石头这么讲，赵波既后悔又欣慰。后悔的是自己没有忍住，提前告诉了石头关于他的身世秘密；欣慰的是自己没白疼这个儿子，后半辈子有了依靠。

石头上大学那年，赵波和桃子没去找已是大老板的周利波。这与石头一再反对有关，也与桃子的重重顾虑有关。毕竟，周利波已有了自己的家室，还有一个比石头小八岁的女儿。不认就不认吧，何必要去打扰人家的生活呢？应石头的要求，从这之后，桃子和赵波都中断了与周利波的联系。

石头确实是个叫人省心的孩子，上大学期间年年拿奖学金，还自个儿出去做家教，所有开支几乎不用赵波和桃子操心。不仅如此，石头还一个劲儿地打电话叫爸爸妈妈别心疼钱，该吃吃，该穿穿，说是等到大学毕业挣了钱，在重庆买套大房子，把二老接过来安享晚年。每每此时，赵波和桃子心里乐着，嘴里应承着，回头该干活干活，该攒钱攒钱，一心要给儿子一个美好的未来。

上班第二年，石头停薪留职，脱下警服和同学合开了一家法律事务所。经过一番打拼，石头成为山城小有名气的年轻律师，经手的大案要案一个接一个，收入也水涨船高，按揭买了房子和轿车，和大学同学、法律事务所合伙人之一的付文娟结婚之后，按照之前的承诺，把父母接到重庆一起生活。

2008年底，赵波和桃子到重庆定居后没多久，石头接手一个案子，为一家涉嫌经济诈骗的文化公司老总辩护。委托人是一个21岁的大三女学生，自称是当事人的女儿，名叫周桃红。石头和妻子第一次约见这个女孩时，付文娟一惊一乍："你们两个怎么长得有点像啊？"石头和桃红都没往心里去，他们更关心的是如何合力赢下那场官司。这可是几百万元的大案子，如果不能胜诉，桃红的父亲只能坐牢，而他的公司和家产也只能被法院强制执行为赔偿款。

过了几日，石头在桃红的陪同下去看守所约见当事人，也就是桃红的父亲。

见面的那一刹那，石头彻底傻了眼：这个人怎么这么眼熟？桃红在一旁也花容失色：石头莫非真是我同父异母的哥哥？当事人正是石头的亲生父亲周利波。见到儿子那一刻，他如同被电击一般，整个人呆在那里，继而浑身乱颤，难以自持。

命运弄人。发誓不见不认的亲生父亲竟然以这种方式出现在自己面前！石头说不清是震惊还是震怒，一句话也没说，转头离开。从看守所出来，石头还是有些不敢相信刚才发生的一切，也不理会一声接一声叫他哥哥的桃红，扔下一句"你找别人打这个官司"之后，开车绝尘而去。

桃红哪肯轻易放弃？回家向母亲唐春婉说明了情况。母子俩当晚辗转找到石头家，先是含泪取得了赵波和桃子的支持，之后四人一起哀求石头，让他无论如何要想办法为周利波打赢这场官司。石头还是不答应。无奈之下，桃子只好打电话请石头的干爸李良开帮忙。

对石头这个干儿子，李良开疼爱有加。石头还是个孩子的时候，每年过年给孩子做新衣服，他都要让徐小芳给石头做一套。家里有什么好吃的，李良开也总会把石头叫来。石头对李良开这个干爸一直很亲，有什么事情喜欢对干爸讲，对干爸的建议，他也乐意接受。所以，当李良开打来电话，要求干儿子无论如何也要想办法帮自个儿的结拜兄弟打赢官司时，石头的心软了，答应了干爸的要求。最终，石头查找到了竞争对手陷害周利波的有力证据，对方被判刑，周利波无罪释放。

后来，还是在李良开的斡旋下，石头原谅了周利波，父子俩得以相认。

（三十）

2013年7月29日9时许，一站直达成都东站的动车驶出重庆北站，呼啸着往川西平原驶去。

在重庆逗留了两天三夜，尽管周利波、桃子、赵波、石头等人极力挽留李良开再玩几天，可他还是毅然决然地踏上旅程。

周利波理解李良开的心情。在进站口，他轻声劝着自己的结拜兄长："三哥，你想开点儿，年轻人有年轻人的想法，谁能保证年轻人跟我们这些老家伙一条心？一代人有一代人的活法，我们这些老辈子，也不能强迫他们。你说是不是？""你说的道理，我都晓得。"李良开苦笑了一下，"放心吧，兄弟，我哪能真跟他们生气？年轻人想在城里发展，想在城里买房子，想在城里定居，本来就没有错嘛。错的是我们这些老家伙老顽固老不死的，多管闲事，自讨苦吃，活该！""你看你，不是说不生气嘛。"周利波把头天新买的行李箱递过去，"检票了，快进去吧。我在箱子里放了点儿水果，你路上吃。到了给我来个电话，省得大伙儿担心你。噢，对了，三哥，三嫂给我打电话了，让我提醒你，如果身体吃不消，就不要强行往下走，赶紧回家治病。"

检了票，进了站，走了几米，李良开回头，看见周利波还站在那里向自己挥手。

等上了车，打开行李箱拿水果时，李良开发现装水果的塑料袋里放着一沓钱，还有一张周利波亲笔写的便条："三哥，这是一万元，是我和你弟妹的一点儿心意。出门在外，别舍不得花钱，千万要照顾好自己。"想到这两天周利波、唐春婉夫妇无微不至的照顾，李良开眼眶一热，差点落泪。

安顿好行李，刚刚坐下，手机响了起来。一接听，原来是徐小芳打来的："上车了吧？药吃没？这两天胃疼没疼？"

听到妻子一连串提问，李良开乐了："你这个婆娘，说话怎么跟机关枪似的？你真是我肚里的蛔虫啊，我每天的行踪怎么都在你的掌握之中？难不成你是如来佛祖？我成了跳不出你手掌心的孙悟空？"

"哈哈，多大岁数了，还瞎扯？"电话那头，徐小芳也乐出了声，"我还真告诉你，这辈子，你真就跳不出我徐小芳的手掌心！怎么样，在重庆玩得开心吧？你那帮侄子，都见到了？事情办得顺利吗？"

"顺利个屁！这帮龟儿子，全他妈的忘本，没有一个好东西！什么一家人，还不如我的结拜兄弟！我算是看出来了，只要出了唐家岩，出了农村，越是在大城市，越是不想回去！他妈的，气死我了……"李良开越说越来气，破口大骂起来。

徐小芳一听不对劲，赶紧在电话里劝丈夫："你生这个气有用吗？别人凭啥都听你的？你身体不好，别跟自己过不去。你就当出去散心，别的就顺其自然吧。实在不行，就赶紧回来。我和孙儿孙女们可都等着你呢。"

撂下电话，正在气头上的李良开半天没缓过来，在重庆的不愉快经历也一一浮现在眼前。

当然，抵达重庆的7月26日当晚，李良开的心情还是不错的。第一次入住四星级宾馆，见到分别34年的知青张光斗、史无畏、周雅茹和彭小染，还见到干儿子石头和干亲家赵波、桃子等人，加上周利波、唐春婉夫妇精心安排的晚宴，李良开情绪很高，喝了三大杯五粮春，竟然没有一点儿醉意。

包括次日白天，李良开的心情也相当不错。这天上午，周利波、唐春婉陪李良开游歌乐山，中午赶到朝天门码头附近的江轮上吃鱼，下午逛了解放碑，晚上吃了正宗的重庆火锅，还驱车感受了一下山城夜景。

置身大都市，李良开真觉得一双眼睛不够用了，到哪儿都新奇，看啥都新鲜，回到宾馆休息时，他还沉浸在白天看到的景致里。直到准备上床睡觉，他才想起此行的真正目的，赶紧给李善钱打电话说明来意，让他召集在重庆的唐家岩李氏后人，共同商量怎么保住老院子、祖坟和古柏。

李良开万万没有想到，他在李善钱这里竟然碰了钉子！

在电话里，李善钱告诉李良开：他外出征集唐家岩李氏后人签名和录像的事，乡县两级都知道了，县里还给乡里下了命令，要想方设法防止李良开把事情闹大。乡里将李良开列为信访重点防范对象，并已采取相关措施。

李善钱还告诉李良开，古月乡政府安排专人给在外地党政机关和事业单位工作的唐家岩李氏后人打电话，请他们理解和支持老家政府，不要参与李良开牵头组织的签字和录像活动，并称如果这些人执意参与，古月乡政府将通过官方渠道通报这些人所在单位，说他们参与上访、破坏安定团结大局。末了，李善钱在电话里讲："开三叔，我们这些吃公家饭的人，不能不顾及影响，您得多理解我们。您让我当这个召集人，真是为难我啊。再说，我也不能在横幅上签字，更不能录像。您看，您是不是找别人？"

李良开知道，李善钱这么讲，等于是拒绝了自己。他理解李善钱，但他无法理解古月乡政府的做法。怎么说自己也是个老党员，还当过多年大队和村干部，基本觉悟还是有的，怎么可能进京上访？自己只是想借李氏后人的力量保住祖宗留下来的根脉，怎么还成了乡里重点防范对象？

正愤愤不平哩，梓第村党支部书记李富聪打来电话，先是闲扯了一会儿，之后言归正传，问李良开在哪里，并委婉地转达了乡里的意见：停止收集签名和录像，尤其不要进京上访，否则将停发村干部退休金，并视情况追究党纪责任。

李富聪也是月溪场"塝上李"后人，依起来应该叫李良开一声"爷爷"，加之李良开是村里退休的老干部，李富聪在电话里很客气，但也是软中带硬。

这让李良开很不舒服，忍不住在电话里发起火来："我是个老党员，也当过村干部，当然不会进京上访。请你转告乡领导，我保证做到两条：第一，遵纪守法；第二，绝不进京上访！怎么，你不相信我？要不你们派人来把我抓回去？真是的，我们党讲的是执政为民，啥时候规定不让老百姓越级上访了？再说，我也没有越级上访，到时候还是会回到村里、乡里反映群众意见。算了，不跟你啰唆了！"说完，生气地摁断了电话。

当天晚上，李良开始终没睡踏实。7月28日早上，周利波、唐春婉夫妇过来陪吃早餐时，发现李良开情绪不对，问清了缘由，便双双劝他想开些。

次日，李良开没有心情再去看城市风景了，而是让周利波、唐春婉陪着他，试着去找了几个唐家岩李氏后人，结果无一例外都碰了一鼻子灰。理由也并不新鲜，要么是公职人员不便在横幅上签名或录像，要么惦记着用拆迁款在城里买房子或用于投资兴业。

看到李良开失望的表情，周利波提议去找仍然坚持姓赵的石头，说他是律师，是自己的亲儿子，也是李良开的干儿子，应该会帮这个忙。

李良开摇头拒绝："算了吧，石头也不容易，今后还要靠公家吃饭哩，就不要给他添乱了。对了，他还是不愿跟你姓周吗？""我倒是想这样。可他和桃子都没提过，我也不好过问。再说，还有赵波老兄呢，真让石头改姓周，他心里也不好过。就这么着吧，反正不管姓赵还是姓周，他石头都是我周利波的儿子。三哥，我说得对吧？""还真是这个理儿。只要你想得开，这也不算是个事儿。""就得想开嘛。"周利波趁机开导李良开，"三哥，咱们都这么大岁数了，啥事都得想开些。唐家岩这些李家后人不签字就不签吧，回头我变几个笔体，挨个把他们的名字写上去，我是搞艺术的，应该能够以假乱真。反正也没人去鉴别横幅上的名字是真是假，说不定真能蒙混过关哈。但录像的事我就帮不上忙了。"

李良开没有吱声，表示默认。

（三十一）

因为是第一次坐火车，并且是动车组，坐的还是一等座，李良开感觉好极了，兴奋得像个孩子，不停地和坐在旁边的中年男子闲聊与火车有关的话题，比如啥叫动车，比如以前的火车是啥样子，比如动车一等座、二等座与观光座、商务席有什么区别，涉及的问题大大小小，汇总起来就是一部火车百科全书。

中年男子自称也是重庆开县人，姓罗，在县政府工作，让李良开叫他小罗，还说都是老乡，认识就是缘分，有什么不明白的尽管问，保证知无不言。

一路聊着，李良开发现这个小罗真是不错，长得面慈目善，说话客客气气，问他任何问题，都是有问必答，一点儿官架子也没有。

小罗告诉李良开，以前重庆到成都全是绿皮火车，慢得跟牛车似的，一坐六七个小时，有的还要十一二个钟头。李良开有点不信："那么久？这动车不说只需要两个小时吗？""今非昔比嘛。"小罗笑了，但下句话却明显跑题，"徐主任？你也去成都？"李良开丈二和尚摸不着头脑："徐主任？哪个徐主任？"小罗从座位上站了起来，伸出右手，和车厢过道上的一个中年男子握手。

李良开一扭头，发现是古月乡信访办主任徐小梦，也站了起来："你小子，怎么是你？你到成都去做啥子？"徐小梦很惊讶的样子，松开小罗的右手，探过身来，一把抓住李良开的右手："姐夫，你也在这趟车上啊？没听说你出远门啊？怎么你也认识罗局长？"

"罗局长？"李良开有点发窘。他以为小罗是个普通公务员，谁知是个局长。"徐主任，你莫乱讲哈，我哪是什么局长，不就是个副的嘛，啥也说了不算，你就别取笑我了。"罗副局长依然客客气气。徐小梦也笑了："罗局，副局长也是局长嘛，都这么叫，我哪敢造次啊。"罗副局长苦笑了一下："就是，这算什么风气嘛。副职就是副职，副局长就是副局长，为什么非要叫局长？真是搞不懂。""罗局，你想多了不是？现在不都这样嘛，有些人明明是普通公务员，压根儿就不是领导，不也科长、处长地叫着？这样显得有身份嘛。哪像你，明明是领导干部，还这么谦虚。"徐小梦不动声色地奉承着罗副局长。

"你们认识？"罗副局长指着李良开和徐小梦，"看来是老熟人嘛。"徐小梦哈哈大笑："何止是认识？他是我姐夫。以前也是个领导。""别听他胡扯，一个退下来多年的村主任，算什么领导？糟老头子一个。"徐小梦说他是领导，李良开莫名其妙地尴尬起来，赶紧转移话题，"我也不是他亲姐夫，他是我婆娘的堂弟。舅佬倌，我说得对不对？""喊啥舅佬倌，多老土啊，还没有叫我舅子好听。"徐小梦也跟着打趣。

"徐主任，到成都公干还是旅游？"罗副局长问徐小梦。徐小梦连连摆手："就是出来耍一圈，看看在成都上大学的娃儿。""就是嘛，开县十多年前就归重庆管了，有上访的也不会去成都噻。"罗副局长慢条斯理地分析着。徐小梦夸张地拍着双手："领导就是领导，就是有水平，说得多好。罗局，一会儿下车，我安排你吃饭。还有姐夫，咱们三个一起。就这么定了。你们先坐着，我是二等座，在隔壁车厢，车到后咱们一起出站。""不了不了。"罗副局长婉拒，"我还有事，跟别人都约好了，有人来接站，就不麻烦徐主任了。"李良开也赶紧表态："也有人来接我，小梦你就忙你的吧，见到我侄儿，代他姑爷问个好。""我说姐夫，我娃儿可是大学生，人家叫你姑父好不好？书面上，姑爷指的是女儿的丈夫，姑父才是姑姑的丈夫嘛。"徐小梦又拿李良开的土话开涮。"你个龟儿子，赶紧跟老子滚，少跟我在这里装蒜。"李良开听出徐小梦是在开玩笑，便也放肆起来，"在你姐夫这里，你不是领导，就是舅佬倌，知道不？"徐小梦一阵哈哈，和罗副局长打过招呼，转身往另一节车厢走去。

车到成都，一直到与罗副局长挥手告别，李良开没再看到徐小梦的身影。这让他很纳闷：这小子，怎么神出鬼没的，到底到成都干啥来了？没容李良开多想，前来接站的李峰已走到跟前："三叔！"

李峰是李良开大哥李良川的小儿子，44岁，是成都市邮政局的一名普通干部。

李峰的妻子叫袁淼香，是唐家岩袁春福的小女儿，和李峰一起长大，一起上学，两人婚后育有一子，正在北京念大学。袁春福的老伴去世后，被女儿、女婿接到成都一起生活。而李良开和袁春福同岁，打小是好伙伴，成人后是好兄弟，相处一直很融洽。

在武侯区一个居民小区，也就是李峰家里，两个儿时的伙伴相见，李良开和袁春福都很感慨，都说时间不经混，都说对方老了。

当天下午，李峰要去上班，袁春福带着李良开到家附近逛了一大圈。晚上，李峰打电话回家，说要在单位加班，让三叔先在家里吃饭，等加完班，他带三叔去耍都吃烧烤喝夜啤酒。谁知这一等，竟然等到了零点以后。要不是李峰再三恳求，还拉着袁春福、袁淼香一起去作陪，习惯早睡早起的李良开真没打算去熬夜喝酒。等三个人坐出租车赶到耍都，已是7月30日凌晨1点。

让李良开大开眼界的是，尽管已是深夜，但这个叫耍都的地方还是一派人来人往的热闹景象，前来喝夜啤酒的人络绎不绝。露天的大排档里，人们享受着美食，品哑着美酒，还有现场演唱的歌声做伴，更有擦鞋的、掏耳朵的伙计们穿梭其中。在如此安逸的环境里，李良开心情大好，接连喝了两瓶啤酒，就着酒劲和袁春福聊着过去的事情。李峰和袁淼香陪在旁边，有一搭无一搭地附和插话。

李良开和袁春福聊得正起劲，附近两伙客人因为争抢桌子争吵起来，还差点动手，被几个保安模样的人拉开。见此情形，袁春福撇撇嘴："一张桌子，有啥好争的？""哈哈哈，你这个老东西，还好意思说别人，当年你还不是一样？你跟我大哥争地界的事，你还记得吗？"李良开旧事重提。"怎么不记得？"袁春福喝了一口啤酒，"你大哥都去世八年了，一想起那事，我还真觉得对不起我这个亲家。"

那是1981年的夏季某天。彼时，农村集体土地承包到户不到两年，家家户户都把田地当成宝贝，村民之间经常因偷挪地界发生纷争。

这天早上，天刚麻麻亮，袁春福扛着锄头出了门。正是露水茂盛的时节，摸索着走到地里，袁春福的一双胶鞋和两只裤腿全打湿了，湿漉漉的，很不舒服。到了地方，袁春福把锄头从右肩上放下来拎在左手上，没有急着挖地，而是以极快的速度走到这块地的分界处，锄头和手并用，把上中下三块界石往另一边各挪了两尺，之后再抡起锄头挖地，一直挖到日出三竿才回家吃早饭。

这块地一分为二，一半是李良川家的，另一边是袁春福家的。土地包产到户以来，两家一直相安无事。可就在一个月前，也就是麦子变黄快熟的时候，李良川发现场界有些不对劲，上中下三块界石像是被人动过。回家和婆娘贺维珍说起此事，贺维珍怪他胡思乱想，还专门跑到地里看了看，认定没什么问题。听自己婆娘这么说，李良川心宽了许多。可他还是觉得不托底，自个儿又去看了几次，越看越觉得有问题。按照他的判断，地界至少被袁春福挪了两尺。

对于和三弟李良开同岁的袁春福，李良川一直没有好感，认为他做事太诡道，只要是对他有利的，什么事都干得出来，更别说是挪个地界了。

等到割完麦子准备挖地栽红苕时，李良川决定按照自己的判断，偷摸把地界挪回去。

李良川早就想动手了，只是两边种的都是麦子，一动太明显了。一旦两家都割完麦子，神不知鬼不觉地把那三块石头一挪，再提前把自家这边的地挖完，袁春福就算看出来了，也只能是哑巴吃黄连，有苦说不出。因为当年包产到户分地时，这块地丈量得并不那么仔细，谁也说不准这块地的具体面积。

李良川考虑得可谓周全，但他没有料到袁春福也不是盏省油的灯，竟然由三块界石形成的直线延伸出去，在上下的地坎上都做了暗记。于是，李良川挪动地界的当天中午，袁春福就闹上门来。李良川当然不会承认，袁春福就开始破口大骂，把李良川的八辈祖宗骂了个遍。

当天晚上，袁春福把那三块石头往回挪了两尺，还跑去向村支书袁大全告状，说李良川乱挪地界，要求村里严惩。袁大全是个老好人，说你挪回去就行了，都是熟人，不用搞得那么紧张。其实袁大全是不想得罪村主任李良开。都是村干部，他犯不着为了袁春福去惹李良川。怎么说，李良川都是李良开的亲大哥，这一点，袁大全清楚得很。

袁春福有些不服，但也别无他法，准备就此了结。谁知李良川却不干了，认为袁春福做了手脚，当天深夜再次把地界往那边挪了两尺。第二天早上，李良川和袁春福从李良川家里一直吵到那块地里，最终动了手，李良川用锄头刨伤了袁春福的左脚背，袁春福用镰刀划伤了李良川的右脸颊。

事情再次闹到袁大全那里，处理的结果是重新丈量土地，再次划定了地界。随即，一条壕沟代替了原来的三块石头，李良川和袁春福也成了冤家，见面连话都不说。

大人们疙疙瘩瘩，孩子们却不管那么多，依然一起玩，一起扯猪草割牛草，一起上学下学。尤其是李良川12岁的小儿子李峰和袁春福10岁的小女儿袁淼香，从小就很要好，压根儿没受到两家争地界这件事的影响。

后来，等到李峰和袁淼香在成都上学期间确立了恋爱关系，李良川和袁春福这对老冤家成了儿女亲家，不得不重新开始说话，并最终化干戈为玉帛。再后来，也就是李良川去世前一个月，提起那次争地界的事情，李良川问袁春福在他挪地界之前到底挪没挪过界石，袁春福哈哈一笑："肯定挪过噻。现在不和你争了，那块地全归你，总算行了吧？"李良川笑骂道："你个龟儿子，还是那么诡道。现在都没几户人家种地了，那地早就荒得不成样子了，我要它干啥？还是留着埋你个狗日的。"

时隔多年，再次说起这段往事，袁春福和李良开都唏嘘不已。

喝酒加聊天，时间总是过得很快。等被李峰、袁淼香分别将二老搀扶上出租车时，李良开和袁春福早已醉意蒙眬。

出租车驶离耍都时，李良开嘟囔了一句："我刚才好像看到徐小梦了。"

"三叔，您没喝多吧？哪个徐小梦？"李峰问道。

"咱们古月乡的信访办主任。"李良开含含糊糊地回应。

"我咋没看到？爸，淼香，你们看见了？"

父女俩都摇头。

（三十二）

尽管睡得很晚，但天一亮，李良开还是按时醒来。睁眼看看，一旁的袁春福打着呼噜，睡得正香。李良开童心大发，从自个儿后脑勺薅下一根灰白的头发，小心翼翼地捅进袁春福的耳窝，反反复复，进进出出，直到把对方完全弄醒。

袁春福睡意未消："这么早就醒了？再睡会儿嘛。这是成都，不是唐家岩，用不着起那么早。""你个龟儿子，到城里怎么还学会睡懒觉了？"李良开疑惑不解。

"成都人习惯晚睡晚起。"袁春福辩解着，"你起这么早，有事啊？""还真有事。"李良开实话实说，"我想让李峰两口子在横幅上签名，再对着录像机说两句话。我在重庆碰了钉子，现在到了成都，不晓得能否顺利一些。"

"这个好说。"袁春福大包大揽地拍起胸脯，"他们两个，一个是你亲侄儿，一个是我亲女儿，这还有什么问题吗？没问题，全包在我身上。"

果不然，吃早饭时，袁春福一说这事，李峰和袁淼香全都答应。

想想在重庆的遭遇，李良开忍不住大发感慨："亲侄子、亲侄媳就是不一样！对了，李峰，你们两口子也是公家人，就不怕单位领导找你们麻烦？"李峰不屑一顾："三叔，我们不怕。成都不归重庆管，更不归开县和古月乡管，他们再牛，也不可能管到成都的地盘上来。您想保住老家的院子和祖坟，我就声援一下我亲三叔，别的啥也没干，既不犯法不也不违纪，单位领导就是想管，也拿我没办法。""就是。"袁淼香也在一旁帮腔，"三叔，您放一百二十个心，我们两口子，绝对支持你。""要不我也支持一下？"袁春福打趣道。李良开哈哈大笑："你个老小子，滚一边去吧。这是我们老李家的事，跟你有一毛钱的关系？除非跟我改姓李。"

"逗你玩呢。"袁春福岔开话题，"上午咱哥俩咋安排？要不我带你到我干儿子盛春那里看看？这小子，自己开了个模具厂，当起老板来了。前几天，他还问起你，说要好好感谢你这个干叔叔呢。"

唐家岩有三大姓：李、袁、贺。其中李姓人数最多，袁姓次之，贺姓排第三。除此之外，就只剩下盛姓了。

盛家人丁不旺，到盛春这一代，已是五代单传。盛春的父亲叫盛德江，比李良开、袁春福大一岁，三个人从小就合得来。1964年春，盛德江的儿子出生后，他非要袁春福当孩子的干爹，还请李良开帮忙取名为盛春。1979年秋天，也就是盛春15岁那年，盛德江夫妇先后因病去世。袁春福、李良开帮着张罗完丧事，商量要共同担负起抚育盛春的责任，约定一起出钱供孩子念完初中，让孩子轮流在两家生活，半年一换，直到盛春年满18周岁。不料盛春却不干，非要一个人生活，还自做主张地退了学，说是干爹和干叔家里孩子多，负担重，他说啥也不能再添麻烦。

面对盛春的懂事和决绝，袁春福、李良开别无他法，只好顺了他，并力所能及地给予帮助。1980年土地包产到户时，有些村民欺负盛春是个孩子，想把一些边边角角的田地分给他，袁春福、李良开坚决反对。李良开还利用村主任的权威，顶住压力，给盛春分了位置相对较好的田地。包产到户后，盛春一边种着田地，一边利用农闲从山上煤厂把煤炭挑到山脚下河谷地带的人家，挣点买种子化肥和盐巴的零花钱。

长到18岁，盛春活脱脱长成一个壮小伙，浑身上下充满力气，尤其是一双腿，粗壮有力，一个人挑150斤煤炭，几十里山路，不酸不痛，还能连续作战。因为这个原因，时年38岁的袁春福总说自己的干儿子盛春天生就适合抬石头，说他挑煤炭挣钱不多，还很辛苦，白瞎了那份力气。

袁春福的大儿子、年长盛春两岁的袁中宇却不这么认为：自己的干弟娃盛春嘴笨面浅，见到年轻一点儿的女人就脸红，甚至连抬工号子都不敢吼，怎么配合别人的节奏？又怎么把沉重的石头从野外抬到主人需要的地方？

作为唐家岩一带的抬工头头，在盛春是否适合抬石头这个问题上，袁春福有自己的看法：抬石头一是要有力气，舍得出力；二是为人要实诚，不偷奸耍滑，这两条最关键。至于吼号子，可以学嘛。

袁中宇知道，父亲说得在理。抬石头就是力气活，只要腿有劲，腰板硬，身板稳，加上会用号子控制自己的步伐，就能成为一个合格的抬工。何况盛春还是自己的干弟弟，同样作为抬工的他，更应该努力促成这件事情。于是，袁中宇在父亲面前保证：一定想办法让盛春学会吼号子，那样他就不用跑山路挑煤炭了，而是可以跟着大伙儿一起抬石头挣更多的钱。

盛春不仅长得五大三粗，而且面容俊俏，还很勤快，谁家招呼帮忙都行，从没拒绝过人家。事实上，盛春也不会拒绝人，甚至那些婆娘开玩笑让他把洗完的衣服从河沟背回来他都干。如此这般，盛春虽然见到年轻一点儿的女人就脸红不说话，但人缘很好，尤其有女人缘，唐家岩的女人，无论老少，没有一个说盛春的不是，都说这个孩子脾气好、靠得住。

当然，那些年轻媳妇也没放过拿盛春开玩笑的任何机会，有的张罗着要给他介绍对象，但从来是只说不做，只为一次又一次地看到盛春满脸通红地快速跑掉；有的趁男人不在家时，当着一帮姐妹的面叫盛春上她家，女人们起着哄，盛春却臊得拔腿就跑，留下一帮婆娘在那里放浪形骸地大声说笑。

一天中午，当袁中宇跑到盛春家准备教他学吼抬石头的号子，看见盛春红着脸，一副害羞的样子。"老弟，这是怎么了？哪个小媳妇又招惹你了？"袁中宇问道。盛春也不搭腔，还沉浸在隔壁袁三嫂刚才那一摸一揉中。

袁三嫂其实比盛春大不了多少，二十出头，嫁给贺老三已经两年了，一直没有生育，外面议论纷纷，说什么的都有。有一天婆媳两个吵架，婆婆骂袁三嫂是只不下蛋的母鸡，袁三嫂则回应是你儿子的种子不好，在唐家岩传为笑谈。

这天做午饭炒青辣子时，盛春发现没有盐巴了，就到隔壁找袁三嫂借点儿应急。正是三伏天，热得连知了都噤了声，人更是能少穿就少穿。盛春穿个大裤衩，赤裸着上身就进了隔壁；袁三嫂穿得也不多，连胸罩都脱了，一对大奶子在胸前晃来晃去，晃得盛春满脸通红，直觉得口干舌燥，有些头晕。

袁三嫂看在眼里，笑在心里，右手递给盛春盐罐，让他自己要多少舀多少；同时用左手故意地摸了摸盛春那鼓鼓的胸大肌，还轻轻地揉了一下，说长得还挺结实嘛，比你家三哥强壮多了。被袁三嫂这么一摸一揉，再闻到年轻女人身上特有的气息，盛春顿时乱了方寸，心里腾起一股火苗，大裤衩里面支起了帐篷，脸上像着了火一样发烧。他窘迫得连谢谢都忘了说，胡乱舀了一勺盐巴，快速离开了这个女人的视线，留下袁三嫂在那里哈哈大笑。

袁中宇进来时，盛春正红着脸坐在灶膛前发呆，锅里的辣子煳了都没发觉。

袁中宇问道："你娃儿想女人了？"盛春点点头，又摇摇头，没有由头地慌乱起来。取笑了几句，袁中宇说明来意，叫盛春抓紧学会吼号子，那样就可以抬石头挣大钱了。盛春连说自己不行。袁中宇就生了气，大声骂盛春是个木头瓜子。盛春也不吱声，舀了一碗米饭，就着有些炒煳的辣子吃了起来，任凭袁中宇在那里大声骂着。

袁中宇正骂得起劲，袁三嫂端着一碗饭进了盛春的家门，问怎么回事儿，袁中宇只能如实相告。袁三嫂笑了："这有啥难的？我这个女人家都会，大男人有什么学不会的？盛春别怕，我来教你。"说完，袁三嫂小声吼起了梓第山一带流行的抬工号子："……大陡坡，慢慢梭；下头滑，踩得辣；左手有缺缺，右边才走得；地下有个洞，眼睛要好用；前头有座桥，抬稳莫要摇；前头有牲口，靠边慢点走；迎面一顶轿，各走各的道；树枝碰脑壳，草帽要挂脱……"末了，袁三嫂对盛春讲："就这么吼，你能行的。"

盛春眼里闪过一丝亮光，嘴里却支吾着："我能行吗？"袁中宇在一旁似乎看出了什么，拍了拍盛春的肩膀："跟三嫂学，你能行。"说完一笑，转身离去。

三天后，盛春找到袁春福："干爹，我能吼号子了，让我跟你们去抬石头吧。"次日，盛春第一次抬上了石头，还扯开嗓子跟着袁春福吼着抬工号子："太阳要落山，抬拢好吃烟；太阳要落坡，抬完好回窝；天已蒙蒙黑，小伙儿想堂客！"

10个月后，袁三嫂生下一个男婴。

袁中宇的婆娘冉菊说这个细娃儿长得像盛春，被袁三嫂大骂了一顿，袁三嫂甚至还撕烂了冉菊的嘴巴。从此，虽然再没人公开拿这个孩子说三道四，但袁三嫂与盛春不干不净的传言越传越邪乎，后来甚至影响到了盛春的婚姻大事，附近的年轻姑娘都不愿嫁给他，说他不正经，靠不住。

这可急坏了袁春福和李良开。两个人一商量，替盛春作了一个决定：离开唐家岩，到成都打工去。在此之前，李良开通过重庆知青周利波的一个亲属，在成都帮盛春找了一家新开的模具厂，让他从学徒干起。

盛春很珍惜这个难得的机会，逐渐成为厂里的业务骨干，后来还和一位成都姑娘恋爱结婚。再后来，他和几个成都当地的工友合伙新成立了一家模具厂，并被推举为法人，俨然成了一个颇具实力的大老板。

7月30日这天，当看到突然造访模具厂的袁春福和李良开，盛春打心眼儿里高兴，非要请干爹和干叔吃午饭，下午还坚持陪着两位长辈逛了武侯祠、宽窄巷、大熊猫繁育基地等景点，晚上又在饭店安排了一桌丰盛的川菜，接连敬了两大杯1573，充分表达着那份感恩之情。

回到李峰家，让李峰和袁淼香签完字录完像，已是深夜11点半了。

临睡前，李良开对袁春福讲："我怎么觉得有人跟踪我呢？在武侯祠门口，我好像看到徐小梦了。""你净瞎扯，他跟踪你干啥？这是成都，不是重庆。"袁春福认为李良开多虑了，"你没有理由在成都上访，他就更没有理由在成都监控你。赶紧睡吧，明天咱俩还要去龙泉驿找李大奎呢。"

（三十三）

7月31日8时许，李良开在袁春福的陪同下，坐上盛春找来的丰田越野车，直奔龙泉驿。正是交通高峰时段，成都成了"城堵"。尤其是在主城区，几乎每条街道都塞满了像蜗牛一样慢慢移动的汽车。李良开是个急性子，又第一次见识城里的堵车奇观，坐在车里，就像一只热锅里的蚂蚁一般急躁不安，不停地问袁春福："这要堵到啥时候啊？"已在成都生活八年的袁春福见怪不怪："莫急莫急，一会儿就好了。"

一个小时后，当丰田越野车终于艰难地穿过主城区并驶上环城高速时，李良开忍不住对袁春福发起牢骚："这就是一会儿？你们城里人真不容易，时间净花在道上了。刚才堵那一个多钟头，在老家我都能挖一块地了。"

袁春福正要接话，李良开又开口了："我说春福，是不是有人跟踪我们啊？后面那辆黑色小车，怎么一直跟在我们后面？""跟踪我们？我们两个是大款还是大官？你开什么玩笑。"袁春福不屑一顾。李良开还想说什么，手机却响了起来。电话是李大奎打来的，问李良开几点到龙泉驿，还说午饭已经安排好了。李良开把手机交给司机，让他告诉李大奎到达龙泉驿的大致时间，回头对袁春福讲："这个大奎，真是饿死鬼投胎，这才几点啊，就张罗着吃午饭。"

袁春福哈哈大笑："这还真不能怪他，要怪就怪他老汉，谁叫他老汉当年那么苛刻娃娃？挨饿的滋味不好受啊。"

李大奎的父亲叫李良云，唐家岩李家大院李有双的小儿子。作为三房的老幺，李良云从小倍受宠爱，养成了好吃懒做、自私自利的毛病。即便结了婚，即使有了三个儿子和三个女儿，依然把自己摆在最重要的位置，好衣服先穿，好东西独享，尤其面对好吃的东西，他总是当仁不让地冲在最前面。

关于李良云这个出了名的好吃佬，特别是他喜欢走人户这个嗜好，唐家岩人尽皆知。但凡亲朋好友或左邻右舍家里有个红白喜事，李良云都会大言不惭地代表全家出席，还说自己腿脚长，走得快，快去快回，不耽误干农活。实际上谁都知道，这些理由都是扯淡，不过是李良云想借机大饱口福的一个说辞罢了。

川渝民间多年来流传一种说法，叫作"皇帝爱长子，百姓爱幺儿"，意思是说皇帝一般都把长子培养成接班人，而平头百姓则习惯于跟最小的儿子度过晚年岁月，所以平时对排行老幺的男丁总会格外疼爱。李良云本身就是老幺，也倍受父母的宠爱，可轮到自己的小儿子李大奎时，他却没给予相应的待遇，包括在吃的方面，也从没给过任何特殊照顾。

李大奎出生于1966年末，虽然没赶上三年自然灾害那样的大饥荒，但打记事起，对饥饿有着极为深刻的记忆，至今挥之不去。李大奎还是个孩子的时候，正是全国农村人口爆炸性增长的年月。在"人多力量大"最高指示的指引和"早栽秧早打谷，早生儿子早享福"、"多子多福"等传统观念的驱使下，即便长期处于半饥饿状态，中国广袤农村的成年男女们还是铆足了劲生儿育女，一对夫妇少则生三四个，多则生七八个。这样一来，人丁倒是兴旺了，但人多地少、靠天吃饭、粮食不够吃的问题却越来越普遍。在李大奎的记忆里，土地承包到户之前，唐家岩一带，随便挑十户人家，至少有九户吃不饱。就算土地包产到户后，遇到年景不好，交了必须要交的公粮，还了头年借的粮食，孩子多的人家粮食还是不够吃。

当年李大奎家里穷得叮当响，他和两个哥哥连补丁衣服都保证不了，一到夏天，经常光着屁股蛋子满山跑。那时，吃不饱是常有的事。最困难的时候，李大奎家晚上不开伙，天还没黑透，父母就催孩子们上床睡觉，这样可以节约一顿粮食。于是，李大奎和两个哥哥、三个妹妹经常在半夜里饿醒。

11岁那年的一天晚上，李大奎又饿醒了，实在受不了，想去厨房偷一块生地瓜充饥，不料却看见父亲李良云和母亲赵富珍正在灶屋相互推让着一碗面条！赵富珍说："你赶紧吃了吧，明天还得下地干活，没力气可不行。"李良云把面条推过去："你先吃，给我留点就行。"赵富珍夹了一根面条送进嘴里，抬头说："要不让娃儿们都起来吃一口？"李良云声音突然大了起来："你个死婆娘，让你吃就赶紧吃，哪来唡个多废话？就一碗面条，那么多细娃儿，唡个分嚛？娃儿还小，吃的日子在后头。"赵富珍抹了抹了眼睛，低头吃面，不再说话。

对"娃儿还小，吃的日子在后头"这句话，李大奎和兄妹们再熟悉不过了。因为他们经常听到父亲这样讲，几乎每隔一段时间都要讲一次。孩子们心里不服，却又不敢多说什么，以免招来父亲的责骂。这一次，目睹父母"偷吃"面条的李大奎也没敢吱声，更没敢去偷生地瓜，咽了好几次口水，之后回到床上睡觉。不一会儿，李大奎梦见啃腊猪蹄，正啃得起劲哩，被二哥李大飞一脚踹醒："个老子的你咬我脚趾头做啥子？"

次日一大早，喝了一碗可以照出人影的稀饭，李大奎和九岁的大妹李小凤拉着一大一小的两只羊上了山。到了山坡上，在大妹惊异的目光中，李大奎用竹笼把小羊的嘴套住，嘴里还咕咙着："你也是小娃儿，吃的日子在后头。"

这一幕，刚好被邻居贺德方看见，问李大奎在做啥子。李大奎也不抬头，只顾在那儿嘀咕："你还小，吃的日子还在后头。"贺德方回去和李良云夫妇说起这事，赵富珍红了脸，李良云低了头，嘴里恨恨地骂着："个狗日的小兔崽子，看老子不打破他脑壳。"

那天中午回来，李大奎没有挨打，还意外地吃到了一个煮鸡蛋。李大奎狼吞虎咽地消灭鸡蛋时，赵富珍摸了摸他的头："幺儿，羊儿还没长大，要让它多吃草，要不过年时你们兄弟几个的新衣服就没了。"

这件事，一度成为附近村民的笑谈。时隔多年，当李大奎外出打拼并成为家具厂老板之后，回到唐家岩探亲，还有人拿这事开玩笑。李大奎也不生气，还坦承当年真是饿怕了，至今总有强烈的饥饿感和危机感，总怕吃了上顿没有下顿。在这个问题上，在生意场上经常胡话连篇的李大奎确实没有撒谎。他甚至把自己定位为饿死鬼转世：生命不息，狂吃不止。到如今，早已吃穿不愁的李大奎还是不改饿死鬼的本色：一上饭桌就吃个不停，生怕吃不着，更怕吃不饱。在家里，李大奎从不允许老婆和一对儿女碗里有剩饭。

没发达之前，李大奎去上海谈生意，人家请吃自助海鲜，他要了一大堆，还有一大瓶可口可乐。那位上海人看傻了眼，提醒他这个店不让剩东西，否则要加倍付钱。听主人这么讲，李大奎有些不好意思，硬着头皮吃完了那些海鲜，还强撑着喝完了那一大瓶可口可乐。没多久，李大奎被查出得了糖尿病，诱因是暴饮暴食。从此，李大奎走哪儿都带着一次性注射器和胰岛素，吃饭前也不避人，当着男男女女的面，掀开衣服，露出滚圆的肚皮，很潇洒地扎上一针，之后该吃吃，该喝喝，真就活脱脱的一个饿死鬼转世。

2013年7月31日这天中午，陪李良开、袁春福吃饭前，李大奎同样很潇洒地在肚皮上扎了一针，之后吃菜喝酒、签字录像，啥也没耽误。下午，李大奎陪着李良开和袁春福逛了逛龙泉驿的主要景点，到他家具厂转了一圈，还非留二人吃了晚饭。

晚上坐车返回成都，李良开看见了那辆黑色小车，始终不紧不慢地跟在丰田越野车后面，到李峰家附近才没了踪影。李良开心生疑惑："真有人跟踪我？"

（三十四）

8月1日凌晨4点刚过，李良开被一阵胃痛弄醒，之后再也没有睡着。躺在床上，李良开想到了当天要做的三件事情：今天是建军节，待会儿给二儿子李远打个电话，说一声节日快乐；徐小芳一直说三儿子李流在成都过得不太好，他这个当父亲的，上午到三儿子的住处看一眼，要不还真是放心不下；抽空再给小儿子李长打个电话，解释一下在重庆期间没去他家的原因。

6点一刻，估摸着远在西藏部队当副旅长的二儿子已经起床，李良开拨通了李远的手机。

"爸，您在哪儿啊？还在成都？胃痛好些没有？怎么不多睡一会儿？起来这么早干啥？今天怎么安排？"

"你小子，怎么问起来没完了？别跟老子扯淡，我也不是三岁细娃，会照顾好自己。对了，今天是八一建军节，节日快乐哈。”

“我屋老汉就是行，娃儿们过生日打电话，过年过节打电话，军人节日还打电话，并且年年打。爸，我这个副旅长真得向您好好学习，如果我带兵也像您这样细心，他们一定会心甘情愿地跟着我上阵杀敌。”

“别给你老子戴高帽，我又不是你领导！过年回不回来？你妈说了，今年过年你们几兄弟都要带着婆娘回来，我们全家人回唐家岩老屋过一个团圆年。”

“肯定回来。我们四兄弟都约好了，您就放心吧。对了爸，昨晚老三给我打电话，说他今天上午八点钟开车到李峰家接您，要带您去峨眉山转一转。李永哥也给我打电话了，说他在乐山跟你们会合，然后一起去峨眉山。”

“乱弹琴！李流不是要开出租挣钱吗？去什么峨眉山？李永也给我打电话了，非要我过去一趟。我自己坐客车去，不用你三弟娃陪我。”

“都定了的事，您就别管了。还有，我给您订了后天成都飞北京的机票，到时让我弟娃把您送到双流机场就行。”

“坐啥子飞机？那得多少钱？再说你在西藏，怎么给我订成都飞北京的机票？坐火车就很好，又不赶时间，那么着急做啥子？也不等着投胎。”

“哈哈，您这个老汉，又心疼钱了。这钱我出，还不行吗？实话告诉您吧，现在只要有钱，在哪儿都能订机票，并且还能订外地的机票。别看我在西藏，照样可以订成都飞北京的机票。好了，我有事，不跟您讲了，挂了哈。”

“这小子，我还没说完哩，怎么就把电话挂了？”听着手机里传出来的忙音，李良开自个儿嘟囔着，接着又拨通了小儿子李长的手机。

李良开告诉小儿子，在重庆那两天太忙，加上事情办得不顺利，心情不好，所以没到他们的住处看看，让李长给他媳妇解释解释，省得她误会公公老汉。

听到平时一向严厉的父亲这么讲，李长在电话里笑出了声：“老汉，您逗我呢？您在重庆时，我和您幺儿媳妇不是去宾馆看过您吗？一家人，您客气啥子哟？难不成是您走了几个城市，也变得文明礼貌起来了？”

“哈哈，个老子的，你这个小兔崽子，还敢涮你老汉坛子？”小儿子拿自己开涮，李良开一点儿也不生气，还觉得很开心。

“你笑个锤子！吵得老子睡不着。”袁春福嘟囔了一句，无可奈何地起了床，带着李良开到附近的公园逛了几圈。

8点没到，李流开着一辆丰田霸道越野车来到李峰家楼下。装好行李，李良开坐上副驾驶的位置，按李流的指点系上安全带，之后让三儿子打开车窗，挥手和袁春福、李峰、袁淼香告别。出了李峰家所在的小区，李良开问三儿子：“怎么不开你的出租车？”“老汉，我哪有出租车？出租车是公司的，我们租用而已。

再说我那台车是和别人合租的，我不开，别人要开嘛。"李流耐心地解释着，"这台车，是我找朋友借的。跑高速，还是越野车带劲。"

"先去你家看看。"李良开不容置疑地命令道。"老汉，咱们从峨眉山回来再去我家行不行？那也不是我家啊，租来的房子，哪能叫家？我的家在唐家岩。"李流小心翼翼地和父亲商量着，"这会儿您三儿媳妇也不在，上班去了，你光看房子，有什么看头？"李良开没再坚持，任由李流开车往乐山方向驶去。

在成乐高速入口，李良开又看到那辆黑色小车。他对李流讲："老三，你注意一下后面那辆黑色小车，昨天就跟着我们，我怀疑是有人在跟踪我。一会儿你想个办法停一下车，我去会会车里的人，看看是哪个家伙。""进了高速可不敢乱停车。"李流回应道，"等会儿看看情况。不行咱们找一个服务区休整一下，顺便看看那台车里到底是什么人。"父子俩一商量，最后决定在夹江天福服务区做短暂停留。果不然，那辆黑色小车也跟着李流的丰田霸道进了天福服务区。

天福服务区也叫天福茶园，占地面积380亩，是成都到乐山、峨眉山旅游必经的第一站。这是一个茶业综合园区，含高速公路服务区、茶博物馆、川茶产销枢纽等三大部分，系农业部首批全国农业旅游示范点。

李良开平时也喝茶，对茶很感兴趣。但因急于搞清黑色小车究竟是不是在跟踪自己，他没了品茶买茶的兴致，而是玩起了斗智斗勇的游戏。

下了车，李良开先去了一趟洗手间，之后到茶博物馆逛了一圈，又到卖茶的地方逗留了一阵子，还装模作样地和服务员讨价还价。暗地里，他却在观察那辆黑色小车，看看里面到底是什么人。

奇怪的是，从停在服务区开始，那辆黑色小车里的人一个也没出来。李良开心中的问号越来越多，干脆买了一壶茶，坐在一个角落里，和李流一边品茶，一边观察着黑色小车的动静。约莫过了20分钟，黑色小车里的人终于憋不住了，先后出来两个人朝洗手间方向走去。

"那个穿黑衣服的不是徐小梦吗？"李良开大吃一惊，继而愤怒起来，"这小子，还真是在跟踪我。我得去和他说道说道，他凭什么跟踪我？"在洗手间出口，李良开堵住徐小梦："舅佬倌，怎么这么巧？你也去峨眉山？""姐夫，你也去峨眉山？真是太巧了！"徐小梦装着很意外很惊喜的样子，上来就要跟李良开握手。"你他妈的少跟我装蒜！"李良开甩开右手，"你个狗日的，老实跟我讲，你是不是在跟踪我？你为啥要跟踪我？你不说实话，小心老子收拾你。"

看着一旁含怒而立的李流，徐小梦有些打怵，只能实话实说："姐夫，我也是公事公办啊。领导安排的，我能不听吗？县里给乡里下死命令了，要我们一定掌握你的行踪，防止你进京上访。你知道的，一旦出现进京上访事件，不仅乡里的信访排名要受影响，县里的日子也不会好过，是要被市里通报批评的。""谁说我要上访？谁说我要进京上访了？"李良开怒不可遏，"我说过吗？没有！都是你们这些当官的乱猜！我这是收集民意，是要把唐家岩李家后人的意见收集起来，然后回去和乡领导交涉，不行再去县里。我也是个老党员了，我以党性和人格保证：我不会进京上访！就算去北京，我也绝对不会去上访！这下你满意了吧？徐主任！""这个，这个……"徐小梦窘迫得满脸通红，"姐夫，你就别为难我了，你知道我说了不算。这样吧，我先去打个电话，回头咱俩再唠。"李良开气鼓鼓地回到丰田霸道车里，等着徐小梦回话。

大概过了半个小时，徐小梦也坐进丰田霸道车，向李良开反馈他请示汇报的情况："姐夫，我跟乡里和县信访办领导都通了电话，他们都相信你说的话，也请你体谅他们，都是为了工作，谁也不愿意这样做。还有，他们让我跟你商量一下，看看你能不能给我留个字条，这样我回去也好交差。姐夫，咱们是亲戚，你可不要为难我啊。"说着说着，徐小梦显得可怜巴巴起来。

李良开叹了一口气："唉，我也知道这不是你的意思。留字条？是保证书吧？这样，既然咱们是亲戚，我也不为难你，保证书，我给你写，但你也要保证别再跟踪我。我不是特务，你也不是间谍，咱们别玩这套，行不？"

"好好好！"徐小梦连说了三个"好"，并赶紧递上早就备好的纸和笔。

李良开接过纸和笔，在纸上写下三行字："我以党性和人格保证：本人绝不进京上访！李良开2013年8月1日。"

收好纸条，徐小梦如释重负，坐上黑色小车出了服务区，在李良开的注视下朝成都方向驶去。

（三十五）

终于甩脱了徐小梦这个尾巴，李良开的心情好了许多。尤其是在乐山高速路口和与大哥李良川的长子李永会合后，看到李永12岁的孙子贝贝，听到贝贝左一声"祖祖"右一声"祖祖"地叫着，李良开完全忘掉了之前的不快。

李永出生于1960年，1978年与妻子隋燕丽结婚，次年儿子出生，三年后女儿出生。后因隋燕丽大哥隋燕生的提携而到乐山从事林木和苗圃生意，至今名下有公司、有苗圃，生意做得红红火火，还有一个宝贝孙子和一个外孙女。

见到李良开，李永很兴奋，非要李良开坐到他的奔驰车里，说三叔好不容易来一趟，他这个亲侄子不仅要带李良开去峨眉山，还要去看乐山大佛。

到了峨眉山景区，李永坚持由他掏钱买门票，花钱请了一个姓熊的女导游，还动用他的人际关系，让两台车一直开到通往峨眉金顶的索道所在处。

导游小熊是一个能说会道的本地人，开车上山的路上，她坐在奔驰车里，一直在滔滔不绝讲着与峨眉山有关的传说和典故，慢声细语的，听起来倒也惬意。小熊讲了很多，李良开印象最深的，莫过于她对"峨眉四怪"的生动描述。

按照小熊的说法，峨眉第一怪当数"蚯蚓当裤腰带"，说是这里的蚯蚓又长又粗，长得跟蛇一般大小，经常吓得游客们吱哇乱叫。峨眉第二怪是"枯叶变蝴蝶卖"，说是该山出产的一种非常珍稀的枯叶蝶，当地人为了赚钱，拿枯黄的树叶制造能够以假乱真的枯叶蝶赝品。峨眉第三怪是"猴子能当猪卖"，说是来这里旅游的人太多，争先恐后地给猴子喂好吃的，结果猴子一个个肥胖如猪，还经常勒索要挟女游客，不给零食就往美女身上扑，还极不老实地动手动脚。峨眉第四怪是"青蛙也会弹琴说爱"，说是当地盛产一种青蛙，叫声优美得如同清脆悠扬的琴声，此起彼伏，你唱我和，就像对唱情歌的青年男女一般热闹。小熊说得绘声绘色，李良开听得津津有味，不知不觉便到了坐索道的地方。

这是李良开第一次坐索道，有些兴奋，也有些害怕。好在索道车又快又稳，很快就到了金顶。

通过导游介绍，李良开了解到金顶为峨眉山的最高峰，海拔3077米，顶上是个小平原，建有气势恢宏的金殿银殿，还有一座巨大的、金光闪闪、需仰视才能一睹尊容的十方普贤菩萨塑像。

登上金顶，李良开顿时觉得心胸开阔，豪情顿生。按照导游的指点，李良开举目远眺，美丽的成都平原若隐若现，崇山峻岭错落有致，岷江、青衣江、大渡河清晰可见，贡嘎雪山尽收眼底。还有那翻腾奔涌、时隐时现的云海，白如雪，动若兔，千姿百态，婀娜多姿，尽显大自然的无比神奇。

从金顶下来，坐车往山下走，李良开注意到峨眉山的林木很茂密，就和李永开起了玩笑："我说李永，你看这峨眉山，到处都是树木，要是让你这里弄柴，你娃儿肯定不会输给燕丽。"贝贝不知道是怎么回事，好奇地打探起来："祖祖，啥叫弄柴啊？燕丽不是我奶奶吗？我爷爷怎么输给我奶奶了？"李良开和李永都哈哈大笑起来，笑得贝贝莫名其妙，满脸问号。

小时候，李永不会弄柴，也最烦弄柴，连"弄柴"这个词他都觉得别扭。人家都叫"砍柴"，叫"弄柴"多难听啊，典型的土包子叫法。

不过李永清楚，在自己的故乡，尤其是在梓第山唐家岩一带，"弄柴"的叫法还是很传神的。因为人太多，柴火太少，快意砍柴没有可能，四处弄柴倒是事实，杂草和松毛都用耙耙捞回家了，悬崖上的荆荆草草也通通不见踪影，光秃秃的，像极了那些头上不长毛的癞子。

李永不会弄柴，不是说他不会用弯刀砍树丫或灌丛，也不是说他连拿镰刀割杂草都不会，而是他不会爬树，弄柴总是要多吃一些苦头，还经常受到小伙伴们的嘲笑和冷落。因为这个显而易见的劣势，李永13岁那年狠狠地丢了一次人。

那个初秋的上午，阳光明媚，凉风习习，在外婆家做客的李永背着背篓，哼着小曲，跟着小舅和他的小伙伴们向屋后的松树林走去。这一天，因为弄柴的队伍里有自己暗暗喜欢的隋燕丽，李永的心情大好，伙伴们嘲笑他不会背洋马也没让他生气。他甚至安慰自己：用背篓不一样吗？不见得比洋马背得少，只要能顺利把柴弄回家就行。

到了松树林，男孩们把弯刀往腰杆上一别，两手抱树，双脚一跃，手脚并用，嗖嗖地往上爬，之后手起刀落，粗壮的松丫杷噼里啪啦往下掉，眼看弄柴任务就要完成，让不知所措的李永很是眼热。

隋燕丽虽是女孩，却是爬树的高手，只是她没有着急上树，而是过来鼓励李永："你也试试看，很简单的。"说完开始给李永做示范。架不住隋燕丽的热切期待目光，也不想在自己喜欢的女孩面前丢丑，李永壮着胆子，颤颤巍巍地上了树。但不是动作麻利地爬树，而是踩着以前别人砍完树枝留下的节，像爬台阶似的，一点一点往上挪。快够到松丫杷时，悲剧发生了：某个树节无法承受李永的体重，突然断裂，李永紧贴着树干滑了下来，划破了衣裳，胸前留下一道深深的伤痕，鲜血不断渗出。

李永痛得龇牙咧嘴，一直在树下喊加油的隋燕丽吓坏了，不知道该怎么安慰李永，更不晓得如何收拾自己惹下的麻烦……

这一次彻底失败的爬树弄柴经历，让李永丢尽了脸面，但也收获了与隋燕丽更近一步的友谊，隋燕丽甚至缠着妈妈要来五个鸡蛋送过来让李永补充营养。

李永17岁那年，经媒人介绍，他和隋燕丽订了亲，可以公开在一起弄柴了。

一天，还是在外婆家，李永、隋燕丽和一群都已长大成人的伙伴到山上的林场偷柴火，被林场职工发现了，撵得一群年轻人满山乱跑。李永拉着隋燕丽的手跑在最后，被抓了个正着，没收了镰刀和弯刀。不仅如此，林场那个外号黄二锤的家伙竟然跑到李永外婆家里要罚款，否则就告到乡里派出所，把李永抓去关黑屋子。李永的小舅一来气，招呼家里的大花狗狠狠地咬了黄二锤一口。后经旁人周旋和调解，黄二锤才拿着20元钱和一块腊肉骂骂咧咧地走了。从这以后，李永发誓不再弄柴，开始学当货郎，挑个担担儿走村串户，啥东西挣钱倒腾啥。

一来二去，李永手里有了闲钱，不仅不时给隋燕丽扯点花布或买个头巾，偶尔也给未来的岳父岳母买点糖果酒水。18岁那年，李永把隋燕丽娶回了唐家岩李家大院。

1982年，打工浪潮兴起不久，李永把儿子、女儿交给父母在老家带着，自己和隋燕丽去了外国人很多的西安卖起了包子，而且专门到旅游景点卖，一个包子最高卖到五元钱。

后来，经隋燕丽的大哥、乐山市林业局干部隋燕生引荐，李永夫妇到乐山做起了林木和苗圃生意，正儿八经地当起了老板，还在乐山买了房子，配上了煤气灶、电饭锅、电磁炉，彻底告别了靠柴火或煤炭取火的日子。

再后来，不仅李永、隋燕丽这些城里人不再弄柴，那些为数不多、留在唐家岩的乡亲们也很少有人弄柴了，家家户户都用上了电器或罐装煤气。

于是，唐家岩的人越来越少，生态越来越好，原本光秃秃的山又绿了，漫山遍野都是取之不尽的柴火，连曾经通畅的山间小路也长满了荆棘。

······

第二章　情义东北，一方水土养一方人

（三十六）

2013年8月3日11时许，成都双流国际机场，国内入口处。

李良开杵在门口，气呼呼的，一句话也不说，任凭三儿子李流怎么劝怎么推，就是不开口，也不迈腿，一站就是十来分钟。

李流哭笑不得："老汉，您再不进去，可就赶不上飞机了。我跟你说，赶不上飞机是小事，那机票也退不了，那可是2000多块啊，您就不心疼？"听说赶不上飞机，钱还退不了，李良开有些动摇，但他寻思着也不能就此在三儿子面前妥协，那样也太没面子了。再说，憋了一肚子怨气，哪能说消就消？

见父亲有所松动，李流赶紧趁热打铁："我们进去办登机牌？要不然真不赶趟了。""不赶趟才好，反正我也不想去哈尔滨。"李良开终于开了腔。"要不我们把哈尔滨的机票废了？重新订一张飞北京的？"李流小心翼翼地和父亲商量。"你个败家子！2000多块钱，说废就废了？个老子我看你是嘴巴两张皮，说话不费力！你二哥在西藏当兵，氧气都吃不饱，辛辛苦苦挣点钱，好心好意给老子买张机票，你个龟儿子说废就废了？""您这个老汉，哈尔滨你不想去，北京的机票又不让买，那您说啷个办？""啷个办？凉拌！赶紧给老子办通行证，耽误上飞机，看我不收拾你！""哈哈，啥子通行证哟？是登机牌！"眼看父亲终于转过弯来，李流开怀大笑，连忙走到前面带路。

一个半小时后，四川航空飞往哈尔滨的航班准时起飞。

第一次坐飞机，李良开非常紧张。尤其是飞机腾空起飞那一刻，坐在靠窗位置的他甚至紧张到绝望，生怕从此再也见不到家人。他双眼紧闭，两手紧紧抓着座椅两旁的扶手，全身紧绷着，双脚使劲贴在地板上，脑瓜子也飞快地转着，妻子、四个儿子、四个儿媳、六个孙儿孙女像快进的电影画面一样，一一浮现在脑海里。直到飞机穿越云层并平稳飞行，在旁边那位好心中年女子的提醒下，李良开才睁开眼睛，紧张的心情也慢慢平复下来。

看了一会儿窗外的云海，李良开有些犯困，索性闭上双眼，美美地睡了一觉。李良开做了一个梦：古月乡信访办主任徐小梦也在这架飞机上，并且就坐在自己后面的座位上。他问徐小梦是不是又在跟踪自己，徐小梦只是笑，死活不开腔。他气得直吹胡子，上前和徐小梦扭打在一起，结果双双被空警铐了起来……醒来后，李良开心里不托底，在过道里走了两个来回，还盯着厕所看了一会儿。确认徐小梦没在飞机上之后，他松了一口气，心想那个保证书还真管用了。

其实，李良开怎么也不会想到，他的行程之所以发生改变，真就跟徐小梦有关。

就在前一天上午，徐小梦打听到李远给李良开订了去北京的机票，赶紧打电话向镇党委书记作了汇报。党委书记也不敢大意，第一时间找到主管信访工作的副县长，请他想办法阻止李良开进京。

凑巧的是，这位副县长是个军队转业干部，曾在西藏服役，并且就在李良开二儿子李远所在山地旅，旅长还是他当年当排长时带过的新兵。于是，副县长打电话找到旅长，请他无论如何要做通李远的工作，让李远劝李良开不要进京上访。

电话里，为了引起旅长的足够重视，副县长把问题说得非常严重："这可关系到你老排长的前程。如果这件事处理不好，李良开真的进京上访，我们县拿不到信访工作先进单位的牌牌不说，还有可能影响你老排长。上次我不是跟你说过嘛，重庆那边已经把我列入后备干部了，眼看就要有步了，不能出一点儿意外，你小子可得帮你排长一把啊。"副县长说得情真意切，旅长那边也把胸脯拍得咚咚响："排长你放心，李远就算是一个最难攻的山头，我也一定给你拿下来！"

面对自己的直接领导，李远当然不敢做那个最难攻的山头。事实上，旅长一开口，他就答应下来。自己当副旅长已经四年，听说旅长马上就要被提拔为正师职，作为旅长的热门人选之一，实在没有必要在这个时候和自己的顶头上司过不去。

李远也没敢告诉父亲不让他去北京的真实原因，只是说预订的那个航班临时取消了，别的航班机票又订不到，而去哈尔滨的机票刚好又有富余，反正哈尔滨早晚也要去，不如调整一下行程，过段时间再去北京也不迟。

李良开自然不高兴，可他又别无他法，只好乖乖接受孩子们的安排。

（三十七）

当天下午3时许，成都飞往哈尔滨的航班准时经停济南遥墙机场。去候机楼休息时，李良开把周利波送他的拉杆行李箱取下来，用右手拎着，有些吃力地往机舱门走去。空姐提示李良开："您好，这位乘客，如果拎着不方便，您的行李可以放在飞机上，我们保证它不会丢失。"李良开有些尴尬。因为在此之前，坐在旁边那位中年女子也提示过他，说是如果没有特别贵重的物品，经停时间不长，不必劳神费力地把行李搬来搬去。

中年女子说这番话时，李良开没有搭腔。他一直记着妻子徐小芳的叮嘱：出门在外，一定要小心为上，做到包不离身，钱不离身，省得丢三落四，追悔莫及。徐小芳当然说不出这么连贯和有文采的话，她的话絮叨而零碎，每天通电话时都要颠三倒四地叮嘱这叮嘱那。李良开有时不耐烦，扯在嗓门对着手机吼："你个死婆娘啷个这么多话？把我当三岁细娃了？"徐小芳不急也不恼，依然慢条斯理、慢声细语地唠叨着。

可不是，进入候机楼，刚打开手机，凳子还没坐热乎，徐小芳的电话就打进来了，上来就是一连串问号："老头子，到哪儿了？胃药喝没喝？啥时候到哈尔滨？哪个去接你？这两天喝没喝酒？路上丢没丢东西？"李良开耐着性子，一一做了回答。"我侄儿睿峰给你打没打电话？他说他出差了，不能去机场接你，你不会生他的气吧？"李良开准备挂电话时，徐小芳又来了一句。"你这个婆娘，我生哪门子气？他忙他的，我忙我的，互不相干嘛。再说了，我不是说过吗，桥宝儿会去接我，人家在哈尔滨混了十多年，还能把我整丢了？""我跟你说，别再桥宝儿桥宝儿地叫了，人家现在可是部队领导，听说和县长一个级别。你好歹也当过村主任，官场上的那些规矩，你比我懂嘞。""扯那些没用的。和县长一个级别怎么了？他还不叫我一声三叔？再出息，还不是我们李家后人？我看你就是啰唆！不跟你说了。"

撂下电话，李良开双目微闭，陷入沉思。

桥宝儿是小名，大名叫李梦桥，是唐家岩李家大院三房李有双的孙子，目前在黑龙江省军区机关工作。其父叫李良昊，是李有双的幺儿，上有三个哥哥、两个姐姐、一个妹妹。

李良昊比李良开大八岁，无论是入党还是当大队干部，时间都比李良开早，曾给过李良开不少实实在在的帮助。1971年7月，李良开入党，身为大队会计的李良昊是其介绍人。1974年，李良开升任大队团支书，李良昊在大队支书和公社干部面前帮忙说了不少好话。在李良开看来，李良昊是个能人，也是个好人，更是自己的贵人。

李良昊没读过书，但聪明过人，记性特别好。22岁那年，右手五指微微卷曲的他成为唐家岩生产队的首任会计。两年后的一天，一个偶然的机缘，这个从来不记账、全靠左手拨拉算盘、用脑瓜子硬记账目的生产队会计竟然声名大振。

那是1961年农历三月初七，李良昊再婚后的第二天。

此时，由于"大跃进"运动以及牺牲农业发展工业政策所导致的全国性粮食短缺，位于大巴山南坡铁峰山脉凤凰山缓坡带的四川省开县古月公社梓第大队唐家岩生产队也不例外。尽管生产队大食堂一再节省，还是在五天前陷入了无饭可煮、被迫断炊的境地，不得不让家家户户自想办法。

好在都是从苦日子过来的，知道如何自救。生产队大食堂停了摆，每家每户中断多日的炊烟又飘了起来，不管是用偷摸存下来的余粮，还是到坡上采摘野菜，反正家家户户都努力让家人吃上了饭。在这种大背景下，李良昊和妻子孟英莲的婚礼就显得特别寒酸：女方娘家没办嫁妆，男方没办流水宴席，在一拔有气无力的吹鼓手的陪伴下，李良昊来回走了20多里山路，把隔了两个大队的新娘子娶回了家。

新婚当晚，睡觉之前，在昏暗的煤油灯下，孟英莲和丈夫开玩笑："你这个新郎也当得太容易了吧？一分钱没花，就把我这个高中生娶回来了。"李良昊当然不肯示弱："什么叫一分钱没花？请那拔吹鼓手，工钱加上买烟，可花了我好几块钱啊。再说，我也不是什么新郎，我结过婚，这个你是知道的。还有，你高中都没毕业，也算不上什么正经八百的高中生。""就你能说会道，不理你了。"孟英莲佯装生气，转过身，低下头，坐在床沿边上，把玩着自己的两条麻花大辫，嘴角虽然荡漾着一抹微笑，心思却无限地扩散开来。

对于这个即将成为自己丈夫的男人，不到21岁的孟英莲说不上喜欢，但也称不上讨厌，只能说可以平静地接受而已。要不是父亲被活活饿死，要不是娘家所在生产队队长逼着她从开县第一高级中学回乡"支持农业生产"，成绩优异的她会顺利高中毕业并考上大学，既不会这么早结婚，也绝不会嫁给李良昊这个初婚丧偶、还带有一点儿残疾的男人。

也许母亲说得对，万般都是命，半点不由人，生活本来就容不得半点假设，它就实实在在、非常残酷地在那儿摆着，躲不掉，绕不过，只能顺着它一步一步往前走。更何况，这个即将成为自己男人的李良昊也不是一无是处，除了右手有点残疾，这个男人放在十里八村来看，都称得上是优秀的。你看啊，他一不抽烟，二不喝酒，是生产队男女老少公认的好会计。更为重要的，是他这个人性格特别随和，对人特别好，乐于帮衬他人，家里家外，不管谁遇到麻烦事，他都会全力以赴去帮忙去调解，再大的困难在他眼里都是小事。他还是远近闻名的和事佬，人称"糯总理"，不管多难缠的问题，他都能凭着极大的耐心一一予以化解。嫁给如此善解人意的男人，还有什么可埋怨的呢？

二婚？这个重要吗？不重要吧？二婚又不是他的错。没听大伙儿说嘛，他对第一个媳妇可好了，宁愿自己不吃不喝，也要让那个叫张柱芬的姐姐吃好喝好，还不像别的男人打骂自己的女人。要怪，只能怪张姐姐没那个福气，都怀上孩子了，怎么突然间就患上精神病了，还自个儿跳进堰塘淹死了。听说他很伤心，哭肿了双眼，两天两夜滴水不进。嫁给如此重情重义的男人，还有什么不满意的？

想到这里，孟英莲笑出了声，回头招呼手脚无措的男人："愣在那儿做啥子？都几点了，还不睡觉？"李良昊嘿嘿一笑，张开嘴，吐出一口长气，吹灭了煤油灯，屁颠屁颠地摸黑朝床的方向走去……

次日一大早，天没亮，就有人咚咚地敲门，并大声喊着李良昊："老幺，赶紧开门，有急事找你。"听出是唐家岩生产队队长、堂兄李良田的声音，刚从睡梦中醒过来的李良昊半开玩笑半认真地大声回应道："我说老大，你弟娃好不容易娶了个婆娘，新婚第一夜，你来凑啥子热闹？就不能让我们两口子好好亲热一下？""哈哈哈……"李良田大笑起来，"老幺，老大这事错了。但我这也是没办法呀。本来昨晚就想告诉你的，怕耽误你的好事，就拖到今天早上了。是这么回事，昨天下午接到通知，明天上午，县委书记要来咱们唐家岩生产队检查工作，公社和大队都说了，让你把咱们队里的账本整理好，千万别出什么纰漏。"

李良田正隔着门窗说话哩，门开了，孟英莲乐呵呵地探出头："良田哥，外面凉，赶紧进屋说。""兄弟媳妇，你看这事整的，不好意思哈。"李良田赶紧道歉，并顺势进了屋，和李良昊商量怎么把账做好。

商量来商量去，也没商量出个好法子来。因为自打唐家岩生产队成立以来，只会识数、不会写字的李良昊就没正儿八经地记过账。他倒是有个小本本，但上面全是些符号、图像和数字，不是钩，就是叉，要么就是只有他认识的奇怪符号，或者是一些啥也不像的图形。这样的账整理起来，委实有些费事。

"这样行不行？良昊口述，我来记，指定能把账补全。"兄弟俩正愁眉不展哩，孟英莲突然插话。"我怎么没想到？"李良田一拍大腿，"我们两兄弟不是骑着驴找驴吗？我兄弟媳妇是高中生，算得上是知识分子，记个账还不是手到擒来的事？""良田哥，怎么说话呢？我可不是驴。"孟英莲娇嗔道。"哈哈，哥又错了，给你赔礼。"李良田双手一拱，算是道了歉。商量完补账的事，李良田又提出一个新问题："老幺，大食堂怎么办？县委书记来了，大食堂不烧火煮饭，能行吗？弄不好要出政治影响。"李良昊眉头一皱，计上心来，贴在李良田耳根边好一阵嘀咕。李良田越听越高兴，朝李良昊伸出了拇指："真不愧是我们的'糯总理'，真有你的！就这么办！"

当天，李良田给李良昊、孟英莲夫妇放了假，还说要给记双倍工分，让他们两个在家里把生产队的账本给整理出来。

三月初八这天午饭前，在公社领导和大队干部的前呼后拥下，县委书记抵达唐家岩生产队。按照之前的安排，县委书记先查看了生产队的账簿。他简单翻了翻，开口说话："这账谁记的？这么秀气工整？哪个是会计？这账是你记的？"

李良昊正要实话实说，被李良田从后面踢了一脚。李良田指了指李良昊："报告书记，这是我们生产队的会计李良昊，账是他记的。"县委书记点点头："不错不错。这样吧，账我就不看了，李会计，你把最近半年的账给我说一说。"

公社和大队领导顿时紧张起来，生怕李良昊掉链子。没想到李良昊一点儿也不慌，凭着过人的记忆，一笔一笔地汇报起来，不仅钱粮丝毫不差，他还把每家每户的工分都背了出来，甚至精确到每个成年劳动力。

县委书记一边听，一边对着账本核实。确认无误后，他有些惊讶，又随意问了几笔两年前的账，李良昊全部准确无误地回答出来。

随后，县委书记又现场说了几串很复杂的数字，让李良昊用算盘打出来。李良昊还是不慌不忙，用左手在算盘上一顿拨拉，还是准确无误。

县委书记彻底折服了，回头对公社和大队领导讲："这个会计不简单，放在生产队太委屈他了。我有个建议，让他到你们梓第大队当会计怎么样？对了，你入没入党？还没有？这样的好苗子，你们公社和大队赶紧培养发展。"

公社和大队领导赶紧点头，说我们一定坚决落实好首长的指示，绝不辜负县委领导对我们贫下中农的关心爱护。

查完账，县委书记大手一挥："走，我们去看看大食堂。"

（三十八）

听说县委书记要去现场查看大食堂，刚刚还兴奋得满脸通红的李良田顿时脸色发白，双脚也像踩在棉花上一般无力，但还是强撑着走在前面带路。趁县委书记和公社领导唠别的话题，李良田回头瞅了瞅紧随领导身后的李良昊，使劲眨了眨眼，还抬起右手上下比画了一下，希望对方能给自己吃一颗定心丸。

按照兄弟两人事前约定，县委书记来唐家岩生产队检查这天，李良田负责协调全面工作，重点是搞好汇报和安排午饭，尽量让上面来的领导满意；李良昊则负责把账做好，再就是想尽一切办法把大食堂断炊这事遮掩过去。当时，李良昊向李良田拍了胸脯，立了军令状，说是如果出了纰漏，他主动辞职。

尽管李良昊把胸脯拍得咚咚直响，李良田还是有些不放心，但由于时间太过仓促，需要准备和协调的事情太多，一忙活，他就把大食堂断炊这事忘了，甚至没来得及过问李良昊都采取了哪些具体的补救措施，直到县委书记说去大食堂看看，这个生产队队长才意识到自己可能犯了事不亲躬、必出岔头的低级错误。

看到李良田朝自己挤眉弄眼，李良昊给了他一个很灿烂的笑脸，还点了点头，意思是叫队长放心，一切都安排好了。李良田心里的石头落了地，但很快又悬了起来，他实在不敢保证刚刚涉险过关的李会计还能不能再次化险为夷。

刚进食堂，县委书记就发现有些不对劲："快到开饭的时间了，怎么冷冷清清的？做饭的师傅呢？这是怎么回事儿？"话音未落，前几秒还笑容可掬的县委书记顿时阴云密布，像是在场的每个人都欠了他八百吊大钱。

李良田一看形势不妙，加上心里一紧张，头上的冷汗唰的一下就出来了，顺着脸颊往下嘀嗒，他嗫嚅着正要开口，李良昊两个大步，从人群后面挤到县委书记跟前："报告首长，情况是这样的……"见是刚刚对答如流的生产队会计，县委书记的脸色缓和了一些："李会计，你说说，这到底是怎么回事儿？"

"是这样的。"李良昊仍旧一副镇定自若的样子，"昨天煮夜饭时，我们食堂负责烧火的袁老二中午偷摸喝了半斤烧酒，头晕脑涨的，手也不听使，用火钩钩火时，一股劲没用好，啪的一声，把我们食堂那口唯一的大锅干出一个窟窿眼，一锅蛋花青菜汤当时就报销了，大米饭也没蒸成。为了保证食堂尽快恢复运转，我们李队长采取了三条措施：一是让袁老二连夜把锅背到月溪场上去修补，今天下午两点前必须背回来，不能耽误食堂煮夜饭；二是赶紧向大队干部报告，请示了应急处理办法；三是按照大队干部的答复，我们把昨晚、今天早上和中午的口粮按人头分到各家各户，让大家自己想办法解决三顿饭。这也是没有办法的办法，总不能让社员饿肚子啊。"

李良昊说得头头是道，比真事还要真，听得县委书记频频点头，还回头埋怨大队支书："这个情况，怎么没听你们汇报？是不是怕我批评你们？天要下雨，娘要嫁人，煮饭的锅要坏，都是没办法的事情嘛。我看你们就处理得很好，活人总不能被尿憋死，对不对？"

"对对对，首长批评得对。是我们工作没做好，没有及时向您汇报。"大队支书赶紧答话认错，"昨晚良田队长就向大队汇报了，我们考虑这是个意外情况，也是个小事情，唐家岩生产队自己能处理好，就没有向您作专题汇报，也没跟公社领导报告。作为大队支书，是我失职，我向您检讨。"

大队支书叫李良泉，也是月溪场"塝上李"的后人，与唐家岩李氏后人是近房族人。原本，他对唐家岩生产队大食堂断炊一事并不知情，李良田也没向任何大队干部报告。但类似的情况，他确实早已听说过，不过没来得及去现场核实，也没敢向公社报告。破坏人民公社、抵制大食堂可是很严重的事情啊，谁能保证自己不会因此挨个处分甚至招来更大的麻烦呢？胳膊拧不过大腿，多一事不如少一事，还是睁只眼闭只眼，违心地和上级保持高度一致吧。

另外，既然李良昊声称李良田向大队干部请示报告过，李良泉也只能顺水推舟，顺着李良昊的话头往下接。头上虱子明摆着，如果实话实说，承认李良田没向大队干部报告，说不准县委书记还会怪罪自己对下面的情况不掌握、对群众的疾苦不关心，那样只能让情况变得更糟。

公社书记也赶紧出来表态："首长，是我们工作疏忽，这么重要的情况都没有掌握，请您批评指正，今后我们一定引以为戒，坚绝不再犯类似的错误。"

大队支书和公社书记这一表态，把原本已经缓和的气氛搞得再次紧张起来。尤其是李良田，双腿开始打战，脸色也愈发苍白，生怕县委书记继续深究下去。

没想到，县委书记却乐了："你们检讨个锤子？凑什么热闹？这跟你们大队和公社有一毛钱关系？我告诉你们，别跟我扯那些虚头巴脑没用的东西！走，李会计，带我去看看你们的仓库，看看你们唐家岩生产队都有些什么存货。"闻听此言，李良田身子一晃，差点摔倒在地。已经断粮六天了，仓库里哪还有一颗粮食？看来这事想不露馅都不行了。

李良昊回头，使劲朝李良田眨了眨双眼，神情轻松、步履轻快地领着一帮人出了食堂，大步流星地朝仓库方向走去。到了仓库跟前，仓库保管员、李良田的二弟李良地拎着一串钥匙站在那里。李良昊右手一挥："老二，赶紧开门，县里首长要检查我们的存粮。"

打开库门，李良田彻底傻了眼：前几天还空空如也的库房里，竟然整齐地码着一摞装满粮食的麻袋，超过30袋！

这边李良田还在发蒙，那边李良昊已经在向县委书记汇报了："首长，这里有20袋谷子，11袋苞谷，全是我们生产队去年交完公粮后剩下的，隔壁还有两袋打好的大米。"回过头，他又招呼李良地："赶紧打开几袋，让首长检查一下。"

五分钟后，县委书记走出仓库，微笑着和仓库保管员李良地握手，叮嘱他要照看好社员的粮食，千万不能跑冒漏滴。

抬起右手腕看了看手表，县委书记微笑着问李良田："李队长，食堂关门了，中午怎么安排我们？总不能让我们饿肚子吧？"此时，李良田一点儿也不紧张了："报告首长，早就安排好了。我让我右客在家里做了点儿家常便饭，只怕您吃不惯。""有啥吃不惯的？"县委书记摆了摆手，"不存在。我也是农村娃儿出身，什么苦没吃过？有吃的就很好。走，到李队长家打牙祭去。"

至此，一次原本漏洞百出的检查，就这样圆满收场了。

事后，李良田才知道，为了凑齐那33袋粮食，李良昊在县委书记来的头天晚上，带着几个壮劳力，跑遍了附近的几个生产队，硬是凭着自己良好的人缘，借来了那些用来应付检查的粮食。

那一年，李良开不到17岁，但对这次检查印象深刻。尤其是李良昊的机智，即使过去了30多年，依然记忆犹新。

可不是，32年后的2013年8月3日晚6时20分许，当李良开下了飞机，在哈尔滨太平国际机场出口处看到与其父亲长得极为神似的李梦桥时，他再次想起那次检查，想起人称"糯总理"的李良昊。

（三十九）

见到身着便装的李梦桥，李良开装着很吃惊的样子，顺势开起了玩笑："桥宝儿，都说女大十八变，我看你这个男娃儿变化也不小嘛。瞧瞧，小肚子也挺起来了，对了，怎么不穿军装？我还是喜欢看你穿军装的样子。""哈哈，开三叔，您就拿侄儿开涮吧。要说我胖，就直接说嘛，拐弯抹角做啥子？"李梦桥一边调侃自己，一边用右手接过行李，左手一扬，紧紧搂住李良开的左肩膀，"咱们叔侄俩六七年没见面了，走，我带你去个大馆子，陪你好好喝几杯。"

"喝酒就免了。"李良开连连摆手，"我胃不好，天天吃药，你徐三婶一天好几个电话，不是叫我吃药，就是喊我别喝酒。出门在外，听婆娘的话不吃亏，我得听你三婶的话不是？大馆子嘛，我去，反正是你娃儿请客，三叔我不心疼。哈哈哈。""嘿嘿，我也不心疼。"李梦桥接过话茬，"今天不用我花钱，咱们两叔侄斗地主打土豪，吃大户去啰。"

李良开停住脚步："什么情况？怎么还让别人请客？你娃儿不会是假公济私吧？这可不行！桥宝儿，我告诉你，农村娃儿混出来不容易，你可不能乱整。拿锄头把把的滋味你又不是没尝过，可不要犯迷糊啊。""哈哈，三叔您想多了。"李梦桥把搭在李良开左肩上的手拿下来，象征性地拍了拍自己的胸脯："我向毛主席保证，绝对不花公家的钱请三叔吃饭！实话告诉你吧，是我一个退伍的战友主动安排的，人家生意做得很好，不差钱，听说您来了，他非要表达一下心意，我也不好拒绝不是？您就放一百二十个心好了。"

说话间，叔侄走出机场大楼，到了道路边上。李梦桥掏出手机正要拨打，一辆路虎陆地巡洋舰开了过来，"嘎"的一声停在李良开身边，从正驾驶位置下来一个留着平头、40岁左右的男子，也不理李梦桥，下来就抓住李良开的双手一顿猛晃："您就是梦桥的三叔吧？欢迎您到东北，欢迎您来哈尔滨这疙瘩！我和梦桥是过命的兄弟，他的三叔就是我的三叔，您别客气，有什么需要尽管提！别看他小子是个正团职干部，可在我眼里啥也不是。您在哈尔滨这几天，不管吃喝玩乐，我全包了！我说李团，你磨叽个啥？赶紧把行李放在后备厢！"

面对这个热情似火的平头男子，李良开彻底蒙圈，只能不停地说"好，好，好"。

在去往哈尔滨市区的路上，李良开才搞清平头男子名叫杨晓伟，地地道道的哈尔滨人，1994年年底和李梦桥异地同批入伍到某军械仓库，两人曾多次配合执行弹药装卸和押运任务，李梦桥还救过他的命。

那是1996年8月13日，一个阳光毒辣、热浪滚滚的下午，仓库按计划组织装运一批报废弹药，李梦桥和杨晓伟分在一组，负责往火车皮里码放成箱的过期手榴弹。14时许，因天气炎热，出汗过多，加上没有午休，在一节车皮即将装满的关键时刻，杨晓伟觉得有些犯困，往上码放一箱手榴弹时，一走神，一松手，一个装满手榴弹的木箱跌落在车厢底板上，木箱摔裂一个角，一枚手榴弹蹦了出来，蹦开了保险盖，引信被摩擦点燃，咻咻地冒着白烟。

杨晓伟吓傻了眼，呆若木鸡地站在原地，大脑一片空白。千钧一发之际，在一旁作业的李梦桥猛地弯腰，用右手抓起冒着白烟的手榴弹，一个箭步跃下车厢，按照平时练就的投弹动作，狠狠地把即将爆炸的手榴弹扔了出去……

一场严重的爆炸事故就此化解，李梦桥荣立二等功，次年报考军校时还享受了加分待遇。而险些酿成大祸的杨晓伟则挨了个行政记大过的军纪处分。尽管受到处分，杨晓伟一点儿也不觉得冤枉，还对李梦桥感激不尽，认为是他救了自己一命。

对杨晓伟的说法，李梦桥一直不承认。在他看来，自己的举动，完全是下意识反应；何况这也是救自己，要不然自己和杨晓伟还有其他战友都得命丧黄泉。尽管如此，杨晓伟还是把李梦桥当成了救命恩人，一再表示要和李梦桥做一辈子的兄弟，还说一定要和李梦桥有难同当、有福同享，绝不食言。

1997年8月，李梦桥如愿被军校录取。去军校报到的那天下午，杨晓伟泪眼蒙眬，依依不舍，亲自把李梦桥送上火车。同年年底，立志要做老板的杨晓伟复员回到哈尔滨，从摆地摊卖服装做起，生意越做越大，最终成为哈尔滨玛克威商厦有名的服装批发商，资产数千万元。

对自己当年关于要和救命恩人李梦桥有难同当、有福共享的承诺，杨晓伟说到做到。李梦桥上军校期间，尽管自己挣钱不多，李梦桥也再三拒绝，但他还是不时寄点儿零花钱过去；后来生意走上正轨，他再三对李梦桥讲："需要用钱的地方，你尽管吱声，我要说半个不字，天打五雷轰。"李梦桥毕业后分到漠河边防，杨晓伟放下生意，坐火车把自己的救命恩人送到北陲边关；李梦桥后来在边防结婚、生子，他全都到场；李梦桥调到省军区工作后，他鼓动李梦桥两口子贷款买了房子，还慷慨地提供了首付和装修的全部借款，说还不还、什么时候还都行。原本，杨晓伟打算送给李梦桥一套房子，可李梦桥死活不干，只能作罢。

这一次，听说李梦桥的近房三叔要来，杨晓伟说啥也要尽一下地主之谊。

一路上，杨晓伟和李梦桥有一搭无一搭地唠着闲嗑，偶尔问一问李良开在路上的见闻和感受。不过40多分钟，路虎巡洋舰停在号称哈尔滨最新潮、最豪华、五星级的万达索菲大酒店门前。

三个穿着制服的服务生上前，一个帮忙打开车门，引导李良开和李梦桥进入酒店大堂；一个打开后备厢，拿出行李放在装饰精美的手推车上，紧紧跟在李良开和李梦桥身后；另一个打开左侧车门，把杨晓伟从正驾驶位置迎出来，自己钻进去并关上车门，把车开到停车场停放妥当。

这一切，让李良开极不适应。等进了客厅、卧室、书房、卫生间和各类高档电器一应俱全的高级套房，李良开更是惊讶得张大了嘴巴，一句话也说不出来。李梦桥也有些意外："我说晓伟，你这场子是不是摆得也太大了？这房间，得多少钱一晚上啊？""这不是钱的事儿，只要三叔开心就好。"杨晓伟大大咧咧伸出三个指头，"不多，每天不到3000块。"李良开吓了一大跳，不得不开口说起了四川话："愣个贵？！这不是败家吗？我可住不起！桥宝儿，个老子的你给我听到起，我不住这里，你家没地方吗？我睡沙发也行。住这么好的房间，我睡不着瞌睡。"

杨晓伟似懂非懂，问李梦桥是什么意思，还问是不是嫌房间不够好，不行再换一间。李梦桥笑骂了一句："狗日的，我看你是钱多烧的。你就烧包吧，我不管了。"回过头来，他对李良开讲："钱都交完了，退不掉了，你先住一晚上，享受享受，不行明天你再住到我家去。"

李良开还想推脱，杨晓伟却催着下楼去吃饭。这顿饭，是李良开吃过的最高档的一顿饭，有海参分位，有鲍鱼捞饭，有鱼翅汤，还有一些李良开没听说过的名贵菜肴。酒也是好酒，两瓶30年茅台，还开了一瓶拉菲，宾主三人喝得都很尽兴。原本，李良开是不想喝酒的，但架不住杨晓伟"喝不喝，先倒上"的劝酒方式，结果就成了"不喝不喝又喝了，喝着喝着又多了"。

吃完饭，杨晓伟要安排唱歌和洗浴，说是要搞"一条龙"服务。李良开坚绝不去，称自己不会唱歌，对洗澡也不感兴趣。李梦桥也笑骂杨晓伟："你以为我开三叔跟你一样，吃喝嫖赌啥都干？该干嘛干嘛去，我要和三叔唠会儿嗑。"

可能是喝了酒的缘故，再回到那个豪华套房，李良开自在了许多，斜靠在客厅松软舒适的沙发上，和李梦桥说着自己此行的目的，说着自己对李家老院子、对李氏祖坟、对唐家岩山梁上那排古柏命运的担忧。

李梦桥表示，他坚决支持开三叔的做法，但公职在身，不便在请愿横幅上签名，也不能对着摄像机讲话。末了，李梦桥讲："我能做的，就是全力做好您在东北三省期间的保障工作，不管是吃住还是出行，我都包了。""我理解。你是部队上的人，还是个团职干部，是要注意点儿自己的一言一行，你开三叔也不希望因为这件事耽误了你的前程。"李良开无奈地笑了笑，还打了个哈欠，"我没出过远门，来东北更是第一次，还真得麻烦你桥宝儿费心。"

见李良开犯困了，李梦桥起身告辞，说明天一早他过来陪吃早饭。谁知李梦桥一走，李良开却睡意全无，胃又开始隐隐作痛起来，折腾到后半夜，才迷迷糊糊地进入梦乡。不到凌晨4点，李良开就醒了，看看窗外早已天亮，就再也睡不着了，躺在床上胡乱想着心事。

在酒店自助餐厅吃过花样繁多的早餐，李良开说啥也要搬出酒店，称这地方太高档，不适合他这个老农民。李梦桥无可奈何，只好退掉房间，并打电话给杨晓伟通报了一声，之后让老婆梁凤开车来接李良开去自个儿家住。

等车期间，李良开围着酒店转了一圈，回来对李梦桥讲："我这辈子能住这么好的酒店，真是享福了。可惜你屋老汉死得早，没这个福气。"

提起已经去世33年的生父李良昊，李梦桥顿时黯然神伤，李良开也跟着伤感起来，心里默默感叹着：好人命不长啊。

1980年夏，眼看土地就要包产到户，在好日子即将来临的节骨眼上，身为大队会计的李良昊突发急性阑尾炎，肚子胀得滚圆，还没来得及送往医院，就在家中断了气，享年43岁。

李良昊暴病身亡，让唐家岩李家大院陷入恐慌。尤其是男人们，一个个阴云密布，动不动就大发脾气，吓得妇女和孩子们屏息噤声，连大气都不敢出。

李家大院陷入恐慌，是因为号称"糯总理"的李良昊一直在暗中调和着大房和二房之间的积怨。正是在他的努力下，上一辈传下来的恩怨情仇才没有公开化、暴力化，只是暗暗较劲而已。李良昊一死，意味着互相仇视的两房人没了黏合剂，也没了调解人，积压多年的怨恨眼看就要像火山爆发一般喷涌而出。

男人们的惶恐，则是因为笼罩唐家岩李家大院多年的"六十岁魔咒"：打这个大院的创建人李永杰起，这个院子的李家男人就没有活过60岁的，全都是短命鬼。李良昊平时没病没灾，为人善良，从不作恶，竟然也只活了43岁，再一次准确无误地应验了唐家岩李家男人活不过60岁的魔咒。

下一个会轮到谁？会不会降临到自己头上？该如何面对大房和二房的矛盾冲突？是选边站队还是保持中立？李家大院的成年男子们不得不认真思考和面对这些要命的问题。

（四十）

李梦桥和梁凤的家，在一个叫永平小区的地方，紧靠哈尔滨冰上训练基地，离东北三省规模最大的现代化露天游乐场哈尔滨游乐园也不远，前面不远处还有一条穿城而过、取名马家沟的小河。交通也很便利，多路公交车经停，小区边上还修有即将开通的地铁站。

永平小区有两栋装有电梯的高楼，李梦桥和梁凤的家就在其中一栋的17层。

进入这套使用面积81平方米、三室一厅的房子，转了一圈，李良开发话了："我说桥宝儿，你堂堂一个正团级干部，和我们县长一个级别，就住这么大的房子？开三叔不是拿你开涮，就你这房子，还没有我这个退休村主任的房子大。要是在我们老家，随便找一户人家，哪家没有一个二层三层小楼？哪家不是两三百平方米？再瞧瞧这客厅，放了一组沙发，再放一个电视柜，就只剩下走路的地方了，这还叫客厅吗？别怪三叔说话不好听，我看你们城里人活得也真是不容易，房子小得像鸟笼似的，憋不憋屈啊？换成我，非要憋出病来不可。"

李梦桥有些尴尬，搓着双手，不知道该说些什么。

其实，这是李梦桥自2002年调到哈尔滨工作后换的第二套房子了。第一套房子是调入当年购买的，也在永平小区，位于八楼，顶楼顶层，紧靠冷山，房子也小得可怜，一室半的格局，套内使用面积仅33平方米，一来客人就显得特别拥挤，连摆个饭桌、安放椅子的地方也没有，只能使用折叠桌子、折叠椅子。

买第一套房子那年，哈尔滨的房价还算便宜，按建筑面积计算，每平方米1300多元。李梦桥和梁凤购买的这套小房子，贷款4.8万元，首付2.2万元，简易装修花了1.7万元。其中，首付和装修的钱都是找杨晓伟借的。

那时，梁凤在家照看一岁多的儿子，没有经济收入，一家三口全靠李梦桥每月1200多元的工资，除了每月必还的500多元贷款，扣除必要的生活开销，加之还要不时给老家的父母寄看病治病的钱，李梦桥几乎成了"月光族"，有时还不得不找同事、找战友、找哥们借钱过日子。尽管如此，两口子还是咬紧牙关，能省就省，梦想早日把借款和贷款还清，再攒点儿钱，争取换一个大一点儿的房子。

后来，军人工资先后两次大幅度调整，梁凤的工作也有了着落，李梦桥一家三口的小日子才好过了许多，也慢慢有了点儿积蓄。到2011年，眼看房价连年攀升，在确认杨晓伟不急于让他们还钱的前提下，李梦桥和梁凤一合计，一咬牙，先提前把贷款还上，补办了土地使用证，拿出了抵押在银行的房产证，借永平小区紧靠地铁站、房价猛涨到每平方米一万多元的大好时机，转手将那套小房子卖了34万元，并以此为首付，贷款在同一小区的高层买了一套电梯房。2013年，为接送孩子上下学，又花了两万多元买了一辆二手的捷达轿车。

这个小房换大房的过程，那段一分钱掰成两半花的清苦日子，李梦桥不知该怎么和李良开说起。因为在老家的亲朋好友眼里，身为部队团职干部的李梦桥一定领着高工资、住着大房子、出门车接车送，不管李梦桥怎么解释，包括李良开在内，他们就是不信，以为李梦桥是在谦虚，或者有意藏富不露。

无奈之下，李梦桥搬出了同样在当兵、同样是正团职干部的李远当佐证："三叔，您还别不信，您问问我李远哥，他是您亲儿子，他不会骗您吧？我们两个情况差不多，他有多难，我就有多难。""你们两个能比吗？"李良开不以为然，"他在高原，你在平原；他在大山沟，你在大城市。一个天上，一个地下嘛。"

李梦桥苦笑了一下："三叔，您说错了。李远虽然职务和我一样，可我是新正团，他是老正团，人家当副旅长都五年了。工资也比我高，差不多是我的两倍。他们有艰苦地区补助，拿着全国最高的工资。李远哥的日子，比我这个当弟娃的好过。"

"拉倒吧。他过的是什么日子啊，连氧气都吃不饱，嘴唇都是紫的，好不容易回一趟老家，还醉氧，一滴酒不喝，也跟喝醉似的迷迷糊糊。"说起远在西藏当兵的二儿子，李良开很是心疼，"你娃儿住在大城市，老婆孩子都在身边，多好啊！哪像他，生了个儿子，还放在老家让我跟你三婶给带着。对了，你儿子呢？怎么没看见？"

李梦桥正要接话，梁凤拿着一套还没开封的睡衣从主卧走出来，双手递给李良开："孩子补课去了，晚上您能见着。"顿了顿，梁凤接着说道："开三叔，让您见笑了。您侄儿桥宝儿就这个本事，你这个侄媳妇也不能干，挣不到钱。就这小房子，还是贷款买的，贷了20年，每月要还2000多块。等我们有钱了，一定换一个更大更好的房子，到时再请您过来耍。"梁凤这么一说，李良开相信了。因为他了解梁凤，知道这个女娃子不爱扯谎。

梁凤是古月乡龚家岩人，她家与唐家岩只隔着一个山梁，直线距离不会超过500米。她是李梦桥继父李德忠邻居梁大强的女儿，和李梦桥算得上青梅竹马，两人恋爱结婚，至今还是当地广为流传的佳话。

说起与梁凤的姻缘，李梦桥一直认为这是上天注定的。当年，要不是生父李良昊暴病身亡，要不是母亲孟英莲被迫改嫁到龚家岩，他不会成为梁凤的邻居，梁凤也不会暗恋上他这个不起眼的穷小子。

从生父去世到母亲被迫改嫁那两年时光，对李梦桥和他的三个哥哥、两个姐姐、一个妹妹来说，称得上是不堪回首。

1981年春，李良昊去世大半年之后，古月公社改称古月乡，梓第大队相应改名梓第村，唐家岩生产队按约定俗成的排列顺序改称梓第村十六社。

李良昊去世之前身兼两职：梓第大队会计和唐家岩生产队队长。之所以这样安排，是因为唐家岩李家大院的大房、二房之间的积怨一直没有消除，时不时地产生一些新摩擦，或者暗地里相互掣肘，弄得好几任生产队长没法开展工作。考虑到李良昊是远近闻名的"糯总理"，人缘好，左右逢源，1965年4月，也就是李良昊当上大队会计四年以后，梓第大队干脆直接任命李良昊兼任唐家岩生产队队长，并且公开声明除非有极特殊情况，否则不考虑换人。于是，李良昊在生产队队长这个位置上，一干就是15年，直到暴病身亡。

李良昊在世的时候，唐家岩的男女老少并没感觉这个脾气好得和懦弱差不多的队长有多好，有的人还经常笑话他像个糯米老头，啥事都"是是是"，什么都"对对对"，要么就"行行行"，一副总是顺着别人、很没主见的样子。等李良昊去世了，大伙儿才意识到，李良昊这性格压根不是懦弱，而是大智若愚。他总能在用心倾听他人诉求或抱怨的基础上，用极为真诚的态度加以劝解，用入情入理的话消除误会或缓解矛盾。由于他的努力，唐家岩李家大院大房、二房的后人们虽然不那么亲密，至少表面上相安无事。

李良昊去世不到一个月，大房、二房之间的矛盾便出现公开化的迹象，在酝酿生产队队长人选时，大房同意的，二房不支持；二房支持的，大房不同意。折腾了好几个来回，大队支书李良泉来了好几次，还是无法达成一致意见。

李良泉也没了办法，赶紧请示公社领导。公社党委书记对唐家岩的情况很熟悉，给李良泉出了个主意："让李良昊的右客孟英莲接任，这样大房和二房都没有话讲。就这么定了，你负责抓好落实！"

事实证明，公社领导这一招很管用，得知上面安排孟英莲当队长，大房和二房的男人女人们不再争执，算是默许。

对这个赶鸭子上架的差事，孟英莲非常抵触。丈夫刚刚去世，7个孩子最大的15岁，最小的两岁，全家人吃饱穿暖尚成问题，哪还有精力当队长？！

为了完成公社党委书记交办的任务，李良泉反复做孟英莲的思想工作，谈了好几次都谈崩了。孟英莲的理由很充分："我一个女人，孤儿寡母的，怎么去领导那些社员？再说，唐家岩的情况你也晓得，良昊在世的时候都有点压不住阵脚，我啷个得行？不干，坚绝不干！"

眼看完不成任务，李良泉不得不另换招法："不说这个了。我问你一个问题——你是不是党员？"孟英莲不知是计："当然是啊！每个月的党费我都在交，谁敢说我不是党员？""那好。党员是不是应该服从组织的决定？"李良泉使出"撒手锏"。"这个，这个……"孟英莲一时语塞，不知怎么应答。"这个什么呀？亏你还当过老师，怎么这么不干脆？"李良泉亮出底牌，"孟英莲同志，现在我代表大队党支部正式通知你：经公社党委批准，决定由你担任唐家岩生产队队长。"就这样，孟英莲极不情愿地成了唐家岩生产队队长。

对孟英莲这个寡妇队长，李家大院的男人女人们表面上不说什么，心里谁都不服，每天出工分配任务时，不是大房的男人说自己腰痛干不了重活，就是二房的女人说身子不方便不能下水，要么就是三房或四房的某个人吵吵苦累不均，反正每天都有人给孟队长出点难题。

孟英莲憋屈着，但从不表现出来，不管别人怎么为难自己，坚持不在众人面前服软掉泪，农活该怎么分配就怎么分配，不服从就扣工分，绝不多说一句废话。只有晚上回到家里，等孩子们都上床睡觉了，孟英莲才有时间发泄一下自己的委屈，偷摸哭一哭，静静地抹一抹眼泪。

这样的日子持续了大半年。1981年春，当人民公社结束历史使命、集体土地包产到户后，孟英莲松了一口气，并拒绝了组织上让她当梓第村十六社社长的安排。她真是受够了，不愿再去理会唐家岩李家大院那越理越乱的人际关系。

孟英莲怎么也没有想到，更大的麻烦还在后面。

（四十一）

梓第大队改队为村之后，当了五年民兵连长的李良开一鸣惊人，在古月乡主要领导的强力支持下，当选为梓第村首位村主任，成为老支书李良泉的新搭档。按照乡领导的意思，李良开当村主任只是一个过渡，等即将年满60岁的李良泉卸任后，由他接任村党支部书记。

对这个人事安排，李良泉是满意的。一来自己很快就要退居二线，总得有人接班，与其让外姓人做梓第村的当家人，不如让同为月溪场"塝上李"后人的李良开接任，这叫肥水不流外人田，也是光宗耀祖的事情。二来他是看着李良开成长起来的，感觉这个时年37岁的后生有能力挑起村支书的担子。

原本，李良泉看好大队会计李良昊，时任公社党委书记也有这个意思。无奈李良昊早早就到马克思那里报到去了，只好让李良开这个后备干部顶上来。

考虑到自己马上就要退休了，李良开上任第一天，李良泉就明确表态："你是村委会主任，也是村党支部副书记，支委和村委的工作，你都多考虑一些。我岁数大了，早晚都是你的事，你就大胆抓，大胆干，我肯定支持你。"见老支书说得诚恳，李良开也就当了真，大刀阔斧地干了起来。

都说新官上任三把火，李良开也不例外。他烧的第一把火，就是彻底清查原大队的账目，想借此树立自己的威信。

此时的村会计叫李善坤，同样是月溪场"塝上李"的后人，其曾祖父跟李良开的祖父是堂兄弟，按照辈分也叫李良开为三叔。他接替的，正是从不记账的原梓第大队会计李良昊。

李良昊暴病身亡后，李良泉推荐李善坤当了大队会计，并且明确交代：对前任会计的账，能完善的就完善，不许翻旧账，也不许对任何人讲。

当了大队会计，看了那些账目，李善坤才知道，说李良昊从不记账是不对的，他只是不亲自记账而已，由其上过高中、当过村小老师的右客孟英莲代记。那些账本工工整整，一目了然。研究了挺长时间，李善坤没看出李良昊留下的账目有什么破绽，也搞不清李支书那番话到底是什么意思。

留在李善坤脑海中的问号，被一向以精明著称的李良开给拉直了。

决定清查旧账以后，李良开让李善坤把所有账本搬到他家，大门不出，二门不进，没日没夜地研究，历时三天三夜，终于查出了一个大漏洞：原梓第大队2439元家底经费不翼而飞，去向不明！这可是个重大发现！李良开兴奋不已，连跑带颠地跑去报告村支书李良泉，说这里面一定有猫腻，一定要一查到底，给全村父老一个交代！

让李良开大跌眼镜的是，李良泉对此并不积极，还说这是过去的事，差不多就行了。李良开不干，非要弄个水落石出。李良泉就打哈哈："你是村主任，查账是你职责范围内的事，要查你就查吧，我支持你。"

李良开便展开调查。查来查去，也没查出个所以然来。但风声已经放出去了，村民们都在传，说新上任的村主任查账查出个大窟窿，都等着看李良开怎么收场。

李良开陷入两难：接着查下去吧，很容易查到李良泉头上，这么大一笔经费，作为当时的大队支书，他不可能不知道；不查吧，又无法向村民交代。思量来考虑去，李良开作出一个痛苦的决定：拿自己堂兄兼恩人、原大队会计、已经去世的李良昊开刀，说他做假账贪污公款！李良开的本意，也就是说说而已，反正人已经死了，死无对证的事情，把责任把李良昊身上一推，这事就算了结，总不能找死人要钱去吧？

事情的发展，远远超出了李良开的预想，也超出了他所能掌控的范围。得知李良昊做假账贪污的消息后，村民们群情激愤，在大骂李良昊的同时，要求村里向李良昊的遗孀孟英莲追偿赃款，还说这是夫债妻偿，天经地义。出现这个局面，是李良开万万没有想到的，也是他不愿看到的。他去找村支书讨教对策，李良泉莫衷一是，并不明确表态；他想说服村民们原谅李良昊并放过孟英莲，又没那个能力。

对李良昊做假账贪污这个罪名，孟英莲不肯认账。她跑到李良泉那里哭诉，跑到李良开家里质问，跑到乡领导那里反映，所有泪水和言语归结为两个字：冤枉。孟英莲明确表示：李良昊不可能贪污，她也绝不会赔所谓的赃款。

最终，乡领导站出来表态：李良昊是一个口碑很好的会计，并且已去世，死者为尊，此事不再追究；梓第村账面上的2439元亏空，由乡财政以少收梓第村相应数额提留款的方式予以弥补。村民们是现实的，也是善良的，得知村里的损失找了回来，并且李良昊生前确实做了不少好事，大伙儿便原谅了九泉之下的李良昊和其遗孀孟英莲。

1981年秋，李良泉顺利退休。但让人意外的是，李良开并没有当上村支书，而是由之前一直不看好的村治保主任、退伍军人涂红军接替了李良泉的位置，李良开继续当他的村主任。

至于原因，村民们众说纷纭。有的讲是涂红军上面有人，县里有位局长是个军队转业干部，当年曾给他当过连长。有的讲是李良开不懂官场规矩，不该查村里的老账，打断骨头连着筋，谁知道原来的公社领导花没花那些钱。还有人说得更邪乎，说那两千多块钱，就是被当时公社领导到梓第大队检查时吃掉喝掉了，不便下账核销，只能采取瞒天过海的办法。总之，这些钱的去向，跟已经去世的"糯总理"李良昊没有一分钱的关系。

一场巨大的家庭财务危机就此过去了，孟英莲顿时觉得轻松了许多。但接下来还会发生什么烦心事，这个命苦的女人不敢想，不愿想，也不去想。因为她深知，生活从来不以人的意志为转移，该来的终究会来，躲是躲不过去的，莫不如静观其变，水来土挡，火来水淹，走一步看一步吧。

（四十二）

相对于火炉一般炙烤炎热的重庆而言，8月的哈尔滨是凉爽怡人的。用李良开的话讲，就是"一点儿也感觉不到热"。8月4日，在李梦桥家吃过晚饭，李良开给妻子徐小芳打电话，当他说到"晚上睡瞌睡还要盖被子"，徐小芳不信，称他打胡乱说。李良开哈哈大笑："我骗你做啥子？这是真事，要不你问问桥宝儿？"

"三婶，您好，我是桥宝儿。"李梦桥接过手机，很有礼貌地向徐小芳问好。"好，都好。"徐小芳回应着，"你看嘛，你开三叔给你们两口子添麻烦了。你们哈尔滨真个凉快？""三叔没骗您，哈尔滨确实凉快得很，有机会您也过来感受一下。"李梦桥诚恳地发出邀请。"当然要得哟。"徐小芳回答，"对了，你屋妈在哪？让她接个电话嘛。""我妈去我三哥那儿了，在南京，过段时间才回哈尔滨。"李梦桥如实回答。"你妈遭了不少罪！苦了一辈子，现在是该享享清福了。"徐小芳感叹了几句，之后压低声音："桥宝儿，你换个地方，我给你说点事儿。"

李梦桥回头佯装训斥儿子："这电视声音也太吵人了，赶紧关掉去做作业，电话都听不清。"一边说，一边往屋外走去。

电话里，徐小芳详细问了李良开的饮食起居情况和精神状态，末了，欲言又止："桥宝儿，你开三叔的身体不是很好……我也不知道该怎么对你讲……反正三婶就麻烦你，在你那边，替我照顾好他……劳慰你了……呜……"说着说着，徐小芳在电话那头无语哽咽，挂断了电话。

李梦桥觉得有些不对劲，但没再把电话打过去，而是转身回屋，和李良开寒暄一阵子，声称有个材料没写完，要到省军区机关去加班，叮嘱梁凤一会儿陪三叔到小区里转一转，之后下楼步行到办公室。

李梦桥加班是假，打电话向远在西藏当兵的李远核实情况是真。李远把其父亲患了胃癌的实情告诉了李梦桥，还委托李梦桥找机会带李良开到哈尔滨的大医院复查一下。毕竟，开县是国家级贫困县，县人民医院在当地是最好的医院，但医疗条件有限，保不齐会误诊，或者在病情的判断上有误差，找个省城的大医院查一查，家人心里也踏实一些。得知李良开得了绝症，李梦桥很震惊，当即答应了李远的请求。

刚和李远说完"再见"，李梦桥又接到了母亲孟英莲从南京打来的电话。母子俩唠了10多分钟，主题始终围绕李良开展开，孟英莲翻来覆去就一个中心意思：上辈的恩怨是上辈人的事，你作为晚辈，一定要把远道而来的开三叔照顾好，不能让唐家岩的叔叔婶娘和兄弟姊妹说闲话，更不能让外人看笑话。直到李梦桥再三保证一定照顾好李良开，孟英莲才挂断电话。

李梦桥知道，母亲对李良开是有意见的，并且成见很深，认为当年李良开不该拿大队的旧账污蔑李良昊，更不该在李良昊去世后变相难为她和孩子。对这两点，孟英莲一直难以释怀。

李良昊去世后的头几个月，孟英莲眼中的天空始终是阴暗的，就算头顶阳光明媚，她依然感觉不到一丝光亮。丈夫李良昊在世的时候，由于他人缘好，乐于助人，还是大队会计兼生产队队长，家里始终人来人往，很是热闹。丈夫一去世，家里一下变得冷冷清清不说，还发生了所谓的李良昊做假贪污事件。这让孟英莲既失落又伤心，对人情世故近乎绝望，要不是想到7个还未成人的孩子，她真想随丈夫而去，一了百了。

好在做假贪污的事总算过去了，强加给自己的生产队长也因公社和大队的解散而不复存在，加之土地包产到户，孟英莲似乎看到了希望。

孟英莲显然是过于乐观了。对于有劳力的家庭而言，土地包产到户确实是件大好事，但对于一个失去男人的家庭来说，这无疑是一场新的灾难。

劳力紧缺的困难显而易见：大儿子李梦明和二儿子李梦星尽管不再上学，但一个16岁，一个14岁，还不足以扛起犁田、挖地、挑粪等重活；大女儿李梦芬、二女儿李梦芳也被迫辍学在家，一个13岁，一个10岁，都还是个孩子，根本干不了重活；8岁的三儿子李梦军正上小学四年级；小儿子李梦桥6岁，小女儿李梦蕙不到3岁，不但干不了活，还需要有人照顾。

这个节骨眼上，孟英莲开始恨自己的肚皮不争气：为什么不早点生孩子啊？1961年就结婚，怎么一直拖到1965年2月才生下大儿子李梦明？要是一结婚就怀上孩子，老大现在都20岁了，也能撑起一个家了。除了恨自己生育太晚，孟英莲还对当初自己赌气从村小辞职一事后悔不已。

1962年秋，梓第大队唯一的小学缺教师，大队推荐并经县、区、乡三级教育部门考核，孟英莲成为一名民办老师，一直教到1969年上半学期。

这学期快结束时，月溪中学的一帮红卫兵跑到梓第小学，把唯一的公办老师张永志批斗了一番，还戴上了纸糊的尖帽子。张永志误以为是平时不怎么搭理自己的孟英莲使坏，于是怀恨在心，到处说孟英莲这个民办老师心术不正，不好好教书，净琢磨着整人。当时，已是三个孩子母亲的孟英莲百口莫辩，身心俱疲，一气之下，主动辞职回家当了农民。

丈夫去世后，想到辞去的教师职务，孟英莲后悔不迭。要是自己坚持下来，现在每月怎么也有几十块钱的固定收入，就算请人干农活也有工钱给啊。可埋怨有什么用呢？过去的不能重来，没来的不能预知，世上从来没有后悔药，还是面对现实吧。如此这般，除了经常请人帮忙干活，孟英莲别无他法。天下没有免费的午餐，更没有无缘无故的人情。请人帮忙干活，即使不用支付工钱，但也要还工还活啊。而这，正是孟英莲无法解决的实质性问题，也让她经常为请不到人帮忙发愁。

面对这些孤儿寡母，唐家岩李家大院有同情者，但更多的是在看笑话，或是说着不咸不淡的闲话。偌大的院子，只有三个侄子辈的后生经常答应帮忙：李良昊亲大哥的独子李长久，二房的李长河，四房的李志国。除此之外，李良昊的堂兄堂弟们全都成了看客，鲜有伸出援手的时候。

实际上，李良昊的堂兄堂弟们也想帮一帮这家孤儿寡母，但抵挡不住自家婆娘的枕边风。寡妇门前是非多，还是尽可能地离得远一些吧。

孟英莲的苦恼远不止这些。比如，如何把7个嗷嗷待哺的孩子抚养成人，就是一个非常现实和挠头的问题。见孟英莲的处境实在艰难，有好心人建议把小儿子、小女儿过继给城里那些无儿无女的人家，还带来了两对不育的夫妇，一对是开县城的，另一对是万县城的，都表示会善待孩子，保证孩子将来端上铁饭碗。

孟英莲确实心动过，可大儿子坚决反对，二儿子、三儿子和两个女儿也在老大的带领下，齐刷刷跪在孟英莲面前，哭着求母亲不要把弟弟、妹妹送给别人，说今后我们宁愿少吃一口，也不会让弟弟妹妹饿着。看着哭成泪人的五个儿女，孟英莲肝肠寸断，哭着把他们一个个扶起来："妈错了……我听你们的……不送人了……"孟英莲最终选择了和所有孩子在一起，哪怕再苦再难，也要相互扶持着生活下去，绝不分开。

（四十三）

其实，还有比这更让人苦恼的事情——怎么也绕不过去的改嫁问题。李良昊去世不久，各路媒婆让孟英莲烦不胜烦，也让孩子们很是反感。

在当时的川东农村，丧夫的妇女一般不敢改嫁，因为那是一件很丢人的事情。不仅别人说闲话，即使是自己的孩子，也会觉得在别人面前抬不起头。孟英莲也遇到了这样的困惑：孩子们都不同意自己改嫁。尤其是大儿子李梦明，一直强烈反对。孟英莲别无选择，回绝了所有媒人。

然而，事情并没有这么简单，来自唐家岩李氏家族的巨大压力，压得孟英莲喘不过气来。

那时的唐家岩李家大院，是大房李有文的遗孀及其后人们的天下。李有文的遗孀并非他的第一任妻子梁小凤。梁小凤难产而死，没有留下一儿半女。后经人介绍，李有文娶了丧夫并育有一子的邓氏。和李有文结婚时，邓氏不忍丢下亲生骨肉，把与前夫生养、不到两岁的吴维德带到了唐家岩李家大院。接下来的10多年，邓氏开足马力，接连生下了李良川、李良万、李良开、李良月四个儿子，另外还有两个女儿。

人多力量大，人多胆也壮。有了这四个儿子，儿子又生儿子，大房的地位更加牢固了。后来，等李良开当上大队干部，并成为梓第村首任村主任，大房的势力更是如日中天，不仅与大房有积怨的二房没有实力与之公开叫板，三房、四房的后人们也只能看大房的脸色行事。

在是否改嫁这个问题上，孟英莲就受到了来自大房的强烈冲击。邓氏的意思很明确也很霸道：孟英莲除非不改嫁，要改嫁只能嫁给自己事实上的长子、一直未曾婚娶的吴维德。

对此，孟英莲始终不同意。吴维德患有严重的哮喘，一点儿重活也干不了，嫁给这样的男人，非但不能指望他帮忙抚养7个儿女，还要照顾他，何苦来着？

邓氏和大房的后人们向孟英莲施压：要么在农活上为难，大房的人不帮忙不说，还暗地里鼓动三房、四房的男人们袖手旁观；要么四处嚼舌根子，说孟英莲的闲话，污蔑她作风不正派，说因为在外面有了男人，才下药毒死了李良昊；还说孟英莲不守妇道，李良昊去世后不安心守寡，竟然急着把自己嫁出去。邓氏和大房的某些人之所以这么做，目的只有一个：让孟英莲屈服，让她答应改嫁给吴维德。

面对邓氏等人的苦苦相逼，无奈之下，孟英莲去找过组织，多次向梓第村党支部书记涂红军寻求帮助。不料这个涂支书却以这是个人私事和家族内部事情为由，根本不予理睬，还打官腔让孟英莲自己处理好，尽量别影响全村安定团结的大好局面。

　　孟英莲也想过找村主任李良开帮忙，但一想到他当初拿李良昊开刀树立自己威信一事，孟英莲放弃了。做人要有骨气，为什么非要低三下四去求人？孟英莲始终不肯屈从于邓氏，一挺就是两年多。

　　1982年秋，身心俱疲的孟英莲终于挺不住了，动了改嫁到与唐家岩只有一梁之隔、却隶属另一个村的龚家岩。

　　上过高中、当过几年村小民办老师的孟英莲是个想做就做的人，一旦决定了，就不会犹豫不决、拖泥带水。她暗暗地告诉自己：为了给孩子们有一个健全的家，为了有一个男人帮自个儿扛起这个风雨飘摇的家，必须果断出击，速战速决。

　　原本，孟英莲想嫁得更远一些，那样就可以远离邓氏等人的冷落和侮辱。但想到那样无法解决7个孩子的土地问题，她只能委屈自己，只能舍远求近。要知道，那时农村的土地金贵得很，如果她带着几个孩子远嫁他乡，十有八九分不到土地。而没有土地就没有粮食，谈何养活养大7个孩子？为了7个孩子，孟英莲只能选择与唐家岩一梁之隔的龚家岩，因为这样既可以解决家里缺少顶梁柱和劳动力的问题，还可以继续耕种唐家岩的那些田地。

　　孟英莲相中的男人叫李德忠，当时不到29岁，一直未婚，比她小了整整13岁。之所以相中李德忠，是因为孟英莲了解到这个男人虽没读过书，认识不了几个字，但能吃苦，为人实在，不会亏待自己和孩子。但李德忠能不能相中自己，孟英莲心里真没底。不过为了7个孩子，她决定放下脸面，豁出去拼一回。为了达到这个目的，孟英莲自己找了媒人上门向李德忠提亲。

　　刚开始，李德忠并不同意。你想啊，一个比自己大10多岁的寡妇，还拖着7个孩子，这哪是娶媳妇？这不是没事找事，给自己惹麻烦吗？孟英莲并不气馁，表示结婚后一切都听李德忠的，还争取再生个孩子；就算自己不生了，也会教育孩子们把继父当亲生父亲一样孝顺，将来给他养老送终。

　　这番坦诚的表白，让一直以为自己此生不会有老婆、不会有孩子的李德忠心动了。有一个自己的女人，有一个完整的家，还可能有自己的亲生骨肉，这可是以前想都不敢想的好事啊。再说，孟英莲这个女人也太不容易了，一个人抚养7个孩子，也真需要有人帮她一把。犹豫再三，李德忠点了头，答应把孟英莲带7个孩子嫁到他家。

　　李德忠同意了，孟英莲又提出了新的条件：二女儿、三儿子、小儿子还小，还要继续读书，小女儿将来也要供她读书，并且不分男孩女孩，读到哪儿供到哪儿，能考上初中读初中，能考上高中读高中，能考上大学读大学，一个也不能耽误。孟英莲读过高中，当过老师，知道读书的重要性。渴望有个完整家庭的李德忠也没多想，点头应承下来。

孟英莲生怕夜长梦多，加快了改嫁的步伐。从李德忠点头，到她嫁到龚家岩，前后只用了三天时间，几乎没给唐家岩那些别有用心之人任何反应时间。她甚至连两个亲弟弟都没有通知，以最快的速度造成了她带着孩子们改嫁的铁定事实。

母亲改嫁那一年秋天，在兄弟中排行老幺的李梦桥只有7岁，刚上小学一年级，什么也不懂，只知道母亲要改嫁。对母亲改嫁的决定，身为长子的李梦明说什么也不同意，多次哭着求母亲别走。孟英莲别无选择，只能痛苦而坚决地拒绝了大儿子的哀求。李梦明很伤心，死活不跟母亲去龚家岩，非要一个人独自在唐家岩生活。

孟英莲改嫁的那天，一点儿喜庆的气氛也没有，充满凄凉。那是个阴天，没有风，闷热得很。一大早，李德忠和一帮龚家岩的乡亲们打着锣、敲着鼓、吹着唢呐来到唐家岩李家大院，迎娶孟英莲和她的孩子们。

这天早上，唐家岩李家大院的空气有些诡异。邓氏和孟英莲曾经的妯娌们站在各自家门口，一个个阴沉着脸，要么不吱声，要么指指点点地说着风凉话。孟英莲走出李家大院的时候，没有任何人来出来送一程，一个人也没有。李梦明躲在屋里哭，说啥也不出来。孟英莲哭红了眼睛，进去抱了一下大儿子，狠下心肠走出那个生活了整整20年的家门，背着不到3岁的李梦蕙，跟着迎亲队伍往龚家岩方向走去。李梦芳、李梦芬、李梦星抹着眼泪，由小到大紧跟在母亲身后，恋恋不舍地离开唐家岩大院子，离开他们的老屋。

那天，李梦军、李梦桥还要上学，没有跟着迎亲的队伍去龚家岩，流着眼泪看着母亲一行人远去。

迎亲的队伍走了，李梦明才红肿着眼睛从屋里出来，叮嘱三弟和小弟赶紧去上学，告诉他们从当天开始，放学后不要再回这个家了，直接去龚家岩的新家。

李梦军什么也不说，默默流着眼泪；李梦桥似懂非懂，一下子哇哇大哭。李梦明也哭了，紧紧抱着最小的弟弟，任由泪水滴在李梦桥的脸颊上。

（四十四）

2013年8月5日凌晨4点刚过，李良开早早地起了床，轻手轻脚地穿衣、换鞋、开门、关门，生怕惊扰了李梦桥和他妻儿的好梦。

实际上，零点刚过，李良开就被一阵翻江倒海的胃痛弄醒，起来倒了杯热开水喝，感觉好了许多，但再也睡不踏实。对越来越频繁和剧烈的胃痛，李良开隐约觉得有些不妙，不过也没往坏处想，以为是这段时间天南地北的奔波和没完没了的喝酒所致。对妻子徐小芳一天至少三遍打电话催他喝药的举动，李良开有些烦，却又说不出什么。毕竟，人家是关心自己，哪能好心当成驴肝肺呢？大不了偷摸少喝点药罢了。

头一天，梁凤开车领着李良开到索菲亚教堂、中央大街、防洪纪念塔、斯大林公园一带转了转。看到那些欧洲风格的建筑，看到江面宽阔的松花江，李良开很是新奇，没头没尾地问了一句："全是些楼房，怎么没看见山啊？"

梁凤乐了："哈哈，哈尔滨附近真没什么山。这是平原地带，想看山，得往城外走。在山里生活了六七十年，天天走山路爬大山，您还没爬够啊？"

"怎么可能嚜？平原多好呀，走路一点儿也不费劲。"李良开嘴上不告饶，心里却真有些想念老家的大山了。金窝银窝，不如自己的狗窝，平原再平，城里再好，终归不是自己的家，只是一个暂时落脚的地方而已，自己的最终归宿，还得是那连绵起伏的铁峰山，还得是梓第山唐家岩。

从永平小区出来，穿过一条马路和一个家居建材市场，李良开来到李梦桥提起过的马家沟，看到一些上了岁数的人正在河沟两旁的人行道上晨练，或慢跑，或快走，一个个神情专注，精神抖擞，充盈着对健康平安的无限期望。

听李梦桥讲，马家沟以前是一条出了名的臭水沟，后来政府出面进行清淤整治，在河沟底部铺上青石板，引进活水，并在两边建起绿化带，显著改善了城市生态环境，引来一片叫好声。

沿着马家沟走了20来分钟，刚微微出汗，李良开的胃部又剧烈疼痛起来，他找了个长条木凳坐下来休息，仍然疼出了一身冷汗。

身体是革命的本钱，没有个好身体，任何事情都办不成。李良开寻思着，自己先不着急赶路了，在哈尔滨休息几天。再像前段时间那么不停地奔波，他真担心身体会吃不消。妻子说得对，自己毕竟不是年轻小伙了，不能再那么拼命了，保住老院子、祖坟和古柏再重要，也得有个好身体呀，否则一切都是枉然。

等疼痛缓解了一些，李良开往回走，一边走，一边琢磨怎么跟李梦桥说。毕竟，李梦桥不是自己的亲侄子，当年自个儿还做过对不起李梦桥父亲李良昊的蠢事。在母亲逼迫孟英莲改嫁给同母异父的兄长吴维德这件事上，自己虽没推波助澜，但也采取了既不支持也不反对的消极态度。每每想到这些往事，李良开都非常愧疚。只可惜，世上没有后悔药，任何事情几乎都没有从头来过的机会。

正想着心事，手机响了，一看是李梦桥打来的："三叔，您上哪儿了？散步去了？快吓死我了！没事就好。一会儿回来吃饭哈。能找到地方吗？要不要我去接你？能找回来？那我就放心了。"

吃早饭的时候，李良开正要开口，李梦桥先发话了："三叔，前段时间你走了好几个省，挺累的，要不您在我这儿休整几天？我李远兄弟给我打电话了，他心疼您，也有这个意思。徐三婶也给我打电话了，说您最近胃不好，让我劝劝您悠着点，别把自己搞得太累。我最近刚好工作不是太忙，正好可以抽出时间陪陪您。您看怎么样？要不就这么定了吧？"

听李梦桥这么一说，李良开很意外，也很感动。意外的是李梦桥猜到了自己的心思；感动的是李梦桥的那份真诚，丝毫没有做作的意思。

意外和感动之余，李良开也打开心扉，诚心诚意通过李梦桥，第一次向其父母正式道歉："桥宝儿，你知道的，我做过对不住你屋老汉老娘的事情，这些年我一直很内疚，但没有勇气说出来。今天，当着你和你婆娘、娃儿的面，开三叔说一声对不起，希望我良昊幺哥在天之灵能原谅我，也请我英莲幺嫂原谅我。"说到动情处，李良开眼眶泛红，泪光闪闪。

见此情景，李梦桥也很感慨，连连摆手，阻止李良开说下去："三叔，您说哪儿去了？我们是一家人，打断骨头还连着筋啊。都是过去的事情，就让它过去好了。您也没什么好愧疚的，您不是也帮过我吗？当年，要不是您暗中帮忙，我连当兵都成问题，今天哪还有机会在哈尔滨和您一起吃早饭？"

这倒是事实。1994年10月底，当时的四川省开县开始了一年一度的征兵宣传工作，应届高中毕业、在学校成为预备党员的李梦桥报名应征。按照不成文的规矩，农村青年报名参军，必须经过村委会的正式推荐。当时，梓第村共有五名青年报名，而古月乡只分给梓第村一个预征名额，竞争空前激烈。关键时候，身为村主任的李良开把机会给了李梦桥，理由是他是正儿八经的高中毕业生，还是个在学校入党的预备党员，家庭出身也好，绝对的根正苗红。

村主任拍了板，还有如此充足的理由，其他四名青年及家长主动放弃了竞争。李梦桥也抓住机会，一路过关斩将，不但顺利通过体检和政审，还以良好的谈吐和预备党员身份打动了接兵干部，如愿应征入伍。

对此，李梦桥感激不尽，每次从部队回老家探亲，都会买些烟酒到李良开家里看一看。孟英莲呢，口头上说这是李良开在救赎自己，内心深处还是对李良开充满感激，也暗地里叮嘱李梦桥要知恩图报，不要受上一辈人恩怨的影响，更不要像大房、二房的后人那样揪住家族恩怨不放。对母亲的深明大义和爱憎分明，李梦桥甚是钦佩，也更加坚定了他善待李良开的决心。一代人有一代人的活法，既然没有能力像生父李良昊那样化解或缓和大房、二房的积怨，那就从善待唐家岩李家大院的每一位亲人做起吧。

为了让李良开安心静养一些时日，李梦桥采取了四条措施：一是让梁凤花了3000多块，买了一个专门煲汤煲粥的电饭锅，保证李良开随时能吃上热乎软和的饭菜；二是和李良开约法三章，一个月内坚绝不熬夜、不喝酒、不吃辛辣食品；

三是托人找哈尔滨医科大学第一附属医院的权威专家，约好8月8日上午给李良开做全面检查并组织会诊；四是改变中午在单位食堂吃饭的习惯，坚持一日三餐在家陪李良开吃饭聊天，让他不至于感到寂寞无聊。

李梦桥的这些举动，让李良开非常感动。打电话和妻子说起这些，徐小芳也很感慨："我们这些一辈子生活在山里面的老家伙，和他们这些在外面闯荡的年轻娃儿比起来，真是没法比啊。"李良开连连点头，完全同意妻子的看法。

8月8日上午，李梦桥、梁凤夫妇都向单位请了假，陪同李良开到医院检查。李梦桥没有告诉梁凤实情，只是说开三叔胃病比较严重，需要复查一下。之前，李梦桥还和医生约好，检查结果只能告诉他一个人，不能对其他任何人讲，以防走漏消息，无端增加李良开的思想负担。检查结果出来之前，李梦桥和李远通了个电话，兄弟两个都打心眼里希望哈尔滨最好的医院能够给出开县人民医院误诊的结论。

然而，奇迹并没有出现，检查结果依然是胃癌，并且已有扩散迹象，不过不像开县人民医院说得那么严重。也就是说，李良开的胃癌还没到晚期，如果采取化疗措施，最保守也能存活两到三年；如果不化疗或者不采取其他措施阻止癌细胞继续扩散，估计还能活上半年左右的时间。

这个结论，让李梦桥和李远都很失望，但也别无他法。李远的意思，还是继续执行他与母亲、大哥和两个弟弟商定的方案：尊重李良开的心愿，不动手术，不做化疗，而是想方设法让他开开心心地过好每一天，想方设法实现他的各种愿望。

说到这个方案，李远在电话里哽咽了："老幺，我们这么做，是不是有些不近人情？外人知道了，会不会骂我们这些做后人的不孝道？但你也是知道的，扩散了的癌症是治不好的，就算化疗，最终还得落个人财两空，也就是花钱买个心安而已。但我们这么做，到底对不对？真是拿不准啊。"

李远的这番话，让李梦桥陷入沉思。

内心深处，李梦桥赞成李良开的观点，也支持徐三婶和李远四兄弟的决定。但是，如果换位思考，类似事情发生在自个儿或家人身上，自己能作出类似的决定吗？能经受住内心的煎熬和他人的非议吗？看来，在绝症面前，治与不治，大治还是小治，是实施有效救治还是花大钱做无用功，已然不是一个单纯的医疗问题了，而是一个关乎亲情、人伦、道德甚至是法律的复杂社会问题。

其实，李梦桥也曾遇到过类似问题。2008年7月31日，离北京奥运会开幕还有8天，和杨晓伟一起从哈尔滨入伍、李梦桥新兵连同班战友、退伍后也在哈尔滨做服装生意的任豪突遇车祸，被撞成植物人，靠呼吸机和输液维持生命，在哈尔滨医科大学第二附属医院重症监护室一住就是三个月，每天费用过万元，眼看就要将他留下的积蓄消耗殆尽，其妻子王萍打算把她们一家三口的住房给卖了。

李梦桥、杨晓伟等一帮战友在多方咨询医生意见后，一致感到任豪醒来的可能性很小，继续抢救下去意义不大，只能是白白往医院送钱。但王萍下不了中止抢救的决心。商量来商量去，任豪的父母和王萍把皮球踢给李梦桥、杨晓伟他们，说一切由任豪的战友们做主，不管怎么样，他们都没有怨言。

几个战友一商量，作出了中止抢救的决定，并通过书面形式让任豪的父母和妻子签字画押以示认可。但在决定由谁动手摘除呼吸机时，几个战友们都为了难，那可是一条生命啊，谁能狠下心肠让这条生命就此终结呢？最后只能采取抽签的方式，几个纸团，其中一个画钩，其余画叉，抽到画钩的动手。结果怕什么来什么，李梦桥抽到了那个画钩的纸团！没有退路了，只能硬着头皮上！

那天晚上，征得医院和医生的默许，任豪的父母、妻儿和他几个要好的战友一起进入重症监护室，和任豪做最后的告别。任豪的父母抱着儿子，无声地悲泣着，老泪纵横，悲痛欲绝。王萍已经哭不出来，两眼发直，神情恍惚，呆立在那里，摇摇欲坠。任豪9岁的儿子嗓子都哭哑了，紧紧抓住父亲的双手，嘶哑着一声接一声地喊着"爸爸"。李梦桥、杨晓伟等几个战友，一个个泪流满面。

必须动手摘除套在任豪头上的呼吸机了！李梦桥用双手颤抖着，怎么也下不了手。杨晓伟哭着递给李梦桥一小瓶高度的红星二锅头，示意他喝下去。李梦桥接过来，拧开瓶盖，一仰脖，咕嘟咕嘟全部喝了下去。

几分钟后，李梦桥先是立正挺立，举起右手，庄重地给任豪敬了一个军礼，之后趁着酒劲，伸出双手，闭上眼睛，狠心地把呼吸机摘了下来。

任豪的父母一下子瘫倒在地。而任豪的儿子，则按照王萍的要求跪倒在地，哀号着"爸爸"为父亲送行……

（四十五）

至于在哈尔滨停留多久，李良开给自己定了个期限：前后不超过10天。

在李良开看来，哈尔滨早晚温差大，白天的气温也不高，真是个避暑纳凉的好地方。尤其是松花江畔，即便是艳阳高照的正午，在树荫的庇护和江风的吹拂下，一点儿也感觉不到南方盛夏那种扑面而来、令人窒息的热浪。

李良开很享受在松花江畔散步的感觉，几乎每天都要去两趟。为了不耽误李梦桥两口子上班，他还主动学会了乘坐公交车，一个人来回往返于松花江畔的防洪纪念塔和李梦桥家所在的永平小区，乐此不疲，一点儿也不嫌麻烦。

去江边次数多了，李良开对大江对面的太阳岛产生了浓厚的兴趣，多次向李梦桥13岁的儿子李梁咨询有关太阳岛的相关信息。李梁人小鬼大，在李良开面前夸起海口："三爷爷，您别急，改天我带您去太阳岛玩一圈。"

8月12日这天早上，李梦桥、梁凤和李梁赶在李良开前面，早早地起了床，分头准备帐篷、食品和饮水，做足了去太阳岛过周末的准备工作。

为了让李良开更好地感受松花江和太阳岛的秀美风光，在李梁的建议和坚持下，一行四人没有选择坐船，而是搭乘过江缆车抵达太阳岛。

由于是周末，太阳岛上游客如织，甚是热闹。刚下缆车，郑绪岚唱红的那首《太阳岛上》便从无处不在的音箱里传送出来："明媚的夏日里天空多么晴朗//美丽的太阳岛多么令人神往/带着垂钓的鱼竿/带着露营的帐篷/我们来到了太阳岛上……小伙们背上六弦琴/姑娘们换好了游泳装……/幸福的热旺在青年心头燃烧/甜蜜的喜悦挂在姑娘眉梢……"

这首歌曲，李良开是熟悉的。20世纪80年代初，随着纪录片《哈尔滨的夏天》的播出，其主题歌《太阳岛上》广为传唱，家喻户晓。

这是一个愉快的周末，李良开也返老还童似的玩心大起，和李梁一起骑单车闲逛，一起开卡丁车，一起玩扑克牌，一起逗松鼠玩，一起在草地上打滚。直到太阳西下，一行四人才意犹未尽地坐船返回对岸，再乘公交车回到永平小区。

正准备坐电梯上楼，徐小芳的亲侄儿徐睿峰突然出现了："大姑爷，总算把您等回来了。桥宝儿老表，表嫂，还有侄子，走，我们一起去吃饭。"李梦桥还没吱声，梁凤开了口："老表，都到我家楼下了，哪有跟你去吃饭的道理？快点儿上楼，我整几个菜，就在我家吃饭。""这怎么行？"徐睿峰伸开双手堵在电梯口，"我大姑爷来了一周多了，我连顿饭都没安排，怎么好意思？我大嬢知道了，还不骂死我？饭店我都订好了，我还找了几个哥们。车我也带来了，一辆商务车，我们这些人全都能拉走。""就这么办吧。"梁凤正要婉拒，李良开把事情定了下来。

去饭店的路上，李梁好奇地问李良开："三爷爷，我表叔怎么叫您姑爷啊？姑爷不是女婿的意思吗？看我表叔这岁数，不可能有那么老的女儿嫁给您吧？"几个大人哈哈大笑起来，笑得李梁莫名其妙。等笑劲过了，李良开才开始解释："这个你娃儿就不懂了。在我们老家，姑爷是姑父的意思，跟女婿没有关系。"李梁很是不屑："这都哪儿跟哪儿啊？这不差辈了吗？四川话也太乱套了！我看还是普通话好，意思清清楚楚，不会有那么多弯弯绕。""弯弯绕？这不也是四川话吗？"李良开逗李梁："你是东北人还是四川人？""我祖籍重庆，老家在黑龙江。既不是东北人，也不是四川人。"李梁脱口而出，继续弯弯绕，没有正面回答李良开的问题。"什么意思？"李良开一愣，不解地问道。

李梁倒也不急，一二三四地陈述着自己的观点："我一不能吃辣的，二不爱吃米饭，三不会说四川话，四是在黑龙江出生长大的，但我爸我妈又是地地道道的重庆人，我当然只能说是祖籍在重庆、老家在黑龙江了。"

"就你事儿多。有本事你莫喊我老汉！"李梦桥故意用四川话假装训斥儿子。

李梁一点儿也不示弱，用蹩脚的四川话回应："我也没喊你老汉，我不一直喊你爸爸吗？"

几个大人又哈哈大笑起来。

晚饭安排得很丰盛，来陪吃饭的是三个东北人，都是徐睿峰生意上的伙伴。见李良开坚持不喝酒，三个东北爷们儿一点儿也不含糊，李良开喝一杯白开水，他们喝一杯白酒，每个人连敬了两杯，并且举杯就干，把李良开感动得够呛，说还是东北人实在，不像四川人那么耍滑。

李良开对东北人的评价，李梦桥和徐睿峰都表示认可，还列出了许多观点来佐证李良开的说法：东北人看似大大咧咧，脾气火爆，实则感情细腻，重情重义；为人实在，对人忠诚，只要认可你，啥都能给你，还能为你拼命……

饭局快结束时，李良开坚持倒了一杯啤酒，先喝1/3，回敬三个东北爷们儿；又喝了1/3，感谢徐睿峰做东请自己吃饭；再喝1/3，感谢李梦桥一家三口这些天对自己的精心照料。末了，李良开宣布一个决定："明天我就要离开哈尔滨了。先去大庆，后去加格达奇，之后经长春、去延吉，还有就是大连、丹东、锦州和沈阳。这些地方都有我们唐家岩李家后人，我得一个个走到，该见的人都要见到，一个也不能少。"

李梦桥也宣布了一个让李良开非常意外的决定："三叔，刚好我也准备休年假，也一直打算带老婆孩子到东北三省转一转。我们一家三口跟您一起走，黑吉辽三省，您到哪儿我们到哪儿。每到一个地方，咱们旅游、办事两不误。您看这样行不行？"

李梦桥用心良苦的安排，再次让李良开感动不已。

接下来的10多天里，在李梦桥一家三口的陪伴下，李良开按照事先定好的路线，逐个地方走，见到了所有想见的人，收集到了15个签名和14段录像。

按照李良开的要求，签名和录像是同时进行的。也就是说，只要是唐家岩李氏后生，既要在请愿横幅上签名，又要对着摄像机说几句话，两个环节，一个也不能少。多出来那个签名，是李梦桥的儿子李梁主动签下的，说自己虽然生在东北、长在东北，但身体里流着重庆开县古月乡梓第村唐家岩李家人的血脉，签个名，声援一下，也算是认祖归宗了。

这番话，压根不像出自一个13岁的男孩之口。李良开很感慨，说李梁这个细娃儿头脑聪明，像个小大人。李梦桥也倍感欣慰，笑着和儿子打趣："个老子的，你不是说你不是四川人吗？怎么一下子转过弯来了？""我可没说我是四川人。我是重庆人好不好？"李梁直接反驳，"四川是省，重庆是直辖市，谁也管不着谁。这是常识问题嘛。嗯，大人就是不讲理！"李梦桥一时语塞，继而哈哈大笑："你小子，还教训起老子来了？""哈哈，本来就是你错了嘛。"李良开也乐出了声。

　　愉快的行程总是显得很短暂。8月29日13时30分许，沈阳北站高架候车厅，李良开与李梦桥、梁凤、李梁依依惜别。随后，李梦桥及妻儿将乘坐高铁返回哈尔滨。而李良开，则将踏上开往广州的列车，开始他下一段未知的旅程。

第三章　从华南到华东，游荡在城市边缘

（四十六）

2013年8月30日凌晨1时50分许，山东聊城火车站，某特快列车某硬卧车厢21号下铺。

20分钟前，一阵剧烈的胃痛把李良开从睡梦中搅醒，起来到茶炉处接了半杯热开水，慢慢喝下去，感觉好了许多。正准备睡下，火车进入聊城站，乘客进出动静很大，根本无法安然入睡。李良开干脆起床，坐在过道的折叠凳子上，掀开窗帘的一角，望着站台上稀稀拉拉的人影发呆。

"怎么？睡不着了？"睡在李良开对面、22号下铺的乘客微微探起身子，关切地问道。这是个地地道道的沈阳人，四十出头，和李良开一同从沈阳北站上车，自称李浩然，是一家公司的营销经理，非常健谈，自嘲为"话痨"，只要没睡着，只要可以不受阻挠地讲话，就会滔滔不绝地讲下去，似乎永远都不会停下来。从头天下午两点左右从沈阳北站上车开始，一直到当晚11点40入睡，李浩然一直在不停地问，不停地讲，李良开只有点头称是的份儿。

上车不久，听说李良开也姓李，李浩然一副他乡遇亲人的惊喜模样，双手抓住李良开的手一阵猛摇："一笔写不出两个十八子李，说不准几百年前我们还是一家人哩。你是什么辈分的？"

一对辈分，风马牛不相及。李浩然有些失望，但还是要求李良开说一说家谱家史。

对家谱家史，参与过月溪河"塝上李"族谱编续工作的李良开自然十分熟悉，几乎是张口就来。听说李良开是唐朝开国皇帝李渊的后代，李浩然惊呼起来："我靠，还是皇族后裔啊？！失敬失敬！"

李良开哈哈大笑："这是扯淡的事，当不得真。族谱上一直这么说，到我们这一辈续谱时，总不能给贪污了吧？什么是皇族子孙，那都是扯淡的。现在是新中国，新社会，人人平等，君君臣臣那一套，早就不管用了。""我同意你这个

说法。"李浩然接过话头，发表自己的高见："我最烦有些人了，动不动就把自己与古代圣贤、帝王和国家领导人、名星、大款扯上关系。有的相隔了几千年，人家早就化得连灰都不剩了，谁还认你这个曾孙的曾孙的曾孙的曾孙啊？有人说成龙是唐初名相房玄龄的后人，这事儿挨得着吗？我看，你这个皇族后人可以站出来辟谣，就说据我们祖宗的祖宗的祖宗讲，成龙先生与房玄龄没有半点关系。哈哈哈……"话没说完，李浩然自个儿先大笑起来。

李良开也跟着笑了笑。正准备接话，那边李浩然又摆乎上了："装啥不好？非要装人家孙子的孙子的孙子？听说我们姓李的，不管是哪个省哪个地区的，都尊春秋战国的老子李耳为始祖？老李，你不是参加过修谱嘛，你们族谱上是不是也把老子尊为始祖？""不可能不可能。"李良开连连摇头否认，脸色也变得不自然起来。

实际上，李良开撒谎了。月溪河"塝上李"的谱族上，确实把老子李耳尊为始祖。续修族谱时，也有人提出这个问题，说李耳是春秋战国时的名人，是道教的创始人，尊他为始祖，是不是有点硬往上靠的意思？讨论来讨论去，最终还是决定尊重老族谱上的描述，理由是老子是唐朝帝王追认的李姓始祖，"塝上李"又确认先祖孜公系唐朝开国皇帝李渊第15代孙。如果在族谱里取消老子为始祖的描述，就等于否认月溪河"塝上李"是李渊的后代，这支李姓后裔就成了无根之木、无源之水。这样的后果，是谁也不愿看到的。

对李良开的谎话，李浩然并没有察觉，继续在那里发表他的长篇大论："就是就是，为啥非要给人家装孙子呢？你别生气啊，皇族子孙又能怎么样？不就风光几百年、几十年甚至几年吗？早晚都一样，都得变成平民百姓。包括那些大款的后人，富不过三代，撑死了，富不过十代，最终都是普通老百姓。所以说，谁都别装老子，最终都得变成灰；谁也别装孙子，因为犯不着那么下贱。"

吃晚饭的时候，李良开拿出梁凤给他准备的八宝粥，用开水烫了烫，打开准备吃。李浩然上前把八宝粥盖上："怎么能吃这个呢？也太委屈自己了。来来来，我带了不少东西，咱们一起吃。"说着，从床底下拿出一个装得满满当当的塑料袋，掏出猪手、鸡爪、红肠等熟食，几根黄瓜和一袋即食大酱，还有一瓶看不出牌子的白酒，招呼李良开赶紧上手开整。

这是李良开第四次看见东北人带这么多东西上火车食用。刚开始不习惯，认为东北人太能吃、太能喝了，并且有的东北人一上车就开始吃喝，一直吃喝到下车。看的次数一多，他也就见惯不惊了。

面对李浩然的盛情，李良开表示了谢意，但并没有动手。倒不是因为客气，主要是自己的胃无法适应那些冰凉的食物。李浩然也不介意，痛快地吃喝着，不到一个小时，把那些食物消灭了一大半，那瓶白酒也见了底。酒足饭饱之后，李浩然终于安静下来，躺在床上，说"我先眯一会儿"。李良开喝了一口热开水，正要答话，耳边却传来李浩然的呼噜声，紧一阵慢一阵，很有节奏感和穿透力。

睡到晚上8点多钟，李浩然醒了过来，继续天马行空、天南地北地和李良开闲侃。李良开习惯了这个话痨，安静地听着，偶尔插上一两句，算是呼应。晚上11点40，李良开终于撑不住了，提出睡觉，李浩然才停止说话，头一挨枕头，呼噜声就起来了。

李良开发现，坐火车出行，一定要练就在呼噜声中睡觉的本领。否则，总会有些黑白颠倒的家伙用各种类型、各个分贝的呼噜声让你无法入睡，即使勉强睡着了，也会被人家长一阵短一阵、高一阵低一阵的呼噜声吵醒。

在李浩然的各种话题和阵阵鼾声的陪伴下，李良开这趟沈阳至广州的火车之旅倒也显得不那么漫长和寂寞。他甚至有点喜欢上了这个能说能吃能喝能睡的可爱家伙，以至于8月30日23时10分许在广州东站出站口挥手告别时，李良开有些依依不舍，像是挥别一个相交多年的挚友。

开车前来接站的叫李善红，是唐家岩李氏四房李有全最小的孙子，时年40岁，在广州郊区一家大型服装厂做保安队长。

李善红能当上保安队长，得益其父李良飞在新疆生产建设兵团军事部所属部队当过兵。从小受父亲影响，没有从军经历的他养成了站如松、坐如钟、行如风的习惯，走路虎虎生风，办事干脆果断，不是军人却有军人的作风和素质，初中毕业后到目前所在的服装厂打工，被保安队长相中，从普通保安做起，一直坐到队长的位置上。凭着多年的积蓄，去年在重庆万州买了房子，今年春节前刚买了一辆起亚轿车；一双儿女跟着奶奶在万州上学，一个上高中，一个上初中；妻子贤惠能干，在同一家服装厂打工。

坐在副驾驶位置上，和李善红唠了一会儿路上见闻，李良开感到眼皮有些发沉，继而迷迷糊糊地睡了过去。也不知过了多长时间，李良开醒了，发现车还在行驶，但已明显离开城区，公路两边没有路灯，车辆也不多，黑漆漆的，寂静得有些瘆人。

"开三叔，您醒了？别急哈，马上就到我们厂里了。"李善红一边开车，一边和李良打着招呼。李良开打了个哈欠："我说红宝儿，怎么你们工厂没在城里啊？我一直以为你们都在大城市里，怎么感觉这是要去农村呢？""您还真说对了，本来我们鞋厂就在郊区。"李良红笑了笑，"说是郊区，其实就是农村。说得再好听点，叫城乡接合部。我们鞋厂所在的村叫滘心村，归广州市白云区管。"

听说李善红在村里的鞋厂工作，李良开多少有些失望。因为在他的印象里，大凡到南方打工的唐家岩李氏后生，都是在广州、深圳等繁华都市的闹市里。事实上，每年回老家过年，只要是在外面打工，无论男女老少，一个个打扮得摩登洋气，说话也拿腔捏调的，怎么看都不像是在位于农村的工厂里上班。

说话间，李善红的车驶进一家工厂大门，两个保安不但没有阻拦，还举手敬礼。之前，李良开看了看大门旁边白底黑字的牌子，看见从上往下写着10个大字：广州云城鞋业有限公司。

"不是鞋厂吗？怎么叫公司？"李良开不解地问道。

"这个您就不懂了。"李善红也不客气，快人快语地解释着，"我刚来是还是小鞋厂，后来效益越来越好，规模越来越大，现在有近2000名员工，当然得叫公司了。再说了，现在国家鼓励创业经商，只要您愿意，找一个合伙人，三万块钱就能注册一个公司，您就是一个老板了。""你娃儿打胡乱说，我都快70了，老头子一个，搞公司做啥子？"李良开被逗笑了，"要当老板，也得你们这些年轻娃儿当。你开三叔老了，真老了。"

李善红把车开到一栋四层高的楼前停好，示意李良开下车："这是员工宿舍，我们保安队就在一楼。今天太晚了，您就在这里对付一晚上，明天我再开车拉你到市里转一转。"

原本，李良开想住在李善红家里，从火车站来鞋厂的路上也委婉地表达过这个意思。见李善红如此安排，李良开也不便再说什么。

（四十七）

8月31日早上，李善红没有如约来接李良开，而是派来一个姓唐的重庆忠县籍保安带李良开去公司食堂吃早饭。据小唐讲，李善红队长上午向公司请了假，专门去给保安队几名同事的孩子协调就近上小学的问题。

从小唐口中，李良开了解到李善红对下属很关心，无论是工作还生活中的事情，只要能帮上忙的，他都竭尽全力，并且从不吃拿卡要，有时还从自个儿兜里往外搭钱。这一点，保安们很感激，公司老板也很满意，多次在公开场合提出表扬，要求公司中层以上干部学习李队长真诚关心关爱部属的先进事迹。

由于没人带路，李良开整个上午都待在保安队的宿舍里，哪里也没去。快到中午12点，李善红才急匆匆地开车赶回来，一个劲儿地向李良开道歉："开三叔，实在对不住您。几个兄弟的娃儿要上学读书，本来说好的，学校又变卦了。我这个当队长的又不能不管，所以只能慢待您了。""你办的是正事，三叔支持你。"李良开真诚地说道，"事情办得顺利吗？""唉，一言难尽啦。"李善红坐在宿舍的床沿边上，和李良开唠起了农民工子女在城里上学的种种不易。

"原来广州郊区还有一些打工子弟学校，虽然教学质量差一点儿，但门槛不高，只要报名就能进去。后来，不知什么原因，竟然都关闭了，理由是为农民工孩子提供更好的学习环境。""这是为啥呀？打工子弟学校关闭了，总得安排别的学校吧？""安排倒是安排了，还都是些公立学校，条件比打工子弟学校也强多了，但就是条条框框太多，要求也高了，要提供暂住证、住所证明、务工证明，有的学校还要计划生育证明。另外，因为没有当地的户口，必须交纳教育附加费，少则几千元，多则上万元。都是些普通的打工仔，工资本来就不高，真交不起啊。""娃儿读书可是大事，交不起也得交噻。""是啊，只能这样了。可有些老师看不起农村娃儿，本地学生也歧视农村来的娃娃，学校领导也爱理不理的。如果农民工子女学习成绩再跟不上，日子更加不好过。""为什么不让娃儿们回老家读书呢？""您可说到点上去了，早晚都得回老家读书，要不然在这边不让参加高考。我屋两个娃儿在这边读的小学，后来我看不行，和右客一商量，咬咬牙，在万州买了房子落了户口，让我老娘在那儿带两个娃儿读书。这也是没有办法的办法啊。"

顿了顿，李善红继续往下讲，"我这还算好的。有的打工仔、打工妹家里老人去世得早，要么身体不好照顾不了孩子，只能把孩子带在身边，一到上小学或升初中的时候就闹心。开三叔，您说说看，我们在外边打工挣点钱，容易吗？不容易啊！早就不想打工了，可不打工又能做什么呢？总不能回老家种地去吧？老实说，我们这辈人，好多人都不会种地，就算会，也没人愿意回去种地了。"说着说着，李善红伤感起来，为自己未知的未来，也为同样命运的兄弟姐妹们。

"确实不容易。"李良开先表示理解，紧接着又提出不同看法："既然这么不容易，为啥非要赖在城里不回去呢？说得难听点，你们也没在城里啊，从老家农村大老远地跑在这里，还是在农村上班，你们图个啥？现在老家不比从前，只要勤快，只要肯吃苦，挣钱的道道不少，何必白白受这么多委屈？"

"您说得对，可我们已经没有退路了，只能硬着头皮继续在外边打工。我们也想回老家挣钱，但不行啊。拿我们老家开县来说，全县160多万人，至少50万人在外打工，号称全国'打工第一县'，不是在北京开馆子，就是在上海拆房子，要么在广东进厂子，或者在新疆种树子，听说一年能挣回去五六十个亿。如果这50万人都跑回开县，恐怕连吃饭都成问题，还上哪儿挣钱去？回去投资自己当老板还行，如果回去还是打工，这条路不好走，也真走不通啊。"

"那能怎么办？就这么拖下去吗？总不能一辈子都在外面打工吧？"

"能怎么办？只能走一步算一步了。等岁数大了，实在干不动了，我们还是要回去的。那时候，孩子们大了，也有个依靠，就算不种田，总不至于没饭吃吧？"话里话外，李善红透露着些许无奈。

还有一个深层次的原因，李善红没有讲，就是经过少则十多年、多则二三十年的在外打工生涯，绝大多数农民工已经习惯了城郊的"准城市生活"。尽管不能完全像城里人那样生活，但按时上下班、加班有加班费、一下班就冲凉换衣服、自己开伙用煤气或电器做饭、出行购物医疗比较方便等利好条件，已深深融入他们的骨髓，并且固化为一种生活方式和生活习惯，猛的发生改变，除非迫不得已，断然难以接受。他们梦想着有朝一日成为真正的城里人，即使达不成这个目标，也要坚守和游荡在城市边缘，一边奋斗着，一边失落着，一边期望着，一边幻灭着，反反复复，岁岁年年。

当然，没有打工经历的李良开体会不到这些。只是听李善红一讲，他倒是深切感受了打工的不易，也更加理解了在深圳打工的大儿子李源、在成都开出租车的三儿子李流、在重庆开小餐馆的小儿子李长。孩子们在外面打工，都不容易啊。

叔侄俩正热火朝天的摆着龙门阵，一个年轻保安推门进来，说李队长的爱人在外面。李善红站起来："我右客来了。开三叔，走，我们出去吃个饭。您来这儿都两天了，还没安排您吃顿饭，太不好意思了。""不是还没说完话吗？让她进来不就得了？"李良开疑惑不解。

李善红告诉李良开，这边的绝大多数工厂管理都非常严格，男女员工分开住宿，这栋楼住男员工，那栋楼住女员工，都有保安把守着，绝不允许男女员工来回乱窜，省得乱搞两性关系，影响工作效率。"这都什么狗屁规定啊？人家年轻人正常谈恋爱也不让？"李良开愤愤不平骂着，但还是起了身，跟着李善红往外走去。

李善红的妻子叫张小琴，是重庆开县梓第村柞树坪人，与唐家岩隔着一片松林和一道山梁，走一个来回，也就半个小时的路程。张小琴的大哥叫张大川，和李善红是小学同学。

说起来很有趣，上小学时，李善红和张大川是死对头，三天两头打架，互相不服，还经常恶语相向，骂爹骂娘骂八辈祖宗，连彼此的兄弟姐妹也不放过，怎么难听怎么骂，像前世有仇似的，恨不得把对方骂得跳楼。

1988年初夏某天，在放学回家的路上，同为梓第村小六年级学生的李善红和张大川这两个冤家又相互骂上了。

"看你那短处处的熊样，长得黑曲麻孔的，给老子当打杵我都嫌矮。就你那鸟样，二天右客都找不到。你要不打光棍，我跟你姓李！"张大川的个子比李善红高一些，而李善红长得胖一点儿，皮肤也很黑，张大川便拿他的短处开骂。

"老子找不找得到右客，关你卵事！就算找不到，也不找你屋的姐姐妹妹。你屋那些妹儿，免费送给老子都不要！"对方戳到自己的短处，李善红急眼了，对骂也随之升级，由乱骂改为大吼专门用于骂人的顺口溜："北风吹，雪花飘，我和你妈练飞刀。左一刀，右一刀，刀刀都中你妈腰。最后一刀最风骚，一刀飞进你妈的蒙古包。"李善红声音很大，把这个骂娘的顺口溜吼得抑扬顿挫，笑果十足，一起放学回家的其他孩子都哈哈大笑起来。

张大川也急眼了："不许骂我妈！"

"我就骂！气死你！"李善红骂得兴起，还要继续骂下去，却被张大川一个饿狗扑食摁倒在地，两人顿时扭作一团。张大川的小妹、正上小学四年级的张小琴又气又急，哭着哀求二人："呜……你们别打了……求你们了……"两人哪里听得进去，继续扭打在一起。其他孩子看热闹，没有一个上去拉架不说，甚至还有人叫好加油。

小学毕业后，李善红到古月乡中心小学读初中。而张大川则因父亲多病，家里负担重，早早地结束了学业，先是在家干了两年农活，刚满15岁，便跟着堂兄张亮到深圳打工。

两人再次见面，已是三年后的事情，地点就在广州市白云区滔心村的云城鞋厂。当时张大川正准备出厂，要和自己的堂兄张亮出去挣大钱；而李善红则是个刚进厂的学徒工，需要别人手把手地教，其中就包括张大川这个老工人。

刚开始，李善红以为张大川会为难自己，时时处处小心翼翼，生怕得罪了这个老冤家。没想到对方根本没这个意思，不但把自己掌握的技巧全部教给李善红，闲暇时间还带着李善红到厂子附近到处乱逛，以便熟悉环境。

李善红进厂半个月之后，张大川正式辞工出厂。临走前，张大川把半年前进厂的小妹张小琴托付给李善红，让老同学照顾一下自己的小妹，别让她受欺负受委屈。为表达诚意，张大川还在厂子门前的小饭馆请李善红撮了一顿，算是正式相托。

吃完饭，趁着酒劲，李善红问张大川："个老子的张大川，你这个死铲铲儿，老子问你一个问题，上学时我们两个天天打架蹩孽，你怎么不记仇了？还敢把妹妹托付给我，你就不怕我起什么坏心眼啊？"

"拉倒吧。那时候小，不懂事，都是闹着玩的，当啥子真噻？你不提，我早就忘了。"张大川搂着李善红的肩膀，"怎么说咱们也是老同学，还是老乡，都在外面混，不得相互帮助吗？你娃儿给老子听到起，如果我妹妹被别人欺负，小心我不认你这个兄弟！"

"你个死锤锤儿，这还用说？"李善红把胸脯拍得咚咚直响，"你妹妹就是我妹妹，小琴就交给我了！放心，没有人敢欺负她！"

李善红说到做到。张大川出厂后，他无微不至地关照着张小琴，尤其是被保安队长相中并成为保安后，干脆公开保护张小琴，声称谁要敢欺负她，他就跟谁拼命。

有一个周末下午，张小琴和一个要好的姐姐到村里小卖铺买东西，正在马路边行走，几个喝了酒的打工仔上前搭讪被拒。其中一个小子就和同伴吹牛，说他敢摸张小琴的奶子。其他人就起哄，笑他吹牛皮。这家伙一冲动，猛地跑过来，伸出右手，狠狠地摸了一个张小琴的右乳房，然后转身就跑，还放肆地吹着口哨。

等反应过来，张小琴觉得胸部生痛，脸也臊得通红，害怕加上恐惧，放声大哭起来。那个年长一些的姐姐也慌了神，拉着张小琴就往回跑。跑到云诚鞋厂门口，刚好碰上李善红值班。见张小琴哭得厉害，李善红赶紧上前关切地询问。张小琴羞愧难当，根本张不开嘴，最终还是那个姐姐回忆复述了事情的前后经过，还认定那几个人是云诚鞋厂的员工。当天晚上，在李善红的努力下，那个耍流氓的家伙被厂里开除。

对此，张小琴感激不尽，不但儿时关于李善红的那些不良记忆烟消云散，还产生了强烈的好感，并逐渐有了托付终身的想法。李善红其实早就喜欢张小琴，两人你情我愿，情愫渐浓，一年后住在一起，两年后正式回老家举办了婚礼。

对李善红和张小琴这段姻缘，唐家岩和柞树坪的乡亲们都很看好，两人回老家办婚礼的时候，身为村主任的李良开还应邀做了证婚人。

2013年8月31日这天中午，再次见到侄媳妇张小琴，李良开倍感亲切。吃午饭期间，李良开问起张小琴大哥张大川的近况："你哥哥现在怎么样了？"说起大哥，刚才还谈笑风生的张小琴顿时陷入沉默。李善红也有些尴尬："开三叔，我们先吃饭，有空我再给你说说我大舅佬倌的情况。"

（四十八）

在广州市郊的滘心村转悠了几天，目睹了那些生意红火的各类工厂，还有比老家月溪场还要气派、还要密集的楼房和街道，作为曾经的村主任，李良开心头产生了强烈的自责情绪。

同样是农村，广州市郊的滘心村与重庆开县的梓第村差距实在太大了，大到让李良开这个退休的村主任有些无地自容。好歹自己也在村主任位置上干了23年，原本可以大有作为的机会一个个被白白浪费，想起来真是让人痛心。

尽管一直没当上村支书，可在梓第村，李良开这个村主任却是棵常青树，多年屹立不倒。在他当村主任的23年里，村支书像日本首相和泰国总理一样换来换去，到李良开2004年从村主任位置上退休时，竟然先后和六位村支书搭班子，平均不到四年就换一个搭档。

和李良开搭档的六位村支书，除老支书李良泉平稳着陆外，其他五位都是中途被免。对此，村民议论纷纷，有的说是李良开太厉害，本来就是村支书的理想人选，别人硬要当，自然当不明白；有的则称那几个村支书太贪婪，没给村里办多少实事，却把自个儿养得肥油横流，这可是共产党的天下，讲的是全心全意为人民服务，哪能容忍他们中饱私囊？还有人讲，李良开的心眼太多，整人有一套，几任村支书根本不是他的对手，只能做个陪衬，把本该由党支部书记担任的一把手角色乖乖地让给村委会主任这个二把手。这些议论自然会传到李良开的耳朵里，他却从不理会，任由别人嚼舌根子，回头该怎么干还怎么干。

而对于五任村支书的非正常下台，李良开有自己的看法，归结起来，主要有三条：其一，太把自己当回事儿。像接替老支书李良泉的涂红军，把部队那一套搬到农村，啥都要求两委成员绝对服从，听不进不同意见，动不动就训人。得人心者得天下，失人心者失权位，这样的村支书，不下台才是怪事。其二，私心过重，过于贪婪。当村干部自然有好处，要不然没几个人愿意当，但应当适而可止，不能总想着往自个口袋里划拉。接替涂红军的李善东、李善东的继任者袁维海，都是在这方面栽了跟头，村民一封举报信，或是一个举报电话，上面来人一查实，只能灰溜溜地下台。其三，不懂得平衡，大搞一人得道鸡犬升天那一套，任人唯亲，有好处先让自己的亲属或好友得。像接替袁维海的黄新元，上面给村里六个五保户指标，他竟然把五个给了姓黄的村民；再比如黄新元的继任者谭云奎，乡里给困难村民免费派发六台扶贫彩电，他自做主张把四台分给了他的近亲，根本没有征求其他两委成员的意见。

如果非要再加上一条，就是这些人有权不用、过期作废的思想太严重。村里发现了煤矿资源，外面来人投资，涂红军、袁维海、谭云奎等人竟然以入暗股、得干股、分红利的方式暗中参与。李善东、黄新元也不是什么好鸟，利用职权影响搞起了乡村客运，不琢磨如何为村民谋利，却一心想着如何发家致富。

凡事怕比较，与先后落马的五位村支书一对比，村民们得出了还是李良开清正廉洁的结论，于是一次又一次选举他当村主任。要不是因为李良开在修村级公路上不太积极，他这个村主任会顺利干到60岁，说不准还能干更长时间。

没来广东之前，对自己23年村主任的经历，李良开总体上是满意的。用他自己的话讲，没有功劳也有苦劳，在他任期内，至少保持了梓第村的安全稳定，没有出现大的案件事故，也没给县乡两级惹什么大麻烦。可到滔心村转悠了几日，李良开自责而羞愧。当了23年村主任，自己竟然没给村里留下一个企业，村民们没办法在家门口挣钱，只能远离故土、父母和孩子外出打工。作为村主任，这何止是失职，简直就是渎职啊。

当村主任那些年，李良开也注意过大邱庄、华西村等全国知名村庄的报道，也想学一学人家，但考虑到梓第村地处大山高处，交通又不方便，便萌生了没有可比性、没有办法学的自我原谅念头；在修村级公路这件事上，甚至还产生了保护家族风水的自私想法。这哪是一个老党员和村主任应该有的觉悟啊？现在看，当年村民用选票把自己选下去是应该的。

由于内疚，在滔心村的六天七夜里，李良开甚至差点忘了自己此行的使命。好在李善红是个靠谱的后生，也打心眼里支持李良开牵头保住唐家岩李家老院子、祖坟和古柏的决定，积极帮忙联系在广州一带打工的李家后人，要么开车拉着李良开一个个去面谈，要么把他们约到滔心村，并协助李良开说服他们在请愿横幅上签名，并对着摄像机录制视频资料。

9月6日晚，考虑到次日李良开要坐城际动车去深圳，李善红提出找一家饭店，由他张罗在滔心村及附近打工的唐家岩李氏后人聚一聚。李良开拒绝了这个提议，说自己现在胃病比较严重，不能喝酒，一大家人聚在一起不喝点酒又没有气氛，看别人喝酒自己不喝心里又跟猫抓似的难受，还是算了。李善红犟不过李良开，又提出在自个儿家里准备几个菜，就他和张小琴两口子陪着。

说是家，其实有些寒酸，不过是与人合租的一套两居室的房子而已，厨房和卫生间共用，吃饭、睡觉、会客都在自个儿的卧室里。这也是李善红安排李良开住在厂里保安队宿舍、迟迟不带他来自个儿家里的真实原因。

当晚，到了李善红和张小琴的住处，前前后后、里里外外转了转，李良开眼圈红了："红宝儿，你们过得真是不易啊！以前总以为你们在外面吃香的喝辣的，住的地方也高级，现在一看，不是这么回事儿啊？"张小琴一边往卧室里临时支起来的折叠桌上摆放饭菜，一边和李良开说着话："开三叔，现在这条件，比我们刚结婚时好多了。那时，我们四对夫妻合租一个房间，两个上下铺，各自用帘子遮上，那才别扭和难受哩。""是啊，说起来也不怕你笑话。"李善红接过话头，"那时都刚结婚不久，血气方刚，干柴烈火，两口子睡在一起，怎么可能不亲热噻。但地方实在是太拥挤，又是上下铺，做啥都得小心翼翼的，稍微用点劲儿，别人就会抗议。虽然都是开玩笑，也是大哥莫说二哥的事儿，但还是觉得不好意思。"

"没结婚前，我最怕到老乡们的合租房去了，一是害怕，二是害羞，什么动静都有，根本睡不着，也不敢睡。"说起往事，张小琴无限感慨，"有一回，我到我二姑和二姑爷那里去吃夜饭，因为天色晚了，二姑怕我不安全，非不让我回厂里，她把二姑爷赶到别处去睡，让我跟她挤在一张床上。屋里三张床，都是上下铺，一个床铺住着一对夫妻或恋人，我一个大姑娘家家的，哪里睡得着？结果天刚麻麻亮，我就让二姑把我送回了厂里。从那以后，直到和红宝儿结婚，我没再去过别人的合租房。"

三个人吃着饭，喝着张小琴加热过的罐装凉茶，随意唠着家常。临下桌的时候，李良开问了一个李善红夫妇避之不及的问题："红宝儿，前几天我问你大舅哥的情况，这几天忙，也没再问你。到底怎么回事啊？"

李善红看了妻子一眼："既然开三叔非要问，那我就给你摆一摆他的龙门阵。"

1991年8月，张大川从云城鞋厂辞工之后，跟着堂兄张亮去了深圳。但一心想挣大钱的兄弟两人并没有进厂，而是先在宝安、龙岗一带闲逛了半个月，偶遇张亮的小学同学、专门从事偷抢勾当的冉二牛。两瓶白酒下肚，头脑一发热，张亮、张大川作出一个决定：跟着冉二牛发大财。

最初，在冉二牛的言传身教下，张亮、张大川两人从事诸如扒手、抢包和偷自行车、摩托车等勾当，钱来得快，去得也快，忙碌了大半年，没攒下什么钱。这个时候，张大川的父亲隔三岔五地给他打电话，说老家不少人家都靠子女打工寄回的钱盖起了砖瓦房，让大川这个长子抓紧挣钱盖房子，一来父母脸上有光，二来大川和两个弟弟将来娶媳妇也用得上。

如此这般，张大川失去了小打小闹的耐心，离开冉二牛和张亮，自个儿出去闯荡，跟着重庆开县月溪场的一帮二流子，干起了专门偷撬保险柜的勾当。这确实是个来钱快、来钱多的行当。不到一年时间，张大川就得到了近十万元的分成。有钱了，口气也大了，他通过邮局给父亲寄回去八万元，打电话让父亲不要在老家山上盖房子，而是到月溪场买一套房子，楼下门市、楼上住人的那种。

能到街上买房子，张大川的父亲自然愿意，花了7.5万元，在月溪场新街中心位置买了一套上下三层的房子，成为梓第村第一个在街上购房的人家，一时风光无限，引来无数羡慕的眼光。

到1997年4月，张大川等人组成的偷撬保险柜团伙引起深圳警方的高度关注，经过周密侦查，警方决定采取收网行动。张大川和另一个同伙侥幸逃脱，回月溪场躲避半个月之后，被深圳来的警察一举抓获，后被判刑15年，在月溪场街上购买的房子也被作为赃物没收拍卖。2012年5月，张大川刑满释放，可他旧习难改，因多次偷抢行为被捕入狱，再次获刑12年。

提到自己的大哥，张小琴很是生气和不屑："他不走正道，我们也没办法。他第一次坐牢，把我屋老汉活活给气死了。第二次坐牢，我妈又被气死。我们就当没这个大哥，他是死是活，我们管不了，也不愿管……"

说着说着，张小琴说不下去了，自顾自地抹起眼泪来。

（四十九）

2013年9月7日凌晨6点刚过，离与李善红约定前来接他的时间还有一个小时，李良开便离开云城鞋厂的宿舍楼，拉着行李箱来到厂门口，一边和值班的保安闲聊，一边等着李善红的到来。

无独有偶，差不多同一时间，在深圳市龙华新区龙华街道鹊山社区的一套出租房里，李良开的大儿子、51岁的李源早早地起了床，招呼妻子袁小兰赶紧起来，说一会儿要去火车站接老汉，可不能耽搁了。

袁小兰是李源堂弟李峰妻子袁淼香的堂姐，比李源小两岁，是个典型的重庆妹子，火炮性格，一点就着，稍不如意，不管面对的是谁，都要不管不顾地说出来骂出来，骂得兴起，还喜欢动手动脚，非要争出个你强我弱，否则心里就不痛快。

可不，李源喊她起个床，屁大点儿事，袁小兰就火冒三丈，开口就是一顿抱怨："吵死个人！清早八早地，你个老子喊冤啊？平时没见你这么积极啊！一放假就挺尸，一落雨就挺瞌睡，上班的时候也没见你早起啊。你说说，哪天不是老娘把饭煮好了，三请四催的你才起来？今天周六，你唪个起来浪个早？火烧屁眼儿了？接你屋老汉？哪个不晓得要接老汉？我说过不去接吗？也不看看表，现在才几点？别个广州那边火车还没开，你急个铲铲儿！"

对于自己这个过于强势的婆娘，李源有些无可奈何，也曾试图反抗过，均以失败告终。一来二去，李源选择当耙耳巴，啥都让袁小兰做主，每月挣的钱也都交给妻子打理，自己当甩手掌柜，啥也不管，倒也落个清闲自在。

但在父亲要来深圳这件事上，身为长子的李源无论如何也无法当甩手掌柜。要知道，父亲确诊得了胃癌，所剩的日子不多了，身为人子，理应借此机会尽好孝道，否则，真就枉在人世间活一回了。

为此，一向对妻子言听计从的李源，非常正式、非常严肃地和袁小兰讲："以前我啥都听你的，以后你也啥都说了算。可这一回我屋老汉来深圳，你必须听我的。他得了胃癌，活不了多久了，我们要让他高高兴兴地来，高高兴兴地回。这一次，如果你敢跟我老汉吵闹，我绝对不容忍你，一个字，离，坚决离！"

听自己的男人第一次把话说得这么硬气，袁小兰心里直打鼓，可嘴上依然不饶人："你还吓唬我，离就离，谁怕谁呀？再说，我袁小兰虽然过了40岁，但也绝不是豆腐渣，离开你，肯定还嫁得出去。"过了过嘴瘾，袁小兰的语气适时软了下来："听你说那话，好像我是个不知趣的人。告诉你，我也有父母，也知道孝顺老人是子女的本分。你心疼你爸，我还心疼我公公老汉哩。你放心，这一回，我指定听你的，你怎么说，我就怎么做，咱们两口子一起努力，让咱们老汉在深圳的每一天都开开心心的。"

　　袁小兰这么一说，李源心里的一块石头落了地。他之所以把丑话狠话说在前头，是因为袁小兰的个性实在太强，刚结婚头两年，曾经和徐小芳吵得不可开交，是唐家岩李家大院出了名的泼妇。

　　说到袁小兰与公公婆婆的矛盾冲突，还得从李源的出生说起。

　　1958年秋，18岁的李良开与17岁的徐小芳喜结连理。次年春，徐小芳怀孕，七个月后因走夜路摔落山谷而流产，产下一个死胎，依稀可以看出是一个女婴。徐小芳悲痛欲绝，加上身子骨本来就比较羸弱，接下来的两年多，徐小芳的肚子始终不见动静，婆婆邓氏的脸色越来越难看。到1961年前后，邓氏的忍耐接近极限，要么暗地里劝儿子离婚再娶，要么明嘲暗讽地说自己的三儿媳妇像只不下蛋的母鸡。邓氏不仅自己说三儿媳妇的闲话，还纵容唐家岩的长舌妇们添油加醋，有时还参与其中，和外人一起说徐小芳的坏话。

　　1961年中秋节这天傍晚，趁太阳下山天黑之前这点时间，徐小芳背着一背篓衣裳，准备到堰塘里去漂洗，路过生产队晒粮食的大地坝，无意中听到邓氏在向袁春山的妻子张永红抱怨："你看，你和我们家三儿媳妇同一年嫁到唐家岩，你生了两个带把的，现在又怀上了，你屋公公老汉和婆婆老娘有福啊。再看看我屋老三媳妇，她就是只不下蛋的母鸡，能吃能喝，可就是不下蛋，好不容易怀上一个，还是个女的，并且还没生出来养活。她这是要让我三儿断子绝孙啊。"

　　徐小芳原本以为平时和自己关系不错的张永红即便不替自己说两句好话，劝一劝抱孙心切的邓氏，至少可以保持中立或沉默。不料，张永红却顺着邓氏的思路，随声附和起来："您还真别说，我看徐小芳真不是个生孩子的料，长得瘦，屁股又小，就算二天生娃儿，估计也生不出儿子来。"

　　开县农村历来有女人屁股大能生儿子的说法，而徐小芳长得清清瘦瘦的，除了有一对被李良开戏称为气球的大奶子，别的地方都不突出。尤其是屁股，与张永红那个据称能一下坐死一头猪崽的大屁股比起来，确实是小巫见大巫。对这一点，徐小芳很在意，从不允许李良开拿自己的屁股说事，只要李良开在她面前说某某女人屁股大，她肯定会毫不客气地甩脸子，并以上床后互不干涉、各睡一头和拒绝夫妻生活作为报复。

　　亲耳听见张永红讥笑自己屁股小不能生儿子，徐小芳的火气一下就上来了，三步并作两步冲过去，指着张永红的鼻子就开骂："你个死八婆，老娘生不生儿子，关你屁事啊？你屁股大，你有本事像母猪那样一窝生十个八个儿子出来？你再乱说，小心老娘我撕烂你嘴巴！"张永红也不是省油的灯，两人便你一句我一句地大吵了一场，从此结下仇怨，往后的20年互不来往，也不说话，形同从未谋面的陌生人。

说来也怪，和张永红大吵一架之后，不出一个月，徐小芳怀孕了。九个月后，生下一个男婴，取名李源。接下来的七八年，按照平均每两年生一个的频率，徐小芳又先后生了三个儿子，分别取名李远、李流、李长。

而屁股大的张永红倒是先后生了六个孩子，但只有前面两个是小子，1973年7月生了大女儿，取名袁小兰，"兰"和"拦"同音，有阻拦之意，寓意生女孩到此为止，今后还是要生儿子。谁知天不遂人愿，张永红接下来的生的三个孩子，清一色的娘子军。

这下徐小芳有话说了，明里暗里拿张永红开涮，说她心太黑、嘴太毒，后面生的本来都该是儿子，结果遭到报应，全都变成了丫头片子。张永红也不甘示弱，一有机会就和徐小芳吵。有一次，不知怎么就吵到将来娶儿媳妇的事情，张永红诅咒徐小芳的儿子全都打光棍，徐小芳则以同样的话回敬，还骂张永红的四个女儿都嫁不出去，并且发狠誓，说将来就算自己的儿子娶不到媳妇，也绝不会娶张永红的女儿，白给都不要。

吵架的时候，徐小芳是认真的，过后也这样要求自己的四个儿子。不过，她和张永红都没想到，两家的孩子并没有因为大人的争吵而不往来，私下里该怎么交往就怎么交往，该怎么玩就怎么玩，只是心照不宣地背着各自的母亲罢了。

两家孩子中，李源和袁小兰走得最近，从小就很要好。上小学后，因李源成绩一直不好，两次降级，两人成了同窗。初中毕业后，两人相约一起到深圳打工，进了同一个工厂，平时相互帮衬和照顾着，最终发展成一对情侣。

得知大儿子李源和张永红的大女儿袁小兰谈恋爱，徐小芳死活不同意，声称如果李源非要和袁小兰结婚，她就和大儿子断绝母子关系。张永红也表示坚决反对，强烈要求大女儿中断与李源的交往。对此，袁小兰觉得很委屈，对徐小芳心生怨恨。后来，李良开和袁春山多次做工作，总算说服了各自的妻子，一对有情人终成眷属。

结婚没多久，袁小兰怀孕了，不得不从深圳回老家休养待产。因为上一辈人恩怨的缘故，加之对当初徐小芳反对自己和李源恋爱一事耿耿于怀，虽然成了一家人，但袁小兰对徐小芳这个婆婆并不算太服气，言行举止上也不那么恭顺。这让徐小芳非常生气，但为了大儿媳肚子里的孙子或孙女，强迫自己忍着。等到袁小芳生完儿子和坐完月子，徐小芳再也忍不下去了，婆媳俩开始面对面、硬碰硬地吵，谁也不让谁。张永红心疼女儿，加上之前的积怨，便坚决站在女儿一边，再次和徐小芳开战吵架。

一边是母亲，一边是妻子，生性敦厚的李源左右为难。婆媳俩闹得最凶时，都逼着李源选边站队。

对婆媳俩的争端，李良开始终保持中立，既不站在妻子一边添油加醋，也不站在儿媳一边煽风点火，而是沉默不语，暗地里还择机做一做徐小芳的思想工作。后来，见两人闹得太僵，李良开打电话把李源叫回来，让他带着妻子到深圳打工，把孩子留在老家由爷爷奶奶抚养。

正所谓眼不见心不烦，距离和时间逐渐冲淡了婆娘之间的矛盾。袁小兰怀女儿回老家休养待产时，不用人劝，婆媳俩都学会了和谐相处，尽管偶尔也拌几句嘴，但总算不像以前那样相互乱骂了。时间是最好的消融剂。随着一双儿女逐年长大，尤其是每年回家过年时看到婆婆对自己孩子无微不至的呵护照料，袁小兰逐渐改变了对徐小芳的看法，对公婆的态度也温顺起来。

真正让袁小兰改变对婆婆的态度，是儿子李富昌的一条手机短信。

2012年秋，16岁的李富昌初中毕业，并以优异的成绩考上重庆开县第一高级中学。得知这一消息，李源和袁小兰夫妇很高兴，袁小兰还向厂里请了10天假，专门回了一趟老家，给儿子买了好几身新衣裳，还应儿子的要求，给他买了一部2000多块钱的智能手机。

袁小兰对儿子的慷慨奖励，李良开和徐小芳都不太赞同，说这样惯坏了孩子，分散了李富昌的学习精力。身为公公，李良开不便多说什么，只是提示大儿媳省着点花，说以后用钱的地方还很多。

徐小芳就这么没委婉了，很直接地批评了大儿媳妇，说她这不是爱孩子，是在坑害孩子，是在助长他的不良消费习惯。袁小兰爱子心切，当然听不进去，脾气一上来，又和婆婆大吵了一架，说一辈管一辈，婆婆这是狗咬耗子多管闲事，还翻了以前的旧账，把徐小芳气得直抹眼泪。和婆婆吵完架，袁小兰直接买了回深圳的长途汽车票，一走了之。

在车上，袁小兰收到一条手机短信，一看是儿子发来的："妈妈，您真不应该和奶奶吵架，作为您的孩子，我替您感到羞愧，有时真不想再做您的儿子。从小，我和妹妹就看见您和奶奶不停地吵，您还骂奶奶，骂得那么凶，根本不像一个儿媳妇的样子。妈妈，我快长大了，将来也会娶媳妇，您也会当婆婆，如果您的儿媳不分青红皂白地跟您吵，什么事都要跟您争个对错高低，您是什么心情？妈妈，请您不要再和奶奶吵架了，难道您真的想让您未来的儿媳和您一样吗？"

这条短信对袁小兰的震动很大。她实在没有想到，自己对婆婆的态度，竟然深深伤害自己的儿女。都说父母是孩子最好的教师，看来这话一点儿也没错。反复翻看儿子的这条短信，袁小兰还悟出一道条理：为人父母，并非时时事事都是对的，有时也需要向自己的孩子学习。比如在如何孝顺老人这件事上，儿子就要比自己看得明白。或者可以这么讲，父母是孩子最好的老师，子女反过来也能教育自己的父母。这是一种良性的互动，更是一个家族和睦幸福的必要条件。

打这之后，袁小兰彻底改变了对公公婆婆的态度，由记恨变成敬重，从敷衍变为真诚。得知公公得了胃癌的消息，她伤心得大哭了一场，之后经常打电话安慰婆婆，生怕徐小芳压力过大发生什么意外。

对李良开的深圳之行，袁小兰其实比李源还要重视，不但提前安排好了食宿，还准备了小到牙膏牙刷、大到换洗衣物等各类生活用品。包括2013年9月7日这天早上，虽然习惯性地向李源发火，但她的心情和丈夫一样，急切地想见到公公，她甚至建议和李源一起到广州接李良开，后因请不到假而作罢。

9月7日10时40分许，深圳火车站出站口。见到面容憔悴的父亲有些吃力地拉着行李箱走出来，李源鼻子一酸，强忍着眼泪，上前喊了一声"爸"，险些哽咽。袁小兰眼圈红着，脸上却洋溢着微笑，甜甜地叫着爸爸，大大方方地挽着李良开的右胳膊往外走。

大儿媳妇的举动，让李良开很不适应。要知道，在老家农村，公公和儿媳是要保持距离的，不但要严格遵循"男女授受不亲"的古训，连平时说话也要注意分寸，否则公公就会落一个"烧火佬"的骂名。诸如袁小兰这样的举止，传回老家，指定要让人笑掉大牙的。

想到这里，李良开想把袁小兰的手拉开，谁知大儿媳妇挽得更紧了，嘴里还振振有词："老汉，我都不怕，您怕啥子？我跟你说，这是在深圳，不是在我们老家。一个儿媳半个女儿，女儿搂一搂父亲的胳膊，有什么好怕的？"回过头来，她问跟在后面的李源："老公，你说我说得对不对？""对对对。"李源不停地点头，转过身，用左手抹了抹眼角的泪珠儿。

（五十）

在深圳打工的唐家岩李氏后人不少，加上他们的爱人，男男女女、老老少少都算上，超过40人，分散在市郊的各个工厂。包括李源夫妇所住的鹊山社区，实际上也在郊区，以前叫鹊山村，归宝安区龙华街道管，后来深圳成立龙华新区，龙华镇改称龙华街道，鹊山村也相应都改叫鹊山社区。

李源、袁小兰在深圳的临时之家，安在鹊山的一个居民小区里，一室半的房子，一大一小两个卧室，一卫一厨，外加一个只能放下一张折叠饭桌的小方厅，房间不大，也没什么家具，但收拾得却很干净。进了家门，逐个房间转了转，李良开频频点头，对大儿媳的勤快和利索给予充分肯定。

"老汉，这是您的房间。"袁小兰把李良开拉进稍大的那间卧室，"都是新买的。您就安心地住在这里，莫着急走，想住多久就住多久。"

李良开连连摆手："我一个老头子，住这么大的屋子干啥？我看那个小房间就很好。换一换，你们两口子住这间。""不换不换，我们住小房间。"袁小兰的犟劲又上来了，不容公公推却，就此拍了板，"您也莫着急走，这不是外人家，是您大儿子和大女儿家。虽然房子是租来的，但毕竟也是个家呀。您在桥宝儿那里还住了将近十天，莫不成我和李源还不如一个外人？"

"个老子打胡乱说。"李源打断袁小兰，"啥子外人？桥宝儿兄弟是外人吗？都是唐家岩李家大院出来的，什么外人？明明是一家人嘛。对了，老汉，您就听小兰的，莫急着走，刚好小兰她们厂里最近活儿不多，轮流放假，她能休息半个月，正好可以陪您到处转转。深圳玩的地方不少，就让小兰陪您去看一看。"

李良开没再说什么，表示默许。近些天，自己的胃病好像又加重了，吃饭越来越少，在大儿子这里休整几天，倒也是个不错的主意。

直到离开深圳，李良开也没有想到，大儿媳她们厂并没有放假，而是袁小兰请假不成，强行辞了工，以便一心一意照顾公公的起居。而那套一室半的房子，也是袁小兰坚持临时租来的，租期一个月。在这之前，李源夫妇一直住在一套三对夫妻合租的房子里。

这一次，袁小兰铁了心要好好尽一回孝道。李良开在深圳的半个月时间里，除了精心安排一日三餐，袁小兰还带着公公几乎遍了深圳的每一个景点，像世界之窗、欢乐谷，包括紧靠香港的罗湖口岸，袁小兰都领着公公去了。每到一个景点，她都用手机给李良开拍照，再一张不落地传给远在老家的婆婆。徐小芳边看边笑，边笑边哭，弄得几个孙儿孙女莫名其妙，纷纷问奶奶怎么了。

除了旅游看风景，李良开没有忘记此行的使命，在袁小兰的带领下，他挨个找到在深圳打工的唐家岩李氏后人，恳请他们在请愿横幅上签名，说服他们对着摄像机表达对故乡、对老屋、对祖坟、对古柏的思念和珍爱之情。

9月22日晚，考虑到李良开次日要坐火车去上海，袁小兰做了一桌子好菜，还把自己在深圳打工的三个妹妹请过来作陪。

袁小兰的大妹叫袁小静，二妹叫袁小芸，小妹叫袁小敏。四姐妹中，袁小芸的性格最温柔，但命却最苦，先后失去了孩子和丈夫，至今坚持独身，要不是大姐、二姐和小妹死死拦着，她也许早就削发为尼了。

袁小芸孩子和丈夫的死，算得上是一出时代悲剧。

1994年夏，19岁的袁小芸与同村21岁的马奎结婚。两人在福建打工时自由恋爱，回老家举办婚礼时，均未到法定结婚年龄。此类事情在偏远的农村比较普遍，只要两情相悦，或是双方父母觉得应该把年轻人的婚事办了，大多采取先结婚先生娃、年龄到了再去补办结婚证的变通办法，村乡两级对此睁一只眼闭一只眼，给孩子上户口时派出所也不那么较真，大伙儿见惯不怪，压根儿不拿这种先上车、后买票的现象当回事。

1995年晚春，袁小芸生下一个男孩，取名马志鹏，哺育半年后交由马奎的父亲马明远、母亲贺维珍抚养，而她则继续到福建和丈夫一起打工挣钱。

地里有苗不愁长，马志鹏很快就到了四处乱跑的年龄。对于五代单传的马家来说，马志鹏何止是心肝宝贝，是天，是地，是一切。自打儿子会说话，不管多忙多累，马奎、袁小芸每天都要抽出时间给儿子打电话，还不停地往家里寄玩具、寄衣物、寄食品，生怕亏待了小家伙。作为爷爷奶奶，马明远、贺维珍更是不敢大意，宁愿耽误地里的农活，也要把孙子照看好。这也是马奎再三向父母交代的事情，说地可以不种，活可以不干，要钱寄钱，总之不能让娃儿出现任何闪失。

可马志鹏实在太活泼了，一刻也闲不住，只要没睡着，就会不停地跑来跑去，稍不留神，他就会捅出大麻烦。

2000年端午节那天上午，马明远去月溪场上的农业银行取马奎打回来的钱，准备购买化肥。临走前，他叮嘱老伴："今儿个你就不要上坡干活了，在家好好看住孙子。"贺维珍嘴里应承着，心里却惦记地里的农活，马明远前脚刚走，她就扛着锄头，领着五岁多的马志鹏下了地。头两天刚割完小麦，贺维珍寻思着得赶紧把地翻一翻，下一步准备栽红苕。家里养着四头长白猪，年底催膘需要大量红苕。

贺维珍挖地的时候，习惯于脱掉胶鞋，光着脚丫干活。这个习惯当姑娘时就有了。那时家里穷，好不容易买双黄布胶鞋，贺维珍怕弄脏了，更怕弄坏了，便养成了脱鞋挖地的习惯，结婚后也没改过来。跟往常一样，贺维珍挖地的时候，马志鹏在一旁玩泥巴。贺维珍一边挖地，一边不时抬头看看，生怕孙子出现什么意外。

生活就是这样，越怕什么越来什么。贺维珍这边正担心着小宝哩，那边传来孩子滚落和惊叫的声音。马志鹏从地坎坎上面摔进满是鹅卵石的小河沟里，摔得头破血流，晕死过去。贺维珍吓傻了，连胶鞋都忘了穿，跌跌撞撞地跳进河沟，抱起孩子就往公路上跑，脚板被尖锐的石子划破了也不管，拦了个摩托车往月溪医院赶。

马奎和袁小芸闻讯坐飞机从福州飞到重庆，再租了个黑车赶到月溪医院时，昏迷着的小宝还在抢救，贺维珍瘫坐在急救室门前，泪流满面，见了儿子儿媳，强撑着站起来赔不是："都怪我，都怪我……"马明远站在一边，也紧张得直打哆嗦，生怕脾气不好的儿子会破口大骂。马奎脸色铁青，正要骂人，被袁小芸狠狠地瞪了一眼，打住了。袁小芸上前一把抱住婆婆："妈，啷个怪你？你又要做活路，又要带娃儿，哪个顾得过来嘛？没人怪你。志鹏会没事的……"话没说完，袁小芸伏在婆婆身上，失声哭了起来。

为防止因抢救不及时留下后遗症，经与医生沟通，马奎夫妇决定连夜将儿子转到重庆万州的三峡中心医院。马志鹏伤得不轻，头上缝了九针，昏迷了两天两夜，终于苏醒过来。好在并无大碍，除了那刺眼的伤疤，伤愈出院后继续蹦蹦跳跳的。

马志鹏出院第二天，离唐家岩只有30多分钟路程的罗雀湾发生一起因爷爷奶奶照看不周而导致孩子出现意外的事件。这是一户姓罗的人家，男主人叫罗云杰，时年58岁；女主人叫高红梅，比丈夫小三岁，两人生育三个孩子，两女一男，均已成家立业。其中，儿子儿媳在浙江台州打工，把六岁半的儿子和四岁的女儿留给两位老人照看抚养。

出事那天中午，高红梅在家煮饭，罗云杰去河沟挑水，两个孩子非要跟着爷爷去。罗云杰下河沟舀水，兄妹两个在河坎上扔石子玩。事不凑巧，一桶水没舀满，原本好好的木桶底盖掉落下来，罗云杰鼓捣了将近20分钟，才勉强把底盖安上。可就这会儿工夫，两个孩子出事了！具体细节谁也不清楚，可能是妹妹不小心滑倒，向下面的深水潭跌去，哥哥伸手去抓，结果被带了下去。等到罗云杰发现时，一切都晚了。把两个早已断气的孩子打捞上来，罗云杰悲悔交加，从附近扯来一根葛藤，把一块石头绑在自己腰上，一闭眼，一狠心，纵身跳进深水潭……等到高红梅煮好饭，见祖孙三人迟迟不回来，一路小跑赶到河边。确认三个亲人遇难后，悲痛欲绝的高红梅纵身跳进深水潭，溺水身亡。

儿子儿媳回来料理完父母和两个孩子的丧事，一把火烧掉了打工挣钱修起来的二层小楼，从此远离故乡，发誓不再回这个伤心之地。

这件事，对马奎、袁小芸夫妇的刺激很大，两人一度商量留一个人在家照看孩子，可就是下不了决心。家里的二层小楼修好不到一年，还欠着三万多元外债，这次儿子住院抢救又花了一万多元，一个人出去挣钱的话，除去家里的开销，这账可能要好几年才能还清。商量来商量去，两口子决定还是一起出去打工挣钱还债，但为了让父母安心带孩子，他们在月溪场租了一套房子，强行让父母把家搬到街上，还托人把马志鹏送进月溪中心小学开办的幼儿园。

启程回福建打工之前，马奎把父母叫到一起，说了一席狠话："老汉老娘，莫怪儿子说话不好听，你们现在只有一件事，就是把我的儿子看住看好，一切开销由我们往回寄。如果我儿子再出什么意外，别怪我六亲不认！"

从山上到街上，从农村到城镇，远离了土地和熟悉的生活环境，马明远和贺维珍觉得什么都不习惯。但为了孙子，他们只能忍着，如果孩子再出点儿意外情况，老两口儿真是没法向儿子儿媳交代。

很快就到了暑假，接送孩子上下学的任务暂时中止。马明远和贺维珍实在觉得无聊，便带着孙子回到山上的家里，打算等幼儿园开学再回月溪场。

既然回到农村，庄稼还是要种的，即使来不及种玉米、土豆、红苕、水稻等主要农作物，栽点青菜还是可以的。马明远和妻子商量好，他负责种菜，贺维珍负责照看孙子，保证孩子随时都在大人的视线之内。尽管两人小心小心再小心，可悲剧还是发生了。一天下午，贺维珍上自家的小二楼屋顶晾衣服，孙子跟了上去，一时没看住，马志鹏跌落到下面的水泥地坝上，当场死亡。

闻讯从福建赶回来的马奎一句话也不说，就知道抽闷烟；袁小芸就知道哭，死活不让孩子下葬，说要多看儿子几眼。乡亲们好说歹说，孩子才入土为安。马志鹏下葬的当天中午，贺维珍被儿子叫到楼顶，让她指指孩子出事的地方。贺维珍正比画着，一言不发的马奎猛地将母亲推了下去，当即摔死在水泥地坝上。因故意杀人，马奎被判处死刑，马明远也在儿子被枪决三个月后抑郁而终……

这件事产生的冲击波是巨大的，整个古月乡都受到了强烈震动。一些在老家带孩子的爷爷奶奶、外公外婆怕承担不起类似的责任，哭着闹着让儿子儿媳、女儿女婿要么至少回来一个，要么强行把孩子送到儿女们打工的地方。

转眼13年过去了，很多人淡忘了这出人间悲剧。包括当时协助警方处理此事的李良开，有些细节想不起来了。

2013年9月22日这天晚上，当李良开再次见到憔悴不堪的袁小芸，那血淋淋的一幕幕又浮现在脑海。

（五十一）

2013年9月23日12时50分许，深圳火车站候车大厅。尽管已是初秋，但岭南地区依然一派酷暑景象，连续多日无雨，气温居高不下，即使是在开着凉气的候车大厅里，只要走上几步，还是会大汗淋漓。此刻，无论是准备检票进站的李良开，还是送站的李源、袁小兰夫妇，无一例外的气喘吁吁，满头大汗。搭出租车来火车站的路上，遇上堵车，怕误了火车，离车站还有五六百米哩，李良开坚持提前下了车，带头在前面跑，李源拉着行李箱，袁小兰拎着一大袋食品和水果紧随其后。好在有惊无险，总算没有耽误检票。

将近下午一点，李良开乘坐的特快列车开始检票。因为买的是卧铺，李良开并不着急，跟在队伍的最后，一边往前挪动，一边叮嘱大儿子大儿媳在外面要相互关照，有事多商量，不要总吵架。还说他这次来深圳住了半个月，过得很开心。李良开还特别嘱咐李源，让他多体谅自己的右客，还说只要两口子和睦，男人当耙耳巴不丢人，齐心协力把日子过好才是硬道理。

李良开不停地唠叨着，李源和袁小兰也不说话，只是频频点头。实际上，夫妻俩何尝不想和父亲说说告别的话？他们过于伤感，根本说不出什么，拼命控制着自己的情绪，生怕一开口就会哭出声来。

父亲的病眼看越来越重了，饭量越来越小，好几天夜里胃痛得睡不着觉，又怕大声叫唤惊醒了儿子儿媳，强忍着不吱声，实在忍不住了才压抑地哼几声，被觉轻的袁小兰听得一清二楚。李源也听见过，心如刀绞，却又别无他法。有好几次，李源都想张口告诉父亲实情，最终还是忍住了，既然母亲和三个弟弟都一致同意瞒着父亲，他这个当大儿子和当大哥的，自然不该去冒那个险。因为对于癌症患者来说，精神因素比任何治疗都管用，精神一旦崩溃，就算华佗再世也会束手无策。

轮到李良开检票进站了。由于没来得及买站台票，李源夫妇只能送到这里。袁小兰再也控制不住自己的情绪，把手里的袋子放在地上，一把搂住公公的脖子，低声喊着"爸爸"，失声痛哭。见妻子这个样子，李源虽然没哭出声，但泪水却不争气地往下滚落。李良开愣了愣，拍了拍大儿媳的肩膀："哭啥子嘛？又不是见不到我了。我们不是说好了嘛，今年过年你们几弟兄、几妯娌都回老家，我们全家人过一个真正的团圆年。快得很，快得很，还有不到半年的时间。"

袁小兰也不答话，就知道哭，直到检票员催促李良开进站，她才松开公公的脖子。等李良开一手拉着行李箱、一手提着袋子消失在拐角处，袁小兰转过身抱住丈夫，再次失声痛哭："你说，老汉能挨到过年吗？"李源点点头，又摇摇头，不知道该怎么回答这个让人揪心的问题。

上车安顿好，躺在硬卧下铺上，想到刚才大儿媳的异常表现，李良开隐隐觉得不安："他们有事瞒着我？难道是我的胃病？"他没敢多想，也没去多想。

对于生老病死，李良开看得很开，也从不操心此类事情。他曾不止一次跟徐小芳讲：谁都会死，如果哪天我得了绝症，不要花那个冤枉钱，顺其自然就行。

当然，李良开如此洒脱的生死观并非与生俱来，而是小时候深受开明地主林昌永的影响。

1949年12月8日，开县和平解放。这一年，李良开不到五岁，还是一个只知道玩泥巴的野孩子。此时，距李良开的祖父、唐家岩李家大院当家人李永杰去世已经过去整整20年，李永杰生前留下的90多亩田地，也因为时局动荡和经营不善所剩无几，只有庞氏名下还有三亩沙土地，所产粮食根本不够一大家人吃，只能租种地主林昌永的田地。

出身地主世家的林昌永是父母的独子，生于1868年，比李永杰小八岁，上过多年私塾，中过大清的秀才，本来还很有希望考取举人，不料遇上改朝换代，失去了步入仕途的机会。民国初期，其父也曾试图送他到新式学堂就读，无奈年岁偏大，又到了结婚的年纪，便干脆放弃学业，逐渐继承了家业。

1916年至1919年，李永杰因吸食鸦片而大量抛售田地，主要买家就是林昌永。他没有趁火打劫压低价钱，反而多次苦劝李永杰戒掉鸦片，不要把辛苦挣来的家业给败了，可对方听不进去，还骂他是校场的土地，管得太宽。

等李永杰去世，庞氏被迫继续卖田卖地的时候，选择的买家仍然是不压地价、公平买卖的林昌永。见孤儿寡母太可怜，林昌永甚至还故意给过高价。等到1948年，庞氏只剩三亩沙土地，林昌永坚绝不买了，苦口婆心地劝庞氏留点救命的土地在手里。而当庞氏及其四个儿子提出要租种林家的田地时，林昌永也把租金定在方圆十里最低的水平。

其实，不光是对庞氏和四个儿子这样，对自家的其他佃户，林昌永也始终坚持低租长租，除非物价涨得过于离谱，他不会轻易增加租子。

林昌永先后娶过三个女人，大房张氏生了长女和次女，二房王氏又生了两个女儿，比他小16岁的三房童氏最争气，在他52岁那年给他生了唯一的男孩，取名林福临。又过了20来年，也就是1944年腊月初六，林福临的结发妻子谭红英生下一个男婴，林昌永为其取名林平运，寓意平安好运。

林平运和李良开同年同月生，前后相差了十多天。虽然家境有天壤之别，但两人却是最好的伙伴，总腻在一起玩。林平运脑袋大，李良开就叫他大脑壳；李良开长得瘦，被林平运戏称为长麻秆。林平运上私塾回来，总会抽空教李良开识字识数，李良开则带着林平运捉蛇抓鸟，什么刺激玩什么，两个孩子只要在一起，就会玩得尽兴而归。

1948年，随着国共两党军事实力的此消彼长，时年80岁、偏居川东大山深处的老地主林昌永敏锐地意识到中国社会将发生极为深刻的变革，共产党将取代国民党主宰和引领这个国家的前途命运。作为即将被专政的对象，林昌永早早地做起了准备工作，力求保住老命，保住三个妻子、四个女儿和儿子的性命。留得青山在，不怕没柴烧，只要人还在，一切都可以从头再来。

在别的地主看来，林昌永的举动简直是愚蠢至极：从1948年秋季开始，他以庆贺自己80大寿为由，陆续免费把自家超过一半的土地交给佃户耕种一年；剩下的一半土地，也以低于市价三成的价格往外抛售；除此之外，对欠自己租金的几十个佃户，全部采取减免八成的措施。

地主们都骂林昌永疯了，三个妻子三天两头跟丈夫大吵大闹，大房张氏、二房王氏还把出嫁到外地的四个女儿叫回来，一起讨伐林昌永，骂他是老糊涂，是在败家，是在断后人的活路。

几个女人吵吵闹闹，林昌永唯一的儿子林福临却从不吱声。他读过几年私塾，还到县城上过两年洋学堂，算是个见过世面的人，非常赞成父亲对时局发展的判断，也知道父亲这么做的真实用意。他曾试图替父亲解释点什么，结果发现那帮女人一点儿大局观念也没有，根本听不进除保住土地、维持租金以外的任何建议，只好无奈地摇头叹息，不再提及。

面对家里家外的责难谩骂，林昌永并不放在心上，成天乐呵呵的，一有空就和孙子林平运一起玩，像一个返老还童的孩子。

对孙子最好的伙伴，林昌永也疼爱有加，不时给李良开一些糖果，还叮嘱儿媳谭红英把林平运的旧衣裳送给邓氏，指名道姓要给李良开穿。没事的时候，林昌永还坐在自家的藤椅上，给两个男孩讲水浒人物，讲三国故事，两个小家伙听得津津有味。

林昌永还和邓氏深谈了一回，让她尽快把手里的三亩沙地卖掉，免得今后麻烦。邓氏不明就里，但还是听了林昌永的建议，从此变成一个贫下中农。

（五十二）

1949年秋，林昌永大范围免租和大片卖地的时候，在外人看来，成天笑眯眯、见人就点头哈腰的林老爷子根本不像一个有钱有势的地主，活脱脱一个糯米老头，似乎谁都可以打他几拳，并且不必担心任何肢体或语言上的对抗。

那时李良开还小，隐约觉得这个七老八十的地主老爷有些奇怪，有些神秘，还有一种不可抗拒的亲和力，一点儿也不像个有钱人。

等到开县和平解放，林昌永的先见之明和明智之举给他带来了莫大的好处。

解放了，各地便忙着斗地主、分浮财，受尽剥削的劳苦大众都行动起来，把地主的家翻了个底儿朝天，不少恶霸级的地主还被新政权就地枪决。

在这种大背景下，林昌永这个80出头的地主老头却没有受到实质性批斗，原因有两个：一是在开县全境解放的第二天，林永昌便公开宣布，一年前他免费租给佃户耕种的田地，无论面积大小，即日起不再归他林昌永所有，在新政府决定这些田地的归属之前，暂时由佃户们自行打理；二是至开县解放前一个月，林昌永的另一半土地已经卖出去九成半，剩下的百十亩田地，全县和平解放的第三天，他便主动写了一份报告派人送到军管委员会，说是无论是田地还是房产，他都无偿上交。如此这般，大地主林昌永便成了新政权承认的开明人士，受到了应有的礼待，其住宅和家人几乎没有受到什么冲击。

1951年2月，开县进行土地改革，因其他地主的检举，原本以为逃过一劫的林昌永被定性为地主恶霸，面临被枪决的厄运。但他事先得到土改工作组一位高人的指点，在土改正式开始之前广散钱财，还把家里仓库的粮食全部无偿分给附近农民，再次捞得一个开明地主的好名声。

开大会斗地主的时候，不止一次得到林昌永好处的乡亲们谁也没那么多怨气，装模作样地喊喊口号，没有人为难林昌永，甚至连抄家的步骤都省了，还联名为这个开明的地主请愿，恳请政府饶他不死。

就这样，林昌永终于换来一条活命，于1955年仲夏无疾而终。

对生死，林昌永看得很淡，他曾在林平运和李良面前讲，生死由天，不要强求，老天不让你活一百岁，你指定活不过九十九；老天让你今晚死，你指定看不到明天的太阳；人可以跟天斗跟地斗跟人斗，但不能跟命斗，更不能跟时间斗，该死的时候一定会死，谁也逃不过。

临去世前几分钟，林昌永异常清醒，他把其他家人都赶出去，把林平运一个人留在卧室里，交给孙子一张纸条，讲了一个天大的秘密：土改结束后，林昌永按照事先约定找到工作组那位高人，把多年积攒、提前隐藏下来的两大箱金银财宝交给他，一箱作为感谢，一箱委托暂存，约好由林昌永指定的后人前去认领。

听到这个秘密，时年11岁的林平运惊呆了，但他没有忘记问爷爷："他叫什么名字？是哪里人？我怎么去找他？"此时，林昌永已油尽灯枯："……他是上海人……来的那年51岁，他叫纪德……"话还没说完，林昌永就断了气。爷爷去世后，林平运把这个秘密珍藏在心里，连父母都没告诉。

三年后，在当兵无望、考学无门的情况下，因地主之孙而饱受歧视的林平运离家出走，一个人辗转到了上海郊区，改名陆平远，自称是父母双亡的孤儿，一边干零活挣钱养活自己，一边伺机寻找那个帮爷爷捡回一条命的高人。

陆平远在郊区砖厂干了三年，还修过自行车，捡过破烂，受尽了白眼。19岁那年，一个偶然的机会，他结识了上海永久自行车厂的一个老钳工，两人很谈得来，成为忘年交。后经这位老钳工推荐，陆平远进入这家全国知名的工厂，从学徒和临时工干起，三年后转为合同工，算是端上了铁饭碗。

人生就是这样无常，厄运当头，怎么也躲不过去；好运来了，想不转运都很难。自打认识永久厂的老钳工，陆平远的好运开始接连不断：不仅成为国营大工厂的正式工人，还意外找到了恋人。

这是一次美丽的邂逅。那是1966年夏日一个周末，22岁的陆平远闲来无事，一个人来到黄浦江边，顺着江水的流向，漫无目的地散步。

忽然间，陆平远听到一个女子尖叫声。回过头，发现一个醉汉左手正拉着一个少女的红色连衣裙不放，右手在少女胸前乱摸。少女显然被吓坏了，花容失色，浑身颤抖，不知道该如何应对这种危急局面。

陆平远也没多想，大吼一声"住手"，几个箭步冲了上去，左手一把拎住醉汉凌乱的头发，右手攥指成拳，狠狠地砸向对方的头部。醉汉疼痛难忍，松开少女，撒开脚丫疯跑，瞬间便没了踪影。

这个英雄救美的经历虽然有些老套，但对于陆平远来说，而是一个极为难得的人生际遇。因为他很快了解到，少女叫纪春兰，时年20岁，在上海百货公司上班，祖父是一个从京城退休回上海老家休养的厅级老干部，其父亲在上海轻工局工作，是一个不大不小的中层领导。

听说少女姓纪，陆平远心里一动，继续不动声色地问着纪春兰的家里情况。当得知她的祖父叫纪德民、曾经随大军深入西南山区腹地、在川东地区搞过土改的经历时，陆平远预感他就是祖父让自己寻找的高人。

陆平远深知，这是个不能说的秘密，即便是对花一样漂亮的纪春兰，也不能吐露半个字。在黄浦江边，陆平远当即作出一个决定：不惜一切代价和纪春兰谈爱恋，并以此为跳板，最终找到纪德民。

原本，纪春兰已经有男友了，也明确无误地告诉了陆平远。陆平远没管这些，有事没事就往百货公司跑，今天送去一小包零食，明天带去一袋糖果，或者是一只发夹，或是一根绑头发用的彩色皮筋，反正全是女孩子喜欢的小东西。

对曾经出手救过自己的恩人，纪春兰也不好直接拒绝与其来往，何况陆平远又是个很有分寸的年轻人，从没有过轻佻的言行，让纪春兰说不出什么。

其实，陆平远可没这么单纯，他一边和纪春兰单纯地交往着，一边暗地里跑到纪春兰男友的单位，故意散布纪春兰作风有问题、脚踏两只船的负面信息。纪春兰的男友也是个愣头青，没做任何调查，便气冲冲地跑到百货公司大闹一场，让纪春兰很没面子，直接和他吹了灯，两人就此中止爱恋关系。

属于陆平远的机会终于来了。相救之恩加上良好的谈吐举止，纪春兰接纳了陆平远这个新恋人。两人很快进入热恋状态，一年后进入谈婚论嫁阶段。既然准备结婚，家长总是要见的。陆平远这边好说，按照他自个儿的说法，父母双亡，想见家长也见不着。纪春兰那边的情况则要复杂得多，有父母，有爷爷奶奶，还有舅舅舅妈和七大姑八大姨的，聚在一起得坐三四桌。

经过多年的历练，陆平远已不再是那个土里土气的山区地主后代，而是成为一个有着良好长相和谈吐、熟悉上海都市生活的成熟青年。在纪家组织的订亲宴上，他谦和地微笑着，不卑不亢地和每一个人打着招呼，挨个敬酒致意，大大方方地回答众人的每一个问题。

陆平远的表现，让纪春兰的父母很满意，爷爷纪德民也相中了这个来自川东开县的小伙子。那可是自己短暂工作过的地方，也是通过土改让自己深得上司好评的地方，更是自己一步步干到北京的重要中转地，说开县是自己的福地，一点儿也不夸张。看到来自福地的年轻人，他当然觉得异常亲切。

更让纪德民欣喜不已的是，陆平远这个年轻人会玩纸牌，尤其是川渝一带流行多年的斗地主，玩得特别精。而纪德民刚好喜欢斗地主，并且瘾头很大，一有机会就要摸上几把，没完没了，乐此不疲。

陆平远抓住这个机会，一有空就往纪家跑，拉着纪春兰，昏天黑地陪纪德民斗地主，并且想赢就赢，想输就输，把纪德民哄得相当高兴，直说这孩子聪明、有孝心，值得宝贝孙女托付终身。

有了老爷子的首肯，陆平远顺利和纪春兰结了婚，生了儿子，个人事业也顺风顺水起来，先是从普通工人提为干部，后调入上海市轻工局，一直干到副局级调研员位置上，2004年顺利退休。

陆平远是个务实的人，自打和纪春兰结婚，从没在纪德民面前提起过自己的真实身份，即便是在确认纪德民就是爷爷口中的那个高人之后，他也没有说出实情，更没有找纪德民要什么金银珠宝，就当这件事没有发生过一样。

退休后，陆平远回了一趟老家，除了四个姑姑的部分后人，其他亲人早已杳无音讯。好在李良开这个儿时伙伴还活着，两人还能说说当年的乐事趣事糗事。

见面那天，两个儿时最要好的伙伴都很激动，抱头痛哭，老泪纵横。

李良开使劲拍打着陆平远的肩膀："你个大脑壳，老不死的，怎么还活着啊？还改了名？因为啥呀？"陆平远则朝着李良开的胸脯擂了一拳："你个长麻秆，还这么瘦？你都没死，我怎么好意思先走？改名字咋了？不就是个符号嘛，只要你愿意，你改成阿猫阿狗都行。告诉你，我这名可是改不回去了，一改，连退休工资都没处领了。就这么着吧，反正啥也耽误不了。"其间，李良开和陆平远互留了联系方式，约定一有机会，他一定到上海去看看。定下从深圳到上海的行程后，李良开给陆平远打电话，让他来火车站接自己。

2013年9月20日8时许，李良开乘坐的特快列车驶入上海南站。十多分钟后，两个年近古稀的老人双手紧紧握在一起，久久没有松开。

（五十三）

陆平远的退休生活悠闲而自在，平时在城里和老伴一起看看孙子，接送孩子上下学，一到周末或大小长假，老两口便带着孙子到上海市郊的小庄园里亲近土地，亲近大自然，试图重新找回儿时在山野里疯玩的感觉。

所谓小庄园，不过是三间平房、一圈红砖围起来的农家小院，房前屋后有一亩多地，都是从当地农民手里租来的，平时交由留守的老人看管打理，节假日则由陆平远说了算，今天到地里锄个草，明天往菜地里施点儿农家肥，倒不是为了满足口腹之欲，纯粹是为了体验耕种的乐趣。

李良开的到来，让陆平远非常兴奋，领着儿时的伙伴在市区转悠了两天。之后，非要自己开车拉着李良开到他的农家小庄园去小住几天。

不看不要紧，一看李良开就乐了："我说大脑壳，亏你还是大地主的后人，就这三间破平房，就这点地，离城区这么近，一抬头就能看见不远处的高楼大厦，并且还都是租来的，连个房产证和地契都没有，个老子的你也好意思说这叫庄园？你爷爷知道了，还不得买块豆腐撞死？我看你就是过家家，一个字：玩！""哈哈，还真被你狗日的说对了。"平时很少说四川话，陆平远说得非常蹩脚，"日马你也不打听打听，这是在上海，是中国经济最发达的城市，在郊区买一间小平房，可能我还买得起，你让我买地，不是成心笑话我吗？一亩地多少钱？说出来吓死你！要是工业用地还好说，几十万上百万元的事。如果是搞房地产开发，离城区稍微近一些，一亩地没个几百万甚至上千万元，不可能买到手。"

"真有这么贵？那修出来的房子得买多少钱？"李良开觉得难以置信。

"我也就随口那么一说，至于地价，真不是很清楚。不过我告诉你，上海市区的房子，每平方米最贵卖到十多万元了。郊区的房子也便宜不到哪里去，每平方米两三万元，是再正常不过的价格。好多上海人买不起房子，干脆连上海郊区的房子也不考虑了，直接跑到江苏的地界上购房。只要出了上海，那房子便宜得不是点把点。"说起上海的房价，陆平远越说越激动，"这哪是买房？这不是要人老命吗？要是把在上海买一套房子的钱拿回我们老家月溪场，不得买一个小区啊。"李良开哈哈大笑："好你个大脑壳，说得是不是也太夸张了？告诉你，月溪街上的房子也没你想象的那么便宜，每平方米也涨到两三千元了。不说这个了，我们两个还是给你的菜地除除草吧。"

老哥俩在这个小庄园里住了两天两夜，白天结伴到地里忙乎，一日三餐自己动手解决，晚上躺在床上说各自经历的风风雨雨，说儿时在一起度过的点点滴滴。第三天吃过早饭，李良开说啥要走，称自己此行的正事一点儿没办，不能再待下去了。陆平远挽留无果，只好亲自开车把李良开送到青浦。

青浦是唐家岩李氏后生比较集中的地方，且以大房的后人为主，男女老少加在一起，不下50人，其中包括李良开的二哥李良万及其儿女、儿媳和女婿，还有二房、四房的一些后人。

把这么多唐家岩李氏后人聚集在一起的，是李良万的大儿子李冲锋。这个贫困家庭成长起来的孩子，硬是凭着自己的学识、毅力和为人，一步步干到一家中日合资企业副总经理的位置上，一跃成为唐家岩李氏后生中收入最高的金领。

由于为人过于倔强和老实，生于1938年、18岁就被母亲邓氏勒令分开单过的李良万的人生之路一直不太如意，加之不会挣钱的手艺，家里一贫如洗，也就没有媒人提亲。直到1976年冬，李良万38岁那年，他才把患有严重哮喘病、时年27岁的柴凤琴娶回家。

在很多人眼里，李良万那个家根本就不像一个家：唯一一间四处漏风、房顶漏雨的板壁房子，连个灶屋和猪圈都没有，只能在檐沟后面搭一个简易棚子，一半做灶屋，一半当猪圈。因为这个缘故，唐家岩李家大院的长舌妇们总是非常不屑地讲："万宝儿家煮的饭吃不得，有猪屁屁（猪屎）味。"

由于房子实在紧张，李良万家没有睡觉的歇房，没有接待客人的堂屋，那间唯一的板壁房子既是歇房也是堂屋，还是放饭桌的地方，也是堆放粮食和杂物的地儿，那个拥挤和凌乱劲，谁看谁闹心。

因为身子骨过于虚弱，柴凤琴这个新媳妇并没有给李良万原本凌乱的家带来什么变化。尤其是结婚一年后，随着大儿子李冲锋、二儿子李建功、小女儿李珍的陆续出生，这个原本就捉襟见肘的家愈发显得贫困，成为唐家岩李家大院最穷的人家。

那时，家家户户都过着缺吃少穿的清苦生活，谁家也好不到哪里去，邓氏和大房的兄弟妯娌们也有心拉李良万一把，但大都有心无力，只能干着急。

身为母亲，邓氏很心疼二儿子，但她确实不喜欢李良万的臭脾气，也不待见成天咳个不停的二儿媳，经常骂二儿子不争气，骂二儿媳不能干。

徐小芳等大房的妯娌见婆婆这个态度，对柴凤琴及其孩子们的态度也变得微妙起来，既不刻意亲热，也不故意冷淡，反正一副爱答不理的样子，还叮嘱自家的孩子不要去二叔二婶家，也不要跟二叔二婶家的孩子们玩，说那个家太脏，那家人有传染病，尽量离远点儿，免得沾染上。

既然自己的亲娘、亲兄弟、亲妯娌都这个态度，李家大院二房、三房、四房的后人们自然不怎么好和李良万、柴凤琴及他们的孩子们接触。内外因素一结合，李良万夫妇及他们的孩子便成了唐家岩最被漠视、最为孤寂的一家人。

对这种境遇，李良万、柴凤琴是反感的，却又无可奈何。既然靠两口子的力量无法改变这种境况，那就只能寄希望于下一代吧。基于这个考虑，大儿子出生时，李良万给其取名李冲锋，希望这个长子以冲锋的速度快快长大，尽快担当起中兴家室的大任。二儿子出生后，则取名李建功，期望他将来建功立业，光耀门楣。而夫妻俩最后一个孩子、唯一的女儿出生后，取名李珍。

三个孩子的名字，让本来就看不起这家人的左邻右舍们更加不屑。什么冲锋，什么建功，还争来争去的，这是要干什么呀？难不成想坐火箭和上卫星？有发家致富的想法可以理解，但不能全指望孩子啊。明明是两口子不行，却把责任推到小娃儿身上，实在可笑得很。

从小经常目睹奶奶和叔叔婶娘们对家人的冷漠，不时听到左邻右舍对家人的嘲弄，身为李良万、柴凤琴长子的李冲锋心里有过自卑，也暗地里埋怨过父母，上小学时还曾破罐子破摔，成天不写作业，还经常逃课，寻思反正家里也没钱供自己上初中，干脆混几年算了。

1990年3月31日，离李冲锋小学毕业还有三个多月的时候，一场突如其来并被忽视的流感，让柴凤琴的哮喘病急剧发作，于后半夜死在床上。

出于对风水学的极度迷信，李良万趁去给柴凤琴娘家人报丧的机会，连夜绕道找到方圆数十里无人不知的老道士安名山，提出以两百元现金的昂贵代价，请安名山指点迷津，给柴凤琴找一个理想的安葬地点，以此庇护其后人鸿运亨通，好运无限。

安名山是个很有职业操守的道士，十分尊崇道家无为而治、凡事随缘的理念。见李良万态度极为诚恳，又声泪俱下地描述了家里的惨景，安名山顿生怜悯之心，象征性地收了50块钱，伏在李良万耳边一阵低语。

回到唐家岩李家大院，等柴凤琴的娘家人全部到齐，李良万当众宣布一个决定：妻子的丧事不请道士，不看风水，而是由他自行察看和确定下葬地点。这可是从未有过的事情！柴家人顿时炸了锅，李家大院的人们也议论纷纷，不知道平时就犟得九头牛也拉不回的李良万葫芦里卖的是什么药。

李良万不管这些，力排众议，在妻子去世的第三天清晨，坚持把她埋葬一个谁也没想到地方——白帽子，一座主要成分为碎石和沙土的独立小山包，方圆不超过100米，只生长一些稀稀拉拉的杂草，算得上是个兔子都不去拉屎的地方，唯一称得上景致的是冬天下雪后，整个小山包很像一顶白色的帽子。在此之前，由于不是传统意义上的好风水，白帽子从没有过坟茔，柴凤琴是埋葬在这里的第一个逝者。

李良万选择的下葬地很特别，既不在小山包的脚下，也不在半山腰上，而是非常突兀地矗立在白帽子的顶端中央，正对着左右两条大路的中轴线，十分扎眼。

对李良万的这个选择，好多人都摇头，说他这是在胡搞乱整。李良万不予理会，非常庄重地把三个孩子叫到柴凤琴坟前，让他们齐刷刷地跪成一排，说从今往后，妈妈会保佑你们顺顺利利，每人都会有一个美好的前程。

这一年，李冲锋13岁，对所谓风水并没有什么概念，只知道从此没了疼爱自己的妈妈，好多事情只能靠自个儿去打拼、去争取。在妈妈坟前跪了几分钟，李冲锋忽然觉得自己长大了，心里默默地向妈妈保证：从今以后，我一定会好好念书，一定靠自己的能力让父亲和弟弟妹妹过上好日子。

接下来的三个多月，李冲锋拼命地学习，遇到不懂不会的题目，哪怕是晚上，他也坚持打着火把走两里山路去向老师请教。功夫不负有心人，当年7月，李冲锋以优异的成绩，顺利考进县里的重点初中月溪中学。

大儿子拿到月溪中学录取通知书的那天，李良万跑到白帽子，泪流满面地向坟茔里的妻子报告这个好消息。末了，他惊喜地发现，原本寸草不生的坟茔上，不知何时竟然长出了地果儿藤，密密麻麻，绿油油的，生机盎然。在李良万眼里，大儿子考上重点初中，妻子的坟茔上长出地果儿藤，这一切都是好征兆。看来，老道士并没有欺骗自己，那50块钱，花得也真值。

初中三年，李冲锋依然忘我地学习，成绩从没跌出过全年组前十名。1993年中考前，班主任老师找李冲锋谈话，希望他报考重点高中，说凭他的天赋和勤奋，将来考个重点大学绝对不成问题，那样的话，前程会更加美好。李冲锋懂得班主任老师的意思，这是在劝他不要报考中专。

那些年，中专毕业一直统一分配工作，但就在1993年上半年，已经传出今后中专不再包分配的小道消息。班主任知道李冲锋家里的情况，也知道这个学生一直都想读中专，以便尽快参加工作贴补家用，但如果中专真不包分配了，这个成绩优异的学生不就被耽误了吗？

班主任老师的分析，让李冲锋也动摇了，但一想到家里的困境，想到父亲日没夜在田地里劳作的身影，他决定还是报考中专，并且是最有把握、离家最近、相关费用相对较低的万县农校。至于中专不包分配，李冲锋宁愿相信这是传言。既然是传言，哪能一说就灵呢？管它呢，考上再说吧。

两个月后，李冲锋毫无悬念地考上万县农校，三年后顺利毕业。但这个时候，那些关于中专不包分配的传言突然就变成了现实，学校召开大会，宣布了上级这个决定。但为了缓和学生和家长们的不满情绪，对当年毕业的200多名学生，教育部门还是采取了较为温和的处理方式：无论来自哪里，全部分配到新疆建设兵团，用以解决当地农技员紧缺的现实困难。

就这样，李冲锋总算端上了铁饭碗，尽管工资不高，但足以让李良万在唐家岩李家大院扬眉吐气了。

可李冲锋并不想做一辈子农技员，一边勤奋工作，一边利用业余时间参加成人自考，用四年时间，先后拿到了大专和本科文凭，还练就了一口流利的日语。等到时机成熟，李冲锋毅然辞职，到上海重新开始打拼，最终坐到目前所在中日合资企业副总经理的位置上。不仅靠高薪在上海青浦买了商品房，协助弟弟和妹妹在重庆万州买了房子，还不计前嫌把唐家岩李家大院的兄弟姐妹介绍到自己所在企业打工挣钱，并力所能及地给予关照。

　　说起李冲锋取得的骄人成就，唐家岩一带流传一个说法，称其母亲死后埋得好，坟茔所在的白帽子顶部中央，是一处只有高人才能看出来的风水宝地，这给柴凤琴的后人带来了莫大的福气。

　　也有人不同意这种说法，说柴凤琴位于白帽子那座坟，根本就是个空坟，充其量算一个衣冠冢，柴凤琴的遗体只在这座坟茔的棺材里躺了一个白天，当天夜里就被李良万独自秘密转移到一个不为人知、真正堪称风水宝地的地方。

　　还有更离奇的说法，说李冲锋考上中专之后，有人眼红李良万时来运转，便四处散布谣言，说白帽子的风水不长久，柴凤琴埋在那里五年之后，此处将由风水宝地变成险恶之地，如果不迁坟，指定贻害柴凤琴的后人。李良万信以为真，在一个伸手不见五指的黑夜，刨开了长满地果儿藤的坟茔，打开棺材，发现棺木内盛满了清水，柴凤琴的尸体不但没有腐烂，如睡熟一般。李良万知道被骗了，但已没有退路，只好含泪将妻子遗体秘密埋葬到另一个鲜为人知的地方，连坟茔也没堆一个。因为按照当地的说法，坟茔一旦敞开，必须尽快把尸骨移葬他处，否则死者那些活着的亲人们会遭大难……

（五十四）

　　对自己亲三叔的到来，李冲锋分外热情，吃穿住行用，样样安排周全。李良开抵达青浦的当天晚上，他还找了一家饭店，把唐家岩李家大院的后人招呼到一起，热热闹闹地为李良开接风洗尘。李冲锋很有号召力，但凡唐家岩李氏后人，只要是在青浦地界上，唯他马首是瞻。这让李良开倍感欣慰，因为大房总算出了一个有本事的后生。

　　有人的地方就会有竞争，家族内部也不例外。自打唐家岩李家大院的开创人李永杰去世后，李有文、李有武、李有双、李有全等四房后人明里暗里相互比拼，没完没了。先是比谁家生的儿子多，多一个就多了一份不怕被人欺负的底气；后又比谁的孙子多，且以带把的为准，女娃是不算数的；后来，开始比谁家的男孩能当兵，只要穿上军装，一个顶好几个，威风得不得了；再后来，则比着拼命挣钱供孩子读书，都想让孩子跳出农门，端上铁饭碗；改革开放之后，比拼的重点变成了打工挣钱，谁家外出打工的孩子多，谁家孩子从外面寄回来的钱多，谁家的砖瓦房盖得早盖得气派，谁说话就会硬气……

　　很长一段时间内，李有文及其后人们是自豪的。原因很简单，在激烈的家族内部竞争中，大房一直保持着无与伦比的优势：李有文四个儿子中，老三李良开当了多年大队干部和村主任，老幺李良月当过兵；孙辈的数量更是遥遥领先，带把的超过20个；第一个盖起砖瓦房的，也是大房的老大李良川。

　　面对大房如日中天的运势，三房李有双、四房李有全及其后人们有些心灰意冷，一度丧失了赶超的信心和勇气。

　　二房李有武的后人们却不甘心一直被大房压着，加之有上一辈人的恩怨，作为二房独苗的李良申一直想出人头地，也要求自己的五个儿子自立自强，争取早日突出重围，给气焰嚣张的大房来一个绝地反击。

　　富不过三代，强也强不过三代。在经历"有"、"良"两辈的辉煌之后，到"善"字辈这一代，大房的优势渐微，而二房、三房、四房逐渐中兴，大有后来居上之势。

　　首先一鸣惊人的，是李良申的孙子之一、李善刚的次子李富鸿。1985年夏天，学习成绩向来优异的李富鸿顺利考入开县师范学校，成为李家大院通过读书跳出农门的第一人。

　　这一年，李良申64岁，身手矫健，精力充沛，每天按时到坡上干活，根本不像年过六旬的老者。孙子金榜题名，李良申脸上的皱纹开成一朵朵鲜花，见谁都乐呵呵的，还破天荒地走出自家小院，叼着旱烟，哼着川剧调调儿，到李家大院转悠了好几圈。

　　大伙心知肚明，李良申的这些举动，是专门针对大房而来的。此时大房的当家人邓氏还健在，80出头，耳聪目明，说起话来条理清楚，语速很快，像年轻时一样富有攻击性。见李良申这般嚣张，邓氏自然不会坐视不管，端着一盆脏水出了家门，照着院内的地坝泼了出去，嘴里则忙着指桑骂槐："哪家的死鸭子没管好？嘎嘎地乱叫唤，吵死老娘了！老鹰怎么还不来？直接叼走算了。"

　　李良申也不生气，转悠得更起劲了，口中的旱烟也抽得更欢实，吞云吐雾，余烟缭绕，每一缕青烟似乎都幻化成三个大字：我自豪。

　　李富鸿到师范学校报到前，李良申逼着大儿子李善刚操办了升学宴，能请的亲戚都请到了，鞭炮放了一挂又一挂，流水席从中午吃到晚上，夜间还安排了电影，惊动了整个梓第村，二房上下算是痛痛快快地长了一回脸。

　　当天晚上，大房的后人们全都噤了声。邓氏阴沉着脸，晚饭都没吃；大人们一个个像霜打的茄子，或是泄了气的皮球，生机全无；孩子们喜欢热闹，想去看电影，却被大人严令禁止，只能心猿意马地待在各自家里，大气都不敢出，生怕惹来大人们的打骂。

　　面对此情此景，身为村主任的李良开心里也不好受，他去劝母亲邓氏，让老人家想开一些，却被母亲骂了个狗血喷头："你还好意思来劝我？看看你那几个儿子，再看看你那些侄儿，哪个是读书的材料？你屋老汉要是还活着，还不得活活气死？这下好了，被人家比下去了吧？你们不要脸，我这个老不死的还要！树活一张皮，人活一张脸，你们就这样认熊了？你们兄弟几个都攒钱干啥？还不赶紧送娃儿读书？人家的孙子能去月溪中学读书，为什么我的孙子不能？成绩不好学校不收？这是理由吗？不是还有议价生吗？不行把我的棺材卖了，拿去给娃儿们读书！我就不信了，我们大房就供不出一个吃公粮的娃儿来！"

既然老太太发话了，大房的四个儿子也不敢不听，于是纷纷拼尽老本，花大价钱把孩子往月溪场上的中学和小学送。不料这帮孩子真不争气，除了李良万的大儿子李冲锋头脑聪明，偶尔考一个好成绩之外，其余十多个孩子资质平平，都不是读书的材料，再努力也是白搭，几年折腾下来，大多勉强拿到初中毕业证，连个职高也考不上，别无选择，只能到南方打工，或是想方设法送到部队当兵。

在培养孩子读书这件事上，大房收效甚微，二房却是芝麻开花节节高。1986年，也就是李富鸿考上师范学校的第二年，李善强的长子李富军参加高考，一举高上成都理工学院大专班，成为唐家岩李氏后人中的第一个大学生。

眼看与二房无法继续竞争下去，大房的四个妯娌不再一致对外，而是各自打起了小算盘，搞起了内耗。见老二李良万的长子李冲锋偶尔也能考出好成绩，几个妯娌开始有意无意在柴凤琴跟前说风凉话："咱们公公老汉的坟风水不好，再怎么努力也是白费功夫。""今儿个成绩好，不等于明个儿成绩还好。""人家那边先出了个中专生，又出了个大专生，难不成咱们这边也要出个本科生？"

此时的柴凤琴已快油尽灯枯，根本无力和妯娌们争辩什么，只能私下里教育自己的大儿子，让他别听那些闲话，只要安心读书就好了。李冲锋却受不了这些闲话，自作主张跑去找三叔李良开，请他出面阻止妯娌们热嘲冷讽。那天刚赶上李良开因提留款管理使用不善被乡领导批了一顿，心情很不好，便劈头盖脸地训斥李冲锋，骂他不争气，骂他不像个男子汉。

李良开的这一通无心之骂，深深刺痛了李冲锋。加之不久后柴凤琴病故，忽然间懂事的李冲锋愈发记住了三叔的那顿臭骂，暗暗发誓要好好读书，要混出个名堂出来，要用实际行动给父母争光，要用自己的努力改变窘迫的家境。

从那天挨骂之后，一直到农校毕业去新疆工作之前，李冲锋对李良开的态度始终不冷不热的。见面了也叫三叔，但敷衍的痕迹很重。李良开也没放在心上，心想这孩子还小，犯不着跟他计较。

在青浦的一周时间里，叔侄俩有了更多交流机会。一天晚饭后，叔侄两人相约到外边散步，边走边谈。谈到自己那次骂人，李良开问李冲锋："这么多年过去了，你还记恨三叔吧？""哈哈，哪个可能？"李冲锋开怀大笑，"不过说实话，当初确实对您有点意见。参加工作后，我才明白您是在用激将法，激励我用心读书。我能有今天，真得谢谢您那一通臭骂。"说起往事，李良开很感慨："你也别抬举你三叔。要是骂人这么管用，我天天出去骂人好了。我跟你说，靠这儿靠那儿，都是假的，除了自己，谁也靠不住。比如你，一步步走到今天，都是你自个儿努力的结果。有人说，是你妈妈的坟埋得好，给你带来了好运气。我看这就是扯淡！"

"确实是扯淡。"李冲锋表示赞同，"人死如灯灭，死了就死了，哪还能庇护后人？皇帝们的坟都埋得好，风水更是没得说，但也没见一个皇朝代代相传永不落幕，长长短短，早早晚晚，最后都被人推翻了。"

听李冲锋这么讲，李良开有些担心，怕这个侄儿不支持自己保住老院子、祖坟和古柏的举动。于是，他小心翼翼地问道："你怎么看老院子要拆迁的事？""哈哈，您要听真话还是假话？"李冲锋问。"当然听真话。"

"那我说了，您可别生气啊。"李冲锋顿了顿，"从大局上看，架高压线、修变电站是大事，也是好事。何况国家还给那么高的补偿。说句不太贴切的话，胳膊拧不过大腿，该搬的时候还得搬，该拆的房子还得拆，拖是拖不过去的。""你说得也对。我不是想保住祖宗留下来的东西吗？对我们这些老家伙来说，其实无所谓，没几年就会死翘翘，两眼一闭，什么都跟我们没关系了。但对你们这些在外面打拼的年轻人来说，保住老院子和祖坟，就等于保住了故乡的根。要不然，等你们想家的时候，想回老家的时候，回哪儿去？能回去吗？再说了，高压线非得从我们唐家岩走吗？改一下设计方案，换一条线路，问题不就解决了嘛。"

"您说得轻巧。那可是上亿元的投资啊，是经过精心勘测和计算的，哪能说变就变？更何况，这事总得有人作出牺牲，咱们唐家岩李家大院不搬，别的院子就会搬。如果都不愿意，这事还不办了？显然不可能。""你娃儿什么意思？是不是不支持我？"听李冲锋这么讲，李良开有些生气了，端起老辈子的架子，佯装要训人。

李冲锋赶紧表明立场："谁说不支持了？我是和您探讨这个理儿。既然三叔都下决心了，我这个当侄儿也没什么好犹豫的，肯定支持您。我一不是党员，二不是干部，一个打工仔，凭自己的本事吃饭，真没那么多顾虑。再说，我屋老汉一直想回唐家岩老院子，我们三兄妹也想留住老家那间老屋。您说得对，老家再穷，也是我们从小生长的地方，儿不嫌母丑，狗不嫌家贫，只要唐家岩的老院子还在，我们心里就有个牵挂，想回老家看看时也有个落脚的地方。""这还差不多。"李良开松了一口气，"你家那间房子早就垮了，根本住不了人。你娃儿现在也不缺钱，怎么不回去重新盖一间？要不我想办法给你重新弄块宅基地，你也盖个小二楼？"

"我屋老汉也有这个想法。但我和弟娃一商量，还是算了。弟弟妹妹在万州买了房子，我在上海安了家，将来都不会回去住了，再盖个房子，不是浪费钱吗？如果老汉非要回老家住，我就花钱给他买两间别人空闲下来的老房子，付租金也行。这样两全其美，还不浪费，您觉得怎么样？"李冲锋和盘托出自己的想法。李良开叹了一口气："唉，还能怎么样？你们年轻人的事，我们这些老不死的想管也管不了，干脆不管了！对了，听你老汉说，你那房子名义上在上海，实际是在江苏境内，厨房的手机信号是上海的，客厅的手机信号是江苏的，这也太玄了吧？你娃儿是不是被人给骗了？花上海的钱买江苏的房子，不冤吗？"

"哈哈，您别听他打胡乱说。"李冲锋又是一番大笑，"确实是上海青浦的房子，只是离苏州昆山太近了。至于手机信号，也没那么夸张，都是别人起哄瞎传的，您就别跟着乱传了。""没上当受骗就好。"李良开换了话题，"你屋老汉想回去，你就让他回去吧。虽然这边生活条件比老家好，但他不习惯。别这么憋着，容易把身体憋坏。"

"好吧。"李冲锋无奈地摇了摇头，"等我忙完这段，我回一趟老家，先把房子落实了，再让老汉回去。还有，签名和录像的事您就不用操心了，把横幅和摄像机交给我，我指定一个不落地给您落实好。您安心在这里待几天，让我爸好好陪陪您，你们兄弟两个好不容易聚在一起，就别着急走了。"

（五十五）

熟悉李良开的人都知道，这个前村委会主任不是一个磨磨叨叨的人，干啥痛痛快快，很少拖泥带水。可2013年10月7日这天上午9时30分许，在上海火车站入站口，李良开迟迟不肯检查进站，一会儿拉着二哥李良万的手，叮嘱他注意身体，一会儿又搂着二哥的肩膀，劝他早点儿回老家，泪花闪烁，欲言又止，话里话外，全都传递着同一个信息：依依不舍。

三弟的异常表现，让李良万很是诧异。在他的印象里，三弟从小就很要强，也很坚强，天大的困难，很少见他唉声叹气，再大的麻烦，也总能一一化解。

"老三，你是怎么了？"李良万拍了拍李良开的头。"没事，迷眼了。"李良开伸手擦了擦眼角，"老二，你都70出头了，还在外面漂着干啥？都说落叶归根，你怎么一点儿也不着急？"

李良万乐了："原来就为这个啊。我不是在这儿带小孙子读书嘛，趁手脚还算利索，能帮娃儿们一把就帮一把。明年细娃儿要回开县读高中，我自然就跟回去了。你别担心我，我不是好好的嘛，没病没灾，能吃能喝。放心，我这个当二哥的一定好好活着，给你和老幺带个好头，争取活他个90来岁。"

顿了顿，李良万又开口了："老三，我知道你舍不得我，我也舍不得你。别着急，我很快就会回去了。冲锋那兔崽子已经答应我，等他忙过这阵子，就回唐家岩给我落实房子。等你这一圈跑完，前后脚的事，我可能也跟着回去了。"

见二哥不停地安慰自己，李良开更加伤感了，展开双臂，和二哥搂在一起，想说几句彼此珍重的话，话没出口，却低声地抽噎起来。

李良开也不知道自己是怎么了，仿佛有一种生离死别的感觉，生怕上海这一别，再也看不到二哥。

老三这一哭，老二也莫名慌乱和伤感起来，跟着抹起了眼泪。亲自开车来送站的李冲锋也深受感染，一边擦拭着眼角的泪花，一边把两位老人分开，并把上海开往南京的动车一等座车票和行李箱交到李良开手里："三叔，赶紧检票，要不然就赶不上火车了。我们进不去，只能送到这里。南京那边我已经联系好了，梦军哥会到车站接您。"

李良开一手接过车票，一手接过行李，恋恋不舍地检票进站。走了几米，他忍不住回头，发现二哥还默然地站在原地，既没有说话，也没有挥手……

10时40分许，李良开乘坐的动车准时停靠在南京火车站。

两个多月的旅程下来，李良开已经熟悉了上下火车的所有程序，不再像当初那样手忙脚乱，非常从容地顺着人流走到出站口，看到了等候多时的李梦军。

李梦军是李良昊和孟英莲的三儿子，是个很有想法、不按常理出牌的家伙。初中毕业后，他先是到福建晋江的鞋厂学做模具，后又跑到广东深圳一家鞋厂当技术主管，技术越来越好，工资连年攀升，前途一片光明。当老板准备提拔他当副总的关键时刻，他却突然辞工，并且远离了自己精通的模具专业，拉起一个十多人的施工队，天南地北地搞起了拆迁，天天和破房子和钢筋水泥打起了交道。

这一选择，遭到了全家人的反对，包括一向支持孩子自由发展的孟英莲，也狠批评了三儿子一顿。李梦军不为所动，带着兄弟们到处打游击搞拆迁，从广东到广西，再经福建到上海，最终在南京落地生根，并正式注册成立了公司，走上了专业拆迁、依法拆迁、规范拆迁的轨道。

坐在李梦军亲自驾驶的奔驰轿车里，李良开眼睛不够用了，看哪儿觉得哪儿高档。尽管他不懂车，但这一路走来，也见识了不少好车，直觉告诉他，李梦军这台车肯定不便宜。一问，果不其然，新车售价90多万元，加上契税和其他相关费用，超过一百万元。

这个价钱，彻底把李良开震蒙了："你小子，我说你是不是钱多烧包啊？100多万元，得买多大一套房子！我跟你说，有钱也不能这么祸害啊。你屋老汉要是知道了，还不得托梦骂你龟儿子？！""哈哈，这个我真不怕。"见李良开这么严肃认真，李梦军乐得浑身乱颤，"我屋老汉死了31年了，想骂我也骂不成了。再说，我这也不是新车，倒了好几手，也值不了多少钱，我买它，就是挣个面子，要不然不好拿活儿呀。""你娃儿净瞎扯。开个好车就能拿到活儿？照你这么说，那些老板啥也不用干，贷款买台好车，就可以空手套白狼了？显然不可能噻。"李良开不以为然。"三叔，您真行，真不愧是村主任出身。"李梦军深表敬佩，"还真让您说中了，光靠好车，真不一定能拿到活儿干，还得靠别的本事。""那你靠啥子本事？"李良开顺藤摸瓜。"打麻将。"李梦军如实相告。五年前，在上海至南京的火车上，李梦军结识了南京某房管部门的一位姓白的处级干部，人称白处，湖北孝感人，三十五六岁，人如其名，长得白白胖胖，见谁都乐呵呵的，一副八面玲珑、四处逢源的模样。

原本，李梦军并没奢望与白处有什么交集，可一路聊来，发现彼此有不少共同话题。比如，白处老家在孝感，而唐家岩李氏先祖李和钦也来自孝感；还比如，白处的母亲姓李，并且与李和钦同样来自孝感洗脚河一带；再比如，白处喜欢玩麻将，李梦军也好这个，两人技术都不差，均属于赢多输少那个级别的。就着玩麻将这个话题，两人越唠越投机，彼此交流了不少心得。等到下车前，白处主动留了自己的电话，让李梦军有事找他，还说有机会一定在一起切磋一下麻将技艺。

那段时间，初到南京的李梦军正为没活可干发愁，得知白处在房管部门工作，他隐约觉得这是一个不可多得的机会。经过一番精心准备，李梦军花高价找来几个资深麻友，张罗了一个饭局，把白处请出来，先吃饭喝酒，再安排牌局，在几个人的精心配合下，一个晚上下来，白处赢了个盆满钵满。

就这样，白处和李梦军先是成了麻友，后来发展成为无话不谈的密友，再后来升格为利益攸关的合作合伙：白处负责给李梦军提供可拆迁的房源，李梦军则通过打麻将方式给予其丰厚回报。当然，白处遇有闲暇时间，也会找李梦军张罗牌局，而李梦军也从不掉链子，总能让白处满意而归。

李梦军也曾提出直接给白处好处费，白处也不说理由，反正就是不干。后经高人指点，李梦军才明白其中的奥妙：直接收钱叫受贿，抓住了就是违法；而通过打麻将赢钱，性质就没那么严重了，如果没有别的证据，顶多算是参与赌博，处理起来要轻很多。

从白处口中，李梦军了解到了一段靠打麻将升官的官场秘闻。

白处是公认的搓麻将高手，想赢就赢，想输就输，几乎从不失手。这当然不是遗传，而是源于儿时的耳濡目染。从曾祖父那辈开始，白处家四代单传，三代开棋牌室，家人成天和麻将打交道，白处五岁时就学会了搓麻将，上初中时打遍小镇无敌手，麻友们惊为天人。正是因为这身绝技，白处的人生充满传奇。

高考那年，白处数学得了满分，别的科目发挥得并不理想，总分离一本录取线尚有一段距离，眼看就要与梦想中的大学失之交臂，其父不知从哪里打探到前来招生的老师好搓麻将，于是投其所好，还安排白处暗地里配合，结果白处按数学尖子特招入学，成为南京某大学数学系的一名新生。

进了大学，白处的主要任务不是学习，而是陪学校大大小小的头头脑脑与方方面面的客人搓麻将。当然，白处是不必为钱发愁的，每次都有人给他一笔钱。而他的任务也很简单，就是既要不露声色地把手头的钱输给人家，还要配合客人把学校领导的钱赢走。

毕业前，别的同学都为工作发愁，白处则无动于衷，继续以搓麻将为主业，最后在学校领导的安排下，顺顺当当地进了南京市某房管部门。

正式工作了，白处的主要心思依然没在工作上，白天打瞌睡混日子，晚上陪人打麻将。同事们都以为他要玩完，不料他却顺顺当当地调职晋级，从普通办事员到科员，再到副主任科员、主任科员，一步也没耽误。

有人说白处有赌神的天赋，在机关当个净听领导吆喝的干部算是白瞎了，不如到拉斯维加斯或澳门的大赌场里从业，收入肯定要比现在翻许多番。对此类议论，白处向来左耳进右耳出，一笑了之，白天依然有一搭没一搭地处理公务，晚上则精神百倍地奋战在麻将桌上。

渐渐地，同事们发现白处不仅自个麻将搓得好，配合意识和动员能力也很强。机关的大小头头，会搓麻将的，白处把他们伺候得舒舒服服，开开心心；不会玩的，也会在白处的动员引导下逐渐上瘾，同样玩得乐乐呵呵。如此这般，白处想不升官都难。

群众的眼睛是雪亮的，民主测评或个别谈话时，总会传出对白处不利的信息，但他每次都有惊无险，无一例外。

就这样，白处的职务像芝麻开花一样节节攀高，最终升职为处级调研员，分管	摊工作，掌握着实实在在的权力。

听完李梦军的介绍，李良开心里掠过阵阵不安："你以后离这个姓白的远点儿。现在这个大气候，他恐怕早晚要出事，到时候别把你也牵扯进去。"

"有这么严重？"李梦军倒吸一口冷气，默默地开着车，没再说话。

（五十六）

虽然是花钱租来的房子，并且在东郊，但李梦军在南京的家非常像样，三室一厅两卫，套内面积超过130平方米，并且离中山陵和紫金山天文台都不远，抬脚就是钟山，既坐拥大都市的繁华，又不失景区的宁静。

在李梦军家里，当见到李良昊的遗孀孟英莲，李良开很高兴，上前拉着她的手，亲热地叫着幺嫂，问她身体怎么样，在这边习不习惯。孟英莲表面上很热情，但话里话外透露着敷衍的意味。这让李良开非常尴尬，不知该如何面对这个堂嫂。

李良开心里清楚，当初自己执意要查李良昊留下来的旧账，孟英莲是有意见的，甚至说得上怀恨在心。加之后来没有阻止邓氏等人逼迫孟英莲改嫁给自己同母异父的哥哥吴维德，孟英莲恨上加恨，尽管事过多年，她仍然难以释怀。

在李良开看来，两度丧夫的孟英莲无疑是个命苦的女人。1980年夏，首任丈夫李良昊暴病身亡；1982年，改嫁李德忠；2013年年初，眼看七个孩子都逐渐过上了好日子，第二任丈夫、时年五十九岁的李德忠又因尘肺去世。

对这个苦命的女人，李良开一直心存愧疚，总想当面说声对不起，但碍于面子，一直张不开口。这次，在李梦军家里，李良开没再犹豫，非常正式地向孟英莲道歉，请她原谅自己。说起那段伤心往事，孟英莲哭了，也接受了李良开的道歉。

多年的心结打开了，李良开和孟英莲都很高兴。吃过午饭，两人相约到中山陵转了转。当天晚上，李梦军把在南京的五名唐家岩李氏后人召集到一家饭店聚餐，顺带组织大家在请愿横幅上签了名，并按李良开的要求录了像。

次日，李梦军亲自驾车，拉着李良开和孟英莲先去了南京大屠杀纪念馆，后又去了玄武湖、鸡鸣寺、秦淮河等知名景点。一天逛下来，73岁的孟英莲没觉得怎么的，69岁的李良开却累得够呛，胃又一阵一阵地绞痛起来，晚饭只喝了一碗白米粥，吃过几粒胃药，早早地便上床休息。

10月9日上午9时51分许，李良开婉拒李梦军和孟英莲的挽留，乘坐杭州东站始发、途经南京南站的动车，直奔合肥而去。对于李良开而言，合肥是他最想去的地方之一。倒不是这里唐家岩李氏后人多，也不是因为这里风光好，而是这里有他儿时的偶像、退伍军人李良华。

李良华是李良昊的亲三哥，生于1932年，比李良开大整整12岁。1952年冬，也就是李良开八岁那年，李良华应征入伍到北京某部服役，成为唐家岩李家大院的第一名解放军战士。在当年，这可是一件大事。李良华领到军装那天，整个唐家岩大院都沸腾了。尤其是那帮男孩，羡慕得不得了。这其中就包括李良开，看着身穿军装的李良华，怎么看都觉得看不够，几乎寸步不离地跟在李良华身后。

李良华入伍后不久，李良开上了小学，学会了认字写信，因为字写得比较工整，经常帮李良华的大哥李良丰给李良华回信。出于对偶像的崇拜，时间长了，李良开长了个心眼，每次帮李良丰写回信的时候，都会以自己的名义多写一封信，要么问一些自己感兴趣的事情，要么纯粹表达对李良华的敬仰之情。

一来二去，李良华喜欢上了这个小堂弟，先是偶尔给李良开回信，后来发展到有信必回。等李良开长大成人，兄弟俩成了无话不谈的好朋友，经常在信中探讨一些人生感悟。李良华偶尔回家探亲，两个人更是亲热得不得了，在一起喝酒聊天，一聊就是通宵。李良开当上大队干部以后，经常写信向李良华请教一些工作上的事情。李良华知无不言，给了李良开很多好的建议。

在部队，没上过学的李良华自学了小学和初中课程，学会了电器修理，入了党，还被评为"五好战士"。1960年，服役八年之后，在部队领导的积极推荐下，李良华留在北京，进入成立不到两年的中国科学技术大学工作，从一个普通电工做起，逐步成长为一名中层干部。特别是1970年中国科大被迫迁出北京并落户合肥之后，李良华的事业渐入佳境，到1982年，他已是科大某部门的二把手，享受副处级待遇，一跃成为当时唐家岩李家大院走出来的最大干部。

李良华事业上的成功，让远在老家的李良开非常高兴，经常拿这个堂兄教育自己的孩子和侄男侄女。

李良开很清楚，虽然李良华在事业上是成功的，但其婚姻和家庭并不幸福。

原本，李良华入伍前就喜欢上了邻村女孩杜小娟，杜小娟也很喜欢他，两人你情我愿，私下里打得火热。不料杜小娟的父母却嫌李良华父母早逝，家里太穷，说啥也不同意。李良华一气之下报名参军，想借此出人头地，达到最终被杜家认可和接纳的目的。谁知杜小娟的父母却不敢冒这个险，既怕李良华在部队混不出什么名堂，更怕李良华混出名堂后甩了女儿，于是软硬兼施，在李良华入伍后的第二年，逼着杜小娟嫁了人。

得知这个消息，李良华伤心了很长时间，并且一度对婚姻失去信心。直到1962年，李良华年满30岁，在科大后勤部门一名四川万县籍领导的反复撮合下，他才和这名领导的亲戚、万县市郊的大龄女青年、时年27岁的房艳结婚。

房艳的父亲在万县港务局上班，母亲在家务农，家里条件不错，本人高中毕业，长得高挑白净，漂漂亮亮，当时在万县丝绸厂上班，算是厂花之一。人长得漂亮，追求的人自然很多，可房艳是个心高气傲的女孩，一般男人入不了她的法眼，挑来挑去，便把自己变成了大龄女青年。

对亲戚介绍的李良华，房艳最初也看不上眼，嫌一米六七的李良华个子太矮，并且长得像块黑煤炭，不符合自己的择偶标准。后经父母反复做工作，她才松口。

结婚后，房艳调到中国科大的附属工厂当工人。科大迁到合肥后，随着李良华的职务逐步提升，要强的庞艳也跟着沾光，顺风顺水地往上爬，最后坐到工厂党支部书记的位置上。

由于都不是彼此的意中人，李良华和房艳的婚后生活一直别别扭扭，三天两头拌嘴吵架。1965年至1974年，儿子和两个女儿相继出生，夫妻俩并没因为升格为父母而改变各自的脾气，依然不合拍，只要是在家里，不管什么时候，也不管孩子们的感受，说吵就吵，几乎没有消停的时候。

对李良华与杜小娟的那段恋情，房艳耿耿于怀，两口子一吵架，她就拿杜小娟说事，要么说李良华心里有别的女人，要么说李良华脚踏两只船，或者骂李良华长着花花肠子，骂他贼心不死，骂他吃着碗里的惦记锅里的，什么伤人骂什么，从不顾及丈夫的感受。为了不刺激妻子，每每房艳提起杜小娟，李良华都选择沉默，既不争辩，也不回应，任由房艳天马行空地大骂特骂。

1992年秋，李良华年满60周岁，光荣退休。第二年夏天，原本说好可以干到60岁退休的房艳被提前两年免职，成了一个闲人。要强了一辈子的房艳感觉受到了莫大的委屈，先是找领导哭闹无果，后又回到家里找丈夫发脾气，连续一个多月吃不好睡不踏实，最终造成重度精神分裂，时而清醒，时而疯癫，彻底失去了生活自理能力，需要李良华寸步不离地守在身边。

一年后夏季的一天上午，李良华带着房艳去商场买东西，一不留神，房艳走丢了。尽管又是报警，又是发动同事亲友满合肥寻找，却一直没有消息。一周后，李良华在郊区的一个桥洞下发现了气绝多时的房艳。料理完妻子的后事，大女儿又被查出患了精神病，大女婿坚持离婚，带着孩子净身出户。李良华别无选择，只好把大女儿接回家和自己一起生活。

让李良华烦恼的事还不止这些。尤其是唯一的儿子，从小就跟自己不亲，也不听话，小时候不好好上学，长大后不好好上班，非要自己下海创业。结果生意没做起来，终身大事也耽误了，一直赖在单位分给李良华的房子里。

虽然生活在同一套房子里，可父子俩形同路人。特别是房艳去世后，儿子更是把父亲当成仇人，两人要么谁也不跟谁说话，要么对骂，什么难听骂什么。

对自己这些并不光彩的家事，李良华从不在信中提及。但世上没有不透风的墙，虽然相隔千里，有关李良华家的事点点滴滴还是传回了唐家岩李家大院。对此，李良开半信半疑，但从未在信中问起这方面的事情。正所谓清官难断家务事，家家都有一本难念的经，外人哪能理得清呢？

因为嫌家事丢人，房艳去世后的近20年时间里，李良华没再回过一次老家。有一回，科大组织离退休干部到长江三峡旅游，在改称重庆万州的原四川万县停留了两天，李良华很想回唐家岩李家大院看一看，但最终还是放弃了。都说衣锦还乡，自己的家事乱成一团糟，哪有脸直面祖先和亲人？

当然，生活中也不只是烦恼，偶尔也有小小的惊喜或温暖的牵挂。比如，妻子房艳去世两三年后，开始有好心人给李良华张罗老伴，有年龄相仿的，也有小八九岁的，有各方面条件都比较好的，也有条件差的。一个个见面，一个个筛选，李良华的生命活力似乎又迸发了，成天笑逐颜开，仿佛一下子年轻了十多岁。

1996年夏，从李良开的来信中，李良华得知杜小娟的丈夫因病去世。这让李良华看望到了旧情复燃的希望，那些别人介绍的老太太也一下子失去了所有颜色和光环，他的心里剩下唯一的候选人：杜小娟。

只可惜，那时开县山区还没普及电话，加之杜小娟没上过学，李良华因照顾大女儿回不去，他和杜小娟失去了包括书信、电话或面谈在内的一切沟通渠道，只能通过李良开传递一些零碎信息。

对李良华的心意，杜小娟心知肚明，一百二十个愿意。谁知她的三个儿子、两个女儿却强烈反对，死活不让母亲与远在合肥的李良华重拾情缘。而理由，充分得让杜小娟无法说出半个不字：羞辱亡夫，有辱家风。

李良华不死心，委托李良开去做杜小娟儿女们的工作，结果谁也没给李良开的面子，还叫他别多管闲事。李良华很想亲自回一趟老家，当面争取属于他和杜小娟两人的晚年幸福生活，但大女儿的病断断续续的复发，他实在不忍心把她一个人留在家里。

2012年夏，李良华的最小的亲妹妹李良琴病逝。他本想回老家送妹妹最后一程，顺便见一见一直寡居的杜小娟，不料大女儿再度犯病，小女儿在外出差回不来，儿子去了外地联系不上，他只好留下来照料病人。

等大儿女的病情稍为好转，由于伤心过度，原本身体一直很硬朗的李良华一下子就垮了，不但坚持多年的晨跑习惯被迫停止，甚至连头脑也慢慢变得不清晰起来，连打电话这么简单的事情也做不了，熟人也不认识了，经常喊错名字。小女儿非常无奈，和丈夫一商量，只好把父亲送进了养老院。

听到这个消息，李良开非常难过，多次给李良华的小女儿李菲打电话，拜托他无论如何要照顾好这个老人，还说自己一定会去探望这个堂兄。

从李良开口中得知李良华的情况，杜小娟大哭了一场，提出要去合肥看一看，儿女们死活不同意，只好作罢……

2013年10月9日12时许，当李良开跟随李良华的小女儿李菲抵达那家位于合肥西郊的养老院，当他看到走路颤颤巍巍、说话断断续续的儿时偶像，李良开的双眼顿时模糊起来，上前扶住李良华："三哥，我是良开，你还认不认得我？"李良华咧开嘴，艰难地笑了笑："良开？我认得……我们写信……你是村主任……"

在养老院附近的一家小餐馆吃午饭时，见李良华连勺子都拿不稳，李良开凑到跟前，半弯着腰，一勺饭，一勺菜，一勺汤，十分耐心地喂着堂兄，嘴里还像哄孩子一样念念有词："三哥，乖，慢点儿吃，别烫着了。别着急，碗里还有哈。吃饱了，才有力气回老家……"

李良华似乎听懂了什么，一边吧嗒着嘴，一边含混不清地呢喃着："回老家……我要回家……小娟……"

李菲站在一旁，静静地看着堂叔细心地喂父亲吃饭。而无声的泪水，早已打湿衣襟……

第四章 华中十日，流不尽的思乡泪

（五十七）

满打满算，李良开和李良华待在一起的时间不超过两个小时。原本，他是打算多待一段时间。毕竟，自己来安徽的机会不多，见堂兄李良华的概率更是少之又少。再说，兄弟俩一个年过八旬，一个年近古稀，今生还有没有见面的机会都未尝可知，为何不珍惜这难得的机缘呢？

能够感觉出，对自己的到来，堂兄是高兴的，甚至有些过分激动，无奈语言功能退化得厉害，根本无法表达出那份意外和欣喜之情。这让李良开愈发伤感，进一步体会到了什么叫岁月无情，什么叫回天乏力。

在与李良开相处的将近两个钟头里，除了断断续续地问一些故乡的陈年旧事，李良华最关心的事情，莫过于杜小娟的近况。他不止一次用探询的眼光望着远道而来的堂弟，嘴里呢喃着："小娟……她好吗……"李良开不知道该怎么描述杜小娟的实际情况，也怕李良华受不了打击，只好言不由衷地反复给出同一个答案："你莫担心，她好得很。"

听父亲在别人面前反复提及母亲之外的另一个女人，李菲有些不高兴，想阻止父亲，却又放弃了。感情这事，谁能说得清呢？何况母亲早已去世，父亲已衰老得不像样子，真没必要再计较那些恩怨情仇了。时间会冲淡一切，过去的就让它过去吧，如何尽可能地让父亲快乐地度过余下的时光，才是她这个女儿应当好好考虑的事情。

吃过午饭，把李良华送回养老院，无论父女俩怎么挽留，李良开执意要走，说是去长沙的火车票早已订好，再不走就来不及了。这当然是在撒谎。这让李良开的内心很是不安，他不想骗堂兄，也想留下来多陪陪这个儿时的偶像，可是他实在不知道该怎么回答李良华关于杜小娟的那些问题。确认李良开执意要走，李良华沉默了，眼里噙着泪水，扭着头，像生气的孩子一样，不搭理任何人。见此情景，李良开鼻子一酸，上前抱了抱堂兄，算是告别，之后转身就走，没敢再回头。

在去火车站的路上，李良开告诉李菲：就在年初，比李良华小四岁、今年77

岁的杜小娟被查出患了子宫癌，目前正接受保守治疗。

还有一件事，李良开没有讲，就是杜小娟曾亲自找过他，请他转告李良华：如果真有来世，不管遇到多大困难，她一定会嫁给李良华。

在合肥火车站社会车辆停靠处，李良开告别李菲，独自向售票处走去。其实，李良开早就把行程计划好了。下一站，不是去长沙，而是去汉口，刚才说去长沙的火车票早已订好，只是随口说说罢了。进入售票大厅，李良开发现买票的人不少，各个窗口都排着长长的队伍。一看时间，刚好是2013年10月9日15时30分。在一列队伍的末尾站好，李良开忽然觉得胃又疼痛起来。

这一次，胃痛来得非常猛烈，翻江倒海，劈头盖脸，不一会儿工夫，李良开已是脸色苍白，满头大汗，双腿也打起颤来，最终不得不捂着肚子，蹲在地上，嘴里不由自主地发出痛苦的呻吟声。几个好心人围过来，纷纷问李良开怎么了，一位中年妇女还找来了一名男警察帮忙。征得李良开同意，大伙儿拿行李的拿行李，扶人的扶人，齐心协力把他搀扶进民警休息室。与此同时，一个车站工作人员拎着一个应急药箱，小跑着进了民警休息室，有条不紊地进行问询和诊断，并让李良开服用了一些药物。

得知李良开只是患有比较严重的胃病，一帮人都松了口气，逐渐散去。那位民警见李良开气色恢复得差不多了，开始劝他："你在合肥有没有亲戚？要不停留休整两天？最好找个医院好好检查治疗一下。我看你岁数也不小了，千万要注意身体，不能逞强了。"

从民警休息室出来，李良开没再去售票大厅，而是到火车站附近找了一家小招待所，开了一个小单间，决定在此休息一天。听人劝，得一半，既然警察同志都劝自己休整，为啥非要急着赶路呢。今天是10月9日，离与妻子约定的三个月还有13天。接下来的行程抓紧一些，想来本月22日能赶回老家。

躺在招待所的床上，李良开眼前浮出妻子徐小芳和六个孙儿孙女的面孔。

说来也真奇怪，没当爷爷之前，每每出远门，李良开最牵挂的人除了妻子，就是四个儿子，别无他人。升格为爷爷，孙儿孙女逐渐成为心中最大的牵挂，有时甚至把相濡以沫几十年的妻子也比下去了。都说隔辈亲，看来这话真是不假啊。

孩子们还好吗？想没想暂时在外漂泊的爷爷？还有，一个人在家带孩子，小芳一个人撑得住吗？会不会累垮了身体？这些问题，一时间搅得李良开心绪不宁，本想闭目养神的他，头脑愈发清醒。于是干脆起床下地，拿起手机，拨通了徐小芳的电话，还没开口说话哩，那边响起了熟悉的"机关枪声"："老头子，到哪儿了？看到良华三哥了？他身体怎么样？你自己的胃病呢？感觉好些没？吃没吃药？莫嫌我啰唆，换成别人，还不愿意跟你唠叨呢。怎么不说话呀？真是，越老越不听话了……"

听着妻子一如既往的唠叨，李良开第一次觉得那么悦耳，等徐小芳说得差不多了，他才开口："你个老子说个不停，也不让我说话嘛。我还在合肥，明天去武汉，还在良华三哥这儿。娃儿们还好吧？想没想爷爷……"

破天荒地，李良开给妻子打了十分钟的电话，絮絮叨叨的，很有耐心。这让徐小芳很意外。要知道，李良开最讨厌把时间浪费在打电话上，三言两语不嫌少，十句八句就嫌多，历来是有事说事，没事就挂，单次通话很少超过两分钟。

徐小芳不知道，在外面跑了两个多月，李良开真的想家了。第一次这么长时间离开老家，第一次这么长时间离开妻子，李良开越来越怀念与妻子、孙儿孙女们一起生活的日子。在家千日好，出门点点难，这世上还有什么地方比家更让人舒心安逸吗？肯定没有。撂下妻子电话的那一刻，李良开无声地哭了，思乡的泪水，想家的泪水，如断了线的珍珠，噼里啪啦地跌落在他胸前。

这一刻，李良开甚至后悔不该出这趟远门。老院子能不能保住，祖坟的命运如何，古柏能否继续挺立在唐家岩山梁上，真就那么重要吗？就算关乎整个家族的历史和未来，对年近七旬、身患胃病的自己来说，又有什么实际意义呢？难道当了那么多年村干部，临老了还得靠这个组织上并不支持的事儿去名垂青史？显然不太可能。如此这般，自个儿不是没事找事吗？

就此回头？直接买合肥至万州的火车票回家？想到痛得越来越频繁的胃病，李良开有些动摇了。可他又不甘心，不愿就此让自己的使命夭折，这也不符合他的一贯办事风格。既然泼出去的水收不回来，吐出去的口水舔不回来，开弓的箭射不回来，那就继续按计划进行吧。不过，李良开也向自己做了部分妥协：不管任务完成多少，最迟10月22日，一定要回到老家，回到妻子徐小芳和六个孙儿孙女身边。

想明白了这些事，李良开的思乡情绪不那么浓厚了，胃痛似乎也减轻了许多。人一放松，困意就袭来，李良开又躺回床上，迷迷糊糊地睡了过去。不知睡了多长时间，李良开恍惚觉得回到了童年，也分不清是白天还是晚上，反正自己和小伙伴林平运玩起了武打的游戏，一人拿着一把明晃晃的大刀，学着川剧里武生的样子，一招一式、像模像样地向对方身上砍去。正玩得高兴哩，林平远一时失手，那把闪着寒光的大刀一下子砍中了李良开的腹部，顿时鲜血直流，疼得李良开满地打滚，哀号不止……

醒过来，李良开发现自己满身大汗，湿透了枕头，打湿了床单。而要命的胃痛，正一阵接一阵地袭来。赶紧起床喝了杯热水，感觉好了许多。看看时间，已是晚上九点二十二分。正准备躺下继续休息，手机响了。一看，是二儿子李远从西藏打来的，赶紧接通。

"爸，还在合肥？胃痛又犯了？您在哪儿？"李远的声音显得很着急。"老毛病了，没啥事。"因为才睡醒，又刚刚经历一场剧痛，李良开的声音有些虚弱，"我在你良华三叔这儿。"听父亲这么讲，李远明显不高兴了："我说老汉，您都快七十的人，怎么还学会撒谎了？我给李菲妹妹去电话了，说您早就进火车站了。您跟我说实话，您到底在哪儿？胃疼得厉害吗？"见实在瞒不住了，李良开只好实言相告，告诉二儿子自己胃病犯了，目前在合肥火车站附近的一家招待所休息。

电话里，李远本想劝父亲就此结束行程，尽快回到老家。可话到嘴边，他还是忍住了。父亲的脾气他是知道的，决定了的事情，不见分晓肯定不会罢休。思虑再三，他叮嘱父亲到药店买一些止痛片，胃痛实在顶不住了就服用两片。

和二儿子通完电话，李良开再无睡意，干脆取了身份证，先找一家药店买了一瓶止痛片，之后再次进入火车站售票大厅，计划买明天上午去汉口的车票。此时，已过晚上十点，白天熙熙攘攘的大厅里冷冷清清，只有一个售票窗口还在卖票，排队的人也不多，老老少少加起来，不超过十个人。

排在李良开前面的，是一个满脸皱纹的老年男子，看样子70多岁了。他不经意地回头，李良开心里一动，觉得很是面熟。本想再仔细端详一番，不料人家迅速把头转了过去，根本没有理会李良开的诧异表情。

等到这位老年男子买完票，回头朝外走去时，李良开定睛一看，不由得惊呼起来："双喜哥？你是双喜哥？"老年男子一愣，仔细看了看李良开，惊喜顿时浮上脸颊，满脸的皱纹也猛地舒展开来："良开？真的是你？""对头，我是良开！双喜哥！"李良开上前两步，紧紧抓住对方的双手。"双喜哥，这些年你都跑到哪儿去了？怎么也不给家里写封信？我们都以为你……"

往事不堪回首，这个叫双喜的老人重重地叹了一口气……

双喜是李良开三姨家的长子，姓徐，家住开县竹溪，比李良开大四岁。他出生那天，刚好赶上其幺叔结婚，喜上加喜，他便有了双喜这名字。不知是名字起了作用还是天性使然，反正徐双喜从小就爱笑，长大了也是个喜乐神，成天笑眯眯的，跟谁都好开玩笑，仿佛从没遇到过愁事。

因为是姨表亲，岁数又差不多，徐双喜和李良开从小就要好，只要小哥俩聚到一起，李良开就会觉得很快乐。这个爱开玩笑、爱搞恶作剧的表哥实在太有趣了，尤其是闹洞房这种喜事，只要徐双喜参与，一准有看头，鲜有例外。

第一次正经八百地参加闹洞房，徐双喜刚16岁，情窦初开，对男女之事似懂非懂，充满好奇。那晚，在大舅家二表哥和二表嫂的新房里，在李良开等一帮老表的欢呼声中，徐双喜用麻绳把一颗麻糖高高悬起，还负责来回移动麻绳，增加新郎新娘齐心协力啃食麻糖的难度。

不知是徐双喜把麻绳移动得过频过快，还是表哥过于心急或是下嘴太狠，反正麻糖没啃几口，新娘的嘴皮子却被新郎咬破了，招来表嫂幽怨的眼神。

半年后，二姨家的表哥结婚。闹洞房时倒没出什么意外，可徐双喜的一个馊主意却惹来麻烦。他怂恿二舅家的两个小表弟躲在婚床下，还叮嘱他们死活不要出来，说是熄灯后有好戏看。不料当晚一对新人折腾的动静太大，把床板撞击得砰砰直响。正是关键时候，两个小兄弟忍无可忍，突然大喊大叫，吓得新郎赶紧偃旗息鼓，差点坐下病根。

还有一次，村里一个要好的伙伴结婚，正闹洞房哩，徐双喜抽空溜了出来，猛地打开紧闭的窗户，一阵风灌进新房，煤油灯一下子被吹灭，屋内顿时漆黑一片。

一帮浑小子趁机浑水摸鱼猛吃豆腐。再亮灯时，新娘脸上的彩妆留下一个个清晰的唇印，胸前也凌乱不堪。

一来二去，徐双喜"树敌"无数，挨整的和即将挨整的，都望眼欲穿地盼着在他的婚礼上来个绝地大反击。

1958年夏，18岁徐双喜与同院子17岁的谭红平结婚。新婚之夜，徐双喜处处小心翼翼，赔着笑脸和大伙儿周旋，生怕别人使出狠招对付自己。

闹洞房时，徐双喜正按众人要求和谭红平在床上模拟"人工呼吸"哩，突然灯一黑，徐双喜被几双大手抓起来扔在一边，把谭红平一个人留在婚床上，一帮年轻小伙儿欢呼着往床上扑，玩起了"叠罗汉"。等到灯再亮起，重压之下的新娘子谭红平已窒息身亡。

从此，徐双喜落寞寡言，再也欢喜不起来。谭红平去世满百天的当晚，到坟前祭奠过亡妻之后，徐双喜失踪了，之后50多年音讯全无。

（五十八）

他乡遇故知，并且还是亲戚，李良开甭提有多高兴了。得知徐双喜买了次日上午去武汉的火车票，李良开更加开心，赶紧去窗口购买同一车次的车票。

搞定了车票，李良开不由分说，拉着徐双喜往自己住的小招待所走去。安顿好行李，也不容徐双喜推却，就近找了一个小饭店，点了四菜一汤，也不管自己能不能喝酒，要了一瓶低度皖酒王，兄弟俩边喝边唠。从徐双喜的讲述中，李良开终于揭开了这位表哥的失踪之谜。

当年，新婚妻子谭红平意外身亡后，徐双喜陷入了深深的自责。在他看来，妻子的死，全是自己一手造成的。如果自个儿之前不在别人的婚礼上搞那么多恶作剧，不在别人的洞房里闹得那么凶，谭红平被压窒息身亡的悲剧就不会发生。

妻子去世后的三个多月里，平时笑嘻嘻的徐双喜一次也没笑过。强烈的自责和过度的悲伤，使他最终选择了逃避：逃离故乡，远离家人。那时，川东地区还没有通火车，公路运输也不发达。谭红平去世百日那天晚上，到妻子坟前烧完纸，徐双喜靠一双脚板，摸黑翻山越岭到了万县城。先是在码头当棒棒，靠给客人挑东西养活自己，后经好心人介绍，到一条专门跑重庆至安徽安庆的运输船上当杂工，从此远离了故土。正是在这条船上，徐双喜遇到负责给船员煮饭的安庆农村姑娘俞晶晶。

俞晶晶比徐双喜小两岁，当时刚满16岁，正值二八年华，也是情窦初开之时。刚开始，她并没在意徐双喜，只觉得这个小伙儿太过深沉，话语很少，整天眉头紧锁，总是一副心事重重的样子。同样，徐双喜也没留意俞晶晶，依然沉浸在丧妻之痛中，除了干活，别的事一概不参与、不过问。

大概过了半年，徐双喜逐渐从悲伤和自责中走出来，恢复了爱说爱笑爱搞怪的本性，并很快成为船员们公认的开心果。特别是吃饭时，如果没有徐双喜的打诨取笑，大伙儿就会觉得这饭吃得没意思。

徐双喜的这一显著变化，引起俞晶晶的极大兴趣。慢慢地，她喜欢上了这个四川男孩的幽默和乐观，并且渐生爱意，打饭打菜的时候，总会有意无意地给徐双喜增加分量，还不管不顾地为徐双喜洗起了衣服。

俞晶晶的情意，徐双喜心知肚明。可他不敢直面这份真情，而是躲躲闪闪，扭扭捏捏，甚至找碴斥责俞晶晶。船员们都看不下去了，纷纷指责徐双喜。最后，在船长的逼问下，徐双喜才敞开心扉，讲起了自己的经历，表明自个儿实际上也喜欢俞晶晶，只是担心谭红平之死会给这个安徽女孩带来心理阴影。

好在俞晶晶并没有因此疏远徐双喜，而是更加坚定了要嫁给这个男人的决心。俞晶晶是独生女，其父母一直想招个没有负担的上门女婿，解决无人养老送终的问题。徐双喜一直坚称自己是个孤儿，这正好符合俞晶晶父母的心意。

1960年春，徐双喜正式入赘俞家，并在安庆落了户口。一年后，大儿子俞吉双出生。又过了六年，小儿子俞吉利降临人世。

结婚后，徐双喜、俞晶晶夫妇没再跑船，而是到安庆市区摆起了地摊。徐双喜爱说爱笑、为人活络，俞晶晶心地善良、诚实守信，两口子的生意越做越红火，逐渐由地摊发展为杂货店，再由杂货站发展为小超市。到1985年年底，两口子已拥有四家中等规模的超市，积累下了上百万元的家底。

渐渐地，徐双喜在安庆打拼的四川人和重庆人中有了些名气，尤其是那些处于创业阶段的人，都想结交这个老前辈。身为远在异乡的游子，徐双喜也乐意与老乡们交往，谁家有个红白喜事，他准会亲自到场。

让徐双喜非常开心的是，安庆的川渝老乡当中，竟然有十多个开县人。对这些开县老乡，徐双喜总会高看一眼，对他们的大事小情也格外上心。

参加过几次开县老乡的婚礼，徐双喜发现这些老乡虽身处安庆，但对开县老家的婚俗却念念不忘，不管是仪式还是喜庆活动，搞的全是老家那一套。

这些婚俗，徐双喜是熟悉的。他最感兴趣的，当数"烧火佬"背儿媳妇。儿子结婚这天，被戏称为"烧火佬"的公公老汉和婆婆大人被打扮得花枝招展，喜感十足：公公老汉戴着一个高高的尖帽子，上面写着三个醒目的大字：烧火佬；婆婆大人也被画上花脸，戴上一只用纸壳做的眼镜，一明一暗，取"睁只眼闭只眼"之意。

背儿媳妇时，在规定的距离内，"烧火佬"要一气呵成，中途不许歇气，还要接受亲友们的欢呼和哄笑，那场面，热闹得很。除了"烧火佬"背儿媳妇，开县一带更直接、更可乐的婚俗，是拿一种叫响篙的古老工具取笑公公老汉。所谓响篙，是截取一根一米左右的竹子，把一头加工成一条一条的，轻轻往地上一触碰，便发出稀里哗啦的声音，用于驱赶前来偷吃粮食的鸟儿或家禽。儿子儿媳结婚的时候，有好事者会笑逼着公公老汉背上一把农村烧火用的火钩，手里拿着一只响篙，还要不停地把响篙弄出声响。伴随着或高或低的响篙声音，好事者站在一旁，扯开嗓子大声问公公老汉："想不想搞？"

这实在是个难以回答的问题，公公老汉们往往也支支吾吾，不敢轻易给出肯定或否定的答案。因为不论怎么回答，都会引来大伙儿的哄堂大笑。

1986年春节前，徐双喜、俞晶晶的大儿子、时年26岁的俞吉双与27岁的安庆籍女孩吴小翠登记结婚。

对这门婚事，徐双喜、俞晶晶起初并不同意。徐双喜反对的理由很简单，自己的儿子一表人才，家庭条件也不错，按照老家男大女小的婚俗，怎么也得找一个岁数小一些的女孩。而俞晶晶不同意的原因则比较复杂，因为她听知情人讲，小翠这个姑娘作风不太正派，与有妇之夫搞到一起，对这样的准儿媳，她实在喜欢不起来。不过俞吉双却被吴小翠彻底俘虏，说什么也要和她结婚。徐双喜、俞晶晶犟不过大儿子，只好点头表示同意。在婚礼的操办形式上，徐双喜坚持要按开县老家的规矩来，以此提醒后人不要忘了自己的根在四川。几经交涉，吴小翠的家人做了让步。1986年农历正月初八这天，俞吉双与吴小翠的婚礼如期举行。为了增加喜庆气氛，那一天，按照四川老家的婚俗，徐双喜乐呵呵地戴上写有"烧火佬"三个大字的尖帽子，还在亲友们的欢呼声中背着儿媳妇吴小翠跑了一小段，累得满头大汗，气喘吁吁。徐双喜怎么也没想到，自己累得够呛，却被小翠当众诬蔑，说这个公公老汉不正经，竟然在奔跑过程中摸儿媳妇的屁股。刚开始，看热闹的亲友们还以为小翠是在开玩笑，但见到她委屈的泪水，哄笑声变成了鄙夷声，有的甚至开骂徐双喜不是个东西。徐双喜彻底傻了眼，急得脸红脖子粗，但一句话也说不出来，站在那里直喘粗气，连眼泪都急出来了。

眼看场面失控，俞吉双狠狠地打了吴小翠一记耳光。吴小翠惊叫一声，转身跑进新房。众人要追，被俞吉双拦了下来："不正经的东西，让她死去吧。"俞吉双说的是气话，不料一语成谶。不过三两分钟时间，吴小翠便从位于二楼新房的窗口一跃而出，头部朝下，当场死亡。眼瞅着喜事办成丧事，大伙儿都傻了眼。尤其是徐双喜，眼前一黑，晕了过去。

吴小翠的亲属们哭喊着围了上来，动手要打已经晕过去的徐双喜，被前来贺喜的四川老乡死死拦住。

一个小时后，警察带着一名女法医赶到现场。一检查，小翠竟然有了三个月的身孕！

得知这一信息，原本沉默不语、浑身颤抖的俞吉双像从阴间活过来一样，变得非常愤慨，指着吴小翠的尸体开骂："我说这么着急和我结婚呢，原来怀了别人的孩子！还好意思说我爸爸摸你？就你这脏身子，谁愿摸？"俞吉双这么一闹，刚才还群情激愤的吴家亲属们像被霜打蔫了的茄子，一个个耷拉着脑袋，大气都不敢出。

后来警察查明，吴小翠肚里的孩子确实不是俞吉双的。而关于吴小翠诬蔑徐双喜非礼和跳楼自杀的原因，警察认为与吴小翠未婚先孕有关。

徐双喜老不正经的"罪名"终于平了反，可他却高兴不起来。喜事办成丧事，怎么说都不是件光彩的事情，弄得全家人很长时间都觉得抬不起头来。而俞吉双也觉得丢人，干脆跑到湖北武汉郊区农村当了上门女婿，几乎不怎么回安庆。

这个意外事件，对徐双喜、俞晶晶和两个儿子的打击是巨大的。尤其是他们的小儿子俞吉利，甚至因此一度对婚姻产生恐惧，不敢谈恋爱，更不敢结婚。从武汉大学毕业后，他没回安庆，而是留在汉口发展，其中一个重要原因，就是逃避父母对自己终身大事的不停唠叨。

转眼到了2013年，已经46岁的俞吉利终于从婚姻恐惧症中走了出来，与37岁的武汉籍女同事、丧偶并带着一个十岁男孩的冯玉茹登记结婚。两人在武汉举办婚礼前，专门回安庆请徐双喜、俞晶晶夫妇去喝喜酒，徐双喜死活不去。

在弟弟和弟媳的婚礼上，见父母没有出席，身为大哥的俞吉双非常内疚。由于当年自己的轻率选择，不仅耽误了弟弟的终身大事，还给父亲心里留下巨大的阴影，作为长子，真应该想办法解开这个死结。

和妻子、弟弟、弟媳一商量，俞吉双决定按照开县老家的风俗，在自己位于武汉郊区农村的家里，给弟弟、弟媳补办一场婚礼。目的只有一个：让父母高兴高兴，让当年差点蒙受不白之冤的老父亲走出那场悲剧留下的阴影……

这一次，徐双喜就是去武汉参加小儿子婚礼。俞晶晶心急，几天前就去了。

听了徐双喜的倾诉，李良开深感命运的复杂与多变，对表哥产生了深深的同情，当即表示要和徐双喜一起去参加徐吉利的婚礼。对李良开这个亲表叔的意外到来，俞吉双、俞吉利兄弟俩非常高兴，把他当作贵宾一样热情接待。

婚礼定在2013年10月12日，农历九月初八。按照俞吉双、俞吉利的策划，这天徐双喜要再当一次"烧火佬"，背着小儿媳妇冯玉茹跑上那么一小段。对此，徐双喜说啥也不同意，李良开劝了半天也没效果。

实在没办法了，俞吉双、俞吉利双双跪在父亲面前，两个儿媳妇也跟着跪了下去。冯玉茹泪流满面地哀求着："爸爸，不要想过去的事了，您就依我们一回吧，咱们家的好日子还在后头哩。"这个阵势，是徐双喜万万没有想到的。他先是一愣，继而哭了："孩子，别说了，就按你们年轻人的意思办。"见父亲终于松口，俞吉双、俞吉利兄弟喜极而泣。而俞晶晶，也早已泪如雨下，脸上洋溢着的，却是无尽的笑意。

这一天上午10时许，73岁的徐双喜心甘情愿地被戴上写有"烧火佬"三个大字的尖帽子，在亲友们的欢呼声中背着小儿媳妇冯玉茹跑了一小段。

冯玉茹笑靥如花，伏在公公老汉的背上，大声喊着："老汉，加油！老汉，加油！"

徐双喜累得满头大汗，气喘吁吁，但他却笑得很开心。

看到这一幕，俞吉双搂着自己的妻子开怀大笑，笑着笑着，却哭出声来……

（五十九）

10月13日，李良开告别徐双喜等人，到武汉市区办自己的事情。

头天晚上，李良开与徐双喜聊到深夜。在李良开的反复开导下，徐双喜终于答应恢复与老家亲人的联系，并尽快找机会回一趟开县。离开故土50多年，他真的非常希望回重庆开县竹溪老家走一走看一看。

在武汉打拼发展的唐家岩李氏后人并不多，男女老少加在一起还不满十个人，李良开用了不到一天的时间，便顺利地找到他们，一一签了名，录了像。

10月14日7时50分许，李良开登上开往麻城的高铁。一个小时后，火车准时停靠在麻城北站。李良开此行的目的只有一个：寻找月溪河"塝上李"族谱上记载的"武昌孝感县洗脚河李家院子"，来一次真正意义上的寻根问祖。

洗脚河是先祖李和钦生活过的地方，是他老人家进川定居的起点，更是重庆开县月溪河"塝上李"后裔心目中的圣地。但这同时又是一个非常模糊的地名，老人们说不清楚，在网上也查不出个所以然来。

为了搞清孝感县洗脚河李家院子的具体位置，在多方询问无果的情况下，李良开想到了网络，并让大孙子李鹏程教自己学会了用拼音打字和在网上搜索资料。前前后后上网不下百次，各种关键词都搜索过了，也没确定孝感县洗脚河李家院子到底位于哪里。刚开始，李良开以为族谱上记载的"孝感县"就是当下的湖北孝感市，但查来查去，更多的信息却指向麻城，指向历史上非常有名的"麻城孝感乡"。

民间自古就有"湖广填四川，麻城占一半"之说。在川渝地区，如果有人问起某人祖籍何方，许多人都会这样回答："我的祖籍是麻城孝感乡，我们祖上是湖广填四川上来的。"

据史料记载，明代麻城县分四个乡区，孝感乡是其中之一。明成化八年（1472）进行区乡调整时，孝感乡并入仙居乡。从此，"孝感乡"这个行政区划消失了。据专家分析推算，历史上的"麻城孝感乡"，应该就在今天的麻城市鼓楼街道办事处下辖的沈家庄。

至于"洗脚河"的来历，说法更是多多。

这条河其实正规名字叫举水河，发源于大别山南麓麻城境内，全长165.7公里，素有"鄂东第一河"之称，是长江主要支流之一。湖广填四川时，很多移民就是从麻城高岸河码头上船，沿举水河进入长江，继续西上，经三峡进入四川。

关于"洗脚河"的来历，流传最广的说法是这样的：移民们故土难离，临别依依，路途遥遥，前途茫茫，出发之前，人们把双脚伸进举水河里细细地洗，让清澈的河水为自己洗去尘土，洗去霉运，带来平安和好运，然后换上一双新草鞋，踏上漫漫长途。渐渐地，在举水河洗脚，换新草鞋，就成了入川移民出发前的仪式。久而久之，人们就根据谐音，把这条河称作"洗脚河"。

也有一些入川移民把这条河叫作"喜鹊河"。因为民间认为，喜鹊是吉祥之鸟，是报喜之鸟。传说喜鹊搭的巢里，有一棵吉祥的瑞草，这棵瑞草放进水里，它不会顺水漂流，而是溯流而上。入川移民也正是将要沿着长江溯流西上。于是人们根据谐音，把举水河叫作"喜鹊河"，表达了对迁徙到四川能够平安吉祥，顺顺利利，开创出一片新天地的美好愿望。

这些年来，由于前来"麻城孝感乡"寻根问祖的人越来越多，当地政府乘势而为，围绕移民文化大做文章，不仅成立了麻城"孝感乡现象"研究学会，修复了高岸河移民码头，开发了孝感乡都沈家庄，还规划建设了移民博物馆和移民公园，扩建了五脑山旅游公路。

李良开还在网上看到一篇文章，从传说的角度对"洗脚河"的来历作出诠释：

"相传后赵大将麻秋奉旨筑城（麻城最早的得名，在今阎河古城畈），对筑城的兵民催逼甚急，日出而作，鸡鸣才可休息。其女麻姑十分同情筑城的兵民，劝父亲体恤他们，可父亲充耳不闻。麻姑无奈，就自己在夜里学做鸡叫，其父果以为天快亮，让兵民就寝休息。可时间一长，麻姑的父亲看出了破绽，并在一天夜里亲自将学鸡叫的女儿抓住，将她责打得遍体鳞伤。一心想救民于水火的麻姑，对父亲彻底失望了，她想出门修仙。

麻城西北的五脑山，钟灵毓秀，云雾缭绕，木秀竹修，鸟语花香。麻姑心仪已久，就决定到五脑山去修仙。这天深夜，麻姑偷偷出城，匆匆往五脑山跑去。跑呀，跑呀，天黑路滑，她不知跌了多少跤，撞得鼻青脸肿，特别是她那双脚，像灌了铅似的，怎么也挪不动。恰在这时，她的父亲发现她擅自出门修仙，气愤万分，派出了大批人马查找她的下落。眼看父亲的追兵就要赶上了，麻姑十分着急，脚不能走，就用手爬。五脑山就在眼前两三里了，可就在这时，眼前横过一条小河来。

麻姑犹豫了一下：怎么办呢？这河不知深浅。过，说不定被水淹死；不过，就会被父亲的兵马捉回去。突然，她鼓起勇气，宁死也要去修仙。她艰难地爬到水边，这时奇迹出现了：她的脚沾水后骤然不痛了，身上的伤沾水后骤然痊愈了。麻姑兴奋异常，立即精神百倍，蹚水而过，身轻如燕，来到凤岭旁的一个山洞中开始了修行岁月。麻姑过河后河水迅速汹涌起来，那些追兵，怎么也过不去，就料定麻姑一个弱女子必不是去的五脑山，便打道回府了。

寒来暑往，日月如梭。麻姑没有忘记脚下这条河，修行累了就到河边洗洗脚，天长日久，她常去的地方，被淘成了一口很深的井。这井沾了麻姑的仙气，井水能治百病，尤其是用这水洗脚后，脚伤自愈，且能远行千里不脚痛。

这年，数以万计的平民奉旨聚集麻城孝感乡，然后再开拔四川。五脑山脚下的虎形地也成了一个移民聚居的大本营。他们从河南、江西等地千里迢迢而来，不日又要千里迢迢往四川而去。他们浑身上下哪还有力气，更何况双脚红肿，有的溃烂化脓。看到这样的惨景，修仙的麻姑坐不住了。一天夜里，她变成一个老妪，引领着移民大军的头目，来到洗脚河旁，告诉了他洗脚河的秘密。于是，千千万万的移民们纷纷跳进河里洗脚沐浴，他们原来的脚伤马上治好了。入川后，他们插标为业，安家落户，繁衍生息，有关家乡的很多事情都忘记了，可是麻城的孝感乡和洗脚河，却永远是他们心中的圣地。"

这篇文章，让李良开更加迷惑了：族谱上记载的"孝感县洗脚河李家院子"是如今的麻城市鼓楼办事处下辖的沈家庄，还是五脑山下的某个村庄？显然，没人能够回答这个问题。从武汉启程前往麻城时，李良开就意识到自己的这次寻根之旅可能会无果而终。他也曾打过退堂鼓，但最终，还是抱着试一试的想法来到麻城。

下了火车，李良开迷茫了：下一站去哪里？是到沈家庄碰碰运气，还是到五脑山附近转一转？思来想去，他决定选择后者。毕竟，这里是与"洗脚河"关系最为紧密的地方，说不准真能找出点儿什么线索。

好不容易打探到去五脑山的汽车线路，李良开的胃病又犯了，并且这一次病情来势凶猛，连服了两个剂量的止痛片，依然疼痛难忍。李良开有些害怕了，没敢抱病前往五脑山，而是赶紧打车到麻城人民医院就诊。

一检查，医生被李良开的病情吓住了。检查结果显示，这是个胃癌患者，并且癌细胞已出现扩散症状。听到病人坚称自己只是得了比较严重的胃病，医生也没敢多说什么，而是通过闲聊，先是打探出李良开的二儿子李远在西藏驻军当副旅长的确切消息，再以自己有个亲戚在西藏当兵，想请李副旅长关照为由，要来了李远的电话，之后避开李良开打了过去，如实通报了相关情况。

接到这个电话，李远再也坐不住了，一边打电话给父亲，让他赶紧住院治疗，一边向领导请了事假，带着妻子田梅坐汽车赶飞机，一刻也没敢耽误，前后不到15个小时，便抵达麻城人民医院。

见二儿子和二儿媳突然出现在自己面前，李良开很意外："你们来做啥子？不就是胃病犯了嘛，用得着这样大动干戈？"李远装着很轻松的样子："啥子大动干戈哟。我刚好休假，准备陪田梅回一趟她老家洛阳，我们已经好几年没去看她爸爸妈妈了，再不去，也不像话了。您不是也准备去河南吗？我们两个一合计，干脆过来陪您一起去。对我来说，这样既照顾了我屋老汉，还兼顾了自个婆娘，两全其美，多好的事啊。"

田梅是河南洛阳人，其姨父是李远当战士的连长。也正是在老连长的介绍下，李远和田梅才成为恋人并最终结婚。考虑到西藏的条件相对艰苦，田梅怀孕后，到李远的老家重庆开县生活了四年，直到儿子上幼儿园，她把孩子留给公公婆婆照看，自己随军进藏陪伴丈夫，目前在部队的军人服务社工作。

对二儿子的说法，李良开将信将疑，但没再深问。眼看自己的胃痛越来越严重，犯病也越来越频繁，身边有儿子儿媳照顾着，倒也是个不错的办法。

在医院住了两天，胃痛稍有缓解，李良开坚持要出院，并且要求李远和田梅陪他一起去五脑山附近转一转。在儿子儿媳的陪伴下，李良开拖着日渐虚弱的身体，以极大的热情，几乎转遍了五脑山下的各个村落。但非常遗憾的是，一行三人不但没有找到"李家院子"，连姓李的人家也没寻到多少。好不容易找到几家，一对"塝上李"族谱确定的宗派顺序，一个也对不上。转了两天，李良开彻底失望了，不得不放弃继续寻找下去的念头。

离开麻城之前，李良开专门去了一趟举水河。当着李远夫妇的面，他跪在河滩的鹅卵石上，眼含热泪，满脸虔诚，朝着重庆开县古月乡的方向，非常郑重地磕了三个响头，以此表达对先祖的深切思念和真诚祭奠。

当然，麻城之行也并非毫无收获，至少让李良开对故乡有了新的认识。

何为故乡？或许不过是个时空概念罢了。落实到一个具体地方，对先人而言是故乡，对后人来说则可能是异乡。从这个意义上讲，故乡和异乡是可以相互转换的，今日之故乡，明日之异乡，变幻反复，如此而已。

李良开和二儿子交流这个问题时，李远则引用了网上广为流传、富有深意的说法：到不了的，叫远方；回不去的，叫故乡。

（六十）

10月19日7时25分许，一趟动车驶出武汉火车站。8时50分许，列车准时抵达长沙南站。

有儿子儿媳全程陪同照顾，李良开心情大好，下火车时也洒脱了不少，背着双手，悠闲地带头朝外走去。坐滚梯下地下通道之前，田梅快步跟上来，扶住公公的胳膊，顺便说起接下来的安排："爸爸，表妹和妹夫都接站来了，妹夫自个儿开车，还说一会儿要拉你到长沙市区好好转一转。""哈哈，有你们年轻人在，我就啥也不管了，全都听你们安排。"李良开心情不错，笑着回答二儿媳妇。

下了滚梯，顺着人流往出站口走。见拎着两个行李箱的二儿子没跟上来，李良开稍作停留，等李远满头大汗地小跑到跟前，他抬手给儿子擦了擦额头的汗水，关切地问道："累不累？要不给我一个箱子？""不累不累。"李远赶紧拒绝，"有儿子在，您就不要管了。""好好好，我不管。"李良开又笑了，走了几步，又回头问李远："给你老娘打电话了吗？说没说我10月22号赶不回去了？她没有生气吧？""哈哈，您还怕我老妈不成？"李远大笑起来，"听说您要延长时间，我妈是有点不高兴，还有点不放心。但一听说有我和田梅陪着，她就没再说什么了。依我看，没反对就是默许，您就大胆地在外面耍。不过我老妈又讲了，最多给您延期20天，多一天也不行。""瞧瞧，这不还是对我不放心嘛。"李良开嘴里嘟囔着，心里却非常开心。不管怎么说，妻子最终还是同意自己在外面多跑一段时间。

其实，李良开何尝不想早点回到老家，可胃病几次发作，原定行程受到冲击，不延长时间，真就达不到预期目的。

此番长沙之行，除了联系十来个唐家岩李氏后人签名录像，另一个任务，是探望徐小芳的堂妹徐小琼。她和丈夫来长沙定居已有十年，身为堂姐的徐小芳非常牵挂，再三叮嘱李良开一定要借这个机会去看一看。

徐小琼生于1957年，比徐小芳小了11岁。尽管岁数上差距较大，但姐妹俩感情很好，在娘家时是邻居，嫁人后还是邻居，婚前婚后都十分要好。1962年，17岁的徐小芳嫁给唐家岩李家大院的远房表哥李良开。13年后，在徐小芳的张罗下，18岁的徐小琼也嫁到唐家岩，成为袁国豪的妻子。姐妹俩嫁到同一个地方，相互有个照应，心里都觉得很踏实。

总体而言，徐小琼和袁国豪的婚姻是幸福的，尤其是随着大女儿袁红瑶和小女儿袁红芸的相继出生，一家四口的小日子过得红红火火，很是让人羡慕。对于没生儿子，徐小琼多少有些失望。好在袁国豪并不在意这个，更没有男尊女卑、靠儿子传宗接代的思想，而是把两个女儿当成了掌上明珠，竭尽全能为她们创造尽可能好的成长环境。

1982年和1985年秋，袁国豪、徐小琼夫妇的一对宝贝女儿相继到梓第村小上学。在学校，袁红瑶和袁红芸是一对骄傲的小公主：别的女孩心不甘情不地愿地穿着补巴衣服上学，姐妹俩一周一换，样式新颖，很少重样，并且都是八成新以上，穿在身上特别精神，谁见了姐妹俩都要多瞅几眼。

这一切，缘于袁国豪、徐小琼夫妇都是过日子的好手。袁国豪在农闲时节下苦力挣钱，要么挑煤炭，要么抬石头，什么挣钱干什么，从不吝啬力气。徐小琼则精心侍候那些猪牛鸡鸭，不时赶场卖点儿鸡蛋鸭蛋，年底再卖三两头大肥猪，一家人的大小开销也就有了着落。

在那个土地刚刚承包到户、改革春风才徐徐吹起的年代，巴山余脉的小山村普遍还很贫穷。但也有例外，比如，当大多数人家还在为解决温饱问题犯愁时，袁红瑶和袁红芸感受到的却是初级小康带来的满足和快乐。

袁红瑶比袁红芸大三岁，也懂事许多，从小就有姐姐样，凡事总让着妹妹，从不和袁红芸抢东西。袁红瑶上小学五年级时，读二年级的袁红芸坚称姐姐的花书包比自己的新，非要换一换。没等父母吱声，姐姐的书包便斜挎在了妹妹的肩上。

　　相对于袁红芸的活泼美丽，同样长得很清秀的袁红瑶显得文静一些，勤快、爱笑，但话不多，很少与人争辩，对父母安排的活路，无论是田地里的还是家里的，她不说不讲，只顾埋头用心干活，又快又好，几乎不用大人操心。

　　在梓第村小，袁红瑶和袁红芸是公认的学习尖子，参加乡里的统考，年年都是全乡同年组前三名。家里堂屋成了奖状的世界，贴满了整整两面墙壁。

　　小学毕业会考，袁红瑶考上了月溪中学。这可是全县的重点中学之一，只要不松劲，只要顺利念完初中，袁红瑶完全可以考上当时农村孩子十分热衷的中专，从此跳出农门进城市，端上衣食无忧的铁饭碗。

　　拿到录取通知书那天，袁国豪很高兴，喝了两杯烧酒，结果喝醉了，第二天一大早去邻村抬石头时还有些头重脚轻。父亲出门的时候，袁红瑶还在床上，听见母亲说了一句："要不休息一天吧？"父亲没答应，说大女儿考上重点初中了，我得抓紧把学费和生活费挣出来。

　　当天上午，袁国豪出事了。抬一块大石头时，他的脚一软，肩上的杠子一滑，石头重重地压了过来，压折了右小腿骨。后来接上了，但效果不好，一瘸一拐的，再也不能靠下苦力挣钱了。

　　父亲受伤一个月后，新学年开学。袁红瑶哭着把录取通知书撕得粉碎，没去学校报到。她哭着对父母说："我在家里帮妈妈养猪挣钱，让妹妹安心读书吧。"袁红瑶辍学了，开始和父母一起种田种地和养猪养鸡。

　　三年后，在姐姐的激励下，袁红芸如愿考上月溪中学，学习成绩一如既往的好，每学期都要拿回几个奖状，每次都和姐姐一起，用糨糊细心贴在堂屋的第三面墙壁上。乡亲们都说，袁红芸一定能如愿考上中专。

　　初二下学期，袁红芸无可救药地喜欢上了学校高中部一名高二男生，两人谈起了恋爱，袁红芸的学习成绩直线下降。有一天晚上，两人在学校旁边的小树林约会时，被老师抓了个正着，双双被开除学籍。

　　得知这一消息，父母气得两天没吃没喝，姐姐袁红瑶哭肿了双眼，可已于事无补，只能接受这个有些残酷的现实。

　　从学校回来，袁红芸像变了个人一样，不愿在家务农，说啥要去广东打工。

　　那年月，外出打工还是个新鲜新闻。尤其是女孩，外出打工的更少，偶尔出去一两个，回家时稍稍花枝招展一点儿，就会有人说闲话，说她们挣的钱不干净。在这种环境下，袁国豪和徐小琼自然不同意袁红芸去打工，可又招架不住小女儿的一再坚持和离家出走的威胁。见父母为难，袁红瑶开口了：让我和妹妹一起去吧，我们两姊妹也相互有个照应。

　　就这样，18岁的袁红瑶带着15岁的袁红芸去了深圳，进入一家港资鞋厂打工，一干就是三整年，一次家也没回。

打工第二年，袁红瑶喜欢上了一个来自河北农村的小伙，两人情投意合，顺利发展为恋人，并且很快进入谈婚论嫁阶段。对这个英俊而略带腼腆的准姐夫，袁红芸是满意的，甚至充满了好感，多次在姐姐面前说他这儿好那儿好，还说将来找男朋友就按姐夫的标准来。

袁红瑶没往心里去，以为妹妹是在打胡乱说逗自己开心。她怎么也没想到，没过多久，袁红芸真的找了个来自广西南宁的男朋友，无论是体形还是长相，与袁红瑶的河北籍男友都有几份神似。袁红瑶有些哭笑不得，但又不便多说什么，只能想办法去打探那个广西小伙的底细。作为姐姐，袁红瑶可不愿妹妹找一个不着调的男朋友。

一打听，还真发现不少问题：这个广西小伙吸毒！瘾头还挺大，在家时就偷偷摸摸找钱买白粉，还进过看守所和戒毒所，父母管不了，把他逐出家门，任由他在外面飘荡。和袁红芸处对象时，他没进厂上班，在外面像浮萍一样飘着，属于啥都敢干的小混混。弄清了这一切，袁红瑶苦口婆心地劝妹妹不要拿自己的终身幸福开玩笑。

袁红芸听进去了，那个广西小伙却不答应，提出要当面和袁红瑶谈谈，否则就要白刀子进红刀出。袁红芸吓坏了，说姐姐我们不在这儿干了，赶紧回家吧。袁红瑶说不怕，穿鞋的哪能怕光脚的，我去和他谈。

那天晚上，袁红瑶把广西小伙约到鞋厂六层高的员工宿舍楼顶面谈。袁红芸不放心姐姐，尾随着跟了上去。

广西小伙很激动，说是真心喜欢袁红芸，袁红瑶劝了两个多小时，广西小伙就是不松口，还说如果袁红瑶不答应，他就从楼顶跳下去。见僵持不下，袁红瑶跪下了："求求你，放过我妹妹吧……"

广西小伙依然很激动，甚至有些歇斯底里，翻身就要跳楼，被袁红芸从背后紧紧抱住……

因为无力阻止妹妹已然失控的恋情，袁红瑶自责不已，成宿无法入眠，最终患上重度抑郁症，一天深夜纵身从六层高的员工宿舍楼顶跳了下去……

经过抢救，袁红瑶的命保住了，但双腿粉碎性骨折，腰椎也摔坏了，出院后只能靠轮椅活动，成了半身不遂的残疾人。见此情形，河北小伙打了退堂鼓，决定与袁红瑶分手。而那个广西小伙也怕粘包，支付了袁红瑶的部分医药费，之后从袁红芸的身边消失了。

袁红芸坚持要一边打工挣钱，一边照顾坐在轮椅上的姐姐。袁红瑶不愿成为妹妹的负担，说啥也不干，坚持要回唐家岩，回到了父母身边。

回到老家，袁红瑶有些后悔。因为乡亲们都在疯传，说是袁红芸在外面傍了个香港老板，给人家当了小老婆，袁红瑶不同意，袁红芸把姐姐从楼顶推了下去……袁红瑶挣扎着要坐着轮椅出去辟谣，被母亲徐小琼死死地摁住了："孩子，别去了，这种事情越描越黑，让他们说去吧。"母亲说这番话的时候，父亲在一旁猛抽旱烟，默不作声。于是，袁红瑶选择了沉默，并且很少出门，成天把自己关在家里。

两年后，由于后期治疗没有跟上，加之活动量小，袁红瑶的肌肉严重萎缩，还伴有其他并发症，在一个晚上溘然长逝。闻讯赶回来的袁红芸哭肿了双眼，哭哑了嗓子，一天一夜滴水未进。

袁红瑶去世两年后，袁红芸因表现突出，成为那家港资鞋厂的高级管理人员。又过了三年，袁红芸被派往长沙分厂当负责人。

在这里，袁红芸和长沙籍小伙刘春祥相识相恋，最终走进婚姻的殿堂。婚后，袁红芸在长沙市区买了一套140多平方米的房子，把袁国豪、徐小琼从老家山里接出来一起生活……

2013年10月19日这天，阔别十年之后，见到来自老家的亲人，袁国豪、徐小琼夫妇喜极而泣，争相拉着堂姐夫李良开的手，表达着自己的欣喜之情。

与在老家务农时相比，袁国豪和徐小琼都白净了许多，也胖了不少。夫妻俩也坦言，女儿女婿对他们很好，平时除了接送一下正上初中的小外孙，也就是买买菜，做做饭，空闲时再到附近的公园里散散步，日子倒也过得充实而快乐。如果非要说有不顺心的事，就是想念老家，想念唐家岩的一草一木。说起老家的几间土墙房子，袁国豪和徐小琼甚至流下了眼泪。那是夫妻俩用汗水换来的安乐窝，是见证两个女儿成长的快乐天堂。虽然每年袁国豪都会寄给李良开一笔钱，请他找匠人检修一下房子，但他还是担心房子会垮掉。

离开长沙前往郑州时，李良开要袁国豪、徐小琼夫妇保证，年底无论如何要赶回老家过年。徐小琼很敏感："姐夫，您腊月间是不是满六十九了？要不提前办一下七十大寿？如果真办，我们一定会回去给你祝寿。"

"哈哈，儿子儿媳们还真有这个想法。不过我不想办，不就过个生日嘛，亲戚们坐在一起吃顿饭就行了，搞那么大场合干啥？"说起自己很快就会到来的生日，李良开非常淡定，一口否认要办寿宴。

袁国豪赶紧表态："不管你办不办，我们都提前赶回去。"

（六十一）

两个多月的奔波，李良开意外迷上了火车这种交通工具。尤其是"G"打字的高速动车，更是让他有些欲罢不能。可不是，2013年10月19日9时许，当李良开、李远、田梅一行三人登上开往河南郑州的动车时，他又莫名地兴奋起来，不急于落座，而是沿着过道来回溜达。

看着父亲兴奋的样子，李远和田梅也很开心。能让来日不多的老人在旅途中体验到不一样的人生乐趣，怎么说也是一件有意义的事情。看来，两个多月前的那个决定是正确的。如果当时选择把真相告诉父亲，如果把他束缚在医院里接受各种治疗，说不定他的精神和身体都早已垮掉了。

趁李良开在高铁车厢来回溜达的空隙，李远让妻子检查了一下自带行李箱里的那个铁盒子。里面有两盒杜冷丁注射液，还有一些一次性注射器。这是李远托关系搞来的，准备在父亲疼痛难忍时使用。既然癌细胞已经扩散，与其让各种治疗和药物给父亲带来更多的折磨，不如用杜冷丁这种特效药减轻他的痛苦。

背着父亲，李远和田梅低声讨论起"安乐死"。对此，李远持肯定态度，认为只要医生给出可以放弃治疗的权威结论，并且患者和家人都同意用更为平和的方式终结生命，没有什么不可接受的。而田梅则坚决表示反对，既然生老病死是自然规律，为什么不让生命按其固有的轨迹走到最后一刻呢？再说，要是医生和家人根本不征求患者本人的意愿，强行采取"安乐死"措施，岂不成了故意谋杀？

李远并不赞成妻子的看法，但也没再继续争论下去。在当下中国，"安乐死"仍然是个敏感话题，更是违法行为，即便和妻子争出个子丑寅卯，又能如何？没有实际意义的事情，还是不去争论为妙。

转悠了30多分钟，李良开才回到自己的座位上。刚坐好，田梅送上温开水，而李远则把刚用热水浸润过的毛巾递过去，让父亲擦擦脸。

见儿子儿媳如此周到细致，李良开开心地笑了，可嘴里却在责备二儿子："车里到处都是空调，一点儿也不热，又没出汗水，有啥子好擦的？把你老汉当领导伺候了？别跟我扯淡，老子不吃这一套！"

坐在过道另一侧的一位老年男人乐了，和李良开开起了玩笑："你这个老头子，我看你是身在福中不知福。后人对你这么好，你还叽叽歪歪，是不是有点装了？""哈哈，装不装我都是他们老子。"李良开也大笑起来，"这位老兄，听你口音，也是四川的？""啥子四川人？我是湖北人。我们湖北讲话，口音跟你们四川、重庆差不多，还有云南和贵州，基本上都是这个调调儿。当然，也不完全一样，各有各的特色，有些土话，隔座山、隔条河就会不一样。"说起这几个地区的语言风格，老年男人如数家珍，娓娓道来。

因为有近似的乡音，两个老人干脆调座坐到一起，痛痛快快地摆起了龙门阵。一了解，李良开得知这个老人比自己大一岁，姓付，刚过70岁生日，退休前是安徽某县工商局局长，自称老付。

老人都很怀旧，都愿讲过去的事情，听说李良开当过多年村干部，老付更是像找到知音一样，把有关自己升迁的那些陈年旧事都讲了出来。

按照老付的说法，在安徽那个县，他算是外地人，没什么背景，家里经济实力又不行，大学毕业后阴差阳错分到那个县城工作时，他对自己的仕途并没有抱多大期望，只想老老实实地上班，平平安安地过日子。

对这个不大的县城，老付一点儿也不喜欢。除了语言和饮食习惯上的差异，他最不堪忍受的一件事，就是这里的人嗜好吃臭豆腐，无论大街小巷，不出三五十米，总会碰到卖臭豆腐的摊点。老付不好这一口，更闻不惯那股奇怪的味道，从来不吃，遇到卖油炸臭豆腐的小摊儿，也总是绕道而过。

这个地方的人太爱吃油炸臭豆腐了，无论男女老少，都习惯于在逛街或游玩时买上那么一小碗，用牙签扎着，一块接一块地往嘴里送，吃得津津有味。

几经工作调整，老付成为县城一个基层工商管理所的工作人员。由于在仕途上没有什么企图，本身比较正派，在县城又没什么亲朋好友需要关照，老付工作起来总是很较真。一段时间下来，公正执法的形象便树立起来，那些无证经营的商贩一听到他的名字，多半会吓个半死。老付还是个普通干部时，只要听说他要去检查工作，所经过的街区经营秩序井然，很难看到随意叫卖的场景。

40岁那年，省工商局一名领导来这个县城蹲点调研，发现了老付这个典型。经过媒体广泛宣传之后，老付大器晚成，一鸣惊人，一下由普通科员升任为所在工商管理所副所长。半年后，县城附近某景区工商管理所陈所长提拔为县工商局副局长，身为典型的付副所长负负得正，成为该景区工商管理所的一把手。

当了所长，老付依然执法如山，上任后对乱设摊点、随意收费等市民反映强烈的问题进行大刀阔斧地整治，一时好评如潮。

不过所里的同事们很快发现，付所长也有软肋：根本闻不了臭豆腐的味儿，从不去管那些经营臭豆腐的小摊儿，很有点不管不问的意思。

于是开始有人造谣，说那些人都是付所长的亲戚。谣言传到付所长耳朵里，他只是笑笑，从不分辩。因为付所长深知，谣言就是谣言，你不理会它，谣言也就没了继续传播的动力。于是大家都知道了那些人不是付所长的亲戚，不再胡乱揣测。

受所长的影响，所里其他工作人员也开始对景区的臭豆腐小摊儿放纵起来，来景区从事这种营生的人也就越来越多，几乎涵盖了所有风味的臭豆腐，景区开始被好事者称为"臭豆腐集散地"。

付所长从不吃油炸臭豆腐，但不反感别人吃，所里开会时他曾经讲过：你们想吃就吃，别因为我影响大家的口福。

付所长当所长后依然是典型，所里年年是先进，他也多次出去作报告，但就是提不了，所长一当就是八年，从没挪过窝。又有人开始造谣了，说付所长之所以不能提，是因为他管理的景区臭豆腐小摊儿太多，把他的官运给熏跑了。谣言传到付所长耳朵里，他依然只是笑笑，什么也不说。

付所长当所长当到第九个年头时，当了九年副职的县工商管理局陈副局长终于扶正，付所长也变成了付副局长，景区工商管理所那个姓王的副所长转正为所长。

交接完工作，付副局长把王所长叫到一边："那些臭豆腐摊儿千万别动啊。陈局长的老母亲和老婆孩子都好这一口。"王所长恍然大悟：陈局长家就住在景区旁边的小区里，经常见他陪着老母亲、带着妻儿在景区里遛弯……

讲完这段往事，老付深有感慨地总结道："对部属而言，跟领导搞好关系太重要了。一些不起眼的小事，只要做到了极致，照样可以达到曲径通幽的奇效。"

老付这段关于臭豆腐的故事，深深震撼了李良开这个前村主任。看看正在一旁打瞌睡的二儿子，李良开心里一动，求起了老付："老哥，我这个儿子也算是个领导，在部队当副旅长好几年了，还没见提起来。我看你经验很多，要不你点拨点拨他？"没等老付答应，李良开赶紧把李远捅醒，让他当面聆听老前辈的教诲。李远无奈地笑了笑，但还是强打起精神，装着一副虚心请教的样子。

老付倒也没推却，绘声绘色地给李远讲了一个关于如何给领导送礼的小故事。

话说老付当上县工商管理局副局长不久，从局办公室张主任那里得知陈局长的母亲即将迎来八十大寿。作为副局长，老付当然明白继续和局长搞好关系的重要性。虽然局长不能直接给自己提职，但他有建议权和推荐权。陈局长老母亲过八十大寿，这显然是进一步加深与局长关系的绝好机会。

老母亲80岁生日的前一天晚上，陈局长的家里热闹起来，前来贺寿的人络绎不绝，收到的礼物也五花八门，保姆不停地端茶送水，迎进送出。

一下子收到那么多礼物，老太太自然很高兴，但也纳闷不已。因为来客除了为数不多的亲戚，多是陌生面孔；送来的贺礼也五花八门，不是高档烟酒就是高级补品，还有一些看起来很上档次的衣物。看着堆成小山一样的礼物，老太太嘀咕开了："都什么呀？一点儿也不实用。"保姆乐了："阿姨，这可都是些好东西。那您说说看，什么东西实用？"老太太倒不含糊："我都大半截入土了，把寿衣准备齐全，比什么都实用。"同样的话，半个月前，老太太曾对儿子的下属、县工商管理局办公室张主任说过。当时，张主任来看望她，问老太太有什么需要，她说了这番话。同样的话，五年前，老太太曾对儿子儿媳说过。当时，儿子不表态，儿媳却强烈反对，说那样不吉利，老太太只好作罢。同样的话，张主任在和付副局长闲聊时说过。当时，说者无听，听者有意，张主任当笑话讲，付副局长却当重大消息听。

这会儿，老太太正和保姆说寿衣的事哩，门铃又响了。一开门，是付副局长，他提着一包东西，乐呵呵地对老太太讲："阿姨，看我给您带什么来了？"

打开一看，全套的寿衣！并且是质量上乘的那一种！

付副局长前脚刚走，老太太拨通了儿子的手机："那个小付副局长真不错，知道怎么孝顺老人。他送的生日礼物，我最喜欢……"

后面的故事毫无新意，无外乎是副局长深得陈局长的信任，陈局长退休后，推荐副局长接替了自己的位置。

对这段往事，老付同样作了总结：给领导送礼，贵重和分量是一个方面，送到心坎上也不可忽视。否则，极有可能出现花大价钱遭大埋怨、费力费钱还不讨好的尴尬局面。

面对前辈的教诲，李远表面上点头称是，心里却不以为然：谁都知道送礼重要，可手里无余粮，哪还有心思去琢磨送什么礼物？

在李远看来，跟自个儿这种没什么经济实力的人谈送礼，简直就是对牛弹琴。换一种说法，就是站着说话不腰痛，纯他娘的扯淡！

（六十二）

一路走来，签名和录像这两件事情总体上还算顺利。那些以前在电话里含糊其词的唐家岩李氏后人，可能是被李良开亲力亲为感动了，抑或是不好当面驳这个前村主任的面子，除了为数不多的公职人员，几乎都痛痛快快地在请愿横幅上签了名，也按李良开的要求对着摄像机表了态。

李良开怎么也没想到，在郑州的一天半时间里，他却遇到了麻烦：六个唐家岩李氏后人，竟然有两人直接拒绝签名和录像，怎么动员都不行；还有一人干脆躲起来不见李良开，后来索性把手机关了，怎么也联系不上。

拒绝李良开的两人均是"善"字辈的后生，三十五六岁，都是川菜厨师。两人的理由如出一辙：想拿那笔拆迁款开一家川菜馆，实现当老板的梦想。

面对这样的理由，李良开有些失望，却又无话可说，只能私下里向二儿子抱怨："这两个家伙，是不是跟着河南人学坏了？"听父亲说河南人的不是，李远怕河南籍的妻子不高兴，赶紧阻止："您小声点儿，别让田梅听见了。""我又没说她。"李良开嘴里虽不服气，但也不再提及此类话题。

在火车上和老付闲聊时，这个前工商局局长曾叮嘱过李良开，让他到了河南要小心一点儿，省得被当地人算计。话里话外，老付对河南人的印象也不太好。

实际上，李良开并没有地域偏见，之所以抱怨那两个唐家岩李氏后生跟河南人学坏了，其实也是受老付的影响。之前，除了二儿媳妇田梅，他并没有接触过别的河南人，不接触更没有发言权，也就无所谓印象好坏了。

10月20日下午17时许，在郑州火车站高铁候车大厅里，趁田梅出去给父母买礼物的空隙，李远对父亲说起他对河南人的中肯评价。

在李远看来，那些对河南人的非议绝对是偏见，是典型的以偏概全，或者是以讹传讹。李远的新兵班长和后来的老兵连连长都是河南人，为人处世都很大气。李远还推荐父亲有机会看一看那本名叫"河南人惹谁了？"的书，说里面有十分客观中立的分析，有利于国人改变对河南人固有的不良印象。

李远这么一讲，李良开觉得自己有些武断了，不该无端指责河南人。再联想自己的二儿媳妇田梅，他真没发现什么无法接受的怪异性格。事实上，这是个知书达理的女子，是徐小芳最认可的儿媳妇，也深得李良开的好评。

父子俩正唠得起劲哩，一个中年女子突然出现在李良开面前，恭恭敬敬地叫了一声"三舅"。李良开吓了一跳，定睛一看，原来是远房堂姐李良凤的三女儿徐红英。

生活有时就是这么有趣或无奈，想见的人没见着，不想见的人却见到了。是的，徐红英就是李良开不想见到的晚辈之一。

按辈分算起来，徐红英其实是徐小芳的远房侄女，她既可以把李良开叫作三舅，也可以按老家的规矩称其为姑爷（即姑父），但其母亲觉得叫舅舅更亲热一些，便有了"三舅"这个称谓。

李良开不仅不愿见到徐红英，李良凤健在时，他也是爱答不理的。倒不是李良开嫌贫爱富，或者不通礼数，而是李良凤、徐红英母女俩都是搞封建迷信的巫婆，而这正是李良开这个老党员一直反感的行当。

当然，在梓第山一带，包括整个铁峰山脉，并不流行"巫婆"这个称呼，而是叫作观花妹。装神弄鬼的观花妹并不是所有女人都能当的，也不是所有女人愿意当的，既需要所谓的机缘，更需要本人放得下身段，用李良开的话说，就是要学会不要脸。而在李良开的印象里，李良凤无疑就是个不要脸的观花妹。

从李良凤的母亲那代人算起，加上李良凤的大女儿徐红琴和小女儿徐红英，这家人先后出了四位观花妹，曾经风光一时。

三代人，四位观花妹，干得最风光的，当数14岁就单独外出占卜的李良凤。受母亲的影响，李良凤小小年纪就显示出极强的模仿本事和超强的记忆力，十岁那年，就已经把观花妹那一套业务学得惟妙惟肖，13岁开始跟母亲外出装神弄鬼骗钱骗粮。

17岁那年，李良凤软硬兼施，鬼神并用，成功把自己嫁给邻村一位帅气但很懦弱的后生，十个月后大女儿出生，之后又接连生了两个女儿。

大女儿出生后，李良凤开始在外面认干儿干女。没什么标准，只要有人提出要求，三五块钱，或几斤大米，她就又多了一个干儿子或干女儿。

那时，李良凤的名气很响，谁家出了个久治不愈的病人，或是某个孩子夜哭不止，把李良凤请去，好吃好喝之后，她就会假装神灵附体，先是一顿抽搐，继而泪如雨下，口吐白沫，直翻白眼，像是死去一般，继续双眼紧闭，嘴里应着哭丧一样的旋律，把妖孽魔障、破解方法一一道来。

李良凤还有一个本事，就是一旦神灵附体，她就能以神仙的口吻说出主人许多不为人知的信息，比如外出割猪草时打伤过一条蛇，踩死过一条蚯蚓，一说一个准儿。当然，李良凤也会借神仙的口吻说出破解之道，诸如喝下她使过法术的圣水，或是咽下她用艾草烧成的炭灰，代价是给点钱或是一些粮食。

大女儿徐红琴刚学观花妹时，问母亲为什么算得那么准？李良凤笑了："傻孩子，我哪会算？我认那么多干儿子干女儿干啥？不就为方便收集家长里短的事吗？"这也是李良开说李良凤不要脸的重要原因。因为观花妹这个干娘不是白认的，要么给钱，要么给粮，否则就会说你心不诚，她的法力也就无法给孩子提供护佑。

让李良开非常气愤的是，大儿子李源满两周岁那天，趁他没在家，受婆婆邓氏的鼓动和李良凤的蛊惑，徐小芳竟然以三块钱的代价，让李良凤做了李源的干娘。收了钱，李良凤顿时眉开眼笑，装模作样地吹了口"仙气"，伸手摸了摸孩子的脑袋，仪式便宣告结束。李良凤还忽悠徐小芳，说李源将来一定会有出息，是个拿块块子的料，长大后会端铁饭碗吃公家粮，每月工资至少300元，并且还会生活在大城市里。

每月工资300元！这在当时已是个天文数字了！徐小芳很高兴，李良开一回来，就迫不及待地通报了这个消息，结果却被丈夫一通臭骂，骂她胡整不说，还立下两条家规：一是严禁李源给观花妹叫干娘，二是不许徐小凤对外声称李源认李良凤做了干娘，直接掐灭了李良凤继续借此骗取钱财的念头。

李良凤的干儿干女可不少，像蒲公英种子一样散落在铁峰山脉的犄角旮旯，据说有三四百人。只是改革开放之后，年轻人都外出打工，个个都奔"钱程"而去，李良凤这个观花妹的生意越来越差了，她的那些干儿干女们大都去了南方，没人再理会她这个并没付出真情实感的所谓干娘。李良凤的生意越来越冷清，跟她学做观花妹的大女儿徐红琴更是无事可做，干脆和丈夫跑到月溪场上卖起了寿衣。

目睹观花妹这个行当由盛到衰，李良凤急火攻心，加之经常刻意声嘶力竭地使用嗓子，她患上了咽喉癌。咽气前的头一天晚上，几乎失声的李良凤艰难地留下一句遗言："我死后，凡是我的后人，男的不许当道士，女的不让做观花妹。"

李良凤死了，下葬时干儿干女们一个也没来。

母亲去世后，时年34岁的大女儿徐红琴彻底放弃了观花妹这个落败的行当，安心和丈夫卖寿衣养家。31岁的二女儿徐红艳打心眼里儿讨厌这个骗人的职业，一心和丈夫在福建打工挣钱。26岁的三女儿徐红英却没听母亲的遗言，虽没有大张旗鼓地以观花妹的身份出现，但她却以一个更为隐秘的骗人方式重出江湖——稍笈神。

早在十年前，在母亲一位同行的暗自传授下，长相漂亮、时年16岁的徐红英成了远近闻名的稍笈神。这让很多人觉得不可思议。尤其是那些想方设法想和徐红英套近乎的年轻小伙儿，简直有些七窍冒烟的感觉，但碍于对神灵的敬畏，他们再见到徐红英时，谁也不敢有轻佻的举动了。因为按照老人的说法，稍笈神可惹不起，弄不好要招来灾祸的。

在川渝农村，稍笈家家有，但不是谁都可以用稍笈来占卜未来和预测凶险。可徐红英就会，随便找来一个竹稍笈，一根竹筷子，一个装着沙子并抹平的盆或其他任何容器，随便与某个人各把竹稍笈的一头，竹稍笈就会带着竹筷子在沙子上写下歪歪斜斜的像天书一样的文字，诡异而清晰地显示某个人的相关信息，或喜或悲，或吉或凶，灵验得很。

一时间，徐红英成为炙手可热的红人，每到一处，都会有人求她用稍笈、筷子和沙子预测千奇百怪的事情。算得灵验的，主人照例会给一些报酬。

就这样，到18岁那年，徐红英靠做稍笈神，置办起了像样的嫁妆。她的父母也信心满满，等着媒婆上门介绍某个优秀的后生。没想到，媒婆一个也没来。徐红英的父母有些着急了，去找村里最有名的王媒婆帮忙。王媒婆两手一摊，非常无奈，说了一句能气死人的大实话："谁敢娶稍笈神当婆娘啊？"

那天晚上，徐红英的父亲把李良凤骂了个狗血喷头，怪她不该让小女儿跟别人学做稍笈神骗人骗钱。徐红英却不急，笑着安慰父母："放心，我会风风光光把自己嫁出去。"

没过多长时间，村里从外地回来一个英俊的后生。他是村里第一批外出打工的年轻人之一，见了些世面，说话办事很有分寸。他和徐红英一见钟情，徐红英也认定他就是自己要嫁的男人。郎才女貌，干柴烈火，不到一周时间，徐红英便把自己彻底交给了那个后生。两个月后，两人举办了婚礼。结婚那天，徐红英的美貌和殷实的嫁妆让很多待嫁的女孩羡慕不已，也让很多已婚的小伙后悔不已。

结婚后，按照丈夫的要求，徐红英不再拿稍笈和筷子骗人，老老实实地过日子，很快有了一个闺女，紧接着又有了一个儿子。随后不久，丈夫到西北打工，在煤矿里给老板当管事，钱没少挣，但就是回来的次数太少，三年最多两次，每次不超过半个月，往往是两口子还没亲热够，分别的日子就到了。儿子上小学一年级时，村里开始有了流言，说徐红英的丈夫在外面有女人，要不然家里有个如花似玉的老婆，哪能长时间不回家呢？

人言可畏，总能把红的说成白的，把白的描成黑的。徐红英吃不住劲儿了，把两个孩子托付给公公婆婆，坐车就往西北去。结果，她没发现丈夫有外遇，倒是发现丈夫在床上不那么勇猛了，气喘吁吁，浮皮潦草，根本无法跟上老婆一浪猛过一浪的节奏。

在那个大山沟的煤矿里待了两周，徐红英放心地回了老家。离别时，丈夫满眼歉意，连连说多年下井干活，自己的身体是越来越差了。

回到家，徐红英再也无法回到从前那种平静如水的日子，总想着丈夫体质的日渐衰落，也想着刚刚结婚时丈夫的无比生猛。想多了，徐红英心里便长了草，渴望有一个强壮的男人经常开垦自己那片依然肥沃的土地。她甚至还在一天深夜里当起了稍笈神，给自己预测了一下桃花运。

十分出乎徐红英预料，自己从来不信的稍笈神竟然让她梦想成真。

次日中午，天热得要命，徐红英心想反正自个儿在家，便穿了件丈夫的大背心，连乳罩也没戴，一个人在堂屋满头大汗地宰猪草。随着刀的起落，一对大奶子来回晃悠着，被前来借犁铧的邻居、四十出头的阿州看了个一清二楚，看得他直觉得嗓子发干，浑身燥热。

等到发现门口有些发呆的阿州，徐红英羞得红了脸，起身要进屋，却被阿州一把抱住。与此同时，阿州用脚踹上了房门。事后，徐红英不止一次取笑阿州："你都多大岁数了？咋那么着急？在堂屋的地上就把事办了，亏你想得出来。"每每此时，阿州也不说话，只顾狠狠地搂住徐红英，用尽一切招法猛烈冲撞，让徐红英一次又一次地体味死去活来的奇妙感觉。慢慢地，徐红英习惯了阿州的疯狂与撞击，经常在半夜留着房门，等着那销魂时刻的到来。

世上没有不透风的墙，关于徐红英与阿州的风言风语开始疯传。但两人已经难以自拔，甚至中午也要找个地方缠绵一阵子。终于有一天，阿州的老婆把两人堵在了徐红英的床上。徐红英反应特快，没等阿州的老婆开始哭闹，她飞快地穿上衣服逃出门去，好几天都没着家。

几天后，徐红英像啥事也没发生一样回到家，死活不承认她与阿州有什么不正常关系，直说是阿州的老婆被厉鬼迷了心窍打胡乱说，还说要去找村干部为自己讨回清白。这一刻，徐红英再次回归稍笈神的本来面目：胡言乱语，混淆视听，先把自己搞错乱，再把别人弄糊涂。

这还不算，徐红英还重新拾起了稍笈神的行当，变得神秘而疯癫起来。偶遇他人别有用心地提起阿州，她就开始疯言疯语，甚至面对公公婆婆的指责时，徐红英也玩起了神灵附体的把戏，浑身颤抖，口吐白沫，人事不省，吓得所有亲友不敢再过问她与阿州的那些破事。

别人都说徐红英疯了，只有阿州不这么认为。因为等到老婆不再纠缠以后，他一次又一次感受到了徐红英的清醒、热烈与疯狂。

让阿州倍感遗憾的是，这样的好日子并没能持续多久。一年后，徐红英的丈夫强行把妻儿接到了西北。村里没了稍笈神，又恢复了昔日的平静。后来，有人从西北传来消息，说当稍笈神的徐红英在那边很吃香，还收了两个年轻姑娘做徒弟。

对于徐红英的这些传言，李良开总是付之一笑，反正与自己没多大关系，干嘛去操那个闲心？但他无论如何也没有想到，事隔20多年，在异地他乡，在郑州火车站，徐红英竟然站在自己面前，还当众喊自己"三舅"。

这让李良开始料不及，也倍觉尴尬。好在徐红英并没有停留多久，前后不过三分钟，两人简单唠了几句，这个曾经的稍笈神便匆匆往检票口走去。

李良开看了一眼检票口上方的电子提示屏，发现那是一趟开往兰州的火车。

由于时间关系，加之并不熟悉，徐红英没有注意到李良开身旁的李远，李良开也没向她介绍自己的二儿子。等她走远了，李远才问："老汉，她是哪个？我啷个不认识？"

"观花妹的三女儿。"李良开淡淡地回了一句，不愿再多说什么。李远"噢"了一声："那不就是我大哥的干妹妹嘛。"李良开打断他："扯淡！没影儿的事，别打胡乱说。"

父子俩正说着话哩，田梅拎着大包小包进了候车大厅，李远赶紧迎了上去。

（六十三）

田梅的老家，位于洛阳所辖偃师市首阳山镇。其父田宏伟与新中国同岁，当过大队会计和村支书，最后从镇政协副主席位置上光荣退休，也算是功成名就。

第一次到二儿媳妇娘家，李良开多少有些拘束。尽管亲家公田宏伟和亲家母王萍去过重庆开县，但毕竟接触不多，乍一见面，彼此都有些不好意思。

田宏伟毕竟是退休领导干部，见李良开一时放不开手脚，便充分利用自个儿当过村支书的经历，和这个远道而来的亲家唠起了农村那些大事小情。事实证明，田宏伟的这一招非常管用，不到半个钟头，两人便像久别重逢的故友一般唠个不停，气氛也变得热烈而亲密起来。

不经意地，两人便唠到了乡镇干部与村干部的待遇差别上。对此，李良开感慨颇多："老弟，你说上哪儿讲理去？名义上，我们村干部也是干部，但与你们这些在乡镇工作的公务员比起来，待遇差得也太远了，甚至比不上镇政府请的临时工。就拿退休金来说，从我1974年开始当大队干部算起，到2004年退居二线，整整干了40年，时间不短了吧？可我每月才几百块钱。"

"是少了些。"想到自己的干龄还没李良开长，每月却有3000多元退休工资，田宏伟也觉得有些不公平，同时也为自个儿当初有靠山而感到庆幸。要不是有个表侄在省林业局当处长，自己一个小小的村支书，又没干出惊天动地的业绩，哪有机会成为公务员并成为镇政协副主席呢？

对自己这个前途光明的表侄，田宏伟觉得很有必要在亲家面前显摆显摆。

田宏伟的这个表侄姓隋，来自河南南阳农村，因在家里排行第三，人称隋老三。隋老三天资聪慧，勤奋好学，从东北林业大学毕业后，顺利分回老家县林业局，从普通办事员干起，一步步提升为局长。

还是个普通干部时，隋老三多方运作，在局领导的暗中支持下，以妻子和大哥、二哥的名义，先后建立了三个相当规模的苗圃，并相应成立林木园林公司，既卖花草树木，又承包国家下达的荒山造林工程，挣了不少钱。

当上林业局局长后，隋老三发现桂花树市场非常火爆，联想到自己村里桂花树不少，便以增加乡亲们经济收入为由，安排自家公司展开大规模的收购，品相好的直接高价卖掉，品相差的移栽到苗圃里进一步培育，以期卖得更好的价钱。

为了让利益最大化，在隋老三的精心策划下，隋家的公司不仅收购桂花树，只要具有观赏价值，无论什么树种，通通纳入收购范围。于是，村里漫山遍野的林木便值了钱，一棵接一棵地被卖进城里或挪进隋家的苗圃，幻化成一张又一张钞票，乐得全村老少天天跟过年似的兴奋，恨不得把田间地头的狗尾巴草都拿到城里去换钱。

各家各户卖树都卖疯了，树木无论大小，只要有买家，通通连根带土地挖出来用车运走。尤其是村里那些大大小小的桂花树，绝大多数都通过隋家公司卖到城里，变成好看的风景。

不过两年工夫，除了隋老三家老屋后那棵硕大的老桂花树，村里几乎再也找不到桂花树的影子。这棵老桂花树，是隋老三的曾祖父的曾祖父留下来的，算是老隋家的祖传宝贝，每年过年时的祭祖仪式就在这棵老桂花树下进行。

隋老三当局长的前一年，县城来了个大老板，出价15万元，要连根带土买走这根老桂花树。对此，隋老三默许，老太太也同意，隋老爷子就是不干，还说了狠话，称卖这棵树可以，得等他死了以后。

隋老三当局长后，眼瞅着乡亲们都跟着沾了光，靠卖树发了财，隋老爷子很欣慰，甚至很骄傲，在村里溜达时总背着手，微昂着头，很有局长老爸的派头。后来，眼看村里的树越来越少，隋老爷子的心情变得复杂起来。尤其是村旁的小河断流以后，他才意识到卖树就像杀鸡取卵，终究不是什么长远的好事。认识到这一点，隋老爷子开始阻止乡亲们卖树，还专门跑到县城找到儿子，让他不要再收购村里的林木了。

隋老爷子的努力并没起到什么作用。尝到甜头的乡亲们根本无法罢手，把树卖到越来越远的地方，甚至卖到了省城。几家实力稍强的，干脆以隋家为榜样，也办起了苗圃，什么值钱培育什么，还像快速养猪一样搞起了快速培育法。

隋老三当局长的第四个年头，母亲因病去世了。隋老三好说歹说，终于把隋老爷子接到县城同住，理由是他岁数大了，需要有人照顾。

老伴去世周年时，隋老爷子坚持要回老家去祭奠，隋老三坚决反对，但又无能为力。因为在这一个月前，隋老三因工作出色，直接调到省林业局当了副处长。儿媳犟不过公公，只好陪着他回老家一趟。

回到老屋，隋老爷子惊讶地发现，屋后的那棵老桂花树不见了，只留下一个巨大的树坑，像一个张开的大嘴，看起来十分恐怖。隋老爷子当时就蒙了，在树坑前站了一个多小时，一句话也不说。继而跪倒在地，哭着请老祖宗原谅后人的见财忘义。隋老爷子病倒了，死活不再去城里，要一直待在老屋，哪里也不去。三个月后，隋老爷子离开人世，怒睁着双眼，隋老三和两个哥哥想尽办法，也没能让那双老眼闭上。

隋老爷子下葬后，一个流言开始在村里疯传：把那棵老桂花树移栽到省城一名领导的小院后，隋老三才正式调到省城工作……不过这些已经不重要了，隋老三也不在乎这些流言，他要做的，是抓住难得的机遇，把关系网编织得更密更实，以期在仕途上获得更大的发展空间。

隋老三调进省城时，当村支书的田宏伟已年过五旬，新来的镇领导有了让他退居二线的意思。田宏伟不甘心，抱着试一试的想法，通过另一个在省城工作的亲戚，找到了据说路子很野的表侄隋老三帮忙，争取让自己干到60岁再退休。

本来没抱多大希望，不料隋老三却很给面子，不仅通过关系让田宏伟留任村支书，还给首阳山镇额外拨了一笔退耕还林款，让新来的镇领导大为惊讶，对田宏伟的印象随之大为改观。从副处长提拔为处长后，隋老三对田宏伟的关照进一步升级，先是把田宏伟运作成全省退耕还林工作先进个人，之后又在政策和经费两个层面对偃师市进行倾斜。既然偃师市得到了实惠，市领导乐意送给隋处长一个顺水人情：田宏伟当上了镇林业办公室主任，随后又被增补为镇政协副主席。如此这般，田宏伟便成了真正意义上的领导干部，对隋老三这个表侄自然是感激不尽……

听了亲家的讲述，李良开羡慕不已，心想自个儿咋就没这么硬气的亲戚呢。

10月20日晚，也就是抵达田宏伟家的当天晚上，和二儿子同挤一床准备就寝时，李良开还在想这个事情，并深有感触地对李远讲："老二，你得好好干啊。干好了，不仅家人觉得脸上有光，亲朋好友也能跟着借光。"李远嘴里嗯哈应承着，心里却犯起嘀咕：这老爷子是咋了？最近怎么老拿自个儿的进步说事？谁不想进步啊？但哪有那么容易……

父子俩正各自想着心事，田梅敲门进来，把一个保温瓶放在床头柜上，叮嘱李远："晚上惊醒点，多让老汉喝点热水。"等田梅关门走远，李良开和二儿子开起玩笑："不想和老汉睡一个屋？想婆娘了？"李远被父亲逗乐了："哈哈，您这个老头子，竟然拿自己的儿子开涮。您还别说，我真就想和自己的老婆住一个屋。可他们河南这边规矩多得很，女儿一旦嫁出去了，再回娘家，是绝对不允许和自己老公住在一起的，说是不吉利。呸，什么破规矩？都啥年代了，还这么封建！"说着说着，李远有些生气。"你生锤子个气！"李良开半真半假地训斥二儿子，"这不是封建，是风俗习惯。我们老家不也有这个规矩嘛，只是近年来没人管这事了。老家伙们也想管，可你们这些年轻娃儿也不听啊，只能睁只眼闭只眼算了。"

在铁峰山一带，不仅女儿回娘家不能和丈夫睡在一起，只要是客人，在别人家里，都不允许和自己的配偶或恋人睡在一起。有一回，一对热恋中的青年男女到唐家岩李家大院某家做客，半夜里，两人难忍相思之苦，摸黑睡到一起，被女主人发现了，当即一顿叫骂，最后男青年的父亲亲自出面，到这家人放了一挂鞭炮，女主人才罢休。不过从此之后，两家亲戚的关系明显疏远了许多，再也找不到那种亲情萦绕、其乐融融的感觉。

这天晚上十一点五十分左右，李远正做梦带领官兵们训练哩，忽然被一阵压抑而痛苦的呻吟声惊醒。起床开灯一看，发现父亲弓着身体，蜷缩在床上，双手握拳，紧紧顶住胃部，嘴里低沉地叫唤着，表情极为痛苦，而汗水早已湿透了全身。

李远顿时清醒起来，赶紧穿衣穿鞋，准备出去找田梅，一同把父亲送往医院。李良开叫住李远，让他千万不要声张，说自己是老胃病，疼一会儿就没事了。

见李良开的态度异常坚决，李远没敢违抗父命。可过了十多分钟，李良开的疼痛症状并没有减轻，反倒越来越重了。看着父亲痛苦的样子，李远非常无奈，恨不得亲自为父亲分担病痛。突然，李远想到了床底下行李箱里的杜冷丁！

杜冷丁？能给父亲使用吗？整不好会像毒品一样上瘾。管不了那么多了！李远赶紧翻出杜冷丁和注射器，在征得父亲的同意后，采取肌肉注射的方式，给李良开打了一个剂量的药物。

可能是剂量没掌握好，抑或是正常药物反应，一针打下去，李良开很快出现不良反应，先是头昏，之后出冷汗，接下来口干和恶心，甚至一度出现幻觉，把李远当成了徐小芳乱打乱踢。李远吓坏了，生怕出现什么意外。好在这些不良反应很快就消失了，李良开的疼痛感也逐渐消失，迷迷糊糊地进入了梦乡。

（六十四）

第二天早上醒来，李良开觉得自己像虚脱了一样，感到浑身无力，但他还是强撑着起了床。对自己的胃病，李良开越来越觉得不像普通胃病那么简单，可他也没往坏处想，反正自己对生死看得不是很重，想那么多干啥，一切听天由命吧。

出了卧室，李良开发现亲家田宏伟早就等在外面了，没等他开口，田宏伟迎上来，握住李良开的双手："老哥，听说昨晚你胃病犯了？现在怎么样了？好些了吗？要不要去医院看一下？""这个李远，不让他说，怎么还是给说出去了？"李良开心里埋怨着二儿子，嘴里却在和亲家客套着，"老毛病，早没事了，医院就不去了。我跟你讲，我最烦去医院了。那种地方，到处都是药味，没病也得给熏出病来。"

田宏伟没再坚持。吃过早饭，他领着李良开到镇里转悠了一上午，直到吃午饭时才回家。

刚进屋，一个30来岁、和田梅长相差不多的女子迎上来："伯父，您好。我是田梅的妹妹田兰，过来看看您。"回过头，她指了指正和李远闲聊的中年男子，"那是我丈夫董罡，在黑龙江边防当过兵，目前在偃师公安局当警察。"董罡赶紧跑过来，紧紧握住李良开的右手："伯父，您好。叫我小董就行。"

对田兰和董罡，李良开虽没见过，但并不陌生。他们之间的感情故事，曾深深地打动这个前村主任。

按照之前田梅和李远的讲述，董罡其实是田兰的第二任丈夫。她的第一任丈夫叫黄华，也是一名边防军人。

田兰从小崇拜军人，长大后受姐姐田梅和姐夫李远婚姻的影响，立志要成为一名军嫂。

说来也巧，在河南农业大学读大二那年暑假，在郑州火车站，时年20岁的田兰与偃师农村籍军人、23岁的黑龙江某边防哨所班长黄华偶遇并一见钟情。在此后两年多的书信和电话里，田兰了解到黄华所在的边防哨所虽然地处偏远，但风光秀丽，正面是浩浩荡荡的界江，站在高高的哨塔顶端往回望，映入眼帘的是一片纯粹得让人心醉的白桦林。

恋爱中的一切都是美好的。虽未去过边防，但黄华描述的界江、哨塔、白桦林，还有那些可爱的边防战士，全都深深印入田兰的脑海。而去看看恋人和战友们守卫的地方，也就自然而然地成为田兰的美丽梦想。

参加工作后的第一个春节前夕，田兰没回家过年，而是带着单位出具的未婚证明和相关材料，辗转两千多里，从中原大地跑到北国边陲，下了火车换汽车，下了汽车坐马车，硬是在大年三十当天赶到黄华所在的边防哨所，微笑着把初吻给了恋人，把拥抱给了黄华的每一名战友。

哨所很小，来自辽宁丹东、和黄华同龄的哨长董罡扛着中尉军衔，是这里的最高长官，领着七个兄弟日夜守卫在这里。因为寂寞，大家自称"八大金刚"。黄华在兵里岁数最大，既是班长，也是当仁不让的第二大金刚。董罡很信任黄华，战士们也把这个班长当成了知心大哥。

因为田兰银铃般的微笑、大大方方的拥抱和空透轻灵的歌声，那个除夕之夜，成为这个哨所有史以来最热闹、最温情的大年三十。新年钟声敲响的那一刻，董罡和黄华按惯例在高高的哨塔上站岗和瞭望时，田兰和战友们的欢呼声划破了边境的夜空。

大年初一上午，董罡给黄华放了半天假，让他领着田兰到附近的边境渔村转一转。回哨所前，应田兰要求，两人进了白桦林。在女友的惊喜和惊呼声中，黄华紧紧地抱住了心爱的姑娘，让洁净的冬雪和挺立的白桦见证了他们圣洁的爱情。

一周后，已经和黄华在部队驻地民政部门领取结婚证的田兰流着泪吻别了爱人，拥别了哨所的每一名兄弟，依依不舍地挥别了白桦林，还有白桦林旁边的边防哨所。

田兰走后，原本开朗的黄华变得多愁善感起来，没事就往白桦林跑，采回来一张又一张桦树皮，一层一层地剥下来，弄白了双手，弄白了鼻梁，也弄出了一张张比白纸还薄还白的白桦皮信纸。

黄华成为哨所第一个用白桦皮给女友写情书的兵。其他兵眼热，即使没有女友，也试着用白桦皮给父母写信，连单身的董罡也未能脱俗，结果被母亲来信一顿好训，让儿子别扯淡，抓紧找个对象带回家。

董罡自讨没趣，连续两个月没再写家信。等到他想起来写家信时，哨所却出了大事：在一次江面例行巡逻中，黄华为抢救不慎掉入清沟的战友而被江水吞噬，什么也没留下。

那天，原本是董罡要带队去封冻的江面巡逻的，黄华以哨长感冒未愈为由，坚决把他堵在屋里，自己领着三名新兵走上了封冻的界江。黄华一直坚持走在最前面，防备着可能出现的清沟。因为他知道，新兵们还看不出封冻江面上那些冻冰和积雪覆盖下的清沟，也不知道清沟的危险性有多大。

即便如此，那个叫张强的新兵在途中方便时，还是一脚踏进了清沟，双手扒住一块浮冰，大声呼救着。危急时刻，黄华喝住了另外两个要去救人的战友，纵身跳进冰冷刺骨的江水，把张强托出了水面，自己却消失得无影无踪。

战士们哭红了双眼，董罡悔得直扇自己耳光，连嘴角都抽出血了。他不知道如何面对只有一个独子的黄华的父母，还有已经怀有身孕、正眼巴巴盼着黄华回去举行婚礼的田兰。

是的，黄华出事的前一天，田兰的信就到了，说自己怀了黄华的骨肉，让他抓紧探亲回家举办婚礼。看了这封信，再从黄华的遗物里翻出还没来得及上交的休假报告，董罡彻底失控，一个人跑到江边号叫着，任由泪水随着江水一起奔涌。

半个月后，田兰在黄华家里，见到爱人的遗照和骨灰盒，两眼一黑，晕倒在地。醒来后，她不顾父母的强烈反对，决绝地辞掉城里的工作，留在黄华家里，替黄华照顾分别患有胃病和糖尿病的父母，还要为黄华生下唯一的骨肉。

黄华的父母深感不安，写信央求董罡劝劝田兰。因为黄华曾对父母讲过，哨长待他如亲兄弟，是一个值得托付的人。董罡大为震惊，赶紧请假，辗转两千多里，风尘仆仆地赶到偃师，含泪跪拜并改称黄华的父母为爹妈，含泪劝田兰去打掉孩子，去过自己的生活，说黄华的父母由他这个儿子来孝敬。

田兰什么也听不进去，还把董罡骂了一顿，把他骂回了边防，骂回了哨所，告诉他以后别管黄家的事儿，一切由她这个儿媳妇来撑着。回到哨所，董罡发动战士进白桦林采集黑黑的桦树泪，一袋一袋地往偃师邮寄。这是治疗胃病和糖尿病的良药，听说在内地千金难求。

几个月后，田兰生下一个男婴，取名黄小华。

董罡实践着自己的诺言，每月给黄华的父母寄钱，但每月都被田兰退了回去。

为了支撑起那个摇摇欲坠的家，孩子满月后，田兰充分利用所学专业知识，当起了养猪专业户，日夜操劳着，很快累出了胃病，经常痛得睡不着觉。婆婆看了心疼，把董罡寄来的桦树泪拿给儿媳服用，结果还真管用。董罡知道后，桦树泪寄得更勤了。

看着那些不断寄来的桦树泪，田兰的心也慢慢柔软起来，开始替公婆给董罡回信，让他别再寄钱了，让他自个儿存点钱将来娶媳妇用。董罡依然按月寄钱来，田兰依然按月退回去。一来二去，两人渐生情愫，通信也多了起来。再在公婆面前提起董罡，田兰面带微笑，有时还会脸红。公公婆婆看在眼里，乐在心上，决心促成这段姻缘。

黄小华满周岁之前，董罡突然接到黄华母亲的电话："孩子，黄华他爹快不行了，非要见见你，你来家里看看他吧。"董罡请了假，急匆匆地赶到黄华家里，才知道老人骗了自己。

那晚，黄华的父母把董罡和田兰叫到一起，说小华马上就会走会说了，没有爸爸也不是个事儿，如果你们两个愿意，让董罡给小华当爹吧？董罡和田华脸都红了脸，迅速对视了一下，又双双低下了头，两个人一句话没说，算是默认。

三个月后，田兰带着小华到了那个与界江和白桦林为邻的边防哨所，和董罡刚结了婚。随后，田兰和小华随军，落户边陲。董罡没再让田兰生孩子，说自己就是小华的亲爹。

又过了七年，董罡从营长岗位上转业。但他没有回辽宁丹东老家，而是跟着田兰和仍然叫黄小华的儿子回到河南偃师并被安置在公安局。一切稳定后，夫妻俩按揭买了一套房子，把黄华的父母从农村接出来一起生活……

紧紧握着董罡的手，亲眼看到这个重情重义的转业军人，李良开真心赞叹着："你是个真正的爷们儿。"

10月21日这天，吃过午饭，李良开婉拒田家人的盛情挽留，带着李远、田梅夫妇，登上了开往北京的列车。

随着胃病的日渐加重，自感不妙的李良开下意识地加快了接下来的行程。他现在只有一个念头：赶紧完成使命，尽快回到家乡。

第五章 华北掠影，若即若离的乡愁

（六十五）

接到重庆开县古月乡信访办主任徐小梦的电话时，李远正在北京前门大栅栏附近的一家小旅社前台办理入住手续。从洛阳折腾到北京，再从火车站折腾到这个小旅社，前后竟然用了将近12个小时。徐小梦打来电话这个当口，已是2013年10月22日零时一刻。

"舅舅，您好！我是李远。"尽管对这个堂舅并不怎么感冒，李远还是亲热地打着招呼。毕竟，这是母亲徐小芳十分看重的亲人之一，作为近房外甥，应有的尊重还得有，该给的面子还得给。

"哈哈，李旅长，在哪儿呢？还在西藏？好久回来休假？我请你喝两杯？！"徐小梦倒是没端贵为舅舅的架子，称李远这个外甥为"李旅长"，亲热中透露着重视之意，可谓情真意切。

听徐小梦打探自己的行踪，联想到两个多月前旅长要求自己阻止父亲进京上访一事，李远心里一动：莫非徐小梦又得到消息，追到北京来了？想到这里，李远既没说在西藏，也没说在北京，而是打起了马虎眼："要得，回去一定麻烦您！又得让舅舅您破费了。我跟您讲，现在我的酒量不行了，喝一斤有点费劲了。""哈哈，你小子，给点儿阳光就灿烂了，说你胖还真喘上了。我酒量是不行，但可以练噻。这会儿我们正在月溪中学旁边的串串香喝夜啤酒，我一定攒劲把酒量练上去。放心，只要你回到月溪场，一定把你喝安逸。"两人闲扯了几句，便各自挂了电话。

"哪个？是不是徐小梦那个王八蛋？他又打在我的主意？"站在一旁的李良开似乎听出点儿什么，有些生气地问二儿子。"跟您没关系。人家问我啥时候回去，要请我喝酒哩。"李远赶紧岔开话题，催促服务员抓紧登记、收钱和发放房卡。

见李远开了两个单间，李良开不愿意了："不就是睡个觉嘛，要啥子单间噻？有张床就行了。要不你们两个开个单间，给我换个四人间？"李远没理会父亲，拉着行李就朝房间走去。田梅上前扶着李良开，轻声劝着："没多少钱，您就安心睡个好觉嘛。四人间人多嘴杂，吵死个人，根本休息不好。"

进了房间，李良开才发现这家小旅社真是小得可爱。每天150元的小单间，除了放一张床，几乎再无别的空间。窗户也小得可怜，一尺见方，中间还挂着一个排风扇，想看看外面的风景都不行。

在李良开看来，前门地区也没什么风景可看，满眼都是小街小巷小胡同，几乎看不到什么高楼大厦，如果不是听说这里离天安门不远，他还真就想象不出此刻自己就在北京这个国际大都市。

住在前门是田梅的主意，说这里靠近天安门，步行一二十分钟就到了。对于一直想去天安门看看的李良开来说，这自然是个不错的安排。

李远办事也很利索，在火车站来旅社的车上，就向招揽客人的中年男子谈好了北京一日游的行程安排：22日一大早有导游和车来接，先去天安门广场看升国旗，之后是恭王府、十三陵、八达岭长城等知名景点。

但凡涉及花钱的项目，李良开一如既往地持反对意见。李远也不和父亲争辩，只顾安排着。田梅则负责说服公公，一次不行就两次，直到李良开答应或默许为止。

实际上，对北京一日游，李良开倒没怎么反对。天安门也好，长城也罢，都是他做梦都想去的地方。尤其是天安门城楼和广场上的毛主席纪念堂，李良开不知梦到多少回了。那可是离毛主席最近的地方啊，别说到现场，光是想一想，李良开就觉得心潮澎湃，内心激动得不得了。

由于心里惦记着天安门，加上年纪大睡眠轻的缘故，李良开几乎一夜没睡。凌晨四点半，李远来敲房门叫父亲起床，刚刚有点困意的李良开强撑着爬起来。好不容易来趟北京，不去天安门广场看看升国旗仪式，怎么说都是一件憾事。

到了小旅社门口，发现已经聚集了十多个人，男女老少，南腔北调，都在一边打着哈欠，一边小声议论着看升旗的各种细节。

五点刚过，天空飘起了小雨，一群人进入小旅社的前厅。一位心急的河南女子给导游打电话，问雨天还去不去，得到肯定回答后，转过头来对众人讲："行程不变，导游和车马上就到。"又等了半个小时，一辆七成新的旅游大巴才姗姗来迟。从车上下来一个女导游，自称小吴，苗条清秀，张嘴先笑，一副平易近人的模样："对不起，对不起，刚刚车子出了点儿故障，所以来迟了。不过大家放心，六点半升国旗，这儿离天安门近得很，时间还来得及。"

上了车，开车的中年男人趁势推销起了雨伞和塑料雨衣，不论花色款式，每款一律15元。田梅没顾李良开的反对，买了三把雨伞备用。

正如导游所讲，旅社离天安门广场确实很近，从车子启动到停车，前后不到十分钟。停好车，导游发话了："不能再往前开了，麻烦各位爷爷奶奶叔叔阿姨大哥大姐弟弟妹妹走一小段。七点半准时开车，我在车里等大家。"

此时，雨下得更大了。一行人鱼贯下车，或打着雨伞，或批着雨衣，顺着人流往广场走去。到入口处，发现广场早已人满为患，工作人员已经锁好门，禁止游人进入。远远望去，广场上到处都是雨伞，别说看升旗，连看个后脑勺都很困难。

看李良开有些失望，李远安慰父亲："明个儿我们早点起来，保证让您看到升国旗仪式。""毛主席纪念堂也要看，天安门城楼更要看。"李良开闷声闷气地提着要求。李远赶紧表态："都看都看。还有故宫，我们明天一个个走到。"出师不利，加上胃部又隐隐作痛，李良开的情绪非常低落，包括在恭王府田梅用智能手机给他照相时，仍是一副落寞寡欢的神情。直到田梅说要在第一时间把照片发给徐小芳看，李良开才强作笑颜，配合着照了一些相片。

前往八达岭长城的路上，司机不时把旅游大巴领进一些购物中心，小吴说这是公司的要求，大家买不买东西都可以，主要是为了完成任务。听小吴这么讲，坐在李良开旁边的中年妇女直撇嘴："说得比唱的还好听。还不是为了拿回扣？我可是听说了，这些购物点与导游和司机都有勾连，只要车一停，无论游客买不买东西，司机都会得到补助；导游主要靠提成，游客买东西越多，提成就越高。谁愿下去谁下去，反正我就坐在车里，哪里也不去！"

坐在前排的秃顶男子回过头来："就是噻。得了便宜还卖乖，把我们当哈儿索。这个女导游也真是，不停地说说说，说个铲铲儿！"一听对方是四川口音，李良开试着打招呼："四川人？哪个地方的？""哈哈，你是四川的？幸会幸会。我是重庆武隆的，娃儿在北京开小饭店，喊老子过来耍，又没时间陪我，就给我报了个一日游。""看你岁数不大嘛。您娃儿多大了？""嘿嘿，再过两年就六十了。我两个娃儿，都是男娃，老大三十四，老幺三十，一个自己开饭店，一个给别人打工当厨师。"

随意唠了几句，李良开和这位自称姓刘名勇的武隆人便相见恨晚，似乎有说不完的话。坐在李良开旁边的中年妇女也是个热心肠，主动和刘勇换了座位，以便两人尽情地聊天吹牛。

估计是这一道上没人说话憋坏了，刘勇的话匣子一打开就收不住，唠完家长里短，他又用四川方言讲起了笑话。

第一个笑话，据说来源于刘勇大儿子的真实经历：话说一外省男，进了刘勇大儿子开的四川饭店，点了个鱼香茄子，于是发生下面一段对话。"老板，老板！！""啥子事哦？""你这鱼香茄子咋没得鱼呢？""鱼香茄子本来就没得鱼嘛！""没得鱼干吗叫鱼香茄子呢？""日你个先人板板……照你娃这么说，如果你要点个虎皮青椒，老子还得给你弄张老虎皮不成？点个老婆饼，老子还给你发老婆不？你再点个夫妻肺片，我不是还得去给你杀两个人不成？！"

听完这个笑话，李良开哈哈大笑。刘勇觉得不过瘾，鼓动李良开："老李，你也来一个嘛。"李良开连连摆手："真不会。前些年爱听重庆言子，不过都忘得差不多了。"

提到重庆言子，刘勇也来了兴趣："我也听过。像什么狗屁不懂、冒充传统、分钱没得、想吃烧白。还有，楼上的客，楼下的客，听我支客司办交涉：要窝屎，有草纸，不要撕我的烂席子；要窝屎，有夜壶，不要在床上画地图；要放屁，有罐罐儿，不要在铺上放闷烟儿……"

在异乡听到老家的言子，李良开心情大好："你真行，适合到东北去演二人转，保证一炮打响。"

刘勇哈哈大笑，惹得车内其他游客纷纷侧目。坐在田梅身边的一个中年男子甚至嘟囔起来："这两个疯子，有什么好笑的？还让不让人睡觉了？"

一听这话，田梅不高兴了，准备和人家理论一番。李远用眼神制止妻子，示意她别去惹事。既然父亲难得这么高兴，就让他高兴去吧。如此爽朗的笑声，想来听一次少一次了。

李良开和刘勇没管这些，也没意识到有什么不妥，只管尽情说笑，甚是开心。

唠着唠着，李良开和刘勇唠到人生的最终归宿上。对这个话题，两人的观点惊人一致：落叶归根，入土为安，不管在外面漂多久，也不管在外面混得有多好，最终最好的归宿，还是应该回归故里，回归泥土。

"可惜，现在的年轻人却不这么想。"李良开很是感慨，"这次我天南地北走了不少地方，见了不少在外面闯荡的年轻人，听他们的意思，没几个想回老家，城里把这些娃儿的魂都勾走了。""老哥，你说的还真是这么回事儿。"刘勇深有同感，"就拿我那两个娃儿来说，跟老家种地的人比，他们是过得不错。可跟城里一比，他们过的是啥日子啊？要房子没房子，要户口没户口，娃儿上个学，还得到处求人。房子是租的，学校是借读的，北京城再大，跟我们这些农村人有啥关系？农村人想在城里扎根，难啊！"

"是这个理儿。"李良开表示赞同，"我看啊，要想真正在北京这样的大城市落地生根，最实在的办法，还得读书。有了文凭，有了本事，就能在城里找个像样的工作。有了像样的工作，就能娶个城里的媳妇，生下的细娃自然就是城里人。再攒钱买个房子，啥都齐了。""也不一定啊。我听说不少大学生跑到北京，以为遍地黄金，结果混个两三年，十有八九都会回到地级市或小县城。在这里的压力太大了，长期撑下去相当不容易。"刘勇把话题延伸开去，和李良开深入探讨起来。

（六十六）

爬八达岭长城的时候，刚好赶上雨过天晴。李良开兴致很高，和刘勇并排而行，快速地冲在前面。李远和田梅紧追慢赶，气喘吁吁，还是被落下了五六米的距离。

眼看就要到好汉坡石碑跟前，李良开有意放慢脚步："老刘，这个地方有纪念意义，等会儿让我二儿媳妇给咱们照个相。我右客一直想来看看长城，可是家里一帮孩子，根本离不开人。用手机照几张照片传回去，也好让她过过眼瘾。"

"老哥，看来你和嫂子感情不错嘛。我家那个死老婆子没这个福气，日子刚好过一点儿，她就得癌症走了。唉，不说这个了。他们上来了！哎，那谁，赶紧过来给你公公老汉照相，你屋婆婆老娘在家等着看哩。"

因为有刘勇的陪伴，李良开的北京一日游很是痛快。当晚六时许，两人在前门的一个小胡同里挥手告别时，都有些依依不舍，互留了电话，约定要经常联系，刘勇还邀请李良开抽时间去他大儿的川菜馆坐一坐。

回到住宿的小旅社稍作停留，三人正准备出去吃点便饭，之后步行去天安门广场看看夜景，李远的手机突然响了起来。一接听，原来是李善泉打来的，说什么要请李良开他们吃饭，还说饭店都已订好了，在北京打工的几个唐家岩李氏后人也约好了，让李远他们赶紧搭出租车过去。

李善泉是唐家岩李氏四房李有全的大孙子，初中毕业，18岁开始学做川菜，后到北京发展，时年48岁，目前是一家高档川菜饭店的行政总厨，年薪30万元，奖金另算，算是唐家岩李家大院有出息的后人之一。他有一个弟弟叫李善红，在广州云城鞋业有限公司做保安队长。

对这个近房堂兄，李远一直很佩服。一个初中生，能在竞争激烈的京城争得一席之地，并且还有不菲的经济收入，怎么说都是一件不易的事情。

这方面，李良开则有不同的看法。他看重的是一个"稳"字，不在于挣多少钱，关键是工作稳定，政治待遇和社会地位高，老了各方面都有保障。说白点儿，这个前村主任看好传统意义上的铁饭碗，最好还是党政军机关，除此之外，再好的工作，再高的收入，在他看来都是水中月镜中花。

李远也曾和李良开争论过，但总是无法说服父亲。好在李良开对李善泉印象不错，也打心眼里喜欢这个近房侄子，听说李善泉要请自己吃饭，不仅毫不犹豫就答应了，还叮嘱李远不要空手过去，给爱抽烟的李善泉买一条中档香烟。当然，李良开也没忘记此行的使命，让田梅把请愿横幅和摄像机带上，说要趁大伙儿都在，把该办的事情办妥。

一切准备停当，好不容易等来一辆出租车，不料却赶上堵车，走几米就停，在一个十字路口，竟然连续停了45分钟。

看着计价器上不断上蹦的数字，李良开有些坐不住了，小声用家乡话问李远："这不涮坛子嘛，北京的出租车嘟个勒个霸道，没走道怎么也算钱？三分钟一蹦字，蹦得我心脏怦怦乱跳。这下弄巴实了，没个几十块钱，怕是到不了地方。"

开车的师傅似乎听懂了什么，没等李远开口，先解释起来："北京就这样，堵起来没完。我们也不愿意挣这个憋气钱，敞开跑多好啊！"听司机这么一讲，李良开有些尴尬，不再说什么，而是微闭双眼假寐，继而迷迷糊糊地睡了过去。

也不知过了多久，李良开听到李远在叫自己："老汉，快醒醒，到了到了。"回头听见司机说话："总共145元，找您55元。您拿好。""145元？这么多？"李良开一激灵，心中的疑问脱口而出。司机笑了笑，指了指计价器，并没说什么。田梅有些不好意思，赶紧打圆场："北京就这样，随便搭个车，就得百八十块。"

下了车，李良开看到李善泉一路小跑迎了过来。真不愧是个老资格的厨师，全身上下都是肉嘟嘟的，跑起来横肉乱晃，尤其是那个将军肚，上下颤悠着。跑到跟前，李善泉一把搂住李良开："开三叔，可把您盼来了。走，进屋，人都到了，菜都上齐了，酒都倒上了，都等您开杯哩。"李良开拍了拍李善泉的将军肚："哈哈，你比前年回家时又富态了不少。看来，你肚子里的油水是越来越多了。""瞧瞧，开三叔多会说话，一看就是当过村干部的人。"李善泉哈哈一乐，回头和田梅打招呼，"弟妹，看你屋公公老汉这说话水平，不直接说我胖，却忽悠我富态，这是间接批评我啊。""个老子的，你娃儿都当爷爷了，怎么还悬吊吊的？！"李良开又拍了一下李善泉的将军肚，"你屋老娘来没来？她在北京习不习惯？我袁三嫂这辈子不容易，你娃儿可得对她好一点儿。""莫说我老娘，一说我就来气。"刚刚还笑容满面的李善泉一下子变得气鼓鼓的，"我叫她来吃饭，顺便和您摆一摆龙门阵，可她就是不来，说要在屋里带细娃儿。她可交代我了，等吃完饭，无论如何要把您带到我家坐一坐。不说这个了，赶紧进屋吃饭。这家川菜馆是一个四川老乡开的，菜做得很地道。我今天我特意交代他多放辣椒和花椒，保证您爱吃。"

进了一个包房，七个在北京打工的唐家岩李氏后生已等候多时，纷纷起身和李良开一行三人打招呼。

按照李良开的意见，吃饭前，八个唐家岩李氏后生先后在请愿横幅上签名，并对着摄像机一一录像，表达了想留住老院子、古柏和祖坟的愿望。

在京城见到这么多族人，李良开很高兴，加之李善泉的鼓动，他非要喝点酒表达心意。李远和田梅自然不同意，几经劝阻，最后都作了妥协：别人敬李良开的白酒由李远代喝，李良开倒一杯啤酒坚持到底。如此这般，李远事实上便成了饭局上的中心，彼此互敬，你来我往，几轮下来，李远被灌进一斤白酒，喝得满脸通红，醉意蒙眬。

看着后生们打酒官司，李良开并不反感，而是觉很亲切。年轻多好啊，可以大口喝酒，可以大块吃肉，可以大声笑骂。岁数大了，病痛多了，身体垮了，好多事情都跟自己没多大关系，只能当一个无聊的看客。想到自己越来越重的胃病，李良开心中闪过一丝不安：真就是普通胃病吗？家人是不是隐瞒了什么？唉，不管这么多了，是病挨不过，是祸躲不过，该怎么着就怎么来吧，死了就当睡着了，没什么大不了。

吃过饭，已快晚上九点。李良开准备去看看李善泉的母亲，李远要陪着去，李良开不同意："你喝那么多酒，脸上红通通的，走路东倒西歪，你袁三婶看到了，不得笑话你？你还是和田梅先回旅社吧。我去看看，一会儿就回来。"

关于李善泉住的地方，尽管对方介绍了半天，李良开也没搞清他家住在哪个区哪条街道，反正没在繁华地段，也不是什么高档小区，一栋20多层的居民楼，电梯看起来很破旧，一启动杂声很大，让人很没安全感。好在李善泉家住的楼层并不算太高，位于16层，三室一厅，也没多少家具，看起来有些空旷。

李善泉告诉李良开，这房子是租来的，房租每月7500元。听到这个价格，李良开委实大吃一惊："你娃儿钱多烧包啊？租这么贵的房子干啥？一年将近九万块，在我们月溪场能租一栋楼开旅社了。""嘿嘿，不是为了我那宝贝孙子嘛。再说，我老娘好不容易来趟北京，总得让她住得舒服点儿吧？老实告诉您，这房子租了不到半年，以前我们租的筒子楼，没有厨房，都在走廊里做饭，上厕所也要到街边的公共厕所，很不方便。"李善泉竹筒倒豆子，什么也没隐瞒。"你娃儿还算有良心。"听李善泉这么一讲，李良开没再纠缠房租贵贱的事情，"你屋老娘这辈子过得很苦，你们这些后人应该对她好一点儿。"

李善泉的母亲叫袁维凤，因其丈夫李良飞在家里排行老三，李良开和一帮堂弟都叫她袁三嫂。这是个很有主见的女人。1964年，23岁的李良飞在新疆建设兵团的部队里当兵，回老家探亲期间偶遇时年18岁的袁维凤，两人一见钟情。谁料其父袁中奎与李良飞的父亲李有全是怨家，早就相互发过毒誓，绝不会与对方结成儿女亲家。

此时，李有全已经去世，所谓的毒誓早已烟消云散，李良飞也不在乎这个。可袁中奎还健在，对李有全的怨恨没有丝毫削弱。得知女儿喜欢上了李有全的三儿子，袁中奎坚决反对，还和自己唯一的女儿说起了狠话："你非要嫁过去也可以，但有两个前提，一是你老汉我死了，二是你不再认我这个父亲。"

原本只是气话，不料袁维凤却当了真，一个人离家出走，独自跑到新疆去找李良飞。李良飞深受感动，通过部队领导在建设兵团下属的农场给袁维凤找了份临时工，算是安顿下来。两年后，等袁维凤到了法定年龄，两人正式登记结婚，在新疆组建起了自己的小家庭。

结婚第二年，袁维凤生下大儿子李善泉。同年年底，李良飞退出现役，就地转业为建设兵团的农垦职工，袁维凤也从临时工变成正式工。

李善泉三岁那年，袁维凤得知父亲袁中奎病重，携子回到老家。面对生离死别，父女间的隔阂早已消弭无形，袁维凤天天住在娘家，端药送水，洗洗涮涮，无微不至地伺候父亲，直到袁中奎微笑着告别人世。

父亲的去世，对袁维凤的打击很大。尤其是看到悲伤过度、面容憔悴的老母亲，她更是心疼不已。临回新疆的前一天晚上，母亲拉着她的双手，袁维凤一声不吱，就知道默默地流泪，眼睛都哭肿了。

看到母亲这个样子，袁维凤作出一个决定：不再回到新疆，留在老家为母亲养老送终。这个决定得到李良飞母亲贺氏的大力支持。

贺氏生了四儿一女，除了李良飞，全都意外夭折。当初李良飞去当兵，她就不同意；后来听说李良飞在新疆就地转业，她更是不高兴。这下儿媳提出要留在老家，老太太自然很高兴。婆娘俩一合计，托人给李良飞发了一封"母病危，盼速归"的电报，把李良飞从新疆骗了回来。之后，婆媳俩以死相逼，硬是让李良飞打消了回新疆建设兵团的念头。

贺氏的理由非常充分："都是种地，干吗跑那么远？再说，我都这么大岁数了，说不准哪天就走了。就你这个儿子，你不给我送终，谁送？"母亲的这番话，让原本打算一定要回到新疆的李良飞陷入深思。再三考虑，他决定服从母亲和妻子的意见。就这样，李良飞和袁维凤永别新疆，定居四川省开县古月乡唐家岩李家大院，当起了地地道道的农民。

回到老家，袁维凤又相继生了一女一男，分别取名李善荣、李善红。养育了三个孩子，两口子的感情仍然很好，从没红过脸，更没吵过架，是唐家岩李家大院公认的模范夫妻。

转眼到了1982年夏秋之交。彼时，土地承包到户不到两年，农民种地的热情空前高涨，家家户户都铆足了劲儿，想从田地里抱回个金娃娃，更想通过辛苦耕种过上丰衣足食的好日子。

李良飞、袁维凤夫妇也不例外。这一年，大儿子李善泉17岁，在北京当厨师；女儿李善荣13岁，正上小学五年级；小儿子李善红九岁，小学二年级学生。看着三个孩子一天天长大，夫妻俩干劲儿十足，除了种田种地，还养了四头猪、20多只鸡，眼见小日子越过越好。

这天中午，吃过午饭，李良飞放弃了在部队养成的午睡习惯，趁着阴天不那么热，扛着锄头出了门，想抓紧把山岩边的那块沙地挖完。当时，袁维凤正在宰猪草，本想劝丈夫休息一会儿再去，话到嘴边，意外发现猪草里有一根杂柴，就在她忙着往外清理杂柴的工夫，李良飞吹着口哨出了家门。

天灾人祸总是不期而至。约莫过了半个小时，袁维凤的猪食还没煮好，就有人跑来报信，说李良飞挖地的时候用力过猛，从山岩高处的地边跌落下来，头部朝下，狠狠地砸在一块大青石上，当场人事不省。

袁维凤当时就蒙了，只觉得头晕目眩，全身发软，好不容易赶到现场，发现早已聚焦了一些乡邻。袁维凤哭喊着要往跟前凑，被人死死地拉住。恍惚当中，袁维凤听到有人讲："脑壳都摔破了，脑浆流得到处都是，早就断气了……"听闻此言，袁维凤眼前一黑，晕死过去。

这一年，李良飞不满41岁，再次准确无误地应验了唐家岩李家男人活不过60岁的魔咒。

丈夫的意外身亡，让袁维凤陷入深深的自责之中。在她看来，要不是当初自己不和婆婆一起合谋把丈夫从新疆骗回来，要不是自己坚持留在老家照料母亲并为老人家送终，要不是当天中午没提醒丈夫午睡后再出去干活，李良飞就不会死……

处理完丈夫的后事，以前快人快语、爱说爱笑的袁维凤变得沉默寡言起来，人也苍老了许多，头上还出现了不少白发。很快，唐家岩李家大院的人发现，袁维凤的头上多了一条白色的帕子，无论什么时候都缠裹在头上。细心的人还注意到，袁维凤的双眼总是浮肿着，据说是每天夜里流泪所致。

从此，袁维凤把自己的感情世界冷冻起来，不接受任何与改嫁有关的提议。她不止一次对三个孩子讲："我心里只有你屋老汉，不可能接纳除他之外的任何男人。我这白帽子会一直戴下去，直到我死。我会替他守一辈子……"

2013年10月22日晚，在北京，在李善泉临时租住的房子里，见到袁维凤，见到她头上的白帕子，见到她鬓角几乎全白的头发，李良开别有一番滋味在心头。面对这样一个重情重义的女人，除了敬重，他别无选择。

"三嫂，今年你也67岁了吧？"拉着袁维凤的双手，李良开感慨万千，"看看你，头发都白完了。""都有重孙了，该老了。"袁维凤显得很淡然，"再不老，就成老妖精了。对了，老三，你身体怎么样？听说你胃病很重？小芳给我打电话了，让我跟你说一声，抓紧办事，按时吃药，然后赶紧回家。别嫌她啰唆，她是不放心你啊。""这个死老婆子，就晓得催我回家。"李良开嘴里骂着，脸上却笑着，"三嫂，你怎么打算？是跟善泉长期住在北京，还是回老家养老？""肯定要回去。

等重孙上幼儿园了，我就回老家。"袁维凤回答得很干脆，"城里不是我们农村人待的地方。这儿好那儿好，不如老家好。再说，把良飞一个人扔在那边，我也不放心。我要回去陪他……"提起亡夫，袁维凤有些伤感。

"善泉，你什么打算啊？以后回不回老家？"见势不妙，李良开赶紧转移话题。

"我当然喜欢北京，我儿子儿媳也喜欢这座城市。"李善泉一如既往地耿直，"可北京不喜欢我。这里的房子太贵了，动不动就几万块钱一平方米，就算我想在这里长住，也没这个能力啊。不瞒您说，我在成都订了一套房子，等干不动了，我去那里待着。都说成都好耍，我去那里养老好了。"李良开白了一眼李善泉："你们这些白眼狼！梓第山唐家岩养育了你们，养大了你们，你们就那么讨厌唐家岩？算了，不管了，我们这些老家伙想管也管不了，只要你们高兴，去哪儿都行。"

"就是。管那么多做啥子？"袁维凤表示赞同，回头跟大儿子讲："老大，我告诉你，不管你们三兄妹在哪里落脚，反正我要回唐家岩，死也要死在那里。你屋老汉还等着我哩……"

（六十七）

10月23日凌晨四点刚过，李良开便敲开李远和田梅夫妇的房门，说是早点去天安门广场，省得又赶不上升国旗仪式。看着父亲急不可耐的样子，李远哭笑不得，只好催促妻子快点收拾，之后一行三人往广场走去。

原以为这么早广场上没什么人，结果大出李远的预料，五点不到哩，广场上已聚集上千人，一听口音，什么地方的都有。执勤的武警官兵也早早到了现场，守着警戒线，一个个肃穆而立。大约过了两个小时，广场上已是人山人海。

等待的过程是漫长的，但结果却令人激奋，尤其是当国旗护卫方队迈着整齐的步伐从金水桥远远走来，当雄壮的国歌声在广场上空激越奏响，当鲜艳的五星红旗在晨光中徐徐升起，现场的每个人都被深深震撼着。国旗升到顶端并迎风飘扬那一刻，李良开早已激动得泪流满面。而身为军人的李远，尽管便装在身，还是庄严地举起右手，向国旗致以军礼。

可能是情绪过于波动的缘故，看完升旗仪式，李良开的胃部又开始剧烈疼痛，他蹲在地上，十多分钟没有起来。田梅把随身携带的止痛片和纯净水递过去，督促公公赶紧服用。李远有些着急，动员父亲回旅社休息，实在不行就打一针止痛的特效药。李良开说啥也不同意，声称挺一挺就过去了，还说上午无论如何都要去毛主席纪念堂和天安门城楼看一看。

等李良开疼痛稍微缓解，田梅跑去买来三杯温热的小米粥，还有一些小笼包和咸菜。李良开只喝了点儿粥，别的什么也没吃。稍事休息，三人在广场上来回溜达，直到天安门城楼开始接待游人。

登上天安门城楼，想象着当年毛主席在城楼上检阅部队和游行方队的情景，李良开又莫名地激动起来。李远拍了拍父亲的肩膀："老汉，别那么严肃，感受一下氛围得了。您看看那些游人，人家可都是笑呵呵的。咱们也高高兴兴的，好不好？田梅，赶紧给老汉照相，老妈还在家里等着看哩。"

见田梅举起了智能手机，李良开调整了一下情绪，挤出一丝笑容，还学着年轻人的样子做了一个OK的手势。田梅很会调节气氛，变着法子转换拍摄角度，李良开也只好半主动半被动地配合着。一连拍了十多张，李良开觉得脸上的笑容都有些僵硬了，田梅才停下来。

田梅是个急性子，从天安门城楼一下来，她就赶紧用彩信把照片发给远在老家的徐小芳，还把电话打了过去："妈，老汉正在天安门城楼上哩，照片传过去了，您抽空看看。您要跟我爸说几句？当然没问题！爸，老妈的电话。"

徐小芳也没多问什么，也就是问问李良开感觉怎么样，有没有按时吃药，再就是问他什么时间往回走，说孙儿孙女们都想爷爷了。李良开一如既往地哼哼哈哈，临挂电话时，才来了一句："天安门不错，过些日子我带你来耍一圈。"

就这一句，让电话那头的徐小芳顿时沉默了。李良开不知什么缘故，赶紧问道："怎么哑巴了？不想来？不想来就算了！""哪个不想来？！"电话那头，徐小芳有些生气，决绝地挂断电话。"这个死老婆子，脾气怎么越来越大了？"李良开无奈地笑了笑。

李良开不知道，远在老家的妻子早已痛哭出声。她何尝不想和李良开一起到天安门走一走看一看？可就李良开的病情，自己还有那样的机会吗？

和徐小芳通完电话，李良开拒绝了去故宫参观的建议，带头经地下通道再次抵达天安门广场，径直往毛主席纪念堂走去。

寄存完随身携带的物品，排队进入纪念堂，李良开的表情越来越凝重，接近水晶棺时，他的身体甚至有些微微发抖。田梅注意到了这个细节，用手捅了捅丈夫，轻声提醒道："李远，你看老汉，是不是有点不对劲？""没事，他是太激动了。"知父莫如子，李远蛮有把握地说道。

到了水晶棺跟前，看到静静躺在里面的一代伟人，李良开的情绪完全失控，泪水如断了线的珠子，噼里啪啦直往下掉，而双手也颤抖着伸了出去，像要拥抱，更像要触摸，嘴里还含混不清地念叨着什么。

李远注意到，像父亲一样激动的大有人在。放眼望去，只要超过60岁的瞻仰者，十有八九都在抹泪。尽管工作人员一再催促大家有秩序地缓慢通过，不要在水晶棺跟前停留，但他们还是迈不开双腿，能多看一眼就多看一样。那种从内心深处溢流出来的敬仰和感恩之情，谁看了都会动容……

如果不是在毛主席纪念堂出口意外发现重庆开县古月乡信访办主任徐小梦，李良开的天安门广场之行堪称完满。而徐小梦的行踪败露，纯属意外。当时，李良开靠在出口不远处的一根路灯杆上平复情绪，田梅轻轻拍打着公公的后背，李远则跑到一边接听电话。

电话是旅长从西藏打来的，先是问了问李远目前的位置，接着又通报了一下旅里近期的主要工作。临撂电话时，旅长来了一句："进京上访可不是闹着玩的，你劝一劝你父亲，尽量别给你们县里和乡里惹麻烦。地方政府有他们的难处，我们要多多体谅不是？我那个老排长又给我下死命令了，说无论如何也要我请你帮帮忙，千万不能让你父亲在北京上访。"

"我怎么没看出来我父亲要到京城上访？再说老百姓正常上访又怎么了？难道这不是他们的权利？用得着这么兴师动众？"听旅长说得有板有眼，还有点以上压下的意思，李远心里很不高兴，气头一上来直接顶了过去，"麻烦旅长转告一下你的老排长，我父亲上不上访，取决于他这个副县长工作到不到位，我管不着，也不归我管。"言下之意很明了，既然不归我管，我也管不了，你这个当旅长的也就没必要拿这个压我。旅长听出了李远的不满，也没再多说什么，生气地说了一句"你看着办吧"，便挂断了电话。

李远觉得事情有点蹊跷，怀疑徐小梦又跟踪自己父亲并且到了北京。于是掏出手机，拨通了徐小梦的电话："舅舅，我是李远。您在哪儿？最近忙啥呢？什么？还在月溪场？我在哪儿？当然在西藏啊。"确认徐小梦没在北京，李远便挂断电话。

也活该徐小梦倒霉，李远把手机放进裤兜时，无意中触碰到了重拨键。这一拨不要紧，那边徐小梦却接通了电话，还大声地说着话："李远，还有事啊？喂，怎么不讲话？李远，喂喂，李远！讲话！李远！"李远正朝父亲那里走去，忽然听到有人喊自己的名字。他没在意自己的手机，而是下意识地抬头四处张望，望来望去，望见不远处有一个中年男人拿着手机大声喊着"李远"，再定睛一看，那不正是古月乡信访办主任徐小梦吗？

一股无名怒火冲天而起。李远快步跑过去，一把薅住徐小梦的脖领："徐主任，你不是在月溪场吗？怎么一下子穿越到天安门广场了？说，干什么来了？是不是又在跟踪我屋老汉？"看着从天而降的李远，徐小梦手一哆嗦，手机掉在地上，上下嘴唇紧张地一张一合："……啥子徐主任？我是你舅舅……我来北京耍，跟你老汉莫得关系……"

"来北京耍？这分明就是撒谎！我老汉既然给你写过保证书，他就不会到北京上访。哼，你以为我老汉像你们这些官僚一样不讲信用？徐主任，我警告你，你敢再跟踪我们，小心我从此不认你这个亲戚。惹急眼了，我这拳头可没长眼睛，也不认识什么徐主任！"说完，李远攥紧双拳，故意在徐小梦面前晃了晃。

就这一会儿工夫，李良开也发现了徐小梦，气冲冲地走过来，指着徐小梦的鼻子就开骂："徐小梦，你个狗日的，你什么意思？你这是在侮辱我，也是在侮辱你自己！你一个信访办主任，不好好为群众解决问题，天天干些跟踪盯梢的破事，你就不脸红？老子敢做敢当，也说到做到，我说不到北京上访，就不会到京城告这儿告那儿。你想干什么？有本事你让警察把老子抓起来？！我知道你们堵信访群众有一套，动不动就以妨碍公共秩序抓人，还把正常人往精神病医院送。我问你，谁给你们这样的权力？来来来，这里是毛主席纪念堂，当着他老人家的面，你给我讲一讲，谁给你们这样的权力？说啊，怎么不吱声了？"

先后被父子俩各骂一通，徐小梦非常尴尬，弯腰捡起手机，红着脸给李良开和李远道歉："上面有要求，我也没办法啊。我们是亲戚，是一家人，还请你们多多理解。我混到今天也不容易，一家人不相互理解，谁还理解我？是我不对，我赔礼。等你们回月溪场，我摆一桌表示歉意。"

"赔礼就用不着了。"见徐小梦服了软，李远给了对方一个台阶下，"舅舅，不是我说您，我老汉是什么人，您还不了解吗？人家可是当了几十年村干部，党龄都超过我岁数了，也肯定比你长。这样的老党员都不相信，你们这些父母官还能相信谁？我跟您打包票，您担心的事情绝不会发生。但我也把丑话说在前头，如果您再偷偷摸摸地跟踪我老汉，别怪我这个当外甥的翻脸不认人。""行行行，就按你说的办。"徐小梦赶紧承着，之后找了个借口，迅速离开了天安门广场。

被徐小梦这一搅和，李良开游故宫的兴致消失殆尽。三人步行回小旅社收拾行李，准备启程去河北境内的燕郊看看。刚刚退完房，李善泉领着一个30多岁的年轻男子赶了过来，无论如何要三人吃完午饭再走，地点就在年轻男子开的万州特色小吃店里。

这一次，李善泉找朋友借了一辆国产商务车，几个人坐进去，还显宽敞。在去往饭店的路上，经李善泉介绍，李良开等人才知道年轻男子叫吴小宁，重庆万州分水人，是李善泉大姨的表侄，五年前到北京开小吃店，目前生意不错，每年纯收入超过20万元。

"还是年轻人有闯劲！你们都很能干！"听完介绍，李良开由衷地称赞。"三叔，不怕您笑话，挣这点儿小钱不容易啊，处处都是坎。"吴小宁嘴很甜，很自然地跟着李善泉称李良开为"三叔"。"都遇到过什么坎？"李良开饶有兴趣地问道。吴小宁的神色顿时凝重起来，开店过程中遇到的那些坎坷，也一一浮现在眼前。

小吃店开张后的头一个月，城管、卫生、税务等部门三天两头来找麻烦，不是这个不符合规定，就是那个违背了政策，反正一来就是找碴。之前，吴小宁也向李善泉打探了一些应对之道，除了缴纳正常的费用，无外乎就是给个小红包，拿两盒好烟，最次也得提供免费的瓶装饮料。当然，遇到吃饭的时间，一定要把最拿手的饭菜端出来让人家"检查验收"。

好不容易把这帮难缠的家伙打理明白，那个送煤气罐的中年男子仗着来自北京郊区农村，开始明目张胆地欺负吴小宁这个外地户。手法倒不高明，就是常说的短斤少两，一个新送的煤气罐，总是比相邻饭店同一规格的煤气罐轻三到五斤。吴小宁暗中做过调查，并委婉提醒过负责送货的中年男子。谁知这伙计嘴里答应下不为例，可一换新罐，依然不够秤。

吴小宁不想多事，改让一个河北唐山籍的年轻小伙送煤气罐。北京郊区那个中年男子不干了，找上门来，要把由他最初提供、吴小宁花钱买下的那只空煤气罐拿走。吴小宁自然不肯，两人便大吵了一架。中年男子哪肯罢休，操起手机拨通报警电话，说吴小宁侵占属于他的煤气罐。

不一会儿，两个民警开着警车呼啸而至，也不听吴小宁解释，直接扣押了那只空煤气罐，还给吴小宁限定时间，让他24小时内必须到派出所把情况说清楚，还要缴纳相应数额的罚款，否则就要封掉吴小宁的小吃店。

面对强势的民警和得意扬扬的中年男子，吴小宁的老婆乱了分寸，让老公快点想办法。情急之下，吴小宁想到了表哥李善泉。也算吴小宁运气好，李善泉刚好认识那个派出所的一个副所长，两人在一起打过几回麻将，也算是熟人，李善泉一个电话，副所长便让民警把煤气罐送了回来，还一个劲儿地向吴小宁赔礼道歉，说自己不该没做调查就把煤气罐拉走。吴小宁也没计较，只要煤气罐能要回来，小吃店能继续开下去，受点儿委屈就受点儿委屈吧。谁让自己是外来人口呢？

一年后，小吃店生意步入正轨，营业收入逐月攀升。眼看人手忙不过来，吴小宁把堂弟吴松柏从老家叫过来当帮手，主要负责在店外招徕客人。吴松柏讲义气，爱交往，不过个把月时间，便与附近的商户打得火热。包括负责街边停车收费的小混混，他都混得很熟，称兄道弟，亲热得很。

一天晚上十点钟左右，吴小宁和妻子在店内收拾卫生，吴松柏在店门口清理垃圾。此时，一个明显喝过酒的出租车司机打电话叫来一个代驾，和同样喝了酒的两个朋友坐进车里，任由代驾倒车掉头。

意外就在这个时候发生了。

（六十八）

不知是技术不过关还是别的原因，反正代驾倒车时没控制好车，把吴小宁停在小吃店门口的电动自行车刮碰倒地。吴松柏过去一看，前车灯摔得稀碎。这还了得？吴松柏赶紧把车拦下来，要代驾赔偿损失。代驾是个年轻小伙，态度非常诚恳，答应照价赔偿，修理花多少钱，他赔多少。为了表示诚意，他预留了200元钱，还留下了自己的工作单位、姓名、身份证和手机号码，让吴松柏修完车给他打电话，到时多退少补，绝无二话。

事情本来圆满解决了，出租车司机和他的两个同伴却节外生枝，责怪代驾钱留多了，说最多给20块钱。这还不算完，出租车司机趁吴松柏不注意，把吴松柏手上的200元钱抢走了，并随手扔下一张20元面值的纸币，骂吴松柏是外乡佬。

吴松柏自然不干，故意大声抗议着，想把负责看车收费的几个小混混吸引过来，帮自己撑撑场面，好把代驾预付的200元钱要回来。谁知这几个小混混并没有这个耐心，过来就是一通拳打脚踢，把三个喝过酒的家伙打得鼻青脸肿，其中两人眼睑破裂，鲜血直流，倒在地上痛苦地呻吟。

自始至终，吴松柏既没开口让小混混们帮忙打人，也没动手打任何人。事实上，他被眼前的一幕惊呆了，站在那里手足无措，不知如何收场。

小混混们很有经验，见对方三人全被打趴，并且毫无还手之力，没人招呼，他们撒腿就跑，瞬间消失得无影无踪。

代驾被吓坏了，但他还算清醒，赶紧打电话报警。如此血腥的场面，显然已经超出他的掌控范围，只能求助于民警。

当晚，吴松柏被民警抓走。次日上午，公安医院的鉴定结果出来了，三个被打之人，两个二级轻伤；下午，刑警中队以涉嫌故意伤人为由，经报上级批准，对吴松柏采取刑事拘留措施，押送至看守所等候处理。

出了这样的事儿，作为堂兄兼老板，吴小宁自然不能置身事外，通过李善泉四处找人打探消息，想托关系把表弟捞出来。打听来打听去，全是一些对吴松柏不利的信息：有人讲，出警的派出所正愁完不成当季度破案指标，碰巧遇到这么一档子事儿，便第一时间把吴松柏交给刑警中队，按故意伤人立案侦查；还有人讲，吴松柏既没喊人也没动手，根本构不成故意伤害，连从犯都算不上，按理说民警不该抓他，但事情因吴松柏而起，既然抓不到打人者，抓吴松柏便有了理由，否则被打方会不依不饶……

这些信息，让吴小宁感到左右为难。经过再三考虑，他还是找到办案民警，要求他们抓捕打人的小混混，尽快释放吴松柏。办案民警表示，警方会依法办事，同时要求吴小宁提供相关线索，最好弄清打人者的藏身处，以便民警实施抓捕。

听民警这么讲，吴小宁没再要求警方抓捕动手打人的小混混。他不想节外生枝，更不敢得罪那些小混混。因为就在吴小宁去找办案民警的前一天下午，那几个打人的小混混还在街上晃悠，其中一个专门跑到吴小宁的小吃店里，让他最好把饭店关几天，否则，保不齐会出现打砸事件，后果自负。

这明显是威胁了！吴小宁不信这个邪，把相关消息透露给办案民警，说人民警察应该保护人民的生命财产安全，如果自己的小吃店出现什么意外，一定会向派出所和刑警中队的上一级反映情况。

办案民警底气十足："打砸你的饭店？借十个胆儿，他们也不敢。不过，如果条件允许，建议你换个地方开店，省得他们找你麻烦。"

听警察这么一讲，吴小宁心里直犯嘀咕。得罪了当地的小混混，自己的小吃店能不能顺利开下去，也许还真是个问题。这帮人的做派，吴小宁是清楚的，开小饭店的要是把他们惹着了，不是吃霸王餐不给钱，就是利用吃饭的机会制造各种事端。有一回，一个看车和收费的小混混到吴小宁的店里吃午饭，点了一碗肥肠面，眼看就要吃完了，碗却突然掉在地上，摔成一些碎片。按道理，这个小混混应该赔偿碗钱，结果不但不赔，还说残余的面汤把他的脚背烫伤了，非要吴小宁赔偿500元医疗费。

明眼人都能看出，这个小混混是故意找碴。吴小宁不愿生事，先是赔礼道歉，后又主动提出免单，还搭上两盒软中华，好说歹说才把事情平息下来。

正是切身体会到这帮小混混难缠，当吴松柏来之后与他们打得火热时，吴小宁选择睁只眼闭只眼，希望通过堂弟搞好与这帮人的关系，为小吃店的顺利运营创造良好的外部环境。

吴松柏被民警抓走之后，吴小宁没敢告诉自己的亲叔叔，只想尽快帮堂弟恢复自由之身。经过四处询问，吴小宁弄清楚了，刑警中队一旦立案，没有极特殊情况，撤案不大可能，多半会正常移送检察机关，要想免予刑事处罚或争取从轻处理，只能去做检察院和法院的工作。

人托人，人找人，终于联系上了一个人，说是可以想办法把吴松柏定为从犯，并争取判个缓刑。但也有前提，就是吴小宁必须想办法与被打方达成赔偿与和解协议。

事已至此，吴小宁别无选择。堂弟是自己叫来的，并且在为自己打工，出了事儿，他没有理由不管到底。用四川老家的话讲，这就叫"猫抓糍粑——脱不了爪爪"，只能硬着头皮一一应对了。

好在妻子理解并支持吴小宁的做法，表示无论如何也要防止吴松柏被判刑入狱。否则，夫妻俩真不知道该如何面对吴松柏的父母。

找了人，托了关系，吴小宁以为万事大吉，安心等着司法机关放人，谁知这一等就是五个多月。前一个月，吴小宁还没当回事儿。叔叔和婶娘打电话问吴松柏的行踪时，吴小宁就谎称自己派堂弟到广东学做粤菜去了，过段时间就能回来。到第二个月，长时间联系不上儿子，叔叔和婶娘不干了，搬来吴小宁的父母，再三打电话施压，逼着他说了实话。

得知实情，叔叔和婶娘并没有责怪吴小宁，也没催促他尽快把吴松柏捞出来，叔叔只是在电话里淡淡地说了一句："只要松柏还活着就行。"

这让吴小宁更加自责，也进一步坚定了他不惜代价把堂弟捞出来的决心。接下来的日子，一有空闲时间，他就不断打电话四处求人，还定期到看守所往吴松柏的消费卡里存钱，生怕堂弟在里面吃不好穿不暖。

功夫不负有心人，吴松柏最终被定为从犯。

到第六个月，检察机关将吴松柏起诉至法院。宣判之前，吴小宁和两个被打成轻伤的当事人达成赔偿和谅解协议。

这两个人倒也讲理，说吴松柏确实没有动手，照理说不该找吴松柏赔偿医疗、误工、精神损失等费用，但主犯抓不着，他们只能找吴松柏，这也符合相关法律规定。他们还表示，一旦主犯归案并同意赔偿损失，他们会全额退还吴松柏事先支付的赔偿款。

看这两人还算明理，吴小宁松了一口气。凭直觉，他感觉这两人不会狮子大开口。果然，两人并没有漫天要价，两个人，各种费用加到一起，总共五万元。

应该说，这个数额，并没有超过吴小宁的心理预期。但他妻子却不这么看，认为可以再谈一谈，能少一点就少一点，毕竟五万元不是个小数目，自家那个小吃店至少需要白干两三个月。吴小宁觉着有理，反复和两名当事人协商，最终达成协议：吴小宁代吴松柏赔偿4.6万元，对方不再要求法院严惩吴小宁。

如此这般，加上前期所做工作，吴小宁判缓刑已无多大悬念。不过法官又提出，如判缓刑，需要吴小宁目前暂住的街道司法所出具接收证明，以便后续社会矫正顺利进行。吴小宁再次托人找关系，社区、派出所、司法所、法院四点一线来回跑，折腾了好几天，总算把事情办妥。又过了些时日，吴松柏判一缓二，终于走出了看守所的大门。

吴小宁和妻子一算账，好家伙，前前后后竟然花了将近九万元钱。

得知这个情况，同一条街上开饭店的同行们都很吃惊。有的认为这钱花得不值，说就吴松柏的情况，就算一个人不找，一分钱不花，法院也不可能重判。有的认为钱应该花，但花得太多，保守估算，至少多花了三万块……

对此，吴小宁夫妇倒是没有过多的想法。吴松柏出来的第一天晚上，饭店打烊后，两口子炒了几个川菜，陪堂弟喝了几杯，算是压惊。当然，吴小宁也没忘记叮嘱堂弟："以后还是本分点好，别跟那些小混混搅在一起。咱们是外地人，跟他们不在一条道上，也没本钱陪他们玩……"

听完吴小宁的讲述，李良开非常气愤："这还没有王法了？我说小宁，你们咋就这么好欺负呢？花那些冤枉钱干啥？不行请律师打官司嘛！"

"我也到律师事务所咨询过。"吴小宁回答，"可人家张口就要代理费，不拿钱不给出主意，拿了钱还不保证打赢。我可是听说了，像我们这种没权没钱没势的小人物，打官司真打不起啊，到处都要花钱，可能还白花钱，就像把钱扔进水里，一个泡儿都不会冒。"

"不是还有什么网上监督吗？"李良开经常上网，看过不少这方面的新闻，"这方面，你们年轻人应该比我明白。为啥不向网络求助呢？"

"三叔，哪有这么简单的事？"吴小宁无奈地叹了口气，"网上那些事，如果没有人在后面炒作，形不成声势，根本没人理会。要找人炒作，又得花一笔钱，弄不好还会惹火烧身，说你散布谣言，严重一点同样会被抓去坐牢。"

"这倒是真的。"李远插话，"网上有些人，并不讲对错是非，要么唯利是图，只要有钱挣，什么谎都敢撒；要么乱泄私愤，只要他不高兴，正话反着说，错话正着讲，颠倒黑白，混淆是非。"

见众人讨论得很热烈，田梅也参与进来："老汉，您还是太正统，现在某些事情，是不能按正常思维去思考的，同一件事，从不同的角度理解，就产生不同的效果。前两天，我在网上看到一个段子，说得很有道理：如果你说一个女大学生，晚上去夜总会陪酒，听起来就不太好；可如果你说一个夜总会小姐，白天坚持去大学听课，就满满的正能量了；如果你说你是一个学者，开了个公司，会被鄙视，认为你俗不可耐；可是如果你说你是一个商人，经商之余还专研学术，别人会肃然起敬，尊称你为儒商。这都什么事儿啊？典型的驴唇不对马嘴。"

听二儿媳妇这么一讲，李良开顿时觉得自己的脑瓜子不够用了，有些迷茫，有种张不开嘴、插不上话的无力感。唉，看来自己早与这个时代脱节了。

（六十九）

离开北京去燕郊的路上，李良开的心情很差。徐小梦的跟踪，吴小宁讲述的农村人进城后面临的种种艰辛及不公正遭遇，都让他苦闷不已。

燕郊离北京很近，与天安门的直线距离不到30公里，虽然归河北省管，实际上却是北京名副其实的卫星城。不少人选择在燕郊买房租房，每天起大早赶往北京上班，晚上摸黑回燕郊睡觉，一定程度上也缓解了京城高房价带来的生存压力，但同时也带来新的烦恼，总有一种停不下来的飘浮感和焦灼情绪。

这种感觉，李良开这个来自渝东北山区的前村主任无法体会，李远新兵连的同班战友、军转干部、负责开车的王国治也没多少发言权。他一边开着车，一边和坐在副驾驶位置上的田梅闲聊，偶尔回头看看双目紧闭的李良开和李远。看得出来，这对父子的情绪并不高，都是满腹心事的样子。王国治想问问田梅到底是怎么回事儿，但话到嘴边又停下了，家家都有本难念的经，外人搞清楚又能怎样？

李良开的燕郊之行与征集请愿签名和录制视频无关。他此行只有一个任务，就是去看看阔别多年的表妹邓芝萍。这是母亲邓氏25年前去世时留下的遗言，要李良开在有生之年无论如何要到北京看看她这个苦命的侄女。

邓芝萍是李良开母亲邓氏的亲侄女，出生于1947年，比李良开小三岁。其父邓洪刚1946年初被国民党抓壮丁入伍。在此之前三个月，他按父母之命与同村女孩张静结婚。

邓芝萍是在邓洪刚被抓壮丁半年后出生的。此时的张静，对丈夫的情况一无所知。

邓芝萍满两周岁那天，也就是新中国成立前半个月，一直没有丈夫消息的张静听到一个传言，说邓洪刚加入国民党军不到半年就战死了。由于没有确切的消息来源，张静半信半疑，每天一个人哭泣到深夜，最终抑郁成疾，不治身亡。又过了两年，因为还是没有邓洪刚的消息，家人以为他真的战死，便把邓芝萍作为孤儿一样抚养，以半年为期限，三个叔叔和两个姑姑轮流抚养。

这些叔叔和姑姑当中，李良开的母亲、也就是邓芝萍的大姑邓氏对这个侄女最好。邓芝萍七岁那年，邓氏干脆说服丈夫李有文，把这个苦命的侄女长期留在家里，当成亲生女儿一般疼爱和抚养。对这个只小自己三岁的表妹，李良开很是喜欢，像大哥哥一样呵护着，从不让唐家岩李家大院的小孩们欺负她。有了大姑和三表哥的关爱，原本不爱说话的邓芝萍逐渐变得开朗起来，成天说说笑笑、叽叽喳喳、蹦蹦跳跳地跑来跑去，像一只快乐的小燕子。

平日里，见三儿子和自己的小侄女关系很融洽，邓氏动过将来让两人结为夫妻的念头，也有意无意地拿两个孩子开玩笑。每每此时，邓芝萍红着脸，什么也不讲；而李良开要么害羞地跑开，要么上前捂住妈妈的嘴，惹得大人们哈哈大笑。

那个年代，尤其是偏远山村，表兄表妹结为夫妻是件很正常的事情，没人觉得不妥，还有"表亲结亲，亲上加亲"的说法。

虽然一直没有机会上学，但邓芝萍在唐家岩李家大院生活得很快乐。如果不出什么意外，等长大后，她和三表哥李良开也许真能成为夫妻。

人的一生，总会出现一些无法预知的事情。1961年秋，也就是邓芝萍14岁那年，父亲邓洪刚突然出现在她面前。在大姐家看到已快长大成人的女儿，邓洪刚说不出的兴奋，抱着女儿转了好几圈。

原来，关于邓洪刚战死的传言真就是传言。加入国民党军第二年，他随长官向解放军投诚，并逐步成长为一名军官，参加过辽沈、平津两大战役。其间，因一直惦记着老家的妻子，他没有另寻姻缘，而是一直坚持单身。邓洪刚反复打探妻子和家人的消息，做梦都想回老家探亲，却因工作和其他原因一再错过。直到1960年年底，他从营长岗位上转业并安置在北京某国家机关工作，才终于抽出时间回了一趟老家，这才得知妻子早已去世，也意外得知自己还有一个女儿。

邓芝萍随父亲去了北京，很快上了学。一年后，邓洪刚与一位丧偶的女军医结为夫妻。两人约定不再要孩子，以便把全部心思用来培养女儿。

尽管上学偏晚，但邓芝萍很有天赋，用了五年时间，不仅学完了从小学到高中的全部课程，还学会了唱歌、跳舞和画画。正当她踌躇满志地准备参加高考，"文化大革命"开始了，全家人的命运随之发生逆转。

先是邓芝萍失去高考机会，在父亲的安排下当了一名公交车售票员。之后邓洪刚被诬陷为国民党潜伏特务，屈打成招后进了监狱。为了保护女儿不受冲击，继母昧着良心与邓洪刚办理了离婚手续，并代表自己和邓芝萍写了保证书，表示从此与国民党特务邓洪刚划清界限，老死不相往来。

在不可抗拒的时代洪流面前，邓芝萍这个从山村走出来的年轻女孩完全丧失了辨别能力，响彻全国的革命口号更是让她热血沸腾，甚至一度坚信自己的父亲真是国民党特务，决绝地断绝了与邓洪刚的父女关系。1968年，知识青年上山下乡运动兴起之后，邓芝萍积极响应号召，第一批报名去了黑龙江建设兵团，成为北大荒腹地一个垦荒连的积极分子。

尽管也有女知青，但广袤的北大荒总体上还是男人的世界，也是寂寞的世界。数万名部队转业官兵，各地源源不断涌来的男知青，成家的并不多。血气方刚的男儿只能与大荒亲热，把过剩的青春活力播洒在黑油油的大地上。

邓芝萍所在的垦荒连地处偏远，她和十名北京女知青到来之前，全连清一色的老光棍，年纪最大的连长三十出头，依然不知道老婆在哪个角落。没有女人滋润的世界混乱而枯燥。男人们不修边幅，不整理房间，白天与大荒搏斗，晚上与烈酒较劲。直到邓芝萍和姐妹的到来，这个垦荒连才逐渐变了模样。

十个女知青当中，身材高挑、面容姣好、为人热情的邓芝萍算是个带头人。她不仅人长得漂亮，嗓音也不错，还画得一手好画，很快成为垦荒连小伙儿们争相追逐的不二人选。邓芝萍却很低调，任凭小伙儿们怎么表现，她总是微微一笑，但从不接招，一再宣称自己是个单身主义者，想娶老婆的，赶紧转移目标。这当然是托词，其实邓芝萍有一个很重要的任务，就是促成或撮合其他女知青与垦荒连的优秀男青年恋爱结婚。这是团部一位领导当面交给邓芝萍的光荣任务。谈话时，那名领导说得慷慨激昂，十分动情，从国际形势说到国内斗争，从最高指示说到兵团任务，直说得邓芝萍热血沸腾，频频点头。

邓芝萍真把那名领导的话当成了指示，没事和连长凑在一起，商量谁跟谁更适合，探讨怎么办才能成功。这个过程说复杂也复杂，说简单也简单，反正不到一年时间，除了邓芝萍自个儿，北京来的女知青们全都名花有主，有几对发展神速结了婚，还有两个女知青怀上了孩子。男女搭配，干活不累。有了女人的滋润，垦荒连越来越像个大家庭，劳动效率越来越高，生产效益也越来越好。

到垦荒连两年后，为表彰邓芝萍的突出贡献，她被团部评为先进个人，到团机关参加了表彰大会。领完奖的当天晚上，两年前找邓芝萍谈话的那名团领导再次找到她，要求邓芝萍回去后与连长结婚，说这是光荣的政治任务，是贯彻最高指示的具体表现。

对于最高指示，邓芝萍历来坚决落实，不打半点儿折扣。但得知组织上要自己嫁给那个五大三粗、没什么文化的连长，平时能说会道的邓芝萍顿时没了主意，只知道机械地点头。三天后，邓芝萍和连长入了洞房。

新婚之夜，连长很兴奋，像垦荒那样不要命地开垦了邓芝萍那片神奇之地。说不清为什么，邓芝萍觉得很委屈，想哭却哭不出来。显然，这不是她想要的结果，想象中的婚姻，根本不是这个样子。

从结婚的第一晚开始，邓芝萍留了个心眼，采取了避孕措施……

1978年，知青开始大规模返城。除了已经生儿育女的那两位，其他女知青全都选择了离婚，告别了北大荒，回到京城开始了新的生活。

这其中就包括邓芝萍。将近十年的垦荒经历，让她看清了很多事情，也厌倦了与丈夫毫无感情基础的婚姻，加上一直没有孩子，她很坚决地办理了离婚手续，毫无牵挂地回到北京，回到十分疼爱她的继母身边。

此时，离父亲在狱中病逝已过去五年，身体虚弱的继母刚办理了病退手续。费尽周折把工作落在文联之后，经继母牵线搭桥，31岁的邓芝萍与一名四十出头的画家结了婚，次年诞下一女，之后再无生育。

女儿五岁那年，邓芝萍携夫带女，回了一趟阔别多年的老家，并专门去看望了年过七旬的大姑、当年细心呵护自己的三表哥李良开和其他亲人。

对丈夫这个风姿绰约的表妹，徐小芳多少有些嫉妒。尤其是想到这个表妹还差点成为李良开的妻子，心中的醋意更是浓了几分。不过徐小芳并非那种胡搅蛮缠的女人，也就私下里在李良开面前嘟囔几句，对邓芝萍，绝对热情有加，妹妹长妹妹短地叫着，那个亲热劲儿，不知道的还以为她们是亲姐妹。

徐小芳的贤惠、能干和热情，给邓芝萍留下极为深刻的印象。看得出来，三表哥很在意自己的妻子，三表嫂更是对三表哥充满爱意，这让邓芝萍很是欣慰。

2000年年初，时逢千禧之年，邓芝萍利用在文联工作的优势，张罗在京举办了一次反映知青生活的主题画展。在众多参展作品中，一幅题为《我的前夫》的油画引起知青们的强烈共鸣。

画面上，老农一样沧桑的新郎官笑裂了嘴，手里的红宝书红得刺眼；同样手握红宝书的年轻新娘子满眼忧郁，似乎找不到幸福的方向在哪里。

那些人过中年的女知青，走到这幅油画面前，总会被深深的吸引，有的默默地站立很久，有的泣不成声，泪湿衣襟。

作为这幅油画的创作者，看到这一切，邓芝萍的心里五味杂陈，说不上欣慰，也谈不上悲伤，总之乱乱的，还有些委屈，犹如多年前的新婚之夜，无助而彷徨。

（七十）

得知三表哥到了北京，退休后定居燕郊的邓芝萍很高兴，本想回京城好好款待，后因自己打理的北大荒知青文化沙龙有急事需要亲自处理而作罢。

2002年国庆节前，时年55岁的邓芝萍从单位办理退休手续，卖掉了继母位于二环的老房子，和早已退休的丈夫一起到了燕郊，在一个村里租了几亩地，盖了一排平房，挖了一个小鱼塘，种一些时令蔬菜，算是建起了一个小庄园。平日里，夫妻俩看看书，作作画，偶尔也呼朋唤友前来小聚，日子倒也安静恬适。

2005年夏日某天，相识多年的北大荒老知青陈先竹来找邓芝萍，恳请她教自己时而清醒、时而疯癫的妻子郏红杏画画，称这是一个名医的主意，说是画画能让一个人真正安静下来，加上必要的药物，对治疗精神疾病大有裨益。

面对陈先竹的请求，邓芝萍无力拒绝。尽管清楚这是一项可能无法完成的任务，她还是愉快地答应下来，并主动提出让陈先竹带妻子过来小住一段时间，以便自己和丈夫随时随地向郏红杏传授绘画技艺。

对陈先竹的妻子郏红杏，邓芝萍并不陌生。

故事还得从1974年秋天北大荒腹地一个小镇的那场婚礼说起。这一天，是郏红杏与张大柱结婚的日子。当晚，新郎官张大柱还没醒酒并进入洞房，新娘子郏红杏却疯了。

郏红杏真是疯了，一丝不挂待在新房里，一会儿哭一会儿笑；趁母亲不注意，她还会光着身子跑到室外大哭大笑，惹得一帮小毛孩儿追在后面看热闹。

唯一的女儿没成为新娘，却成了疯子，郏红杏她娘心疼得直拽自己的头发，一拨一大把。之后是撕心裂肺地痛哭，哭累了，指着郏红杏他爹的鼻子，大骂他不是东西，连自己亲生女儿的终身幸福都敢出卖。

郏红杏他爹真不是个东西，明知郏红杏已和农场北京籍知青陈先竹私订了终身，陈先竹还托人上门提过亲，他却趁陈先竹回北京探亲的空隙，以200块钱彩礼的代价，强行把郏红杏嫁给了小镇上出了名的二流子张大柱。

结婚这天，郏红杏死活不肯迈出娘家大门，郏红杏她娘也极力反对，但均不起任何作用。因为郏红杏他爹在外面虽然是个软蛋，可在家里却是说一不二的狠角色，母女俩稍有不从，拳打脚踢是家常便饭，若是喝了酒，他还会往死里打郏红杏她娘。

娶了大美人，张大柱很兴奋，结果在酒桌上被一帮人灌得烂醉。等他醒过来，意外发现还没碰过的新婚妻子竟然疯了。作为二流子，他当然不愿再要这个累赘，强行把赤条条地郏红杏送回娘家，表示从此与这个女人再无关系。

这样的结局，郏红杏她娘难以接受，呼天抢地地哭。郏红杏他爹也傻了眼，只知道坐在门口抽旱烟。他嘴里什么也不说，其实连肠子都悔青了。都说虎毒不食子，自己这不是把女儿往火坑里推吗？

其实，早在两年前，郏红杏和陈先竹刚刚开始恋爱时，郏红杏他爹就知道了。那天，他去那片白桦林里采桦子蘑，意外发现一对男女拥在一起亲吻。等到两人分开，他才看清原来是郏红杏和陈先竹。

原本，郏红杏他爹也多次期待看到这样的场景。因为如此这般，女儿有了一个好归宿不说，连自己也攀上了一门城里亲戚。在大城市有自己的亲家，将来女儿还有可能住到城里去，这事儿怎么想都很带劲。

所以，当陈先竹托人上门提亲时，郏红杏他爹既没答应也没否认，只是暗示媒人要提醒男方按当地的规矩办，不能小里小气，否则左邻右舍笑话郏家。郏红杏他爹提出的条件说高不高，说低不低：彩礼200元，少一分也不行。

不料陈先竹却不吃这一套，强调恋爱自由，说什么自己要找的是终身伴侣，还说又不是买牲口。总而言之，陈先竹不愿下彩礼。郏红杏他爹不乐意，还放出狠话：不按规矩来，谁也别想娶我们家郏红杏过门。

郏红杏哭着去求陈先竹答应她爹的条件。陈先竹抱着她，让她别担心，说自己没那么多积蓄，这次回北京探亲，一是向家里通报一下情况，二是找父母要一点儿钱，回来把200块彩礼钱交给郏红杏她爹，之后就带她去办理结婚登记手续。

就在郏红杏等着陈先竹回来的日子里，早就垂涎郏红杏美色的张大柱却来了个先下手为强。他先是请郏红杏他爹到农场最好的馆子喝了顿大酒，继而托人送上了200元彩礼，要求娶郏红杏当媳妇。

郗红杏他爹是个见钱眼开的主儿，彩礼到了手，他便答应了这门婚事，并且强力压制了母女两人的反抗。于是，在陈先竹返回农场的三天前，郗红杏被张大柱娶回了家，当晚就疯了……

从北京回到农场，看到疯疯癫癫的郗红杏，陈先竹的心都碎了。他把眼光迷离的恋人强行搂在怀里，大声喊着："杏，我是先竹，我回来和你结婚来了……"见到陈先竹，郗红杏时而清醒，时而疯癫，那个清纯漂亮的姑娘彻底不见了。

了解到实情，陈先竹一忍再忍，最终还是一拳把郗红杏他爹击倒在地，继而上前抱住痛哭不止的郗红杏她娘："妈，您别哭了，把郗红杏交给我，我来照顾她。"郗红杏她娘哭得更厉害了："孩子，郗红杏都这样了，不能耽误你啊……"

农场团支书提醒陈先竹："这可不是儿戏，你再考虑考虑？"陈先竹回答："我考虑好了，我要照顾郗红杏一辈子。"

一周后，在知青和乡亲们的泪水和欢呼声中，陈先竹和郗红杏举行了婚礼。结婚那天，郗红杏没疯没癫，安静如昔，羞涩如初，满脸洋溢着幸福。婚后，郗红杏时而清醒，时而疯癫，但再也不会一丝不挂地往外面跑了。郗红杏和陈先竹生育了一儿一女，健康聪明，十分可爱。知青们大规模返城时，陈先竹选择留在北大荒，选择留下来照顾郗红杏。

转眼，郗红杏和陈先竹的一对女儿先后上了大学，在北京找了工作，相继结婚生子。孙子出生那年，为了和家人团聚，陈先竹带着郗红杏回到北京。换了生活环境，郗红杏的病情并无多大好转，依然时而清醒、时而疯癫。陈先竹领着她跑遍了京城的各大医院，效果都不明显。无奈之下，陈先竹采信了那位名医的建议，转而恳求邓芝萍教郗红杏作画，以期出现奇迹。

还真别说，这一招确实有些成效。在邓芝萍和丈夫的小庄园里，只要郗红杏处于清醒状态，夫妻两个就轮流教她作画。一个月下来，随着作画技术的逐步长进，加之严格按照医嘱服药，郗红杏犯病的频率逐渐变小。两个月后，即便不再服药，只要每天画上两幅画，郗红杏也会显得很安静，几乎不再疯疯癫癫。

这个效果，大大出乎陈先竹的预料。回到京城后，他带着郗红杏一起到老年大学报名学习作画，借此巩固疗效，期待早日看到妻子彻底康复。

通过此事，邓芝萍亲身体验到了健康文化所具备的疗伤功能。联想到返城知青中还有一些精神病患者，再看看自家利用率并不是太高的小庄园，便萌生了建立北大荒知青文化沙龙的念头，想以这种方式去帮助更多的返城知青。

事实证明，这是个深受欢迎的举措。尽管燕郊离北京还有一段距离，但从邓芝萍的北大荒知青文化沙龙正式启动那天开始，只要组织活动，曾经在那片荒原和黑土上奋斗过的人们总会结伴而来，并力所能及地为沙龙顺利运转提供资金和物质上的帮助。经过几年的发展，邓芝萍与丈夫的小庄园一扩再扩，最终成为一个集文化交流与培训、餐饮和娱乐为一体的场所。

2013年10月23日下午，参观完初具规模的文化庄园，李良开竖起大拇指，半认真半开玩笑地对邓芝萍讲："表妹，你真厉害，退休后还能干出这么大的事业。再看看你三表哥我，从村主任位置上退下来将近十年，除了陪你表嫂和照看几个孙儿孙女，什么正经事也没干。真是惭愧啊！""三哥，你涮啥子坛子？"见到李良开，邓芝萍自然很高兴，用半生不熟的四川话回应，"我这是没得办法嗖。如果老家还有我的田地和树林，我才不在燕效建庄园。照现在的发展速度，这里早晚会和北京城里一样拥挤不堪。"

"那你和妹夫就回老家嘛。"李良开真心诚意地邀请着邓芝萍夫妇，"我们老家山清水秀空气好，现在也没多少人，既不拥挤也不嘈杂，非常适合养老。""三哥，听你这么一说，我还真想回老家看看。"看了看李良开有些灰暗的面色，想到徐小芳告诉自己李良开身患胃癌一事，邓芝萍心里一紧，"三嫂给我打电话了，说再过两个多月，要给你提前办七十大寿，到时我们一定回去。"

（七十一）

当日吃过晚饭，李良开和邓芝萍有过一次长谈。

说是长谈，其实更多时间是邓芝萍在回忆自己的人生经历，李良开也就是个倾听者，偶尔插两句话，算是回应。

听完表妹的讲述，李良开由衷地表示赞赏："你这一辈子也不容易，好在你都挺过来了。都说好人有好报。都奔70岁去了，你还一直在帮助别人，很不简单。我就奇了怪了，小时候也没看出来你这么能干啊？"

说到小时候，邓芝萍来劲儿了："三哥，你老实说当年你到底喜没喜欢过我？""哈哈，多大岁数了，还说这个干啥？"李良开有些尴尬，想转移话题。"别打岔，照实说，我又不能把你怎么样。"邓芝萍不依不饶，"有时我也在想，当初要不是我父亲突然到唐家岩找我，长大了我也许真的会嫁给你。大姑一直有这个意思。现在我就想知道，当初你是怎么想的？"李良开更尴尬了，嘿嘿干笑了一下："我能怎么想？肯定是听我屋老娘的。你大姑那脾气，你又不是不知道。她在的时候，我们几兄弟都怕她。""哈哈，喜欢就是喜欢嘛，还拐弯抹角的。"邓芝萍开怀大笑，"三哥，说实话，当年我是喜欢你的。可惜我们没这个缘分。""谁都争不过命。不过，这样也挺好。"话说开了，李良开自然了许多，"幸好你没嫁给我。要不然，你现在就和你三嫂一样，农村妇女一个，连个远门都没出过，更别说搞什么文化庄园了。""农村妇女怎么啦？我看没什么不好。"邓芝萍反驳道，"三嫂人不错，我很喜欢她，我们两个经常打电话。""她是不是经常说我坏话？"李良开半认真半开玩笑地问道。"哈哈，让你说对了。"邓芝萍也不客气，"我可是听三嫂说了，你那个犟脾气还是没有改，自己认定的事情，别人怎么劝都不行。三哥，不是我说你，你都这么大岁数了，管那个老院子干什么？老房子都快垮完了，也没几个人住，留住它又有什么用？再说，政府要干的事情，你挡得住吗？自个儿身体又不好，胃病这么严重，不安心在家养病，在外面跑个什么名堂？别怪妹妹说话不好听，有个好身体，比什么都强。祖宗的事，后人的事，你都能管过来？我劝你还是别管了，该怎么着就怎么着吧。当然，你不出来也出来了，那就好好散散心，想去哪里就去哪里。你眼看就满70岁了，想再出来，机会怕是不多了。"

这番话，本来是徐小芳的意思，她不止一次在电话里向邓芝萍唠叨，说得次数多了，邓芝萍差不多就背了下来。看到李良开灰暗的面色，联想到他本人还不知情的胃癌，邓芝萍很是心疼，一着急，就忍不住批了李良开一通。

同样是这番话，如果从妻子徐小芳口里说出来，李良开肯定会听不进去，弄不好还会大发雷霆。可从自己曾经喜欢的表妹口中说出来，李良开不但没有生气，还频频点头表示认同："老妹，你说得有道理。但我就是想试一试，不努力，不付出，怎么就知道不行呢？我都这把岁数了，说不准哪天就去见老祖宗了。如果连老祖宗留下的老房子都保不住，他们的坟也被迁走了，如果我这个后人连阻止的意思都没有，哪有脸面去见他们？"

"说你犟，还真是犟。"邓芝萍无奈地笑了笑，"三哥，这事就算要做，你也应该换一换思路。国家搞建设，拆掉的老院子老房子多了，迁移的祖坟也不在少数，如果都不让拆，都不让迁，还搞什么建设？所以你要换个角度，别再拿老院子和祖坟说事儿，就提一个要求，就是留住那一排上百年的柏树。这符合建设生态社会的要求，国内外也有先例。人家为了一棵古树可以改变高速公路的走向，投资增加了上亿元。为了几十棵古柏，完全可以改变高压电线的线路嘛。这样一来，柏树保住了，老院子和祖坟自然就保住了。"

"高，实在是高！老妹，你太厉害了！"李良开越听越兴奋，"你这叫曲线救国。不，应该是一举两得。也不对，我看就是一箭三雕。大城市的人就是不一样，脑壳比我们这些农村人灵光多了。""哈哈，三哥也学会忽悠人了。"自己的建议被采纳，邓芝萍甭提多高兴。

10月24日早饭后，李良开和儿子、儿媳告别邓芝萍夫妇，还是由王国治开车，一行四人往京城赶去。这天上午先去参观鸟巢和水立方，中午去王国治家吃饭。

算起来，王国治与李良开也是亲戚。王国治的父亲叫王中权，是李良开母亲邓氏幺舅家的独子，比李良开小一岁，从小娇生惯养，养成游手好闲的坏毛病，名声不是太好。但人的命运实在难以预料，1963年秋，铁路部门到川东偏远农村招收临时工，说是条件很苦，工资也很低，有人传言跟劳改差不多，正经人家的孩子都不愿去。眼看完不成上级赋予的任务，公社给各生产大队下达硬指标，还暗示可以把那些调皮捣蛋、不好好干农活的家伙推荐上来，只要入围，不去也得去。

就这样，当年18岁的王中权被强行征用为铁路工人，开始天南地北地修建铁道线。几年锻炼下来，原本吊儿郎当的王中权逐渐成熟，先是顺利转为正式工，后又回老家娶了大队最漂亮的王二丫，结婚后工作干劲更足，多次评为先进个人。后来，幸运地被提拔为干部，退休前是铁道部机关的一名正处级干部。

王国治在川东老家出生长大，高中毕业后和李远同期入伍到西藏，分在同一个部队，新兵连在同一班，后又同期考入昆明陆军学院，毕业后一同分回原部队。干到副营职，按其父亲要求申请转业，正式落户京城。

在车上，唠起王中权的人生经历，李良开顺势做起了三个后生的思想工作："人不可貌相，海水不可斗量，这句老话绝对正确。所以，我们不要瞧不起任何人。有的人，现在可能不行，不等于他以后还不行。那些大领导，当年谁能看出来他能当上大领导？没人能看出来。包括那些犯过错的人、坐过牢的人、暂时不受领导重视的人，将来都有可能大有出息。"

"老汉，您给我们上政治课呢？"见父亲一本正经的模样，李远觉得好笑，"我跟你说，部队经常上政治课，我和国治被熏陶得差不多了。""个老子的，翅膀硬了不是？还嫌我话多！"李良开也不生气，"有本事你娃儿莫给我当儿子，只要当，老子说话，你就得听着。""好好好，你说我听。"李远赶紧告饶服软。见父子俩斗嘴，田梅和王国治哈哈大笑。笑过了，王国治开口说话："李远，你还别说，我感觉表叔说得很对。我们单位就有一个哈儿，一点儿也不耿直，成天算计来算计去，眼睛只朝上看，能用上谁才对谁好，我们都烦他。"

"这样的龟儿子，我也遇到过。"李远接过话茬，"久走夜路会撞鬼，这种货色，有他们喊天天不应、叫地地不灵的时候。""你说得太对了。"王国治表示赞同，"我们单位那个哈儿，算来算去，最后把自己算进去了，吃了个大亏。"王国治一边开车，一边讲起了故事。

这个哈儿姓任，暂且叫他小任吧。话说有那么一段时间，小任很烦，不知该如何应对处长对自己越来越明显的冷淡。原本一切正常。但自从小任找朋友淘弄了一个后四位数字完全相同的手机号后，再见到他，处长的脸总是晴转多云。小任如坠雾里，没把处长的不高兴与自个儿的新手机号码联系起来，以为自己在别的方面得罪了领导，又不好明问，只能一遍又一遍地忍受处长的忽视漠视甚至轻视。

说起来，处长也真够过分的。那天小任儿子班里开家长会，老婆碰巧出差了，他去请假，处长竟然没被批准，说是上级领导要来检查工作，任何人都要在位。结果等了一天，也没见来什么领导。老师却打电话把小任好一顿责备，说他不重视孩子，不配合老师工作。儿子回到家里也是又哭又闹，挨了一巴掌才消停。

这样坚持了一个来月，小任实在挺不住了，向处里负责文件收发的闲人马大姐取经，看看怎么才能让处长高兴起来。收了小任送来的一瓶化妆品之后，马大姐开出秘方：去给处长淘弄个靓号，他早就嚷嚷想换手机号了。

小任恍然大悟。第三天早上刚上班，小任借单独汇报工作的机会，把一个后四位号码完全一致的手机卡交给处长。为了这个靓号，小任可没少下功夫，找了人，花了钱，顺带用自己的身份证办了一个非常优惠的资费套餐，还预存了足够使用一年的费用。

正如马大姐预料的那样，处长高兴了，从此见到小任满脸阳光。小任的工作稍稍做出点儿成绩，处长便大会小会的表扬，说这小伙儿能干，将来会有大出息。

半年后，小任那个在上级机关工作的同学传来消息，说是有个领导认为小任他们处长年纪偏大，准备让他手下的一个心腹来接替。马大姐不知从哪里知道了这个消息，不止一次在小任面前叨咕：可惜你那个靓号了。

一天午饭后，小任不动声色地给处长那个靓号办了停机手续。

用得好好的手机突然打不出去了，处长觉得很意外，跑到营业厅一问，告知机主已办理停机，若需重新启用，需要拿机主本人的有效证件前来激活。弄清了缘由，打探到了上级想要换掉自己的消息，处长不动声色，什么也没说，见到小任一如既往地微笑点头。

只是从那以后，平时话多的处长突然变得沉默了，不再热衷于开会讲话，也不怎么表扬小任了，偶尔开会传达文件，总是讲自己要对得起组织的培养，决心站好最好一班岗。

过了三个月，小任那个同学突然打来电话：那个领导被纪委两规了，他的那个心腹也被专案组控制起来了。消息传开后，处长的话又多了，处里的大会小会也多了起来。又过了大半年，处长还是那个处长，闲人马大姐到龄退休，小任调整了岗位，接替了马大姐的工作……

"还真有这种人？是不是你瞎编的？"王国治刚讲完，李良开就表示怀疑。"真人真事，一点儿也没瞎掰。"王国治的回答掷地有声。

"这家伙也太那个吧？"李良开感到很不理解，"那个处长也不是什么好玩意！

吃人嘴软，拿人手软，别人给的东西就那么好用？你们两个都是干部，可不能干这种吃拿卡要的事情。"唠着唠着，这个前村主任又重操旧业，做起了后生们的思想教育工作。

（七十二）

虽然年轻时并没什么交往，但因李良开母亲邓氏的缘故，王中权对李良开一行三人的到来表示了真诚而热烈的欢迎，左一声老李，右一声小李，再一声小田，方方面面都兼顾着，礼数上很是周全。

由于长时间在外地工作，王中权的四川话很不标准，尤其是对老家一带的土话，基本上不会讲了。猛一听到李良开那原汁原味的家乡话，他觉得非常亲切，两人唠了不过十分钟，王中权就要按岁数大小，尊称李良开为"老哥"。

"要不得，绝对要不得。"李良开连连摆手，您是我屋老娘的老表，依辈分，我得叫您一声表叔才对。""哈哈，咱们岁数差不多，就别整什么辈分了，各论各叫，互不干涉。这样好了，你莫叫我表叔，我也不喊你老哥，我们都是老家伙了，就叫老李、老王好了。"王中权推心置腹，提出了一个双方都能接受的建议。"那我就恭敬不如从命？"李良开表示同意，"老王，退休了怎么不回老家看看？天天待在京城，到处都是人，到哪儿都堵车，多没意思！"

王中权无奈地摇了摇头："老李，你不知道，我和老伴都想回老家定居，可是行不通啊。我的保障单位、医疗关系都在北京，身体又不是太好，全国医保又没联网，如果我回老家长住，治病就是个大问题。就我们这岁数，就我这身子骨，真不敢大意啊，弄不好就提前去见马克思了。""你总得找点儿事干吧？总待在家里也不是个办法。"李良开关切地问道。

"我屋那个死老婆子凶得很，把我盯得可紧了，麻将不让打，酒不让喝，去公园和老太太跳舞也不让。我又没有别的爱好，只能骑车到玉渊潭公园南门外边的昆玉河钓钓鱼。就这点儿营生，还不能天天去，一下雨，或是雾霾天，都不能去。哪像你在老家那么享福，山清水秀的，还有野果子吃，多好啊。对了，老李，你会钓鱼吗？"说起钓鱼，王中权的兴致格外高。"小时候玩过。已经好多年没碰了。"李良开实言相告。

王中权顺着钓鱼这个话题，给李良开讲了一个跟钓鱼有关的感人故事。故事的主人公叫史富贵，67岁，丧偶，来自辽宁沈阳，是王中权为数不多的钓友之一。来北京投奔女儿之前，史富贵和妻子一直生活在沈阳青年公园附近的一个小区里。之所以选择在这里安家，原因只有一个：史富贵酷爱钓鱼，退休前是"每周一钓"，一钓一天；退休后是"每日一钓"，时间五个小时以上。而青年公园刚好有一个可以免费垂钓的青年湖，青年湖旁边还有一个收费的大鱼塘，对史富贵这样的钓鱼发烧友而言，这个位于城区的公园简直就是人间乐土。

从政府机关退休以后，因为拥有足够自己支配的时间，史富贵的钓鱼热情强势迸发，并且越来越疯狂，有时在青年湖畔一坐就是一整天，早饭来不及吃，中午啃块面包充饥，如痴如醉，难以自拔。

见史富贵只顾钓鱼，连身体也不要了，相濡以沫40余年的老伴很是心疼，还和他吵过好几回，可史富贵就是不听，天一麻麻亮就往青年湖跑，天黑了才回家。折腾了几个来回，身为退休教师的老伴开始另辟蹊径，迂回着劝史富贵别过度迷恋钓鱼。刚好自己被查出胃炎，于是她对史富贵讲："医生讲了，我这病好治，不用打针吃药，坚持熬鱼汤喝，每日三次，一次一小碗，准能治好。"

这当然是个善意的谎言。老伴的用意，就是希望通过这种方式，让史富贵按时吃饭，并得到适当的休息。所谓玩物丧志，再健康的爱好，只要过了头，对身心都是一种伤害。

老伴并没再阻止自己钓鱼，史富贵很高兴，也没仔细琢磨这里面的道道，便直拍起了胸脯："这还算个事儿啊？！包给我了，我以后天天钓鱼给你熬鱼汤喝。这可是一举两得，我可以过过钓鱼瘾，你不用花钱买鱼，我们各取所需，多好！"老伴又说了："医生专门交代，鱼要新鲜，要活的，并且离水后不能超过两个小时。"史富贵不知是计，依然打着包票："这个好办啊，我保证两个小时内把鱼给你送回家，保证让你喝到最新鲜的鱼汤。"

从此，史富贵还是天麻麻亮就往青年湖跑，可一个半小时后，不管钓到的鱼多鱼少，他都会准时回家。史富贵从此每天吃上了热乎乎的早餐，之后继续往青年湖跑；而老伴也很快喝上全天第一碗鱼汤。中午，老伴开始熬全天第二碗鱼汤时，史富贵吃过热乎乎的午餐，稍事休息，继续往青年湖跑。晚上，史富贵吃完热乎乎的晚餐，看完《新闻联播》，等老伴喝完全天第三碗鱼汤，两人到青年湖边散步。每到这个时候，史富贵有一个保留节目，就是给老伴讲钓鱼过程中遇到的各种细节，再就是各种钓鱼技巧。

这样的日子过了将近两年，老伴喝鱼汤喝得直反胃，反应最强烈的时候，看到鱼汤就想吐。可她依然坚持着，并且一再告诉史富贵，说自己的胃越来越舒服，还说医生这个偏方真是管用。史富贵信以为真，钓鱼的劲头更足了。

忽然有一天，史富贵年轻时就有的腰间盘突出复发，在硬板床上一躺就是一个多月。有一天晚上，史富贵告诉老伴，说他也想喝鱼汤。

老伴原本打算去市场买鱼回来熬汤，无意中看到史富贵闲置多日的钓鱼工具，她心里一动：老头子天天钓鱼给自己熬汤，我是不是也应该亲手为他钓几条？

老伴是个急性子，次日天还没亮，她拿着史富贵平时钓鱼的家伙什，摸黑第一个赶到青年湖，想钓几条小鱼给丈夫熬汤喝。晚间下过一场雨，史富贵经常钓鱼的地方有些湿滑，她脚下一滑，掉进了湖里，溺水身亡……

妻子去世后，史富贵成为青年湖畔最特别的钓者：从不把钓上来的鱼带回家。

每天清晨，史富贵还是和老伴在世时一样，天麻麻亮就去青年湖垂钓，一个半小时以后，不管钓没钓着鱼，也不管钓着多少，他把钓上来的鱼一一放回湖里，之后抬腿就走，从不耽误。别人问为什么，史富贵总是笑而不答，只管静静地钓鱼，静静地把那些上钩的鱼儿小心翼翼地取下来放进小塑料水桶里，临走时再静静地把那些可爱的小精灵送回湖里。在内心深处，史富贵一直认为，那些鱼儿，或许可以为他和在天国的老伴搭建起一个沟通的桥梁。当然，他也想通过这种方式，表达对亡妻的无尽思念。

被女儿强行接到北京后，史富贵依然喜欢钓鱼，几乎每天都要去昆玉河钓上几个小时。也正是通过钓鱼，他结识了王中权等一批钓友。

钓鱼的时候，史富贵显得比别人更安静，偶尔还会走神，盯着水面发呆，鱼儿上钩了也不及时起杆。史富贵告诉王中权，钓鱼的时候，一想到老伴，他总是有些恍惚，甚至能够看到她的身影在水面摇曳，再随着阵阵涟漪慢慢消失……

（七十三）

"这个老史，重情重义，是个爷们！"听完王中权的讲述，李良开直竖大拇指，"不像网上那些贪官，家里红旗不倒，家外彩旗飘飘，2002年被判刑的湖北天门那个'五毒书记'，吹卖嫖赌贪，竟然跟107个女人发生关系。这种人，跟农村的脚脚猪差不多，我看就是个畜生，根本没有资格当官。老王，你说是不是这么回事儿？"

"脚脚猪？什么东西？"王中权饶有兴致地问道。李良开哈哈大笑："老王，看来你真应该回一趟老家了。脚脚猪都不知道？就是农村专门用来给母猪配种的公猪嘛。""瞧瞧我这笨脑壳，啥都记不住了！你这一解释，我倒是想起来了。"王中权直拍自己的脑门，"老李，你这个比喻很形象。看得出来，你还真是一身正气！当了那么多年村干部，能顺顺利利地退休，还没人在背后戳脊梁骨，太不容易了！"

李良开被夸得有些不好意思："有没有人戳脊梁骨我不晓得，至少我每天都能睡个安稳觉。当然，最近不行了，胃病总犯，搅得夜里不得安宁。对了，老王，你在铁道部工作了那么长时间，官场上的事一定听说不少吧？对官员腐败现象，网上议论很多，骂娘的不少。问题真有那么严重？是不是水分很大？""网上的东西，不能说都是编的，但水分确实有，捕风捉影的多，添油加醋的也不少。不过据我了解，有些当官的确实不像话，为了一己私利，什么钱都敢收，什么下三烂的手段都敢用，真让人觉得不可思议。"感慨了几句，王中权给李良开讲了一个真实的官场故事。

20世纪90年代中叶，王中权认识一个30来岁的省城官员，单名一个坤字，人称阿坤。当时，阿坤是个科长，更是个时尚男人。别人还在用传呼机，他用上了大哥大；手机普及后，他几乎用遍了所有知名品牌的最新款式。他对手机号码也十分在意，淘弄了两个靓号，只差一个数字，一个他用，一个给老婆用。

阿坤还有一个更时尚的爱好：包养情人。当上科长不久，他通过频繁地手机短信攻势，终于成功和一个说话嗲声嗲气的年轻女模特腻在一起，只要老婆不出席的场合，他就半隐蔽半公开带年轻女模特出去应酬。除了他老婆，朋友或同事都确认那个模特是他的情人。

不知始于何年，对男人与老婆之外的女人勾勾搭搭，同学也好，同事也罢，包括贴心的所谓哥们，大多睁一只眼闭一只眼，不私下议论，不大惊小怪，更不会去跟人家的老婆讲。于是，经常出现这样的局面：全世界都知道某某人外面有女人，他老婆要么毫不知情，要么最后一个知道，鲜有例外。阿坤和年轻女模特的地下恋情就属于这种情况。

时尚的阿坤脑瓜子也很活，仕途一直很顺。在省城机关当了三年科长，顺利提拔为副处长。又过了三年，要不是那条要命的暧昧短信，阿坤原本很有希望原地提拔为处长。

那条短信，是那个说话嗲声嗲气的年轻女模特编发的。只是那晚她和阿坤在宾馆里疯过了头也睡过了头，醒来时发现身边的男人不在了，便迷迷糊糊地给阿坤发了条暧昧得有些露骨的短信。她没有想到，有些头晕脑涨的她竟然输错了号码，把短信发到了阿坤老婆的手机上。

家庭大战由此爆发。老婆找了阿坤的处长，还找了处长的上级。尽管阿坤再三保证不再和女模特来往，也最终获得老婆的谅解，但却失去了竞争处长的资格。

阿坤和女模特依然偷偷摸摸地来往。也正是在女模特的建议下，阿坤找了领导，要求离开省城到下面的派驻单位接受锻炼。领导以前收过阿坤给的好处，便顺水推舟地为阿坤解决了正处，安排他去外地的一个派驻单位当了头头。

阿坤的工作能力很强，处理人际关系也有一套，很快把那个原本半死不活的派驻单位搞得红红火火，领导很满意，也引起组织部门的高度关注。两年后，作为优秀后备干部的阿坤被选调到某地级市当政法委常务副书记。赴任前，组织部长找他谈话，让他静下心来好好干，说是政法委书记年纪大了，组织上正物色接替人选。

听组织部长这么讲，阿坤心里一阵狂喜：这不等于说我就是组织上物色的重要接替人选之一吗？人逢喜事精神爽。赴任的当晚，喝完接风酒，阿坤和从省城赶来的女模特在宾馆里折腾了一晚上。次日一大早离开前，阿坤专门叮嘱："别发短信啊，有事打电话，方便我就接，不方便我过后再给你打过来。"阿坤其实多虑了。自从那次短信误发事件之后，那个女模特从没给阿坤发过手机短信。

在政法委副书记的位置上，阿坤依然干得很冲，市里对处级领导干部进行民主测评，他的排位非常靠前。如果不是那条手机短信，阿坤很有希望顺理成章地接替政法委书记的位置。

这条短信不是那个女模特发的，而是阿坤自己发的。

阿坤的顶头上司是个女强人，先是当县长，后来是县委书记，一步步干到市委常委、市政法委书记的位置上。别看她人长得很清秀，作风却有些霸道，经常劈头盖脸地批评手下，包括阿坤这个常务副书记，也经常被她训得灰头土脸。

一次喝酒时，政法委另外一个副书记对阿坤讲："那个位置早晚是你的，不如早点儿把她搞掉算了。"阿坤不动声色："怎么搞掉？手里没炮弹啊。"那个副书记很惊讶："你还不知道啊？她当县长时就和那个秃顶的副市长有一腿，你去打听打听，市里有几个人不知道？"

过后一了解，还真有这方面的传闻。

阿坤和那个女模特商量怎么办。模特说："这还不简单？你新买个手机，再另外买一张手机卡，给市里的头头脑脑们群发短信，然后把手机卡扔掉，人不知鬼不觉的，保准儿能收到奇效。"

第二天，市里处以上领导干部都收到一条匿名手机短信，说政法委书记生活作风有问题，还提到了那个秃顶的副市长。市委书记大怒，指示有关部门必须查出是谁群发的这条短信。两天后，技侦部门把目标锁定到了阿坤的那部最新款式的手机上。

阿坤怎么也没想到，所谓麻雀飞了影子在，虽然他自作聪明地把群发短信的手机卡扔掉了，没想到依然还在使用的新手机竟然成了最有力的证据。

因为涉嫌诽谤，市委书记要降阿坤的职，还要给他处分。政法委书记倒也大度，建议只作免职处理。很快，阿坤成为一个闲人，回到省城的家里，早早地过起了退休生活。

眼看阿坤没了权势，那个嗲声嗲气的年轻女模特玩起了人间蒸发。老婆也彻底看清了丈夫的花花肠子，虽然没有提出离婚，但对阿坤却是冷漠起来，没了以往的嘘寒问暖，更没了往昔的绕指柔情。

几个月后，女书记到点退休，那个建议阿坤把书记搞掉的副书记成了政法委一把手。

（七十四）

李良开发现，王中权既能言善辩，又深谙中庸之道，凡事就事论事，从不争论对错输赢，与他聊天，说什么都行，怎么说都行，一点儿顾虑也不用有，感觉很过瘾。以至于10月24日晚，当一行三人坐城际高铁抵达天津，入住王国治提前预订的酒店后，李良开还在和李远说起王中权，一副念念不忘的样子。

在坐车送李良开他们去北京南站的路上，谈兴正浓的王中权一刻也没停歇，恨不得把自己知道的所有信息都倒给他口中所称的"老李"。李良开是个优秀的倾听者，该安静的时候绝对安静，一声也不吭；一旦需要他插话或呼应，总是及时到位，恰到好处。用王国治的话讲："这俩老头，摆起龙门阵来，一个讲，一个听，一人唱，一人合，你来我往，配合默契，简直就是绝配！"

可不是，临进站前，王中权还在兴致勃勃地讲着："前段时间，我听别人讲了一个段子，大意是说学生不要读死书，只要有本事，考不上大学同样会过得很好。段子是这样讲的：考上大学的要和没考上的搞好关系，大学毕业了好去他们公司打工；一本的要和二本多联系，没准未来家乡的父母官就是他们；二本的要和大专的搞好关系，没准孩子的老师就是他们。老李，你看这段子编得多有水平。事实上，有些时候还真是这样……"

握手告别的时候，李良开邀请王中权去他家做客，说趁还走得动，赶紧回老家看一看。王中权称正在计划年底回去祭祖，到时一定去唐家岩叨扰李良开。

想到阔别三个多月的老家，当晚，李良开心绪难平，一直到晚上十一点五十分，还是没能入睡。本来想叫二儿子起来陪自己聊天，一想到李远这些天也没休息好，便打消了这个念头，自个儿起床出了酒店，随意在天津的街道上走了一个多小时。

因为怕迷路，李良开没敢随意拐弯，记住酒店的大致方位后，沿着一条街一直往前走，半个小时再原路返回。眼看就要快到酒店跟前，李良开拨通了妻子徐小芳的手机。

大半夜接到李良开打来的电话，徐小芳惊出一身冷汗，以为丈夫出了意外。得知并没有什么情况，徐小芳松了一口气，转而追问李良开什么时间回老家。

最近半个月，徐小芳几乎天天都要打电话问丈夫这个问题。李良开显得很稳当，也不给出个具体时间，总是说"快了快了"。电话里，徐小芳显得也不着急，好像每次都是随意那么一问。

李良开不知道，妻子是在故作镇静。由于担心丈夫会病死他乡，徐小芳经常做噩梦。怕给丈夫增加心理负担，不便直接催促李良开，她就不停地给二儿子李远、二儿媳田梅打电话，要他们两口子想方设法尽快把父亲送回老家。

面对儿子儿媳的反复劝说，李良开倒是没再倔强，而是答应去看完大沽口炮台，再顺路到香河看一看徐小芳的亲外甥唐明远，就启程回重庆开县。在外面颠簸了三个多月，李良开累了倦了，也想家了。在家千日好，出门点点难，尽管这一路上都有唐家岩李氏后生和其他亲友接力精心照应着，李良开还得觉得身心俱疲。

半夜给妻子打这个电话，李良开并没有别的意思，甚至没有多说什么。在一起生活了51年，徐小芳自然明白丈夫的心意，他不过是借此表明自己确实想家了，更挂念远在老家的妻子。

因为惦记着早点儿回家，10月25日早饭后，李良开拒绝了李远关于到天津市区转一转的建议，坚持直接去大沽口炮台遗址，说是一定要去看看祖父李永杰当年奋勇杀敌的地方。李良开没见过祖父，他出生的时候，李永杰已经去世25年，关于祖父的一切印象，全都来源于其父李有文。

在父亲的描述中，祖父绝对是个顶天立地的男子汉。尤其是1900年在抵御外敌第四次入侵大沽口的战斗中，身为义和团成员的祖父表现得尤为英勇，配合"震"字炮台的清军进行了殊死抵抗，还亲手杀死了三个洋鬼子。虽然大沽口炮台最终还是失守了，但在李良开心目中，祖父是真正的英雄。

对于曾祖父的英雄事迹，李远经常听父亲提起。这次老爷子坚持要去大沽口炮台，李远便提前做了一些功课，上网收集了相关历史资料，还跑到酒店商务中心打印了一份儿，一大早送到李良开的房间里。李良开自然很感兴趣，戴着老花镜，认认真真地看了一遍，之后问李远："这大沽口炮台明朝就有了？还分威、震、海、门、高等五座大炮台？那20多座小炮台又是怎么回事儿？这些炮台还在不在？""我也不知道。"李远实话实说，"明天去看看，啥都明白了。"

一行三人到了现场，李良开才搞清楚，现在作为景点开放的大沽口炮台遗址博物馆，是天津市人民政府1997年7月1日在原"威"字炮台遗址修建的。也就是说，如今的大沽口炮台遗址，展示的只是局部中的局部，大部分炮台，包括爷爷李永杰曾经战斗过的"震"字号炮台，都已难觅踪影。

尽管有些失望，李良开还是按照之前的设想，面对铁锈斑驳的巨炮，深深地连鞠三躬，借此表达对祖父的崇敬和祭奠之意。果不其然，鞠完躬，李良开清了清了嗓子，开始了针对二儿子的长篇说教："老二，你和田梅能陪我来这里，老汉我确实高兴。知道为什么吗？不是我一个人不能来，而是你比我更应该来这里受受教育。你是军人，还是个副旅长，和你曾祖父当年相比，你应该有更大的作为。

我倒不是希望你当多大的官，那个并不重要，我是希望当国家需要军队出击的时候，你可以挺身而出，像你曾祖父一样奋力杀戮入侵的洋鬼子。军人是做啥子的？军人就是杀敌人的！这个你应该比我更清楚。你曾祖父当年只是义和团一名普通义士，连军人都不是，可他还是义无反顾地投入抵御外敌入侵的战斗中，还亲手杀死了三个洋鬼子。作为他众多的曾孙之一，同时你又是军人，你应该比你的兄弟们更有报国之志。来，你也给你曾祖父的在天之灵鞠个躬，让他知道他后继有人……"

一番发自肺腑的话，李良开说得庄严，李远听着庄重，不仅起初那点儿抵触情绪烟消云散，心中还涌起一股豪情。听见父亲要自己给曾祖父鞠躬，身着便装的李远整理了一下着装，立正站好，面向炮台抬起右手，行了一个标准的军礼。

李远的举动，让李良开很是欣慰。是的，二儿子是军人，在表达敬意时，军人有军人的方式，军人有军人的仪式。算起来，二儿子这个标准的军礼，是李良开亲眼见过的最庄重最有力的礼仪了。

在炮台四周逗留了一个多小时，之后又仔细参观了炮台遗址博物馆，出来的时候，已快十一点。此时，自己经营着一个家具厂的唐明远早已开车从香河赶过来，并在景区门口静静地等候着。

唐明远是徐小芳二妹的二儿子，与李远同岁。从小爱看书，也很文静，刚上小学不久就戴了副近视眼镜，见了女生就脸红，学习成绩也不是很好，但很有主见。初中毕业后，同龄人大多选择去南方打工，唐明远却跑到成都学做家具，刚开始只管吃住，连工资都没有，他也不在乎，一心想着把手艺学到手。

经过近十年的潜心学习和打拼，等手里有了点儿积蓄，唐明远没有像同龄人那样急于回老家盖房子娶媳妇，而是先回家乡的小镇月溪场租了几间平房，通过在县城上班的亲友帮忙搞了一笔抵押贷款，购置了相关设备，再花高价钱把村里的几个老木匠请来，古月乡第一家小规模的家具厂就此诞生。老木匠的精湛手艺，从山里收购来的原木，加上唐明远新颖的设计，家具厂很快打开了市场。

唐明远很有生意头脑，除了通过场镇上的实体店销售，他还把触角延伸到各个山村，按照顾客的要求，搞起了家具定制业务。这是一个开拓性的举措，彻底改变了家具厂盲目生产的模式，也给唐明远带来了丰厚的利润。

见唐明远开家具厂挣了钱，一些人纷纷加入进来。这个时候，唐明远又作出一个决定：盘掉生意红火的家具厂，去北方开拓新市场。此时，唐明远已是一个五岁男孩的父亲。他把妻儿暂时留在老家，一个人到东北考察了一圈，最终把二次创业的地点定格在吉林长春。

作出这个决定，源于唐明远对长春家具市场的深入调研。因为他发现，成都家具在这座北方汽车名城很受吹捧，尽管价格比地产家具要贵一些，但卖得还是很好。经人牵线搭桥，每年缴纳一笔代理费，唐明远与自己当初学手艺的那个家具公司达成协议，免费使用人家的商标，在长春开厂自产自销，自负盈亏。

成都那家公司的老板也想得很开，反正自家的产品还没卖到长春，由唐明远帮自己开拓市场，同时还宣传提高了自家品牌的知名度，何乐而不为呢？再说还白白得了一笔代理费，就相当于天上掉馅饼嘛。

不过五年的工夫，这家公司的老板发现自己错了。他万万没有想到，在遥远的长春，唐明远前期投入不过五六十万元，竟然把自家的品牌做得很有名气。一家开在出租房里的家具厂，六个依托大型家居市场开设的专营卖场，每个营业面积都超过300平方米，没有点儿实力，根本做不出来。

在商言商，利益永远是第一位的。作为法人代表和商标拥有者，成都这家公司的老板先是提出大幅度提升代理费用，唐明远不同意；接下来，又要求唐明远把长春六个卖场中的三个交给母公司，唐明远还是不同意。几经交涉，唐明远提出一个让老板非常心动的建议：双方中止代理协议，同时唐明远以500万元的价格，把长春的家具厂和卖场打包转让给母公司。

尽管价格偏高，老板还是接受了。他也清楚，如果凭自己的能力，就算再增加200万元，也难以达到如此高的市场份额。于是各取所需，皆大欢喜。

对于唐明远的这个决定，妻子并不同意。但唐明远有自己的想法：长春的家具厂开得再好，生意再红火，用的也是人家的品牌，赢来的口碑也归成都那家公司。与其看别人的颜色行事，不如另起炉灶，慢慢打磨属于自己的家具品牌。这一次，唐明远把眼光投向全国第二大家具生产销售集散地：河北省廊坊市香河县。

香河的地理位置非常优越，距首都国际机场60公里，距天津机场70公里。从香河出发，30分钟可达北京市中心或天津市区。相比于其他地方，这里对家具生产企业的优惠政策也更多，销售渠道也比较广，非常适合投资创业。

（七十五）

"明远，你给大姨弟说实话，你这个大老板现在到底挣了多少钱？老家那帮人都传疯了，说你身家过亿元。"在天津吃过午饭，一行三人坐在唐明远驾驶的奥迪越野车往香河赶，闲着无事，李良开把自己的疑问提了出来。"大姨弟，这个您也信？"唐明远苦笑了一下，"啥叫把芝麻说成西瓜？这就是。我跟您说，这都是传言。我挣的那点钱，都扔在设备和销售上了。别说过亿元，现在您让我一下子拿出一两百万元，我都得去求人家银行帮忙。"

李良开不相信："你娃儿是不是太谦虚了？银行一下子能借给你一两百万元，说明你还是很有实力嘛。换成我，估计到银行贷五万元都难。哈哈，放心，大姨弟不找你借钱。我的意思是，如果真挣着大钱了，你是不是可以考虑回老家投资建厂？不一定非要到县城或月溪场，我们梓第村也是可以考虑的嘛。"聊着聊着，这个前村主任想到了依然没什么企业的村子，当起了招商引资义务宣传员。

没等唐明远回答，田梅不解地问李远："大姨弟？明远不是应该叫咱爸为大姨父吗？""你晓得个锤子？不知道就别乱问，不说话又没人当你是哑巴！"李远觉得好笑，又不好意思笑出来，便佯装生气。唐明远开怀大笑："二嫂，嫁给我二老表这么多年了，还不晓得在我们老家姨弟就是姨父？这是我们老家的叫法，让你见笑了哈。"也真不愧是商人，绕了大半天，唐明远也没把自个儿的真实身价透露给李良开，也没回应关于回不回老家投资建厂的恳求。

李良开是个聪明人，见对方没接茬，也就没再纠缠，转而聊起了别的话题："你妹妹明月两口子不是跟你在搞家具生意吗？他们也在香河？""唉，别提我妹妹，一提她我脑壳就痛。"唐明远皱了皱眉头，不想回答这个问题。

李良开也没客气，立马摆出长辈的架子："你小子说的啥话？明月可是你亲妹妹啊，怎么提一下都不行了？你们两兄妹是不是有什么过节？赶紧给大姨弟讲讲，否则别怪我对你娃儿不客气！"

无奈之下，唐明远只好简要讲了一下他与妹妹两口子的纠纷。

早在长春开厂的时候，唐明远就把在福建打工的妹妹唐明月、妹夫周海峰叫到长春，把位于一个大型家居市场的卖场交给两口子，不用他们投入一分钱，挣钱后两家对半分。四年下来，周海峰、唐明月夫妇也有了20多万元的积蓄。

有了点儿闲钱，周海峰的心也活泛起来，加之自尊心作祟，他一心想脱离大舅哥另立山头。于是，他说服妻子离开长春，到哈尔滨盘下一个200多平方米的家具卖场，并由唐明月恳求哥哥免费铺货，卖掉了再支付购货款。刚开始，周海峰还从唐明远的家具厂里拿货，过了一段时间，他另寻上家，开始给香河的一家公司卖货，直到彻底把唐明远生产的家具踢出自己经营的卖场。唐明远大为失望，但身为兄长，他也不便多说什么，只是提醒唐明月别只顾着挣钱，千万不能忘了兄妹亲情。

对丈夫的做法，唐明月当然也有点不舒服，觉得对不起一直真心帮助自己的亲哥哥。不过，当她看到来自香河的家具卖得很好，自家的收入月月攀升时，心中的愧疚感便逐渐淡化。

等到唐明远注册好自己的家具品牌，家具厂步入良性发展轨道，周海峰的心思又活泛起来，鼓动唐明月找哥哥，想以最为优惠的价钱进货到哈尔滨销售。面对妹妹的恳求，唐明远自然不忍拒绝。谁知周海峰却玩起了吃里爬外的把戏，把唐明远给他的优惠价透露出去，要求香河别的家具厂在同类产品上也给予他相应幅度的优惠。

这让唐明远陷入极大的被动之中，不仅被同行们诟病，还差点儿被商务局以不正当竞争为由立案调查。一气之下，唐明远打电话把妹夫训了一顿，对妹妹也是好一通发火，明确告诉两口子：今后各挣各的钱，在生意上互不往来。

刚开始，唐明月和周海峰倒没当回事儿，以为自己可以继续把家具卖场开下去。谁知，随着全国房地产市场的起起落落，原本异常红火的家具市场日渐冷清，大型家居商场相继关门或转行，两口子在哈尔滨的家具卖场最终也难以为继，不得不低价清仓，之后关门了事，双双跑到香河请哥哥给条生路。

唐明远的家具厂自然也受到来自市场的强烈冲击，好在已有一些根基，还能勉强维持下去。面对妹妹和妹夫的请求，原本不想理会的唐明远还是松了口，答应免费铺货，让他们到河北张家口另辟市场。因为按照唐明远之前的调研，这座城市的家具市场还没有饱和，只要经营得当，获利的空间还比较大。唐明远怎么也没想到，哈尔滨发生的那一幕，再一次在张家口上演：站稳脚跟后，在周海峰的主导下，唐明月夫妇再次玩起了狸猫换太子的游戏，逐步把唐明远生产的家具踢出自家的卖场，又一次临阵倒戈。

这一次，唐明远下了狠心，不管谁来劝，自己都不会再轻易原谅妹妹和妹夫。来香河之前，李良开曾听徐小芳说过这对亲兄妹的矛盾。这次见了唐明远，李良开也试着劝了劝，一点儿效果也没有，叹了叹气，只好作罢。

到了目的地，参观完唐明远的工厂，到宾馆安顿下来，李良开把李远、田梅夫妇叫到自己的房间，语重心长地说道："你们都听到了，为了钱，为了利益，兄妹两个闹成这样，叫人心疼啊。李远，你给老子听好了，虽然你不是家里的老大，实际上你大哥和两个弟弟都以你为傲，也愿意听你的话。我和你妈岁数都大了，尤其是我，眼看这胃病越来越严重，说不准哪天就呜呼哀哉了……""爸，您乱说啥子？"李远脸色一变，"不是说明远和明月吗？怎么扯到我们四兄弟身上了？"他想岔开话题。

李良开没管这个："你别岔。我的意思，我和你妈老了以后，你们兄弟四个要好好相处，不能散了，更不能搞成仇人。怎么做到这一点？我看无外乎两点：第一，亲人之间需要互相帮助，但最好别在一起做生意。有了买卖上的纠葛，即使亲兄弟明算账，也是很难算清的。算来算去，很有可能兄弟反目成仇，最后连外人都不如。第二，每个人都自立自强，靠自己的本事吃饭，最好不要给亲戚打工。自己当不了老板，就安心给别人打工吃饭。打个比方啊，比如你去给别人打工，工作没干好，老板说你几句，轻点儿重点儿，只要没有原则性问题，你都能接受，最多心里不舒服，接下来该怎么工作还怎么工作，不会有太大的负面影响；如果你去给你非常亲近的亲戚打工，情况就不是这样了，在家关起门来是亲戚，你好我好大家好，一旦涉及工作，就不是这么回事儿了，老板就是老板，员工就是员工，你做错点儿什么，不说你吧，人家不舒服，说你吧，你又不高兴，时间一长，谁都不满意，最终弄得连亲戚都做不成，多不划算啊。说这么多，归结到一点，就是家人之间最好别涉及利益上的争夺。"

"老汉，您说得有道理，但也不全是这样吧？"李远不以为然，"照您这么说，那些家族企业岂不都要垮台？可人家发展得很好，生意越做越大嘛。""你别跟老子抬杠。"李良开不高兴了，"我们是普通老百姓，你给我扯什么家族企业？既然是平头百姓，就应该平平常常过日子。过日子靠什么？不就靠个和谐相处嘛。天天因为钱的问题争来吵去，哪来的家和万事兴？不跟你啰唆了，老子困了，眯一会儿再说。"说完，李良开瞅了一眼在一旁偷笑的田梅，自顾自地微闭双眼，做出要休息的样子。

实际上，李良开没有困意，而是胃部又剧烈疼痛起来，为了不让两个孩子过分担心自己，便以这种方式把两人赶了出去。

吃晚饭的时候，见父亲脸色有些苍白，田梅便坚决阻止了唐明远劝酒的举动，说实在不行，由她代替公公表达心意。结婚13年，李远真没见妻子喝过白酒，便鼓动她与唐明远干一杯。唐明远也以为田梅喝不了酒，便在一旁起哄。哪知田梅巾帼不让须眉，根本不惧白酒，二两半的杯子，52度的烈酒，她连眉头都没皱一下，一仰脖，便来了先干为敬，弄得比李远小两个月的唐明远很是尴尬，干完一满杯，主动又补了半杯，算是没丢面子。

见三个后生斗酒玩，李良开的情绪又逐渐高涨起来，不时在一旁煽风点火。自从医生不让自己喝酒以后，他发现隔岸观火也是一种乐趣。尤其是与晚辈在一起时，这种乐趣会更有意思。看着李远、田梅夫妇合伙向唐明远发起进攻，看到唐明远最终落荒而逃，李良开哈哈大笑，开心得像个孩子。

晚饭后，李远、田梅和唐明远都进入李良开的房间，商量明天是坐飞机回重庆还是坐火车。李远和唐明远倾向于坐飞机，说这样不耽误时间，上午出发，下午就能到重庆，当天晚上就能赶回开县古月乡。李良开和田梅则主张坐火车，前者心疼钱，后者怕危险，没有提前商量，但临时结成联盟。

四个人正争论着哩，李远的手机突然响了，一看是旅政委打来的，他赶紧竖起左手食指，贴在嘴边做了个噤声的姿势："你好，政委，我是李远，有什么指示？""啥子指示？啥指示都没有。"政委快人快语，"赶紧回来一趟，过两天上级要来工作组，专门考核你和旅长。""考核我？"李远一时反应不过来。"哈哈，你给我装什么蒜？赶紧跟我滚回来！上面明确讲了，前后最多两天时间，等考核一结束，你继续回去休假。"政委看来心情不错，一边开着玩笑，一边下着命令。李远这下听明白了："政委请放心，我抓紧归队！"

挂断电话，李远抱歉地对李良开讲："爸，看来我不能陪你回老家了。刚才领导来电话了，要我必须赶回部队，说上级要派人到旅里考核我和旅长。""考核你？你娃儿出什么事了？"李良开一时没弄清什么状况，关切地问道。"我能出什么状况？旅长不是要提升嘛，我是旅长候选人之一，上级当然要来考核我一下。"说起可能到来的提职，李远有些不好意思。

李良开顿时高兴起来："这是好事啊！你赶紧回去！你和田梅都不用管我，我一个人能回去。我又不是不识字，走不丢的。""您那身体，一个人能行吗？"田梅还真是不放心，"要不然，您先和我们去西藏，等李远把事情办完，我们两个再送您回老家？""你这不是乱弹琴吗？"听田梅叫父亲去西藏，李远顿时急眼了，"老汉那身体，上高原吃得消？个老子猫屁不懂，乱提建议。"听到丈夫的训斥，田梅委屈极了："我不是担心爸爸的身体吗？"

李远正要继续训斥妻子，李良开把双眼一瞪："哪个乱弹琴？你还反天了不是？不要以为自己当个副旅长，就可以对自己的婆娘指手画脚。李远，你回去打听打听，我啥时候对你老娘指手画脚了？官不大，架子还不小。二女儿，别怕他，你又不是他的兵，他管不着你！"

因为自己没有女儿，李良开有一个习惯，就是把四个儿媳称为女儿。对这个称呼，儿媳们自然很受用。比如这会儿，有公公给自己撑腰，田梅的底气顿时足了许多，也拿双眼瞪着丈夫，表示不服。李远自然不甘示弱，朝妻子挥了挥拳头，借此发泄心中的不满。

两口子的举动，自然没逃过李良开的眼睛，但他没再过问，而是宣布了自己的决定："我跟你们去西藏待两天，之后我们三个一起回老家。""这个……"由于担心父亲的身体，李远吞吞吐吐，并不明确表示同意。

"怎么？你小子心疼路费？"李良开笑了，"放心，我的路费我自己想办法，不用你给我买机票。"回过头告诉唐明远："明远，你借我5000块钱，回头我让你大姨给你汇过来。""我不是这个意思！田梅带着钱哩，路费足够了。"李远赶紧解释。"不是这个意思？那是什么意思？"李良开有些生气，"大不了我不去你部队，我让二儿女陪我在拉萨附近转一转，等你办完事，我们再一起坐飞机回重庆。就这么定了！""那好吧。"面对如此强势的父亲，李远只好选择妥协。

（七十六）

从二儿媳那里得知丈夫要去西藏的消息，徐小芳先是大吃一惊，后又充满恐惧。虽然没去过那个据说连氧气都吃不饱的高原，但西藏的艰苦，她却没少听说。

实际上，徐小芳不只是听说，也算是亲眼所见。唐家岩李家大院二房李有武的曾孙之一、李善强的大儿子李富春，大学毕业主动申请进藏援教，不过十多年的工夫，原本十分强壮的小伙儿，竟然被折磨得像个小老头，不仅头发稀疏、脸膛暗红、嘴唇发紫、心脏肥大，并且一下高原就醉氧，就算一口酒不喝，也成天迷迷糊糊的，需要好几天才能适应过来。正因为如此，李富春很少回重庆开县的山区老家探亲。倒不是他不想家，也并非不孝顺父母，而是他已完全适应高原的气候和环境，老家对他来说，反倒成了令人生畏和难以适应的地方。

如此凶险的环境，徐小芳自然想极力阻止丈夫前往。可一想到自己的男人来日不多，想到他曾多次说过要去二儿子当兵的地方看一看，徐小芳便打消了这一念头。也许，老一辈人说得对，富贵由命，生死在天，吃多少苦，享多少福，活多大岁数，都是上天安排好的，既然如此，为什么不顺从丈夫的意愿呢？人生的遗憾本来已经够多了，能少一个就少一个吧。

尽管决定不去干涉丈夫的西藏之行，可徐小芳还是难以做到淡然事外。10月25日晚上八点多，接到二儿媳田梅关于李良开要去西藏的电话后，徐小芳连夜做了四件事：先是打着手电跑到李富春的父母家，详细请教去过西藏的李善强，请他讲解外地人进藏的注意事项；随后，摸黑走到与唐家岩一梁之隔的龚家岩那棵神树底下虔诚拜祭，恳求神灵保佑李良开在西藏期间平平安安；接下来，又马不停蹄地赶往李氏祖坟所在地团田，挨个跪拜丈夫的祖父祖母和父母，恳请祖宗先人显灵，庇护李良开平安归来；最后，再分别给丈夫、二儿子、二儿媳打了电话，叮嘱丈夫多加小心，要求儿子儿媳精心照顾父亲，还把从李善强那里听来的注意事项一股脑儿地告诉了李良开。

忙完这一切，已是深夜十一点。徐小芳躺在床上，却怎么也睡不着……

次日一大早，不到六点，李良开一行三人便早早抵达首都国际机场三号航站楼。检票和安检都十分顺利，没有遇到任何波折。到达指定候机位置后，一件始料未及的事情发生了。

6时50分左右，李良开去卫生间小解，出来时，意外遇见古月乡信访办主任徐小梦。李良开"哼"了一声，不想搭理这个有些烦人的舅佬倌。徐小梦倒是显得很热情，微笑着伸出右手："姐夫，这么巧？我们又见面了。你这是去哪儿？回重庆还是去别的地方？""我去哪儿，不用你徐大主任管！"对这个一再尾随自己的信访办主任，李良开一点儿也不客气，根本没理会徐小梦伸出的右手，径直朝候机口走去。

徐小梦很尴尬，伸出的右手在空中僵几秒，之后很不自然地收了回来。他没再急于上厕所，而是转身快步追上李良开："姐夫，你别生我的气。之前都是我不对，我向你道歉还不行吗？怎么说我们都是亲戚，你也不能让我太为难了，是吧？""我让你为难？我啥时候让你为难了？！"一听这话，李良开顿时火了，"是你为难我好不好？一而再、再而三地跟踪我，你什么意思？"李良开停下脚步，转过身来，狠狠地盯着徐小梦，大声质问着。

热脸贴了个冷屁股，还被李良开不留情面地训斥着，徐小梦的脸面有些挂不住，态度也变得强硬起来："姐夫，你讲点儿理好不好？亏你还当过那么多年村干部，官场那点事儿你还不清楚？是我想跟踪你吗？你要不是到处征集签字和录像，我跟着你干啥？再说了，这也不是我能决定的，县里盯得紧，乡里下了死命令，我一个小小的信访办主任，能不听上面的？姐夫，别怪我这个舅佬倌说话难听，在梓第村，包括在整个古月乡，你都算个老资格，退休金拿着，小日子过着，你惹这个麻烦干啥？你这不是没事找事吗？乡长和书记可明确表态了，你再这么闹下去，组织上是不会客气的！"

"少拿组织来压我！"见徐小梦上纲上线，李良开的火气更大了，"我这是正常收集民意，并没有干见不得光的事，也没有违反组织纪律和组织原则。请问徐主任，我在成都你跟踪我，我来北京你又跟踪我，你说句良心话，你发现我干什么违纪违法的勾当了？没发现吧？没发现就对了，因为我本来就没干过。我看你就是拿鸡毛当令箭！难道你是在假公济私？以监督我为由，用公款四处旅游？好，这个借口非常好！"

"谁公款旅游了？你不要血口喷人！"徐小梦的态度愈发激愤，伸出右手食指，直端端地指向李良开，"眼看70岁的人了，积点儿口德好不好？"紧接着，他又下意识地收指成拳，使劲在自个儿胸前晃了晃。"你说我无口德？你有什么资格说我？怎么，还想动手打我？"李良开的情绪也越来越激动，也用右手食指指向徐小梦，"你这个王八……""蛋"字没出口，李良开忽然觉得胃部钻心的疼，下意识地蹲在地上，双手随之捂住胃部。

徐小梦率先伸出右手食指时，一直站在不远处冷眼旁观的李远拔腿冲了过来，生怕两人当众扭打到一起。等李远冲到跟前，发现父亲已经蹲在地上。

因为没有看清到底发生了什么，李远以为徐小梦动手打了父亲，怒气一上来，脑袋一发热，他便一把抓住徐小梦的衣领，照着对方的鼻子就是一拳。徐小梦躲闪不及，鼻腔顿时鲜血直流。遭此大辱，徐小梦自然不会忍气吞声。注意到不远处有人拿着手机在拍录，他大声喊了两句："当兵的打人啦！这个副旅长打老百姓啦！"

这一切，都被李良开看在眼里。意识到可能会有大麻烦，李良开顾不上胃疼，赶紧掏出随身携带的手巾捂住徐小梦的鼻子，拉着他就往卫生间跑。田梅也冲了过来，低声对丈夫吼道："你虎啊？这是什么地方？你怎么可以动手打人？还不赶紧去跟人家赔礼道歉？都快四十的人，怎么跟年轻人一样冲动？别忘了你的身份，你是军人。""他打我老汉，我能不管？"李远并不服气，"自己的父亲都保护不了，还怎么去保护国家和人民？"田梅哭笑不得："你确定你看清了？我怎么没看见？李远，我告诉你，你可能惹大麻烦了。刚才，我看见有人拿手机照相了，说不准还录了像。"

妻子这么一讲，李远惊出一身冷汗。自己刚才的行为确实过于冲动，要是被人发到网上，弄不好真会吃不了兜着走。想到这里，李远赶紧朝卫生间走去。无论如何，一定要把徐小梦稳住，只要他原谅自己，不再追究自己的过错，事情就不会变得难以收场。

卫生间里，李良开和李远齐心协力做着徐小梦的工作，恳求他的谅解。徐小芳接到田梅的电话后，也第一时间给徐小梦打来电话，求他无论如何要看在亲戚的分儿上，不要再纠缠此事。面对堂姐的求情，徐小梦终于答应这事到此为止。

李良开松了一口气，李远却隐隐觉得不安。

7时40分许，当飞往西藏贡嘎机场的航班准时起飞时，俯瞰越来越模糊的首都国际机场，李远的心里还在打鼓：徐小梦真能这么轻易地放过自己？

第六章　在西藏，在离天很近的地方

（七十七）

李远预想到了父亲会有高原反应，没想到竟然来得如此快速和强烈。

从贡嘎机场出来，一行三人坐上李远战友林野驾驶的越野车往拉萨市区赶。刚开始，之前喝过红景天口服液的李良开还很清醒，与田梅热烈探讨着西藏的天为什么那么近那么蓝。上车不到20分钟，李良开便觉得有些不对劲。先是觉得有些晕眩，继而头疼得厉害，随后呼吸也变得急促进来。

好在李远、林野和田梅都已在西藏生活多年，应对高原反应的办法很多，林野的车里更是备有便携式吸氧设备。吸了一会儿氧，李良开感觉好了许多，头不那么疼了，呼吸也顺畅了不少。就当三人以为李良开顺利闯过进藏第一关时，他又突然说自己的眼睛看不清东西。

一看这个情况，李远没敢大意，也不管父亲同不同意，直接让林野把车开到西藏军区总医院。这里有治疗高原反应的权威科室，也有李远熟识的战友。久居西藏的人都清楚，高原反应不算什么大病，一般不需要住院，做一做必要的检查，服用酰唑胺、呋塞米等西药或其他中成药，稍加调理，很快就能恢复正常。

为了以防万一，李远委托林野在医院附近找了一家旅社，给父亲和妻子各开了一个单间，再和在总医院工作的战友交代了相关事宜，便急匆匆往部队赶。刚下飞机那阵子，政委又打来电话，说上级考核组明天就到，要他当天必须赶回团里做好相关准备工作。

在部队工作了20多年，李远当然清楚这次考核的重要性。如果一切顺利，自己很有可能当上旅长。这些年的工作成绩在那儿摆着，两年前就被确定为后备干部，据说排名还比较靠前，加上在官兵中很有威信，李远自认为已经具备冲击旅主官的资格。

政委所说的准备工作，李远其实早就着手了。也没那么复杂，就是归拢一下本人的工作成果，梳理一下考核组领导和自己谈话时的提纲，再就是有针对性地做好相关人员的安抚工作，尽力说服他们别把工作中的不满情绪带入谈话、测评等考核程序。李远想了想，尽管工作中也得罪过一些人，但大多是对事不对人，从各方面反馈回来的信息看，自己似乎并不存在上下关系紧张的状况。

次日上午，考核组如期抵达，并迅即展开工作。从当天考核情况看，李远的群众基础非常牢固，民主测评优秀率很高。谈话过程中，全旅上下都反映，无论是能力还是人品，李远都是接任旅长的理想人选。这些信息，自然会通过各种渠道汇集到李远这里。李远很开心，还专门给父亲打了一个电话，说考核进行得很顺利，没有出现什么纰漏。

李远怎么也不会想到，纰漏不是没有，而是在后面，并且还是一个天大的纰漏。

10月28日上午，完成相应工作程序，考核组成员正准备离去，带队领导突然接到一个电话，说有人举报李远前两天在首都机场动手打人，还说网上出现了相关视频，要求考核组带队领导找李远本人核实一下相关情况。得知考核组带队领导要再次找自己谈话，李远心里一咯噔，心想要坏事儿。好在早就有心理准备，领导一问，李远便如实汇报了相关情况，并诚恳地做了检讨。

结束谈话前，考核组带队领导面无表情地说道："李远同志，虽然网上的视频已被相关部门删除，也没造成大的影响，但影响毕竟还是有了，你对此要有清醒而深刻的认识。另外，举报你的，就是你老家那个乡里的信访办主任，人家倒没要求追究你的责任，也没提赔偿的事，他只是希望我们部队加强对干部的教育管理，不能动不动就把拳头挥向老百姓。我看他这个要求不过分！有一点我必须通知你，昨天的考核结果，我们需要重新认定，你要有个思想准备。"一听这话，李远的心凉了半截，看来提职的事情泡汤了，弄不好还要背个处分。

事已至此，虽然有些遗憾，但李远很快也想开了。男子汉敢做敢当，既然犯了错误，接受处罚理所当然。他主动向旅党委提交了一份深刻检查，表示愿意接受组织上的任何处理。

经过两天的焦急等待，上级传来消息：取消李远的后备干部资格，同时由旅里主要领导对其实施诫勉谈话。按照规定，本来要追究李远的纪律责任。关键时候，一位很赏识李远的领导发话了：杀人不过头点地，取消后备干部资格，对他个人来说已算处得很重了；对干部要爱护，不能犯点儿错误就一棍子打死。

事情有了结论，李远暂时无法安心工作，提出继续休假并获得批准。

之所以提出继续休假，除了还在拉萨城里等着自己一起回老家的父亲，李远也想借此认真考虑一下今后的路怎么走。出了这档子事，短时间内再想进步已无可能，是进是退，是走是留，真需要静下心来好好想一想。在此之前，李远对自己的军旅生涯有着明晰的规划：好好干，别出什么差错，争取干到副师职，这样即使无法继续提升，也可以干到退休。谁知计划没有变化快，挥向徐小梦的那一拳头，把所有计划都打乱了。这让李远有些始料不及，也让他的家人一时陷入深深的痛苦之中。

最追悔莫及的，当数李良开。当他从田梅口中得知徐小梦最终还是告了李远一状，李远也因此失去提职机会的消息后，他的情绪几乎失控，先是使劲抓住自己的头发乱扯，后又用力拍打自己的脑门："我这是作孽啊！儿子大好的前程，就这样被我给毁了！我来西藏干啥？不来西藏不就碰不到徐小梦那个王八蛋了？我跟徐小梦较什么劲啊？我不跟他吵，李远就不会动手打他。我真是浑蛋啊！二女儿，老汉对不起李远，对不起你们两口子。呜……"说着说着，平时一向坚强示人的李良开竟然抽泣起来。

徐小芳也气坏了，打通徐小梦的电话，没等对方说话，哭喊着把堂弟一顿数落："徐小梦，我真是错看了你！有你这么当舅舅的吗？李远他再不对，他也是你外甥啊，你就忍心拿他的前程开玩笑？李远当不上旅长，这下你高兴了？我们徐家怎么有你这样不讲情面的家伙？"

事情闹到这个地步，其实也大大出乎徐小梦的预料。他的本意，不过是想让部队领导批评一下李远，借此出一出自己心中的怨气。按照他的设想，这原本就是小事一桩，对自己，对李远，都不会有什么实质性的影响。谁知网上竟然出现了相关视频，加上自己的实名电话举报，部队领导不得不认真对待和严肃处理。出现这个结果，徐小梦心里很不得劲，觉得愧对自己的堂姐及其家人。

这么一想，徐小梦的态度也就谦卑起来："姐，这事我确实做错了。千不该万不该，我不该打那个举报电话。事情已经这样了，我说啥也没用。不过姐，你要相信我，我的本意并不是这样。再说，姐夫他骂我干啥啊？……""那你的本意是什么？难道是想帮助李远？"徐小芳更加怒不可遏，"再说，你姐夫骂你怎么了？别说他是你姐夫，就他那岁数，骂你几句又怎么了？是让你掉肉了还是让你减寿了？你知不知道他得了癌症？你跟一个得了绝症的人较什么劲儿？你还是个人吗？"一着急，徐小芳把隐藏多日的秘密讲了出来。

听说李良开得了癌症，徐小梦有些震惊："什么？我姐夫他得了癌症？什么癌啊？""跟你有关系吗？我们家的事，不麻烦你这个大主任操心。你是乡干部，是领导，我们高攀不起！惹不起我们躲得起，以后路归路，桥归桥，你是你，我是我，我没你这个弟弟，你也别再喊我姐！"说完，徐小芳挂断了电话。

李良开竟然得了癌症！对徐小梦而言，这绝对是个具有震撼性的重磅消息，震得他半天没缓过神来，对李远和李良开的愧疚之感也随之增添了几分。

正懊悔着，徐小梦的手机又响了，一看是李良开，赶紧接通，并抢在对方前面讲话："姐夫，对不起，我没想到事情会变成这样。我不是故意的，我对不起李远，对不起你，对不起我姐，对不起你们全家……""徐小梦，你个王八蛋，你少给我扯这些没用的！"李良开不吃这一套，上来就开骂，"那天在首都机场，你不是答应我不找李远麻烦吗？怎么就反悔了？你也真不害臊，五十出头的人，吐到地上的口水还能舔回去？！出尔反尔的东西！老子算是看透你了！"

李良开骂得难听，徐小梦听着来气，最终恼羞成怒，硬对硬地和堂姐夫对骂起来："你凭什么骂我？到底是谁有错在先？你二儿子不打我那一拳，会有后面的事情？冤有头，债有主，啥事都是因果报应。你看你养的那个儿子，一点儿教养都没有。有其父必有其子，子不教父之过，李远那么冲动，我看都是跟你这个老子学的！哼，上梁不正下梁歪！龙生龙，凤生凤，老鼠的儿子会打洞！这些老话，用在你们父子身上，真是太贴切不过了。"

虽然徐小梦骂人不带脏字，但这番话听起来更让人受不了。电话那头，李良开气得浑身颤抖："气死我了！有种你再说一遍！""再说一遍怎么了？你都得癌症了，活不了几天了，我还怕你不成？"徐小梦也正在气头上，把李良开的病情当成了攻击对方的武器，"你听好，我再说一遍，上梁不正下梁歪！龙生龙，凤生凤，老鼠的儿子会打洞……"

"你说谁得了癌症？"电话那头，李良开的气势明显降了下来，声音也不再那么激愤和高亢，"你快告诉我，哪个得了癌症？你倒是说话啊……"

听着电话陡然变弱的声音，徐小梦意识到自己又闯了大祸。

（七十八）

李远从部队驻地返回拉萨，已是2013年11月1日中午12时许。

见到在旅社门外焦急等待自己的妻子，李远正要问父亲的情况，田梅把他拉到一边，生怕外人听见自己说话："爸爸的病情很不好，昨晚又疼了一宿，天亮前实在挺不住了，才叫我给他打了一针杜冷丁。这两天，他吃饭越来越少，昨天一整天，只喝了一小碗稀饭。要不咱们赶紧订机票回重庆吧？""别着急，还有我哩。"李远摸了摸田梅的脸颊，轻声安慰着妻子。其实，李远心里也很着急，可他知道这个时候需要冷静。就是因为不够冷静，彻底激怒了徐小梦，自己这次才失去提升机会，还间接导致父亲身患癌症的消息公之于众。这两件事，对父亲来说，无疑就是双重打击，并且一个比一个要命。

"我爸知道病情了？"尽管早已知道结果，李远还是不甘心地向妻子求证。泪水顿时盈满田梅的眼眶："老公，我也没办法，徐小梦给爸爸打完电话，爸就逼着我说实话，还说徐小梦都告诉他了。我看实在瞒不下去，就给妈妈打了个电话。

妈妈说了，既然都这样了，那就告诉你爸吧。""他当时什么反应？"李远急于弄清一切。他真担心父亲受不了这个打击，更怕父亲的精神一下子就垮了。李远在西藏总医院工作的那位战友告诉过他，不少癌症患者都是被自己吓死的，自个儿一绝望，精神支柱一坍塌，再管用的药物，再先进的治疗手段都无济于事。

"还算正常。"田梅详细介绍着当时的情况，"我把实情告诉他之后，爸爸很安静，说自己早就该想到了。当时，他还让我出去买了两份白米粥，说有些饿了，叫我陪他一起吃。吃完饭，他给妈妈打了个电话，说自己都知道了，还让妈妈放心，说他会平平安安、完完整整地回到老家。接着，爸又分别给大哥、三弟、四弟打了电话，叫他们别担心，说自己这个当老汉的不会那么脆弱……"

擦了擦眼角的泪痕，田梅继续往下讲："看父亲那么平静，我都怀疑他是装的。那天晚上，我说啥也不敢把他一个人留在房间里，怕出什么意外。结果他把我轰了出来，还说二女儿你想多了，也小看你老汉了，癌症算个屁？不就是死吗？不过是早晚的事情。我要给你打电话，爸爸不让，说你最近够烦够闹心了，就别给你增加思想负担了。我哪里睡得着？我把爸爸的病情告诉了服务员，要来一张房卡，隔一会儿就偷偷进去看一看。没想到爸爸还真在睡觉，有一次还听见他在打呼噜。唉，我也真是佩服他，这么大的事，他竟然还睡得着，也不知是真是假。"

"这个不用怀疑。"李远十分肯定，"我了解我屋老汉，天大的事，他都能该吃吃，该睡睡。我知道他能想开，也一定能看开。当初妈妈和我们四兄弟商量，之所以不告诉他实情，不是怕他接受不了，而是希望尽可能减轻他的思想负担。现在说开了也好，大家不必再隐瞒得那么辛苦，我爸也不用胡乱猜测自己的病情。这几天，你辛苦了。"李远帮妻子整理了一下有些凌乱的刘海。

"喊，跟我客气啥？都是我应该做的。"丈夫平时轻易不肯亲近自己，猛地来一下，田梅真有些不习惯，"对了，老公，有个事儿还得给你说一说。昨天妈妈打来电话，说咱们儿子最近表现不好，班主任老师找了他奶奶好几次，说家里再不好好管教，这个孩子可能就废了。老公，咱们得想想办法，不能再这样不管不问了。"说起远在开县月溪中学读初三的儿子，没有尽到养育职责的田梅非常内疚。

老实说，李远也不知道该怎么办。家里接连发生这么多事情，真需要静下心来好好理一理。苦闷之余，李远想到了父亲。父亲一直是家里的顶梁柱，是全家人的主心骨，再难办的事情，在他那里总能找到合适的解决办法。突然之间，李远意识到父亲在自己心目中的位置如此重要！虽然自己早已成人，但有事找父亲，既是一种生活习惯，更是一种心理需要。

"走，进屋，我们去找老汉商量。"想到父亲的刚强坚毅，李远不再感到苦闷。他知道，只要父亲还在，这个家就没有迈不过去的坎。

几天不见，父亲又憔悴了许多，脸上的皱纹也变得更密更深。李远正要张嘴叫爸，李良开先发话："老二，你可算回来了。这几天可把我憋坏了！赶紧收拾收拾，我们去布拉达宫转一转。""哈哈，啥子布拉达宫？那是布达拉宫。"李远被父亲逗乐了，"您确定要去？没问题！我马上给林野打电话，让他把车开过来。""别麻烦人家。不行我们搭个出租嘛，反正也花不了几个钱。"李良开连忙阻止，"前几天，已经够麻烦他了。""林野开车拉着您出去转过？"李远问道。"转过了，去了不少地方。我岁数大了，记不住地名。"李良开笑了笑，向田梅求助，"二女儿，你说说看，我们都去哪儿了？""除了布达拉宫，市内和郊区的名胜古迹差不多都去了，大昭寺、哲蚌寺、色拉寺全去了。"田梅代替公公一一作答。

为逗父亲开心，李远故作惊讶："哈哈，怎么全是寺庙？老汉，这不像你的风格呀。我记得你说过你最不愿去的地方就是寺庙，到了西藏，啷个把这个规矩改了？""谁说全是寺庙？不是还有什么八角街吗？"李良开反驳道，"好像还去过药王山。再说了，西藏到处都是寺庙，想不看也不行嘛。"

这倒是实话。在西藏，只要是有人烟的地方，无论城市还是乡村，大大小小的寺庙总是点缀其间，在蓝天和白云的映衬下，宗教和世俗、神灵和凡世水乳交融，一切显得那么和谐与安宁。

"真不用车？"李远再次问道，"这样是不是太辛苦了？再说，您不是还有高原反应嘛。""用啥子车？能走就走一走，走不动就搭车。高原反应？早就没事了，我已经适应这里的气候了。"李良开坚持自己的意见，"你看那些转山拜佛的信徒，哪一个坐车了？一个也没有！人家辛不辛苦，我看不一定！只要做自己想做的事，再辛苦也不觉得累。"

李远没再坚持。他想好了，接下来的日子，但凡自己能做到的事情，只要父亲开口，都尽量照着去办。孝顺孝顺，孝不难，顺却不易，属于父亲的日子已经不多了，就努力顺着他的心意，让他尽可能开心走完生命中的最后一段行程。

再次来到布达拉宫，李远注意到，父亲拍照留念的愿望似乎很强烈，每每遇到心仪的景观，他都主动要求田梅给他照相，有时还把李远叫过去一起照。每次照完相，李良开都要叮嘱田梅："二女儿，赶紧发你婆婆老娘，让她也看看。"

吃过晚饭回到旅社，趁田梅给儿子打电话，李远敲开父亲的房门。李良开躺在床上，背靠枕头，正看着央视新闻。

"爸，您看我们订哪天回重庆的机票？"李远坐在床沿，小心翼翼地征求父亲的意见。"不着急，等两天再说。"李良开盯着电视，并没有看二儿子，"西藏真不错，天那么蓝，天和地挨得那么近，到了这里，我感觉整个人都变得轻巧了，心里的杂念也越来越少。你们再陪我待两天，好不好？"您说了算。"李远回答得很干脆，"拉萨您也转得差不多了，要不我们往远处走走？有个地方叫纳措湖，我也没去过，听说漂亮得很，湖水比天空还要蓝，要不陪您去转转？"李良开笑了笑，摆了摆手："哪儿都不去了，在拉萨待两天就回家。我这身体，你也不是不知道，经不起折腾了。"

第一次和父亲谈起他的病情，李远很忐忑，不知该如何接话。

"怎么不吱声了？不就胃癌嘛，也不是我一个人得，没什么可怕的。"李良开显得很淡然，"这些年，我们老家得癌症的人不少，男的以胃癌为主，女的以子宫癌为主，每年村里都有几个。风水轮流转，癌症也轮流转，现在轮到我的头上了，就这么简单。""爸……"李远更不知道该说什么了。"老二，我真的没事，你也不用担心你老汉。"李良开转移话题，"倒是你，自己怎么打算的？这次的事，是老汉对不起你，让你受委屈了。不过，老二，生活就是这样，谁都不可能一帆风顺，总会有不可预知的事情在等着我们。事情发生了，也没啥后悔的，该怎么着就怎么着。说说你的打算。"

"我正要找您商量哩。"李远向父亲敞开心扉，"大好的晋升机会丢掉了，说不难受，那是骗您。但已经这样了，我也不多想了。爸，到年底我入伍满25整年，面临三个选择：一是继续留在部队干，等待新的机会，但目前看，这个比较难。二是转业，回地方安置，当一个不带长的普通公务员；三是自主择业，退出现役，不要国家统一安排工作，每月固定开工资，和现在的工资差不多，就算什么也不干，基本生活还有保障。""你怎么考虑？"李良开语气和蔼，"这主要看你。想好了，你就作决定，我们全家人都支持你。""我想自主择业。"李远显然已经考虑得差不多了，"本来转业也挺好，我们团职干部不用考试，直接可以安排公务员岗位。可我明年就45岁了，除了训练和带兵，没什么特长，又没什么背景，转业回地方也很难有大的发展。而自主择业就没这些麻烦，想干就干点儿啥，不想干也饿不着。"

"你这么年轻就待着，也不是个办法啊。"李良开很是担忧。"嘿嘿，还是老汉了解我。"李远笑了笑，"确实有这个问题。不过您不用担心，我和您一样，也是个闲不住的人。我是这样考虑的，退役后，我先集中精力管一下儿子，把他那些坏毛病改过来，把学习成绩提上去，等他考上大学，我再琢磨找点儿事干，可以做点儿小买卖，也可以去给别人打工，反正不会闲着就是。"

"我看你这个想法不错。"李良开表示赞同，"你那个儿子很聪明，学东西一点就透，可就是太贪玩，我和你妈根本管不了他。尤其是他奶奶，天天就是一张嘴巴，吼得凶，一点儿真格的也不来，怎么可能管得了？当然，我也好不到哪里去，隔辈亲嘛，真舍不得打舍不得骂啊。听你老娘说，最近这个浑小子越来越不听话了，偷偷到网吧上网，还和街上的小混混搅在一起。这可不是个好兆头，你这个当老汉的，是应该回去好好管管。"

得到父亲的肯定，李远知道自己该怎么抉择了。

（七十九）

从父亲房间里出来，李远忽然想到一些问题：面对灾难或变故，一个人的承受能力到底有多大？是不堪一击、痛不欲生？还是面对现实、笑看人生？

显然，这没有标准答案。不过在李远看来，绝大多数人会选择后者。就像身患绝症的父亲，还有遇到挫折的自己，或许做不到泰然处之，也无法从一开始就笑看风雨，但经过一番痛苦的思索，终究还是会和现实达成和解。当然，也可以称为妥协，微笑着向命运妥协，愉快地向生活投诚。这不是逃避，而是一种负责任的人生态度。谁能永远都做命运的强者？谁都不能。因此，不妨学一学丰子恺，学一学这位文艺大师的胸襟："既然无处可逃，不如喜悦。既然没有净土，不如静心。既然没有如愿，不如释然。"

11月1日下午14时许，按照之前的约定，李远和田梅敲开父亲的房门。李良开早已穿戴整齐，微笑着出了门。"爸，咱们下午去哪儿？"田梅让公公拿主意。李良开也没客气："就去药王山吧。今天我们一不逛街，二不参观，只有一个任务，跟在那些信徒后面，看一看人家怎么转经。"

尽管已是下午，"日光之城"拉萨的阳光依然强烈。一行三人搭车来到与布达拉宫咫尺相对的药王山西麓，看到前来转经朝拜的人还是络绎不绝。通透的阳光下，虔诚的信徒们全神贯注，默诵真言，双手合十，触额、触口、触胸，五体投地，前行匍匐……同样的动作不断重复，每一次都满脸肃穆，丝毫没有懈怠敷衍之意。

信徒俯身叩拜的这面山体，大约有两层楼高，上面密密麻麻刻着上千个色彩艳丽、大小不一、形态各异的佛像。即便都不是佛教信徒，置身这样的环境里，李良开、李远和田梅还是感受到了一种庄严、神秘的氛围。三个人谁也不说话，生怕惊扰了虔诚朝拜的人们。

李良开面色严肃，紧靠碎石铺成的转经小路一侧，默默地跟在一位60多岁的女子身后，用心观察她的每一个动作。李远、田梅不知道父亲此举何意，只能尾随其后，静观其变。

这是一位骨瘦如柴的女子，体格弱小，满脸皱纹，嘴里一直念念有词。李良开听不懂她在念叨什么，但注意到她的神情平静而安详。跟着转经的信徒走了个把小时，李良开觉得身体有些吃不消，胃部也隐隐作痛。田梅劝他找个地方休息一会儿，李良开不同意，说自己还能坚持。

看着妻子求助的眼神，李远微微一笑，掏出一支香烟先给自己点上，后又掏出一支递过去："老汉，要不你也过过嘴瘾？""医生说了，爸爸不能抽烟！"田梅赶紧阻止，"李远，你怎么回事？爸爸的身体你又不是不知道，怎么还让他抽烟？爸，别听他的，抽烟有什么好啊，既费钱还伤身体，没一处划算的地方。"李良开笑了笑："二女儿，要不咱们破破例，我就抽这一支？"没等田梅答应，右手已经伸了过去。

"就是嘛，抽一支能咋的？我屋老汉以前还抽叶子烟，抽了几十年，这纸烟算个啥啊，一点儿劲儿也没有。"李远不管妻子反不反对，给父亲点燃了香烟。"香，真香！"李良开猛吸了一口，"你老娘非要我戒烟，不戒就天天跟我急。我一辈子就这个爱好，戒了还真是难受。"说起抽烟这个话题，李良开来了兴趣，随意坐在一块石头上，一边吞云吐雾，一边和二儿子闲聊着。

"我和你妈搞对象那阵子，她从不反对我抽烟，还说男人抽烟才有男子汉气概。我信以为真，以为找了个好婆娘。可哪知这是烟幕弹，从结婚第二天开始，她天天跟我念叨抽烟对身体不好，非要我戒掉。我也试着戒了好多次，每次都半途而废。这次我的胃出了毛病，她逼着我把烟戒了。老二，戒烟这滋味也太难受了，浑身上下没有一个得劲的地方。香，真香！"说话间，李良开嘴边那支香烟差不多只剩下过滤嘴。"要不您就别戒了？"李远试探着问道。他想好了，只要父亲点头，他会努力说服母亲改变主意。毕竟，父亲来日不多，真没必要这么苦着自己。

"还是算了吧。"李良开却不同意，"好不容易戒掉了，再捡起来，我自己都觉得不好意思。何况，你妈也是为了我好，咱们不能图一时之快而伤了人家的心。""爸，您真行，说到就能做到！"田梅由衷地称赞，"不像某某人，总是说要戒烟，可从没认真戒过。"李远哈哈大笑："说我就说我嘛，还某某人。好好好，我向老汉学习，下一步坚决戒烟。"

三人说话间，那位60多岁的女子也停下来歇息，正朝这边张望着。

李良开向田梅要了一瓶没开封的矿泉水，快步追了上去，用半生不熟的普通话打着招呼："大妹子，你好。看你满头大汗的，一定渴了吧？来，喝口水。""劳慰您。我不口渴。"女子一张嘴，竟然是重庆万州一带的口音。"老乡？你好你好，我是开县的，你是万县的？"多年的习惯使然，李良开仍然按以前的叫法，把万州叫作万县。女子点了点头，算是默认，之后指了指李远和田梅："老乡好。那两个跟你一起的？""我二儿子和他媳妇。"李良开点头称是。"你几个孩子？

四个儿子？还有四个孙子两个孙女？真好！大哥，你真是好福气！不像我，孤老婆子一个……"说着说着，女子的神色有些异常。"对不起，对不起。"李良开连忙表示歉意，"我不知道你……""也没啥。"女子擦了擦眼泪，稳定了一下自己的情绪，"没事，都过去好几年了。谁叫我命苦啊。"

这个女子自称姓柳，来自万州城区，退休前是一家国有丝绸厂的设计师。她和丈夫晚婚晚育，36岁才育有一子，两口子视为心头肉，精心呵护培育。儿子是个环保主义者，大学毕业后，主动申请进藏，从事高山草地保护研究工作。四年前的初秋时节，儿子与一位云南籍援藏女大学生结婚，两人利用婚假到藏北无人区考察高山草原，遭遇车祸双双身亡。

白发人送黑发人，处理完儿子儿媳的后事，丈夫经受不住打击，留下一封遗书，从万州长江二桥跃身跳下，三天后在巫山新县城附近发现其遗体。柳姓女人本来也不想活了，但想到儿子的灵魂还在高原飘荡，需要母亲的陪伴，便变卖所有家产，到拉萨买了一套一室半的小房子定居下来。之后，每年初秋，也就是儿子儿媳遇难前后，她会去一趟藏北高原，雷打不动。其余时间，每天下午沿着药王山的转经小道伏身叩拜，全程用时三到四个小时不等。

"大妹子，你这样是不是太辛苦了？"听完柳姓女子极为平静的讲述，李良开关切地问道。"都习惯了，一点儿也不觉得辛苦。"柳姓女子依然很安静，"大哥，你不要小看转经，它确实能让人平静下来。说真的，作为一个失独母亲，一个失去丈夫的女人，我以前觉得我肯定活不下去了。到了西藏，尤其是天天转经，我不再那么悲伤了，甚至流泪的次数也越来越少。一切都是上天安排好的，悲伤又有什么用呢？好好为他们俩爷子和我儿媳妇活下去，别让他们在天上担心我，才是我应该做的事情。"

对失独这个说法，李良开并不陌生。因为前两天，在与二儿媳探讨二胎问题时，为了证明生二胎的必要性，田梅曾经给他看过一则微信。

这是一组拼凑痕迹较重的图片，重点是报纸上的新闻标题。第一幅是1985年的报纸，新闻标题为"只生一个好，政府来养老"；第二幅是1995年的报纸，新闻标题为"只生一个好，政府帮养老"；第三幅是2005年的报纸，新闻标题为"养老不能靠政府"，还加了一个感叹号。

给李良开看完这则微信，一直想生二胎的田梅讲："爸，您看看，把这些报纸前后一对比，就会产生一个疑问，只生一个有什么好？如果意外失独，老了连个端茶送水的人可能都没有。我听说全国现在有不少失独家庭、失独夫妇，唯一的独生子女成年后意外去世，再生孩子已经来不及，配套的养老政策和社会保障又没跟上，他们的悲伤和绝望心理可想而知，有的甚至对生活失去希望。爸，不瞒您讲，我就想再生个孩子，可李远不同意，说这不符合规定。"

当时，李良开并没意识到失独意味着什么，还劝田梅要支持丈夫，不要因小失大。可面对柳姓女子的家庭悲剧，李良开一时语塞，不知道怎么安慰对方……

（八十）

还是药王山西麓，还是那条碎石铺成的转经小路，还是那些虔诚的佛教信徒。唯一有所不同的，是李良开身边暂时没了李远和田梅的陪伴。

此刻，时针指向公元2013年11月2日7时45分，太阳还没出来，"日光之城"拉萨还沐浴在晨光之中。望望山上那些色彩各异的佛像，看看那些虔诚叩拜的人们，头天晚上还在担忧后事的李良开心里觉得敞亮了许多。

是啊，人活一世，草木一秋，年过百旬也好，英年早逝也罢，不过都是一个由悲到喜、悲喜交加的过程。权贵也好，平民也罢，都是哭着来到这个人间，跌跌撞撞地长大，或哭或笑面对成长中的烦恼，最后在亲人的悲泣中离开这个世界。这是人类通用的生存规律，没有特殊，鲜有例外，一切都只是时间问题。

至于比自己活得更久的亲人，牵挂又有什么用呢？一旦永远闭上双眼，这个世界的所有喧嚣与纷扰都与自己无关了，即便是最亲最爱的人，他们最终也会从痛失亲人爱人的悲伤中走出来，该笑还得笑，该乐还得乐。一个新生命的诞生会在较长时间内改变一个家庭的生活轨迹，少至七八年，多则一二十年；而一个生命离去带给同一个家庭的冲击则要小得多，最多三年，生活就会恢复正常。毕竟，无论多么重要的人去世，生活还是会沿着其固有的轨迹，一天不停地继续下去。

想明白了这些，李良开对自己的胃癌真就无所谓了。病情已然如此，活一天就是赚一天，何况自己儿孙满堂，自个儿也早已突破唐家岩李氏男丁活不过60周岁的魔咒，个人事业上虽然说不上辉煌，但好歹也当了40年大队和村干部，在农村来说，也算得上是光宗耀祖了。

再仔细想想，四个儿子的工作和收入都算稳定，六个孙儿孙女也一天天长大，根本不用自己操心。再说，一代人有一代人的活法，就算自己活到一百岁，真正能帮衬后人的地方又有多少？少得可怜。儿孙自有儿孙福，路还得靠他们自己去走，操心也是空操心，没有多少实际意义。

就在头天晚上，李良开正准备睡觉，李远敲开父亲的房门，说有几个战友要安排吃饭，问他去不去，李良开拒绝了。自个儿不能喝酒，和这帮年轻人又没多少共同话题，去凑那个热闹干什么？与其非常尴尬地坐在那里，不如给年轻人创造一个尽兴尽情的机会。

如果说还真有放不下的，就是相濡以沫五十一载的妻子徐小芳了。平日闲聊的时候，老两口儿偶尔也会谈及谁先走的问题。每一次，徐小芳都强调她希望死在丈夫前面，这样自己就不会那么悲伤和孤单。每每此时，李良开从不表态，但内心深处十分赞同妻子的想法，男人嘛，就应该有点担当精神，尽可能让自己的女人开心一些。当然，他更希望与妻子共赴黄泉，这样谁都不会觉得悲伤和孤单。显然，这不大可能，除了一同遭遇突发事件和自然灾害。生死有先后，有合就有分，就算是至亲至爱的两个人，谁也不能一直陪伴另一个人，爱得再深，感情再好，总会有一个人先走一步。可是，如果自己真的先走了，妻子能挺过这一关吗？

正想着心事，李良开忽然听到有人叫自己："三表叔？您是三表叔？"

一回头，看到一位30多岁、满脸憔悴的年轻女子，李良开惊讶得后退了一步："小薇？你真是付小薇？你不是在深圳吗？怎么跑到拉萨来了？""三表叔，是我，我是小薇。"年轻女子身着防晒服，双肘双膝分别绑着轮胎胶皮一样的东西，一副转经的装扮。"你也信这个？"李良开非常疑惑，指了指转经小路上匍匐叩拜的信徒，又指了指山上那些色彩各异的佛像。付小薇不好意思地笑了笑："说不上真信，就是求个心安。我的情况，您也不是不知道……""我知道，我知道……"李良开尴尬地笑了笑。

是的，对于付小薇这个表侄女的情况，李良开是知道的。如果按照城里人的说法，早在十多年前，小薇就是个"问题少女"，不自重，不自爱，自暴自弃，堕落红尘。当然，乡下人大概并不知道"问题少女"这个说法，直接把小薇之类的女子称为"鸡婆"。"鸡婆"并非李良开老家一带的叫法，而是源自东南沿海。而小薇最初的堕落，又与东南沿海毫无关系。一些女孩是到东南沿海打工后才学坏，小薇没出远门就成了被人指指点点的"鸡婆"。

小薇出生在20世纪80年代末，长得乖巧玲珑，从小就是父母的掌上明珠。这主要得益于小薇的父亲比较开明，不那么重男轻女，甚至还更喜欢女孩一些。所以，尽管小薇还有两个学习成绩很好的哥哥，可父母还是把更多的宠爱给了唯一的女儿。

打小起，小薇就过着衣来伸手饭来张口的幸福生活。离开学校之前，她甚至没动手洗过自己的衣服。父母总讲穷养儿子富养女，两个哥哥也不多说什么，小薇更没觉得有什么不妥，心安理得地当着小公主，也多少养成了骄横霸道、我行我素的性格。这种性格，最终让小薇在初中毕业前误入歧途。

初三上学期，情窦初开的小薇不可救药地喜欢上了班里的英语课代表吴迪。先是单相思，只是默默关注着吴迪的一举一动。后来实在难忍相思之苦，小薇便用一张纸条表明心迹，结果被一心想考重点高中的吴迪婉拒。

原本这只是一段连开始都没有的感情，与失恋扯不上关系。试想，不曾彼此相恋，哪来什么失恋？可从没受过挫折的小薇却不这么认为，把吴迪的拒绝当成天大的事情，甚至有种天塌地陷的感觉。对这位骄傲的小公主来说，这何止是失恋，简直就是痛不欲生的失恋。于是，原本活泼开朗、学习成绩中等偏上的小薇变得沉默寡言，学习劲头也一落千丈，一副干啥都没意思、破罐子破摔的消极模样。

中考前一个月，小薇结识了镇上的一个小混混。同寝室的女同学提醒小薇离他远点儿，说这家伙吃喝嫖赌样样占全，不值得迷恋。小薇原本没想和他深交，听同学这么一说，她倒来了劲儿："你该不是嫉妒我吧？那好，我偏要试试看。"

试来试去，小薇上了套，开始学喝酒，开始去镇里新开的红叶夜总会唱歌跳舞。有吃有喝还有得玩，并且不用花钱，到哪儿都享受公主一般的待遇，小薇很快喜欢上了这种生活方式，对学习的兴趣越来越低，先是不上晚自习，后来发展到逃课，最疯狂的时候干脆夜不归宿。班主任老师劝了几回，小薇答应得好好的，可回头依然出去胡混。学校忍无可忍，开除了她的学籍。

小薇的母亲闻讯跑到学校，哭喊着跪在校长面前求情："再给我女儿一次机会吧。"校长也落泪了："我也没办法啊，我得对全校几百名学生负责。"

从校长办公室出来，在学校操场上，当着父亲的面，母亲打了小薇两个耳光。小薇顿时觉得委屈，转身向镇子上跑去。父亲要追，被母亲一把抓住："让她跑。这个砍脑壳的，她还敢不回家不成？看我不打断她脚跟。"

小薇真就没回家，而且还直接住进了红叶夜总会，先当负责倒酒、点歌的服务员，被那个小混混下药迷奸后，干脆一不做二不休，直接做了三陪小姐，陪喝陪唱陪跳，甚至陪睡。没过多长时间，放荡不羁的小薇成了红叶夜总会第一红人，每晚点她的人很多，甚至大白天也有人开车把她接走。小薇就那么妩媚地笑着，浪荡地活着，搞臭了自己，也搞臭了家人，让父母和两个哥哥抬不起头来。

到红叶夜总会哀求女儿回家未果的那天晚上，母亲跳岩自杀。得知这个噩耗，小薇把自己关在屋里，两天没有出门。她打电话给父亲，想回家送母亲最后一程，父亲沙哑着嗓子叫她滚，能滚多远滚多远。

母亲去世一年后，借酒浇愁的父亲把自己喝死了。父亲下葬的前一天晚上，从外地赶回家的大哥让人给小薇捎话："老爸临死前交代了，不让你回来送他，你自个儿好自为之吧。"其实，大哥只把父亲的遗言说了一半。临死前，没读多少书、已经说不出话的父亲给大儿子留了张措辞前后矛盾的纸条："不让小薇回来送我，我没她这个女儿。你要想办法帮帮你妹妹，她不能就这么毁了。"

为父亲烧完头七，大哥和二哥到红叶夜总会找到小薇，什么也没说，先给她看了父亲的遗言。小薇泣不成声，使劲揪着自己的长发，把头往墙壁上撞。大哥上前抱住她："妹妹，听话啊。你接下来的生活，哥来给你安排。"

大哥和二哥是父母真正的骄傲，双双大学毕业，都有不错的工作。大哥还在南方某个省城按揭买了房子，成了家，日子越过越红火。原本，大哥想把小薇带到他所在的城市，可小薇说啥都不去，因为她觉得无法面对大哥大嫂和他们的双胞胎儿子。兄妹三个商量了半天，决定请那个在北京当厨师的远房表哥帮忙，先让小薇当餐馆服务员，以后的事情以后再说。

离开家的那天，小薇跟着两个哥哥回了趟老家，看了看老屋，到父母坟前大哭了一场。在老屋跟前，大哥拿出相机："都照张相吧。这个家，我们是再也回不来了……"大哥的意思，小薇懂。因为自己的行为，全家人都觉得脸上无光，无法坦然面对左邻右舍异样的眼光。事实上，两个哥哥早已作出决定，老家房子不再定期花钱请人检修，而是任由风吹雨打，直到垮塌为止。换句话说，从今往后，大哥和二哥不会轻易再回老家。

（八十一）

小薇的父亲是在2007年夏天去世的。这一年，她18岁。在这个年纪，别的女孩对未来充满幸福的渴望，而她则因放纵和堕落，失去了对生活的美好憧憬，除了行尸走肉般活着，一切似乎都毫无意义。

不过生活总要继续。在远房表哥的引荐下，满腹心思的小薇第一次走出连绵不绝的大山，先坐汽车，后换火车，跨越了几个省市，这个老家小镇红叶夜总会的三陪女成了京城一家川菜馆的服务员。

小薇永远都不会忘记老板娘第一次见到自己的惊愕表情和夸张声音："多大了？18岁？不像不像，看起来你很有女人味嘛。没结婚？没男朋友？不像不像，我是过来人，看人一看一个准儿。真没有？好吧，既然你表哥吱声了，明天上班吧，一个月只休一天。工资底薪加提成，挣多少，全看你自个儿的本事了。我可告诉你，你得好好谢谢你的表哥……"

小薇没吱声，心想这个老板娘说话怎么跟剥豆角似的。后来熟悉了，才听说老板娘来自辽宁铁岭，一个盛产二人转和笑星的"大城市"。

尽管能够感受到老板娘和饭店其他女孩的轻视，小薇还是觉得很踏实。毕竟，这里只招待吃饭喝酒的客人，不必陪酒，更没有无处不在的诱惑，不像夜总会的日子，总是让人莫名地兴奋，同时又充满混沌、缥缈或是绝望。

对于小薇来说，红叶夜总会的那段经历，简直就是一个难以醒来的噩梦，梦里没有快乐，只有强颜欢笑下的无尽耻辱。

饭店服务员这个行当并不好干，特别是像小薇这样的外地姑娘，刚开始普通话又说不好，经常被好事的顾客挑刺儿，诸如说话听不清、微笑不真诚、茶水温度不够，再就是上菜太慢、菜里油太多、盐太少等，五花八门，防不胜防。

对这些挑剔的客人，老板娘不敢得罪。饭店靠的就是回头客，如果因为客人爱找茬就慢待人家，肯定是不行的。得罪不起客人，老板娘就拿服务员开刀，不管客人说的有没有道理，先把服务员批一通再说。

在这家川菜馆的回头客中，有一个叫阿胜的年轻人最爱找服务员的麻烦，不管是谁在他预订的包房里服务，都会被他为难得够呛，很多时候只有老板娘亲自出面，才能把事情摆平。

从阿胜与朋友的言谈举止中，服务员们分析他应该是一个个体户，开着一家公司，手下十多个员工，有车有房，已婚生子，也算是事业有成。

对阿胜这样挑剔的客人，有过夜总会工作经历、见识过不同男人的小薇并不怎么在意，很有点水来土挡、火来水淹的风范，不管阿胜怎么刁难，她总是以微笑应对，既不辩解，也不道歉，反正就是不接茬，最终一笑了之。

老板娘看出了点儿门道，阿胜再带朋友前来就餐，总会安排小薇前去服务。面对这个始终面带微笑、从不接招的秀美女孩，阿胜从最初的大呼小叫逐渐变成轻言细语，从横挑鼻子竖挑眼变为怎么看怎么顺眼，多次提出要带小薇出去玩，或去商场给她买衣服和首饰。

作为过来人，小薇知道这个男人对自己产生了兴趣，或者说他喜欢上了自己。小薇也不说破，更不表现出任何亲热的眼神或举动。她已没了谈情说爱、打情骂俏的激情，只要能把本职工作干好就行了。

事实上，风月场所的经历，让小薇对男人产生了强烈的憎恨心理，也十分认同"男人没有一个好东西"这个说法。比如这个阿胜，明明是有家室的男人，还在外面拈花惹草，连个饭店的服务员也不放过。他那种所谓喜欢，明摆着就是为了占有，与爱情毫无关系。这样的喜欢，不要也罢。于是，有意无意之间，小薇便在阿胜面前表现出一股清高孤傲的劲头。

得不到的永远是最好的，阿胜自然也逃不过这个俗套的说法，对小薇愈加上心起来，来饭店消费的次数也明显增多。不仅如此，他还经常介绍他的一帮朋友前来就餐，并且全部直接通过小薇订餐。这对提升小薇的工作业绩大有好处，每个月的提成总会比别的服务员高出一节。

小薇依然不为所动。对于男人，对于感情，她已是心如止水。倒不是不渴望真爱，而是担心对方接受不了自己那段不光彩的经历。纸终究包不住火，捂得再紧，藏得再严，再小的秘密还是会有大白于天下的那一天，与其靠隐瞒、欺骗去获得一段感情，不如把自己彻底包裹起来，既不害人，也不伤己。

在不知内情的外人眼里，小薇委实是个漂亮的姑娘，尤其是经过风月场合的浸淫，时不时地会透露出一股媚劲。这对成熟的男人来说，多少具有一定的杀伤力。比如阿胜，还比如这家饭店的四川万源籍厨师谭小猛。

谭小猛比小薇大三岁，是父母的独子，长得人高马大，加上每天坚持健身，浑身上下全是肌肉块，显得非常健壮。看到小薇的第一眼开始，谭小猛就莫名其妙地喜欢上了她。同为厨师的另一个万源老乡是个风月场的老手，委婉提醒谭小猛："这个女孩一看就有故事，你要留个心眼，别太投入了。"谭小猛情迷心窍，断然听不出这话的深意，还以为对方是潜在的竞争对手，便采取了不屑一顾的态度，把提醒当作了耳边风，全力展开对小薇的感情攻势。

相对于阿胜的猎艳心理，尚无女友的谭小猛显得更为真诚。小薇也心动过，但她刻意掩饰了对谭小猛的好感，总是一副不冷不热、爱答不理的样子。这让谭小猛很是痛苦，却又无可奈何，只好耐着性子等着机会的到来。

转眼到了2008年夏天。因为北京奥运会使京城流动人口大大增加的缘故，小薇所在的川菜馆生意异常红火，阿胜带朋友来吃饭的次数也有增无减。奥运会闭幕当晚，他又订了一个包房，和一帮朋友边喝酒边看闭幕式直播。

服务员自然还是小薇。当全中国的电视屏幕被香山红叶淹没的那一刻，看到包房电视里的画面，正忙着给客人上一盘夫妻肺片的小薇仿佛被雷电击中一般，浑身抽搐，面色苍白，手中的菜盘子咣当一声掉在地上，摔得稀碎。

红叶？红叶！看到电视屏幕上飘舞的红叶，小薇想到了在家乡小镇上那个叫红叶的夜总会，想到了那段不光彩的经历，想到了被自己活活气死的父母，一分神，手中的菜盘子便掉到地上。

听到盘子着地的清脆动静，老板娘从吧台跑了出来："小薇，你怎么回事？脸色这么差？生病了？"小薇呆立在那里，一句话也说不出来。

阿胜没说什么，可那帮客人不干了，纷纷向老板娘发难，说这里的服务水平太差，要求大幅度打折。本来不想为难小薇的阿胜见朋友们都不高兴，其中两个还是政府官员，自己的生意有求于他们，得罪了可不好办，必须想办法予以化解。

为了生意，阿胜硬起心肠，对小薇破口大骂起来，骂得非常难听，以至于老板娘都受不了，大声回敬着对方："我们服务不好，可以免单，你甚至可以到消协投诉我们，但请你不要骂人。服务员怎么了？服务员也是人，也有尊严，她不是你们家的佣人！就算是，现在不是旧社会，主人也不能侮辱佣人！"

阿胜喝了酒，有些醉意，上前摸了一下小薇的脸蛋："我骂她怎么了？我还摸她呢。"紧接着，没等小薇反应过来，他又快速在小薇的胸前捏了两下，借此向老板娘示威，"我就摸她了，你能怎么的？有本事过来打我啊？！"

这一切，闻讯赶来的厨师和服务员全都看在眼里，一个个面露怒色。尤其是谭小猛，早已气得满脸通红，就等老板娘一声令下，随时准备上去揍阿胜一顿。

阿胜的轻佻举止，彻底激怒了小薇，她悲愤地哭喊着，一下掀翻了饭桌……小薇的举动，无形中成了一道命令，谭小猛带头冲了上去，两伙人顿时撕打在一起。

如此一来，阿胜感觉更没面子，抢起一瓶啤酒，没头没脑地朝厨师谭小猛的头上砸去。谭小猛顿时血流满面，哀号着冲回厨房，操着一把明晃晃的菜刀冲了回来，直奔阿胜而去。

眼看要出人命，小薇死死抱住谭小猛，不让他靠近阿胜。阿胜得了便宜还卖乖，照着谭小猛的鼻子就是两拳……

（八十二）

也活该阿胜倒霉，老板娘有个亲属在附近的派出所当副所长，一个电话过去，几个民警火速赶过来，很快平息了事态。

谭小猛的伤势，其他厨师和服务员的证言，没有任何悬念，阿胜因涉嫌故意伤人被刑事拘留，后经主动赔偿和法官调解，最终免去了牢狱之灾。

风头过后，阿胜并没有吸取教训，继续到川菜馆纠缠小薇。老板娘见势不妙，给了小薇一笔钱，请她另谋高就。小薇也想离开这个是非之地，决意要去广东。见此情形，谭小猛不顾老板娘的挽留，毅然辞了职，寸步不离地守在小薇身边，表示小薇到哪里，他就跟到哪里，如果再有人欺负小薇，他还会玩命地扑上去。

老板娘深受感动，专门放了半天假，给两人摆了送别宴，川菜馆全体员工参加。喝酒过程中，在老板娘的带领下，大伙儿都帮衬着谭小猛，一起向小薇发起攻势。见谭小猛动了真情，当初委婉提醒谭小猛的那位万源籍厨师干脆跑到花店买来一束红玫瑰，鼓动谭小猛现场求婚。谭小猛也不含糊，手捧玫瑰，单膝跪地，在众人的欢呼声中，请求小薇答应做他的女朋友。

面对这份珍贵的爱情，小薇动心了。可她并没有被巨大的幸福冲昏头脑，既没立即答应谭小猛，也没伸手去接那束让人眩晕的红玫瑰，而是涨红着脸，半嗔半怒地大声问道："向我求婚？你知道我的过去吗？你了解我多少？要不要我现在就告诉你？"小薇想好了，反正自己要离开北京，如果谭小猛非要对自己的过去刨根问底，那就明明白白地当众告诉他。与其相恋甚至结婚后再翻旧账彼此伤害，不如之前说个一清二楚，毕竟，这关系到两人一生的幸福。"你不用讲，我也不想听！"谭小猛的态度异常坚决，"我不管你过去经历过什么，我只在乎你这个人，别的都不重要！算了，不搞这个花架子了，求什么爱？直接求婚好了！"也不等小薇说什么，谭小猛把手中的玫瑰扔到地上，小心翼翼地从贴身口袋里掏出一个红色的方形小盒子。"戒指！"小薇还没反应过来，一位女服务员却先惊呼起来。

"小薇，嫁给我吧。我保证对你好一辈子。"早有准备的谭小猛双手托着那枚闪闪发光的铂金婚戒，依旧单膝跪地，腰板挺得溜直，满脸虔诚，眼里透露着激动、期盼和慌张的神色。

"在一起，在一起，在一起……"女老板深受感动，带头有节奏地拍着双手，和员工们一起大声为谭小猛呐喊助威。

小薇彻底心动了，可她还是不放心："你真的不在意我的过去？""我向上天发誓：我爱你，不管你经历过什么我都爱你！"谭小猛左手拿着婚戒，腾出右手并张开五指举至与眉同高的位置，"请老天做证，如果我谭小猛打听付小薇的过去，或者因为付小薇的过去而埋怨她、责怪她、打骂她，我天打五雷轰，不得好死……"小薇上前捂住谭小猛的嘴巴，继而又一把搂住对方："别说了……我答应你……我们马上去登记结婚……"

得知小妹找到了真爱，两个哥哥自然非常高兴，大哥还在自己工作的省城给小薇、小猛张罗了一个规模很小但却不乏温情和浪漫的婚礼。

婚后，小两口儿按照大哥的安排，一同报考了驾校，一个学开大车，一个学开轿车。等拿到驾照，两个哥哥凑了一笔钱，让小猛按揭买了一辆重型货车，并为其在深圳联系到了生意，负责往工地运送水泥、钢筋等建材。有两个哥哥的扶持，加上小猛肯吃苦，脑瓜子灵活，注重搞好与各个建筑公司材料采购员的关系，不过三四年工夫，其名下已经有了六辆重型货车，还和几位同行组建起了联合车队，生意越做越红火。到2012年年底，当小猛和小薇的儿子满三周岁的时候，一家三口已经住在深圳市区的一套自购商品房里，小薇也开上了私家车，并琢磨着要开一家小型美容院。

对于婚后的生活，小薇是满意的。小猛是个说到做到的真爷们，无论婚前婚后，对小薇关怀备至，一如既往地疼爱和怜惜。对小薇的过去，小猛从不过问，一个字也不提。这让小薇觉得非常踏实，庆幸自己作了一次正确的人生选择。有如此踏实勤奋、善解人意和宽容大度的丈夫，自己还有什么不满足的呢？

小薇怎么也没想到，自己竟然会做出背叛丈夫的蠢事。

为美容院寻租房子期间，小薇意外邂逅自己的初恋吴迪。此时的吴迪，刚从广州的一所大学毕业，来深圳寻找发展机会，多次碰壁之后，准备开一家经营外贸服饰的网店。老同学相见，自然格外亲热，尤其是小薇，多少还有点激动和紧张。

得知小薇已做了母亲，还和丈夫在深圳购置了房产，正为网店启动资金发愁的吴迪倍感失落。见此情形，小薇动了恻隐之心，动了要帮老同学一把的念头。回家和丈夫一商量，小猛二话没说，答应借给吴迪五万元。吴迪感激不尽，自己生意不忙的时候，就跑到小薇的美容院里干些杂活。

刚开始，两个人都没多想，老同学一场，都在异地他乡，相互帮衬着，也没什么不妥。可时间一长，情况就发生了微妙的变化，尤其是只有两人在场的情况下，小薇和吴迪都觉得不太自然。所谓日久生情，加上小薇对初恋的下意识追忆和憧憬，两人最终还是突破了正常的同学交往界限，睡到了同一张床上。幽会的地点相对固定，一个是吴迪租住的单间公寓，另一个是小薇美容院附近的一家快捷酒店。

小猛一直被蒙在鼓里。他相信妻子，也从不怀疑妻子，以至于小薇美容院里那名年轻女孩向小猛反映妻子与吴迪过于亲密的情况时，他还以为这个女孩是别有用心，是在挑拨离间他与妻子的关系。他把告密的女孩狠狠地骂了一顿，警告其不要再搬弄是非，否则会让小薇开除她。

这个女孩也真是执着，偷偷跟踪并用手机拍摄了小薇与吴迪一起开房、一起进入房间、一起从房间出来的相关视频，打包传到小猛的手机里。这下子，小猛不得不信，伤心欲绝。但他没有忘记当初对小薇的承诺，并没有将事情捅出来，而是一个人默默承受，从没质问过妻子，一个字也没问过。只是从那以后，小猛迷上了喝酒，每晚回家前，都把自己喝得烂醉，一回家就进入卧室睡觉，很少和妻子亲热，连和儿子玩的兴致也大不如前。

小猛的变化，让小薇既紧张又后悔，隐约感到丈夫已知道自己与吴迪的事情。她深感对不起小猛，一心要中断与吴迪的来往。吴迪也同意，表示抓紧把存货处理完，之后立即离开深圳去珠海发展。可没等吴迪离开深圳，小猛就出事了。

那天晚上喝过酒，小猛并没有直接回家，而是找朋友借了一辆摩托，说是要去海边兜风，结果遭遇车祸当场死亡……

丈夫的意外身亡，让小薇陷入深深的自责之中。她深感罪孽深重，无法原谅自己，还一度有过轻生念头。要不是放不下儿子，她也许早就随丈夫去了。

处理完小猛的后事，小薇选择向两位哥哥和丈夫的父母坦白了一切，之后把儿子送回四川万源，亲手把孩子交给爷爷奶奶抚养。这是两位老人唯一的要求，说儿子的房子、车子、票子他们都可以不要，但儿子留下的血脉必须认祖归宗，还说小薇年轻，今后还要嫁人，带个孩子也不方便。

两位老人的心思，小薇何尝不明白？尽管二老并没有责怪儿媳的出轨行为，一句重话都没说过，可小薇知道他们的内心在流血，要回孙子的抚养权，其实就是对小薇这个母亲的极度不信任。小薇当然想自己抚育儿子成人，在法律上也拥有这个权利。但想到自己对亡夫的伤害，想到对小猛父母的伤害，她选择了放弃。尽管这是一个非常痛苦的决定，但小薇觉得自己别无选择，也唯有如此，才能让自己心安一些。

　　和儿子一起送回万源的，还有一张存有变卖深圳那套房产、六辆载重货车和转让美容院所获钱款的存折。小薇知道老人用不惯银行卡，看到存折上的数字才安心，便以公公的身份证开了一个存折账户，密码设定为儿子的生日。小薇告诉二老，这是她和小猛的全部家当，自己一分没留，全部留给二老和孩子。

　　小薇的这一做法，让公公婆婆很是欣慰，内心深处对儿媳的怨恨也消退了几分。婆婆还对小薇讲，存折上的钱，全部留给小猛的儿子读书和将来成家用，两个老人能不花就不花，还说等孩子长大了，让他去孝敬自己的母亲。

　　"我能经常来看孩子吗？"小薇小心翼翼地问道。"怎么不能？你是孩子的妈妈，你有这个权利。"婆婆明确表态，"如果不嫌弃，我和你爸愿意把你当女儿一样看待。万源这个家，随时欢迎你回来。"小薇顿时泣不成声，双膝一软，跪倒在地："妈……"

（八十三）

　　"唉，苦命的孩子。你也不容易。"听完小薇的讲述，李良开很是感慨，"你那娃儿怎么样了？该上幼儿园了吧？多长时间去万源看一回孩子？对了，你怎么跑到西藏来了？"面对这一连串问题，正处于伤感之中的小薇不知从何答起。

　　李良开有些不好意思："看看我，怎么跟你三表姊一样唠叨了？你李远表哥和田梅表嫂也在拉萨，要不中午找个饭店，我们四个一起吃个便饭？"他想转移话题，好让小薇平复一下情绪。"谢谢三表叔，我听您的。"小薇没有拒绝，实际上也无法拒绝，难得在西藏遇到亲人，不聚一聚实在说不过去。

　　接下来，从小薇断断续续的讲述中，李良开了解到了自己关心的那些信息：小薇的儿子正在幼儿园上中班，她每年春节去万源陪孩子过年；丈夫去世后，小薇与吴迪彻底断了来往，一个人跑到拉萨打零工，一有空闲就来转经，借此寻找心灵上的慰藉和安宁。

　　"一直一个人？就没想过再找个伴？"李良开关切地问道。"不找了。"小薇态度很坚决，"一个人其实挺好的，不用担心被谁伤害，也不会伤害别人。到拉萨这段时间，我去过不少寺庙，拜了不少佛，也结识了不少专程到西藏转经朝拜的外地人。也不怕您笑话，我现在真有出家修行的冲动。可一想到儿子还小，还需要妈妈，我只好放弃了这个念头。""这样是不是太委屈你自己了？"李良开不愿看到小薇这个样子，想劝她回头。小薇的态度依然很决绝："这都是我应该承受的惩罚。我造的孽太多，害死了爸妈，害死了老公，单身一人度过余生，既是上天对我的惩罚，对我自己也算一个交代。拉萨这座城市很安静，也很干净，非常适合我。"李良开彻底无语，不知道如何把话题进行下去。正尴尬着哩，李远的电话打过来了，焦急地问父亲现在在哪里。李良开把遇到小薇的事告诉了二儿子，让他和田梅在旅社等着，说自己和小薇很快就会赶回去。

见到李远两口子，小薇有些不好意思，田梅倒是很热情，拉着小薇的手，小妹小妹地叫着，一点儿也不显得生分。

对于小薇有些复杂的人生经历，田梅多少了解一些。可能是女人更容易理解女人吧，她对小薇并没有丝毫的轻视，反而有种深深的理解、同情和体贴。这让李良开很是欣慰，也深为二儿子能找到拥有如此悲悯情怀的人生伴侣而自豪。

在李良开看来，一个人，无论男女，无论身处高位还是生活在社会底层，拥有一颗善良的心比什么都珍贵。只要心存善意善心，就不会作恶，至少不会作恶多端，即使偶尔犯点儿过错，那也是无心之过，很快就会纠正，不至于错上加错。用这个观点看待错了又错、已知悔改的小薇，无疑可以认定她也是一个善良的女人。

他乡遇老乡，总是一件让人愉悦的事情，四个人唠着家常，很快到了午饭时间。小薇和李远都抢着要做东，最后李良开拍板，确定由田梅付钱："你们两个老表谁都不要争，让我二女儿请客怎么样？"小薇被李良开的安排逗乐了："三表叔，我二表嫂付钱，和我李远哥付钱有什么差别？不过是左兜到右兜、左手到右手的事情嘛。"

"表妹，你就别推脱了。说，你想吃什么？想去什么档次的饭店？不考虑价钱，反正是你表嫂掏钱，不吃白不吃！"李远在一旁打趣。小薇连连摆手："不用管我，我基本上吃素，有一盘青菜就行。""吃素？一点儿肉也不吃？受得了吗？"李良开疑惑不解。"老汉，这方面您就是外行了。"李远接过话茬，"我小薇妹妹这是带发修行，一心向佛，自然不能沾荤。妹妹，二哥我说得对不对？""对你个头。"田梅怕小薇尴尬，赶紧拍了一下丈夫的后脑勺，"我看你是不懂装懂。吃素就是修行？哪有那么复杂？减肥就不可以？清清肠道就不行？简直就是打胡乱说。爸，要不咱们也去尝尝素餐？我看那些寺庙附近就有素食餐厅，去体验一下怎么样？"

"我看行。就这么定了。"李良开一锤定音。他听得出来，田梅是在为小薇考虑，也在时时处处维护着小薇脆弱的自尊。这让李良开更加欣赏二儿媳妇，她对外人尚且如此体贴入微，对自己的丈夫自然也错不了。

李远找了一家素食餐厅，点了几道用豆腐、面食精心制作、形神俱佳的素鸡、素鸭之类的菜肴。四个人一品尝，味道和真鸡真鸭还真有几分神似，甚至足够以假乱真。这让第一次吃素餐的李良开、李远和田梅很是新奇，吃得很是开心。

吃饭过程中，李良开问小薇："我记得你有一个堂兄叫付德江，对吧？他现在怎么样了？还是一个人过？""还是一个人过，我小英姐也不怎么管他，眼看60多岁的人，腿脚还不利索，日子过得真是不易……"说起付德江这位堂兄，小薇一下子变得失落起来。

小薇的祖父和李良开的母亲邓氏是姑表亲，育有四子，付德江的父亲是长子，小薇的父亲排行老幺。付德江兄妹两人，妹妹叫付小英，比小薇大20岁。

因为患有小儿麻痹症，付德江的右小腿有些变形，走路一瘸一拐，行动很不方便，导致终身未婚。妹妹小英结婚后，家里的重活累活让哥哥干，夫妻俩双双到南方打工后，生了一双儿女交给哥哥抚养，建了房子让哥哥照看，从不给一分报酬，甚至连一句谢谢也没有。

小英夫妇如此抠门，左邻右舍都看不惯，纷纷为付德江鸣不平，有的干脆当面骂小英太不像话，不该把亲哥哥当奴隶一样使唤。

每每此时，付德江不说话，私下里也不对妹妹提任何要求。亲妹妹嘛，能帮一把就帮一把，反正自己一个人吃饱全家不饿，何不为妹妹一家做点事情？

一双儿女还小的时候，小英夫妇每年春节都要回来一趟。这是付德江一年中最累也是最开心的日子，天天变着花样给妹妹和妹夫做好吃的。等外甥上完高中去外地打工，外甥女长大嫁人，妹妹和妹夫基本上不回老家了，把前些年打工挣钱修建的二层小楼交给付德江，让他用心经管，说等他们老了还回来住。于是，付德江离开自己的土墙老屋，搬进妹妹和妹夫的二层小楼，用心履行着看房人的职责。

乡亲们都说，付德江是个合格的亲哥哥和舅佬倌，把妹妹和妹夫的家打理得井井有条。不仅如此，他还不顾自己手脚不便，力所能及地耕种着妹妹家的田地，保证妹妹一家子从外面回来小住时不用花钱买粮吃。乡亲们还说，付德江的妹妹和妹夫真不是个东西，哥哥终身未娶，独身一人，几乎成了他们家的长工，看房子一看就是十年，可这两口子从不给哥哥一分钱，就像是付德江上辈子欠他们一样。

更过分的是，2009年，付小英春节回家小住几天后，竟然找来村里的电工，把家里的电给掐了，理由是家里反正没人，省得浪费。

那天付德江赶场去了，去买妹妹最爱吃的包白菜。晚上回来发现停电了，问妹妹怎么回事儿，妹妹回答："电工来检查过了，说咱们家线路老化，容易出火灾事故，必须停电。"付德江是个老实人，妹妹说什么他都信。从小他就心疼妹妹，从不让妹妹受半点儿委屈。特别是父母去世后，他更是自觉不自觉地承担起了父母的责任，竭尽全力照料着妹妹的一切。

掐电的第二天早饭后，妹妹和付德江商量："哥，明天我就要走了，还缺点儿路费，要不我把家里的米卖一点儿？"米是付德江亲手种出来的，也是为妹妹种的，她要卖就卖吧。妹妹出远门的路费不够，当哥哥的哪能不管？于是，付德江没吱声，点了点头，之后扛起锄下地铲草去了。

中午回家做午饭时，付德江发现米缸里空空如也，只好到邻居家借了一把面条对付了两顿。那天赶场卖完米，妹妹没再回来，直接坐车去了打工的城市。

没电的日子真不好过，尤其是晚上，黑灯瞎火的，干啥都不方便。没有办法，付德江把弃用多年的煤油灯翻了出来。

一天晚上，天彻底黑了，从邻居家看完重庆卫视的《雾都夜话》，付德江摸索着进了妹妹和妹夫家的厨房。屋里黑灯瞎火的，他划根火柴，点燃了积满灰尘的煤油灯，往灶膛里塞了一些松毛和杂材，烧水准备洗脸洗脚。

是的，这是妹妹和妹夫的家。如果非要说得确切一些，这还是外甥和外甥女的家。付德江明白，虽然自己常年住在这里，但这个家，真的不属于自己。

厨房的窗户没关，忽然刮来一阵风，煤油灯被吹灭了，灶膛里的火苗也跟着摇曳。借着火光，付德江抬头看了看悬挂在天花板上的白炽灯，摇了摇头，叹了口气，用火钳夹出一根燃烧着的杂木，点燃了煤油灯。屋里又亮堂起来。从窗户望出去，付德江看到邻居家灯火通明，还能隐约听到邻居家电视里传来的唱歌声。付德江再次叹了口气，之后起身舀水，开始洗脸洗脚。

付德江掐指一算，自己在这栋砖混结构的二层小楼里已经住了整整十年。

乡亲们有些看不下去，劝付德江别在这里住了。自个儿家里要电有电，要米有米，干吗在这里喝西北风啊？付德江想想也对，收拾收拾东西，回到了父母留下的土墙老屋，靠着政府发放的养老金和五保户补助过日子。但遇到下雨天，付德江还是会到妹妹家的二层小楼，屋里屋外、楼上楼下检查一圈，看看有没有漏雨的地方，并定期对屋顶和门窗进行检修。

有人劝付德江："他们两口子都不管你，过年过节不给你寄钱也就罢了，你帮他们修房子，总得给你点儿材料费吧？他们一分钱不给你，你还管那么多做啥子？"付德江憨笑着回答："我是哥哥，我不能让他们无家可归……"

"付德江是个好人，更是个好兄长。"听完小薇的讲述，李良开给出评价。李远却为付德江叫屈："好人怎么啦？好人就应该被人欺负？难道真是人善遭人欺，马善遭人骑？这不公平！付小英两口子也太不像话了！""亲兄妹之间，有什么公平不公平的？不要议论别人的不是，做好自己就行了。"李良开又做起了二儿子的思想工作，"我活不了多久了，我走后，你们兄弟四个可不允许这样，一定要相互扶持。对外人要和和气气，对自家人更要客客气气，千万不要做那种对外人宽容、对家人苛刻的傻事。"

（八十四）

可能是一心向佛的缘故，小薇的言谈中不时闪烁着一些佛家的慧光。比如谈到烦恼，她会说"随缘自适，烦恼即去"，还说随缘是进取，是智者的行为。

田梅听得云里雾里："小妹，这个也太高深了吧？能不能说得具体点儿？""没啥高深的，上网一搜，这样的文字到处都是。"小薇笑了笑，侃侃而谈，"随不是跟随，是顺其自然，不怨恨，不躁进，不过度，不强求；随不是随便，是把握机缘，不悲观，不刻板，不慌乱，不忘形；随是一种达观，是一种洒脱，是一分人生的成熟，一分人情的练达。""这还不高深？我都听迷糊了。"对这种类似心灵鸡汤、对现实生活并无多大指导意义的言论，李远一向不感兴趣，听得直打哈欠。

"有啥高深的？人家小薇不是说得很明白吗？"李良开瞪了二儿子一眼，"我看小薇说得挺在理！人这辈子，说长不长，说短不短，如果在乎的事情太多，放不下的东西太多，肯定会过得很辛苦。可惜很多人不明白随缘的道理，包括我在内。对了，李远，年底退役后，你有什么打算？除了管教细娃儿，总得找点儿事干吧？""这个真没想过。"李远实话实说。"除了带个兵管个人，我看你也不会干别的。要不让老汉帮你活动活动，回村里接老汉的班，也去当村主任算了。"田梅在一旁打趣。"去去去，你添什么乱？"李远有些哭笑不得，"老子好不容易跳出农门，奋斗了20年，又回去当农民？不划算，一点儿也不划算。"

"我看没什么不划算的。能为乡亲们出点力做点事，多好啊。只怕你娃儿没这个本事。"李良开坚决站在二儿媳这边，"我跟你说，别瞧不起村主任，这活并不比你那个副旅长好干，没两下子，还真玩不转。""拉到吧您。"李远并不认同父亲的观点，"我可是听说了，老家的那些村干部，当然也包括一些村主任，都想着自个儿发家致富，有几个真正在为老百姓着想？老汉，您说的都是老皇历了，您又不是不知道，老家那些村干部，不是利用关系养车挣钱，就是悄悄入股开煤矿分红，给老百姓落户口还私下里收红包，哪还有点人民公仆的样子？这样的风气，求我去当村干部都不去！""看把你能的？还请你？谁会请你？想当的人多了，你娃儿别不知天高地厚……"李良开教训着二儿子。

李远不管父亲的训斥，继续一吐为快："老汉，您还别不服气。远的不讲，就拿我们唐家岩的村民小组长来说，虽然算不上是村干部，至少也是农村最基层的一个小头头吧？这样的岗位是不是很重要？当然重要！就像我们部队基层连队的班长，不是干部胜似干部，没有他们，好多事情都落实不了。这样的岗位，是不是应该用可靠的人？肯定是！老汉，你看看我们老家那个小组长，吊儿郎当的，牛里牛气的，从小名声都不好，让这样的家伙当头头，哪个服气嘛。""本来在说村主任，怎么扯到村民小组上去了？算了，不跟你瞎扯了。"想到李远所言不虚，李良开越说越没底气，后来干脆默不作声，不再讨论这个话题。

李远口中的村民小组长，李良开自然是熟悉的。此人姓袁名奎，1958年出生，兄弟四人当中排行老二，人称袁老二，年轻时就是唐家岩出了名的二流子。

正所谓上梁不正下梁歪，袁老二之所以成为二流子，与他父亲袁东强年轻时的放荡不羁有着直接关系。没结婚前，袁东强天不怕地不怕，偷鸡摸狗，拈花惹草，说话无遮无拦，直来直去，经常把族里的老人气得直吹胡子。但他聪明得很，几乎没怎么学，就做得一手好家具，是远近闻名的木匠。

四个儿子当中，袁东强最喜欢老二袁奎，出去做木匠活时，经常把他带在身边。这也给袁老二惹是生非、作恶多端创造了机会。每每某家的木工活还没做完，雇主的左邻右舍就开始丢东西，今天少一只鸡，明天丢一只鸭。不仅如此，如果谁家的小媳妇稍稍活泼一点儿，袁奎准会上去撩拨，时不时就会闹出一段绯闻来。

那时的山村里还不知绯闻一词是什么意思，比较通俗的说法就是"不正经"，具体到男人身上就是"骚包"，说某个女人不正经就说她是个"骚货"。骂某个男人的时候，还会说他是个"死锤子"。袁老二就经常被人骂作"二流子"或是"死锤子"，其妻更是经常这样骂自己的男人，但无济于事。直到成为四个孩子的父亲，袁老二才归调，手脚老实起来，说话也有板有眼。老人们都说：老天有眼，这个家伙终于改邪归正了。

袁老二走了正道，其独子袁云却在邪道上越走越远。他不仅完全继承了父亲放荡不羁的性格和偷偷摸摸的习惯，还把使坏的地域无限扩大，从本村扩展到邻村，从村里发展到乡里。以至于到后来，只要袁云出现在哪里，当地的乡亲们都要紧闭门窗，小媳妇们更是大门不出二门不迈的。

儿子重蹈自己的覆辙，袁老二很伤心也很没面子，多次用绳索把袁云捆在自家的柱头上，拿赶牛的柳条子使劲抽打，打得身上脸上全是血印。每每这时，袁云的母亲在一旁抹眼泪："打吧，打死这个狗日的算了。"袁云一声不吱，拿两眼狠狠地剜着父亲，换来又一顿更加猛烈凶狠的抽打。

谁都以为袁云这辈子就这么废了，恐怕连个婆娘都讨不到。不料他却突然结婚了，妻子长得很漂亮，是他用心追到手的。刚开始，由于袁云臭名远扬，那个漂亮的女孩并不答应他的追求，后来袁云割指盟誓，用鲜血表明了改过自新的决心，终于收获来之不易的爱情。

这让左邻右舍们都看不明白了，像袁云这样的浑小子，怎么可能娶到那么漂亮的媳妇？难道果真是男人不坏，女人不爱？真搞不明白。

结婚后的袁云一度表现良好，不再四处顺手牵羊，也不再招惹那些小媳妇大姑娘，而是一门心思跟着父亲学做木工活，很快成为远近闻名的木匠新秀，挣的钱全部交给老婆，并相继有了一对儿女。

没过几年消停日子，袁云旧习复发，最终把自己送进了监狱。

原本，袁云也不想继续作恶，只想安心当个好木匠，挣钱把两个孩子抚养成人。谁知人算不如天算，随着农村外出务工和进城购房定居的人逐年增多，乡下请木匠做木工活、打家具的人越来越少，袁云别无选择，只好去深圳打工挣钱养家。刚开始还老老实实上班，后来嫌在厂里打工挣钱太少，还来得慢，遂与一帮小子干起了偷摩托车的勾当，短短两年时间，便回家盖起了三层小楼。

不过好景不长，楼刚盖好，还没有正式入住哩，深圳警方顺藤摸瓜找到了唐家岩，给袁云戴上手铐押走了，后来判了20多年。

袁云被警察带走不久，他老婆留下一对儿女，先是回了娘家，后来去了福建打工，再后来与当地一个离异的男人结了婚，不再回来。这让袁老二很没面子，一度沉默不语，很是消沉了一阵子。

后来，不知袁老二通过什么渠道，反正他当上了村民小组长，成天在一帮留守老人和妇女孩子面前吆五喝六，风光得很。

袁老二当村民小组长时，李良开已经不是村主任了。按照李良开的脾气秉性，如果他还在任，是绝对不会让袁老二当村民小组长的。为这事，他还以退休村干部的身份找过村支书，人家委婉地告诉他：袁老二脑瓜好使，做事有想法有手段，让他当小组长，一定能镇住事。何况其他一些村也这么干，甚至还让风水先生当了会计，那可是村里的实职干部，可比村民小组长的分量重多了……

人家一把手都这么讲了，李良开这个退居二线的前村主任还能说什么呢？这不是狗咬耗子多管闲事吗？

（八十五）

尽管袁老二当村民小组长的事情已经过去好几年，可每每看到这个曾经的二流子在乡亲们面前张牙舞爪，李良开还是觉得不那么痛快。他实在想不明白为什么会这样，难道真要靠封建迷信和下三烂那一套来治理农村？没这个道理啊。

对李良开的情绪变化和明显不快，李远并没在意。在父亲面前，他不想隐瞒自己的观点，怎么想就怎么说，要不是考虑到父亲身患绝症，他的反应可能更为强烈。那些村干部的所作所为，李远实在看不顺眼，更不想与他们为伍。

见丈夫惹公公不高兴了，田梅偷偷掐了一下李远，以示惩罚。这一幕，恰巧被付小薇看在眼里。她笑了笑，开始开导李良开："三表叔，您就别生我二表哥的气了。我听得出来，他不是针对您。"

回过头来，小薇又佯装责备李远："二表哥，你也是，那么激动做啥子？气大伤身嘛。有两句话说得特别好：以宽阔的心，包容你不喜欢的人；以平常的心，接受已发生的事。如果真能做到这两点，烦恼就会成倍递减。"

"小妹，看来你这修行真是到家了，说话句句在理，我看比那些高僧讲得还要好。"田梅这次听进去了，也听明白了，由衷地向小薇竖起大拇指。小薇连忙否认："二表嫂，你又取笑我了。什么修行啊，我还差得远哩。"

"小薇，你就别谦虚了。"李良开的情绪似乎好了许多，"我看二女儿说得没错，你确实从转经和拜佛中领悟了不少人生道理。不像你三表婶，偷偷摸摸地去拜观音菩萨，每个月都去，还以为我不知道？真是笑人，其实我早就晓得，只是不点破罢了。可拜了这么多年，也没见她拜出个什么名堂来，更没听她讲出什么道理。"

"老汉，这个您也知道？"李远莫名惊诧。母亲拜观音菩萨的事，他们兄弟四个都知道，但都与母亲保持着高度的默契：不告诉李良开这个一家之主。"哈哈，一起生活了51年，怎么可能不晓得？"李良开笑了，"你妈瞒着我，是怕我不同意她去拜观音菩萨。其实，我早就跟她说过，拜与不拜，那是她个人的事。当然我也有底线，就是不能在家搞立佛像、天天上香那一套。我毕竟是党员，还当了那么多年村干部，家里搞这些名堂，显然不合适。"

"看来我妈是想多了。"田梅也笑了，"爸，依我看，如果我妈真信这个，在家里供个菩萨也没什么不妥，省得跑那么远的山路到别处去拜。我听说南方不少农村，几乎每家每户都供着菩萨。宗教信仰嘛，只要不是共产党员，国家并不禁止。您不让妈妈在家里拜观音菩萨，我看一点儿道理也没有。"

"就你事儿多。我屋老汉当了几十年村干部，还是个老党员，还不明白这些道理？"李远怕父亲不高兴，赶紧阻止妻子往下讲。李良开却不领情："关你娃儿什么事嚏？二女儿说得对，在这件事上，我做得是有些霸道了。信与不信，拜与不拜，在哪儿拜，这都是你妈妈的个人权利，我凭什么去反对啊？错了就是错了，有什么不敢承认的？"

"知错就改，好同志一个！"小薇朝李良开竖起大拇指，"光说不练假把式，三表叔，要不我带您去一个地方，给我三表婶请一个观音菩萨像？""这个……还是算了吧？反正她也不是真信。"李良开有些犹豫不决。

李良开说的是实话。徐小芳也好，还是她的那些同龄女伴也罢，拜观音菩萨其实与宗教信仰没什么关系，就是求个心安而已。在农村，这样的女人不少，她们自称是佛的信徒，可她们并不清楚佛教的内涵，她们烧香拜佛，不过是寻求心灵的慰藉，或者是祈福许愿，希望神灵保佑自己和家人平安，除此无他。

对此，李远也有自己的看法。在他看来，母亲等人的举动，某种意义上讲，与宗教信仰完全无关，只是一种无意识的祭拜而已。事实上，她们并不在意祭拜的对象是什么，可以是观音，也可以是龙王；可以是关羽，也可以是二郎神；可以是马王庙，也可以是蜂王庙；甚至可以是一棵树、一块石头，只要去的人多、香火旺盛就足矣。

想来是受父亲这个老党员的影响，打小起，李远就反感神灵鬼怪那一套，不仅从不给菩萨磕头上香，对逢年过节祭奠先人的做法也不感冒。奶奶邓氏在世的时候，每到大年三十中午吃团圆饭前，都要提前叫人把喜欢捣乱的李远支走，要不然，这个调皮蛋不是把架在碗上的筷子拿下来不让先人享用，就是伸手去抓那些据说必须由先人们首先享用的过年美食。

等到上了初中，李远对菩萨神灵的反感达到顶峰。别人从香火旺盛的地方路过，要么虔诚地前去朝拜，要么恭恭敬敬、轻手轻脚。可李远偏不，不仅故意大声喧哗，干扰神灵的清静，还朝挂满红布、插满香烛的地方扔石块和干牛粪。

还有比这更出格的事情。初三那年寒假，李远和几个天不怕地不怕的同学闲来无事，把一处供有一座石像、说不清是哪路神仙安居的地方洗劫一空：信徒供奉的白酒喝掉，敬奉神灵的水果吃掉，搭在石像上面的红布全部拿走，找一个裁缝做了几套红背心和大裤衩，每人一套，耀武扬威地穿在身上。

这下可捅了大娄子。那些虔诚供奉的妇女们不干了，有的到学校告状，有的找家长发火，一个个怒气冲天，大有群情激愤的架势。此类事情，学校自然不能上纲上线，把几个学生批评了一通，之后交给家长自行处理。

徐小芳气哭了，从不打孩子的她第一次朝李远的屁股打了几巴掌。李良开倒是没动手，只是狠狠地把二儿子训了一顿，叫他别那么张狂，不能什么都不惧怕，一定要有所敬畏，否则将来会摔大跟头。

善后工作由徐小芳全权负责。她和几个捅娄子的学生家长一商量，几家人各出一笔钱，买了20丈红布、20挂鞭炮，还有香烛、水果等供品，由各自的母亲带着，逼迫几个孩子跪在神像前连磕三个响头，借此向神灵谢罪……

从此之后，尽管李远依然反感鬼怪神灵，但没再有过出格的言行，而是做一个安静的旁观者，既不支持也不反对，更不干涉。

比如这会儿，当小薇提议去给徐小芳请一个观音菩萨像回家时，李远只是笑了笑，没有发表自己的意见。眼看父子俩一个犹豫不决，一个默不作声，深知婆婆心意的田梅决心促成这件事情。

田梅和小薇用眼神交流了一番，之后向李良开建议："爸，要不你和李远先回旅社休息一会儿？我和小妹去转一转，到时再给老娘打个电话，征求一下她的意见，请不请佛像，请什么佛像，都让她老人家说了算。对了，李远，你抓紧落实回重庆的机票，妈妈已经催了好几天了。"

尾声　魂归何处？天涯无处不故乡

（八十六）

2013年11月5日，农历十月初三。重庆开县古月乡月溪场，一栋七层居民楼，一套位于五层三室一厅的普通住宅。此刻，时针指向凌晨两点，这个位于渝东北的偏远小镇不见路灯，没有喧嚣，除了客厅里坐立不安的徐小芳，一切都被黑暗吞噬，一切都还在酣睡之中。

这一夜，徐小芳一直没有合眼，她甚至连假寐一会儿都不敢。因为一闭上双眼，脑子里全是乱七八糟、令人惊恐的影像：一会儿是丈夫的瘦弱身影，一会儿是病房的混乱局面，一会儿是葬礼的哀伤场景。再过十来个小时，在外飘荡三个多月的丈夫就要回家了，徐小芳却没有久别重逢的快乐，只有永世诀别的悲痛。

是的，尽管身患绝症的丈夫还活着，并且很快就要从西藏飞回重庆，可徐小芳已然看到了阴阳相隔的结局。两个月也好，三个月也罢，抑或上天给李良开更多一些时间，但谁能阻挡死神的脚步？医生不能，亲人不能，谁都不能。

丈夫外出这三个多月，前前后后一百零七个日日夜夜，徐小芳真不知道自己是怎么熬过来的。白天还好，买菜，做饭，接送孙儿孙女们上学下学，偶尔给丈夫去个电话，上楼下楼，忙来忙去，也没时间胡思乱想，心里还算安宁。可一到晚上，尤其是孙儿孙女们都安睡之后，徐小芳的内心就会陷入迷茫与黑暗，填满了无头无绪、无边无际的恐惧。

心里有事，深度睡眠是不可能的，总会做各种稀奇古怪的噩梦，总会没来由地从梦中惊醒。当然，更多的时候，还是为远在他乡漂泊的丈夫担心，怕他忘了吃药，怕他疼痛难忍，怕他回不了老家，更怕他客死异乡。给李良开打电话的时候，有好几次，徐小芳都差点儿哀求丈夫早点儿回家，可话到嘴边终究还是忍住了。既然丈夫时日不多，那就顺从他的心意，任由他去了却自己的心愿吧。

人，真是一种捉摸不定的奇怪动物，似乎永远搞不清楚自己真正需要什么。就像徐小芳，丈夫归期未定的时候，她天天想，夜夜盼，度日如年；可一旦从二儿媳田梅那里得知李良开从西藏回重庆的具体行程，她却立马慌乱和恐惧起来。

徐小芳的内心无比矛盾。她既盼望丈夫早日归来，又希望丈夫继续在外面漂泊下去，中国那么大，可去的地方那么多，再逛它个一年半载，只要能给丈夫带来好心情，能让他身体健康一些，能让他多活一些时日，多花点儿钱又有什么关系？

不过徐小芳心里清楚，生活中的很多事情，该来的一定会来，挡都挡不住。比如，李良开、李远、田梅他们已经订了11月5日的机票，只要不遇到极端天气和意外事件，当天肯定要从拉萨飞回重庆。再比如，李良开那已经到了晚期的癌症，再怎么想办法，终究难免一死，谁也无法更改这个残酷的现实。

11月4日晚，田梅向徐小芳通报完行程，特意在电话里问了一句："妈，要不您也来重庆一趟？"这是李远、田梅夫妇的共同想法，用意有两个：一是让分别三个多月的二老早日相见；二是让徐小芳来当面劝劝李良开，让他同意去重庆的大医院再做一次全面的检查，以便拿出有针对性的治疗方案。之前，李远再三和父亲提及此事，李良开就是不同意，理由只有一个：既然胃癌已经确诊，那就生死由天，不再去花那个冤枉钱。无奈之下，李远想到了母亲，请她在电话里劝一劝父亲。谁知李良开并不买账，说啥也不同意再去医院检查。

搞清楚二儿子和二儿媳的用意，徐小芳立即答应去重庆，并提前与在重庆经营小餐馆的小儿子李长约定了会合地点。之后，她把几个孙儿孙女临时托付给一位同样在月溪场上照看孙辈的亲戚，还找人联系了一辆专门跑重庆的黑车，说好11月5日早上七点准时出发。

对于自己的男人，徐小芳是满意的，也充满了依恋。或许可以毫不夸张地讲，李良开是她的天，是她的地，是她的一切，婚后的喜怒哀乐，生活的全部意义，全部维系在这个男人身上。

当初，父母并不同意徐小芳嫁给李良开，理由是他家男丁太多，负担太重，没有殷实的家底不说，将来还会面临兄弟或妯娌之间的各种矛盾。从小就对李良开抱有好感的徐小芳却不在意这些，表面上不和父母争吵，暗地里却打定主意，非这个男人不嫁。有一次，利用赶场与李良开见面的机会，徐小芳给心上人出主意，让他想想办法，采取一些非常手段，逼迫自己的父母答应这门婚事。

时年18岁的李良开还没完全开窍："我能有什么办法？总不能带你私奔吧？""亏你还识文断字哩，脑壳哪个一点儿也不好使？"徐小芳嗔怒道，"还私奔哩，往哪儿私奔？到山里喝西北风去？你就不能假装把生米煮成熟饭？"话一说完，没等对方完全明白，徐小芳自个儿却闹了个大红脸。

见此情景，李良开算是明白了，借机逗徐小芳："什么叫假装把生米煮成熟饭？假的就是假的，再装还是假的。要不，我们直接把生米煮成熟饭算了？来它个先斩后奏。"李良开说着话，右手很不老实地伸过去，佯装要摸徐小芳的脸蛋。"讨厌，怎么毛手毛脚的？"徐小芳往旁边一闪，躲过了李良开的右手，"我说假装就假装，别跟我扯没用的。不就撒个谎嘛，你把话说出去，我一默认，假的不就变真的了？"

"这样对你不公平，我一说，外人都知道了。"李良开坚绝不同意。"你傻啊，谁让你到处乱说？"徐小芳哭笑不得，"你找个机会，偷偷对我屋老汉老娘讲就行了。他们两个最疼我了，也很在乎我的名声，你那样一讲，他们肯定不再反对。""我哪敢啊！"李良开吓得连连后退，"你屋老汉还不得把我打个半死啊？""不敢拉倒！我又不是嫁不出去？哼！"徐小芳佯装生气。"我的姑奶奶，我去还不行吗？"李良开真心喜欢徐小芳，自然不会就此放弃。

一听说两个年轻人已有了实质性的肌肤之亲，徐小芳的父母不再阻拦，而是催促李家尽快把婚事办了，生怕女儿闹出未婚先孕的丑闻来。

新婚之夜，当李良开厚着脸皮要与妻子亲热时，徐小芳羞得满脸通红："你这个毛手毛脚的家伙，能不能老实点儿啊？"李良开哈哈大笑："我再老实下去，生米怎么煮成熟饭？我已经骗你老汉老娘一回了，不能继续骗下去了！再骗，就是不仁不义、不忠不孝……"

结婚后，李良开和徐小芳的感情一直很好，两人几乎没红过脸，也没正经八百吵过架，顶多偶尔嘀咕两句。这方面，李良开显得尤为大度，无论何时何地，只要徐小芳不高兴不满意了，也不管谁对谁错，他总会第一时间选择闭嘴，绝不当场和妻子争辩，更不会当众责备徐小芳，天大的事，再急的事，也要等到只有夫妻两人在场的时候再去探讨。

这让徐小芳非常满意，也促使其养成了不吵不闹的习惯，即便是听到与李良开有关的桃色传闻，她也坚持选择相信丈夫，既不猜疑，也不过问，更不抱怨，用包容的智慧让传言遁于无形。

徐小芳知道，那些传闻并非空穴来风。自己的丈夫虽然说不上高大英俊，但长得很有男子汉气概，加之为人随和，又当了多年的大队和村干部，自然会引起一些大姑娘小媳妇的关注，其中也不乏暗恋者和追求者。这种情况下，徐小芳不担心是假的，但她选择相信丈夫，相信李良开能抵挡外面那些花花草草的诱惑。

事实证明，徐小芳这一做法很管用，不仅得到大家的认可，也在无形中提高了李良开的威望，还得到了丈夫的敬重。无论是私下里还是在公开场合，李良开不止一次讲："家有良妻，夫复何求？能娶到小芳这样的婆娘，是我李良开的福气。做人要有底线，更要讲良心，如果我去做拈花惹草的事情，莫说对不住小芳，就是对我自己也无法交代。"这样的话，李良开只对外人说，从不对妻子讲。对此，徐小芳心里多少有些不安，担心丈夫是马屎汤圆外面光，于是便有了一探究竟的想法。

有一次，李良开在外面喝了酒，回家后显得很兴奋，缠着徐小芳说个不停。见此情景，徐小芳心里一动，有意无意地和丈夫唠起村里那些风骚女人。李良开不知是计，顺着徐小芳的话题高谈阔论起来，把人家的身材、脸蛋、脾气全都讲评了一遍。

徐小芳越听越来气："你给我老实交代，她们是不是也勾搭过你？你是不是跟她们睡过？""哈哈，她们可能也有这个意思，可我就是不给她们机会！"由于心里没鬼，李良开显得很坦荡。"扯淡！我看你是有贼心没贼胆儿吧？"徐小芳并不相信。

"我屋婆娘就是厉害，说得太对了！"李良开的酒劲上来了，说话有些大舌头，"都是男人……怎么可能没想法？真想过，可没敢去试……我是谁？徐小芳的男客，怎么可能跟别的女人瞎扯？和你相比，她们啥也不是……""你说酒话吧？"徐小芳嘴里不满意，心里却十分高兴。都说酒后吐真言，她相信自己的丈夫没有说谎。

徐小芳的做法无疑是明智的。正是由于她对丈夫的充分信任，在男女关系问题上，李良开对自我要求始终很严格，从不越雷池半步。时间一长，那些对他有想法的女人也就断了念想，那些传言终究随风飘散，不留一点儿痕迹。

（八十七）

无论是在历史的长河中，还是对于人的一生而言，一百零七天都算不上漫长。可在徐小芳看来，李良开外出的这三个多月，绝对是她有生以来最黑暗、最难熬的一段时光，那些对丈夫病痛的牵挂，对生离死别的恐惧，无时无刻不在折磨着她那日渐衰弱的神经。如果李良开再不回来，她真怀疑自己还能不能坚持下去。

11月5日下午5时许，重庆江北国际机场国内到达大厅。从李良开的身影进入视线的那一刻，徐小芳整个人像被抽空了一样，四肢发软，浑身颤抖，满脸泪水，只能靠小儿子李长和小儿媳黄珊搀扶着，否则肯定会瘫倒在地。

婆婆这个样子，黄珊看了很心疼，一边抹着眼泪，一边劝导着："妈，您别这样，老汉平平安安地回来了，您应该高兴才是。您这个样子，老汉见了会难受的。就他老人家那病情，那经得住折腾啊？别哭了，我们都乐呵呵的，好不好？""妈，黄珊说得对，我们都应该高高兴兴的，"早已泪眼婆娑的李长伸手替母亲擦了擦眼泪，"妈，别哭了，再哭就不好看了。"

小儿子的最后一句话，徐小芳听进去了。是啊，再哭就不好看了，大老远地从老家赶来接自己的男人，为啥要哭哭啼啼的？不仅不该哭，还要面带微笑，让丈夫看到自己最美丽最温情的一面。徐小芳很快调整了情绪，迅速擦干了眼泪，整个人也变得精神起来，脸上甚至浮现出了笑意。目睹母亲瞬间的变化，李长有些心酸，扭过头去，偷偷地抹泪。

此时，李良开已看到妻子，快步走了出来，爱怜地抚摸着徐小芳花白的头发："老婆子，你怎么来了？"回头又拍了拍李远的后脑勺，"老二，你娃儿也太不讲究了吧？你屋老娘来重庆，怎么不告诉我一声？""这不是想给您一个意外惊喜嘛。"李远不好意思地挠了挠头，"您瞧，我妈多高兴啊，都笑出眼泪了。"

"打胡乱说，哪个笑出眼泪了？"徐小芳伸出右手，佯装要打二儿子。之后，她没再理会几个后人，用右手挽住李良开的左胳膊，一边往外走，一边不停地问这儿问那儿，显得亲热而自然。

见此情形，田梅感动之余，顺势拿黄珊打趣："弟妹，你看公公婆婆，这么大岁数了，还如此恩爱，多好啊。你给我说说，老幺平时是不是也这么对你？""二嫂，你就别拿我开涮了。"黄珊嘿嘿一乐，"他哪有老汉那么好的脾气？动不动就跟我大呼小叫，像我上辈子欠他很多钱一样。""都一样，都一样。"田梅瞅了瞅李远，声音小了些，"你二哥还不一样？听婆婆讲，咱们公公老汉年轻时也这样，哪像现在这么温柔？遗传，都是遗传啊，哈哈……"

"你们两个嘀咕啥子？还不快跟上？"李远似乎听到了什么，回头催促两妯娌，"赶紧的，周叔叔打电话来了，说酒店和晚饭都安排好了，让我们抓紧赶过去。"

李远口中的周叔叔，正是李良开的结拜兄弟、重庆老知青周利波。得知李良开从拉萨回来的消息后，他坚持要负责安排食宿，并且选择了李良开三个月前住过的博顿美锦酒店，甚至预定了同一个房间，还把上次陪李良开吃饭的几个老知青都找来了，目的只有一个：让这位身患绝症的异姓大哥找到回家的感觉。

那天，当李长把父亲的病情如实告诉周利波时，周利波异常震惊，连提了三个问题："什么时候的事儿？确诊了吗？还有没有手术治疗的价值？"这些问题一一被否定后，周利波作出一个决定：自己花钱，到重庆最好的肿瘤医院，再给李良开做一次权威检查，争取找到有效医治和延长生命的办法。

周利波的这个想法，与李远、李长兄弟不谋而合。哪知李良开并不领情，一帮人在酒店包房吃晚饭时，他还当众跟周利波急了眼："你当我是你哥，就不要劝我了。在开县检查过，在哈尔滨也检查过，结论都差不多，还有什么好检查的？横竖都是一死，花那个冤枉钱干啥？再说，我也不想去遭那个罪！你们谁也别劝我，这事儿没商量！"周利波无计可施，用眼神向徐小芳求助。

徐小芳刚要张口，李良开武断地摆了摆手："你也别劝了！我的脾气你还不知道？谁劝也没用！"徐小芳的眼泪顿时流了下来，但脸上还带着微笑："你这个老头子，怎么一直这么犟哟？好了，我不劝了，我们都不劝了，只要你高兴就行。"

于是众人不再提及此事。李良开和几个重庆老知青则陷入对往事的回忆当中，时而哈哈大笑，时而叹息连连，时而眼泪哗哗，一个个感慨万千，唏嘘不断。

次日上午，周利波租了一辆商务车送李良开、徐小芳和李远、田梅回开县古月乡月溪场。李长和黄珊也要陪同回去，被李良开阻止了："都回去干啥？我一时半会儿还死不了，你们该干啥干啥，总不能我一人生病全家都跟着遭罪吧？餐馆还得开，钱还得挣，日子还得过，别因为我受影响。"

李良开说的是大实话，李长、黄珊夫妇听了心里却不是个滋味，黄珊甚至急得哭出了声："爸，您说啥呢？您还把我们当后人吗？""哈哈，你们当然是我李良开的后人，这还有假？"李良开爽朗地笑了，"幺女儿，别想那么多，安心挣你们的钱，我孙子还等着你们挣钱送他上大学哩。我死后，你们两口子回来送送我就行了。"黄珊哭得更厉害了，把头伏在李长肩上，不再说话。

"老幺，你们就听老汉的。"徐小芳哽咽着，"利波兄弟，那我们就走了啊。"周利波关上车门，微笑着挥了挥手，转过身，却是满眼泪水……

转眼间，一个多月过去了。

这期间，因为一次冬季山地防御演习，李远被召回部队。考虑到已决定年底退役，李远打算请假在家陪伴日渐病重的父亲，却被李良开痛骂了一顿："你个浑小子，你不是还没脱下军装吗？怎么就不服从命令了？你这是临阵脱逃，是当逃兵！赶紧给老子滚回西藏，你不要脸，我李良开却丢不起这个人！你管我干什么？站好最后一班岗，才是你现在应该做的事情！"

这期间，李良开的病情越来越严重，饭量也越来越小，每顿只能吃半碗稀饭，中途还要歇息几次；注射杜冷丁的频次也越来越密集，从最初的每周一针逐渐发展到三天一针、两天一针、一天一针、一天两针；体重一天天下降，人也瘦得厉害，一副大眼落眶、弱不禁风的模样。

好在李良开的精神状态还可以，几乎不怎么躺在床上，也很少窝在家里不出门，不管阴晴雨雾，每天都要下两趟楼，上午下午各一次，雷打不动。

李良开下楼后的活动轨迹相对固定，不是去孙儿孙女们的学校周围走走看看，就是去乡政府信访办找徐小梦，不厌其烦地向其打探与唐家岩搬迁有关的一切信息，诸如高压输电线建设项目是否立项，路线有无调整可能，语气平缓，不急不躁，弄得徐小梦一点儿脾气也没有，只能姐夫长姐夫短地叫着，还得好茶好水地招待着，生怕这个身患绝症的前村主任在自个儿办公室里出现什么意外。

对于李良开这个近房姐夫，徐小梦真有种惹不起也躲不起的感觉。在他看来，自打拉萨回到月溪场之后，李良开的变化太大了，火炮性格变成了慢性子，对谁都一副笑脸，说话慢条斯理，不激动，不生气，和以前相比，简直判若两人。

不仅如此，在处理唐家岩老院子、祖坟和古柏这件上上下下都很挠头的事情上，李良开完全放弃了以前直言要保住家族风水的说法，转而强调保护古柏、保护生态、保护自然人文景观的极端重要性，还经常和徐小梦探讨如何做到发展经济与保护生态的和谐统一。

有一天，两人在徐小梦办公室喝茶闲聊的时候，徐小梦试探着动员李良开把他赶赴各地征集签名的请愿横幅和录像资料交给组织，说是组织上会慎重处理，一定给唐家岩李家大院的男女老少一个说法。

听罢徐小梦的建议，李良开哈哈大笑："你这个死舅子，哄你姐夫做啥子？交给组织？我看是交给你吧？你小子，屁股一翘，我就知道你是拉干的还是拉稀的。放心，我不会拿那些玩意儿去上访，也不会放到网上给组织上添麻烦。我是个老党员，这点觉悟还有。要不，我再给你写份保证书？""哈哈，开什么玩笑？要什么保证书？绝对不需要！你是我姐夫，我不相信你，我还能相信谁？"徐小梦有些尴尬，赶紧转移话题，"姐夫，你老实告诉我，因为李远的事，我姐真不打算原谅我了？还有李远，不会不认我这个舅舅了吧？"

"喊，徐大主任，你也太小看我们老李家的人了。"李良开呷了一口茶，语调依旧不急不缓，"放心，你姐早就原谅你了，李远也没有记恨你。我跟他们讲，你也是为了工作，不得已而为之，再说李远也太冲动了，不该在机场动手打你。年轻人嘛，受点儿挫折也好，省得不知道天高地厚。对了，你姐让我告诉你，有时间去家里坐坐，亲戚嘛，不走不亲，越走越亲。你是大老爷们，可不能跟你姐一般见识。""姐夫，我……"李良开说得真诚，徐小梦听着感动，竟然有些哽咽。

其实，李良开并没有说实话，徐小芳也好，李远也罢，对徐小梦的意见依旧很大，李良开劝了好几次，情况有所好转，但远没达到冰释前嫌的程度。李良开之所以这么讲，就是想帮妻子挽回这段血浓于水的亲情，堂姐堂弟的，血管里流淌着相同的血脉，哪能因为一件事情就势不两立呢？再说自己的时日不多了，能给妻子找回一个可以彼此慰藉的亲人，怎么说也是一件功德无量的事情。

打这次谈话之后，徐小梦对李良开的态度由戒备转为信任，也给这位近房姐夫讲了不少信访工作的艰辛与不易。诸如信访排名给县乡领导带来的巨大压力，逐级截访需要的天价成本，对重点人员实施稳控、送返所耗费的巨额支出，"黑保安""黑监狱"和应运而生及与之相伴的各种黑幕，把身心正常的上访老户送进精神病医院或直接劳教，将信访与维稳直接挂钩所引发的社会问题……一桩桩，一件件，听得李良开大惊失色，直呼"没想到"，还说干啥都不容易，感慨徐小梦这个信访办主任真不好当。

　　彼此敞开了心扉，不再设防，李良开和徐小梦越唠越投机，越唠心越近。到最后，徐小梦甚至帮李良开出主意，让他请人把征集来的视频加以剪辑，用字幕分别标明拍摄地点和人员姓名，做成一个视频短片，连同唐家岩李氏后人集体签名的请愿横幅，不走信访渠道，不提保护老院子和祖坟的事情，而是以保护唐家岩的那些古柏为由，直接到县林业局反映情况，请求林业部门出面解决问题。

　　李良开采纳了这个建议。经过精心准备，他亲自跑了一趟县林业局，当面呈上请愿横幅和视频短片，并坦承自己是一名老党员，是一名退休村主任，是一名胃癌患者，恳求林业部门无论如何要保住唐家岩那一排上百年的古柏，为子孙后代留下一道难得的风景。

　　接待李良开的工作人员深受感动，答应会积极向上级领导汇报，并承诺加强与环保、电力部门的沟通，力争改变那条高压输电线的走向，争取保住那一排古柏。

　　李良开的这一举动，再次引起古月乡领导的担忧，生怕因此影响乡里在全县的信访工作排名，要求徐小梦全力做好善后工作，力争把负面影响降至最低。

　　由于深知李良开不会有出格的言行，这一次，徐小梦没有坚决落实乡领导的指示要求，而是采取了无为而治的办法，依然不时找李良开谈谈话，不过话题与上访无关，全是些家长里短的闲嗑。

　　时光如奔驰的马，很快跑进2013年12月中旬。正当李良开的身体每况愈下之际，让他兴奋不已的好消息接二连三地传来。先是中央城镇化工作会议在京召开，明确提出"让城市融入大自然，让居民望得见山、看得见水、记得住乡愁"。从央视新闻联播里看到这则新闻，李良开心情大好，似乎看到了保住古柏的希望。在此之前，信访排名通报制度正式被取消，取而代之的是中央与地方、上级与下级之间的"点对点"通报制度，"把矛盾化解在当地"的新思路正式确立。这个消息，让李良开和徐小梦都大大地松了一口气，那些有形无形的精神包袱或思想压力，有的得到有效缓解，有的消失得无影无踪。紧接着，县林业局的工作人员给李良开打来电话，说是经过林业和环保部门的共同努力，电力部门已经同意调整高压输电线路，唐家岩的那一排古柏逃过了被砍伐的厄运。与之相关联，唐家岩李氏先祖留下来的老院子和祖坟自然也就没了拆迁之虞。

　　接到林业局工作人员电话的当天下午，李良开坚持从月溪场回到唐家岩，去团田祖坟拜祭了爷爷李永杰等先人。这一次，李良开没有跪拜，没有落泪，而是开心地笑着，絮絮叨叨、反反复复地把老院子、祖坟和古柏保住的消息告诉了各位先人。

（八十八）

进入冬月下旬，尽管离大年三十还有一个来月，但随着杀猪匠开始挨家挨户地忙碌，年味日渐浓厚起来。

自打到团田向九泉之下的先人报告完祖坟和老院子已经保住的消息后，李良开没再回月溪场，而是坚持留在十年前盖起来的那栋砖混结构二层小楼里。

徐小芳自然知道丈夫的心思，他是怕死在镇上，更怕死后被拉到火葬场火化。唐家岩位于海拔800多米的梓第山脉，符合土葬政策。但这个政策具有很强的时效性，就算户籍所在地海拔超过800米，如果咽气的地方在海拔800米以下，无论是在医院还是别的地方，同样需要火化。

而这正是李良开所担心的。自己是名老党员，还当了多年的村干部，以前总要求村民按政策规定办事，轮到自己了，总不能说一套做一套吧？这不是李良开的处事风格，他绝不会做这种死后让人戳脊梁骨的事情。于是，留守山上度过人生最后一段时光，死后能够土葬，便成了李良开的不二选择。

在家里，李良开向来说一不二，现在又接近人生终点，全家人自然对其言听计从。刚好李远确定年底退役返乡，田梅亦有在月溪场照料儿子生活和监督孩子学习的打算，家人一商量，确定暂由田梅在月溪场负责几个孩子的日常生活，而徐小芳则留在山上老家照顾来日不多的李良开。

山上安静，空气也好，加之可以四处串门聊天，李良开自得其乐，心情大好，只要身体吃得消，一天到晚四处闲逛。因为早已获知这位前村主任的病情，左邻右舍对李良开很是客气，烧茶送水，热情有加，有的还极力请吃留宿，让李良开倍感温暖。

特别是杀年猪的时候，像是提前约好的，无论是李氏本家，还是外姓人家，只要是唐家岩一带的居民，都会把李良开请去打牙祭。尽管已不怎么吃肉，酒也不喝了，李良开还是乐呵呵地前去做客，从不爽约。

乡邻有爱，病却无情。刚过腊八，李良开的病情忽然加重，几乎吃不下任何东西，喝点儿糖水也往外吐。疼痛感也日渐剧烈，有时一天注射三支杜冷丁，依然无法安然入睡，甚至几度出现昏迷现象，每次都超过半小时……

此时，二儿子李远还在部队参加演习，三儿子李流因一起交通事故在成都脱不开身，在哀求丈夫住院治疗无果的情况下，徐小芳只好把大儿子李源、小儿子李长分别从深圳和重庆叫回老家，一同做思想说服工作。尽管好话说尽，口水说干，兄弟俩甚至给父亲跪下了，李良开还是没有松口，坚称自己一定要死在自家屋里，之前哪儿也不去。

其间，李远、李流多次打来电话苦苦相劝，李良开依然不为所动，不但继续坚持原来的观点，还要搬离目前居住的砖混二层小楼，非要回祖父李永杰留下来的板壁房，回到李家老院子的老房子，在那里度过人生的最后时光。母子三个彻底乱了阵脚，不知如何面对这越来越复杂的局面。

情急之下，徐小芳发火了，红着脸，叉着腰，第一次在丈夫面前发飙："你这个老头子，怎么还这样犟？！你咋就不替我和娃儿们想一想？！你不是孤寡老头，你有婆娘，有四个儿子，有病不去治，你叫外人怎么看？口水能淹死人，你又不是不晓得。嫁给你51年，也没见你这么自私过啊！"

徐小芳刚开始发火时，李良开觉得新鲜而有趣。他没想到一向温顺的妻子会发火，并且粗声粗气，咄咄逼人，丝毫没有平时温和谦让的模样。不过听到最后一句话时，李良开坐不住了："谁自私了？我不是不想花那个冤枉钱嘛。我这是为了谁？还不是为了给你留几个养老钱？娃儿们挣钱也不容易，我替他们省点儿钱，难道还做错了？我没错！谁也别劝我！谁劝也不好使！"

眼看事情陷入僵局，徐小芳心急如焚，却毫无办法。

大伙儿都束手无策之际，田梅想出了个主意：把李源的大儿子、李良开的大孙子、正在县一中读高三的李鹏程叫回来，让他劝一劝爷爷。都说隔辈亲，孙子出面做工作，效果可能更好一些。

由于担心影响孩子们的学习，李良开患绝症的消息并没让六个孙儿孙女知道。也正是由于这个缘故，当田梅提出让李鹏程出面劝李良开入院治疗的建议时，徐小芳有些担心，怕自己的大孙子承受不住这个打击。最终，还是李源拍板："那么大的孩子了，应该有这个承受能力。妈，您去给他打电话，让他星期六回来一趟。"

由于是长子长孙的缘故，六个孙儿孙女当中，李鹏程在爷爷心目中的分量最重，得到的宠爱也最多。李鹏程上小学一年级那个秋天，李良开说了一句大实话：没有孙子想孙子，有了孙子当孙子。言下之意，只要为了孙子，做牛做马都可以。

在李鹏程成长过程中，李良开这个当爷爷的可没少付出。李鹏程八岁那年，一天深夜突发高烧，胡话连篇，李良开背着50多斤的孙子，打着手电走了两个多小时的山路，连夜送到乡医院。这件事，李良开没放在心上，认为是自己的分内之事，可李鹏程却牢牢记在了心底，多次对爷爷讲："等我长大后，如果您生病了，我也一定背您去医院。"

从奶奶的电话中意外得知爷爷身患胃癌的消息，个头早已蹿至一米八二的李鹏程还是像个孩子一般哭了。当然，他不可能拒绝奶奶请他回家一趟的要求，也无法对爷爷的病情置之不理。向老师请完假，这个第一次直面绝症和死亡的大小伙儿开始冷静下来：该用什么方式说服爷爷去医院接受治疗？

2014年1月11日，星期六，农历腊月十一。

这一天上午八时许，坐在县城开往月溪场的小客车里，心神不宁的李鹏程随意打开一本向同学借来的《读者》杂志，看到一位医生写的一篇文章：一位年过六旬、身患脑瘤、明知已无手术价值的妇人，为了让自己的儿女不那么绝望，也为了让儿女尽心尽力不至于那么内疚和不安，主动选择承受手术的痛苦……读罢此文，李鹏程眼前一亮，知道自己该怎么做了。

一个多小时以后，在月溪场下了客车，李鹏程挥别前来接他的二婶田梅，租了辆摩托车，马不停蹄地往山上的老家赶去。

见到瘦得不成样子的李良开，李鹏程强忍住泪水，给了爷爷一个灿烂的笑脸和大大的拥抱。李良开自然很高兴，拉着大孙子的手问这儿问那儿，全然不提自己的病情。李鹏程也不唠这方面的问题，只顾着给爷爷讲发生在学校里的趣事，祖孙俩说说笑笑，甚是和谐。

晚上睡觉的时候，李鹏程非要和爷爷挤在一张床上，还拿出从学校带回来的《读者》杂志，说是要给爷爷朗读上面的精品文章。李良开笑眯眯地答应了，还夸大孙子声音浑厚，充满磁性，有当播音员的潜质。

李鹏程是个有心的孩子，他显得很随意的样子，随机朗读了两篇之后，读到那位医生写的文章。此时，他稍稍提高了音量，放慢了语速："她曾经是我的病人……她的一双儿女将她送来时，她已经非常憔悴……职业本能告诉我，她的时间不太多了，甚至已不再具备手术价值——即使手术，也无法延长她的生命，只能让她白白承受手术的痛苦。

看得出来，她的儿女很孝顺，目光里满是焦灼和忧虑，但在她面前，还是努力保持着一分轻松。她的儿子偷偷告诉我，若检查结果不太好，不要告诉她实情。只要有一线希望，他们会不惜一切代价拯救母亲。

在我想着如何婉转告诉她的儿女这样的状况时，她却敲开了我的门。她轻轻微笑，我不是来询问检查结果的，我的身体我很清楚……我想请求您帮我安排手术。

这样的要求，并不理智。……我说，或者，保守治疗会更好一些。

不！她果断地说，我要手术……她忽然握住我的手，能够手术我还可以给他们一分希望，让他们相信我还有康复的可能，若连手术都无法做了，他们一定会很绝望，我不想他们现在就绝望。

我抬起头来，这是我做医生的第十三个年头，在此之前，我不记得我遇见过多少病人，给多少病人做过手术，又给过多少病人无药可救的绝望答案。邂逅过多少相互疼爱和不舍的亲人，父母和子女，兄弟姐妹……因为太多，已经不再随着他们悲伤或感动，可眼前这个平静而憔悴的妇人，还是让我难以抑制地有流泪的冲动——一切都在走向结束，那是她生命中最后的春天，她心知肚明，却在最后的时间，还是要用自己正在凋零的生命给孩子最后一分希望。儿女们一直在努力地计划怎样瞒她，却不知道，他们的母亲为了给他们这微薄短暂的希望，不惜去额外地承受一分身体的苦痛和折磨。

十天后，她在儿女的注视下被推上了手术台。手术很顺利，但已毫无意义。转回病房的一个月，每次去查房，都会看到她的儿女在那里无微不至地照顾她。这个在女儿口中一辈子都不愿麻烦人的女人，在最后的时间里，尽情地麻烦着她的孩子们，耍小脾气，要求他们帮她翻身，给她唱歌，读报纸，做各种饭菜……背着孩子，她偷偷对我说，让他们尽心尽力吧，这样，以后我不在了，他们会因为这些付出而得到安慰，就不会太痛苦了。

半年后，她离开了。她的儿女没有太过悲伤，如她所说，他们付出了能够付出的一切，在母亲最后的时间，用尽力气去爱了一场，虽然母亲的离开依然让他们难过，但，他们已经没有遗憾——因为尽力了……"

终于朗读完了，李鹏程强忍着眼眶里的泪水，不敢去看双目微闭、面带笑容的爷爷。他甚至觉得自己做错了什么。"念完了？声音真好听。"李良开睁睁开双眼，伸出右手，朝大孙子竖了竖大拇指，"好好读书，将来肯定比你屋老汉有出息。""我……"终归还是个孩子，李鹏程哭出了声，无助地抱着爷爷。"哭啥子？莫哭莫哭。都是男子汉了，也不害羞。"李良开笑了，"都快上大学了，也算是个知识分子，应该懂得生死是自然规律。不就是癌症嘛，没啥可怕的，人早晚都会死，只是时间早晚的问题。我知道你的心思，也了解你奶奶和你爸爸及三个叔爷的想法。莫哭莫哭，我去医院还不行吗？"

李鹏程破涕为笑，心里却阵阵发紧，很不是个滋味……

（八十九）

2014年1月12日，腊月十二，是李良开家杀年猪的日子。一大早，杀猪匠如约而至，开始指导徐小芳、李源、李长和前来帮忙的乡邻，做着烧开水、洗黄桶等各项准备。

尽管已经多年不养猪了，但李良开、徐小芳夫妇还是保持着每年腊月杀年猪的习惯。当然，猪是从附近乡邻家中买来的，早早预付了定金，并说好不喂或少喂饲料和添加剂，最终价钱也比卖给猪贩子高一些，要杀之前赶回自家的猪圈里象征性地喂养几日，或者捆缚抬回来直接杀掉。

随着生活条件的逐年改善，杀年猪不再像以前一样单纯为了保障一大家人全年的肉食和油脂需求，更多的是延续祖宗留来的年俗，维系越来越淡的年味。用李良开的话讲："不杀猪，还叫过年？！"

对李良开、徐小芳老两口儿而言，杀年猪还有一个更重要的目的，就是为长年在外打拼的四个儿子、四个儿媳腌制腊肉腊肠，回老家过年的自己捎走，不能回来的托人捎去或邮寄，一年一次，从未间断。

这一年，由于李良开患上胃癌，在杀不杀年猪这件事上，夫妻两人的意见并不统一。徐小芳坚持不杀，想省下买猪的钱给丈夫治病；李良开却非要按惯例办，还叮嘱妻子，说自己走了以后，只要徐小芳还活着，每年还要买猪来杀，还要给孩子们熏腊肉灌腊肠，好让他们记住老家还有亲人，不要忘了家乡的味道。

一直以来，徐小芳都犟不过李良开，这一次也不例外，不仅钱照花，猪照买，还按李良开的意见买了一头分量更重的大肥猪。李良开讲了，今年儿子儿媳、孙儿孙女们全部回老家过年，必须把年货准备充足。

不过，在何时杀年猪这件事上，徐小芳没有按丈夫的意见办，而是提前了整整十天。李良开想在他生日的前两天、也就是腊月二十三杀年猪，到时家里来客人，就省得再去月溪场买新鲜肉了。而徐小芳则担心丈夫病情加重直接留在医院，更怕李良开下次昏迷后再也醒不过来，于是临时决定，赶在李良开入院治疗前，趁大儿子、小儿子和大孙子在家，提前把年猪杀了，好让丈夫吃上新鲜的年猪肉，以免留下更多的人生遗憾。

妻子的心思，李良开何尝不懂？他破天荒地没再固执己见，任由徐小芳领着两个儿子忙来忙去，自己则在大孙子的陪伴下，顶着晨光去了一趟柏树梁，看了看那些祖父留下来的百年古树。

李鹏程想看杀猪，借口说柏树梁的风大，阻止爷爷前往。李良开看破孙子的心思，哈哈大笑："这天儿，哪来的风？想看杀猪吧？那玩意儿有什么好看的？白刀子进红刀子出，血淋淋的，多残忍多不人道啊。要不你以后再看？你娃儿看杀猪的机会还多得很，陪我这个老头子去柏树梁，那可是陪一次少了一次啰。"这番话说得情真意切，李鹏程没再说什么，搀扶着爷爷出了家门……

忙活到上午十点，烦琐的杀猪程序才宣告完成。等吃上饭，已近十二点。

新杀了年猪，饭菜自然很丰盛，酸辣椒炒精肉、爆炒猪肝、水滑肉、血旺子，全是李良开平日里爱吃的菜。可他已经吃不下什么东西，微笑着坐在那里，除了不时给大孙子夹菜，几乎不动筷子。嘴里倒是没闲着，不停地喊杀猪匠和前来帮忙的乡邻吃菜喝酒，生怕怠慢了人家。

吃过饭，李源、李长找来一副滑竿，要抬着父亲去与唐家岩一梁之隔的龚家岩，说朋友的车在公路上等着，直接开往位于重庆万州城区的三峡中心医院。李良开坚持不坐滑竿，非要自己步行前往，谁劝也不好使。

原本说好徐小芳不去医院，留在山上的家里收拾卫生，为李良开的生日做些准备。临近出发，徐小芳忽然改变主意，非要跟着去，说是两个儿子粗心大意的，怕是照顾不好老爷子。

山路难走，加之身体虚弱，走了不过十分钟，李良开已是气喘吁吁，迈不开脚步。两个儿子争着要背父亲，李鹏程也不吱声，几步蹿到李良开跟前，往地上一蹲，示意爷爷趴在自己背上。

"个老子你捣什么乱？！有我和幺叔在，还轮不到你！起开！"李源担心儿子背不动，连声喝斥着。"凭什么不让我背？我偏不！"李鹏程大声抗议着，"我说过要背他上医院的！我长大了，我背得动！"听闻此言，李良开感动不已，泪水顿时盈满眼眶，脸上却满是笑意："谁都别争，就让我大孙子背！"一旁的徐小芳早已泪流满面，泣不成声……

车到月溪场，李鹏程换乘小客车回县城念书，李良开一行四人没有下车，直奔三峡中心医院而去。

原本，李鹏程非要陪爷爷去医院，被李良开劝住了。他叮嘱孙子好好学习，争取在随后几天的期末考试中考个好成绩，最好拿个奖状回家。

当天下午，做过必要的入院检查，看过李良开之前的病历资料，问清病人已获知病情，主治医生倒也十分坦率，当着李良开的面，讲了下面这番话："人家大医院都检查过了，结论肯定没有问题。癌细胞已经扩散，做手术和化疗都已经没有实际意义了，住院也没啥大用，也就是缓解一下痛苦。还有多长时间？个把月，大概也就这个样子。住不住院，你们自己定。"

"当然要住院，不住院我们来干什么？"没等妻儿开口，李良开率先表态。徐小芳、李源、李长也赶紧附和，住院治病事情就算定了下来。

接下来的几天，一向节俭的李良开突然变得奢侈起来，主动要求住最好的病房，用最贵的药品，还对两个儿子呼来唤去的，一会儿要吃橘子，一会儿要吃苹果，买回来不是嫌大就是嫌小，不是太酸就是太面，把李源、李长兄弟两个支使得滴溜儿乱转。这还不算完，李良开还再三给远在拉萨和成都的二儿子李远、三儿子李流打电话，要他们赶紧往徐小芳的银行卡里打钱，说自己住院开销很大，一天要好几千元，仅靠老大和老幺支撑不下来。

面对李良开的这些反常举动，徐小芳有些看不明白，不知道丈夫唱的是哪一出。有一天晚上，趁两个儿子又被丈夫支出去买万县小面和巫山烤鱼的空隙，徐小芳忍不住问李良开："老头子，你这是折腾啥呢？我怎么觉得你变了个人一样？你连稀饭都吃得很少，还能吃小面和烤鱼？""我折腾啥？我也不想折腾。"李良开没有隐瞒妻子，"是大孙子教育了我。不管怎么说，我都是个得了癌症的病人，不让娃儿们花钱给我治病，外人会说闲话，他们内心也会觉得不安。那就让他们花好了！""那得花多少钱啊？"住院的开销很大，李良开使用的贵重药品，几乎都不在医保报销范围之内，徐小芳真有些担心四个儿子承受不起。"他们四兄弟，就按一人一万元来算，花完四万元，我立马出院走人。"李良开像是早就计划好了，一板一眼地向妻子透露自己的打算。

"你哪个晓得花了多少钱？"徐小芳还是不太明白。"哈哈，这个难不倒我。"李良开胸有成竹，"我早就给收款的地方打好招呼了，说我带的钱有限，快到四万元必须提前通知我，否则别怪我欠账。""医院能听你的？"徐小芳疑惑不解。"现在的医院是什么地方？挣钱的地方。"李良开有些不屑，"听说你要欠账，人家巴不得让你快点儿出院。放心吧，我心里有数。我这个病，治不治没什么意义，就是来走个过场，好让娃儿们心安……"

1月18日，住院治疗的第七天，李良开说啥都要办出院手续，两个儿子怎么劝也不听。兄弟俩去结账，39996元。

离开医院前，徐小芳把李良开的真实想法告诉了两个儿子。兄弟俩先是抱头痛哭，而后拥住父亲，哭得像个孩子。李良开倒是显得很淡然："莫哭莫哭，我们回家，准备过年！"

租车回唐家岩的路上，一向很享受坐车的李良开竟然开始晕车，走一道吐一道，最后连胆汁都吐出来了，不得不打开车窗，任由冰冷的空气满车乱窜。如此一折腾，李良开出现感冒症状，整个人元气大伤，身子更加虚弱。回到唐家岩李家大院的老屋之后，大部分时间只能躺在床上，靠输营养液维持生命。

此时，离李良开的生日还有一周时间。

李良开出生于农历1944年腊月二十五，到公历2014年1月25日，整整69周岁，铁峰山一带有"男进女出"的说法，男子满70周岁、女子满71周岁，才可以庆贺七十大寿。显然，即将迎来69岁生日的李良开还不具备庆贺七十大寿的条件。可徐小芳和孩子们却不管这些，一定要把李良开的69岁生日当成七十大寿来办，哪怕提前一年，也要办得风风光光。原因只有一个：李良开来日不多，再不热热闹闹地为他办个生日，真就来不及了。

提前给李良开过七十大寿，是徐小芳和四个儿子早就打算好了的事情。一来借此冲冲癌症带来的晦气，让全家人开开心心过个团圆年；二来也让节俭一辈子的李良开高兴高兴，过好他有生之年的最后一个生日。

这是全家人的头等大事，远在成都的李流夫妇赶了回来，李远也在部队忙完演习，及时请假赶回唐家岩。到小年这天，也就是1月23日，在田梅的带领下，六个放了寒假的孩子全都回到山上老家，等着给爷爷庆贺七十大寿。

李良开、徐小芳也算得上儿孙满堂。李源夫妇育有一子一女，李远夫妇育有一子，李流夫妇育有两子，李长夫妇育有一女。六个孩子一回来，成天打打闹闹，叽叽喳喳，李良开看在眼里，乐在心上，精神状态明显好了许多。

近20年来，一大家人第一次聚齐了，李良开无比欣慰。尽管已吃不下什么东西，每到开饭时，他都坚持着从床上爬起来，强撑着坐在祖父留下的八仙桌上，乐呵呵地看着一大家人吃饭闲聊。

（九十）

多年来，李良开一直没有过生日的习惯，说是过一个老一年，过着过着就把日子过没了。结婚分家单过后，他郑重其事地和徐小芳约法三章："不要给我过生日；不要让你娘家人来给我过生日；不要在我生日那天接待任何客人。"徐小芳哭笑不得："你讲点道理好不好？你不过生日，腊月二十五这天就自个儿溜过去了？我可以不让我娘家人来，我能阻止别的亲戚来吗？""我不管，反正别给我过生日。"李良开没理会妻子的质问，十分霸道地中止了谈话。

从那以后，每到腊月二十五这天早上，不管真有事还是假有事，李良开都会离开唐家岩，一整天不露面，夜里十一二点才摸黑回家，以此逃避前来贺寿的亲戚。

实践证明，李良开的这一做法极为有效。那些热心的亲戚最多连续来两次，从第三年开始，肯定不会再来。为此，徐小芳没少给人家赔礼道歉，还多次抱怨丈夫不该这么做，弄得亲戚们都有意见，说李良开这个村干部不近人情。

当然，亲戚就是亲戚，绝不会因为这种小事伤了和气。比如这一回，接到李良开要提前庆贺七十大寿的消息，尤其是得知这位前村主任身患胃癌的实情后，不管是李氏宗亲，还是徐小芳的娘家亲戚，但凡沾亲带故并且平日里有点来往的，都爽快地答应邀请，保证到时一定会来。

李良开一如既往地不想过生日，对提前庆贺七十大寿更是不感兴趣。但由于身体过于虚弱的缘故，他已经无力反对了，也无法在生日那天躲到外面去。实际上，在给自己办七十大寿这件事情上，他并没有明确提出过反对意见。很快就要离开这个人世了，让妻儿们尽一尽心意，借自己的生日见一见各位亲朋，在喜庆的氛围里和亲人们告别，何尝不是一件有意义的事情。

在川渝农村办生日，并不那么容易。一是时间长。生日前一天下午，客人们就陆续来了，第三天吃完早饭才各自回家；二是准备工作烦琐。按照传统的做法，要提前借桌椅板凳、锅碗瓢盆、铺盖被褥，还要和邻居说好，让远来的客人分散到各家各户睡觉；三是开支较大。上百号人甚至几百人，一日三餐，吃喝拉撒，流水席从早上吃到晚间，杀猪宰羊，买肉买菜，打酒打醋，加之购买各种调料和支付人工费，没有几万块钱，根本拿不下来。

由于长年在外打拼，李源、李远、李流、李长四兄弟对操办祝寿之类的喜庆事宜并不在行，全靠母亲徐小芳拿主意。母子五人商量来商量去，最终决定采取包席的方式，把酒席包给月溪场上的厨子王三胖。这样做，费用可能高一些，但好处是省事，主人不必事事亲躬，可以腾出更多精力来招呼客人。

在筹备父亲七十大寿的日子里，四兄弟各自分工，忙得焦头烂额，李源的妻子袁小兰、李远的妻子田梅、李流的妻子张淑贤、李长的妻子黄珊也没闲着，除了帮婆婆做些杂事，四妯娌几乎都在忙着相同的两件事：一是反复给各自的娘家人打电话，请他们不管多忙、离得多远，都要尽可能地前来参加公公的生日；二是琢磨给公公买什么生日礼物，是保健品还是衣物，反复取舍，左右权衡。

都说女人心细如发，此话一点儿不假。比如四妯娌忙乎的这两件事，在男人们看来或许都无关紧要，可在她们看来，却都是天大的事，前者关乎自己今后在李家的地位，后者关乎自己在公公婆婆心目中的分量，两者同样重要，不可偏颇。

同为女人，徐小芳非常理解四个儿媳的想法。往小了讲，这是面子问题，自己的面子，娘家人的面子，都是极为重要的；往大了说，这是孝道问题，既直接表现对公公的尊重和重视，又向外人表明对老人的孝敬，万万大意不得。

忙碌的日子总是过得很快，转眼到了腊月二十四。

上午十点半，王三胖开着一辆厢式货车，带着可以拆卸拼装的桌子、凳子、各种食材和炊具、煤气罐、蜂窝煤等物品，还有厨师、服务员等一干人，如期抵达龚家岩的公路尽头。负责打杂的唐家岩李氏族人和其他乡邻早已等候在此，人抬肩扛，连背带挑，一一搬至李良开家二层小楼前面的地坝上，紧接着搭棚子，安桌子，支炉灶，引燃蜂窝煤，做好了蒸饭炒菜、准时开席的各项准备。

上午躺在老屋的床上输过营养液，打过杜冷丁，又小睡了一阵，李良开显得很有状态，暂时回到二层小楼休息。午饭后，穿戴好大儿媳袁小兰精心挑选、印有大红寿字的唐装，神采奕奕地来到地坝，坐在一个木靠椅上，一边晒太阳，一边饶有兴致地看着众人忙碌，还不停地向大家点头微笑致谢。

作为寿星佬，李良开穿什么衣服，也是有说道的。四个儿媳都各自给公公、婆婆买了衣服，一人一套，穿谁的不穿谁的，先穿谁的后穿谁的，弄不好就会引发家庭矛盾。徐小芳和李良开一商量，决定从腊月二十四下午开始，一直到腊月二十六，家里有客人这三天，老两口儿从大儿媳购买的衣服穿起，按排行往下轮，每半天换一套衣服，谁都兼顾到，谁也不得罪。

爷爷过七十大寿，六个孙儿孙女自然不能置身事外，也要力所能及地做一些事情。按照大人们的吩咐，六个孩子只有一个任务，就是陪在爷爷身边，陪爷爷说话，逗爷爷开心，让爷爷开开心心地度过他人生中的最后一个生日。

下午四时许，附近的乡邻陆续到位，外地的亲戚也相继到达。李家的亲属，徐家的亲人，四个儿媳的娘家人，男女老少，拖家带口，能来的全都来了。

最让李良开高兴不已的，莫过于那些远道而来的亲人。长沙的连襟袁国豪、姨妹徐小琼赶回来了，洛阳的亲家田宏伟、亲家母王萍赶来了，北京的表妹邓芝萍和丈夫赶来了，重庆的老知青、结拜兄弟周利波赶回来了……看到这些熟悉的面孔，李良开发自内心地地欢笑着，开心地流着泪，说不出的感动。

在徐小芳的娘家人里，古月乡信访办主任徐小梦无疑是最引人注目。一方面，他是徐家人目前在职的最大干部，多少有点带头人的意思；另一方面，他不仅自己亲自来给堂姐夫贺寿，还把李良开的老相识、一位早已调到县里工作的镇领导带来了。在村里人看来，这可是莫大的荣耀。

更让李良开、徐小芳夫妇觉得脸上有光的，是四个儿子的那些同学、朋友和战友。他们既不是李家的亲戚，也不是徐家的亲戚，更不是四个儿媳的亲戚，他们为友情而来，为对长辈的那份敬重而来。尤其和李远同年入伍的那帮退役战友，不管是开县的还是万州的，不管是巫山的还是巫溪的，全都开车赶了过来。

腊月二十四这天下午，李良开看到了此生最多的笑脸，收到了此生最多的祝福，听到了此生最多的鞭炮声。包括次日生日这天，他一直在激动和亢奋中度过。

不管是李良开本人感受，还是在外人看来，这个提前一年操办的七十大寿热闹而体面。村里近30年来一次性放得最多的鞭炮，来自全国多地的客人，还有亲戚们花钱请来、轮番上阵、不同风格的乐队表演，无论是在唐家岩，还是在整个梓第山，都称得上盛况空前。

应该说，李良开不是一个好面子的人，但妻儿煞费苦心操办的这个生日，还是让他产生了极大的满足感。都说人活一口气，树活一张皮，临到死了，自己还是没能脱俗。这一点，让李良开多少觉得有些愧疚。

腊月二十六下午，等到客人们陆续离去，和王三胖结完账，扣除礼金和前期兄弟四人预支的费用，还有六千元的经费缺口。兄弟四个一合计，每人分摊了1500元。至此，李良开的七十大寿画上句号，算得上是顺利完满，皆大欢喜。

其间，也有两段不愉快的小插曲。一个是腊月二十五凌晨一点多，李良开病情突然加重，一度陷入昏迷。为了不影响喜庆氛围，负责支客司工作、徐小芳的远房堂弟徐达春采取冷处理的办法，安排李长连夜把村卫生室的医生请来，经过一番抢救，李良开终于醒了过来。

徐达春好开玩笑，平时喜欢和李良开这个远房姐夫没大没小、口无遮拦地瞎扯胡闹，这次也不例外。李良开刚一醒过来，徐达春就拿他开涮："我以为你就这么走了哩。走了多好啊，喜事丧事一起办，省得麻烦我两回。"李良开也不生气，虚弱地笑着回应："你个死舅佬倌，就那么等不及？放心，我死了，还让你来当支客司，工钱照给。要不，我先付订金？"徐达春哈哈大笑："哪个要你的订金？咱俩谁跟谁？姐夫和小舅子，谈钱伤感情！"

都这个时候了，两人还在互开玩笑，徐小芳有些受不了，差点儿跟徐达春急眼。李流看情形不对，强行把母亲拉了出去，算是平息了一次风波。

另一个是在私下讨论如何解决经费缺口时，四个妯娌产生分歧。有的认为所得礼金一起算，缺口经费四兄弟平摊；有的认为礼金要分开计算，尤其是四妯娌的娘家人所送的礼金要分开统计，谁的娘家人送得多，分担的缺口费用相应减少，还要多退少补，以此体现公平原则。讨论来讨论去，四妯娌谁也说不服谁，险些吵了起来。最终，在李远的强力支持下，身为大哥的李源力排众议，决定采取缺口经费四家平摊的办法。他还要求三位弟弟负责做通各自妻子的思想工作，私下里可以表达不满，但当着父母的面绝不允许提及此事，千万不能因为此事影响小家的和睦，更不能影响大家庭的团结。

（九十一）

不知是病情真有好转，还是强打精神苦熬硬撑，自打生日过后，原本虚弱不堪的李良开硬朗了许多，不仅每顿能吃下一小碗稀饭，而且还主动要肉吃。腊月二十八这天中午，他表现奇佳，一口气吃了三大块肥肉！

一个癌症晚期患者，突然能有这么好的食欲，确实是件让人高兴的事情。几个孙儿孙女甚至有些兴高采烈，天真地以为爷爷逃过一劫，从此走上康复之路。

大人们自然没这么乐观，而是更加惴惴不安。李良开的病情实在太反常了，根本不是一个胃癌患者应有的举动。徐小芳甚至想到了回光返照，和儿子儿媳们提起那些将死之人的种种异常表现。比如村里曾有一个宫颈癌患者，长时间食欲不振，后来打了一种激素，食欲异常亢奋，吃起肥肉来风卷残云，根本停不下来，直到去世的前一天晚上，还吃了一大碗炖肉。

"我爸也没打过激素啊。肯定有别的原因。要不带他去医院检查一下？"对母亲的说法，李长并不愿意相信。"检查啥子？有啥好检查的？"李源并不同意小弟的建议，"老汉的脾气你又不是不知道！从三峡医院出院时，他就说过不再去医院。我看就别强求他了。""老大说得对，你们老汉的身体，也经不起折腾了。能吃就让他吃吧，吃饱总比饿着强。"徐小芳也不赞成李长的提议。"好好好，就当我没说。这事儿我管不了，也不归我管。走，老二，我们修老屋去。"李长气鼓鼓的，拉着李远出了家门，直奔曾祖父留下来的老院子而去。

给丈夫办完七十大寿，徐小芳和四个儿子开始准备李良开的后事。这是李源的主意，说父亲怕是撑不了多久，及早做些准备，省得到时乱了阵脚。

母子五人一商量，觉得有三件事必须抓紧办：一是把自家位于老院子的那两间板壁房子整修一下，争取过年前让李良开搬过去住，了却他的一桩心愿，全家人到时回老屋陪他过最后一个团圆年；二是把前段时间请人做的寿材漆好晾干；三是提前把寿衣买回来。母子五人还分了工：修老房子由李远、李长负责，漆寿材由李源、李流负责，买寿衣由徐小芳负责，费用还是由四兄弟均摊。

这些事情，母子五人并没有瞒着李良开，一一给他作了汇报。李良开不再倔强，也不再提什么反对意见，一副看淡生死、看开一切的淡定神情。包括徐小芳公然在家供观音菩萨、定时上香朝拜等举动，他也置若罔闻，没有表示出任何不满情绪。

之前，这是不可能发生的事情。李良开常对徐小芳讲："我是村干部，你是干部家属，凡事要注意影响。别人婆娘能做的事，你就不能做。比如封建迷信那一套，你就不要搞。什么鬼啊神的，全是假的，都是骗人的把戏。"

李良开60岁那年，徐小芳提出从自家田坎地角砍几棵柏树回来，请人打两副寿材，夫妻俩一人一副，还说别人都是这么做的，咱们也得提前准备准备。李良开坚绝不让，说活得好好的，家里摆上棺材，看着就不舒服，到时候再说。

徐小芳犟不过丈夫，只好趁李良开外出的那三个多月，请人打了两副柏木寿材放在老院子的板壁房里。李良开回来后，看到那两副寿材，倒也没说什么，还拍了拍妻子的肩膀，表示认可徐小芳的做法。

三项准备工作里，修老房子最麻烦。刚开始，兄弟四个准备搞次大修，结果被李良开否决了："花那个冤枉钱干啥？你们谁回来长住？简单搞一下，屋顶不漏雨、墙壁不漏风就行了。再说了，眼看就要过年，别搞那么大的阵势，要是出个事，伤个人，就没法安生过年。""你们老汉说得对。"徐小芳也不赞成大修，"前些日子，你们外公村里有两姐妹，一个在重庆做生意，一个在县里的一家医院当副院长，都有点钱，想把老家的老屋大修一下。结果修了一半，出事了，连伤了两个人，连住院带赔偿，花了十多万元。房子也没修完，现在扔在那里。两姊妹肠子都悔青了，发誓不再管那老房子了。"

于是决定小修小补，也就是把屋顶破损的瓦片、墙壁四周遭虫蛀的木板换一换。李远、李长不会干，花钱请了四个匠人，两个瓦匠，两个木匠，忙活了两天，终于大功告成。

1月29日，也就是腊月二十九这天，李良开如愿住进祖父留下来的板壁房。当晚，儿子儿媳、孙儿孙女们回到二层小楼休息，徐小芳留在老屋陪伴丈夫。

次日一大早，天刚麻麻亮，四个儿子、四个儿媳、六个孙儿孙女赶到老屋，挨个儿给李良开、徐小芳拜年。徐小芳拿出早就准备好的红包，无论大人小孩，人人有份儿，还说这是李良开的主意。徐小芳分发红包的时候，李良开斜靠在床着，笑眯眯地看着一大群后人。

给儿子儿媳、孙儿孙女们一人一个红包，确实是他头天晚上提出来的。刚开始，徐小芳并不同意，说细娃儿给大人拜年才有红包，哪有大人给大人发红包的道理？她的意思，只给六个孙儿孙女发红包。李良开仍然坚持自己的意见："在老汉老娘面前，儿子儿媳就不是细娃儿？只要我们两个老家伙还在，他们都是细娃儿嘛。再说了，儿子们小的时候，咱们没钱给他们发红包，现在补回来嘛。何况，过了今年这个年，我怕是没机会再给娃儿们发红包了。"

每个红包里包多少钱，老两口儿的意见也不是很统一。徐小芳的想法，意思一下就行了，一人100元，大大小小14个人，1400元解决问题。李良开不干，说好不容易发一回红包，要发就发个大的，每人500元。徐小芳一听，惊得跳了起来："老头子，你疯了？一人500元？那得多少钱？我算算啊，一个500元，十个5000元，四五2000元，要7000元？你有多少钱啊？要掏你掏，反正我拿不出这么多钱。"徐小芳手里有一个存折，里面存有4万块钱。李良开说过这些钱留给妻子养老，谁也不准动。

"你个老婆子，一惊一乍的干啥？"李良开笑了，"放心，这钱不用你出。我说了你别不高兴哈。这些年，我也存了一些私房钱，加上前段时间出远门，周利波和其他一些亲戚给的，我手里还22000元钱。我都想好了，这些钱，拿7000元给娃儿们发红包；留6000元给孙儿孙女们当奖学金，谁考上大学，你就代表我们两个奖励本人1000元，没考上大学的，结婚时给本人；剩下9000元钱，全部留给你，自己想吃点啥就去买，不要舍不得钱。四个儿子、四个儿媳我就不管他们了，他们都还年轻，都能挣钱……你不会怪我存私房钱吧？"说完这番话，李良开紧张地看着徐小芳，生怕妻子生气发火。"我怪你做啥子？"徐小芳笑中带泪，"你都安排好了，我还能说啥？就按你的意思办。"丈夫把大头留给自己，她委实有些感动。

拿到爷爷奶奶给的红包，六个孩子眉开眼笑，又跳又叫的，好不热闹。

等孩子们安静下来，徐小芳把大孙子李鹏程叫到跟前："鹏程，你们这一辈，你是老大，是大哥，一定要带头好好学习，争取明年考个好大学，给弟弟妹妹们做个榜样。你爷爷说了，你们兄妹六个，不管谁考上大学，他都奖励1000元钱，比今天的红包还多一倍。爷爷把钱放在奶奶这儿了，你们要加劲啊……"话没说完，徐小芳哽咽起来，无法继续下去。"你个老太婆，大过年的，哭什么哭？"李良开接过话茬，"鹏程，你奶奶说得对，你是老大，老大就要有老大的样子。你不会让我们失望，对吗？"李鹏程早已泪流满面，拼命地点头。

随即，在李源的示意下，李鹏程带头跪倒在地，给爷爷奶奶磕头拜年。另外五个孩子也紧随其后，认认真真、恭恭敬敬地磕头拜年……

过年的重头戏当然不是发红包，而是中午的团年饭。在老屋的厨房里，徐小芳亲自上灶，四个儿媳打下手，十二点刚过，一大桌美味佳肴就做出来了。

大大小小16口人，一张桌子坐不下，便分成两桌，大人们一桌，孩子们一桌。李良开和徐小芳端坐在正位上，轮流接受儿子儿媳和孙儿孙女们敬酒。

该了的心愿都了了，李良开心情大好，多日不曾饮酒的他连干了两杯啤酒。徐小芳想阻止，想了想又算了。大过年的，又是有生之年的最后一顿团圆饭，愿喝就喝点吧。对这个来日不多的癌症患者来说，健康已不复存在，开开心心地度过剩下的时光，可能才是最重要的。

吃完午饭，李良开坚持要去团田祖坟给祖先们挂纸钱、放鞭炮。众人无奈，只好搀扶着他，并陪同一起前往。李良开分别给自己的爷爷奶奶、爸爸妈妈磕了三个头，神情极其严肃，动作十分认真。对他而言，这是最后一次给先人们上坟了。

（九十二）

2014年2月1日上午，农历正月初二，徐小芳回娘家的日子。

尽管徐小芳的父母已经去世多年，但娘家还有她的哥哥嫂嫂、侄儿侄女，更有她儿时的不少记忆，每每说到回娘家，她都会莫名地兴奋，总是充满着期待。结婚51年来，每年的正月初二，徐小芳都要回娘家看看，儿子们还小的时候，携夫带子一起去；儿子们大了，老两口儿结伴前往，从没间断。

这一次，由于身体过于虚弱，李良开无法陪同妻子回娘家了。没了丈夫的陪伴，徐小芳没了回娘家的心情，表示要在家里陪着。李良开坚决表示反对，说每年都回娘家，今年也不能坏了规矩，徐小芳不仅自己要去，还要把儿子儿媳、孙儿孙女们都带去，全家人好不容易聚齐，一起去显得热闹。

徐小芳急眼了："都去？都去做啥子？都去了，哪个给你煮饭？要去他们去，我不去！""看看，怎么又急眼了？"李良开笑了，"你个老太婆，怎么越老脾气越大了？别人可以不去，但你必须去。是回你的娘家，不是回别人的娘家。你不去，我那大舅佬倌还不骂死我？这样吧，要不让大孙子留下？他会煮饭，我们爷孙俩指定饿不着。鹏程愿意不？愿意啊，那就这么定了。"李良开就此拍板，不容别人再发表意见。"你就霸道吧。"徐小芳无奈地叹了口气，"霸道了一辈子，想让你改，我看是指望不上了。去就去，你各人在家里莫后悔。""我后悔啥子？有我大孙子在，我们想吃啥吃啥，想去哪儿去哪儿，没人管我们，安逸得很。"

李良开哈哈大笑，催促妻子和儿孙们赶紧出发。

当天晚饭前，徐小芳一行14人回到唐家岩李家大院的老屋里。李良开很意外，问妻子怎么不在娘家住一晚，徐小芳随意回答了一句："人太多，哥家住不下，我们就回来了。"

吃过晚饭，二儿媳田梅偷偷地告诉公公："妈妈担心你，在大舅家吃完午饭就要往回赶。她要走，我们自然也就跟着回来了。""这个老婆子，真拿她没办法。"李良开笑了笑，"对了，你们几姊妹不回娘家看看？她们三个娘家离得近，就你远一些，不行让李远陪你坐飞机回去，把我孙子也带上，让他去给外公外婆拜年。今天才初二，时间还来得及。""我们都商量好了，今年过年都不回娘家了。从今天开始，过年这几天，我们哪儿也不去，就在家里陪您和妈妈。"田梅十分认真地回应公公。孩子们的心思，李良开自然懂得。他没再说什么，而是招呼田梅去把麻将桌支起起来，让大伙好好地玩一玩。

多年来，李良开一直反感打麻将，认为那是不务正业。他不仅本人不玩，也不让徐小芳和四个儿子玩。包括过年的时候，别的人家男女老少齐上阵，一家人摆两三桌麻将，李良开家里从来看不到类似情形。

后来，随着四个儿子先后成家，再回老家过年，李良开不再反对他们玩麻将，还让徐小芳去街上买了一副麻将牌，平时锁起来，过年时拿出来让儿子儿媳玩。心情好的时候，李良开还会上去摸几把。

如今，李良开已经无法在麻将桌上久坐了。正月初二这天晚上，年轻人打麻将的时候，他躺在靠椅上静静地观看。其间，架不住大孙子李鹏程的极力邀请，李良开强打精神，和另外两个孙子玩了几把扑克。

一直到正月初四晚上，李良开的精神状态都不错。

初四这天晚饭后，李良开一个人躲进厕所，十多分钟还没出来。徐小芳守在外面，隐约听见一阵接一阵的呕吐声，感觉不对劲，便不顾一切地闯了进去，发现丈夫正用手指抠嗓子眼，可什么也吐不出来，一阵阵地干呕。

"老头子，你这是折腾啥？吃不下就别吃，硬往下吃，吃了再抠出来，你图个啥啊？"徐小芳心疼不已，忍不住大声责备丈夫。"你轻点声，让娃儿们听到不好。"李良开有气无力地摆摆手，"我图个啥？就图全家人开开心心地过完这个年。大过年的，要是我不吃东西，娃儿们哪还有心情吃？我遭点罪没啥，只要大家伙儿高兴就行了。老婆子，我自己的身体自己知道，我活不了几天了，就是硬撑，我也要把这个年撑过去。对了，我吃完再吐这事儿，你千万不要告诉他们，要不他们会难受，晓得吗？""我晓得，我晓得……"徐小芳拼命咬着嘴唇，不想让丈夫看到自己即将夺眶而出的泪水，"你这个老头子，你都病成什么样了？

怎么老是想着别人？""莫哭了，莫哭了，没啥大不了的。"李良开伸手帮妻子擦了擦眼泪，"走，我们出去，我孙子还等我打扑克哩。"

晚上十点多钟，正看四个儿媳打麻将时，李良开突然陷入昏迷状态，怎么喊也喊不醒。李流赶紧连夜去把村卫生室的医生找来，又是输液，又是打急救针，凌晨一点多钟，李良开终于恢复了意识。当天夜里，徐小芳和儿子儿媳们都没敢睡觉，全都守在老屋里，生怕李良开再出什么意外。

正月初五上午，李良开把四个儿子叫到床边，让他们分别去请几位村民，说是自己要当面向他们道歉，请他们原谅自己当初对他们的伤害。

其实也说不上伤害，就是李良开当村主任那些年，在处理宅基地分配、物资分发等工作时，过于坚持原则，得罪了一些人，有的还说了狠话，与个别村民闹得很僵，很多年过去了，见面不打招呼，平时互不来往，俨然成了仇人。

李良开得癌症的事情，早已是公开的秘密。人之将死，其言也善，几位村民也是通情达理之人，全都应邀而至，并且无一例外地与李良开这位前村主任达成和解，明确表示过去的就让它过去，彼此不再相互仇视和报怨。

当天中午，在主人的盛情邀请下，几位村民和李良开坐在一起吃了一顿饭，李良开还以茶代酒，再次说了抱歉和感谢的话。至此，李良开又了却了一桩心事。

（九十三）

正月初六早上，李良开再次把四个儿子叫到床前，商量自己死后的埋葬地点。

尽管知道父亲很开明，但李良开对死亡毫不避讳的举动，还是让四个儿子深感意外。寻遍整个梓第村，包括附近的几个村子，活着的时候给自个儿选坟地，李良开即便不是第一人，恐怕一时半会儿也很难找出第二个来。

李良开相中的埋葬地点，不是李氏先人长眠的团田祖坟，而是离团田较远的一块水田。那里背靠松树林，左右各有一条小溪，放眼远望，视野相当开阔，还正对着远处的一座主峰，据说是个上好的风水宝地。但比较麻烦的是，这块水田并不是李良开家的，甚至不是唐家岩李氏族人的，而是归属于袁春福的堂弟袁春寿。

事不凑巧，袁春寿和李良开从小就是一对死敌，年轻时还打过架，这些年关系一直不融洽，一见面就热嘲冷讽地互掐，谁也不服谁。正是因为这个缘故，李良开并没有和袁春寿谈过这事儿。因为在他看来，凭两人的紧张关系，如果直接面对面去谈，肯定谈崩。

李良开的意思，是让四个儿子选出一个代表，以晚辈的身份去和袁春寿商量。李长建议由二哥李远去，说他在部队是个副旅长，在兄弟四个中官最大，见识最多，口才也最好。李源却不同意，理由是二弟的脾气太暴躁，弄不好会和人家吵起来，急眼了还有可能动手。商量了好一阵子，最终确定由李源前去协商此事。

大过年的，李源自然不能空手前往，带着两瓶诗仙太白酒，两斤红糖，两条红梅香烟，全是双份的，显示了足够的诚意。去之前，兄弟四个还商定，只要袁春寿点头，哪怕给他一笔钱，或者其他任何条件，都可以商量。

事实证明，李良开的担心不无道理，袁春寿并没有给李源面子，没收李源送去的礼品，甚至连门都没让李源进。袁春寿撂下两句话："李良开要埋在这儿也行，让他自个儿来求我。要不，这地儿谁也不给，我留给自己，我死后就埋在那里。"

李源就这样被撅了回来。另外的兄弟三人很生气，大骂袁春寿不是个东西。李良开却很淡定："让我去求他，门儿都没有！这样，还有一个地方，就是柏树梁再往上走一点儿，咱们自家的地，我看那里也不错。先把我埋在那里，到时再给你们妈妈留个地方。你们愿找人看看风水也行，不愿找人看看也没关系，说白了就是个坟堆，没什么实际意义。你们还有别的意见吗？这事儿就这么定了。"

"我说老汉，我就搞不明白了，您到处找地方，怎么就不考虑团田？那是咱们老李家的祖坟，高祖埋在那里，爷爷埋在那里，叔叔辈的也有人埋在那里，你又不是没有资格。"李远心直口快，把家人的疑惑说了出来。"我考虑团田干啥子？那是先人待的地方，我去凑什么热闹？"李良开亮出自己的观点，"祖坟风水好，但不能都打破脑壳往里挤啊。都去，哪里埋得下？把先人们搅得不安宁，本身就不合适嘛。"

接着，李良开讲了一个与祖坟有关的真人真事，以此佐证自己的观点。

故事发生在离梓第村几十里外一个山村的林家大院，故事开始的时间则要追溯到20世纪初。那一年冬天，带着和亡夫生育的遗腹女改嫁给林老二的当天，林家大院的当家人、刚过古稀的婆婆明确告诉时年20岁的谷氏一条家规：如果生不出男丁，死后进不了林家祖坟。谷氏自恃年轻，又有一个据说一准能生儿子的肥臀，便没把婆婆的告诫放在心上，还在结婚当晚挑逗初婚的林老二："你说，想让我给你生几个儿子？"不料命运弄人，接下来的11年里，谷氏连续生了七个女儿，被左邻右舍戏称为"七仙女她妈"，有的干脆叫她"王母娘娘"。

眼看林家其他五兄弟都有了儿子，有的一生就是四五个，林老二对谷氏的态度越来越差。手脚和嘴巴都不再利索的婆婆倒不公开表示自己的不满，只是一次又一次在谷氏面前唠叨："老二媳妇，你得抓紧啊，要不怎么进祖坟？当孤魂野鬼可不是什么好事情。"

好在上天还算公平，33岁那年，谷氏终于生了一个八斤重的胖大小子。83岁的婆婆大笑三声，谁知一口气没上来，竟然乐死了。因为正在坐月子，谷氏没能亲自把婆婆送进祖坟。儿子满月那天，谷氏去祖坟祭奠婆婆，一边哭一边寻思：这里终于有我的一席之地了。

林家的祖坟在一个小山坳里，后有凸起的山峦为靠背，两旁各有一条由高至低的小山梁，使得整个坟地像一把官椅，看起来很有气势。

拜祭婆婆时，谷氏发现林家祖坟的空地已经不多了。她大致算了算，到林老二他们这一代，六兄弟加上六妯娌，至少有一个人不能埋在这里。

谷氏担心的问题，林家人都意识到了。婆婆在世时也提到过这个问题，最后全家人达成共识：除了林氏男人，林家媳妇只要生过儿子，谁先死谁先进祖坟，并按照男左女右老规矩依次排列。

谷氏琢磨着，自己是林家的二儿媳妇，后面还有四个妯娌，无论如何，她都不会是最后去世的那一个。也就是说，从打生了儿子，谷氏不再担心能不能进祖坟这个曾经让她寝食难安的问题。尤其是发现自己身子骨因生孩子太多而日渐虚弱的时候，谷氏的心里就更有底了。

转眼，50年过去了，年过八旬的谷氏从清朝走到民国，再走进新中国，当上了曾祖母。其间，她先后把林家六兄弟和四个妯娌送进了祖坟，只留下比她大五岁的大嫂。大嫂的身体一直很硬朗，自信能活过100岁。每当大嫂憧憬成为百岁老人的幸福时刻时，一心想占有祖坟最后一个位置的谷氏暗自得意，充满了幸福感。

天有不测风云，人有飞来横祸。谷氏过完83周岁生日的第二天，88岁的大嫂突然中风，脑部大量出血，被紧急送往县医院的重症监护室。听说大嫂生命垂危，看到大房的后人们开始张罗寿衣、棺材等后事，谷氏心里长了草，甚至有些惊慌失措起来。

话说这天早上，儿媳妇哭哭啼啼地跑进谷氏卧室，准备把大妈在医院去世的消息告诉婆婆时，却发现谷氏用一根套在床头的麻绳勒紧脖子，结束了自己的生命。谷氏原本想死在大嫂的前头，抢先占有祖坟的最后一个位置，不料却与大嫂差不多死在了同一时刻。

为了争抢祖坟的最后一个位置，大房和二房的后人们闹翻了天，甚至还大打出手，最后不得不请族长出面，协商解决的具体办法。协商了半天，大房和二房的后人各不相让，都坚称自家的老人先咽气。其他各房的后人都来相劝，结果无济于事。

最后，族长提出一个折中方案：两位老人都不往祖坟里埋，并且从此林家祖坟再也不准埋其他任何人。

方案通过后，谷氏的儿子和七个女儿全都哭开了：妈妈，您死得好冤啊！听二房的后人如此哭诉，大房的后人又不干了：自己吊死的，喊什么冤？害得我家老太太进不了祖坟，还好意思喊冤？一场家族冲突就此展开。从此，林家大院的大房、二房的后人们成了冤家，老死不相往来。

<h2 style="text-align:center">（九十四）</h2>

可能是没做手术和化疗的缘故，与村里之前的几个癌症患者相比，李良开最后的人生时光没那么痛苦。除了偶尔昏迷，其他大部分时间，这位前村主任头脑清醒，思维清晰，还按照他自个儿的想法，有条不紊地安排着后事。

过年期间，趁着孩子们都在家，除了对私房钱作了分配，李良开还对其他家产进行了分割。其中最重要的家产，自然是他和妻子名下的三套房产，包括唐家岩那栋二层砖混结构的小楼，老院子那间板壁房子，还有月溪场上那套商品房。在这三处房产的处理上，李良开没有独断专行，而是充分发扬了一次民主。正月初七上午，他把妻子、儿子儿媳都叫到一起，以家庭会议的形式，让大家充分发表意见。

徐小芳第一个发言："老头子要是走了，我要这房子也没啥意义，怎么处理都行，只要给我一个安身的地方就行了。""妈，您嘟个这样讲？"李源接过母亲的话茬："依我看，老家这两处房子，我们兄弟四个都不要，反正都没打算回山上住，全部算在老娘名下。街上那套房子，先放在那里，到时候再说。""我要嘟个多房子做啥子？"徐小芳坚决表示反对，"要不这样，把那间板壁房留给我，其他的，你们几兄弟看着处理。"

"山上的房子好说，就按大哥的意见办。最麻烦的，可能还是街上的房子。"李远说出自己的忧虑，"那是套商品房，当初是我们四兄弟凑钱买的，过了这些年，价格涨了不少，今后这房价是涨是跌，谁也说不清楚。我看还是趁老汉在，抓紧做个了断。要不，这就是一个定时炸弹，弄不好，我们几兄弟会扯皮，弄得连家人都做不了。""我同意老二的意见，早处理，早利索，省得到时把我们兄弟伙扯散了。"李流一直相信"父母在，兄弟姐妹是家人；父母走了，兄弟姐妹是亲人"这个说法，眼看父亲的生命就要走到尽头，母亲早晚也会离去，作为家里的老三，他真不希望兄弟四人今后为房子的事情闹得不可开交，于是坚定地站在二哥一边。

对三哥的态度，李长很是不屑："老三，不是我说你，你就会拍二哥的马屁，他是能给你提个连长，还是提你当营长？我们是亲兄弟，是一家人，谁说一套房子就能把我们拆散了？我看二哥是危言耸听。老汉老娘都还健在哩，我们几个就在这里商量分家产的事，这合适吗？""哈哈，我说老幺，有火冲二哥来，别拿你三哥出气。"对自己这个心直口快的小弟，李远自然了解，上前拍了拍他的肩头，让他消消火气。"我有啥子火？我是对事不对人。"李长也觉得自己的话说过了头，有些不好意思。

尽管各有各的小算盘，袁小兰和另外三个妯娌一直没有吭声。公公的脾气，她们早就摸得一清二楚，说是和后人们商量，其实他早就有主意了，之所以开这样一个家庭会议，不过是走走形式罢了。

果不其然，等妻儿谈完自己的想法，李良开清了清嗓子，开始作总结性讲话："刚才，大家都谈了很好的意见，我看都有道理。综合大家的意见，是不是可以这样办：山上的两处房子，先留着，一来你们老娘可以接着住，二来你们回老家的时候，至少还有可以回来的地方；你们老娘老了以后，这两处房子，我建议你们兄弟几个不要把它们给卖了，能留就留着，反正也卖不了几个钱，不如留个念想，表示你们还是李家的后人，这里还有你们的老房子。街上的那套房子，我看就按老二的意见办。你们老娘讲了，我走了之后，她不会再去街上住，而是要留在山上，所以就不存在她要去住那套房子的问题。我的意见，把街上那套房子估个价，按现在的市场价，看能值多少钱。之后有两个处理办法，一是卖给别人，得的钱你们兄弟四个平均分；二是你们当中某个人花钱买下来，当然只需要交四分之三的房款，自己那一部分，直接抹掉就行了。你们看这两种方法到底采取那一种？"

"咱们老汉不愧当过领导，说话就是有水平，一套一套的，我看比新闻里的大官说得还要巴适。"见兄弟四个都不吱声，田梅用一口整脚的四川话，拿公公一番官腔十足的发言打趣。"我看第二种方法比较好。"李远感激地看了看妻子，"老幺，你不是一直打算在月溪场买房子吗？要不你把这套房子接过去算了。亲兄亲弟的，我们三个当哥哥的，肯定不会找你要高价钱，再说我们当初也没指望靠这套房子挣钱。你看着给就行了。老大、老三，这么办行不行？""我没意见。"李源首先表态。"同意。"李流更加干脆。"那价钱怎么算？"李长动心了，把自己最关心的问题提出来。

"我提个建议，你们看行不行？"眼看几个后人商量得差不多了，李良开又发话了，"当初买这房子，一平方米不到1000块钱。现在月溪场的房价，新房子平均两千三四一平方米，二手房也就2000元左右。亲兄弟既要明算账，更要讲感情，我看这样好了，就按每平方米1800块钱算。老幺别嫌贵了，你们三个当哥哥的也莫说便宜，肥水没流外人田嘛。""这个这个……"李长有些不安。这价钱，自己明显是捡大便宜了。

"这个啥啊！"李远哈哈大笑，"我看老汉的意见很好。老大、老三，你们什么意见？""没意见！"李源、李流相继表示同意。"你们四姊妹同意这样处理吗？"李良开没忘征求四个儿媳的意见。

"我们听老汉的。"袁小兰率先表态，田梅和另外两个妯娌也连连点头。

接下来，李良开又和儿子儿媳商量了徐小芳的晚年生活和医疗保障问题。最后达成一致意见：四个儿子采取提前一个月支付的办法，每月给徐小芳150元生活费，生病开支另算；能自理的时候，徐小芳住在山上，岁数再大一些，则按当地风格和幺儿李长住在一起，另外三兄弟每人每月支付200元生活费。

正月初七这天下午，李良开再度陷入昏迷。村卫生室的医生前来抢救了两个多小时，依然没有办法让病人苏醒过来。医生声称自己就这点本事，建议赶紧送往位于月溪场街上的乡中心医院。

李远性子急，拨通了急救电话，让救护车赶紧开到龚家岩的公路边上等着。兄弟四个找来早就准备好的简易担架和被褥，准备马上把父亲往医院送。

徐小芳却表示反对："你们乱搞啥子？你们老汉说了，他不再去医院了！他不想再去遭那个罪！送他去医院，你们问过他吗？他同意吗？""妈，都什么时候了？您还说这个？"李源有些急了，说话的声音大了些，"就这样看着老汉睡过去？他要是醒不过来怎么办？如果他就这么走了，您让我们这些当儿子的怎么做人？医院毕竟是医院，办法总要多一些。""就月溪场那破医院，去不去有啥用？"徐小芳一边哭着，一边向大儿子嚷着，还是不肯让步。

李远走过来，搂着母亲的双肩："妈，您就别拦着了。月溪场上的医院不行，我们可以去县里的医院嘛，不行还可以去万州和重庆。先送到乡医院，时间不等人啊，抓紧让老汉醒过来，才是最要紧的。要不您也跟着去医院？""好好好，我去我去。"丈夫陷入深度昏迷，最着急的其实还是徐小芳。她之所以反对送李良开去医院，实际上是担心丈夫醒来后蛮不讲理地责怪自己和后人们。

40分钟后，救护车拉着李良开及家人，沿着弯弯曲曲的盘山公路下了山，顺利抵达位于月溪场的古月乡中心医院。

医院不大，只有一栋四层高的楼房，没有正门，没有院落，更没区分急诊、门诊和专门科室；位置也有些偏，藏在小镇农贸市场后身，甚至连块牌匾也没有，要不是偶尔出来一两个身穿白大褂的医护人员，根本看不出这是一家医院。

急诊室在一楼偏里的位置，除了几个矗立的氧气钢瓶，似乎看不到其他急救设备。接诊的是一个有些跛脚的年轻医生，30来岁，头发凌乱，面色苍白，像是头天晚上没有睡好的样子。

得知李良开是位胃癌晚期患者，大医院早就下了来日不多的结论，跛脚医生有些不耐烦："这还有什么好抢救的？你们这些病人家属，就知道往医院送。这种情况，还有什么意义？一点也不讲科学。"李长一听，顿时火冒三丈，上前一把薅住跛脚医生的脖领："你哪来嘣么多废话？赶紧抢救！要是我老汉醒不过来，我弄死你个狗日的！"

"老幺，你做啥子？不得对医生无礼！"李远喝住小弟，转过头来给跛脚医生道歉："我屋兄弟性子急，脾气暴，您别跟他一般见识。麻烦您，赶紧抢救吧。""抢救就抢救噻，哪个凶做啥子？"跛脚医生嘟囔了两句，没敢再多说什么，指挥护士对李良开展开了急救程序。

约莫过了半个钟头，李良开终于苏醒过来。弄清自己是在医院里，他有些不高兴，张嘴想说什么，却没了力气，只好重重地叹了一口气，开始闭眼假寐。

（九十五）

接连输了几瓶营养液，氧气也吸上了，李良开渐渐有了些力气。到初八早上，他喝了小半碗稀饭，之后半躺在病床上，有气无力地和同室两个病友拉着家常。

看丈夫的病情有所好转，徐小芳甚是欣慰，连忙跑回街上的家里，取来煮饭用的电饭锅，还有瓢盆碗筷等生活用品，一心想要照顾好李良开。

尽管李良开一再反对，但徐小芳和四个儿子一商量，还是决定把丈夫强行留在医院里治疗和观察一段时间。眼看年就要快过完了，并且从初八上午开始，儿子儿媳们将陆续起程返回打拼的城市上班，孙儿孙女们很快也要回到学校上学，如果不留在医院，仅凭徐小芳一个人，真就无法保证李良开不出什么意外。

原本，已经决定退役的李远没打算着急回西藏，田梅也准备留在月溪场照顾自家儿子和几个侄儿侄女，不料部队领导打来电话，让两口子回去一趟，说是赶紧把各自的工作交接一下，以便接任者尽快进入角色。于是，两人临时订了2月10日也就是正月十一晚上的航班。

正月初八上午10时许，李源、李流、李长各自带着妻子，一行六人统一来到李良开所在的病房，一个个向他话别。儿子们都很沉默，不知道该说些什么；三个儿媳相对活跃一些，却也说不出太多的话语，只是反复叮嘱公公安心养病，不要心疼钱。李良开始终微笑着，频频点头，还一个劲儿地催促儿子儿媳们赶紧走，别误了坐车。

该离开了，没有人提议，李源带头抱了抱父亲，之后强忍着泪水出了病房；李源、李长也效仿大哥的做法，一一含泪和父亲拥别。三个儿媳却无法如此淡定。她们既没有和公公拥抱，也没有话别，而是一个个捂着嘴，抽泣着离开病房。她们深知，公公的身体，可能熬不了多久了，这一别，也许就是永别。

作为李良开最器重的孙子，李鹏程没有着急回学校补课，而是坚持要在乡医院里多陪爷爷两天，说是正月初十再回县城。李源、袁小兰夫妇没有强求儿子，只是叮嘱他细心照料爷爷，不要总想着找街上的同学和伙伴疯玩。

因为要去县城参加早就约好的战友聚会，正月初八这天，吃过午饭，李远、田梅夫妇坐车去了县城。离开医院前，李远把李鹏程叫到一边，让他这两天辛苦一些，协助奶奶把爷爷照顾好。李鹏程连连点头，答应随时守在病房里。

李远和田梅刚离开，值班的男医生就把徐小芳叫过去，说是要给李良开用点药，但药局没这种药，要到外面去买。"什么药啊？医院里还缺药？"徐小芳没听明白。"什么药？你家老头子要用的药！"当日值班的男医生戴副眼镜，四十来岁，面无表情，态度一点也不和蔼，"你去不去买吧？不去拉倒！要是病人出了问题，可别找我！""我去，谁说不去了？"徐小芳碰了一鼻子灰，还不敢生气，赶紧放低声音，表示愿意前往。

"这还差不多。"医生扶了扶眼镜，"靠近农贸市场第一家药店就有。给，这是处方单，快去快回。给病人用药，耽误不得的！"

由于要给李良开喂糖开水，徐上芳回到病房，把处方单和钱包交给李鹏程，告诉他到指定药房把药买回来。等大孙子一出门，徐小芳忍不住向同一病房的病人家属抱怨："这什么医院啊？连个药都没有，还要到外面去买。"接话的病人家属是个50多岁的妇女："老大姐，您就别说了，要是被医生听到，那就麻烦了。医生一不高兴，病人还能落好吗？都这样，抱怨也没用。值班医生没告诉你吧，在外面买的药，医保报销不了，得自己花钱。""还有这事？"正闭眼休息的李良开睁开眼睛，不解地问道。

"这里的医生都这么干，听说他们在医院附近都开有自己的药店，不给病人用医院里的药，专用他们自己店里的药，用这种方法挣外快。唉，不说了，人家是医生，我们得罪不起啊。"那位妇女发了几句牢骚之后，不再吭声。

"还有没有王法了？"李良开挣扎着要起床，"我去问问他们院长，谁给他们这样的权力？医风医德还要不要了？""你个老头子，逞什么能？赶紧给我躺下！"徐小芳上前把丈夫摁回被窝，"你消消气，别管闲事，咱们治病要紧，等把病治好了，再找他们算账。"

"这位老兄，你真不知道？这个医院说道可多了，医生们变着法子挣钱。比如一个小感冒，只要来医院检查，不管严不严重，肯定动员你住院，没床位就在走廊里加一张床，还说不住院医保就不给报销，表面上是为病人着想，实际上他们就是为了挣钱。病稍微严重一点，就把你往县里或万州的大医院送，还介绍你去做这样那样的检查，价钱贵得要死，都是医保报销不了的，听说医生介绍过去一个，能拿到不少回扣。再就是用好药，几块钱的药能解决问题，非要用十几块、几十块的药。这哪是医生该做的事情？这不成了做生意嘛。"紧挨李良开病床的一位40多岁的男子加入谈话，表达了对医院和医生的不满。

　　李良开要张口说话，徐小芳示意他休息一会儿。回过头来，徐小芳对那位40多岁的男子讲："介绍到大医院去检查，可以不去啊。他总不能硬拉着去吧？""人家是医生，有的是办法，都是病人，哪个不怕死啊？他们一吓唬，都得乖乖地去。唉，不说了，反正医院不是什么好地方，能不来就莫来。咱惹不起，还躲不起吗？"

　　正说着话，李鹏程回来了，说是按照处方单上的数量，买了一周的用药量，花了1236块钱，药全部交给医生了，护士一会儿就来输液。

　　"什么药啊？这么贵？"徐小芳随意问了一句。"营养药，说是能增强体力。"李鹏程也没细说，和爷爷打了一声招呼，埋头开始默记古文。徐小芳还想问得明白些，被李良开拉住右手，示意她不要讲话，别耽误大孙子学习。

　　想来是医生新开的营养药起了作用，2月9日早上，李良开精神状态出奇的好，吃了一大碗妻子熬得黏稠软和的稀饭，还在大孙子的搀扶和妻子的陪伴下，兴致勃勃地去医院前面的滨河路溜达了十来分钟。李良开本想多在外面待一会儿，不料突然起风了，徐小芳怕丈夫着凉，催促他回到病房。

　　见丈夫的状态不错，徐小芳的心情大好，临时决定回山上一趟，给李良开带一些自家水田种出来的稻米。临走前，她给李鹏程留了些钱，叮嘱他要随时陪在爷爷身边，不能让他随便离开病房，有什么事情，赶紧找医生，再就是打电话给奶奶，也可以给二叔打电话，还说李远就在县城，离得近，几十分钟就能赶回来。

　　徐小芳前脚刚走，头两天差点挨揍的那位跛脚医生就进了病房。他先是问了问李良开，接着又把了把脉，然后对李鹏程讲："病人的情况大有好转。一会儿我再给他开点药，效果可能更好。不过这药医院里没有，要到外面的药店去买。"

　　一听又要自个儿花钱到外面买药，李良开不干了："劳慰医生，我问一下，昨天开的药还没用完，暂时就不要再开药了。再说，就我这病，打针吃药也没啥用。"

　　跛脚医生很不高兴："怎么说话呢？什么叫昨天的药还没用完？我也没说昨天的药不用了啊，我是说再开点药，配合着用，药要配合着用才有效，懂不懂？好心当成驴肝肺，不愿花钱拉倒。"说完，气冲冲地摔门而去。

　　同一病房那位40多岁的病友劝李良开："我说老兄，你说这个做啥子？瞧瞧，把医生得罪了吧？""得罪就得罪了，我一个要死的人，怕他个锤子！"李良开毫不在意，"什么医生，就晓得赚病人的钱，一点职业道德都不讲。"

　　在床上躺了半个多钟头，李良开爬了起来，让正在背英语单词的李鹏程坐到自己身边："小子，跟你商量个事，你陪我到三个碾盘去一趟怎么样？""您去那儿做啥子？"李鹏程不解地问道。"我还能做啥子？拜一拜我们老李家的先人。去年过年，我不是带你去过吗？我们老李家的祖先，叫李和钦，顺治初年从湖北孝感迁移过来的。我没给你讲过？"见大孙子竟然不知道三个碾盘是李氏先祖李和钦的坟茔所在地，李良开多少有些失望。"讲过讲过。刚才背英语单词来着，一时没反应过来。"李鹏程也是聪明的孩子，见爷爷不高兴了，赶紧把话圆回来，"你真要去啊？这事我可作不了主，我得打电话问问奶奶。问问我二叔也行，反正我不敢自做主张。"

"切，还真把你奶奶的话当圣旨啊？"李良开哈哈大笑，"你奶奶那个老太婆，刀子嘴豆腐心，我最了解她了。不用管她，咱们去去就回，那里离医院也就二十分钟的路程，一来一回，一个小时肯定解决战斗。就算爷爷求你了，行不？""这个……"李鹏程还是犹豫不决，"不给奶奶和二叔打电话可以，不过我要去问问值班医生。奶奶说了，在医院就得听医生的。您等着啊，我去问问。"

李鹏程找到跛脚医生的时候，他还在为刚才李良开阻止其开药的事生气，也没听清李鹏程说什么，就极不耐烦地挥挥手："行行行……"

（九十六）

2月9日下午5时许，正准备去拜访高中班主任老师的李远，突然接到大侄儿李鹏程打来的电话："二叔，您快点回来，爷爷又昏迷过去了！医生说情况很不好，叫你们大人赶紧到医院来！""奶奶呢？"听出大侄儿的语气焦急而惊恐，李远心想不妙，赶紧打探母亲的行踪。李鹏程虽然已上高三，但毕竟还是个孩子。"奶奶回山上去了，还没下来。我马上给她打电话！"李鹏程如实回答。"你先别给奶奶打电话，省得她着急。"李远怕母亲再出什么意外，叮嘱侄儿守在病房，说自己马上往回赶。

李远给定居月溪场上的初中同学方志勇打了个电话，请他立即赶往医院，协助和督促医生做好父亲的抢救工作。之后，又给班主任老师打电话说明情况，说改天再来拜访。大约一个小时后，李远和田梅赶回古月乡中心医院。此时，李良开躺在病床上，双目紧闭，呼吸急促，全然没有苏醒的迹象。

见二叔回来了，李鹏程哭了："二叔，对不起，我不该带爷爷出去……"

原来，去三个碾盘拜祭完先祖李和钦，在回医院的路上，天空突然下起了小雨，尽管李鹏程及时买来一把雨伞，李良开还是被淋湿了，回到病房后不久，出现打喷嚏、流鼻涕等感冒症状，继而开始发烧，并于下午四时许进入昏迷状态。李远回来之前，医生和护士经过两轮抢救，始终无法让李良开醒过来。

了解完事情的来龙去脉，李远并没有责怪侄儿，而是陷入深深的自责之中。

是的，错不在侄儿，错在自己不该去参加战友聚会，父亲病成这个样子了，自己应该尽可能多地陪伴在他身边。如果自己留在医院，这事就不会发生。

当然，要说过错，那个值班的跛脚医生难辞其咎。身为医生，他并非不知道李良开的身体状况，压根儿就不该同意病人远离医院。可事已至此，追究医生的过错又有什么实际意义呢？当务之急，还是想办法让父亲早点醒过来。按照李远的要求，医生和护士对李良开实施了第三轮急救，可依然没有效果。

田梅提醒李远："要不你给大哥和两个弟弟打电话商量一下？再醒不过来，就往县里或万州送吧。""送什么送？老汉的身体还经得起折腾吗？"李远训了妻子两句，回头分别给李源、李流、李长通了电话。兄弟四个商量的结果，是立足乡医院进行抢救，如果到明天早上还醒不过来，再往位于万州的三峡中心医院送。

李远给母亲打了个电话，但并没有把父亲昏迷的消息告诉她。他还撒了个谎，说父亲状态很好，估计明后天就能出院回家，还叫母亲不要着急下来，把家里的卫生好好收拾一下，干干净净地欢迎李良开回家休养。

等丈夫挂断电话，田梅不解地问道："这样瞒着妈妈，行吗？要是老汉真不行了，妈妈不得骂你啊？""骂就骂吧。"李远态度很坚决，"医生都没有办法，她来有什么用？只能是干着急，弄不好她还会急出毛病来。这里不是有我们两个嘛，还有鹏程，啥情况应付不了？你就别给我添乱了。鹏程还没吃晚饭，你带他到街上，找个馆子吃点东西。这孩子，今天怕是吓坏了。"

晚上八点多钟，李良开终于醒过来，但已经说不出完整的话来，一张嘴，全是些含糊不清的词汇，不认真听，根本听不出是什么意思。

李良开醒来后的第一件事，就是追问妻子的行踪，问她啥时候回来。李远说妈妈回山上收拾卫生去了，还说明天就送父亲回唐家岩。李良开神智已然模糊，根本不管二儿子在说什么，反反复复询问妻子在哪儿，还问妻子是啥意思。言下之意，这个时候，徐小芳应该守在病房，守在他身边。

接着，李良开嚷嚷着要吃饭，可他已经无法坐立起来。李远坐在床沿上，把父亲抱在自己怀里。闻讯从街上赶回病房的田梅则端着一碗温热的稀饭，弯曲着站立床前，一勺一勺地喂公公。李良开的食欲出奇的好，吃完一大碗还要吃。田梅怕公公的胃受不了，又喂了小半碗，坚持不再喂了，说等一会儿再吃。

吃过饭，李良开似乎清醒了许多，把大孙子叫到身边，含混不清地叮嘱李鹏程好好读书。李鹏程拼命地忍住眼泪，什么也说不出来，只知道频频点头。见此情形，田梅把李远叫出病房，再次提醒丈夫："老汉这样子，怕是回光返照吧？要不找个车，把妈妈接下来？""打胡乱说，不懂就不要乱说。"李远也觉得不妙，可他下意识地抵触妻子的说法，打心眼里希望没有这回事，"老汉又不是第一次昏迷，每次不都醒过来了吗？别乱想，你再熬点稀饭，保证老汉随时都有吃的。"

晚上十点多钟，李良开要小便。李远把小塑料桶拿过来，示意田梅回避一下，叫父亲像前两天一样，在病床前就地解决。谁知李良开死活不同意，非要亲自去厕所。李远犟不过他，只好和李鹏程一起，搀扶着李良开去了一趟厕所。

回到病床，李良开再一次询问妻子在哪儿，问她到底什么意思。李远把之前说过的话又重复了一遍。李良开很不高兴，嘟囔了几句，闭上双眼开始睡觉。

李远、田梅和李鹏程可不敢睡觉，三人睁大眼睛，用心观察着李良开的呼吸和面色，生怕出现什么突发情况。熬到2月10日凌晨两点多钟，李鹏程实在撑不住了，在病房的空床上沉沉睡去。

同一病房的两个病人都是街上的居民，晚上回家住，空出来的两张病床，便成了李远等人临时休息的地方。

凌晨三点半，李远把值班医生找来，让他观察一下父亲的情况。此时的李良开呼吸均匀，面色红润，根本不像一个重病患者。医生告诉李远，李良开的情况不错，估计已过了最难熬的阶段，还说从病人当前的表现看，应该还能存活一段时间。医生的这番话，让李远心里宽慰不少。

送走医生，李远让田梅先睡两个小时，五点半起来替他。

不到五点，田梅醒了，让丈夫抓紧休息一会儿。临睡前，李远走到李良开病床前，用手试了试父亲的鼻息。此时的李良开，脸色依然红润，呼吸依旧均匀，偶尔还打几声呼噜，睡得很是香甜。

李远轻声地对妻子讲："老汉真是恢复了。""你睡吧，我盯着，顺便把稀饭热一热，早上再喂他吃一碗。"田梅心疼丈夫，催他赶紧上床睡觉。

尽管困得要命，但李远却睡不踏实，始终处于迷迷糊糊、半睡半醒的状态。

也不知过了多久，李远忽然听到父亲的呼吸变得急促起来，喉咙里还发出奇怪的"呃呃"声。他心想不好，一骨碌爬起来，光着脚丫子，三步并作两步，快速蹿到父亲病床前。田梅早已发现这一异常状况，正趴在李良开耳边，大声喊着"爸、爸、爸……"李鹏程也被惊醒了，上前大声叫着"爷爷"。

李远看到，李良开的眼角滚落两行清泪，呼吸声也随之停止。他双脚一软，跪倒在父亲病床前，悲怆地大喊："爸……"

公元2014年2月10日，农历正月十一。这天早上5时20分许，半个月前度过69岁生日的李良开永远告别了人世，永远离开了自己的亲人。

确认父亲已经去世后，李远强忍悲痛，分别给大哥和两个弟弟打了电话，让他们抓紧往回赶。之后，通过方志勇和街上的另一位初中同学，找来一辆灵车，打算第一时间把父亲的遗体运回山上老家。李良开生前明确表示不想被火化，李远决定帮助父亲实现这一心愿。

（九十七）

当日六时许，在两位初中同学的帮助下，李远按照当地风俗，用白布将父亲裹起来，放上担架，从病房抬到一楼放进灵车，燃放了一挂鞭炮。随后，在两位同学的陪同下，李远护送父亲回家，回到生他养他的山上老家。

一路上，只要逢桥，李远都下车燃放一挂鞭炮。而坐在副驾驶位置的方志勇，则不停地往窗外撒着冥纸，说这是给逝者回家的买路钱。

7时许，当灵车驶到龚家岩公路尽头，李氏族人早已等候在此，用担架将李良开的遗体抬回唐家岩李家大院，暂时停放在他生前住过的板壁房子里。

见到丈夫的遗体，悲伤过度的徐小芳并没有哭泣，甚至没掉一滴眼泪，而是直接晕倒在地，好一阵子才苏醒过来。

大哥和两个弟弟还没回来，好多事情都需要李远一个人来完成。

李远要做的第一项工作，就是用剪刀将父亲身上的每一件衣服绞开，一件件地脱下来，再打来一盆热水，从头到脚，从上到下，用心地为父亲做最后的清洗，并穿上寿衣寿帽寿鞋寿袜。接下来，按照老人们的指点，李远往棺木里铺上一层红布，并在乡邻的协助下，把父亲的遗体轻轻地放入棺材，塞上他生前穿过的衣服，保证其躺平躺直。随后，盖上几层红布，再合上棺盖。

10时许，负责安葬事宜的老道士和第一拨吹鼓手来了。紧接着，庄严肃穆的灵堂搭起来了，悲伤的锣鼓敲起来了，呜咽的唢呐吹起来了。

考虑到大哥和两位弟弟次日才能赶回来，李远和道士商量，将父亲的出殡时间确定为正月十三的清晨，而坐夜守灵时间则确定为正月十二晚上。

安葬的地方，李良开生前早已确定。道士去现场看了看，认为没有什么不妥，完全符合风水上的要求。得到道士的认可，前来帮忙的乡邻便开始挖掘墓穴。

午饭后，李良开的侄子侄女们陆续到了，和李远一起，接续跪在李良开灵前烧纸、敬香。当晚，李良开的六个孙儿孙女全部赶回来，身穿白色孝衣，头戴白色孝帕，学着二叔李远的样子，虔诚地守在灵前，整夜不曾合眼。正月十二午饭后，李源、李远、李长各自带着妻子，陆续赶回唐家岩。亲戚和乡邻们也纷纷赶来，亲自送李良开最后一程。

经过一天一夜的调整，徐小芳逐渐接受了丈夫已经去世这个残酷的现实，开始力所能及地做些杂活，以此冲淡自己的悲伤。

正月十三凌晨4时许，已经八十岁的老道士开始进行出殡前的各种仪式。

6时50分左右，李良开的棺材盖被四个儿子合力挪开，李源揭开盖在父亲脸上的冥纸，之后请亲人们最后再看逝者一眼。李良开安静地躺在棺材里，双眼紧闭，面容苍白而安详。

李远伏在棺木上，弯腰低头，用手抚摸父亲苍白冰凉的脸庞和下巴，为他拂去脸上因烧纸和焚香留下的烟尘。亲人们一个个从李良开的棺材前缓缓走过，流着眼泪再看一眼那张熟悉的面容。

徐小芳浑身颤抖，已经哭不出声来，伏在棺材上泪流不止。四个儿媳上前搂住婆婆，想安慰安慰她，却找不出合适的语言。

凌晨七时整，棺材被最终盖严钉死，并从屋内移到地坝。

乡亲们捆绑棺材的时候，孝子孝孙们跪在地上，恭送逝者启程前往他最终的安息之地。随着老道士的一声呼喊，八位乡亲抬起李良开的棺材，吼着悲壮的号子，步调一致地往墓地走去。

送葬队伍最前面，是一些手持花圈的亲戚和乡邻。紧随其后的，则是手捧灵位的长子李源，之后是次子李远、三子李流、四子李长，随后是四位儿媳，最后才是六位孙儿孙女。

按照风俗，徐小芳并没有出现在送葬的队伍里……

（九十八）

公元2014年2月16日，农历正月十七。大巴山南坡，铁峰山脉，凤凰山缓坡带，重庆开县古月乡梓第村唐家岩。

这一天，是李良开去世后的第七天，也就是常说的头七。

天刚麻麻亮，徐小芳打开家门，唤上家狗大黄，借着微弱的晨光，颤巍巍地往丈夫的墓地走去。

还没走出房前的地坝，徐小芳有些恍惚，感觉有人追了出来。定睛一看，竟然是丈夫李良开！只见李良开一边把打开电源的手电塞到徐小芳右手里，一边粗声粗气地唠叨着："都快七十了，还当自己是黄花大姑娘呢？我跟你说，你那火眼金睛早就不管用了，绣个鞋垫都费劲巴力的，还赶啥子夜路？"

徐小芳停下脚步，伸手摸了摸丈夫花白的头发。李良开往后闪躲，粗声粗气地唠叨着："多大岁数了？怎么还毛手毛脚的？我跟你说，你一个人出门，可得小心点，千万别摔倒了。"

徐小芳笑了笑，没有吭声。她不用看，也不用猜，知道丈夫肯定又是一脸坏笑。这个老头子，眼看快七十的人了，还和52年前刚结婚时一样爱开玩笑。

"毛手毛脚"这个词，徐小芳再熟悉不过了，因为这是她的口头禅。从16岁那年喜欢上李良开开始，只要李良开做出亲热的举动，徐小芳的嘴里准会轻声细语地蹦出这四个字："讨厌，怎么又毛手毛脚？""你能不能老实点？总是毛手毛脚的。""毛手毛脚的家伙，看我怎么收拾你……"

恍惚中，好像又不是徐小芳要出门，而是李良开要出远门，并且是他有生以来第一次出远门，更是他结婚以来第一次较长时间离开相濡以沫半个世纪的妻子。可能是舍不得离开吧，李良开展开双臂，把徐小芳紧紧地搂在怀里。

徐小芳没有闪躲，非常配合地把头埋在丈夫的胸膛上，可嘴里还在轻声细语地絮叨着："我跟你说，穷家富路，别舍不得花钱。别担心几个孙儿孙女，我会照看好他们。早点回来，一个人守着这个家，我害怕……"

"怕"字说了一半，徐小芳有些哽咽，没再说下去。

李良开松开双臂，抬起右手摸了摸妻子满是皱纹的脸庞，狠下心转过身，大步流星地往外走去。

徐小芳哭出了声："路上小心点……"

"妈，您在跟哪个说话？"徐小芳正恍惚着哩，身后突然传来大儿子李源的声音。"没有跟谁说话啊。"徐小芳知道自己刚才走神了，赶紧掩饰，"他们怎么还没出来？今天是你们老汉的头七，说好天一亮一起去给他烧纸的，怎么半天摸不出门？""莫急莫急，我催催他们。"李源上前抱了抱母亲，转身大声催促众人，"走了走了，动作麻利点。"

孙儿孙女们都上学去了，田梅也去了月溪场，顶替徐小芳照料孩子们的生活起居，徐小芳只好领着四个儿子、三个儿媳去给丈夫烧头七。

等到达墓地，进行完烧纸、焚香、磕头等程序，天色已经大亮。李源他们着急回去做早饭吃，之后起程回打拼的城市上班。徐小芳不愿就此回家，说要在这里多待一会儿。李远暂无远行的打算，便留下来陪伴母亲。

站在李良开的坟前，母子俩都默不作声。徐小芳望着丈夫的坟茔发呆，李远则顺着不远处的柏树梁往西远眺。

在唐家岩生活了将近20年，李远第一次如此认真地远望那些山梁。

可能是有些薄雾的缘故，开县境内最大的山脉、远处的一字梁若隐若现。顺着一字梁往回看，大大小小的山梁一道连着一道，高高矮矮，起起伏伏，排列得很有章法，像极了列队等待检阅的士兵。

岁月荏苒，山河无恙。那一道道横亘在天地之间的连绵山梁，俨然成为连接昨天与今天、历史与现实的纽带或桥梁。风光也好，落魄也罢，谁都只是时光的过客，终究都会消失得无影无踪……

2014年11月1日第一稿

2015年12月12日第二稿

2016年5月1日第三稿

贫瘠的乡愁

（代后记）

一

从三峡大坝出发,沿着江水逆流而上,途经"神女应无恙"的壮美三峡,穿过"高峡出平湖"的万州新城,再翻过海拔近千米的铁峰山,便到了老家一带久负盛名的集市——重庆市开县岳溪镇。

岳溪镇是当下的叫法。23年前,我离开故乡到北方当兵,重庆尚未直辖,开县还归四川省万县市管,岳溪镇还叫岳溪区,下辖一镇八乡,十余万人,响当当的副县级单位。那时,老家所在的子弟村还不归岳溪镇管,而是岳溪区胡家乡下辖的九个自然村中的一个。

事实上,对于岳溪镇,对于老屋所在的子弟村赵家岩,包括随继父生活了十多年的花园村岩上,我的记忆大多停留在30年前,停留在那个温饱尚未解决的贫困年代。

想来是有切身体会,曾经非常喜欢《我热恋的故乡》这首歌,尤其是对"我的故乡并不美,低矮的草房苦涩的井水,一条时常干涸的小河,依恋在小村周围。一片贫瘠的土地上,收获着微薄的希望,住了一年又一年,生活了一辈又一辈"这段歌词,更是觉得非常契合当时故乡的实际状况。

当年,我并不热恋故乡,甚至连喜欢都说不上。那时的我,和大多数农村孩子一样,一心只想好好读书,做梦都想走出大山,彻底远离故土,到外面去闯荡和体验先辈不曾经历的城市生活。

那时的故乡真是贫穷,不仅好多人家吃不饱穿不暖,连田边地坎都是光秃秃的,大到一根杂柴,小到一根松针,全被当作燃料塞进各家各户的灶膛。

面对如此贫瘠的故乡,年轻人避之不及,谈何喜欢或热恋?而我对故乡的牵挂和思念，也是离开故乡多年之后的事了。

二

想来，大多数人都有美化故乡的痼癖，流传甚广的"美不美家乡水，亲不亲故乡人"，也正是对这种现象的生动诠释。

譬如故乡所在的重庆开县，早些年有"金开银万"之说，非常隐晦地把自己凌驾于上级单位、当时的万县地区之上。后来，"帅乡·桔乡·金开县"的口号又喧嚣了好一阵子。如今，"人口大县"、"资源大县"、"农业大县"、"移民大县"等名头，依然叫得很响。

这一切，都有意无意地忽略了"国家级贫困县"这个基本事实：160多万人口，泾渭分明的城乡二元结构，既没有完整的工业体系，也没有像样的龙头企业，农业更是依然处于半手工化半机械化状态。唯一值得称道的，或许也就只有五十多万劳务输出人口换来的"全国打工第一县"这一称谓了。

借三峡水利枢纽工程大移民和"打工经济"的光，开县新县城倒是充满了现代气息，涌向城里的人也越来越多，但县城经济发展整体滞后这个现实，经济欠发达这顶帽子，显然需要客观冷静地予以对待。

包括老家所在的岳溪镇，尽管号称全县重点打造的"四个小城市之一"，可从进展缓慢的集镇规划建设、日渐严重的偏远山村空心化现象、进展缓慢的村组公路修建硬化等实际情况看，岳溪镇显然成了开县这个欠发达县的欠发达镇。

历史欠账尚未还清，现实差距越拉越大，这或许正是当下中国偏远农村的真实写照。

无意抹黑越来越牵挂、越来越想回去的故乡，最多只能算是无力无助的忧虑罢了。作为一名远方游子，似乎更适合做一名安静的旁观者，静静远眺故乡的变与不变，默默关注故乡的兴衰起落。

三

我曾经那么强烈厌恶自己的农民身份，甚至抱怨不该投胎做了农民的孩子。上初中时，最大的梦想，莫过于一觉醒来自己脱掉了农民皮摇身一变成了城里人，不必再为遥不可及的城镇户口发愁，不必再为无处寻觅的铁饭碗发愁，不必再为永远都干不完的农活流不尽的臭汗发愁。

可等真正进入城里生活，却发现自己不管怎么努力，还是无法完全融入其中。即使表面光鲜，即使也可以像城里人一样尽享现代文明和舒适生活，但内心深处真正渴望的，还是回到依然落后的山乡老家。对于我，那里才是心灵的家园，才是灵魂的故乡。那里虽然还很不发达，还有诸多不便，但却能够带给我内心的平和与安宁。

六年前，无意拜读贾平凹先生的长篇小说《秦腔》，被蕴含其中的浓烈的写不尽的乡音乡情和乡思乡愁深深打动。

这部反映当代中国农村原貌的小说，《秦腔》触及了不少敏感的政治、经济和文化话题。那些我熟悉的乡村人乡村事，那么真实又那么艺术地出现在小说里，让我感慨，让我深思，让我再次领略了什么叫源自生活而高于生活。

贾先生说："我决心以这本书为故乡树起一块碑子。"贾先生还说："树一块碑子，并不是在修一座祠堂，中国从来没有像今天这样渴望强大，人们从来没有像今天需要活得儒雅……故乡啊，从此失去记忆……"

认真读了两遍《秦腔》，越读越觉得这部小说的深情与伟大。它所展现的不只是真实的农村生活场景，还对变革中的乡土中国所面临的矛盾和迷茫进行了全方位的展现和深入的剖析及思索。

掩卷之余，我萌生了写一部反映家乡风貌的长篇小说，着力刻画人性的复杂与觉醒、农民的坚忍与失落、传统乡村的虚假繁荣与逐步衰落，以自己的视角还原当代中国社会的发展与变迁，尤其是改革开放以来工业化城镇化进程带给中国农村、农业、农民的巨大冲击。

我无力为故乡立传，我只想以这种方式寄托我对故乡的怀念和相思。

四

一个习惯于记流水账的业余文字爱好者，立志要写一部长篇，听起来是一个笑话，落实到行动上则成为一件苦差。

遇到的第一个瓶颈，就是写什么的问题。之前不曾写过，所谓素材、技巧、手法等，全是一张白纸。思来想去，最终还是决定从我熟悉的家族恩怨入手，真真假假，虚虚实实，既有写实的成分，更有加工的痕迹，尽可能地把传奇性与现实性、故事性与合理性一致起来。

如果仅仅是家族恩怨，显然难以撑起一部长篇的架构，于是才有了因一条高压电线建设与拆迁引发的诸多故事。

在工业化城镇化大潮的冲刷下，传统意义上的山村正在面临被肢解、被吞噬的厄运，农耕文明的支离破碎，故土家园的落败消亡，已然成为包括我的山乡老家在内的中国传统农村的共同命运。

面对浩浩荡荡的时代大潮，我们显然无力改变什么，只能自私地希望工业化城镇化的步伐慢一些，再慢一些，让我们这些游子有时间记住故乡的模样，有时间记录下正在消失的故乡风景。

我不奢望我的故乡以城市的模样融入时代洪流，也不期望以城镇居民的身份望见故乡的山、看见故乡的水，我只希望记得住既渐行渐远又越走越近的乡愁，更希望通过我的忠实记录和合理想象，让故乡在文字里永生。

五

写这个长篇，前后用了三年时间。2012年初开始收集素材，试着写了若干小小说，算是找找感觉练练笔；2013年12月1日正式动笔，之后时断时续；一直到2014年11月1日，才终于完成初稿。

在电脑上敲完最后一个字，猛然发现与当初的设想出入太大，甚至有些南辕北辙，篇幅也由最初设想的60万字缩水为30余万字。包括完成初稿后的"冷处理"，放在那里不看不改，就当这事不存在一样；亦包括后来的小修小改，不作结构性调整，尽量保持写作时的原貌。

不管作品质量如何，总算给了自己一个交代。

人活于世，很多时候、很多事情，其实都是为了给自己一个交代。别人的评价固然重要，但内心的安宁，尽量做到无愧于心，分量似乎应该更重一些。而这，也是我们立业处世的重要前提之一。给自己一个交代，让内心平静下来，进而善待工作、善待家人、善待亲友。

这个长篇，谈不上结构，也说不上情节，甚至没有完整的故事链条，充斥其中的，只是一些与故乡有关的记忆碎片和生活场景。或者说它算不得长篇，或者说若干个联系不紧的人物，若干个互不相干的故事，与其说是长篇小说，不如说是我对故乡的思念，对家族历史的一些回顾和拓展。

这样的文字，真怕亵渎了生我养我的故土，更怕辜负了一直关注和支持我的朋友。

谨以此文，寄存无处安处的贫瘠乡愁，祭奠行将老去的梦里山乡。

2015年3月9日写于沈阳

2016年5月3日改于石家庄